中国社会科学院学部委员专题文集

ZHONGGUOSHEHUIKEXUEYUAN XUEBUWEIYUAN ZHUANTI WENJI

文学地理学会通

杨　义◎著

中国社会科学出版社

图书在版编目（CIP）数据

文学地理学会通／杨义著 . —北京：中国社会科学出版社，2013.1
（中国社会科学院学部委员专题文集）
ISBN 978 - 7 - 5161 - 1626 - 5

Ⅰ.①文…　Ⅱ.①杨…　Ⅲ.①文学—地理学—文集　Ⅳ.①I0 - 05

中国版本图书馆 CIP 数据核字（2012）第 251191 号

出 版 人	赵剑英
出版策划	曹宏举
责任编辑	冯广裕
责任校对	王兰馨
责任印制	戴　宽

出　　　版	中国社会科学出版社
社　　　址	北京鼓楼西大街甲 158 号（邮编 100720）
网　　　址	http://www.csspw.cn
	中文域名：中国社科网　　010 - 64070619
发 行 部	010 - 84083685
门 市 部	010 - 84029450
经　　　销	新华书店及其他书店

印刷装订	环球印刷（北京）有限公司
版　　　次	2013 年 1 月第 1 版
印　　　次	2013 年 1 月第 1 次印刷

开　　　本	710 × 1000　1/16
印　　　张	36.5
插　　　页	2
字　　　数	580 千字
定　　　价	108.00 元

凡购买中国社会科学出版社图书，如有质量问题请与本社联系调换
电话：010 - 64009791

前　言

　　哲学社会科学是人们认识世界、改造世界的重要工具，是推动历史发展和社会进步的重要力量。哲学社会科学的研究能力和成果是综合国力的重要组成部分。在全面建设小康社会、开创中国特色社会主义事业新局面、实现中华民族伟大复兴的历史进程中，哲学社会科学具有不可替代的作用。繁荣发展哲学社会科学事关党和国家事业发展的全局，对建设和形成有中国特色、中国风格、中国气派的哲学社会科学事业，具有重大的现实意义和深远的历史意义。

　　中国社会科学院在贯彻落实党中央《关于进一步繁荣发展哲学社会科学的意见》的进程中，根据党中央关于把中国社会科学院建设成为马克思主义的坚强阵地、中国哲学社会科学最高殿堂、党中央和国务院重要的思想库和智囊团的职能定位，努力推进学术研究制度、科研管理体制的改革和创新，2006 年建立的中国社会科学院学部即是践行"三个定位"、改革创新的产物。

　　中国社会科学院学部是一项学术制度，是在中国社会科学院党组领导下依据《中国社会科学院学部章程》运行的高端学术组织，常设领导机构为学部主席团，设立文哲、历史、经济、国际研究、社会政法、马克思主义研究学部。学部委员是中国社会科学院的最高学术称号，为终生荣誉。2010 年中国社会科学院学部主席团主持进行了学部委员增选、荣誉学部委员增补，现有学部委员 57 名（含已故）、荣誉学部委员 133 名（含已故），均为中国社会科学院学养深厚、贡献突出、成就卓著的学者。编辑出版《中国社会科学院学部委员专题文集》，即是从一个侧面展示这些学者治学之道的重要举措。

　　《中国社会科学院学部委员专题文集》（下称《专题文集》），是中国社会科学院学部主席团主持编辑的学术论著汇集，作者均为中国社会科学院学部委员、荣誉学部委员，内容集中反映学部委员、荣誉学部委员在相关学科、专业方向中的专题性研究成果。《专题文集》体现了著作者在科学研究实践中长期关注的某一专业方向或研究主题，历时动态地展现了著作者在这一专题中不断深化的研究路径和学术心得，从中不难体味治学道路之铢积寸累、循序渐进、与时俱进、未有穷期的孜孜以求，感知学问有道之修养理论、注重实证、坚持真理、服务社会的学者责任。

2011 年，中国社会科学院启动了哲学社会科学创新工程，中国社会科学院学部作为实施创新工程的重要学术平台，需要在聚集高端人才、发挥精英才智、推出优质成果、引领学术风尚等方面起到强化创新意识、激发创新动力、推进创新实践的作用。因此，中国社会科学院学部主席团编辑出版这套《专题文集》，不仅在于展示"过去"，更重要的是面对现实和展望未来。

这套《专题文集》列为中国社会科学院创新工程学术出版资助项目，体现了中国社会科学院对学部工作的高度重视和对这套《专题文集》给予的学术评价。在这套《专题文集》付梓之际，我们感谢各位学部委员、荣誉学部委员对《专题文集》征集给予的支持，感谢学部工作局及相关同志为此所做的组织协调工作，特别要感谢中国社会科学出版社为这套《专题文集》的面世做出的努力。

《中国社会科学院学部委员专题文集》编辑委员会

2012 年 8 月

目　　录

中外论衡编

现代人文地理编

序　言

　　文学地理学的学术方法，如今已经逐渐成为古今文学研究的当家重头戏之一。它开拓了大量的地方的、民间的和民族的资源，与书面文献构成广泛的对话关系，从而使我们的文学研究敞开了新的知识视境，激活了许多看似冷冰冰的材料所蕴含的生命活力，这些都是我在十几年前开始提倡"重绘中国文学地图"时想象不到的。大概新世纪降临伊始的时候，我曾经在北京香山的一次国际学术研讨会上，提出了一个新的命题："我本人有一个梦想，就是希望画出一幅比较完整的中华民族的文化或文学的地图。这个地图是在对汉族文学、五十多个少数民族文学以及它们的相互关系，进行系统、深入研究的基础上精心绘制的。这样的地图相当直观地、赏心悦目地展示中华民族文学的整体性、多样性和博大精深的形态，展示中华民族文学的性格、要素、源流和它的生命过程。"我当时做了一个判断：如此绘制的文学地图，应该成为中华民族与当代世界进行平等的、深度的文化对话的身份证。此后的努力，就是 2003 年在英国剑桥大学当客座教授时，第一次作了"重绘中国文学地图与文学地理学、民族学问题"的讲演，同年在中国社会科学出版社出版了《重绘中国文学地图》的讲演集，以及发表了本书收录的系列论文了。

　　其实，我的文学地理学的情结，早就有所呈露，这一点也被学界的朋友指认出来了。不少同行认为，我的《中国现代小说史》除了采用文化学、鉴赏学的视角之外，文学地理学的情结也很值得注意。情结也许有吧，但其时尚没有自觉的文学地理学意识，只不过我做学问总是从文献着手，在 1980 年代读过大量的现代文学原始书刊，做了几十本笔记，要把这些材料转化成井然有序的文学史著作，就必须遵循其内在的逻辑和潜在的结构，自然而然地也就聚合成京派、海派、东北流亡者作家群、四川乡土作家群、华南作家群，上海孤岛、香港、台湾，大后方、解放区、战区，连左翼文学也细分出上海、南京、北平，沦陷区分述东北、华北等地域区分和作家群分。

也许由于有这么一个学术的底子和它产生的后坐力吧，进入古代文学和文化研究不久，我的文学地理学的情结就逐渐走向自觉。比如研究古代小说时，探讨《穆天子传》的三晋因素和魏国信仰；研究《楚辞》时，注意它与黄河文明不同的长江文明特征；研究李白、杜甫时，致力于揭示他们身上分别出现的长江文明、西域胡地文明、中原文明的因素。特别是《中国古典文学图志》一书，加上"宋、辽、金、西夏、回鹘、吐蕃、大理国、元代卷"的副题，突出了文学地理学、民族学的维度。兼治少数民族文学后，文学地理学的方法就得到更充分施展的机会，提出了"边缘活力"的原理，以及黄河文明与长江文明之间的"太极推移"与中华文明生命力的关系，"太极推移"中巴蜀与三吴为两个"太极眼"，格萨尔属于江河源文明，南中国海与中国近代文明的发生等一系列重要的命题。这些命题在本书各篇中，都有比较认真的论证。这些命题的揭示和论证，旨在从真实、全面而深刻的层面上，提供一种历史文化哲学，从而对中华文明生命力千古不绝，中华民族由众多的具体民族融合出一个总体民族的文化根据，中华文明的文化动力学系统，给出一个坚实、深入而生动的说明。

先秦诸子还原研究的一些进展，也得益于文学地理学维度的展开。在对诸子发生学的考察中，这个维度的重要性，几乎等同于历史编年学、职官和姓氏制度、民俗民间口头传统、考古简帛材料，以及文本生命分析，它们各司其责，不可或缺。缺了哪一项，就仿佛瘸腿的螳螂，爬得愈远，跟目标的偏离就可能愈大。为何在先秦诸子书中，唯有《老子》书中存在母性生殖崇拜？离开老子故里的母性生殖崇拜遗风，离开陈楚边缘之地的氏族活动状态，而是只从汉人整理过的典籍中强说老子在庄子之后，就无法激活史籍留下的材料片段，在生命过程的缀合中对老子这种"坤乾文化"、而非《周易》的"乾坤文化"，进行发生学的追踪。庄子既然是宋国蒙地一个穷愁潦倒的卑微的"漆园吏"，在贵族教育盛行的当时，他"于学无所不窥"的知识从何而来？他有何等身份，可以支撑他与王侯将相的傲慢对话？作为一流大国的统治者的楚威王为何派大夫迎聘庄子，准备委以重任，而庄子似乎要逃避杀身之祸，不愿当牺牲用的牛，而甘为"曳尾于涂"的乌龟？这些都仅仅是寓言吗，超出真实身份的底线无端编造自己的身世经历，岂非有骗子之嫌？因此离开对庄子从大国流亡出来的疏远贵族后裔身份的考证，就无法通解以上"四大疑案"，更无从解释庄子为何写楚国故事都神奇，写宋人多笨拙，甚至卑劣，无从解释宋国任其废置为漆园吏，而蒙泽湿地却造就他对草木虫鱼充满童心的想象。又比如，《孙子兵法》是如何发生的，为何《左传》和当时其他官方史籍没有记载孙武，盛年孙武写"十三篇"之前并无战争历练，这部兵法中与孙膑传的记载有不谋而合之处，难道《孙子兵法》是孙膑所著？山东临沂银雀山汉墓竹简同穴出土《孙子兵法》和《孙膑兵法》，自然使此类臆测不攻自破了。其实这些问题的破解，必须从人文地理学、家族姓氏制度入手，从孙武所属的齐国田氏巨族之庶支的将门家学出发，发现《孙子兵法》的家学渊源，包括其祖辈战场指挥的艺术；进而考察军事世家对近百年与齐国相关的重要战役，齐、晋、楚争霸的战争较量的评议，才能对一位年轻的兵法奇才，一下笔就写成"千古兵家圣典"和旷世智慧书的历史可能性，作出有理有据的阐释。由于文学地理学等学术方法的介入，对诸子研究的视角发生根本性的变化，诸子使学术下行至民间，从山泽川流的精魂、民间口传传统、民俗仪式事象中体验天地之道、人伦真谛、战争智慧和政治拯救原理。他们的知识来源发生了实质性的转移和巨大的拓展，我们不应将他们汲取民间口传传统中的黄帝、尧舜禹传说看成"伪托"，也不会重复"诸子出于王官"的说法，实际上他们在本质上是反王官之学的。

最后，想提一提"现代大国的文化解释能力"的命题，这是我们文化自觉的根本性命题。一个现代大国应该激活和培育自主的原创能力，当然要开拓现代世界视野，但也大可不必在思想理论上任凭外国人提供说法，我们只需鹦鹉学舌。我们应该提升对自身典籍、巨匠、文化特质、历史过程的解释能力，应该有这样的文化自觉：需要"碎片化"的是那些陈陈相因或拾人牙慧的理论框架，而不是我们民族的文化根柢。使自身文化的根系和大树"空心化"的民族，是可悲的。我们应该以现代性意识和创新性方法，激活数千年文化遗产内蕴的活力，使之可以生气勃勃地感动现代人的心灵，使之成为我们与当代世界进行对话的浑厚精深的文化底气。这种文化解释能力，实际上也是现代大国能力的体现。

2012 年 8 月 12 日

总论编

文学地理学的本质、内涵与方法

一　使文学接上"地气"

好端端的文学研究，为何要使它与地理结缘呢？说到底就是为了使文学研究"接上地气"，通过研究文学发生发展的地理空间、区域景观、环境系统，给文学这片树林或者其中的特别树种的土壤状况、气候条件、水肥供给、种子来源，以一个扎实、深厚、富有生命感的说明。

"地气"一词，是中国人文地理学上的关键词。这是由于气论思维触及中国哲学基本问题的诠释框架，既可以在《庄子·知北游》中听到"通天下一气耳！圣人故贵一"① 的声音；又可以在《孟子·公孙丑上》中领略到"夫志，气之帅也；气，体之充也。……我善养吾浩然之气……其为气也，至大至刚，以直养而无害，则塞于天地之间"② 的阐释。当这种充塞和贯通于天地之间的"气"，生于地，感于人，染于万物之时，它就为文学接上"地气"提供了密如蛛网的通道。

历史上有一个著名的"橘化为枳"的典故，最初提出"地气"一词。如《周礼·考工记》总序说："天有时，地有气，材有美，工有巧，合此四者，然后可以为良。材美工巧，然而不良，则不时，不得地气也。……橘逾淮而北为枳……此地气然也；郑之刀，宋之斤，鲁之削，吴粤之剑，迁乎其地而弗能为良，地气然也。"③ "地气"由此成为古代经籍中，论述地理环境

---

① 《庄子·知北游》，《庄子集解》卷六，中华书局1987年版，第186页。
② 《孟子·公孙丑上》，《四书章句集注》，中华书局1983年版，第230—231页。
③ 《周礼·考工记》，《十三经注疏》，中华书局1980年版，第906页。

对物产、生物影响的非常重要的概念。汉代郑玄则将这个概念引导到"民性"的领域，进入了人文地理的范畴。他认为："五方之民性不可推移，地气使之然也。"① 而春秋时期齐国贤相晏婴则将"橘化为枳"的故事变得家喻户晓，晏子对楚王曰："婴闻之，橘生淮南则为橘，生于淮北则为枳，叶徒相似，其实味不同，所以然者何？水土异也。"他强调的是"水土异"，产生了"橘甘枳酸"的果品变异，并且进一步引导到人文领域，调侃楚王："今民生长于齐不盗，入楚则盗，得无楚之水土，使民善盗耶？"② 他在外交辞令中，巧妙地运用了自然地理的知识。

中国古人凭着经验和智慧，发现人类居住的地球表层的山川水土的差异，影响了生物存在和器物制造的品质，又体验到山川水土上氤氲着一种"气"，与人类呼吸相通，生命相依。地理环境以独特的地形、水文、植被、禽兽种类，影响了人们的宇宙认知、审美想象和风俗信仰，赋予不同山川水土上人们不同的禀性。这就是为何《管子·水地篇》说："地者，万物之本原，诸生之根菀（王念孙《读书杂志·管子第七》改作"荄"）也，美恶、贤不肖、愚俊之所生也。"③ 为何《礼记·王制篇》说："凡居民材，必因天地寒暖燥湿。广谷大川异制，民生其间异俗。刚柔轻重迟速异齐，五味异和，器械异制，衣服异宜。……中国戎夷，五方之民，皆有性也，不可推移。东方曰夷，被发文皮，有不火食者矣。南方曰蛮，雕题交趾，有不火食者矣。西方曰戎，被发衣皮，有不粒食者矣。北方曰狄，衣羽毛穴居，有不粒食者矣。"这里的区域性人文事项的差异，已经拓展到周边少数民族。郑玄注其首句曰："使其材艺，堪地气也。"④ 早期人类的生产生活方式，受地理环境制约较多；又以为"万物皆灵"，崇拜自然物象，特殊地域的万有物象就在冥冥中嵌入其心灵深处，形成原始信仰，并携带原始信仰这份文化行李，习惯成自然地走向文明。水乡居民擅长龙舟竞渡，草原民族喜好驰马射雕，莫不如此。这自然也渗透到他们的审美体验和文学创造之中，这也就是

① （明）邱濬：《大学衍义补》卷一百四十五引郑玄语，文渊阁四库全书本。
② 《晏子春秋集释》卷六《内篇杂下》，中华书局1962年版，第392页。
③ 《管子校注》卷十四《水地篇》，中华书局2004年版，第813页。
④ 《礼记·王制篇》，《十三经注疏》，第1338页。

"地气"连着"人气"。

有鉴于此，经过长期研究实践的选择，笔者在 2001 年就提出"重绘中国文学地图"的命题，开始把文学地理学引入研究的前沿，成了笔者近年研究的一个中心课题。如今已有不少同道，将人文地理学跟文学和文学研究结缘，推动文学地理学的研究，成了近年学术研究进展上一个有重要开拓价值的领域。因此，有必要就文学地理学进行深入的学理探讨，接通地气，深入脉络，以阐明文学生成的原因、文化特质、发展轨迹，及其传播交融的过程和人文地理空间的关系。

二　在三维耦合中回归文学生命意义现场

中国人最早发明"地理"一词，是两千年前的《周易·系辞上》："《易》与天地准，弥纶天地之道。仰以观于天文，俯以察于地理。"孔颖达疏："地有山川原隰，各有条理，故称理也。"① 这就是"地理"一词的起源，它是与"天文"相耦合的。"上知天文，下知地理"，是中国人形容的大智慧，也就是《周易·系辞》所讲的弥缝补合、经纬牵引天地之道。而蕴含着文学的"人文"，最早则出现在《周易·贲卦》的"彖辞"："刚柔交错，天文也。文明以止，人文也。观乎天文，以察时变；观乎人文，以化成天下。"② 这里的人文，也是与天文相耦合。我们研究人文地理学，就是要实行"第三维耦合"，即地理与人文的耦合。耦合，本来是物理学上的术语，指两个或两个以上的体系或两种运动形式间，通过相互作用而彼此影响，以致联合起来的现象。第三维耦合的意义，是使人文之化成、文学之审美，与地理元素互动、互补、互释，从而使精神的成果落到人类活动的大地上。"文明以止"的"止"字，在甲骨文中是脚印状，脚踏实地，才有文明的居止处。唯有落地，才能生根。天文和地理的第一维耦合，与天文和人文的第二维耦合，形成一个支架，尖角指向苍天；人文与地理的第三维耦合，则是这个支架的底盘，落实在地，共同形成了三维耦合的等边三角形。

---

① 《周易正义》卷七，《十三经注疏》，中华书局 1980 年版，第 77 页。

② 《周易·贲卦》"彖辞"，《十三经注疏》，第 37 页。

首先，我们应该认识到，地理是人类生存活动的一个场所，地理如果没有人就没有精神，人如果没有地理就没有人立足的根基。人们追求"诗意栖居"，"诗意"属于人文，"栖居"联系着地理。中国是一个诗的国度，又拥有广阔的幅员，在人文地理学的研究资源上得天独厚。但是以往的一些研究不太注意这个思想维度，甚至忘记这个思想维度，总喜欢从一些空幻的虚玄的概念出发，就像鲁迅所讽刺的那样"想用自己的手拔着头发要离开地球"①，离开发生在地球上的时代、社会、文化和人群。其实，讲文学地理学就是使我们确确实实的使文学回到自己生于斯长于斯的这块土地上，体验"这里"有别于"那里"的文化遗传和生存形态。人文地理学就是研究"这里"的人学。

时间和空间作为物质存在的方式，其基本特征表现为时间是在空间中展开和实现的。没有空间，时间的连续性就失去它丰富多彩的展示场所。只有地理的存在，才能提供广阔的空间来展开我们人生这本书的时间维度。探讨文学和地理关系，它的本质意义就在这个地方，就在于回到时间在空间中运行和展开的现场，关注人在地理空间中是怎么样以生存智慧和审美想象的方式来完成自己的生命的表达，物质的空间是怎么样转化为精神的空间。笔者讲重绘中国文学地图的时候，就说："我们要在过去的文学研究比较熟悉、比较习惯的时间这个维度上，增加或者强化空间的维度，这样必然引导出文学地理学的研究。"《论语·子罕篇》载："子在川上曰：逝者如斯夫，不舍昼夜！"夫子观水，时间上将万事万物的运化，蕴含在空间上昼夜奔泻的川流中，那一声智者的感叹，何其动人心弦。这就是人文蕴含于地理，难怪朱熹为之发出如此一番感慨："天地之化，往者过，来者续，无一息之停，乃道体之本然也。然其可指而易见者，莫如川流。故于此发以示人，欲学者时时省察，而无毫发之间断也。"②

提到文学地理学的本质和历史渊源，就不能不思考人文地理是如何从自然地理中滋生出来的。可以随手拿出任何一首诗，来分析人文与地理的关

---

① 鲁迅：《南腔北调集·论"第三种人"》，《鲁迅全集》第四卷，人民文学出版社 1981 年版，第 440 页。

② 《论语集注》卷五，《四书章句集注》，第 113 页。

系，尤其是那些感受纯真的天籁式的歌诗。有一首《敕勒歌》，是南北朝时期北方鲜卑族的民歌，北齐统帅高欢使斛律金用鲜卑语歌唱。[①] 敕勒，是个原始游牧部落，又称赤勒、高车、狄历、铁勒、丁零（丁灵），在朔州（今山西省北部、内蒙古西南部）一带逐水草而居。他们唱出"敕勒川，阴山下"，这是自然地理；再唱"天似穹庐，笼盖四野"，就是以人文地理的眼光看自然景观了。继续唱"天苍苍，野茫茫"，这是自然地理；再继续唱"风吹草低见牛羊"，这又是人文地理。地理给人类提供了一个广阔的空间，使人类能够反复地出入于自然和人文之间。离开自然，人类就会变成游魂；离开人文，人类就会变成野兽。自然和人文的融合，养育着人类，升华出人类肉体和精神。

地理学 Geography，在古希腊的词源就是"大地的描绘"的意思，包括描绘和分析发生在地球表面的自然生物和人文现象的空间变化，探讨它们重要的区域类型和相互关系。地理学分为自然地理、人文地理和区域地理三个分支：（1）自然地理包括地貌、气候、水文和由此所引起的生态环境资源保护。这当然是文学描绘和吟唱的对象，比如中国魅力独具的山水田园诗。它在山光水色中，呼唤出山水之魂。（2）跟文学关系更密切的两个分支就叫人文地理和区域地理。人文地理包括历史地理学、社会文化地理学、政治地理学、经济地理学、人口地理学和城市地理学，这些都从不同的角度设定了，至少是影响了人类的生存方式和思维方式。（3）区域地理赋予文学以乡土的归属，比如世界上的大文化区、国家区域的划分、城市和农村的差异，这些组合都属于区域地理所要解决的问题。它使得特定区域的人们生活得像模像样、有滋有味，有许多家族的大树，有许多人伦的芳草。唐代杜佑《通典》卷一百七十一说："凡言地理者多矣，在辨区域，征因革，知要害，察风土。"[②] 这是区域地理研究的起码内容。

由于人类生活在地理环境中，越来越丰富地出现和拥有了很多物质的和精神的、社会的和个人的、客观的和主观的因素，这些因素是千姿百态、错综复杂的，它们又相互作用，相互影响，相互制约，处在不断的发展和变化

---

① （宋）郭茂倩：《乐府诗集》第八十六卷，中华书局1979年版，第1212—1213页。

② （唐）杜佑：《通典》卷一百七十一"州郡一"，四库全书本。

之中。西方地理学家曾经把位置、空间、界限，看作支配人类分布和迁移的三组地理因素。中国地理学家竺可桢也研究过"地理与文化"、"气候与人生"、"天时与战争"等命题。一旦把人文综合于地理之间，它就成了复合的概念结构。研究文学的发生发展，从时间的维度，进入到具有这么多种多样因素的复合的地理空间维度，进行"再复合"的时候，就有可能回到生动活泼的具有立体感的现场，回到这种现场赋予它多重生命意义，就可以发现文学在地理中运行的种种复杂的曲线和网络，以及它们的繁荣和衰落的命运。所以文学进入地理，实际上是文学进入到它的生命现场，进入了它意义的源泉。

三 "史干地支"的原生知识结构与诗学双源

那么中国人在几千年的历史中，是怎样把握和认识人文地理的广阔空间，怎样把握和认识这个生命的现场和意义的源泉呢？研究任何一门学问，都要从根本处入手。只有对文学与地理关系的历史轨迹，进行一番追本溯源，才可能达到《论语》所说"君子务本，本立而道生"的根本处。在中国，"地理"向来是经史子集四部中"史部"的分支，这种"以史为干，以地为支"的原生知识结构，使"中国地理学"带有浓郁的人文色彩。"言其地分"、"条其风俗"，成为地理学的基本思路，并将之与圣人的学统联系起来，有所谓："凡民函五常之性，而其刚柔缓急，音声不同，系水土之风气，故谓之风；好恶取舍，动静亡常，随君上之情欲，故谓之俗。孔子曰：'移风易俗，莫善于乐'。言圣王在上，统理人伦，必移其本，而易其末，此混同天下一之乎中和，然后王教成也。"① 剔除其间的圣王教化说教，可以看出其在知地理中强调"观风俗"，形成非常深厚的"风俗地理观"。

早期文献是史地纵横，文学蕴含于其间，而蕴含则是以"风俗"作为萃取剂的。众所周知，中国诗歌有两个源头，一个是《诗经》，一个是《楚辞》。《诗经》的搜集，《汉书·艺文志》根据刘歆《六艺略》，提出了"采诗说"："《书》曰：'诗言志，歌咏言。'故哀乐之心感，而歌咏之声发。诵

---

① 《汉书》卷二十八下《地理志》，中华书局 1962 年版，第 1640 页。

其言谓之诗，咏其声谓之歌。故古有采诗之官，王者所以观风俗，知得失，自考正也。"① 这里也隐含着一个"风俗地理观"。如此采诗，自然采来了不少平民的或泥土的声音。那么，朝廷乐师又是如何对之结构和编撰，最终经孔子删定呢？《诗经》分为三体：十五国风，大小雅，以及颂。这个顺序，就是由地理的民俗，通向士人阶层，通向朝廷的政教，一直通向宗庙的祭祀，穿越了原野、朝政、天国三界，而这一切是以地理作为基础的。十五国风开始于"周南"和"召南"，就周公、召公在汉水、汝水、长江流域这一带，推行其政治教化，从现实的政治升平而开始，然后再回到地理的方国。先回到卫国，卫、邶、鄘，这是过去殷商王朝的核心地带。然后回到洛水流域，它先从中原要害地方商、周两朝最核心的地方开始十五国风，然后扩散到周围，扩散到郑、齐、魏、唐，唐就是晋，现在的太原一带；还有秦、陈，陈就是现在的河南淮阳、安徽亳州一带。从地理的核心转到周边，最后回归到豳（今陕西彬县），豳在岐山之北，是周人的祖先公刘崛起之地，所谓"笃公刘，于豳斯馆"，"于胥斯原，既庶既繁，既顺乃宣，而无永叹"，② 是周朝开国的地方。《诗经》的十五国风，隐藏着一种潜在的地理意识，由中心到边缘，由现实到历史，以漩涡式的地理运转脉络，总揽西周初期到春秋中期五百年之间中原诸国民间的吟唱，颇多"饥者歌其食，劳者歌其事"③ 的人间声音。《诗经》的诗歌，跳动着两三千年前中国人的精神脉搏，其十五国风以螺旋式的地理结构，牵引着中国人文对中心与边缘、历史与现实的结构性想象和安排。

作为另外一个诗歌源头的《楚辞》，崛起在长江流域。楚人多才，奇思妙想，产生了屈原的《离骚》、《九歌》这样的千古绝唱。它用楚国的语言，楚国的声韵，楚国的地名，楚国的名物，展开了富有神话色彩的想象，与天地鬼神进行令人心弦颤动的对话。《国语》卷十八《楚语下》记载楚国君臣对话，追溯巫风渊源，认为"古者民神不杂。民之精爽不携贰者，而又能齐肃衷正，其智能上下比义，其圣能光远宣朗，其明能光照之，其聪能听彻

---

① 《汉书》卷三十《艺文志》，第 1708 页。
② 《诗经·大雅·公刘》，《十三经注疏》，第 542—543 页。
③ 《春秋公羊传注疏》卷十六，《十三经注疏》，第 2287 页。

之，如是则明神降之，在男曰觋，在女曰巫。……九黎乱德，民神杂糅，不可方物。夫人作享，家为巫史……其后，三苗复九黎之德，尧复育重、黎之后，不忘旧者，使复典之"。①《汉书·地理志》也说："楚有江汉川泽山林之饶……信巫鬼，重淫祀。"②楚国疆域，本是三苗迁移居住之地，这里的巫风祭祀歌舞，自然会刺激长期被流放的屈原，孕育着他神异奇诡的想象力。对此，一千年后的流放文人刘禹锡身临其地，犹有同感。《新唐书·刘禹锡传》说："禹锡贬连州刺史，未至，斥朗州司马。州接夜郎诸夷，风俗陋甚，家喜巫鬼，每祠，歌《竹枝》，鼓吹裴回，其声伧伫。禹锡谓屈原居沅、湘间作《九歌》，使楚人以迎送神，乃倚其声，作《竹枝辞》十余篇。于是武陵夷俚悉歌之。"③清人舒位亲临其地，也作《黔苗竹枝词》一卷说："夫古者轩采风不遗于远，而刘梦得作《竹枝词》。武陵俚人歌之，传为绝调。"④南楚夜郎之地，多民族聚居而巫风歌舞极盛，对于孕育疏野奇幻的歌诗的产生，长期存在着野性的活力。

　　因而《楚辞》旷世独步，与《诗经》双峰并峙，成为另一个独立的诗歌想象和语言表达的系统。中国文学是有福的，它开头的时候就和地理空间结下不解之缘，出现了代表着黄河文明和长江文明两个各具千秋的诗性智慧的系统，这样我们去采风、去发掘民间资源、发掘人文地理资源，以及展开我们的想象方式，就有了两个源头。"诗学双源"是中国文学的根本性特点，单源容易枯竭，双源竞相涌流，"双源性"赋予中国诗歌开放性的动力。这就是地理赋予文学生命现场和意义源泉，即地理造福于人文之所在。

四　经史、文史的耦合与神话的地理思维

　　双源的或多源的地理空间，是一种开阖自如的空间。文学地理学既要敞开空间，拆解空间，又要组合空间，贯通空间。有分有合，在动态中分合，

---

① 《国语》卷十八《楚语下》，上海古籍出版社 1998 年版，第 559—563 页。
② 《汉书》卷二十八下《地理志》，第 1666 页。
③ 《新唐书》卷一百六十八《刘禹锡传》，中华书局 1975 年版，第 5129 页。
④ （清）舒位：《黔苗竹枝词》一卷，《香艳丛书》本。

是空间不至于流为空洞，而充满生命元气的基本原则。考察其组合、贯通的形态，需从中国人的基本思维方式入手。中国人最发达的思维方式一个是诗，另外一个是史。诗中有史，史中有诗，形成整个民族文化的优势。比如清朝章学诚讲"六经皆史"。为何讲六经皆史？就是因为中国经典文化中有一个潜在的对话性结构，可以从历史记载中，提炼出治国平天下和修身养性的基本法则；又可以从治国平天下和修身养性的基本法则，认识历史发展的生命力。二者之间形成对话性的张力，"经"不做凭空说话，而是以"史"来说话，"经"与"史"共构了"文化的双源性"。在传统中国的经、史、子、集的原生知识结构中，经、史居于核心位置，有所谓"博通经史，学有渊源"，其中经是核心中的核心。清人皮锡瑞《经学通论·春秋》中的文化价值观是扬经抑史，他认为："经史体例，判然不同，经所以垂世立教，有一字褒贬之文；史止是据事直书，无特立褒贬之义。……《左传》、《国语》，则在经史之间……经史之异，岂仅在一字一句间乎？"[1] 其实，由于经过分关注"一字褒贬"的微言大义，反不及"据事直书"的史更能接通"地气"，更能与地理结缘。

《国语》和《战国策》一类古史，记录东周时期各国的政治外交和士人的游说活动，都是以政治地理上的邦国（大者称邦，小者称国）作为编撰的框架。《国语》共 21 卷，依次是周语 3 卷、鲁语 2 卷、齐语 1 卷、晋语 9 卷、郑语 1 卷、楚语 2 卷、吴语 1 卷、越语 2 卷。编撰者虽然还尊重春秋时期尚未完全颠覆的尊卑亲疏、内中国而外蛮夷的次序，但晋国 9 卷远多于鲁国 2 卷，透露了鲁国重经而晋国重史的文化倾向。南方蛮夷之国分量不少，说明这些国家的霸主地位不容忽视，其中《越语》写范蠡崇尚阴柔、持盈定倾、功成身退，带有萌芽状态的黄老道家色彩。《战国策》也采取国别史体的结构方式，记载战国时期谋臣策士、主要是纵横家的政治主张和纵横捭阖的言行策略。全书 33 卷，依次"二主并立"的所谓"东周"、"西周"各一卷，秦策 5 卷，齐策 6 卷，楚策 4 卷，赵策 4 卷，魏策 4 卷，韩策 3 卷，燕策 3 卷，宋、卫二国合为 1 卷、中山国 1 卷。该书是西汉末年，刘向在秘府校录群书时，发现了六种纵横家书的抄本，于是"辨章文物，考镜源

---

① （清）皮锡瑞：《经学通论·春秋》，中华书局 1954 年版，第 50、66、81 页。

流"，修残补缺，疏通条理，依国别整理而成。战国之世，礼制荡然，如刘向《战国策·序》所说："万乘之国七，千乘之国五，敌侔争权，盖为战国。贪饕无耻，竞进无厌；国异政教，各自制断；上无天子，下无方伯；力功争强，胜者为右；兵革不休，诈伪并起。"① 因此除了开头两卷写东、西周，尚照顾共主之尊外，其余诸卷，都是以国力强弱为序。清初学者陆陇其曾著有《战国策去毒》二卷，在《自记》中称《战国策》"其文章之奇，足以悦人耳目，而其机变之巧，足以坏人心术，如厚味之中有大毒焉"②。《国语》、《战国策》的分卷方式，标示着由春秋到战国的政治局面和礼制状态的变迁，而且由于此类简帛来路芜杂，反而透露了对春秋蛮夷霸主，以及对战国纵横家的略带异端的姿态。地理结构引导文化下行，使之接触更多的旷野气息。

　　然而，只有分别邦国的编撰体制还不够，还要有综合邦国为一体的编撰体制。所谓"地气"，既有一地之中，地与人的气息相通；又有此地与彼地之间，异地气息相通，这才是中国人言"地气"的博大浑厚之处。提到综合邦国的编撰体制，首创者当是《春秋经》。我们说孔子修撰整理《春秋》，实际上文献记载孔子跟《春秋》的关系有五种说法，一种叫"制《春秋》"，制造的制；一个叫"作《春秋》"，写作的作；一个叫"次《春秋》"，次序的次；还有一个叫"治《春秋》"，治理的治，就是研究春秋；还有一个叫"成《春秋》"，成功的成。分别用制、作、次、治、成五个意义上略有差别的字，来讲孔子与《春秋》的关系。③ 依次而治，乃疏通材料的脉络；制而作之，乃嵌入儒家的价值标准；在疏通和嵌入中，形成儒家的经典形态。这才有孔子所谓"知我者其惟《春秋》乎！罪我者其惟《春秋》乎！"④ 的生命的期许，若非他呕心沥血的制作，何必将《春秋》与"知我罪我"相联系？当然，《春秋》是以鲁国《春秋》为基

---

① 刘向：《战国策·序》，《文选补遗》卷二十七，上海古籍出版社1993年版，第443页。

② （清）陆陇其：《战国策去毒·自记》，参看《四库全书总目》卷五十二"史部"八，中华书局1965年版，第468页。

③ 《春秋公羊传·隐公元年》唐徐彦疏用"制"字，《孟子·滕文公下》用"作"及"成"字，《史记·十二诸侯年表》用"次"字，《庄子·天运》用"治"字。

④ 《孟子·滕文公下》，《四书章句集注》，第272页。

础，融合各国的史料而整理。依据史料记载的孔子和《春秋》的五种关系，无可怀疑孔子在整理《春秋》中投入珍贵的心血，甚至有"孔子作《春秋》，一万八千字，九月而书成，以授游、夏之徒，游、夏之徒不能改一字"① 的说法，强调是孔子独立撰述。

　　所以历史学家钱穆先生就认为，《春秋》出自孔子，自然没有异议，他以史学方式展示"全体的人文学"。《春秋》的贡献是什么呢？第一它是历史编年之祖；第二它转官方史学为民间史学，开平民舆论的自由，孔子没有很高的贵族身份，是以平民舆论褒贬历史；第三是它有一种"大一统"的思想，虽然以鲁国历史为底子，但是包含了各个国家的国别史成为一种通史，主张联合华夏各个国家来抵抗外来的一些夷蛮，"内诸夏而外夷蛮"的大一统观念贯穿始终。② 但是《春秋经》重微言大义而记事过简，检阅《论语》、《礼记》、《大戴礼记》、《孔子家语》诸书，孔子与二三子论史，要从容有趣得多。因此宋朝王安石"黜《春秋》之书，不使列于学官，至戏目为'断烂朝报'"。③ 毕竟它连通地气的笔墨较少。孔子整理《春秋》，出以布衣论史、追求大一统，已经开创编年史的意识，可以启发我们，讲人文地理的区域文化意识与民族国家统一的意识是相辅相成的，文化完整性是贯穿于区域文化的脉络。因此《春秋》三传中有一部《左传》，说是左丘明所著，分国别的《国语》说是《左传》的外传。这就形成了一根三株，枝叶婆娑的经史互动、互补、互释的景观。

　　应该看到，中国人文思维在地理维度上的优势，具有极强的渗透性，令人颇有无所弗届之感。这种渗透性既弥漫于上面所述的经史耦合，又促成了神话与史地的耦合。神话思维本是天马行空，鲲鹏翱翔，无所拘束，但中国神话却沾泥带水，富有地理因缘。先秦出现的《山海经》，全书十八卷，约三万一千字，是记怪述异的鼻祖。太史公好奇，但在《史记·大宛列传》还说："至《禹本纪》、《山海经》所有怪物，余不敢言之也。"④ 正史的

① 《春秋公羊传注疏》昭公十二年何休解诂引《春秋说》，《十三经注疏》，第2320页。
② 钱穆：《孔子与论语·孔学与经史之学》，九州出版社2011年版，第213—215页。
③ 《宋史》卷三百二十七《王安石传》，中华书局1977年版，第10550页。
④ 《史记》卷一百二十三《大宛列传》，中华书局1982年版，第3179页。

"艺文志"或"经籍志"有时候把它列入地理书，有时候把它列入小说书，属于孔子"不语怪力乱神"的一个另类的精神空间。那么这本书采取什么编撰体例呢？它采取了南、西、北、东的地理方位顺序，先写《南山经》、《西山经》、《北山经》、《东山经》、《中山经》这些所谓"五藏山经"，以南方居首，可能是古代楚人或巴蜀人所作。全书用山川的走向、陆地和海洋的分布来结构"山经"、"海经"、"大荒经"、"海内经"，记载了五百多座山、三百条水及一百多个邦国（部落或部落联盟），展示奇奇怪怪的神人怪物两三百种，还有巫术神话的一些片断，反映了我们中国人的神话思维有异于西洋神话的"地理思维"。西方神话的主神高居天上，中国神话的众神，联系地理的脉络，是一种地理式的原始思维，附着于土地的神话思维。所以乡村有土地神，城市有城隍神，都是分布最广的掌管一方水土的神祇。中国的神话思维、历史思维和文学思维都渗透了地理因素，地理神经很发达。《尚书》中的《禹贡》，用 1193 个字记载九州的山川物产，使中国地理观念和地理区域的形成，跟一个伟大的"中国故事"——大禹治水联系起来，所以篇名叫《禹贡》。刘向、刘歆父子整理《山海经》，认为是大禹、伯益治理洪水时所记。刘歆《上山海经表》说："已定《山海经》者，出于唐虞之际……禹别九州，任上作贡，而益等类物善恶，著《山海经》。"① 《列子·汤问篇》则认为："大禹行而见之，伯益知而名之，夷坚闻而志之。"② 通过大禹治水的故事，古代中国将地理与神话紧紧地捆绑在一起。灾祸、疾病，冥冥之中，若有神鬼纠缠。战争、政变、结社，也要请来神鬼助阵。

幻想世界有神话的地理，现实世界有历史的地理，二者的耦合，颇有点类乎"太虚幻境"对应着"大观园"，曹雪芹是很能把握中国人思维方式的玄机的。在历史地理上，首先应该提到班固著《汉书》，开辟了一个栏目叫做《地理志》，以后《二十四史》有十六部设立了《地理志》。宋以后，尤其是南宋以后，出现很多"地方志"，地方的郡县之志。一直到民国，一千多年，中国的"地方志"的数量，现在可以统计的有八千多种。这是一大笔文化遗产，国家图书馆的文津馆就是"地方志"的大总汇。由此可以知

---

① 刘歆：《上山海经表》，收入（清）严可均辑《全汉文》卷四十，商务印书馆1999年版，第410页。
② 《列子集释》卷五《汤问篇》，中华书局1979年版，第157页。

道，中国人对人文地理的认知是源远流长的，积累了非常丰富的文献资源和思维成果，涵盖了中央和地方、中原和边疆、地域和民族，甚至南方和北方的地理文化分野。我们可以从浩如烟海的材料中，追踪人文地理承传和演变的脉络，寻找中国人的生活方式、民俗信仰的形态。在中国，人文地理材料的丰富性和历史编年的准确性，可以说是人类文化史上的"双绝"。编年史的准确，使得从周共和元年即公元前841年，从司马迁《史记》的《十二诸侯年表》就留下一个传统，直到现在每年的重大事件，都记录在案。要是到别的国家，比如印度某一个作家的生卒年限可能相差几百年。中国在脂砚斋评点中发现材料，由于曹雪芹的卒年相差一年，就养活了很多搞考证者。所以说编年史的准确性和人文地理材料的丰富性，可以称得上是中国对人类文化史"双绝"的重要贡献。这就给复原文学地理学的经度和纬度，探讨它的学理体系，提供了第一流的历史文献资源。

五　文学地理学四大领域与区域类型的"七巧板效应"

在中国"天文—人文—地理"的三维耦合（属于元耦合），以及文与史、经与史、神话与文史的多重耦合中，文学地理学的研究收获了第一流的历史文献资源。以浩如烟海的文献资源为根基，结合"取之不尽，用之不竭"的现代文学资源，文学地理学的研究敞开了四个巨大的领域：一是区域文化类型，二是文化层面剖析，三是族群分布，四是文化空间的转移和流动。既然称为文学地理学，就包含着人文与地理两个互动而相融的板块。因此，从地理方面出发，就有区域类型问题；从人文方面从发，就有文化和族群的问题；从二者互动出发，就有空间转移和流动的问题。因此，区、文、群、动四大领域在交互作用中成为动态的浑然一体，而且都有必要从中国的经验和智慧中提出问题，深入考究，才能把学问做大做深，才能做出相关学理体制上的创新性。

首先是区域文化类型。它是四大领域的基础。

中国地域辽阔，地貌复杂，早期的部落和后来的民族都数量可观。《周易·乾卦》象辞说："大哉乾元，万物资始，乃统天。……首出庶物，万国咸宁。"① 在六十四卦的首卦，就展开"万国"（众多部落、部族）的眼光，祝福"万国咸宁"。《毛诗正义》卷十九孔颖达疏《周颂·桓》"绥万邦"之句说："《尧典》云：'协和万邦。'哀（公）七年《左传》曰：'禹会诸侯于涂山，执玉帛者万国。'则唐、虞、夏禹之时，乃有此万国耳。《王制》之注，以殷之与周唯千七百七十三国，无万国矣。此言万国者，因下有万国，遂举其大数。"② 由此可知中华文明起源的多元性，及邦国凝聚的过程。

区域类型的形成，在文明起源的多元性基础上，与政治区划关系极深。"区域"一词最早见于战国时期的《鹖冠子》，它介绍了郡、县、乡、扁、里、伍等政治建制之后说："天子中正，使者敢易言尊益区域……故四方从之，唯恐后至。"③ 秦汉建立统一王朝之后，区域划分成为分级治理的需要，"区域"一词，自此流行。如《汉书·西域传》说："孝武之世，图制匈奴，患其兼从西国，结党南羌，乃表河西，列四郡，开玉门，通西域，以断匈奴右臂，隔绝南羌、月氏。单于失援，由是远遁，而幕南无王庭。……且通西域，近有龙堆，远则葱岭……皆以为此天地所以界别区域，绝外内也。"④ 东汉末年蔡邕的《太傅胡广碑》也写道："既明且哲，保身遗则。同轨旦、奭，光充区域。生荣死哀，流统罔极。"⑤ 三国曹植《制命宗圣侯孔羡奉家祀碑》又说："内光区域，外被荒遐。殊方慕义，搏拊扬歌。"由于《禹贡》将中国分为"九州"，区域划分又与九州相关。晋朝潘岳《为贾谧作赠陆机》诗云："芒芒九有（九州），区域以分。"到了隋炀帝时，则有名为《区域图志》的图书出现。这就应了《周礼正义》卷五《小宰》"听闾里以版图"句之下，贾公彦疏曰："'图，地图也'者，《广雅·释诂》云：'图，画也。'《司会》注云：'图，土地形象，田地广狭。'又《大司徒》云：'掌建邦之土地之图。'盖自邦国以至闾里，皆有图以辨其区域也。"⑥

"区域"的形成，虽然与"禹会万国"的早期部落、《禹贡》九州的地

---

① 《周易·乾卦》象辞，《十三经注疏》，第 14 页。
② 《毛诗正义·周颂·桓》孔颖达疏，《十三经注疏》，第 604 页。
③ 《鹖冠子汇校集注》卷中"王钺第九"，中华书局 2004 年版，第 193—194 页。
④ 《汉书》卷九十六下《西域传》，第 3928—3929 页。
⑤ （清）严可均辑：《全后汉文》卷七十六，商务印书馆 1999 年版，第 769 页。
⑥ 《周礼正义》卷五《孝宰》贾公彦疏，《十三经注疏》，第 654 页。

理划分、封建王朝的州郡制度有关，但是，更有本质意义的是春秋战国时期在西周分封基础上，大国对缝隙间的部落和部落联盟的兼并聚合，诸子推动地域文化建构，成了中国区域人群文化生成的第一个原因。既然是"区域文化类型"，它需要的就不仅是王朝政治区域划分，更重要的是风俗、民性、信仰的沉积。西周初期，分封了很多同姓诸侯国和异姓的诸侯国，这就是《左传》鲁僖公二十四年记载："周公吊二叔（管叔、蔡叔）之不咸（和），固封建亲戚，以藩屏周。"① 于是在公元前 11 世纪，周武王和周公先后分封了七十一个国家，除了十几个是异姓的国家之外，其他的都是同姓的国家。有如《荀子·儒效篇》所说："兼制天下，立七十一国，姬姓独居五十三人。"② 这些诸侯国然后再经过春秋战国时候的扩张兼并，留下了屈指可数的一些邦国，这就沉积下文学的区域类型。重要的区域类型有秦、楚、齐、鲁、燕、三晋（韩、魏、赵）、吴越这些人文地理板块。其后又开发了岭南、塞北、西域、关东、藏区、大理和闽台这些区域类型。在区域文化类型的丰富性上，中国在世界上是首屈一指的，形成了一块块色彩丰富的，具有独特的环境板块、历史传承和群体行为方式的区域文化"七巧板"或"马赛克"。"区域文化类型的七巧板"使得我们的思想文化的底蕴非常深厚，多姿多彩。

对于丰富多彩的"区域文化类型的七巧板"，《汉书·地理志》"言其地分"，"条其风俗"，力图把握其各自的人文地理特征。除了前面所述的楚地重巫风，鲁地"其民有圣人之教化"，燕地有"宾养勇士，不爱后宫美女，民化为俗"的"燕丹遗风"等之外，又点出"赵、中山地薄人众，犹有沙丘纣淫乱余民。丈夫相聚游戏，悲歌忼慨，起则椎剽（杀人抢劫）掘冢，作奸巧，多弄物，为倡优。女子弹弦跕屣，游媚富贵，遍诸侯之后宫"③。致使战国末年，秦、楚、赵三国都有出自邯郸歌舞女伎的王后，相当深刻地影响了当时的政治。甚至连秦始皇的母后也在内："吕不韦取邯郸诸姬绝好善舞者与居，知有身。子楚（秦始皇之父）从不韦饮，见而说

---

① 《春秋左传注》，中华书局 1990 年版，第 420 页。
② 《荀子集解》卷四《儒效篇》，中华书局 1988 年版，第 114 页。
③ 《汉书》卷二十八下《地理志》，第 1655—1662 页。

（悦）之……（吕不韦）欲以钓奇，乃遂献其姬。姬自匿有身，至大期时，生子政。"①

由于地域人文构成的差异之存在，当这些差异的人文因素在不同的时段作用于中心人文结构时，就出现了丰富多彩的"七巧板效应"。汉、唐都是中华民族的大朝代，但是两个朝代接受的地域文化遗产千差万别。汉朝开国，是楚风北上，携带着包括"楚王好细腰"这样多年形成的风俗遗产，就必然会以汉成帝的皇后赵飞燕为"瘦美人"的典型。唐朝是"关陇之风"南下，李唐王室的母系独孤氏、窦氏、长孙氏都是鲜卑、突厥等少数民族，马背上的民族推崇能够随军作战、逐水草而居的健壮女人，就必然要杨贵妃这样的"胖美人"，方能做到"后宫佳丽三千人，三千宠爱在一身"。所以各个文化区域对整个中华民族增加了很多各有特色的文化因素，"环肥燕瘦"，姚黄魏紫，增加了文化变异和积累的很多不同参数和色彩。

中国思想文化的源流是非常丰富复杂的，并非单线汲取、单源发展的，其底蕴深厚，流派迭出，式样多姿多彩，跟区域文化的交替汇入、相互作用极有关系。比如周公长子伯禽分在鲁国，鲁国原来是东夷之地，东夷民族很容易跟华夏民族融合。到了汉以后，山东、江淮一带的东夷民族到哪里去了？都融为华夏，都汇合到中华民族里面来了。周公的后代封于鲁国，到了春秋时期礼崩乐坏，唯有在鲁国保存周公礼乐最是完整。鲁昭公二年（前540），孔子十二岁的时候，晋国上卿韩宣子出使鲁国，"观书于大史氏，见《易象》与《鲁春秋》"，就感叹说："周礼尽在鲁矣。"② 各诸侯国往往到鲁国学习周礼和古代文献，鲁国就以"礼仪之邦"驰名。所以孔子在鲁国创立儒家学派，是得天独厚，以周礼作为他思想的轴心。

但是孔子的远祖是宋国贵族，殷王室的后裔。孔子十九岁娶宋人亓官氏之女为妻，一年后生子，鲁昭公派人送鲤鱼表示祝贺，孔子感到荣幸，就给儿子取名为鲤，字伯鱼。所以孔子与奉祀商朝的宋国，渊源很深。《礼记·檀弓上》记载孔子的话："而丘也，殷人也。"③ 宋地（今河南商丘）有始建

---

① 《史记》卷八十五《吕不韦列传》，第 2508 页。
② 《春秋左传注》，第 1227 页。
③ 《礼记·檀弓上》，《十三经注疏》，第 1283 页。

于唐初的"孔子还乡祠",以及传说的孔子祖坟。《礼记·礼运篇》记述孔子的话:"我欲观殷道,是故之宋,而不足征也,吾得坤乾焉。"《儒行篇》又说:"丘少居鲁,衣逢掖之衣;长居宋,冠章甫之冠。"① 因此孔子问学、祭祖的足迹及于宋国,是没有问题的。据民国九年《夏邑县志·孔祖先茔记》载:"重修还乡祠四代祠记碑"说:"孔子还乡省墓,盖数数矣!"范文澜《中国通史》认为,宋与鲁、楚是东周时期并称的三个文化中心,商朝的祭祀文化通过家族渠道进入了儒家文化脉络里。甚至据《左传》昭公十七年记载,东夷的郯子来朝,年仅二十七岁的孔子就向他请教"少暤氏鸟名官制",感叹"天子失官,学在四夷"。② 鲁国的民间是东夷民族,孔子弟子多来自民间,如《荀子·法行篇》所说:"夫子之门何其杂也?"杂就杂在连子路这类东夷野人,子张这类马市经纪人也侧身其间。东夷的风俗是喜欢仁,"仁而好生",就是对自然界和生物界,对人与人之间的关系采取友好的态度。"仁"字,是孔子采自东夷民间而进入到自己思想核心的一个概念。而且《左传》昭公十二年记载:"仲尼曰:古也有志:'克己复礼,仁也'。信善哉!楚灵王若能如是,岂其辱于乾谿?"③ 孔子也在仁的理念中,加入了他所看到的古《志》的元素。因此鲁国民间的和官方的文化,加上周边的由杞国传下来的夏文化、由宋国传下来的商文化,使孔子的儒学既能够在鲁的本土区域生根,又渊博丰厚而能传之久远,演变成为古代中国主流的思想文化体系。

孔子再传之后最有名的两个大儒是孟子和荀子。孟子是邹人,邹是鲁国的附庸国。《左传》讲,鲁国打更而敲击梆子,邹国都能听得到声音,如此邻近,所以邹国的思想也就是鲁国的思想。孟子在邹接受了子思一派传下来的思想,他的儒学思想就比较纯粹。曾子、子思、孟子这一条线索是通向后来的宋学即程朱理学一脉的。还有另外一条血脉就是孔子的弟子卜商(字子夏),居西河传学。黄河从甘肃、宁夏流到内蒙古,转为由西往东流,这段黄河叫"北河";然后拐个弯,从山西、陕西中间流到风陵渡,这段黄河就

---

① 《礼记·礼运》及《儒行篇》,《十三经注疏》,第 1415、1668 页。
② 《春秋左传注》,第 1386—1389 页。
③ 同上书,第 1341 页。

叫"西河"，即《禹贡》所说的"黑水、西河惟雍州"的西河，以后就进入黄河中下游了。子夏到了西河即魏国西部，相当于现在山西的临汾地区，那里还有子夏讲学的古迹。当时魏文侯是战国时候第一个准霸主，拜子夏为老师。子夏在那里为《诗经》做序，讲授《易经》、《春秋》和《礼》，所以儒家的文献学从子夏这条脉络往下传。子夏传学前后，晋国一分为三，赵国首都是在邯郸，荀子是赵人。晋国的荀氏，到晋文公时期的荀林父，就分成三支，一支是"中行氏"。晋文公跟少数民族（狄人）在山区作战，除了车战的三军之外，还组织了步兵作战的"三行"，因为车战无法在山里展开兵力，得用步兵。荀林父是中间这个步兵行列的统帅，以官名为姓氏，就是"中行氏"；荀氏还分出"知氏"一支，都是当时晋国势力最大的六卿之一。知氏和中行氏，后来被韩、赵、魏给灭了。剩下的一支是"荀氏"，在三家分晋之后，居住在赵国。

　　荀子五十岁才到齐国临淄的稷下，三次当稷下学宫的祭酒，是稷下学派的领袖。荀子五十岁才到稷下，意味着他的思想主要是在赵国形成根基的。荀子的祖辈曾经出使鲁国，受到礼仪的优待，也可能带回一些儒家的典籍，加上子夏传经的系统，使荀子能够接上儒学的脉络。但是，三晋地区是法家的大本营，商鞅、韩非子这些人都是三晋人氏，或在三晋出道。而且荀子早年还经历了一个重大事件冲击，就是赵武灵王"胡服骑射"，改用胡人服装，从而改变其作战方式。赵武灵王十九年（前307）下令"胡服骑射"。那么，荀子生于何年呢？清代汪中《荀卿子年表》推断荀子的主要学术活动大约在赵惠文王元年（前298）到赵悼襄王七年（前238），由此推断出来的荀子生年，比梁启超《荀卿及荀子》推定的公元前308年，罗根泽《荀子游历考》认定的公元前312年，游国恩《荀卿考》认定的公元前314年都略早。因而他少年时代经历过这场风波的冲击，是没有问题的。这场风波是违背儒家礼制的，含有法家的变革思想。《论语·宪问篇》记述孔子的话："微管仲，吾其被发左衽矣。"[①] 少数民族（戎狄）服饰装束的采用，是非常严重的非礼行为。以胡人服装来改变作战方式，在儒家是不允许的，比如反对胡服骑射的公子成的话就散发着儒家的气味："臣闻中国者……圣贤之所

---

① 《论语集注》卷七，《四书章句集注》，第153页。

教也，仁义之所施也，诗书礼乐之所用也，异敏技能之所试也，远方之所观赴也，蛮夷之所义行也，今王舍此而袭远方之服，变古之教，易古之道，逆人之心，而怫学者，离国中故，臣愿王图之也！"① 在这种环境中成长的荀子，学问脉络虽然属于儒学，但是难免把儒学法家化，因此荀子学说的核心概念叫做"礼法"。他晚年向韩非和李斯传授帝王之术，又经过稷下将本来法家化的儒学，进一步黄老化了。所以子夏、荀子这条学脉是通向汉朝的儒学，即"汉学"的。荀子的儒学是"三晋儒学"，不同于邹鲁之纯儒，乃是一种"杂儒"。中国儒家最大的两个学派，"汉学"与"宋学"，在某种意义上说，就是由于区域文化对儒学注入不同文化因素所造成的。区域文化，三晋的文化和邹鲁的文化分别作用于儒学，就衍变形成儒学里面的汉学和宋学。

六　文化层面剖析与"剥洋葱头效应"

文学地理学的四大领域之二，就是文化层面剖析。深入区域文化类型之后，随之而来的问题，就是追问何为文化，文化何为。文化以特定的思想价值观念，渗透到人间的各种现象和生活方式之中，赋予人间现象和生活方式以意义，以特色，以思维方式。其渗透的特点就像盐溶于水，看不到盐在何处，但是饮水自知咸滋味。因而随着这些观念、现象、方式、意义和滋味的不同，文化就分离出许多层面。文化之内有许多"亚文化"的构成，比如说有官方文化、民间文化、日常生活文化、山林隐士的文化；有雅文化层面，俗文化层面；又有城市文化、乡土文化。文化、亚文化还可以再分层，如剥洋葱，层层深入，层层具体。城市文化里也可以分出很多层面，比如官僚府邸文化、平民市井文化，现代则有洋场、租界、大宅院、大杂院、贫民窟等文化形态。文化层面就像"洋葱头"或"千层饼"，各个层面存在着不同的文化功能，文化层面剖析就是剥"洋葱头"或揭"千层饼"，揭示其中的结构功能差异。

比如城市地理学，就应该注意其中存在着不同功能的区域。城市功能使

---

① 《史记》卷四十三《赵世家》，第 1808 页。

其文化松动为"洋葱头"、"千层饼"，层层的甜酸苦辣，自有区别。非均质性，是其特征。北宋词人晏殊的府邸文化功能与柳永的市井文化功能就有很大的区别，甚至对立。晏殊十四岁以神童召试，赐同进士出身。一生富贵优游，官居"太平宰相"。其词擅长小令，多吟咏官僚士大夫的诗酒风流和闲情逸致，表达舞榭歌台、花前月下的娴雅自适。就以这首《浣溪沙》来说："一曲新词酒一杯。去年天气旧亭台。夕阳西下几时回？无可奈何花落去，似曾相识燕归来。小园香径独徘徊。"词的境界非常温馨，小园——还有一个后花园，香径——布满花草的小径，他在那里徘徊，在那里咀嚼着"无可奈何花落去，似曾相识燕归来"。有这份清闲的沉思，笔调自然就闲婉蕴藉，想想宇宙，想想人生，闲适中流露出索寞怅惘的心绪，旷达中渗透着无可奈何的人生哲理。难怪《宋史》本传说他"文章赡丽，应用不穷。尤工诗，闲雅有情思"[1]。

与此形成巨大反差的是，柳永词却多有世俗滋味。他到五十一岁才中进士，仕途坎坷，生活潦倒，长期混迹于烟花巷陌中。柳永写杭州的《望海潮》："东南形胜，三吴都会，钱塘自古繁华"，"有三秋桂子，十里荷花"，写了整个杭州十万人家，他似乎拥有整个城市。但是作为人最亲密的空间，家庭住宅的空间，他一无所有，奉旨填词柳三变，蹉跎市井无家可归。柳永厌倦官场，沉溺于旖旎繁华的都市生活，在"倚红偎翠"、"浅斟低唱"中寻找寄托，写成了市井社会的一曲曲流行歌词。《醉翁谈录》丙集卷二记载："耆卿居京华，暇日遍游妓馆，所至，妓者爱其有词名，能移宫换羽，一经品题，声价十倍，妓者多以金物资给之。"[2] 要知道，歌妓在当时的市井社会是引导时尚的。甚至如鲁迅所言："伎女的装束（也包括她们的歌唱吧），是闺秀们的大成至圣先师。"[3] 叶梦得《避暑录话》卷下又载：柳永"为举子时多游狭邪，善为歌辞，教坊乐工每得新腔，必求永为辞，始行于世，于是声传一时。……尝见一西夏归明官云：凡有井水饮处，即能歌柳

---

① 《宋史》卷三百一十一《晏殊传》，第 10197 页。
② （宋）罗烨：《醉翁谈录》丙集卷二"花衢实录"，古典文学出版社 1957 年版，第 32 页。
③ 鲁迅：《南腔北调集·由中国女人的脚，推定中国人之非中庸，又由此推定孔夫子有胃病》，《鲁迅全集》第四卷，第 505 页。

词。言其传之广也。永终屯田员外郎，死旅，殡润州僧寺"①，可见柳永的音乐才能和歌词艺术赢得了歌妓们的喜爱，流传于当时的国内外，最终却贫病而死，停尸僧寺。晏殊的"小园香径"和柳永的"烟花巷陌"，府邸文化和市井文化，这份清闲和那份热闹，代表着宋朝城市文化的两个绝然不同的层面。它们存在着不同的城市地理空间秩序和功能，是"同葱不同瓣"，臭味互异。

文化分层的方式和标准，也有许多维度。从地理方位上看，有中心的文化和边缘的文化；从社会地位上看，有主流文化和非主流文化；从政治经济构成上看，有城市文化和乡村文化等。如果从微观的文化学着眼，老舍的《四世同堂》讲了一句经过现实考察得来的话："在这样一个四世同堂的家庭里，文化是有许多层次的，就像一块千层糕。"他注意到具体而微的社会细胞的内部空间面貌的丰富性。美国《星期六文学评论》曾经载文说："老舍的《四世同堂》不只是第二次世界大战以来中国出版的最好小说之一，也是在美国同一时期所出版的最优秀的小说之一。"评论家康斐尔德认为："在许多西方读者心目中，《四世同堂》的作者老舍比起任何其他的西方和欧洲小说家，似乎更能承接托尔斯泰、狄更斯、陀思妥耶夫斯基和巴尔扎克的'辉煌的传统'。"抗战时期北平小羊圈胡同的祁家宅院，以为用石头顶住大门，就可以过安稳的日子了。但在社会文化和民族灾难中，祁老头和他的儿子、三个孙子及重孙子，都处在不同的文化层面。四合院外面杂乱的胡同，文化层面就更加混杂和丰富，以几个家庭众多小人物屈辱、悲惨的经历，京腔京味十足，写出了北平市民在八年抗战中惶惑、偷生、苟安的社会心态，发掘着在国破家亡之际沉重、痛苦而又艰难的觉醒历程。家庭小说是中国现代小说的大宗，而对家庭内在文化层面的考察，使老舍的创作进入现代家庭小说新的深度。

老舍是文化层面解剖意识非常强的作家，十年后，1956年他又写了话剧《茶馆》，成为中国话剧史上杰出的经典。老舍在《答复有关〈茶馆〉的几个问题》中说："茶馆是三教九流会面之处，可以容纳各色人物，一个大茶馆就是一个小社会。这出戏虽只有三幕，可是写了五十来年的变迁。在这

---

① （宋）叶梦得：《避暑录话》卷下，津逮秘书本。

些变迁里，没法子躲开政治问题。可是，我不熟悉政治舞台上的高官大人，没法子描写他们的促进或促退。我也不十分懂政治。我只认识一些小人物。这些人物是经常下茶馆的。那么，我要是把他们集合到一个茶馆里，用他们生活上的变迁反映社会的变迁，不就侧面地透露出一些政治消息吗？这样，我就决定了去写《茶馆》。"①话剧展示的北京裕泰茶馆，就像一锅熬了多少年的老汤：提笼架鸟、算命卜卦、卖古玩玉器、玩蝈蝈蟋蟀者，无所不有。全剧没有一个贯穿始终的故事情节，但却以茶馆掌柜王利发为中心，采取独特的历史年轮横切面的艺术方式，把清朝末年、民国初年、抗战胜利后三个历史时期的北京社会风貌和整个中国社会变迁状况，以及七十多个（其中五十个是有姓名或绰号）三教九流人物装进了不足五万字的《茶馆》里，展示出一幅世相毕现又气势苍茫的历史长卷。剧中不仅成功地塑造了王利发、常四爷、秦二爷这样一些饱含旧社会人间沧桑却不丢中国人骨气的人物形象，也刻画了刘麻子、庞太监等旧中国地痞、流氓的丑恶嘴脸。结尾是茶馆掌柜王利发和五十年前曾被清廷逮捕过的正人君子常四爷，以及办了半辈子实业结果彻底垮了台的秦二爷，三位老人捡起送葬纸钱，凄惨地叫着、笑着、抛撒着。最后只剩下王利发拿起腰带，步入内室，悬梁自杀，象征着三个旧时代被埋葬的历史必然性。难得的是话剧人物杂而多，却表现得声口毕肖，栩栩如生，淋漓尽致，充分体现了老舍"写自己真正熟悉的人和事，人物对话必须是真正性格化的语言"，"话到人到"、"开口就响"、"闻其声知其人"的京话语言大师的风貌。实际上在老舍笔下的茶馆，也是一块"文化上的千层糕"，各色人物都在那里尽情尽兴地表演自己的文化角色。

在文化层面的剖析上，以往文化史比较注重雅的书面文化，而对俗的民间文化，五四以后关照比较多一点，但是这个问题还是没有彻底解决，没有从文化本体论上加以解决。这就使得"文化的洋葱头"，有待更为深入地接通"地气"。应该强调，对于民间文化、口传文化的价值和功能的认识，必须还原到本体论的高度。根据牛津大学一个研究室的 DNA 研究，人类会说话的基因变异发生在十二万年前，人类会说话已经十二万年了。人类会写字才五千年，中国发现的甲骨文才三千多年，而且在古代百分之九十九的人都

---

① 老舍：《答复有关〈茶馆〉的几个问题》，《剧本》1958 年 5 月。

不能够用文字著书立说的。大量的民族记忆和民族想象存在于哪里呢？存在于口头上，所以口传系统是个非常重要的本源性系统。如果只是研究文字记录下来的文献，所研究的就是水果摊上的水果；如果加上民间口传的传统，就研究了这棵果树是怎么生根发芽、枝繁叶茂之后结出果子，研究文化生成的完整的生命过程。

　　文字的传统是有限的，文字的尽头处，就是口传。在口传系统上，歌仙刘三姐是以往文学史所缺载的，因为她是民间歌手，是口传文学。笔者在《中国古典文学图志》一书中就指出，文学史写上刘三姐，比大谈二三流的汉语诗人更有价值。原因在于写上这一笔，可以沟通汉族和南方的少数民族、书面文学和口传文学之间的关系，从而展开文学史的丰富层面和文学结构的完整性。① 广西许多地方志，还有明清时代的一些笔记，都记载过刘三姐，除了"刘三姐"这个称呼之外，有的叫"刘三妹"、"刘三娘"，回到笔者的电白老家，还可以发现有叫"刘三婆"的，从叫妹、叫姐、叫娘、叫婆，刘三姐逐渐长老了，这些都属于"歌仙刘三姐"系统。根据这些地方志和笔记的记载，刘三姐生于唐朝中宗（武则天的儿子）年代，大概比诗仙李白小三岁，歌仙是诗仙的"妹妹"。据说她是著名的刘晨、阮肇"天台遇仙"故事中，那位刘晨先生的后代，民间传说这么会拉亲戚。广东阳春县一个山崖上有个"刘仙三姐歌台"，歌台铭文落款是五代后梁，已经一千多年了。到了明清时期对刘三姐的记载更多。清朝初期"岭南三大家"之一的屈大均，自问"《广东新语》一书，何为而作也？……予举广东十郡所见所闻，平昔识之于己者，悉与之语。……言地者，言其一撮土，而其广厚见矣"。② 他对于文化接通"地气"，独有心得。因而在《广东新语》卷八《女语》中，他以远比前人更多的笔墨记述这个岭南传说：刘三妹"相传为始造歌之人"，千里内闻歌名而来学歌、对歌者络绎不绝，她"往来两粤溪峒间，诸蛮种类最繁，所过之处，咸解其言语"，被称为"歌仙"。无论平民百姓，还是瑶族、壮族或者山里的少数民族，凡是做歌的人，都要先买一本歌词供奉刘三妹，放到她的祭台上，让祭台管理人员收藏。然后谁

---

① 参看拙著《中国古典文学图志》，生活·读书·新知三联书店 2006 年版，第 26 页。

② （清）屈大均：《广东新语》自序，清康熙二十九年木天阁原刻本。

要求歌，不准带出去，只能在那里抄录，所以在刘三姐庙里，这些歌词已经积累几箩筐了。又记载刘三姐跟邕州（现在的南宁）的白鹤少年张伟望在山崖上唱歌，对歌七天七夜，"俱化为石，土人因祀之于阳春锦石岩"。有的记载却说，二人成仙飞去，时在唐玄宗开元十三年。推算起来，唐玄宗开元十三年，刘三姐二十一岁，李白二十四五岁刚从四川出来，"仗剑去国，辞亲远游"，在洞庭湖、扬州的长江一带漫游，过三年之后才有《黄鹤楼送孟浩然》。

清朝康熙年间的文坛领袖王渔洋在《池北偶谈》卷十六中说，同榜进士吴淇，"为浔州（今广西桂平县）推官，采录其歌，为《粤风续九》。虽侏儒之音，时与乐府子夜诸曲相近，因录数篇"。《粤风续九》，就是以两广地区"粤风"续写《九歌》。其中记录了刘三妹的故事，录有刘三姐对歌七首，比如《相思曲》："妹相思，不作风流待几时？只见风吹花落地，不见风吹花上枝。"《蝴蝶思花歌》："思想妹，蝴蝶思想也为花。蝴蝶思花不思草，兄思情妹不思家。"很俗白，很新鲜，是山野间的吟唱，跳出了文人写作陈陈相因的方法。此外还录有傜歌四首、俍歌二首、僮歌一首、蛋歌三首、俍人扇歌一首，并且介绍"担歌者，侗人多以木担聘女，或持赠所欢，以五采龄作方段，龄处文如鼎彝，歌与花鸟相间，字亦如蝇头。布刀者，侗人织具也，书歌于刀上，间以五采花卉，明漆沐之。又有师童歌者，巫觋乐神之曲，词不录"①。作为文坛宗师，王渔洋转录时的好奇心，也许大于取法之心，但是这确实是"人文的洋葱头"在"地气"的催生下，生长出来的青翠可喜苗叶。对于如此"天籁"之音，要不要进入文学史？如果把民间口头传统也载入文学史，比起只记一些文人或锦心绣口或酸溜迂腐的，毕竟天地很窄的诗词的文学史来，就会敞开一个更加令人心旷神怡的"天苍苍，野茫茫"的宏大空间，文学史能够动员的资源就会非常生机勃勃，烟波浩渺。

---

① （清）王士祯：《池北偶谈》卷十六"谈艺"六，中华书局 1982 年版，第 382—384 页；《渔洋诗话》卷下也有此材料，见《清诗话》，上海古籍出版社 1978 年版，第 218 页。

七　族群划分与"树的效应"

　　文学地理学四大领域之三，是族群的划分与组合。中华民族是一个多民族的国家，有许多古民族，又有五十五个现代少数民族。经过严格的科学鉴定的很多民族，都有自己的居住的区域，生产生活的方式，民族信仰的习惯和自己的行为方式、语言系统。这些文化群体曾经相互对峙又相互吸引、相互融合，在长期的发展中越来越深地变得你中有我、我中有你。汉族与少数民族之间，也是一种耦合结构。讲中国文学，不讲少数民族就讲不清楚汉族，不讲汉族也讲不清楚少数民族，那是"失耦合"的偏枯式的严谨方式，因为我们 DNA 都混在一起了。北方的汉族和北方的少数民族 DNA 的接近程度，超过了北方的汉族和南方的汉族；同样的，南方的汉族和南方的少数民族 DNA 的接近程度，超过了南方的汉族和北方的汉族。这就既是血脉相连，在文化上也是你中有我，我中有你，打断骨头连着筋，从而形成了一个多元一体的国家民族的总体构架。因此民族群体文化，"同树异枝"，是文学地理学可以进行大开发的重大问题。

　　就以中华民族的史诗传统而言，汉族由于文化理性早熟，生活态度务实，主流思想"不语怪力乱神"，留存下来的史诗是很不发达的。以往写文学史是为了跟西方接轨，从史诗写起，一些老先生从《诗经》里面找了五首诗，《大雅》中的《生民》、《公刘》、《绵》、《皇矣》和《大明》等五篇，说是"周朝的开国史诗"。但是，这五首诗加起来三百三十八个字，怎么和《荷马史诗》比？西方学术界认为中国没有史诗。比如德国的黑格尔认为，在东方各民族中，只有印度和波斯才有一些粗枝大叶的史诗，"中国人却没有民族史诗，因为他们的观照方式基本上是散文式的，从有史以来最早的时期就已形成一种以散文形式安排得井井有条的历史实际情况，他们的宗教观点也不适宜于艺术表现，这对史诗的发展也是一个大障碍"[1]。

　　要打破这种"西方中心主义"的傲慢，最好的方法是拿出事实。如果考虑到少数民族文化，中国就无可怀疑的是"史诗的富国"。少数民族最是

----

[1]　黑格尔：《美学》第 3 卷下册，商务印书馆 1981 年版，第 170 页。

宏伟绚丽的史诗，为藏族的《格萨尔王传》，蒙古族叫《格斯尔可汗传》。《格萨尔王传》作为活形态的史诗，至今仍有数以百计的民间艺人能够演唱，有若藏族谚语所云："岭国每人嘴里都有一部《格萨尔》。"遂以其六十万行的超长度，建构成了古代藏族社会的一部包罗三界、总揽神佛而气象万千的百科全书。虽然每个歌手传唱的细节有所不同，但都有一个共同的故事梗概：古远时候，藏区妖魔横行，天灾人祸使黎民百姓苦难深重。梵天王派其少子下凡，做黑头发藏人的君王——格萨尔王。他具有神、龙、念（藏族原始宗教里的一种厉神）三者合一的半人半神的英雄品格，将阻挠他降临人间的妖魔鬼怪杀死。五岁时，与母亲移居黄河之畔。格萨尔十二岁，在部落的赛马大会上获胜称王，娶最美的少女珠牡为妃。格萨尔从此施展天威，降伏了入侵岭国的北方妖魔，战胜了霍尔国的白帐王、姜国的萨丹王、门域的辛赤王、大食的诺尔王、卡切松耳石的赤丹王，南征北战，东讨西伐，先后降伏了几十个"宗"（藏族古代的部落和小邦）。格萨尔又入地狱，救出母亲郭姆、王妃珠牡，同回天界。其基本结构有若歌手们所概括："上方天界遣使下凡，中间世上各种纷争，下面地狱完成业果。"

六十万行的《格萨尔王传》，篇幅超过世界五大史诗的总和。世界五大史诗：最古老的是古巴比伦的《吉尔伽美什》，以三千行的楔形字写在泥版上；影响最大的是荷马史诗《伊利亚特》、《奥德赛》，二三万行；最长的是印度史诗《罗摩衍那》、《摩诃婆罗多》，后者是二十万行。中国少数民族三大史诗，还有蒙古族的《江格尔》，柯尔克孜族的《玛纳斯》，都是二十万行左右的英雄史诗。这两个史诗都是跨国界共享的国宝。可以说，公元前一千年，世界上最伟大的史诗是荷马史诗；公元后第一个千年，世界上最伟大的史诗是印度史诗；历史将会证明，公元后的第二个千年，世界上最伟大的史诗是包括《格萨尔》、《江格尔》、《玛纳斯》在内的中国史诗。中国文学干枝参天，那种固执于"有干无枝"的研究方式，面对已成"国际显学"的少数民族文学瑰宝，理应反省自身研究视野和知识结构的缺陷。《老子》三十三章云："知人者智，自知者明。"① 对于文学史研究现状，当以此共勉。

---

① 《老子校释》，中华书局1984年版，第133页。

　　中国文学人应该形成一种共识：中华民族的文化和文学，是汉族和少数民族共同创造的，文学史应该将这种整体风貌和深层脉络描绘出来。如果把少数民族的神话、想象和民族记忆、民族创造都计算进来，中国就毫无疑义地是一个史诗大国、富国、强国。少数民族给中华民族增加很多辉煌的文学方式和文学经典，可惜古代中原主流文化把自己看得太了不起，把少数民族的创造看作"蛮夷之音"，并没有将"见贤思齐"①的理念穿透华夷界限。公元 11 世纪，也就是欧阳修、苏东坡在写几十字、百余字短小精粹的宋诗、宋词的岁月，维吾尔族的诗人尤素甫·哈斯·哈吉甫，在喀喇汗王朝（即黑汗王朝）的喀什，历时十八个月写成回鹘文长篇诗剧《福乐智慧》（直译为《赐予幸福的知识》），凡八十五章一万三千多行，时在公元 1070 年前后。②值得深思的是，该书《序言之一》直言不讳地承认："此书极为珍贵，它以秦地哲士的箴言和马秦学者的诗篇装饰而成。"它并没有回避受了辽（秦地）、宋（马秦）文化的影响，实践着的正是"见贤思齐"的理念。这种文化交融的非对等性，是值得反思的。

　　一万三千多行是什么概念呢？意大利但丁的《神曲》就是一万三千行。这个维吾尔诗人跟李白一样，也生在碎叶，由于躲避政变到了民间，五十岁之后到了喀什去当御用侍臣，写了此部韵文巨著。《福乐智慧》熔叙事性、哲理性、戏剧性三性于一炉，展开了跟中原的诗词体制完全不同的另外一种美学范式。它主要写四个人物：一个国王叫日出国王，他象征公正和法律；一个大臣叫月圆，他象征福乐；月圆大臣的儿子叫贤明大臣，他象征智慧；还有个修道士象征觉醒。四个人物互相辩论治理国家的方针政策和人生哲理。最后，修道士，一个伊斯兰教某教派的修道士，超脱世俗的政治辩论，归隐于山林。它主要的中心思想是：人心是国家之本，有法律才能治理国家，而且智慧是人间的明灯。他是崇拜智慧的，智慧是美德的根本，人的高贵全在于有知识。这么一个主题，使长诗成为智慧和知识的赞歌。里面还有许多格言、谚语，随手拈来，很是深刻。比如说："狮子如果做了狗的首领，狗就会像狮子一样勇猛，如果狗当了狮子的首领，狮子就会像狗一样无能"，

---

　　①　《论语·里仁篇》，《四书章句集注》，第 73 页。
　　②　尤素甫·哈斯·哈吉甫：《福乐智慧》，民族出版社 1986 年版。

讲究施政用贤，崇拜英雄。所以，德国有一位考古探险家在考察高昌古城时讲过一段话：阿拉伯的语言是知识，波斯的语言是糖，印度的语言是盐，维吾尔的语言是艺术。我们不妨给不容假设的历史来一个假设，如果中原人士在公元 11 世纪以后，能够接受边疆少数民族的诗的智慧，中国的诗歌的局面就会完全改观。可惜到了宋以后的元代、明代，士大夫文人依然整天讨论"宗唐"还是"宗宋"，在唐诗和宋诗的有限性差异中翻跟斗。他们并没有超越中原中心主义，去思考能否学一学维吾尔人的《福乐智慧》，能否从少数民族的史诗思维汲取点什么。汉族士大夫高雅得很，那么短小的诗，喝喝酒就能作。喝酒把情绪提起来之后，诗思泉涌，可惜涌出的泉水只能斟满一小杯。酒劲一过，或者酒劲过猛，就写不出来，这就是中原式的"诗酒风流"。如明清之际的小说书《平山冷燕》所倾慕的："富贵虽不耐久，而芳名自在天地。今日欧阳公虽往，而平山堂一段诗酒风流，俨然未散。吾兄试看此寒山衰柳，景色虽甚荒凉，然断续低徊，何处不是永叔之文章，动人留连感叹。"①

　　族群划分的另一个关键，是家族问题，这是古代中国独特的人群文化聚落。《孟子·离娄上》说："人有恒言，皆曰'天下国家'。天下之本在国；国之本在家；家之本在身。"② 这三个"本"的链条很重要，家族在"国"和"身"之间，扮演着关键的本位环节。宗法社会的人们往往聚族而居，因此在中国地名中，以姓氏族群命名的村落或城市相当多。如张店、李村、宋庄、吴镇，又如丁家村、许家屯、冯家堡、穆家寨，由此还要建祠堂、修族谱、认同宗，因而组合成独特的人群文化聚落，聚落中存在着独特的文化人群秩序。难怪钱穆先生在《中国文化史导论》中说："中国文化，全部都从家族观念上筑起。"③ 古代的家族作为一种制度，不单是一个血缘的单位，而且有着经济、政治的功能，攀龙附凤、沾亲带故、裙带关系等均由此而发生，衍化出某种经济政治的潜规则。还有家学、家风，延续着一种独特

---

① 《平山冷燕》第十三回"观旧句忽尔害相思"，上海古籍出版社 1994 年版，第 94 页。
② 《孟子集注》卷七，《四书章句集注》，第 278 页。
③ 钱穆：《中国文化史导论》，《钱宾四先生全集》册二十九，（台北）联经出版公司 1993 年版，第 55—56 页。

的家族文化传统。因此研究中国文化而不研究家族问题，是很难把握它的深层奥妙的。

举例来说，宋代推行的是一种崇文抑武的士大夫政治，在政治上大力起用士人，王安石与司马光先后成为权倾一时的宰相。或如苏轼所撰《富弼神道碑》所云："宋兴百三十年，四方无虞，人物岁滋，盖自秦汉以来，未有若此之盛者。"① 然而由此引发新旧党争，导致北宋在政治翻烙饼中被金兵灭亡。王安石变法和司马光的反正，除了革新、保守这种政治路线上的冲突之外，相当基本的一个关键是南北家族的问题。司马光周围的那批人，多属北方中原家族人氏，如司马光是陕州人，文彦博是汾州人，范纯仁、范纯礼兄弟是陕西彬州人，吕大防是京兆蓝田人，原籍都在山西、陕西一带。司马光出身官宦门第，父亲司马池曾为兵部郎中、天章阁待制（属翰林学士），官居四品。中原的家族安土重迁，文化根底非常深厚，素以文化姿态上稳重守成而著称。而王安石周边的这些人物，多属南方家族，如王安石是江西临川人，曾布是江西南丰人，吕惠卿是福建晋江人，章惇是福建蒲城人，蔡确是福建泉州人，蔡京是福建仙游人，都在江西、福建一带。南方的家族多是从北方家族迁徙过来的，王安石家族五代以前是"太原王"，一百多年前就从太原南迁到江西。

农业社会，民众依附土地，讲究落地生根。如《汉书·元帝纪》收录的永光四年（公元前40）《初陵勿置县邑诏》曰："安土重迁，黎民之性；骨肉相附，人情所愿也。"② 《通典》卷一《食货》引崔寔《政论》说："小人之情，安土重迁，宁就饥馁，无适乐土之虑。"③ 因此，迁徙，或者离乡背井，连根移植，在农业社会是非常郑重，常常是不得已而为之的事情。可以说，迁徙本身就是一种家族性格。广东人闯不闯南洋？山东人去不去闯关东？这都是家族性格的体现。《诗经·小雅·伐木》说："伐木丁丁，鸟鸣嘤嘤。出自幽谷，迁于乔木。"郑玄笺云："迁，徙也。谓向时之鸟，出从

---

① 苏轼：《富弼神道碑》，《苏轼集》卷八十七，明海虞程宗成化刻本。
② 《汉书》卷九《元帝纪》，第292页。
③ （唐）杜佑：《通典》卷一《食货》。

深谷，今移处高木。"① 迁徙者也不乏脱离"幽谷"，飞上高枝的追求。因此，从北方迁徙到南方的家族，家族性格本身带有开拓性、冒险性，同时也带有投机性。王安石家族在五代之前迁到了江西中部，跟当地的曾氏家族、吴氏家族连环通婚，经过五代，才能变成一个当地巨族。如果没有这种通婚关系，这样的家族就是"客户"；有通婚的关系过了三五代之后，就是江西派了。王安石的外祖母是曾巩的姑妈，所以他晋见欧阳修，是曾巩带去的。王安石准备变法之时，曾巩劝他稳重一点，王安石不听。神宗皇帝问曾巩怎么看王安石，曾巩讲了八个字："勇于为事，吝于改过。"王安石一旦执政推行变法，曾巩就请求外任，在外面的州郡当了十二年的官，才回到汴梁，也就没有卷入党争。曾巩是曾家的大哥，父亲早逝，大哥要对家族负责任，他的政风和文风带有"大哥风度"。弟弟曾布、曾肇都比他小十几、二十几岁，他要抚养这批人，所以大哥文风和小弟文风是不一样的，他更带有家族责任感，更加老成持重。我们读曾巩的文章就感到有一种大哥气息。曾布不一样，曾布比曾巩小十七岁，和吕惠卿一道成为王安石变法的左右手，后来当到宰相，跟蔡京不和，晚年很凄惨，《宋史》把他归入《奸臣传》。曾巩家族——南丰曾氏，在两宋时代出了五十一个进士。曾巩家族和王安石家族文风很盛，连妇女也能够为文做诗，包括过个节日请亲戚来吃饭，都写诗词代信函。所以朱熹说：本朝（宋朝）的妇人，最能文的只有李易安和魏夫人，李易安就是李清照，魏夫人就是曾布的妻子。所有这些问题，只有深入到家族脉络，包括家谱的树状结构和家族之间的网状联系之中，才能获得理清脉络、洞察玄机、透视内幕的合理解释。

八　空间流动与"路的效应"

　　文学地理学四大领域之四，是空间流动。"动"，就是对事物原本的状态和位置进行推动和变动。有所谓"应时动事"，动是生命的表现。《吕氏春秋》讲"阳气始生，草木繁动"，高诱注：动就是生，② 把动和生并列，

---

① 郑玄笺、孔颖达疏：《毛诗正义》卷九，《十三经注疏》，第410页。
② 《吕氏春秋集释》卷六"音律"，中华书局2009年版，第136—137页。

动是生命的表征。其实这层意思，《庄子·天地篇》已有所揭示："留动而生物，物成生理"；"其动止也，其死生也，其废起也，此又非其所以也。"①其也在动与生之间，留下潜在的联系。在文学地理学中，无论是区域文化类型，文化层分剖析，族群的区分和组合，只要它们中的一些成分（比如个人、家族、族群）一流动，就能产生新的生命形态，就能产生文化、文学之间新的选择，新的换位，新的组接和新的融合，就可以在原本位置和新居位置的关联变动中，锤炼出文学或文化的新品质和新性格。

　　人要动，就要不畏长途，上路寻找新的发展机遇。不妨考察一下广东、江西、福建、台湾一带独特的客家民系。秦汉以后两千多年中，中原汉人走上南迁之路，在唐宋以后就形成具有自己特殊的方言和文化的族群。近年因为客家土楼围屋成了世界文化遗产，以及台湾和闽粤的客家关系问题，我们对之有了更多了解。梅县客家诗人黄遵宪在《己亥杂诗》中说："筚路桃弧辗转迁，南来远过一千年。方言足证中原韵，礼俗犹留三代前。"②筚路，是用竹子和荆条编成的车，筚路蓝缕来自楚国祖先艰苦的南迁和开拓。客家民系的祖先也像楚人祖先那样，开辟草莱，辗转迁移到南方，而且"南来远过一千年"了。这里以一千年为时间刻度，意味着客家移民在晚唐五代就开始形成民系。"方言足证中原韵"，客家民系的方言保存着唐宋时代的中原音韵，客家人素有"宁卖祖宗田，莫忘祖宗言"的祖训，没有受金元以来入主中原的胡人语言文化过深的影响。比如保留了入声字，就是某种没有胡化的语言活化石的见证。客家语言、广东语言都有入声字，"方言足证中原韵"，证明他们来自中原；"礼俗犹留三代前"，古老的三代就是夏、商、周，最近的三代就是元、明、清，那以前的古老礼俗还有保留。这种族群迁移，既可以携带上原来的民风民俗，保存了某些中古时期的中原汉族文化，又可以在新居住地混合了百越族文化，开拓新的民风民俗。客家民系进入了赣南、粤北、闽西的山区，中原人士变成了山里人，成了"丘陵上族群"，形成了一种刚直刻苦的性格。

　　客家民系，以"山歌"驰名，有所谓"九腔十八调"，散发着山乡的情

　　① 《庄子集解》卷三，第103—105页。

　　② 钱仲联：《人境庐诗草笺注》，上海古籍出版社1981年版，第810页。

调和趣味。张元济如此描述客家山歌："瑶峒月夜，男女隔岭唱和，兴往情来，余音袅娜，犹存歌仙之遗风，一字千回百折，哀厉而长，俗称山歌。"① 山歌形式不排除他们南迁途中随身携带的文化行李，比如宋人张邦基《墨庄漫录》卷四说过："四方风俗不同，吴人多作《山歌》，声怨咽如悲，闻之使人酸辛；柳子厚云'欸乃一声山水绿'，此又岭外之音，皆此类也。"② 黄遵宪曾亲自辑录整理《山歌》十五首，如："做月要做十五月，做春要做四时春。做雨要做连绵雨，做人莫做无情人。"情深意切，极尽反复叮咛，而又不落于絮叨之妙。又如："买梨莫买蜂咬梨，心中有病没人知。因为分梨故亲切，谁知亲切转伤离。"托物起兴，语义双关，妙喻中饶有苦涩之情。"人道风吹花落地，侬要风吹花上枝。亲将黄蜡粘上去，到老终无花落时。"令人联想到王渔洋转录的刘三姐对歌"只见风吹花落地，不见风吹花上枝"，可见客家山歌与歌仙刘三姐的因缘。又有："催人出门鸡乱啼，送人离别水东西；挽水西流想方法，从今不养五更鸡。"令人想起垓下之围，项羽夜闻四面楚歌之《鸡鸣歌》。宋代谢采伯《密斋笔记》卷四说："《周礼》：'鸡人主旦呼。'汉宫中不畜鸡，卫士专传鸡鸣。应劭曰：'楚歌，今鸡鸣歌也。'东坡云：'今土人谓之山歌。'"③ 但是山歌毕竟是即景生情的歌唱，客家人还是对着他们的山坡引吭高歌："山中山谷起山坡，山前山后树山多；山间山田荫山下，山下山上唱山歌。"客家山歌多有男女情歌，以双关语调情，少有掩饰，天趣自然，有如这首梅县山歌所唱："客家山歌最出名，条条山歌有妹名；条条山歌有妹份，一条无妹唱唔成。"由此可知，客家山歌携带着中原文化行李，采撷来南方少数民族歌仙的智慧，却又一路走来，实实在在地脚踏着山坡唱出来的。《周易·说卦》云："艮为山，为径路。……其于木也，为坚多节。"④ 蒙学书《增广贤文》说："当时若不登高望，谁信东流海洋深。路遥知马力，事久知人心。"迁移人群的走路，能坚定意志，能登高望远，见多识广，能磨炼体魄、耐力和心魂，这就是"路的

① 张元济：《岭南诗存跋》，引自钱仲联《人境庐诗草笺注》，第55页。
② （宋）张邦基：《墨庄漫录》卷四，笔记小说大观本。
③ （宋）谢采伯：《密斋笔记》卷四，丛书集成本，商务印书馆1936年版，第35页。
④ 《周易正义》卷九，《十三经注疏》，第95页。

效应"。

　　客家民系最早的著名人物，是唐朝开元年间的贤相张九龄，他是曲江人，故称"张曲江"。还有弟弟张九皋、张九章。张氏祖籍是河北范阳（今河北涿州），安禄山叛乱的大本营。张九龄的曾祖父到曲江当官时，遇上隋唐之际的混乱，就定居在那里。张九龄当过宰相（中书侍郎同中书门下平章事，迁中书令），刚直不阿，有所谓"曲江风度"。他在唐玄宗开元年间，上书请求诛杀安禄山，因为安禄山打了败仗，就弹劾安禄山貌有反相，不杀必为后患，唐玄宗没有采纳他的意见。① 安史之乱之后，唐玄宗逃亡四川，后悔不听张九龄的劝谏，一想起此翁就掉眼泪，"每思曲江则泣下"。现在"张文献公祠"的楹联如此形容他："唐代无双士，南天第一人"。他的诗，以《望月怀远》一句"海上生明月，天涯共此时"，最是脍炙人口。清代编的《唐诗三百首》，开头两首古诗就是张九龄的《感遇》诗，第一首用兰花、桂花来比喻高洁的性情，说是"草木有本心，何愁美人折"，采用屈原"芳草美人"的比喻，赞赏兰花、桂花高贵的"本心"，并不追求美人折回插在花瓶里，才有价值，表现了一种高洁而独立的精神境界。第二首："江南有丹橘，经冬犹绿林"，采取的是屈原《九歌·橘颂》的意象，可见张九龄的心是与屈原相通的。橘树经冬依然翠绿，"自有岁寒心"。何为岁寒心？《论语》中孔子说："岁寒，然后知松柏之后凋也"，经历寒风冷雪的考验，才知道草木中最后掉叶子的是松柏。他推崇像丹橘、松柏"岁寒心"的气节，不愿与桃花、李花争俗斗艳，这么一种姿态，就是"曲江风度"的文化追求。在山地里面首先出现了张九龄，为家乡做的事，是在故乡梅岭顶部开凿出一条长二十余丈、宽三丈，可容两辆马车并行的"梅关驿道"。客家民系从中原迁移到南方，逢山开路，不畏艰险，实在是一个具有明显特征的汉族分支族群。

　　空间的流动，往往可以使流动主体的眼前展开两个或者两个以上的文化区域和文化视野，这种"双世界视景"，在对撞、对比、对证中，开发了人们的智慧。比如当年的右派重回文坛，他就拥有两个世界：右派世界，作家世界；农村孩子到城市上大学或打工，他也拥有两个世界：农村世界，城市

---

　　① 《旧唐书》卷九十九《张九龄传》，中华书局 1975 年版，第 3099 页。

世界；中国青年学者出国，他的两个世界是：中国世界，外国世界。两个世界的对比，可以接纳、批判、选择、融合的文化资源就多了，就能开拓出一种新的精神境界和思想深度。空间流动的一加一是大于二的，是超越二的，进入一种新的维度丰富的思想层面，思想在流动中发酵。这就是"双世界效应"。

鲁迅曾经将《离骚》中的"路漫漫其修远兮，吾将上下而求索"作为其小说集的题词，可见其对屈子的景仰，及对探路的坚毅。"路"，在鲁迅心目中，是人类的前途所在。1919 年 12 月，在北京当教育部科长，兼管北平图书馆的鲁迅，奔波几千里回绍兴，准备把自己的祖屋卖掉，带着母亲和发妻朱安到北京定居。这次回乡的观感，他写成了三篇小说，《故乡》、《在酒楼上》和《祝福》。此时之鲁迅已然不能简单地看做"当年绍兴的周树人"了，他已经承受了多种"双世界效应"，或者叫做"多元世界效应"。自从他的家道中落，饱受世态炎凉之后，走异路，逃异地，去寻求别样的人们，到了南京读到《天演论》，到了日本接触到了尼采、易卜生、拜伦、裴多菲的思想和文学，又在北京感受过新文化运动，还在《新青年》上发表了《狂人日记》。他在这么多姿多彩的地理区域和文化领域里流动，再回过头来看自己的家乡，他的"故乡观"就发生了本质性的变化。他冒着严寒回到相隔两千里，别了二十年的故乡，天气阴晦，冷风吹到船舱里面来，远远看到几个萧索的荒村，心不禁悲凉起来，这就是我二十年前的故乡吗？他带有南京、东京、北京，中土、东洋、西洋文化这么巨大繁杂的思想文化框架，反观他萧索、荒凉的故乡，就不可能不充满着何为故乡、人生何从的疑虑，充满着痛苦的人生意义的追寻。经他母亲提起闰土，到底"月是故乡明"，他就想起在深蓝的天空底下，一轮金黄的圆月，闰土拿着一把叉去刺偷吃西瓜的小动物，这个生动活泼的画面占满了他对故乡的童年记忆。但是见到现实的闰土，这个幻想就打得粉碎，多子、饥荒、苛税、兵匪、官绅，都把这个闰土折磨成木偶人了。更何况在老实到了麻木的"木偶人"闰土的周围，叽叽喳喳地跳出了一个想引领市井风骚的小脚如"细脚伶仃的圆规"一般的"豆腐西施"，这个绰号好得令人心酸。这篇小说作于鲁迅的"不惑之年"，但二十年风尘使故乡黯淡、青春消磨，不惑之年的鲁迅又疑惑起来了。叙事者在悲凉中陷于绝望，但还要反抗绝望，去寻找希望。离乡，就是离开月下少年、豆腐西施、沧桑闰土这些支离破碎的故乡图像。因而离乡的航程中又升起这轮明月，朦胧之中看到海边碧绿的沙地上，深蓝的天空悬挂着金黄的圆月，牵引出一句至理名言："希望本无所谓有，无所谓无，正如地上的路，其实地上没有路，走的人多了，也就成了路。"①

　　路是地球上人造的血管，人员、物质、资讯都从路上流过。然而将路比喻人生，就很容易感受到卢梭所说的："人是生而自由的，却无往不在枷锁之中。"② 这就是中国古乐府诗中，为何多见"行路难"的感慨，李白写过《行路难》三首，大呼"大道如青天，我独不得出"；又咏叹着："欲渡黄河冰塞川，将登太行雪暗天。闲来垂钓坐溪上，忽复乘舟梦日边。行路难，行路难，多歧路，今安在。长风破浪会有时，直挂云帆济沧海。"《乐府解题》曰："《行路难》，备言世路艰难及离别悲伤之意，多以'君不见'为首。"③ 鲁迅当然也感受到行路难，但他的精神取向是反传统"行路难"。当鲁迅将离乡二十年来所经历的多重世界与故乡的古老世界叠印在一起的时候，他的"故乡观"在新的世界观的撞击下发生破裂和爆炸，炸裂成一种在荒芜处寻路、开路，而不避艰难困苦的意志。老子言"道"，鲁迅言"路"，在字义上，道与路相通，但是道更玄妙，而路更踏实。路联通了世界上一切秘密，路通向人类的希望。人生在世，总在路上，如鲁迅所谓"过客"，以探索追求来实现生命的价值，来托起心中那轮"碧蓝天空上金黄的圆月"。年届四十不惑的鲁迅，在这一点上是不须疑惑的：这篇小说是一曲非常深刻、非常悲凉又非常伟大的荡气回肠的东方乡土抒情诗，又是一首理智新锐而意志坚毅的反《行路难》。文学地理学的"路的效应"，在鲁迅此行中体现得极其充分。

　　文学地理学是一个极具活力的学科分支，是一片亟待开发的学术沃土。它使文学研究"接上地气"，接上中国历史文化和现实生活的第一流资源，敞开了区域文化类型、文化层面剖析、族群分布，以及文化空间的转移和流动四个巨大的空间，于其间生发出"七巧板效应"、"剥洋葱头效应"和

---

① 鲁迅：《呐喊·故乡》，《鲁迅全集》第一卷，第476—485 页。
② 卢梭：《社会契约论》，商务印书馆 1980 年版，第 8 页。
③ （宋）郭茂倩编：《乐府诗集》卷七十"杂曲歌辞"，第 997 页。

"树的效应"、"路的效应"。"一气四效应"，乃是文学地理学在辽阔的文化空间中，为我们的研究输入的源源不绝的学理动力。

九　文学地理学的三条研究思路与"太极推移"

以上划分文学地理学的四大领域，划分是为了对研究的对象心中有数，而不是作茧自缚，画地为牢。研究可以有所侧重，而深入却要相互贯通。《周易·系辞上》说："圣人有以见天下之动，而观其会通。"① 宋人郑樵《通志总序》将"会通"之义引入学术，极言："百川异趣，必会于海，然后九州无浸淫之患。万国殊途，必通诸夏，然后八荒无壅滞之忧。会通之义大矣哉！"② 东汉王充则用这个"通"字品鉴士林："能说一经者为儒生，博览古今者为通人，采掇传书以上书奏记者为文人，能精思著文连结篇章者为鸿儒。故儒生过俗人，通人胜儒生，文人逾通人，鸿儒超文人。"③ 王充将士林分为儒生、通人、文人、鸿儒四等，是有其现实针对性和感慨的。当时所设的五经博士，多为"能说一经者"，王充认为他们只能处于士林的最低层；偶或有"博览古今"的经师，层面也不高；王充不算当时居于要位的经学家，因此他跳出经学的圈子，推重能够著述的"文人"和有创造性的"鸿儒"。不过，从王充品鉴中，不难领会贯通和创造的重要性。

文学地理学在本质上，乃是会通之学。它不仅要会通自身的区域类型、文化层析、族群分合、文化流动四大领域，而且要会通文学与地理学、人类文化学以及民族、民俗、制度、历史、考古诸多学科。在研究比较重大而复杂的命题时，守株待兔已经不可能，需要放出敏捷的猎犬，穿越多个领域，进行综合的会通的研究。综合的会通研究有三条思路：整体性思路，互动性思路，以及交融性思路。三条思路，可以简化为：整、互、融三个字。这三条思路所注重的，是深入区域之后，能够返回整体中寻找宏观意义；壁垒分割之后，能够在跨越壁垒上深化阐释的功能；交叉关照之后，能够融合创

---

① 《周易·系辞上》，《十三经注疏》，第 79 页。
② （宋）郑樵：《通志总序》，商务印书馆 1935 年版。
③ 《论衡校释》卷十三《超奇篇》，中华书局 1990 年版，第 607 页。

新。假如把文学地理学的四个领域，以及贯穿四个领域的三条思路统合起来，就是七个字：区、文、群、动、整、互、融。这七个字就像北斗七星，前四个字，讲的是文学地理学的内容，是北斗七星的斗勺，可以装载大量甜美的或富有刺激性的酒浆；后三个字，讲的是方法论，是北斗七星的斗柄，可以把握、运转和斟酌斗勺里的酒浆。四加三为七，形成一个互动互补的学理体系。这真让人联想起宋代词人张孝祥《念奴娇·过洞庭》："素月分辉，明河共影，表里俱澄澈。悠然心会，妙处难与君说"；"尽挹西江，细斟北斗，万象为宾客。扣舷独啸，不知今夕何夕！"

首先讨论"整体性思维"。整体性是分量，也是深度。

文学地理学展开一个很大的思想空间，搜集来的材料可能是分散的，零碎的，纷繁复杂的，这就需要从横向上整理出它们的类型，又要从纵向上发掘它们的深层的意义。朱熹谈及学习《论语》的方法时说："夫子教人，零零星星，说来说去，合来合去，合成一个大物事。……孔门答问，曾子闻得底话颜子未必与闻，颜子闻得底话子贡未必与闻，今却合在《论语》一书，后世学者岂不幸事？但患自家不去用心。"又说："只是一理，若看得透，方知无异。《论语》是每日零碎问。譬如大海也是水，一勺也是水。所说千言万语，皆是一理。须是透得，则推之其它，道理皆通。"① 将零星加以组合，不能停留在 1 + 1 的凑合上，而是要用心通透，揭示其深层的"一以贯之"的原理，如此得到的整体性方是有生命力的整体性。一本书尚且需要如此，更何况要面对一个伟大的文明。因此，整体性思维，是一种需要非同寻常的透视能力的文化思维方式。

今日之中国，尤其需要以中华民族文化共同体的整体性眼光，来考察一些具体的专业性的问题，把博通和专精统一成一种可以同世界进行深层对话的学理体系。中华文明延续发展几千年，未曾中断，而且往往能够逢凶化吉，变得越来越博大深厚，原因何在？这是每一个中国人文学者都应该思考的"超级命题"。以往的解释往往强调，是由于儒家思想或者儒道释文化思想结构的"超稳定性"，这不妨权当一个道理。但是，中世纪崛起在北方的"草原帝国"驰马挥刀杀过来的危机关头，难道你拱手言说"有朋自远方

① （宋）朱熹：《朱子语类》卷十九《论语·语孟纲领》，中华书局 1986 年版，第 428、429、433 页。

来，不亦说乎？"对方就会翻身下马，"放下屠刀，立地成佛"吗？问题绝
非如此彬彬有礼。很重要的原因是由于中国除了黄河文明之外，还有一个长
江文明，两条江河文明共构了整体文明的腹地。这两条江河的文明，且不说
比起古埃及只有尼罗河河谷一线的绿洲文明，就是比起西亚底格里斯河和幼
发拉底河之间的美索不达米亚平原（现伊拉克境内）这块被称为"新月沃
土"的两河流域来，长江、黄河流域也比它大七倍，遂使我们的民族在抵御
风险的时候有很大的回旋余地。自然应该对于古巴比伦、亚述等文明的天文
历法、数学、楔形文字，尤其是巴比伦城有"悬空的天堂"之誉的空中花
园，满怀敬意。但是，底格里斯河和幼发拉底河的这块 40 万～50 万平方公
里的"两河流域"，毕竟在幅员上难以同超过 300 万平方公里的黄河、长江
流域相媲美。

　　试设想一下，中世纪崛起的从兴安岭一直到中亚、欧洲的这个草原帝
国，是"上帝的鞭子"，专门摧毁了很多南方的古老农业文明，在中国也轮
番地受到匈奴、鲜卑、突厥、契丹、女真、蒙古、满洲的超级军事力量的冲
击，但是唯有中国是在东亚大地上坚持住了，而且在一轮又一轮的南北融合
中发展壮大了。这是为什么？就是因为除了有黄河文明之外，还有长江文
明。长城在平时是可以抵挡游牧民族的，甚至可以在长城各个关口"互通关
市"。但当游牧民族发展到极致、统一广阔的草原上诸部落的时候，长城就
挡不住了，是谁挡的呢？是长江。世界上确实很难找到第二个国家有如此的
幸运，在它的民族发生冲突的时候，有长江巨流作为天然的隔离带。《隋
书·五行志》说："长江天堑，古以为限隔南北。"① 虽然说此话者并非其
人，陈朝近臣如此有恃无恐，岂知隋军占有巴蜀，实际上已经过江。倒是明
朝取天下最重要的谋臣刘基写的《绝句》有些趣味："天堑长江似海深，江
头山鬼笑埋金。东家酿酒西家醉，世上英雄各有心。"② 这位谋略天才看到
了似海深的长江天堑并不能消磨世上英雄的野心，只留下江头山鬼嘲笑那些
败亡王朝的埋金逃难行为。明人杨慎如此评议岳飞之孙岳珂的一首词："岳
珂《北固亭·祝英台近》填词云：'……漫登览。极目万里沙场，事业频看

---

　　① 《隋书》卷二十三《五行志》，中华书局 1973 年版，第 659 页。
　　② （明）刘基：《刘基集》卷十七，四部丛刊影印隆庆本。

剑。古往今来，南北限天堑。倚楼谁弄新声，重城正掩。……'此词感慨忠愤，与辛幼安'千古江山'一词相伯仲。"① 在"一江南北，消磨多少豪杰"的地方，还是宣泄着一股浩然正气。

由于天堑难以飞渡，在游牧民族进入中原，难以跨过长江的岁月，许多汉族的大家族迁移到长江以南，把长江流域开发得比黄河流域还要发达。游牧民族滞留在北方，景仰衣冠文物，浸染中原文明，不出三四代就逐渐汉化或华夏化了。而长江文明在南方发展起来之后，又反过来实行了更高程度的南北融合，这就形成种族和文化上的一种"太极推移"奇观。自从《周易·系辞上》说"易有太极，是生两仪，两仪生四象，四象生八卦"②；历千余年至宋，"（周敦颐）博学力行，著《太极图》，明天理之根源，究万物之终始。其说曰：无极而太极。太极动而生阳，动极而静，静而生阴，静极复动，一动一静，互为其根，分阴分阳，两仪立焉。……无极之真，二五之精，妙合而凝，乾道成男，坤道成女。二气交感，化生万物，万物生生，而变化无穷焉"③。这种宇宙创生论其后的发展，则被描绘成"初孔子赞易，以为易有太极，一再传至于孟子，后之人不得其传焉。至宋濂溪周子，创图立说以为道学宗师，而传之河南二程子及横渠张子，继之以龟山杨氏、广平游氏以至于晦庵朱氏，中间虽为（蔡）京、（秦）桧、（韩）侂胄诸人梗踣，而其学益盛"④。因而神秘的"太极图"，成为传统中国深入人心的宇宙生成模式。祛除其神秘的成分，有必要取其形式，引入对中华文明生命力模式的解释。认识中华民族的恒久不断的生命力，必须具有这种整体观的框架，才能进入民族国家发展脉络的深处，破解许多千古之谜。

既然关注民族生命力"太极推移"的整体观，就必然会进一步思考"太极眼"的存在。于此有必要考察太湖流域的吴文化。吴文化的第一个命题就是"泰伯开吴"。吴泰伯是周文王的伯父，他把社稷江山让给季历，再传给周文王、周武王，泰伯和二弟雍仲出奔荆蛮，开拓句吴。从陕西岐山一

① （明）杨慎：《词品》卷五，丛书集成本，商务印书馆1936年版，第254页。
② 《周易·系辞上》，《十三经注疏》，第82页。
③ 《宋史》卷四百二十七《周敦颐传》，第12712页。
④ （清）朱彝尊、于敏中：《日下旧闻考》卷四十九引《太极书院记》，北京古籍出版社1983年版，第782页。

带，南下长江流域，一直东去太湖流域，这有什么根本性的意义呢？中华文明的两大系统，黄河系统和长江系统的"对角线"被牵动了，从而对整个民族的发展产生了无休无止的"对角线效应"。太湖流域是米粮仓，是文化智库，是工商文化发源地，成了中华文明"太极推移"中百川归海的东南"太极眼"。

在中华大地的长江文明和黄河文明的"太极推移"中，除了吴文化之外，巴蜀文化也是个关键。两千多年南北纷争有一个规律，谁得巴蜀，谁得一统。因为北方游牧民族要在下游过长江很难，那是南朝的心腹要地，必有重兵把守，定要展开你死我活的厮杀。但是巴蜀远离京城，守卫可能松懈，将领并非嫡系，占领巴蜀相对容易。一旦占领巴蜀，实际上已经过江，而且雄踞长江的中上游。秦统一中国是先有蜀地；晋统一中国，是先灭蜀汉，后灭东吴；隋朝的统一，是由于侯景之乱后，北方已占领了巴蜀；宋统一中国的时候，先取长江中游的荆州，再取后蜀，然后才消灭南唐。

这里有一个充满想象力的关于柳永词的故事："孙何帅钱塘，柳耆卿作《望海潮》词赠之云：'东南形胜，三吴都会，钱塘自古繁华。烟柳画桥，风帘翠幕，参差十万人家。云树绕堤沙。怒涛卷霜雪，天堑无涯。市列珠玑，户盈罗绮，竞豪奢。重湖叠巘清佳。有三秋桂子，十里荷花。羌管弄晴，菱歌泛夜，嬉嬉钓叟莲娃。千骑拥高牙，乘醉听箫鼓，吟赏烟霞。异日图将好景，归去凤池夸。'此词流播，金主亮闻歌，欣然有慕于'三秋桂子、十里荷花'，遂起投鞭渡江之志。……余谓此词虽牵动长江之愁，然卒为金主送死之媒，未足恨也。至于荷艳桂香，妆点湖山之清丽，使士夫流连于歌舞嬉游之乐，遂忘中原，是则深可恨耳。"[①] 金人始终没有进入巴蜀，金主完颜亮就面对"天堑无涯"，想从长江天堑采石矶过江，屯兵四十万，大有"投鞭渡江之志"，来势汹汹。却给时为中书舍人、到前线劳军的书生虞允文，收罗了零散的士兵和船只一万八千人，在长江上把他打败了。他撤退时被部下刺杀，因而保存了南宋的半壁江山。元朝灭金之后四十年才灭南宋，也是先拿下成都和大理国，甚至蒙哥汗战死在重庆附近的山城钓鱼城，这叫做"上帝折鞭"的战役，改变了世界的历史进程。所以巴蜀是两条江

---

① （宋）罗大经：《鹤林玉露》丙编卷一，日本宽文本。

河"太极推移"的枢纽，与太湖流域一文一武、一刚一柔，形成了江之头、江之尾的两个"太极眼"。这是从文学地理学的整体性思维上看问题的结论。整体性思维具有很强的覆盖性、贯通性和综合性，它的充分运用，有助于还原文明发展的生命过程。

十　互动性思维与李杜论衡

互动性思维是一种考察相互关系的思维，是在关系中比较和深化意义的考察。其要点，是对不同区域文化类型、族群划分、文化层析，不采取孤立的、割裂的态度，而是在分中求合，交相映照，特征互衬，意义互释。古有所谓"盘结而交互也。……互字或作牙，言如豕牙之盘曲，犬牙之相入也"①，不同领域盘结交互，有助于比较各自特征，深入地研究它们互动、互补、转化的功能，梳理它们的轻重、浓淡、正反、离合所编织成的文化网络。

这本来是中国文化擅长的思维方式。《周易·系辞上》说："一阴一阳之谓道……生生之谓易。……一阖一辟谓之变，往来无穷谓之通。"②《大戴礼记·本命篇》则以往返变化的说法，描述阴与阳之间的互动："阴穷反阳，阳穷反阴。……阴以阳化；阳以阴变。……一阴一阳然后成道。"③ 宋代陆象山认为："《易》之为道，一阴一阳而已。先后、始终、动静、晦明、上下、进退、往来、阖辟、盈虚、消长、尊卑、贵贱、表里、隐显、向背、顺逆、存亡、得丧、出入、行藏，何适而非一阴一阳哉！奇耦相寻，变化无穷，故曰'其为道也屡迁'。"④ 他在二十组辩证对立和依存的关系中，谈论阴阳互动。清人戴震则强调互动中的"动"字，在于流行与生息："道，犹行也；气化流行，生生不息，是故谓之道。……一阴一阳，流行不已，夫是

---

① 《汉书》卷八十五《谷永传》颜师古注，第3452页。
② 《周易·系辞上》，《十三经注疏》，第78—82页。
③ 《大戴礼记解诂》卷十三《本命篇》，中华书局1983年版，第251页。
④ （清）黄宗羲：《宋元学案》卷十二《濂溪学案》下，附《朱陆太极图说辩》，光绪五年龙汝霖重刊本。

之谓道而已。"① 这种源于《易》学的互动思想，是在关系中考察运动，在运动中深化意义。

采用互动性思维，分析盛唐两位最重要的诗人李白和杜甫，可以深化对中国诗性智慧之独特与博大的理解。唐王朝极盛时期的疆域，如《新唐书·地理志》所说："开元、天宝之际，东至安东（府治今朝鲜平壤），西至安西（府治今新疆库车，边境至中亚咸海），南至日南（郡治今越南清化），北至单于府（按：北境过小海，即贝加尔湖）"②，人口在五千万左右。仅北方内迁的少数民族也在二百万以上。李唐王族本是一个父汉母胡的族姓，唐太宗又立了一个"天可汗"的传统："自古皆贵中华，贱夷狄，朕独爱之如一，故其种落皆依朕如父母。"③ 这种空前宏大的天下视境，赋予以诗歌为最高精神方式的盛唐诗人，以无比开阔的创造精神空间。因此闻一多说，不仅要研究"唐诗"，而且要研究"诗唐"，诗的唐朝，诗的中国。

在诗的唐朝中，李白被称为天上派来的诗人，李白在《对酒忆贺监（秘书监贺知章）》的序中早就透露，贺知章在长安紫极宫和他见面时，"呼余为'谪仙人'，因解金龟换酒为乐"，并作诗云："四明有狂客，风流贺季真。长安一相见，呼我'谪仙人'。"④ 杜甫也知道这个故事，在《寄李十二白二十韵》中一开头就说："昔年有狂客，呼尔谪仙人。笔落惊风雨，诗成泣鬼神。"贺知章"读未竟，称叹者数四，号为谪仙"的是那首《蜀道难》，诗的开头就操着四川腔调，仿佛开山力士面对险峻的群山，石破天惊地喊出一首开山谣："噫吁嚱！危乎高哉！蜀道之难，难于上青天！"其脱口而出之处，犹若川江号子，或是鲁迅所说的"杭育杭育派"的荒腔野调，这是在宣泄着人的原始的，也是自由的心声。李白诗受到长江文明的哺育，他出川的第一歌《峨眉山月歌》就是抒写对长江支流、峡谷的故乡恋情："峨眉山月半轮秋，影入平羌江水流。夜发清溪向三峡，思君不见下渝州。"李白的峨眉山月是映照江流，属于长江的。出了三峡，李白的心胸顿时开阔，所

---

① （清）戴震：《孟子字义疏证》卷中，中华书局 1982 年版，第 21—22 页。
② 《新唐书》卷三十七《地理志》，第 960 页。
③ 《资治通鉴》卷一九八，中华书局 1956 年版，第 6247 页。
④ 《李太白全集》卷二十三，中华书局 1977 年版，第 1085 页。

谓"渡远荆门外，来从楚国游。山随平野尽，江入大荒流"（《渡荆门送别》）。面对如此开阔的江面，他又写了《秋下荆门》："霜落荆门江树空，片帆无恙挂秋风。此行不为鲈鱼脍，自爱名山入剡中。"剡中在浙江，现在已成了唐诗之路的佳丽山水地，一到江南，李白就陶醉于山光水色，形成"名山情结"。李白"一生好入名山游"，其主体的感受就是"心爱名山游，身随名山远"。这个"远"字，就是远离尘俗纷扰，追慕魏晋风流，或如陶渊明所说"心远地自偏"，"复得返自然"。其中的趣味有与孟浩然相通之处，比如那首《黄鹤楼送孟浩然之广陵》："故人西辞黄鹤楼，烟花三月下扬州。孤帆远影碧空尽，唯见长江天际流。"广陵郡的治所，在今日的扬州，史载当时"扬州富庶甲天下，时人称'扬一益二'"①。李白送朋友远游，送别了朋友，也放飞了心灵，他以自由奔放的诗的形式张扬着长江文明。

　　只不过李白诗的长江文明气息，还加进了不少西域胡人的气息。李白的族叔李阳冰受托付为李白诗集写《草堂集序》，交代李白的家族为"陇西成纪人，凉武昭王暠九世孙"，"中叶获罪，谪居条支"，"神龙之始，逃归于蜀"。② 以李阳冰的身份，这里攀缘权贵的作风或许有之，但家族迁移的路线不必造假。在李白去世五十六年后，宣歙池等州观察使范传正找到李白的孙女，在为李白作《唐左拾遗翰林学士李公新墓碑》时，提出李白出生于中亚细亚的碎叶城（今吉尔吉斯斯坦的托克马克附近），当时属于条支都督府，唐高宗时为安西四镇之一，并且记载李白祖先乃"陇西成纪人"，又从李白之子伯禽手疏残纸中，约略知为"凉武昭王九代孙"，"隋末多难，一房被窜于碎叶"，"神龙初，潜回广汉，因侨为郡人"。③ 这与李阳冰的说法相吻合。李白有诗云："安西渺乡关，流浪将何之。"（《江西送友人之罗浮》）他把安西四镇之一的碎叶当作"乡关"，诉说着流浪的滋味。西域碎叶城，是唐高宗调露元年（679）大将军裴行俭、王方翼所筑，武则天圣历二年（699）以阿史那解瑟罗为平西大总管，镇守碎叶，这在李白出生的前两年。此后不久，西突厥占领碎叶，解瑟罗率领部民六七万人迁移到内地，

① 《资治通鉴》卷二百五十九，第8430页。
② 《李太白全集》卷三十一附录，第1443页。
③ 同上书，第1462。

李白五六岁时，大概也是随着这股移民潮到了四川内地的。因此，李白中年从长江来到长安之后，他在胡人酒店中感受到童年熟悉的热烈奔放的气氛，对酒家胡姬别有柔肠。看他那首《少年行》写得多么潇洒："五陵年少金市东，银鞍白马度春风。落花踏尽游何处，笑入胡姬酒肆中。"又看那《白鼻騧》写得何等排场："银鞍白鼻騧，绿地障泥锦。细雨春风花落时，挥鞭直就胡姬饮。"这还没有进酒店，一进酒店就发现有如《前有樽酒行》所说："胡姬貌似花，当垆笑春风。春风舞罗衣，君今不醉将安归？"这三首诗四次使用"春风"一词，"春风"简直是胡姬的代名词。由于李白的精神深处埋下了胡人文化的基因，他晚年因永王李璘事件流放夜郎，在白帝城得到赦书，返回江陵的时候，写下了《早发白帝城》一诗："朝辞白帝彩云间，千里江陵一日还。两岸猿声啼不住，轻舟已过万重山。"这里的"还"字很关键，读懂这个"还"字，就读懂了李白。李白总共活了六十一岁，此时已经五十九岁，他的"还"不是还到故乡川西北的青莲镇，他缺乏农业文明中"落叶归根"的意识，他的家族在青莲镇也只是个客户。这里渗透着胡地客商的四海为家的意识，他"还"回江南，已把长江作为自己的精神归宿了。

　　从本质上说，杜甫诗是中原黄河文明的产物。杜诗中篇幅最长的一首五言古诗《北征》，七十韵一百四十句，是典型的杜甫风格，唯有杜甫才写得出来。它写于杜甫四十六岁，因在左拾遗任上进谏触犯了唐德宗，被批准回鄜州探亲。此诗一向评价甚高，有所谓似骚似史，似记似碑，足"与国风、雅、颂相表里"①之誉。把杜诗比拟为经，就是把杜甫视为"诗圣"。这首诗开头就采用了"拟经"的笔法，学着《春秋左氏传》的口吻纪事："皇帝二载秋，闰八月初吉。杜子将北征，苍茫问家室。"杜甫的文化基因，来自京兆、河洛的中原核心地区的文化。他认同两个祖宗源头：一个是远祖杜预，一个是近祖杜审言。杜预是京兆杜陵人，为晋朝镇南大将军消灭东吴，号称"杜武库"；又酷爱《左传》，将之与《春秋经》合并作注，成为"十三经注疏"的范本，号称"左氏癖"。杜甫三十岁时，曾亲赴墓地，祭奠杜预，作《祭远祖当阳君文》，以继承家族的儒家史学为"不敢忘本，不敢违

---

① （清）赵翼：《瓯北诗话》卷三引《潜溪诗话》中黄庭坚语。又黄周星《唐诗快》卷二，清康熙刻本。

仁"的志向。① 杜甫的祖父杜审言，是唐前期格律诗趋向成熟过程中的重要诗人，甚至放言"吾之文章，合得屈宋作衙官；吾之笔迹，得王羲之北面"②。杜甫是把诗当作杜家的最高荣耀的、在儿子生日时交待说："诗是吾家事。"（《宗武生日》）他自我夸耀："吾祖诗冠古。"（《赠蜀僧闾丘师兄》）杜甫从小的家庭作业当然离不开格律诗的训练，以致晚年达到随心所欲的境界。

杜甫的根基在中原，对于安史之乱中浪迹天涯，他感受到的是流离失所的凄惶。安史之乱后，他举家流亡入蜀，四十九岁得朋友的帮助，建造一个并不牢固的草堂于成都浣花溪畔。次年秋天狂风破屋，作《茅屋为秋风所破歌》："八月秋高风怒号，卷我屋上三重茅。茅飞渡江洒江郊，高者挂罥长林梢，下者飘转沉塘坳。"开头采用"萧肴"韵，发出仰天长啸的悲怆的长调。此时他的朋友严武还差三四个月未来当成都尹，他还是一个没有靠山的客户，因此南村群童无所顾忌地当面抢走他的茅草，他只好"唇焦口燥呼不得，归来倚杖自叹息"，流亡的客户没有乡亲的救援。这里换为入声韵，给人饮泣吞声之感。此后诗人经受着长夜苦雨的万般孤独，可贵的是他能破解孤独，发出一种人类的关怀，愿天下寒士能得广厦千万间以安居乐业。这可以说，是客居的孤独和凄凉，激发了他普济天下的"杜甫草堂精神"。特别有趣的是，与李白五十九岁在白帝城遇赦，欢快地"千里江陵一日还"，"还"到远离四川家乡的江陵大为不同，杜甫五十二岁在蜀中作《闻官军收河南河北》，回首中原，简直归心似箭："剑外忽传收蓟北，初闻涕泪满衣裳。却看妻子愁何在，漫卷诗书喜欲狂。白日放歌须纵酒，青春作伴好还乡。即从巴峡穿巫峡，便下襄阳向洛阳。"襄阳是杜预建功立业之地，洛阳是杜甫出生地巩县的首府，他的还乡意向是非常强烈的。在还乡意向上，杜甫诗和李白诗，存在着不同的精神指向。

还想补充考证一桩"杜甫与海棠花"的千古公案。杜甫四十八岁（乾元二年，759）入蜀，五十七岁（大历三年，768）离开夔州出三峡，在巴蜀地区居留了将近十年。蜀地向来有"海棠国"的美名，到了蜀地的陆游

---

① 《杜诗详注》卷二十五，中华书局 1979 年版，第 2216—2217 页。
② 《旧唐书》卷一百九十《杜审言传》，第 4999 页。

就对海棠大加赞美："蜀地名花擅古今，一枝气可压千林。"陆游甚至觉得："老杜不应无海棠诗，意其失传尔。"① 不料杜甫近十年时间，真的没有写过海棠诗。"楚辞无梅，杜诗无海棠"，是诗史上确凿无疑的事实。但是宋朝诗人醉心海棠，他们发觉自己推为"诗圣"的杜甫从未写海棠，实在是大惑不解，以致有点失落。王安石赋梅花的诗中这样解释："少陵为尔牵诗兴，可是无心赋海棠。"认为杜甫对梅花的趣味压倒了对海棠花的趣味，还杜甫一个高雅。苏东坡则游戏笔墨，据宋代的《庚溪诗话》说，苏轼流放的时候，常与官妓喝酒，即兴赋诗。但色艺俱佳的妓女李宜，却没有得诗的荣幸。她在苏轼即将调离的筵席上，哭泣求诗，苏轼出口成章："东坡居士文名久，何事无言及李宜。恰似西川杜工部，海棠虽好不吟诗。"② 作为蜀地诗人的苏轼，对于杜甫没有海棠诗似乎并不介意，他不写由他去吧，我来写就得了。

不过，更多的宋人是介意的，他们要寻找一个合理的解释，才放心。宋人蔡正孙《诗林广记》卷八引《古今诗话》说："杜子美母名海棠，子美讳之，故集中绝无海棠诗。"诗话论古今，那么"古"到谁呢？《佩文斋广群芳谱》说，是宋朝王禹偁诗话，引文是："杜子美避地蜀中，未尝有一诗说着海棠，以其生母名海棠也。"③ 这还不够，因为李白把杨贵妃比拟牡丹，宋人非要造出一个用海棠比拟杨贵妃的故事不可。恰好苏轼有一首《海棠》诗："东风袅袅泛崇光，香雾空蒙月转廊。只恐夜深花睡去，故烧高烛照红妆。"这是最好的海棠诗，是经得起编织几个有关花与美人的神话的。于是宋代释惠洪《冷斋夜话》卷一说："东坡《海棠》诗：只恐夜深花睡去，故烧高烛照红妆。事见《太真外传》曰：'上皇登沉香亭，诏太真妃子'。妃子时卯酒未醒，命（高）力士从侍儿扶掖而至。妃子醉韵残妆，鬓乱钗横，不能再拜。上皇笑曰：'岂妃子醉？真海棠睡未足耳！'"以后的诗词屡屡出现"睡海棠"的意象。以睡海棠比喻美人，可见宋人在理学空气渐浓的时

---

① （宋）陈思：《海棠谱》诗下，《香艳丛书》本。

② 《庚溪诗话》卷下，《历代诗话续编》，中华书局1983年版，第173页。

③ 李渔：《闲情偶寄·种植部》，也引王禹偁《诗话》，见《李渔全集》第三卷，浙江古籍出版社1991年版，第266页。

候，还在保留和发展着晚唐五代以来的那点香艳与风流。应该说，宋人崇
杜，因由杜诗无海棠的迷惑与焦虑，引发了"杜母名叫海棠"的猜测。对
于这种猜测，元人吾衍已斥其非："杜甫无海棠诗，相传其母名海棠，故讳
之。余尝观李白、李贺等集亦无之，岂其母亦同名耶？"其实不仅李白、李
贺集中无海棠，元稹、白居易、韩愈、柳宗元的集子中也无海棠。海棠作为
诗词意象，是中晚唐以后的事情。宋李昉等人编的《文苑英华》卷三百二
十二，收入海棠诗七首，把王维《左掖梨花》改名为《左掖海棠咏》，又把
中唐李绅的《海棠梨》改题为《海棠》，系在王维的名下。如此乱改诗题、
张冠李戴，说明宋人刻意要把海棠意象的营构，追踪至盛唐。李绅用了《海
棠梨》的题目，已经够早了，他在中唐与李德裕、元稹同时，号为"三
俊"。李绅属于9世纪，比属于8世纪的杜甫晚几十年，李绅尚且在海棠的
后面缀上一个"梨"字。《文苑英华》收晚唐薛能、温庭筠、郑谷的五首海
棠诗，倒是货真价实。薛能作《海棠诗并序》说："海棠有闻而诗无闻，杜
工部子美于斯有之矣。……何天之厚余，获此遗遇。"他的七言《海棠》
诗，写得也热闹："四海应无蜀海棠，一时开处一城香。"可见晚唐诗中的
海棠才成气候，至于杜甫的时代，海棠尚未作为引人注目的诗性意象，进
入诗人的视野。因而杜甫母亲，作为盛唐以前中原的一个女性，又何从以
海棠为名？那都是尊崇杜诗的宋人，以幻觉造出的错觉。至于李白和杜
甫，他们咏花，分别注意到牡丹和梅花，诗歌意象史实际上蕴含着诗人的
精神史。

十一　交融性思路与"炉灶创造食物"

讲了整体性、互动性思路之后，进一步的追求是融会贯通。所谓交融性
思路，特点一是交，交接以贯通诸端；二是融，融化以求创新。《周易·泰
卦》的"象辞"说："天地交而万物通也。"[1] 通就是融，融有明亮、溶化、
流通之义，"智者融会，尽有阶差，譬若群流，归乎大海"[2]。互动力求交

---

[1]　《周易·泰卦》的"象辞"，《十三经注疏》，第28页。
[2]　（隋）释灌顶：《国清百录》卷二引《（晋）王重请义书》，湛然寺印行，1999年，第31页。

融，交融才有整体。将完整把握、细致梳理出来的各种材料，进行定位定性比较挖掘，然后在贯通中进到一种化境，在交融中创造新的学理。《释名》云："灶，造也，创造食物也。"① 中国古人遵循"述而不作"，少言创造，"作"就是创造。唯《释名》所言创造，最有意思。据说炎帝是火神，灶间生火，将百物煮生为熟，改变了性质，为人食用，就是创造。这就是说，创造要善于选择材料，精于调配，以智慧之火，再造材料的性质，造福于人类。

在交融性的创造思维中，选料和调配，是不可或缺的前期工序。众所周知，韩非子是法家的集大成者，是先秦时代最后一个大思想家。韩非的学术影响了中国两千年，虽然帝王们都满口孔孟，打着仁义旗号，但是骨子里推行韩非的集权专制的法术。韩非讲究政治的有效性，批评儒家在乱世里玩弄无用的"仁政"，他讲，慈母出败子，母亲过于慈祥就要出败家子。所以他是把政治从伦理中剥离出来，作为一个独立的学理体系。在先秦诸子中，韩非跟王族血统最接近，是韩国诸公子，但是就是他第一个敏锐地以独立的政治学向血缘关系开刀。韩非子认为谁对王权危害最大？对国王最危险的是同床，是同房，是重臣。引述前人说法：国王好色则太子危，国王好外则丞相危。② 王后在儿子当上太子之后，颜色逐渐衰老，如果国王好色，喜欢年轻的新宠，好上"狐狸精"，就可能因为新宠得子，废掉太子。因此这时的王后和太子，恨不得国王早死。国王早死后，他（她）们的物质生活，甚至性生活，都可能得到更大的满足。如果国王不太好色，而好管外面的朝政，他政治也懂、经济也懂、军事也懂、外交也懂，丞相和大臣就无所措手足，难免触犯龙颜，身家不保。韩非的特点是把人性看得太坏，似乎到处都是坏人，需要推行重刑峻法。

韩非当过荀子的学生，这在史书中有明文记载，《史记·老子韩非列传》说：韩非"与李斯俱事荀卿，斯自以为不如非"③。韩非和李斯都拜过荀子为师，战国末年三位思想巨头相聚，实在是学术思想史上的盛事。而且

---

① 《艺文类聚》卷八十"火部"，四库全书本。
② 《韩非子集解》卷十《内储说下六微》，中华书局1998年版，第256页。
③ 《史记》卷六十三《老子韩非列传》，第2146页。

一位儒家大师教导出一位法家大师和一位法家重要的实践者，已是聚讼纷纭的千古公案。关键在于梳理清楚韩非、李斯多大年纪、在什么时候、什么地点、以什么样的姿态、当荀子的学生多长时间？这个关键破解了，其他问题也就迎刃而解。然而两千年来，人们找不出材料，也找不到切入口去解决这个思想史的疑案。实际上这个材料就在《韩非子》里，人们却熟视无睹。可见材料之选择、调配和激活，对于开拓性的研究何其重要。

为了说明这个问题，我们有必要追溯一下荀子的生平。荀子是赵国人，五十岁到齐国临淄当稷下先生，"三为祭酒"，"最为老师"。① 祭酒就是稷下学宫的校长，"三为祭酒"不是说当过三届校长，而是他出入齐国三次，中间到外面走穴，去秦国拜见过丞相应侯范雎，这说明荀子有"用秦之心"。因为荀子已经看清楚，战国列强中当时唯一有前途的是秦国。他对应侯说，秦国政治体制、干部政策都很好，就是缺了一点儒的思想，"其殆无儒邪"，"此亦秦之所短"，② 我来给你补充一下。可是应侯没有接受，可能由于应侯快要下台了，此时已是自身不保。荀子再返回稷下，就有人利用他与秦国这层关系造他的谣言，使他在齐国待不住了。楚国春申君就请他去当兰陵令，这是在春申君八年（公元前255年，秦国应侯也是这一年被罢免）。兰陵是现在山东南部苍山县的兰陵镇，是楚国新开拓的东夷之地。当兰陵令不久，有人说荀子的坏话，说他治理好"百里之地"，就"可以取天下"。《荀子》书中说过，商汤王、周文王、武王以百里之地夺天下，③ 所以人家借他的话题造谣，他治理的兰陵县就是"百里之地"。因此他被春申君解雇，回到老家赵国。两年后，又有人在春申君面前说荀子的好话，荀子再次受聘到楚国当兰陵令。在第二次去楚国的途中，荀子给春申君写了一封信。这封信收入《战国策·楚策》，名叫《疠怜王》，④ 疠是一种恶病，长着恶病的人还可怜国王，觉得当国王，比生病还难受和危险。这封信没有收入《荀子》，却在《韩非子》中发现与之大同小异的文章。⑤ 以往一些老先生就反复考证、争

---

① 《史记》卷七十四《孟子荀卿列传》，第2348页。
② 《荀子集解》卷十一《强国篇》，第304页。
③ 《荀子·儒效篇》及《王霸》、《议兵》、《正论》诸篇都有类似的话。
④ 《战国策·楚策》，上海古籍出版社1985年版，第567页。
⑤ 《韩非子集解》卷四《奸劫弑臣》，第106—108页。

辩这篇《疬怜王》的真伪，说是韩非子写的，不是荀子写的，因为没有收入《荀子》书。

中国学者的脑筋真奇怪，碰到不同版本的文章，就一味地辩论真与伪。这里似乎缺乏一点"调和鼎鼐，燮理阴阳"的大眼光、大手笔。其实，这里存在着三种可能：（一）确实一真一伪。（二）韩非师从荀子，把老师的文章抄下来作为参考，随手混在自己的那批竹简里。（三）荀子授意韩非起草信件，然后经荀子修改，寄给春申君。荀子觉得信件初稿是韩非子写的，就没有收入自己的集子。韩非起了初稿后，留下底稿。那么，哪种可能性最合理，最可信呢？经过仔细的比较勘正，笔者认为，第三种可能性最为可信。这篇文章是荀子授意韩非起草，韩非起草后留了个底，开了后来文人"捉刀"都存底备案的风气。荀子对草稿认真修改之后，才寄给春申君。对此，只要我们仔细比较《战国策》和《韩非子》两个文本，起码可以发现五条证据：（一）《战国策》文本删掉了《韩非子》文本里一些具有明显的法家思想的话，比如"人主无法术以御其臣"云云，法家思想比较极端，就删掉了。（二）采用了一个老儒所特长的"春秋笔法"。韩非文本写到齐国臣子崔杼杀国君，第一处叫"崔杼"，其他三处都叫做"崔子"，尊称崔杼为"子"（先生）。到《战国策》版本"崔子"的称呼都改掉了，删掉了两个，保留的两个都改成"崔杼"，因为刺杀国君的叛臣，怎么能叫"崔子"呢？孔子修《春秋》，最重视以称呼寓褒贬，这个传统荀子是烂熟于心的，不会疏略到以尊称的"子"来称呼叛臣，是要直称其名的。而且《韩非子》文本的"杀君"，在《战国策》文本中也改作"弑君"，这都是老儒使用"春秋笔法"改文章留下的痕迹。（三）文中使用的历史故事是荀子所熟悉，而在韩非其他文章中没有用过，可见是荀子授意的。赵武灵王把王位传授给儿子，自己当"主父"（太上王），谁料大臣把他包围一百天，把他饿死在沙丘。后来秦始皇也死在沙丘了，都在河南濮阳境内。荀子是赵国人，这是他少年时代发生的国家大事。还有一个齐国的故事，齐闵王被叛乱的臣子把筋挑出来，挂在梁上一天一夜痛死了。这个故事不见于历史记载，却是荀子去齐国当稷下先生之前的两三年间发生的事情，可能是他听到的齐国宫廷秘闻。这些事情如果没有荀子授意，韩非难以与闻。（四）文章采取"疬怜王"的母题，不是法家的母题。法家是绝对君权主义，哪怕君王坏透了，也只有当爪牙的份儿；儒者有"王者师"情结，尤其像荀子这样的老儒，不免对君王说三道四。（五）修改这篇文章之后，荀子兴致未减，又在后面加了一篇赋。赋是荀子创造的一种文体，《荀子》里专门有"赋篇"。根据这五条理由，可以证得《疠怜王》是荀子授意、韩非子起草，最后经过荀子修改，寄给春申君的信。《战国策》是从楚国档案中发现此信，《韩非子》又从韩非留下的底稿中录入。二者都是真，是过程中的真，不同层次上的真。

如果这个考证是可信的，那么就可以接着解开一系列历史扭结。这封信是可以编年的，时在春申君第十年（公元前253），荀子第二次到楚国当兰陵令，既然让韩非代笔写信，韩非就已经是荀子的弟子了。此时荀子六十多岁、韩非子四十多岁、李斯二十多岁。六十多岁的荀子，已经是大下第一大儒；韩非还没有得到秦王政的称扬而名声远播，四十多岁还被边缘化的这位"韩国诸公子"，法家思想已经形成体系，但是名气远不及荀子，所以他要投靠荀子门下"傍大腕"。曾经稷下的荀子，已经不是纯粹的儒者，沾染了法家思想和黄老之道，懂得帝王之术，甚至懂得兵家之术，所以他并不引导弟子趋向纯儒那一路。

那么，他们在何处聚首呢？在楚国的首都陈郢。楚国在湖北荆州的首都被秦国将领白起攻陷，楚襄王退保于陈，把首都迁到现在河南淮阳。楚国这个新都，离韩非所在的韩国首都新郑，离李斯的家乡上蔡，都是方圆二三百里的距离，水陆交通方便。所以他们是在楚国首都陈郢聚首。时间、地点、年龄就因为一封信的考证，清清楚楚地展示在我们的面前。二十多岁的李斯，正是学习的年龄，经常在荀子身边，这从《荀子·议兵篇》中记载荀子与李斯的对话，"李斯问孙卿子曰"，以及《史记·李斯列传》记载李斯入秦之前，向荀子辞行请教，可以看出这一点。而四十多岁的韩非是国王之弟，必须留在韩国首都新郑寻找从政的机会，他可能一步登天，也可能长期被边缘化，因而他只能偶尔来陈郢看望荀子。韩非的思想体系已经基本形成，法家思想根深蒂固，他向荀子学习，是"傍大腕"，不是将荀子思想作为系统而是作为一种智慧来学习。

从韩非的书中可以看出，韩非对荀子不是很熟悉。《韩非子》里面涉及荀子的材料只有一条，燕王哙没有听荀子劝告，把国家传给大臣子之（公元前316），造成身死而燕国大乱。①《孟子》讲过燕国这次政治变异，《史记》也记载过此事，但是荀子如果二十几岁去见燕王的话，荀子可是到春申君死后（公元前238）退居兰陵著书，两个时间一对比，荀子非要活到一百多岁不可，所以这则记载属于道听途说，难以相信。《韩非子》提到春申君，说春申君是"楚庄王之弟"②，春申君黄歇不是楚国的王族，与楚庄王也相差二三百年，怎么可能是兄弟呢？所以韩非对聘请荀子的春申君也不熟悉，他跟荀子的关系不如李斯那么密切。李斯辞别荀子入秦，在秦王政的父亲秦庄襄王卒年，即公元前247年。由此可以推定，韩非、李斯拜荀子为师的时间，是公元前253—前247年，时间总共六七年。

　　李斯入秦后十四年（公元前233），韩非出使入秦，老同学已经十几年没有见面了，实在是今非昔比。秦王政读了韩非的《孤愤》、《五蠹》等篇章后，竟然说出这个话："嗟乎，寡人得见此人与之游，死不恨矣！"要能够跟这个人一块来交游我死都值得，这个话带有浓厚的感情色彩。秦始皇那时候是二十五岁，韩非已近六十岁，少年英发的一代雄主对一个连名字都不知道的糟老头子，讲了这番饱含感情的话，到底为的是什么？对几篇好文章，可以拍案称奇，至于以死发愿，古今罕见。以往我们是把《史记》的《秦始皇本纪》、《吕不韦列传》、《韩非列传》、《李斯列传》、《六国年表》分开来读的。如果采取融合性思维，把它放在一起阅读，我们对秦王政的过头话就有感觉了。秦王政是什么时候读到韩非的文章的呢？是他在解决吕不韦和嫪毐事件不久，或者解决接近尾声的时候。这场少年国王与太后、大臣对决，千钧一发，嫪毐发兵要拿他的脑袋，背后还有一个狼狈为奸的吕不韦。二十多岁的秦王政是从刀尖上闯过来的，心有余悸，痛定思痛，读到韩非对那些同房、同床、重臣的危害性淋漓尽致的剖析，实在出了一口恶气，解了心头之恨。有何证据表明秦王政是在解决嫪毐、吕不韦事件不久阅读韩非书的呢？因为解决吕不韦事件的第二年，秦国就派兵攻打韩国，索取韩非，第三年韩非就出使入秦。将《史记》相关的本纪、列传、年表交融起来阅读和思考，我们就能看透秦王政对韩非子以死相与的真实心理情感

---

　　① 《韩非子集解》卷十六《难》，第375页。

　　② 《韩非子集解》卷四《奸劫弑臣》，第103页。

状态。

最后，关于韩非之死与师弟李斯的关联。人们喜欢引用《史记》所说，李斯以为自己学问不如韩非，出于嫉妒心理害死韩非。韩非使秦的时候，李斯已经入秦十四年，"官至廷尉"，已是秦国掌管刑狱的九卿之一。一个外国使者要争夺秦国最高法院的院长的位置，谈何容易，没有必要因为一点嫉妒心，就害死当年的同学。李斯坐死韩非的原因是韩非"存韩"，韩国使者要保存韩国，这也是情理中事，何必害死人家？如果以交融性思维总览东周、秦汉文献，就可以发现，李斯处事是以自身的生存处境为中轴的。他有一种"老鼠哲学"，认为"人之贤不肖譬如鼠矣，在所自处耳"①，老鼠处在厕所就吃屎，处在粮仓就吃粮食。四年前，韩国为了缓解秦国入侵的危机，就派郑国到秦国修水渠工程，以转移秦国的兵力。这个计谋被发现是为了"存韩"之后，秦王政就下了"逐客令"，驱逐六国人士，李斯也在逐客之列。他临行写了一篇《谏逐客令》，又被召回重新任用。现在好了，又出来一个明显要"存韩"的韩非，又是李斯的同门，如果不明确划清界限，恐怕自身不保。他是从保存自己的目的，摘掉自己跟"存韩"的关系，坐死韩非是"存韩"，不然，再在"存韩"问题上跌跟斗，就爬不起来了。李斯这才与说客姚贾搬弄是非，促使秦王政将韩非投入监狱。一出手就不可收拾，最后李斯就狱中投药，毒死韩非。交融性思维的好处，在于它想问题不是一根筋，而是综合多种材料，统观多种可能，采取相互质疑、对证、筛选、组合的方式，还原历史现场和生命的秘密。从上面所述，也可以知道，韩非子研究的不少千古谜团就如此解开了。

文学地理学是一个值得深度开发的文学研究的重要视野和方法。地理是文学的土壤，文学的生命依托，文学地理学就是寻找文学的土壤和生命的依托，使文学连通"地气"，唯此才能使文学研究对象返回本位，敞开视境，更新方法，深入本质。所谓"三条研究思路"，探讨的是方法论问题。中国最早讲"方法"，是墨子。这位出身百工的"草根显学"领袖，言理不离制造上取方取圆的方法。如《天志中》所说："夫轮人操其规，将以量度天下之圜与不圜也，曰：'中吾规者谓之圜，不中吾规者谓之不圜。'是以圜与

_____

① 《史记》卷八十七《李斯列传》，第2539页。

不圆，皆可得而知也。此其故何？则圆法明也。匠人亦操其矩，将以量度天下之方与不方也，曰：'中吾矩者谓之方，不中吾矩者谓之不方。'是以方与不方皆可得而知之。此其故何？则方法明也。"① 如此讲方法，就是孟子所说"不以规矩，不能成方圆"② 了。孟子是以"离娄之明，公输子之巧"为说的，这就连带上建造房屋、制造器物了。如果说文学地理学是个大房子，那么四大领域三大思路，就是这座大房子的四大开间三级台阶，完整有序地引导我们登堂入室，建构我们文学地理学四大开间三级台阶的学理体制。

2008 年元旦国家图书馆讲演
2011 年 11 月 20—29 日修订
2012 年 2 月再修订

---

① 《墨子间诂》卷七《天志中》，中华书局 2001 年版，第 207—208 页。
② 《孟子·离娄上》，《四书章句集注》，第 275 页。

文学地图与文学地理学、民族学问题

一　作为现代大国身份依据的文学地图

　　一个现代大国，应该有一张气魄宏伟、视野精深、色彩新鲜、观念原创、构想富有魅力的完整的文学—文化地图，作为中国人认识自己，世界认识中国的非常体面的身份根据。"重绘中国文学地图"，是一个旨在以广阔的时间和空间通解文学之根本的前沿命题。它并不以拼贴时髦概念或追风逐潮为务，而是持守一点真诚，对中国文学文化的整体风貌、生命过程和总体精神进行本质还原，在坚实的建设中引发革命性的思路，在博览精思中参悟到挑战性的见地，借以为中华民族的全面振兴，提供精神共同体的人文学术根据。

　　值得关注的是，把地图这个概念引入文学史的写作，本身就具有深刻的价值。它以空间维度配合着历史叙述的时间维度和精神体验的维度，构成了一种多维度的文学史结构。因为过去的文学史结构，过于偏重时间维度，相当程度上忽视地理维度和精神维度，这样或那样地造成文学研究的知识根系的萎缩。地图概念的引入，使我们有必要对文学和文学史的领土，进行重新丈量、发现、定位和描绘，从而极大地丰富可开发的文学文化知识资源的总储量。首先，这种地图当然是文学这个独特的精神文化领域的专题地图，它有自己独特的地质水文气候和文化生态，它要揭示文学本身的生命特质、审美形态、文化身份，以及文体交替、经典形成、盛衰因由这类复杂生动的精神形成史过程。其次，这个地图还是中国这样一个文化千古一贯，又与时俱进的大国的国家地图，它应该展示我们领土的完整性和民族的多样性，以及在多样互动和整体发展中显示出来的全部的、显著的特征。文学与地图的互动，就是以文学生命特质的体验去激活和解放大量可开发、待开发的文学文化资源，又以丰厚的文学文化资源充分地展示和重塑文学生命的整体过程。作为现代大国，中国应有一幅完整、深厚而精美的文学地图。

因此，文学地图的绘制是一种参透文化史料和重塑文学生命的大智慧。这就是要求我们的文学史不是冷冰冰的，而是有血脉流注于其间的"体温"的。对文化精神的总体把握，对美之历程的深刻洞见，对文学魅力的深度参悟，应该成为我们有可能启示着和感动着一代又一代的读者的工作原则。由此有必要改变过去的文学史多是偏于知识型的文学史的状况，应该在这种知识型的文学史里面增加智慧的成分，形成知识和智慧融合在一起的共构型的文学史。因为知识是已经得出来的结论，而智慧是得出这个结论的生命过程。《孟子》最早使用"智慧"一词。其《公孙丑上》云："齐人有言曰：'虽有智慧，不如乘势；虽有镃基，不如待时。'今时则易然也。"①佛门则有所谓"智慧大如须弥山。……一切皆得大甚深法智慧光明。"②只有重视智慧的光明，只有对文学史现象的生命过程进行充满智慧的分析，才能透过文学史丰富繁复的材料和多姿多彩的现象去阅读生命。

必须自觉地意识到，融合知识和智慧以多维度地重绘中国文学地图，是一种研究模式的根本性的变革，一种全面地涉及研究者主体研究对象客体，以及主客体结合方式的重大变革。一种新的研究模式的创设，首先要解决研究者思维方式的变革和创设。必须超越某些隔靴搔痒的概念或成见的遮蔽，直指文学作为文学的本质，而进行文化意义、历史脉络、文学规律的还原，于原来被遮蔽的地方见人所未见的深义和新义，还中国文学与其身份、特质、经验、智慧相称的体系。这就是为了发现原创，而进行原创的发现。我们不妨以屈原为例，他是中国第一位伟大的诗人。过去的文学史对屈原的分析，大体上说他是爱国主义的、浪漫主义的、想象力非常丰富的。关起门来讲屈原，任随你怎么讲，屈原也无法站出来抗议；但要与现代世界对话，就出现了问题——屈原身上贴着这堆标签，能够在人类诗史上找到合适的位置、跟整个人类的现代智慧对话吗？屈原难道是18、19世纪浪漫主义思潮

---

① 《孟子·公孙丑上》，《四书章句集注》，中华书局1983年版，第228页。

② （北魏）昙摩流支译：《如来庄严智慧光明入一切佛境界经》卷上，线装书局2000年版。

的产物吗？他是按雨果的方法写诗的吗？不然你说浪漫主义，根据在什么地方呢？所以我们必须回到屈原的生命过程。回到生命过程，才能排除那些陈陈相因的、似是而非的现成概念的遮蔽，才能对屈原的经验和创造进行感同身受的处理。比如说，对《天问》的分析，如果能够进入生命过程，将会展示一个非常独特的创造性的世界①。《天问》在屈原的作品中是很艰涩的，它先是讲到宇宙的开辟，后来又一下子跳到商代的历史，又从人类起源、洪水神话，跳到周朝的历史，再跳回商朝的历史，又跳到楚国的历史。它的特点是不断地跳跃着，颠三倒四，时间很混乱。对于这么一个现象，过去的研究者往往认为《天问》是错简了。但是错简你能找到原简吗？找不到的。屈原的作品，前有《离骚》、《九歌》，后有《九章》都没有错得一塌糊涂，为什么唯独夹在中间的《天问》错得乱七八糟呢？这个道理是说不通的，我们必须要回到屈原的文本本身，如实地承认屈原这篇作品是人类思维史和诗歌史上第一次采用大规模的时空错乱。这不是给古人戴高帽子，而是他的作品本身就是时空错乱。错主要不是出在文本本身，而是出在我们如何去读文本。因为诗本身就是跳跃的，至于跳跃的程度有多大，那是另外一个问题。关键在于我们要认识到，屈原《天问》的时空错乱，不是西方意识流那种时空错乱，意识流那种时空错乱是从近代心理学进入的。而《天问》的时空错乱是从中国一个很古老的命题里面进入的，这就是从中国的诗与图画相通这个命题进入时空错乱。

　　现在留传下来的最早的注解《楚辞》的书是东汉时期王逸的《楚辞章句》。王逸在给《天问》解题的时候说，屈原被流放之后，彷徨山泽，神智非常混乱、心情非常郁闷，"见楚有先王之庙及公卿祠堂，图画天地山川神灵，琦玮僪佹，及古贤圣怪物行事。周流罢倦，休息其下，仰见图画，因书其壁，呵而问之。以渫愤懑，舒泻愁思。楚人哀惜屈原，因共论述，故其文义不次序云尔"②。这篇"呵壁之作"，后人把它整理出来，就是《天问》。王逸是楚地人，他可能听到过这么个传闻，从而泄露了时空错乱与楚国壁画思维方式相通的天机。王逸的儿子叫王延寿，写过一篇《鲁灵光殿赋》，这

---

①　参看拙作《楚辞诗学》，《杨义文存》第七卷，人民出版社1998年版，第267—286页。
②　（汉）王逸注：《楚辞章句》卷三，四部丛刊本。

篇赋写鲁恭王"好治宫室",在鲁国这个地方盖有一座灵光殿。灵光殿上的壁画,也是天地开辟、鬼灵精怪,所谓:"上纪开辟,遂古之初,五龙比翼,人皇九头,伏羲鳞身,女娲蛇躯"①,还有历代帝王、忠臣孝子种种,时空错乱,是很怪异的。王逸的儿子似乎在用一种"田野调查",在给他的父亲的《天问解题》作疏解,也可能是王逸看到了、知道了他儿子去过灵光殿,知道鲁灵光殿里面有这么一幅壁画。从地域文化传承和播迁的角度立论,鲁恭王所盖的鲁灵光殿,实际上是一种楚风的重现。把握住这个关键,我们就接触到问题的根本所在。鲁恭王是汉武帝的同父异母兄弟,西汉前期的王族基本上接受的是楚风的影响。比如说汉高祖回沛县唱的《大风歌》"大风起兮云飞扬",在宫廷里与戚姬——就是那个被吕后砍掉胳膊腿的戚姬——唱楚歌、跳楚舞,一直到汉武帝在汾阴祭祀后土祠,泛舟中流唱《秋风辞》"秋风起兮白云飞",都属楚风。作为西汉王族的鲁恭王,在鲁地盖的宫殿,也应该看成是楚风的一个标本。所谓:"吴楚风俗,时加淫祀。庙凡一千七百余所。"② 此类壁画,当与楚人原始信仰,被中原士人视为"淫祀"者有关。我们现在看不到楚人当时的壁画,因为土木建筑很快就毁掉了;但是从战国楚墓出土的漆器和织物纹饰来看,楚庙壁画的诡异绚丽,自不待言。汉代的石画像凡是比较完整的,比如说山东嘉祥的一些画像,时空都是错乱的。人、神对话,是不能够完全按照人世间的时空逻辑。我们如果对中国的绘画更熟悉的话,就会知道,中国绘画不是定点透视的,而是流动的、散点的,而且往往把不同时空的事物集中在一起。古人已经注意到"诗笔之妙,绘事之精,诗画相通之微旨"③。苏东坡《书鄢陵王主簿所画折枝二首》诗中有云:"诗画本一律,天工与清新。"所以《天问》是从"诗画相通"这么一个艺术互借互渗的角度进入时空错乱的,屈原的天才,就在于融通了诗画不同艺术形式的内在思维方式,从而捕捉到了自己精神紊乱、幻象纷纭所蕴含着的美学可能性。这无疑是两千年前人类文学史上一个杰出的创造。

---

①　(汉)王延寿:《鲁灵光殿赋》,收入费振刚等辑校《全汉赋》,北京大学出版社1993年版,第529页。

②　(唐)封演:《封氏闻见记》卷九,说郫本。

③　(清)梁章钜:《归田琐记》卷四,上海文明书局本。

　　另有一个关键值得深究——以往一直认为《天问》是以人问天，这是以常识解诗所出现的差池。连王逸也说："何不言问天？天尊不可问，故曰天问也。"然而从战国秦汉时期的书籍制度看，凡是题目和开头两个字重复，就省略开头两个字。《天问》开头就说："曰：遂古之初，谁传道之？"说很古老的时候，那时候还没有人，这些天地开辟的神话，这些人类起源的神话，是谁传下来的呢？句式很特别，令人不能不让追问，是谁在"曰"呢？跟标题连起来就是"天问曰"，天是实际的主语。因为"天"在古代中国承担了很大的责任，它既是自然本体又是主宰者，又是命令、命运，又是天理、天数，还是宇宙的最高法则。"天"这种浑然复合的身份与功能，反映着中国文化的一个根本。像夏商周历朝，传子而成家天下，或者互相残杀、兴衰荣辱，楚国的兴起和衰落，这些责任都要由天来负责吗？它就是用天作为主体，来向人发问。"天公何时有？谈者皆不经。"[1] 以天问人这个角度的运用，就以一种历史理性的怀疑主义解构了固有的神话观和历史观。而且在天的面前，人间时空何足道哉？天公似乎有点顽皮，一会儿拿这个时空条件下的事情问你，一会儿拿另外一个时空条件下的另外一个问题问你，前朝后世，随意抽样，于是时空就错乱了。若能如此以回到诗的生命过程的方式，去解释屈原、解释《天问》，我们就可以很容易、很清楚地看出屈原在人类诗歌史上的伟大的价值：一是以诗画相通的形态，成为大规模使用时空错乱的第一人；二是采用以天问人的形而上的视角，超越古今，以理性精神解构固有的神话观和历史观。这就使屈原以崇高而独特的姿态，跟荷马并肩站在人类诗歌史的早期的开端，荷马描写战争规模、神话想象的魄力是屈原所不及的，但是屈原对心理体验探索的令人震撼的独特性和深度，也为荷马所不及。荷马走向大海，屈原走向心灵，两千年前他们展示了不曾当面的平等对话的姿态。要研究中国文学、要说清楚中国人的智慧，必须要发现其原创性之所在，高度尊重文化原创专利权的拥有。研究者要有淡定的知性，戒除满脑子"国际定位"的焦虑，首先要认识自己。千万不可一看到一位中国诗人、一部杰作的创造，就急不可耐地将之放进西方概念的篮子里，那是进口

---

　　① （唐）释皎然：《问天》，《昼上人集》卷六，收入《全唐诗》卷八百二十，中华书局1960年版，第9253页。

货物推销员的姿态，而不是以平等精神与整个世界对话的姿态。所以文学地图的绘制，必须要回到文学本身，沟通它的地缘文化联系，沟通它与其他艺术形式的内在一致性，把它作为一个文化整体和生命过程来进行体验。体验如若出色，最终结果既重绘了中国文学地图，也重绘了世界人类的文学地图，因为中国文化是人类文化举足轻重的非常精彩的一部分。

二　"文学观三世说"与文学地图的完整性

一种新的研究模式的创设，需要解决研究对象的开发、拓展和设定。研究对象的解决，首先要解决研究主体自身的眼光。禅宗有言："犹如明镜，若不对象，终不见像。若见无物，乃是真见。"① 若要重绘中国文学地图，首先要解决我们自身面对"重绘"这面明镜，对象见像，像外见义，而能有"真见"。"重绘"二字之所以成为要务，乃在于绘制中国文学地图，不仅涉及文化态度和学术方法的改革，而且涉及对地图的基本幅员和基本风貌的认知，涉及对整个中华民族的文明发展与文学发展的整体性的看法。以往的文学史写作基本上是个汉语的书面文学史，如同鲁迅把《中国文学史略》讲义改题为《汉文学史纲要》，严格说来只是汉语文学史。但是几千年来中华民族文明的发展，绝对不是汉民族关起门来封闭性的发展。几千年来中华民族文化发展的最严峻也最关键的一个问题，是农业文明和游牧文明的碰撞融合的问题。从先秦时期的四夷——夷蛮戎狄，到汉代的匈奴，一直到清代的满洲，这个问题都是中华民族发展的一个非常重要的、绝对不能回避的问题。我们在地理地图上，可能南海的一个礁石，或者是东海的钓鱼岛，外国人来挑衅，我们都要抗议，要保卫领土主权的完整性。而我们在写文学史的时候，竟然在因为学科分工把研究引向精密化的同时，产生了对中华文明的总格局、总流程缺乏全面考察的局限，片面地偏重于汉语书面文献，而不同程度地把占国土百分之六十以上的少数民族文学忽略过去，造成了文学史完整性的令人感慨的缺陷。比方说，公元 11 世纪，也就是中原欧阳修、苏东坡他们在写宋诗、宋词的时候，写几十个字、一二百字很精致的、很感伤的

_____

① （宋）道原编：《景德传灯录》卷二十八，大正藏卷五十一。

作品或者是"以文入诗"、"以诗入词"的时候，在回鹘（今维吾尔族的祖先）的喀喇汗王朝，居然有一个诗人名叫尤素甫·哈斯·哈吉甫写了一首长诗，叫做《福乐智慧》，一万三千行，其长度与一万三千行的意大利但丁的《神曲》相当。这一万三千行的诗，对于西北民族，包括对成吉思汗时代的写作都有很深刻的影响。但是我们不少文学史中一句话也不提，因学科边界而妨碍了或牺牲了融会贯通，如此学科范围内习惯成自然的文学史的完整性价值，是值得反思的。

我们之所以要重绘，第一，是因为以往的"绘"是不完整的，基本上是一个汉语的书面文学史，忽略了我们多民族、多区域、多形态的、互动共谋的历史实际。第二，以往的绘制不同程度地存在着唯一的、简单的模式化。相当数量的文学史基本上沿袭了时代背景、作家生平、思想性、艺术性和他们的影响这么"五段式"的写作。从《诗经》到《红楼梦》，讲来讲去都是反映民间疾苦、恋爱自由这么一些表层的、老套的问题，如果从《诗经》和《红楼梦》只能获得一些肤浅的老套，我们实在愧对中华文明中如此的诗意和梦境。忽略了文学发展和存在的网络形态以及对其多层意义的具有现代深度的阐释，我们就忽略了一个研究者的责任。文学和文化的本质来自"文"，《周易·系辞下》："物相杂，故曰文。"① 《礼记·乐记》又说："五色成文而不乱。"② 文学史研究要确切地把握五色相杂的丰富性和独特性，由这种丰富性和独特性进入对文学深层意义的洞见。第三，以往的研究过多地套用了外来的一些概念，比如说谁是现实主义的、谁是浪漫主义的，现在虽然字面上不用这些概念了，但实际思路还是这个思路：现实主义有几条什么特点，浪漫主义有几条什么特点，一条一条地往上套，评诗衡文，少有识见，怠慢了感觉。不要以为套用了外来概念才有理论性，其实理论上的"鹦鹉学舌症"，正是引发理论迟钝症的原因所在。重要的是从中国文学浩如烟海的历史资源和现实资源中，认识中国特色的原创智慧的专利权。所以我们要拓展研究对象存在的范围，必须改变我们原来的文学观念的视野。视野是认知文学史意义的第一道关口。

---

① 《周易·系辞下》，《十三经注疏》，中华书局1980年版，第90页。
② 《礼记·乐记》，《十三经注疏》，第1536页。

关于中国文学观念的发展，我曾经提出一个观点叫作"文学观三世说"。所谓"文学观三世说"，是对中国文学百年转型进行系统而深入的考察和反思，进而提出"大文学观"，以为打开返本创新的局面之所需。它与自汉及清宣传得沸沸扬扬的"孔子改制三世说"意义有别，渊源互异。汉代何休《春秋公羊传解诂》序说，《春秋》为孔子"本据乱而作"，解云："孔子本获麟之后得瑞门之命，乃作《春秋》，公取十二，则天之数。是以不得取周公、成王之史，而取隐公以下，故曰据乱而作，谓据乱世之史而为《春秋》也。"但何休所谓"三世"，乃是对"所见异辞，所闻异辞，所传闻异辞"的解释："所见者，谓昭、定、哀，已与父时事也；所闻者，谓文、宣、成、襄，王父时事也；所传闻者，谓隐、桓、庄、闵、僖，高祖、曾祖时事也。"① 这一点到了清末康有为，就跳出对《春秋》体例的解释而着眼政治改制，其《孔子改制考》序云："天既哀大地生人之多艰，黑帝乃降精而救民患，为神明，为圣王，为万世作师，为万民作保，为大地教主。生于乱世，乃据乱世而立三世之法，而垂精太平。乃因其所生之国，而立三世之义，而注意于大地远近、大小若一之大一统。"② 曾朴的小说书《孽海花》以唐常肃影射康有为，敷衍了他在万木草堂的讲演词："我们浑浑沌沌崇奉了孔子二千多年，谁不晓得孔子的大道在六经，又谁不晓得孔子的微言大义在《春秋》呢！……《春秋》不同他经，《春秋》不是空言，是孔子昭垂万世的功业。他本身是个平民，托王于鲁。自端门虹降，就成了素王受命的符瑞。借隐公元年，做了新文王的新元纪，实行他改制创教之权。生在乱世，立了三世之法。分别做据乱世、升平世、太平世。三朝三世中，又各具三世，三重而为八十一世。示现因时改制，各得其宜。演种种法，一以教权范围旧世新世。……所以孔子不是说教的先师，是继统的圣王。《春秋》不是一家的学说，是万世的宪法。"③ 这种"三世说"政治宣传的品格，压倒了学术考据的品格。

---

① 《春秋公羊传注疏》序及隐公元年疏，《十三经注疏》，第2190—2200页。
② （清）康有为《孔子改制考》序，《康有为全集》第三集，中国人民大学出版社2007年版，第3页。
③ （清）曾朴：《孽海花》第三十四回"双门底是烈女殉身处，万木堂作素王改制谈"中唐常肃讲演词，上海古籍出版社1979年版，第336—337页。

"文学观三世说"重在对文学学术史的考察、反思，以及由此引发的理论超越。不难发现，古代的文学观是一个杂文学观，"德行、言语、政事、文学"，"孔门四科"中的"文学"是杂文学，它基本上是博识文献典籍的意思。到20世纪，中国人接受了西方的纯文学观，引起了传统文学观念的崩毁和实质性的革命。纯文学观使文学作为一个学科独立了，有了自身的价值，也有了自身的学术体系。许多高智慧的人物，包括鲁迅、钱钟书，都可以去研究文学，在文学研究和写作中获得他们的价值，而不必作为经学家、史学家，才算入流，才算有价值了。所以20世纪由于文学观念的变化，就把文学做得生动活泼，规模越来越大，而且名家辈出，流派纷呈。到图书馆去检阅一下，20世纪的文学文献，可能超过过去的两千年。比如现在的小说，90年代中期以后，每年小说的创作大概都有五六百种，甚至将近一千部，但是我们全部的古典长篇小说，加起来也就是一千三四百部。两年的时间写出来的文字就比历史上的千百年还多，加上现在的数字技术，可能十年就等于过去一个世纪的文字量，这样就把文学做大了。

但是在跨世纪的时候我们发现了一个问题：西方在建构自己的文学观念的时候，并没有考虑中国还有文学，甚至比它的历史更长、更悠久，而且成果更有独特的辉煌。我们用的是一种错位了的、从西方经验中产生出来的文学观，这种文学观其实是西方的"literature"。通过澳门的报刊，或者通过日本用汉字翻译成"文学"，也就这么使用了，但跟我们文学发展的实际过程是同中有异，存在着错位的。为了跟西方文学观念接轨，我们自己做了很多以短比长的工作。比如说，人类的史诗是在什么时候开始的呢？是从氏族社会到奴隶社会这个人类文明发展的初期产生的。我们中国人为了讲文学史，一开头就得讲史诗。到哪里去找史诗呢？到早期诗歌总集《诗经》里去找。从《诗经·大雅》里找了《生民》、《公刘》、《绵》、《皇矣》、《大明》五首诗，叫做周朝的开国史诗①。但是周朝的开国史诗加起来才三百三十八行，怎么可能跟荷马史诗去比呢？所以这是以短比长，比得连我们读到黑格尔《美学》认为中国没有民族史诗的判断②，都感到惭愧。中国许多文

---

① 陆侃如、冯沅君《中国诗史》，高亨《诗经今注》，陈子展《诗经直解》，均称此五篇作品为史诗。

② 黑格尔：《美学》第三卷下册，商务印书馆1981年版，第170页。

体，比如刘勰的《文心雕龙》从第五篇到第二十五篇开列的三十多种文体，姚鼐《古文辞类纂》对古文辞划分的十三类，都没办法进入西方的"文体四分法"的框子里面，要进入就要扭扭捏捏，扭曲了才能符合别人制定的游戏规则。根据诗歌、散文、小说、戏剧"四分法"，中国文学的一些强项、一些精髓的文体因素反而在这种概念的转移中忽略了，流失了。中国古代有一种矫正竹木弯曲的器具，名曰"隐栝"，如《盐铁论》所说："而欲废法以治，是犹不用隐栝斧斤，欲揉曲直枉也。"① 要返回中国文学的原生态和本色趣味，就有必要推开或改造"纯文学观"这副洋隐栝。所以在跨世纪的时候，我们就提出一种新的文学观念，就是"大文学观"。大文学观吸收了纯文学观的学科知识的严密性和科学性，同时又兼顾了传统杂文学观所主张的博学深知和融会贯通，把文学生命和文化情态沟通起来，分合相参，内外互证。因为世界上不存在着纯文学。过度强调纯文学，就是对文学与文化，对文学与整个人类的生存状态的一种阉割。阉割是对文学生命的根本性损伤，长此以往，是会影响文学和文学研究创造性的生育能力的。

确立了大文学观，再来考察中国文学，包罗了五十五个少数民族文学，就会发现中国原来是一个史诗的富国。藏族、蒙古族的史诗叫做《格萨（斯）尔》，这首史诗已流传了一千年，大约从相当于中原的宋代就开始产生，至今还流传在艺人的说唱表演中，篇幅长达六十万行以上，有的专家说可能达到一百万行。世界上五大史诗，包括巴比伦的《吉尔伽美什》、荷马的两首史诗《伊利亚特》和《奥德赛》，还有印度的史诗《罗摩衍那》和《摩诃婆罗多》。最长的是《摩诃婆罗多》，二十万行。荷马的史诗也就一两万行、两三万行，六十万行的《格萨尔王传》就超过了这五大史诗的总和。中国有三大史诗，除了《格萨尔》之外，还有蒙古族的《江格尔》、柯尔克孜族的《玛纳斯》，后两部都是十几万行的史诗，而且在少数民族地区还存在着数以百计的神话史诗、英雄史诗和民族迁徙史诗。从完整的中国版图来看，中国并不是史诗的贫国，而是史诗资源在世界上属于第一流的国家。笔者甚至还说过这样的话，公元前那一个千年，世界上最伟大的史诗是荷马史诗，公元后的第一个千年世界上最伟大的史诗是印度史诗，公元后的第二个

---

① 《盐铁论校注》卷十"大论"，中华书局1992年版，第604页。

千年世界上最伟大的史诗是包括《格萨尔》在内的中国史诗。历史将会证明这点。换一副眼光看文学，发现中国史诗竟然是"布满世界，百姓乐见，如月初生"①。

清人有一副极好的联语："眼光要放在极大处，身体要安在极小处。"②如果采取谦逊态度，尊重少数民族的文学创造，放大眼光看问题，那么不仅整个人类史诗的版图必须重绘，史诗的传统观念也要进行根本的更新。比如史诗的发生学的问题，史诗难道是从氏族社会到奴隶社会的历史时期发展起来的吗？藏族、蒙古族还有其他少数民族至今还是活形态的史诗，如何做出合理的解释？只要让事实的存在权变成学术的话语权，史诗发生学就成了一种可以发明新学理的学问。还有史诗类型学的问题，深入分析可以发现，荷马史诗是海洋城邦类型的史诗，以跨海作战、海上漂流冒险，展示了它的叙述形态和文化精神形态。印度史诗是森林史诗，到森林里面去隐居修道，或者森林里的猴王哈努曼能够举起喜马拉雅山，一跳就跳到斯里兰卡。中国地域辽阔，民族众多，史诗形态也就呈现多样性，有高原史诗、草原史诗、山地史诗。《格萨尔》就是高原史诗，笔者曾给它一个人文地理定位叫做"江河源文明"，是长江黄河源头所发生的一种文明形态。以往对中华文明的理解侧重于黄河文明，后来的长江流域发现了良渚文化、河姆渡文化、荆州的楚文化、四川的三星堆文化等等。把长江文明加进来之后，我们对中华文明的理解发生了质的变化。《格萨尔》属于江河源文明，它的特点一是高山文明，崇拜神山圣湖，颂扬弓马勇武，具有世界屋脊的崇高感、神秘感和原始性；二是处在藏族和蒙古族的文明的结合部，以及东亚文明、中亚文明和印度文明的结合部，社会习俗、文化信仰、想象方式和表演仪轨都带有多元文化结合部的复杂性、丰富性和流动性，因而整部史诗吟唱得神思狂放，色彩绚丽，气势浩荡。如果按照中华文明分合递进的整体过程，把江河源文明和其他的边疆文明这些子系统依次整合进来，那么对于中华文明多元一体的结构及其蕴含的文化哲学、文学规律的理解将会走进一个新的境界。

边疆文学的光彩夺目，与其未被主流文学史广泛而深入地接纳，这是

---

① 《梁书》卷五十四《诸夷列传》，中华书局1973年版，第796页。
② （清）刘献廷：《广阳杂记》卷二，清潘祖荫所刻足本。

20世纪中国文学史写作的世纪性的遗憾。在历史学领域，从晚清的沈曾植到王国维，以及民国时期的陈寅恪、顾颉刚、陈垣、傅斯年这些最重要的历史学家，随着近代民族国家意识的自觉，都是把边疆史地作为一门非常重要的学问来对待的。文学研究和文学史写作，应该从这种历史自觉中吸取启示，拓展视野，把边疆文学作为一个现代大国的文学史必讲的课题。现在中国社会科学院民族文学研究所正在做一个项目，就是整理出版藏文的《格萨尔王传》的精选本四十卷和艺人本四十卷，以及蒙古文的《格斯尔可汗传》，并且深入研究口传史诗诗学和艺人学，旨在出色地保存和开发这份国宝的精神风貌和文化魅力，以便用边疆民族丰富精彩的宏大英雄叙事进一步完善中华民族气势磅礴的国家文学地图。这就从实践的角度说明，如果用大文学观去看中国文学的话，过去的文学史的地图必须重绘出新的版本。重绘的理由非常充分，既可开发新资源，又可开创新学理，并且在深刻地展示中华民族的总体精神中，为它的全面振兴启动学术逻辑上的强大动力。

　　以上是对重绘中国文学地图进行必要性的和学理层面的解题，一旦进入重绘的操作过程，其间的学理逻辑就展现为诸多学术层面，起码牵涉到与文学相关的民族学、考古学、地理学、文化学、语言学和图志学等层面。这里着重谈一谈文学的民族学和地理学的问题，以便考察一种新学理的介入，如何引起学科的变革和导致文学地图重绘的学术效应。

三　"文化推原法"与文学的民族学的问题

　　文学研究应该回到文学生存的原本状态，也就是说，文学研究的深入需要有一种"文化推原法"。推原法来自《周易·系辞下》的原始要终为质体的思想，即所谓"《易》之为书也，原始要终，以为质也"[1]。杜预《春秋左氏传》序将之引入历史探究："身为国史，躬览载籍，必广记而备言之。其文缓，其旨远，将令学者原始要终，寻其枝叶，究其所穷。"[2] 原的意义是源泉、根源。文化史研究的一条本质性思路，就是探求文化发生学的源头、

---

① 《周易·系辞下》，《十三经注疏》，第90页。

② 杜预：《春秋左氏传》序，《十三经注疏》，第1705页。

终始与脉络。古籍中，每见"推原事始"、"推原本根"、"推原经典"、"推原统绪"、"推原定制"、"推原事类"、"推原其变通之意"、"推原其旨意之所从来"，以及"治乱之本，推原可知"的说法。运用推原法则，韩愈著有"五原"之篇（《原道》、《原性》、《原仁》、《原毁》、《原鬼》），《新唐书·韩愈传》评述说："每言文章自汉司马相如、太史公、刘向、扬雄后，作者不世出，故愈深探本元，卓然树立，成一家言。其《原道》、《原性》、《师说》等数十篇，皆奥衍闳深，与孟轲、扬雄相表里而佐佑《六经》云。"①明人郎瑛：《七修类稿》卷二十九《诗文类·各文之始》认为韩愈奠定了文章中的"原"体："原者，推原也。辨者，辨析也。一则由于《易》之原始反终之训，一则由于孟子好辨之答，故有是名。文体则皆以退之《五原》、《辨讳》等作，必须理明义精，曲折详尽，有关世教之大者，可名之也。"②

推原之法，朱熹论学，也得到热情的阐扬。朱熹回答"孔子已说'继之者善，成之者性'，如何人尚未知性？到孟子方才说出，到周先生方说得尽？"认为："孔子说得细腻，说不曾了。孟子说得粗，说得疏略。孟子不曾推原原头，不曾说上面一截，只是说'成之者性'也。"谈论《易》理，回答"'反'字如何？"又说："推原其始，而反其终。谓如方推原其始初，却折转一折来，如回头之义，是反回来观其终也。"③朱熹评论建安布衣蔡元定著《律吕新书》："称其超然远览，奋其独见，爬梳剔抉，参互考寻，推原本根，比次条理，管括机要，阐究精微。其言虽多出于近世之所未讲，而实无一字不本于古人之成法。"④朱熹论衡学术，极其重视推原本根的思想方法，他甚至想将此传授给幼童。朱熹《训蒙诗百首》第一首咏《太极图》："气体苍苍故曰天，其中有理是为干，浑然气理流行际，万物同根此一源。"在接触根源之后，紧接着就是探究根源，第二首咏《先天图》说："性蔽其源学失真，异端投隙害弥深，推原气禀由无极，只此一图传圣心。"韩愈、朱熹都是有大眼光的人，他们在创设文体和评议学术中，对文化推原

---

① 《新唐书》卷一百七十六《韩愈传》，中华书局 1975 年版，第 5265 页。
② （明）郎瑛：《七修类稿》卷二十九《诗文类·各文之始》，上海书店 2001 年版，第 313 页。
③ （宋）朱熹：《朱子语类》卷四《性理》，中华书局 1986 年版，第 69—70 页；又卷七十四《易》，第 1891 页。
④ 《宋史》卷八十一《律历志》，中华书局 1977 年版，第 1912 页。

法都予以充分的重视。这就呼应着所说的"推原生物之根柢，乃发明天地之秘"① 了。

中国文学研究，有必要进入对中华民族共同体"原始要终，推其根源"的学理层面。华夏与四夷互动，是中华民族共同体形成的根本所在。中华民族的原本生存和发展状态，是多部族和民族（包括一批古民族和今存的56个民族）在数千年间不断地以各种态势和形式交兵交和、交恶交欢、交手交心、交通交涉，上演着的一幕幕惊天动地、悲欢离合的历史悲壮剧，从而衍生出灿烂辉煌、多姿多彩的思想学术和审美文化创造，并最终形成了一个血肉相连、有机共生的伟大的民族共同体。这种经历和命运，历史地规定了文学的民族学的问题，已经成为从总体上考察和重绘中国文学地图的根本问题。既然中华民族几千年文明发展的关键，是游牧民族和农业民族之间碰撞和融合的问题，以及深刻地存在于其间的胡化和汉化的既交手又交心的问题，那么对中国文学文化的整体和部分之关系，必须有一种新的历史理性的把握。对于中华民族的文学整体而言，汉语文学只是部分，尽管是主体部分。只有从整个中华民族和文学总进程出发，才能看清少数民族文学这些部分的位置、功能和意义，也才能真正具有历史深刻性地看清汉语文学的位置、功能和意义。离开这种整体和部分之关系的辩证法思维，就很难透视存在于其间的文学起源、原创、传播、转轨、融通和发达，很难推原各种文化元素的相互接纳和反馈的因果关系，以及蕴藏于其间的文化哲学和文化通则。

这就需要我们更新族际关系的观念，如实地承认多民族的碰撞具有二重性。从经济上、军事上和从家庭生活看，冲突是一种灾难，因为战火无情，会造成生灵涂炭、家破人亡、流离失所；但是在文化融合上，往往越碰撞越你中有我、我中有你，互相分离不开，打断骨头连着筋。要推原中华民族共同体在波澜壮阔的形成过程中所蕴含的经验和付出的代价，就必须以现代历史理性重新解读先秦文献和考古的资源，以及从《史记》以来历朝史籍的边疆和四夷传材料；进一步盘活诸如东晋常璩《华阳国志》、唐代樊绰《蛮书》、宋代叶隆礼《契丹国志》、宇文懋昭《大金国志》、明代邝露《赤

---

① （清）黄宗羲：《宋元学案》卷十二《濂溪学案下》，中华书局1986年版，第513页。

雅》，以及边远州郡的方志；同时高度重视边疆民族自己所写的典籍，比如回鹘的《突厥语大词典》和元代的《蒙古秘史》等等。这些都为我们理解中华文明和文学的原本的生命过程，提供了饶有意味的资源。

比如说汉代的匈奴，是中原王朝最大的边患。在中原王朝坐稳江山，拧紧权力机器时，有些离心的官员投奔匈奴，比如说韩王信、中行说、李陵，在匈奴政权体制中或封王、或封为将军，实际上把汉民族的军事指挥、军事管理，甚至政治管理的一些经验、理念、原则，都组装到了比较松散的马背民族的机器上。匈奴掳掠十万汉人当奴隶，这些奴隶开垦匈奴河套南部，又把汉族的农耕技术、冶金技术、筑城技术传播过去了。汉与匈奴之间战战和和，时而和亲，更多的时候是在长城一带互通关市，于是二者的文化相互交流，相互熏染，在愈来愈深刻的程度上变得丰歉互济、长短互补。到汉武帝时，"乃大兴师数十万，使卫青、霍去病操兵，前后十余年。于是浮西河，绝大幕，破寘颜，袭王庭，穷极其地，追奔逐北，封狼居胥山，禅于姑衍，以临翰海，虏名王贵人以百数"[1]。"匈奴失祁连、焉支二山，乃歌曰：'亡我祁连山，使我六畜不蕃息；失我焉支山，使我妇女无颜色。'"[2] 文学在民族创口处，变得音调苍凉，回荡在秦月汉关之间。

就连我们最引为骄傲的唐代文明，也是经过魏晋南北朝四百余年的民族大迁徙、大碰撞、大融合之后，最终实际上由汉族和少数民族共同创造起来的复合性文明形态。唐代的王室李氏家族，相当程度上是鲜卑化的汉人，身居在北方民族政权中的赫赫将门，母系或妻系为长孙氏、窦氏、独孤氏，实际上是汉化了的鲜卑、突厥人。这才有唐太宗如此开明博大的民族共同体意识："自古皆贵中华，贱夷狄，朕独爱之如一，故其种落皆依朕如父母。"[3] 唐朝的宰相，根据《新唐书》的宰相年表，有十一姓、二十三个人是少数民族，主要是鲜卑族。至于边关将领就更多的是少数民族人士。唐代的音乐、舞蹈、绘画、雕塑除了古代的雅乐和南方的俗乐之外，几乎全方位地受

---

① 《汉书》卷九十四下《匈奴传》，中华书局1962年版，第3813页。

② 《史记》卷一百十《匈奴列传》"出陇西过焉支山千余里"《正义》引《西河故事》，中华书局1982年版，第2909页。

③ 《资治通鉴》卷一九八，中华书局1956年版，第6247页。

到西域少数民族的影响。唐代《十部乐》有八部源于西域和外国。室外表演的《立部伎》和室内表演的《坐部伎》，多有龟兹乐和西凉乐之音。就连唐玄宗创作的那部大名鼎鼎的《霓裳羽衣曲》，中间也参考了西凉都督杨敬述献上的《婆罗门曲》，才写成全曲①。汉文化向少数民族文化和外国文化开放，成为唐代文化最令人感动的风采。何以出生于西域碎叶、尔后漫游长江的李白写出的绝句，唱遍了大唐宫廷与民间？就是因为当时的歌唱多用西域曲调，李白从小就养成了与之协调的类乎"童子功"的能力。这一点，在朱自清《经典常谈》中有所涉及。

　　谈论少数民族文明跟汉族文明的关系的时候，必须深刻地认识到它们之间存在着共生性、互化性和内在的有机性，共同构成一个互动互化的动力学的系统。首先，中华民族共同体绝不像世界上某些显赫的帝国那样靠简单的武力征服而成，伴随着武功的是更为深刻的文治，是政治文明、物质文明和精神文明长期的、愈来愈深的相互取法和渗透。在这片土地上，任何民族入主中原，都以中国正统自居而非以外国自居。《晋书》卷一百一《刘元海载记》说，匈奴刘渊（字元海，为避唐高祖李渊之讳，称其字）在汾水流域称汉王前，即以汉朝正统自居，宣称："汉有天下世长，恩德结于民心。吾又汉室之甥，约为兄弟，兄亡弟绍，不亦可乎？"②称汉王后，又设立了汉高祖刘邦以下三祖五宗神主而祭祀。这一情节为元代《至治新刊全相平话三国志》所采用，并指认刘渊为"汉帝外孙"。把刘渊、刘聪父子混称为"汉王"，灭亡西晋，虚构了杀晋帝"祭于刘禅之庙"的情节。可见民间通俗小说是把王朝正统归于蜀汉，也延伸着归于匈奴"刘渊兴汉巩皇图"的。即便远在漠北的回纥，也请求"天可汗"唐太宗在他们属地设置瀚海都督府、燕然都督府等六府七州，"慕朝廷之礼"，"思睹汉仪"。帮助唐肃宗平定安史之乱后，有七位唐公主和亲回鹘，回鹘首领称"昔为兄弟，今为子婿，半

---

　　① 宋王灼《碧鸡漫志》卷三引唐郑嵎"《津阳门》诗注：'叶法善引明皇入月宫闻乐归，笛（一作'留'）写其半。会西凉都督杨敬述进《婆罗门》，声调吻合，遂以月中所闻为散序，敬述所进为其腔，制《霓裳羽衣》。'月宫事荒诞。惟西凉进《婆罗门曲》，明皇润色，又为易美名，最明白无疑。"中华书局1986年版，第95页。

　　② 《魏书》卷九十五《匈奴刘聪列传》，中华书局1974年版，第2044页。

子也"①。

他们把回纥改称回鹘，取义于"回旋轻捷如鹘"，也是请准于唐朝皇帝的。后来西迁到西域，高昌回鹘和唐廷依然甥舅相称，回鹘喀喇汗王朝还称中原为"上秦"，契丹为"中秦"，自称为"下秦"。② 这种族际的认同和互化，形成了趋向文化共同体的内在动力。分别言之，也就是中原文明领先发展，它所产生的凝聚力、辐射力，加上少数民族的边缘的活力——笔者提出了"边缘的活力"这一概念，研究辽金文学的学者对之甚感兴趣，曾经作为专题讨论过——这两种力量结合起来，使中华文明生生不息、几千年发展下来都没有中断。唯有把握这种"内聚外活"的文化力学结构，才能在精微处梳理出中华文明及其文学发展的内在脉络。汉文化与少数民族义化互动互补的动力学系统，产生出了许多值得注意的结构性功能，因为在汉民族的旁边睡着一只老虎，那你就必须卧薪尝胆、必须闻鸡起舞、必须发愤图强，这是排除一种文明因懈怠而衰落的兴奋剂。精神紧张感，就是一种生命感。

其次，中原文化要维持它的权威性、维持它的官方地位，它在不断的论证和发展过程中，自己变得系统严密了，同时也变得模式化、僵化了。与此相对照，少数民族的文化带有原始性、流动性，以及不同的文明板块结合部特有的开放性和混杂性，就不可避免地给中原地区输进一些新鲜的，甚至异质的文明的新因素。在适当条件下，可以做到"兰桂异质而齐芳，《韶》《武》殊音而并美"③。不妨以佛教为例，佛教采取何种途径进入中原呢？佛教不能贸然与中原儒学直接对话。在儒学看来，佛教是胡教，而且颇有不忠不孝、无君无父之嫌。所以它们之间排除中介的直接对话难以进行，必须曲线对话，另谋途径。处于不同文明结合部的少数民族，是极佳的中介。佛教传到西域少数民族，传到北朝少数民族，然后传到汉族民间，真可谓步步为营，层层濡染。根据《全晋文》材料，西晋以前出家当和尚的都是胡人，

---

① 《旧唐书》卷一百九十五《回纥列传》，中华书局 1975 年版，第 5208 页。

② 参看《旧唐书》卷一百九十五《回纥传》，第 5210 页、《新唐书》卷二百十七《回鹘传》，第 6124 页、《突厥语大词典》"桃花石"条，民族出版社 2002 年版。

③ 《晋书》卷八十九《忠义列传》"史臣曰"，中华书局 1974 年版，第 2323 页。

没有汉族的士大夫，所谓"沙门徒众，皆是诸胡"。① 佛教的三大石窟——都是世界级的文化遗产——大同云冈石窟、洛阳龙门石窟，是北魏鲜卑族依靠国家和民间的力量创建的；敦煌是少数民族和汉族杂居之地，其莫高窟的建成，很大程度上是靠少数民族和汉族的合作力量，甚至是丝绸之路上很多外来民族的力量。尔后，为西夏党项族占领，又靠西夏的力量扩展规模。三大石窟，端赖少数民族为开创主力。佛教通过少数民族中介性的渠道，给中华文明输入了一种新的文化要素，从而形成近两千年间儒、道、佛的相互对话，拓展了中国古代思想的规模与深度，也拓展了中国文学的想象空间和文体表达方式。宋元以后白话小说的崛起，既有少数民族搭桥，又有都市书场搭台之功，佛教的叙事、想象、三界空间、韵散交织方式，产生了多方位的推动力。

再次，质地互异的文化间的撞击融合，使双方的发展方向和轨迹，都在调适中出现一定的偏离度，成熟的、强势的文化一方偏离度小些，原始的、弱势的文化一方偏离度大些，从而以新的姿态汇入新的文化发展过程。因而少数民族文化的价值、伦理、信仰、审美等因素可能会改变中原民族文化原来的存在状态和发展轨迹，使之发生某种"有偏斜度的超越"。唐朝元稹的《莺莺传》发展到著名杂剧《西厢记》，就是此种"有偏斜度的超越"的极佳例证。《莺莺传》中张生对莺莺始乱终弃，而且还文过饰非，讲"天生尤物"、"女人是祸水"这一套薄幸之言，乃是当时社会所认可；认可的原因在于唐代的士人风习，即陈寅恪《元白诗笺证稿》所说：崔莺莺并非出于高门，而唐代一般文人最看重二事，一为婚，二为仕，"凡婚而不娶名家女，与仕不由清望官者，俱为社会所不齿"②。到了宋朝，张、崔的爱情故事被谱曲歌唱，但是在理学的以礼抑情的文化语境，结局不会出现奇迹。结局发生了实质性变化，是在女真人建立的金国。董解元的《西厢记诸宫调》，出现红娘和闯阵求援的寺僧，想方设法使得"有情人终成了眷属"，赢得一个大团圆的结局。为何有此变化？这与女真人统治中原，引起社会伦理价值

---

① （晋）桓玄《难王谧》："曩昔晋人，略无奉佛。沙门徒众，皆是诸胡，且王者与之不接。"严可均校辑《全上古三代秦汉三国六朝文》，中华书局 1958 年版，第 3 册第 2144 页。

② 陈寅恪：《元白诗笺证稿》，生活·读书·新知三联书店 2001 年版，第 116 页。

观、民间婚姻风俗的特别变化，存在着深刻的关系。根据《大金国志》的记载，在女真统治下的民间女子，是到大街上去唱歌来推销自己，男方觉得合适了，把她领回来，然后才下聘书①。女真上元节（元宵）有"纵偷"习俗，此日偷人妻室，偷走情人，官府不予惩治。在这种类似于试婚或抢婚的遗俗和伦理制度下，"始乱"就不成为多么严重的婚姻障碍，从而为崔、张爱情的发展，提供了一个巨大的伦理空间。其后蒙古人进来，伦理制度结构受到更强烈的震撼，所谓婚姻障碍也就被震得东歪西倒，出现许多自由越轨的缝隙和空间。所以在《莺莺传》发展成《西厢记》的过程中，少数民族的伦理观念、习俗和制度，起了非常深刻的松动作用。

最后，汉胡多民族文化的碰撞融合，出现了此处有汉化迹象，彼处有胡化迹象，相互间犬牙交错，由此形成新的文学、文化生态，在生生不息中最终走向中华化的综合功能。不少文学问题实际上都要在中华民族发展的整个过程和具体的区域文化生态相互参照中思考，才能从深层面上理清其"文化基因嵌入"的脉络。读诗、读词，也应注意异质文化基因的嵌入。比如辛弃疾有《青玉案》一词，"东风夜放花千树，更吹落，星如雨。宝马雕车香满路"，历代的注家，多把"宝马雕车"注成是"富贵人家的眷属"出游。实际情形是这样的吗？读《宋史·舆服志》便知，宋朝南渡，"中兴后，人臣无乘车之制，从祀则以马，常朝则以轿。旧制，舆檐有禁。中兴东征西伐，以道路阻险，诏许百官乘轿，王公以下通乘之"②。《明史·舆服志》沿用了这条材料："轿者，肩行之车。宋中兴以后，皇后尝乘龙肩舆。又以征伐，道路险阻，诏百官乘轿，名曰'竹轿子'，亦曰'竹舆'。"③ 以轿代车的风尚，是宋明以后发展起来的。南宋的北疆从淮河到大散关一带以北，都已被金人占领，北面产马之地丧失，与西夏、西域交易马匹的通道也隔断了。当时只能从大理国购进马匹，但是数量很少，大概每年从邕州横山寨马市输入千余匹，所以只有战场上、军队里有些马。"中兴后，人臣无乘车之制，从祀则以马，常朝则以轿"，只有皇家才能坐马车，一、二品大臣上朝都要坐

---

① 《大金国志校证》卷三九，中华书局1986年版，第554页。
② 《宋史》卷一百五十《舆服志》，第3510页。
③ 《明史》卷六十五《舆服志》，中华书局1974年版，第1604页。

轿了。如此典章文物的变化，研究文学者不可不关心。再看绘画史，唐人是画马的，"昭陵六骏"是大唐强盛的纪念碑，曹霸、韩干画马都非常驰名。北宋李公麟还学着唐人画马，《宣和画谱》卷七记载："公麟初喜画马，大率学韩干，略有损增，有道人教以不可习，恐流入马趣，公麟悟其旨，更为道佛，尤佳。尝写骐骥院御马，如西域于阗所贡好头赤、锦膊骢之类，写貌至多，至圉人恳请，恐并为神物取去，由是先以画马得名。"今存北宋时期的仪仗队的图画，还能看到马队。但是到了南宋，不少画家画的不是马，而是牛。《溪山行旅图》，远途旅行坐的是牛车；《四季牧牛图》、《风雨归牧图》放牧的是牛，不是马。一直到元代赵孟頫他们才开始重新画马了。他们在大都，蒙古族进来，见闻所及，风俗所尚，因而也就大画《人马图》、《人骑图》、《浴马图》之类。这已是胡俗的"嵌入"了。所以南宋辛弃疾所见到的"宝马雕车"不是民间之物，而是皇家之物。接下来的"蓦然回首，那人却在，灯火阑珊处"，是用一种冷静的眼光来看待皇家与民同乐的元宵节日。

当然，也可以不必那么拘泥于南宋的车马情形，因为把宝马香车与元宵节相联系，已见于唐诗，如王维："香车宝马共喧阗，个里多情侠少年"（《同杨比部十五夜有怀静者》），又如李商隐："月色灯光满帝都，香车宝马隘通衢"（《上元夜闻京有灯恨不得观》）。宋人早就沿用了这个意象，晏殊《丁卯上元灯夕》说："九衢风静烛无烟，宝马香车往复还。"即便到了南宋，陆游《立春后十二日命驾至郊外戏书触目》说："香车宝马沿湖路，绣幕金罍出郭船。"但陆游已多感慨，又有失落，《丁未上元月色达晓如昼》诗云："颓然坐睡君无笑，宝马香车事隔生。"更值得注意的是，李清照《永遇乐》词："元宵佳节，融和天气，次第岂无风雨。来相召，香车宝马，谢他酒朋诗侣。"但李清照此词牵系着北宋"中州盛日"的回忆和幻觉，不妨把诗酒朋友盛情相召的哪怕是牛车驴车，也当做宝马香车。唯独辛弃疾既是即目抒怀，又非声律所需，却把人们用顺溜了的"宝马香车"改作"宝马雕车"，不能不引起注意。《太平御览》卷七百七十三"车部"引陆景《典语》曰："吴朝贵戚，或犯道背理，雕车丽服，横陵市路。车服虽侈，人不以荣；宫室虽美，士不过门。"如此雕车与宝马组词，令人不能不因南宋车马制度的变化，联想到它是奢华的皇家之物。对此最好的证据是南宋周密《武林旧事》卷二所记的首都临安的元夕，也就是南宋孝宗乾道、淳熙年间（1165—1189）辛弃疾二十六岁到五十岁时候的元宵节景观。其中"宣放烟火百余架"，也就是"东风夜放花千树"；"仙韶内人，选奏新曲，声闻人间"，"福州所进（灯品）则纯用白玉，晃耀夺目，如清冰玉壶，爽彻心目"，又使"凤箫声动，玉壶光转"有了着落；"元夕节物，妇人皆戴珠翠、闹蛾、玉梅、雪柳"，还可以同"蛾儿雪柳黄金缕"相印证。"至二鼓，上乘小辇，幸宣德门，观鳌山。擎辇者皆倒行，以便观赏……山灯凡数千百种，极其新巧，怪怪奇奇，无所不有，中以五色玉栅簇成'皇帝万岁'四大字"。这是仿效北宋徽宗宣和年间的故事，据南宋吴自牧《梦粱录》，那时"上御宣德楼观灯，有牌曰'宣和与民同乐'"。周、吴所记，皆无宝马雕车，周氏记述皇上"乘小辇"，是手抬的显轿，京尹乘坐的是"小提轿"，民间歌舞队有"乘肩小女"，坐的大概是用二长竿抬扛着软椅以代步的"肩舆"。这些都难以令人产生"宝马雕车"的幻觉。或许妃嫔之辈或皇亲国威恃宠逞豪之所为，也未可知。从北方来到临安的戎马志士辛弃疾，复土之志难酬，却看到如此歌舞升平的荒唐的奢华，能不感到孤独和悲愤，退避而于灯火阑珊处寻找知音吗？只有这样看这些文化意蕴和精神密码，才能够说进入了辛弃疾那个时代、那份心境。

文学经典研究，可以采用横切面的方式，观其历史年轮的纹理；也可以采取纵切面的方式，观其历史传承和变异。上面分析辛弃疾《青玉案》，考察的是横切面；梁启超《中国韵文里头所表现的情感》，考察的是纵切面："词里头写女性最好的，我推苏东坡的《洞仙歌》……好处在情绪的幽艳，品格的清贵，和工部《佳人》不相上下。稼轩的'蓦然回首，那人却在、灯火阑珊处'（《青玉案》），白石的'想佩环夜月归来，化作此花幽独'（《疏影》），都能写出品格。柳屯田写女性词最多，可惜毛病和义山一样，藻艳更在义山下。"[1]　这已是以纯审美的态度，来体验作品的味道了。

---

① （清）梁启超：《中国韵文里头所表现的情感》，《梁启超文集》卷三十七，林志钧饮冰室合集本，中华书局1989年版。

四　"汉化—胡化"的双向过程与中华民族共同体

多民族文化融合的综合功能，由于各种文化基因嵌入的位置、配比、深度等都存在差异，就在不同时代、不同地区、不同人群中形成了各具特色的文化范式。因此，如果以文化范式的角度研究文学变迁，那么民族之间的胡化、汉化的问题就很值得下工夫。陈寅恪研究北史和隋唐史的时候，根据《北史》中一个很小的故事，得出了一个深刻的结论，叫做"文化重于种族"（《隋唐制度渊源略论稿》）。这是中华民族文化发展中一个颇具阐释力的通则。种族之间的矛盾，文化可以笼罩和弥合，可以通过胡化和汉化的过程融合而再生，这就是"文化大于种族"。君不见西方颇有些民族是"种族大于文化"，文化消解不了、反而火上浇油地助长了民族之间的复仇的行为，使得本来组合在一起的国土出现四分五裂。

然而，胡化和汉化的过程采取何种方式？胡人被汉化的过程，是由上而下的过程；汉人接受了胡人的风俗而被胡化的过程，是由下而上的过程。这是考察文化互化的切入口。尤其是要研究北方少数民族入主中原之后，这个政权下的文学与文化问题，就必须把胡化和汉化的问题作为重要的议题。比如研究元诗，以往斤斤计较于宗唐、宗宋之争，似乎唐声宋调之外别无世界。实际上，元诗最重大的问题是胡化与汉化的问题。根据中国社会科学院文学研究所杨镰先生的统计，在元朝统治中国将近一百年的时间内，元朝作者中留下诗文者有四千人，存诗大概是十二万首。唐诗是五万首，宋诗是二十七万首。宋朝三百年是二十七万首，元朝是近百年十二万首，可见当时诗风还是很盛的。当然这与印刷术开始发展起来也有关系。这些诗人中，蒙古、色目人起码有二百人。如此多蒙古、色目人学汉诗，他们本身逐渐被汉化，而汉诗也逐渐感染胡化。就以边塞诗为例，唐代高适、岑参开创边塞诗派，格调别样激昂慷慨。边塞荒凉遥远、艰苦异常，效力边塞的汉人多有一种有去无回、以身许国的情绪。在那些"侧身佐戎幕，襜衽事边陲"的边疆军幕文士笔下，颇多"醉卧沙场君莫笑，古来征战几人回"（王翰《凉州词》）的悲凉的感慨。晚明词人杜濬作《减字木兰花（秋夜，概括唐人边塞诗语为词）》："阴山月黑，雪满弓刀行不得。远火星繁，知是前军保贺兰。/

度辽年小，三戍渔阳人已老。无定河边，可有春闺梦里缘。”“一军皆哭，为痛将军切不录。醉卧沙场，纵死犹闻侠骨香。/交河夜战，吐谷生擒人共羡。异姓王尊，天上封侯印不论。”“将军夜猎，月色如霜沙似雪。组练三千，驰至洋河大战还。/军城昼掩，十丈红旗风半卷。杀气横云，那有春光度玉门。”“黄榆白草，六十秋来同辈少。昔逐轻车，今见明妃辞汉家。/哀笳三奏，无限寒鸿飞不透。地老天荒，铁石为心也断肠。”“高高秋月，下照长城城下窟。饮马长鸣，马渴还嫌战血腥。/君王神武，驾驭英雄谁似虎。事过堪悲，千载空知愧陇西。”这些集句，使人深切地感受到盛唐边塞诗亦悲亦壮，风卷红旗的壮丽，雪满弓刀的苦寒。自从宋人严羽《沧浪诗话》以悲壮形容边塞诗，谓：“人言太白仙才，长吉鬼才，不然。太白天仙之词，长吉鬼仙之词耳。玉川之怪，长吉之瑰诡，天地间自欠此体不得。高岑之诗悲壮，读之使人感慨；孟郊之诗刻苦，读之使人不欢。”魏庆之《诗人玉屑》引用这个评价，而将高适、岑参提前，予以突出，谓：“高、岑之诗悲壮，读之使人感慨；孟郊之诗刻苦，读之使人不欢。玉川之怪，长吉之瑰诡，天地间自欠此体不得。韩退之琴操极高古，正是本色，非唐诸贤所及。”清人方东树《昭昧詹言》似乎视此为定论，称：“高、岑之诗悲壮，读之使人感慨。孟郊之诗刻苦，使人读之不欢”。又引申说：“高、岑奇峭，自是有气骨。”甚至打了一个比喻：“杜公乃佛祖，高、岑似应化文殊辈，韩、苏是达摩。圣人复起，不易吾言矣。”[①] 这些盛唐诗人，生命系于中原，对于边塞远征，难免感到荒远的悲凉，而胸襟激荡着盛唐豪气，也就内蕴着建功立业的奇峭风骨。

然而，类似的边塞诗，出自色目子弟之手，格调陡然不同。清人王士祯《重辑渔洋书跋》有云：“元代文章极盛，色目人著名者尤多，如（马）祖常及赵世延、孛术鲁翀、康里夒夒、辛文房、萨都剌辈皆是也。”其《池北偶谈》卷七，说得更充分：“元名臣文士，如移剌楚才，东丹工突欲孙也；廉希宪、贯云石，畏吾人也；赵世延、马祖常，雍古部人也；孛术鲁翀，女直人也；乃贤，葛逻禄人也；萨都剌，色目人也；郝天挺，朵鲁别族也；余

① （清）方东树：《昭昧詹言》卷二十一、卷十二、卷十一，人民文学出版社1961年版，第495、243、240页。

阙，唐兀氏也；颜宗道，哈剌鲁氏也；瞻思，大食国人也；辛文房，西域人也。事功、节义、文章，彬彬极盛，虽齐、鲁、吴、越衣冠士胄，何以过之？"① 蒙古色目子弟在有元一代文坛上举足轻重的地位，于此可见一斑。马祖常在《元史》有传，称其："字伯庸，世为雍古部，居净州天山。有锡里吉思者，于祖常为高祖，金季为凤翔兵马判官，以节死赠恒州刺史，子孙因其官，以马为氏。……祖常立朝既久，多所建明。尝议：今国族及诸部既诵圣贤之书，当知尊诸母以厚彝伦。……时虽弗用，识者韪之。祖常工于文章，宏赡而精核，务去陈言，专以先秦两汉为法，而自成一家之言。尤致力于诗，圆密清丽，大篇短章无不可传者。"② 《四库全书总目提要》评述其《石田集》十五卷，称赞："其文精赡鸿丽，一洗柔曼卑冗之习。其诗才力富健，如《都门壮游》诸作，长篇巨制，回薄奔腾，具有不受羁靮之气。"③ 马祖常本是信奉也里可温教的色目人，据陈垣的考证，也里可温教是基督教的一支，马祖常的父亲可能是也里可温的牧师。但从他为官的奏议和诗文著作来看，他已精通中原的礼俗和文学。他写有《送董仁甫之西台幕》一诗："西南万里地，诏属大行台。秦树浮天去，巴江带雪来。山河无用险，邦国正需才。台幕风流美，书签想尽开。"其中的心态非常平和，绝无"古来征战几人回"的感伤。又有《河西歌》："贺兰山下河西地，女郎十八梳高髻。茜根染衣光如霞，即召瞿昙作夫婿。"河西甘州、凉州一带女郎的时髦装束，独特而明理。"茜根染衣"一句，将衣裙染成大红色，可能是点化李商隐《和郑愚赠汝阳王孙家筝妓》中所说"茜袖捧琼姿，皎日丹霞起"。如此时髦艳美的女郎，却招呼宣称六根清净的"瞿昙"（佛徒，本是释迦牟尼俗姓的梵文译音）来当夫婿。如此写边塞，毫无荒寒萧索的色调，反而在明艳的风俗画中透露了幽默的笑影。

马祖常写有《河湟书事》二首："阴山铁骑角弓长，闲日原头射白狼。青海无波春雁下，草生碛里见牛羊。""波斯老贾度流沙，夜听驼铃识路赊。采玉河边青石子，收来东国易桑麻。"他写河湟地区，青海湖水草丰美，河

---

① （清）王士祯：《池北偶谈》卷七，中华书局1982年版，第165页。

② 《元史》卷一百四十三《马祖常传》，中华书局1976年版，第3411—3413页。

③ 《四库全书总目》卷一百六十七"集部"二十《石田集》提要，中华书局1965年版，第1440页。

边捡到一颗青石子，到中原当成玉石，可以买粮食、买布匹。这简直成了"青海江南"了。还有契丹人耶律楚材写有《西域河中十咏》，其一云："寂寞河中府，连甍及万家。葡萄亲酿酒，杷榄看开花。饱啖鸡舌肉，分餐马首瓜。人生惟口腹，何碍过流沙。"其十云："寂寞河中府，遗民自足粮。黄橙调蜜煎，百饼糁糖霜。漱旱河为雨，无衣垄种羊。一从西至此，更不忆吾乡。"《元史·耶律楚材传》谓传主乃"辽东丹王突欲八世孙"，契丹族人，"博极群书，旁通天文、地理、律历、术数及释老、医卜之说，下笔为文，若宿构者"，是精通汉文化的。成吉思汗"重其言，处之左右，遂呼楚材曰吾图撒合里而不名，吾图撒合里，盖国语长髯人也"，经常随军出征。[1] 汪由敦《元臣耶律楚材墓碑记》："楚材事元太祖、太宗，历三十余年……有元一代名相，必以楚材为称首。"[2] 其西域是对"葡萄酿酒"、"地垄种羊（棉花）"一类风俗感到亲切而自豪，并无陌生感，甚至有点"更不忆吾乡"。查《长春真人西游记》，记载西域风情："宿于西果园。土人呼果为阿里马，盖多果实，以是名其城。其地出帛，目曰秃鹿麻，盖俗所谓种羊毛织成者。时得七束为御寒衣，其毛类中国柳花，鲜洁细软，可为线、为绳、为帛、为绵。……晚至南山下……平地颇多，以农桑为务；酿蒲萄为酒，果实与中国同。惟经夏秋无雨，皆疏河灌溉，百谷用成。"[3] 耶律楚材诗所记风光与之契合，又多了几分边疆民族认同的感情。耶律楚材还有《过阴山》诗："八月阴山雪满沙，清光凝目眩生花。插天绝壁喷晴月，擎海层峦吸翠霞。松桧丛中疏畎亩，藤萝深处有人家。横空千里雄西域，江左名山不足夸。"这里的阴山，指的是天山，插天擎海，横空喷月，把江左名山都比下去了。西域与契丹发祥地都为塞外，乃其祖宗之根所在，有着他们深挚的文化认同。

由于边疆少数民族和中原汉族，在中华民族共同体发生发展中处在不同位置，它们对同样的边塞风光感受甚是悬殊。汉唐以来，河湟地区属于丝绸

---

[1]　《元史》卷一百四十六《耶律楚材传》，第3455—3456页。

[2]　（清）朱彝尊、于敏中：《日下旧闻考》卷一百附汪由敦《元臣耶律楚材墓碑记》，北京古籍出版社1983年版，第1656—1657页。

[3]　（元）李志常：《长春真人西游记》卷上，北京白云观翻印本。

之路的咽喉要道，"河湟咽喉"就成了中原王朝和边疆民族反复争夺之地。杜佑《通典》卷一百八十九记载："（汉）武帝又西逐，渡河、湟，初开河西，置四郡。（今武威、张掖、酒泉、敦煌等郡地。）"①《新唐书》卷二百一十六上《吐蕃传》说："吐蕃本西羌属，盖百有五十种，散处河、湟、江、岷间，有发羌、唐旄等，然未始与中国通。"②清人胡渭《禹贡锥指》卷十认为："吐谷浑在河、湟之间，即先零、烧当诸羌故地。"卷十三又说："故举世谓西戎地曰河湟。"③由此可知，为何自汉唐以来，河湟之地成了中华民族共同体各个民族关注的焦点。马祖常写河湟，如上面所述，明丽艳美，牛羊玉石，遍地皆宝，令人有塞外江南的感觉，这是与唐代边塞诗非常不同的感觉。也就是说，少数民族作家改造了边塞诗风。

《全唐诗》中，有许多边塞诗写河湟，采用的却是高适、岑参的悲壮昂扬的路数。如令狐楚《少年行》："弓背霞明剑照霜，秋风走马出咸阳。未收天子河湟地，不拟回头望故乡。"杜牧《史将军二首》其一："壮气盖燕赵，耽耽魁杰人。弯弧五百步，长戟八十斤。河湟非内地，安史有遗尘。何日武台坐，兵符授虎臣。"杜牧又有以《河湟》为题的诗："元载相公曾借箸，宪宗皇帝亦留神。旋见衣冠就东市，忽遗弓剑不西巡。牧羊驱马虽戎服，白发丹心尽汉臣。唯有凉州歌舞曲，流传天下乐闲人。"这些边塞诗中，高适、岑参的悲壮诗风犹存，却已感染了中晚唐的萧飒之音。赵嘏《降虏》诗云："广武溪头降虏稀，一声寒角怨金微。河湟不在春风地，歌舞空裁雪夜衣。铁马半嘶边草去，狼烟高映塞鸿飞。扬雄尚白相如吃，今日何人从猎归。"赵嘏又有送人出塞诗《送从翁中丞奉使黠戛斯》："山川险易接胡尘，秦汉图来或未真。自此尽知边塞事，河湟更欲托何人。"黠戛斯，即今新疆的柯尔克孜族的祖先。诗中已流露了唐人对河湟陷蕃之后的凄惶。司空图《河湟有感》写道："一自萧关起战尘，河湟隔断异乡春。汉儿尽作胡儿语，却向城头骂汉人。"这已经触及河湟陷蕃后，边民的转向。宋以后，河湟诗仍不少见，因为此地乃是维护中华民族完整性的一条纽带。苏轼《和王晋

---

① （唐）杜佑：《通典》卷一百八十九《边防》，四库全书本。
② 《新唐书》卷二百一十六上《吐蕃传》，第6071页。
③ （清）胡渭：《禹贡锥指》卷十、卷十三，上海古籍出版社2006年版，第302、434页。

卿》诗云:"先生饮东坡,独舞无所属。当时挹明月,对形三人足。醉眠草棘间,虫虺莫予毒。……朝廷方西顾,羌虏骄未伏。遥知重阳酒,白羽落黄菊。羡君真将家,浮面气可掬。何当请长缨,一战河湟复。"① 清人王渔洋《送同年袁秋水金事觐事毕归甘州》诗云:"白马黄金柑,蹀躞思边疆。河西四郡天万里,中分弱水临河湟。汉家天子重边册,大开张掖连敦煌。阳关以西尽亭障,属国一气通诸羌。远求汗血历绝域,玉门使者遥相望。"② 这里回溯中华民族打通"河湟咽喉"的边疆政策,其中"河西四郡天万里"、"属国一气通诸羌"的"万里一气",融入了清康熙朝奠定中国疆土格局的宏伟魄力。

相较而言,中原人士写边塞诗,是以客人的身份;蒙古色目人士写边塞诗,是以主人的身份。这种主客位置变换,就改造了边塞诗的内质和情调。少数民族诗人使边塞诗胡化,增添了几分田园诗的情调。而田园诗情调,又来自汉诗传统,又反作用于少数民族诗人的中华化。这种"变调—反刍"的文明律动,使中华民族各个民族板块之间愈来愈深刻地互置灵魂与血脉,浑然成为相互认同的文化共同体。即便文人雅士经常采用的凭吊怀古的诗词文体,在蒙古色目子弟手中,也嵌入游牧民族特有的文化经验。萨都剌的《百字令》,在整部中国词史中,也是杰出而驰名的篇章。《新元史》称:"萨都剌,字天锡,答失蛮氏,后徙居河间。……诗才清丽,名冠一时,虞集雅重之(按:虞集作《傅若金诗序》,称进士萨天锡最长于情,流丽清婉)。晚年,寓居武林。每风日晴好,则肩一杖,挂瓢笠,踏芒跷,凡深岩邃壑,无不穷其幽胜,兴至则发为诗歌。著有《雁门集》八卷。"③ 《百字令》又名《念奴娇·登石头城次东坡韵》,具有相当明显的苏东坡《念奴娇·大江东去》的文人词的情调气息,这种汉化回响,人们耳熟能详,但是没有看到其中蕴藏的胡人体验,则未免有点买椟还珠,错失精华。萨都剌作为色目子弟到了南朝故都建康,俯仰于天地之间,书写着"石头城上,望天低吴楚,眼空无物。指点六朝形胜地,唯有青山如壁",这种历史兴废感汉

---

① 《苏轼集》卷十七《和王晋卿(并叙)》,明海虞程宗成化刻本。
② (清)王士禛:《渔洋山人精华录》卷二《送同年袁秋水金事觐事毕归甘州》,四部丛刊本。
③ 柯劭忞:《新元史》卷二百三十八《萨都剌传》,中国书店 1988 年版,第 919 页。

族词人或能写得出。但是面对六朝古都的废墟而发出的那声撼人心弦的感叹："一江南北，消磨多少豪杰。"却以"南北"二字包含着独特的民族体验。他讲的是南北问题，而不是大江上下的问题。北方少数民族每想跨越长江天堑，消磨偏安南方的政权。于是长江古战场上"蔽日旌旗，连云樯橹，白骨纷如雪"，残酷地消磨了多少豪杰。这里关注的不仅是六朝兴亡，还是南北民族冲突。"寂寞避暑离宫，东风辇路，芳草年年发。落日无人松径里，鬼火高低明灭。歌舞尊前，繁华镜里，暗换青青发。"人命如草，而王朝命运连草也不如。词人在落日松林小径上，踏寻灭亡王朝的离宫辇路的废墟，寂寞无人，唯见鬼火，在李长吉式的怪异阴冷中，寻味着豪杰消磨的意义。"伤心千古，秦淮一片明月。"结尾处令人联想到刘禹锡《金陵五题·石头城》："山围故国周遭在，潮打空城寂寞回。淮水东边旧时月，夜深还过女墙来。"因为是在"石头城"上怀古，萨都剌《百字令》一头连着东坡《水调歌头·赤壁怀古》，一头连着刘禹锡《金陵五题·石头城》，将人们的千古伤心，融进秦淮明月的朦胧而神秘的光辉之中。他与刘禹锡此番感慨的联系，也是有案可查的。他作有《登凤凰台，御史大夫易释董何公索诗，援笔应命》，诗云："六朝歌舞豪华歇，商女犹能唱《后庭》。千古江山围故国，几番风雨入空城。凤凰飞去梧桐老，燕子归来杨柳青。白面书生空吊古，日陪骢马绣衣行。"① 萨都剌出入唐宋，含咀诗词，总览古今，体验人月，从而将北方少数民族的南北意识注入历史见证物石头城上，其汉胡互化已达到浑然一体的境界。

无须怀疑，只要换用文学民族学的眼光重新审视元代诗歌词曲，就会发现许多错综复杂的胡化与汉化的文化因素和精神脉络，其重要性远非"宗唐"与"宗宋"的问题可以比拟。包括元杂剧，它实际上是"马上杀伐"的胡音加上北方高亢激昂的俚调混合而成的戏曲艺术体系。这就是明代徐渭所说："今之北曲，盖辽、金北鄙杀伐之音，壮伟狠戾，武夫马上之歌，流入中原，遂为民间之日用。……胡部自来高于汉音。在唐，龟兹乐谱已出开元梨园之上。今日北曲，宜其高于南曲。……元人学唐诗，亦浅近婉媚，去词不甚远，故曲子绝妙。……听北曲使人神气鹰扬，毛发洒淅，足以作人勇

---

① 《萨都剌集》卷二，四库全书本。

往之志，信胡人之善于鼓怒也。所谓'其声噍杀以立怨'是已。南曲则纡徐绵眇，流丽婉转，使人飘飘然丧其所守而不自觉，信南方之柔媚也，所谓'亡国之音哀以思'是已。"① 徐渭虽然还流连中原雅乐，但是他对胡汉曲调的同异和相互影响的考察，显示了开阔的文化视野和文风代变的意识。只有在游牧民族进入中原，震撼着并逐渐地瓦解了整个文化的固有价值结构之后，才有可能使流行于民间的这种以胡腔胡调化解温柔敦厚的诗教的戏曲形式成为"一国之艺"。而元代中后期汉族诗人在写诗的时候，李贺的怪异遗风明显地增强，比如说杨维桢的诗就混合着李白的豪放与李贺的怪异色彩。为何出现怪异的色彩？就是蒙古族统治中原，改变了原来的诗学价值观，改变了对人生、对社会的体验和态度，诗人在文化压力下只好以怪异来发泄胸间的不平。原来那种温文尔雅的词类句式，已经涵盖不了他的性情了。

值得注意的是，"汉胡互化"的双向性"中华化"过程，存在着两种类型：一种是上述许多事例所体现的内在化类型；一种是外在化类型。任何具有异质性或异端性的两种以上文化间的碰撞融合，都在调适性中保存着某种排斥性，融而能通则趋同，融而难通则存异。这样的融合是包容着多样性的融合，是多元一体的融合。多样存异的类型，即外在化类型，是各个民族自身具有原创能力的极好体现。前面讲的《格萨尔》六十万诗行，已足以证明这一点。回鹘族《福乐智慧》一万三千诗行，在公元11世纪相当于宋神宗熙宁年间王安石变法前后的时间段就产生了。但是宋朝文学并没有从中吸收诗学养分，甚至根本不知道还存在着这样的诗歌形态，一仍故常地写作诗词、散文这类短小精悍的作品，并且在民间逐渐兴起白话小说与戏曲。但宋朝疆域在整个中华民族的版图占了不到四分之一，到了南宋又缩小为只占六分之一。广大幅员上，存在着辽、金、西夏，还有回鹘、大理国和吐蕃诸部。回鹘在8、9世纪崛起于漠北，也就是现在的外蒙古一带，建立了强盛的回鹘汗国，唐宪宗元和四年（809），回纥"可汗遣使改为回鹘，义取回旋轻捷如鹘也"②。在9世纪前中叶因为内讧和外面的骚扰，回鹘汗国崩

① （明）徐渭：《南词叙录》，壶隐居黑格抄本。
② 《旧唐书》卷一百九十五《回纥传》，第5210页。

溃。唐文宗大和元年（827），"黠戛斯领十万骑破回鹘城"，"回鹘散奔诸蕃"。回鹘分三路南移，一路进入河西走廊，后来这一路没入西夏，变成了黄头回鹘，就是现在的裕固族的祖先。一路西去，到了高昌——就是现在的吐鲁番——变成了高昌回鹘（或西州回鹘），信仰佛教和摩尼教。一路再继续往西走，到了喀什和中亚的七河流域，建立喀拉汗王朝（黑汗王朝），而且兼并了自称是唐王朝之宗属的于阗回鹘。西域最早的伊斯兰化，就是从喀拉汗王朝开始的。喀拉汗王朝在11世纪创造了两部伟大的著作《突厥语大词典》和《福乐智慧》。藏族地区到了9世纪以后，赞普王朝，也就是松赞干布创建的王朝，因为末代赞普灭佛，为佛教徒刺杀。后来子孙争夺权力，陷入四分五裂。以灿烂辉煌的壁画驰名的古格王国，就是赞普的后代在10世纪初迁徙到阿里地区，建立起来的一个山头上的小王国。在藏区四分五裂，老百姓苦难深重的时候，乱世思念英雄出来降妖伏魔、平定天下，才产生了《格萨尔》。

在西南地区，以云南大理为中心，继南诏之后出现了大理国，大理国几乎跟两宋王朝相始终。《读史方舆纪要》卷一百十三引《会要》说："（唐玄宗）开元二十六年（738），册南诏蒙归义为云南王。归义之先本哀牢夷也。其地居姚州之西，东南接交趾，西北接吐蕃。蛮语谓王曰'诏'。先有六诏，曰蒙舍、蒙越、越析、浪穹、漾备、越淡。兵力相埒，莫能相一。蒙舍最在南，谓之南诏。"又引《绎年运志》说："段氏之先为武威郡白人，有名俭魏者，佐阁罗凤有功，六传至思平而有国，改号大理。……淳祐十二年（为蒙古宪宗蒙哥二年，1252），蒙古忽必烈灭大理（自正谅至段兴智，凡七传而国灭。前后凡二十二传，历三百五十年。段氏虽灭，元人复设大理路军民总管府，以段氏子孙世守其职）。"[①] 那里流行着许多民间故事、民间传说，比如说火把节的传说，写慈善夫人与蒙舍诏国王的血泪情缘，衍化出白族的节日盛典，它的精彩程度不让于《孟姜女》和《梁山伯与祝英台》，可以同它们以及《牛郎织女》、《白蛇传》、《阿诗玛》并列为中国六大传说而毫不逊色。《火把节》故事在元代已有官员到云南采风，记录在案，明代的

---

① （清）顾祖禹《读史方舆纪要》卷一百十三，（台北）洪氏出版社1981年版，第4566—4567页。

史书、方志也有记载。① 如果我们对民族地区的方志史乘和口头文学作出更加系统深入的清理，将会有更多的文学民族学的珍品，使我们重绘的中国文学地图大放异彩。

五　文学地理学的地域问题

从《禹贡》、《汉书·地理志》，以及唐代的《元和郡县志》、宋代的《太平寰宇记》和《宋史·艺文志》所记载的一百几十种地方志以来，中国的地理书附属于史学，侧重记录历史疆域政区的沿革和地域人文的状况。中国的地理幅员广大，各个地域的文化景观存在着诸多不平衡、不稳定、不均质的犬牙交错的状态。而且中国文学从源头上就与地理结缘，《诗经》十五国风都是按照中原地区国度和方域搜集和整理的。至于《楚辞》，如宋代黄伯思《校定楚辞序》所说："屈宋诸骚，皆书楚语、作楚声、纪楚地、名楚物，故可谓之《楚辞》。若'些'、'只'、'羌'、'谇'、'蹇'、'纷'、'侘'、'傺'者，楚语也；悲壮顿挫、或韵或否者，楚声也；沅、湘、江、澧、修门、夏首者，楚地也；兰、茝、荃、药、蕙、若、芷、蘅者，楚物也。"②《山海经》以今山西西南隅、河南西部为《中山经》，由近及远地记述了实在的和想象的山脉水文、神灵怪物。这些早期经籍的编纂，存在或隐或显的地理情结或地理模式。这是一个古老的农耕社会带根本意义的情结和模式，因而不讲其地理渊源是不能讲到这些文学经典的根的。文学地理学的研究在展示学术的坚实性和开拓性的同时，实际上借用地理空间的形式，展开文学丰富层面的时间进程。应该承认，地理学问题与民族学问题有所交叉，但又不尽重合。它另有角度，别开生面，采取独特的操作程序和思维方式。

文学的地理学，首先关注地域文化的问题。春秋战国时期是形成文化模

---

① 《云南备征志》卷五所录元张道宗《记古滇说》，以及《南诏野史》，参看邓敏文《南方民族文学关系史·隋唐十国两宋卷》，民族出版社2001年版，第242—244页。

② （宋）陈振孙：《直斋书录解题》卷十五引黄伯思《校定楚辞序》，上海古籍出版社1987年版，第436页。

式的关键时代，诸国争雄，诸子竞起，出现了齐、楚、秦、晋这样一些文化区域。这种文化区域积淀了各具特色的学风和习俗，长久地影响了中国文学的发展。比如说齐鲁文化，在春秋战国时候的诸子百家，齐鲁占了一大半，儒家人士中从孔、颜、曾、子思到孟子，都在山东（为叙述方便，此处用今省份名）。管仲、晏婴，以及墨子和阴阳家谈天衍的里籍也是山东。兵家从姜子牙到孙武、孙膑，也籍系山东。还有道家、法家的一些人物，也出入于山东。讲先秦诸子，齐鲁是个中心地。其他的只有安徽北部和河南东部这片中原与陈楚交界地域的老庄文化、楚都辞赋文化，以及晋国的史学与法家文化、秦国的法家与兵家文化比较重要。鲁迅曾经从人文地理的角度，考察先秦诸子的流派，认为："察周季之思潮，略有四派。一邹鲁派，皆诵法先王，标榜仁义，以备世之急，儒有孔孟，墨有墨翟。二是陈宋派，老子生于苦县，本陈地也，言清净之治，迨庄周生于宋，则且以'天下为沉浊不可与庄语'，自无为而入于虚无。三曰郑卫派，郑有邓析、申不害，卫有公孙鞅，赵有慎到、公孙龙，韩有韩非，皆言名法。四曰燕齐派，则多作空疏迂怪之谈，齐之驺衍、驺奭、田骈、接予等，皆其卓者，亦秦汉方士所从出也。"[1]在诸子百家时代，各种地域文化是不均量也不均质的。这种地域文化因素长久地影响着历代文学的素质和气质。

考察地域文化，应把握住潜在地影响其全局的关键性文化要素。齐鲁邻近泰山和海洋，对于发祥于西部的周人而言，它是一个逐渐开发的领域，并在开发的过程中产生了齐鲁文化。齐鲁文化的关键点有三个。第一个关键：开头的齐文化和鲁文化是两种文化，因为西周分封的时候，姜子牙被分到齐国，他采取的政策是"因其俗，简其礼"，即适应东夷民族的风俗，而发展工商渔盐之业，这是齐国的文化政策。而鲁国统治者是周公的长子伯禽，伯禽所采取的政策是"变其俗，革其礼"，即用周礼来改变当地的风俗，也就是搞"尊尊而亲亲"的礼制。所以根据《史记》的记载，姜子牙听到这种政策的不同，他就非常感慨，说："鲁后世其北面事齐矣！"[2]就是说鲁国将抵不过齐国的发展势头。因为齐与鲁采取两种文化政策，具有不同的文化趋

---

① 鲁迅：《汉文学史纲要》，《鲁迅全集》第九卷，人民文学出版社 1981 年版，第 366 页。

② 《史记》卷三十三《鲁周公世家》，第 1524 页。

势和历史命运。

第二个关键：孔子文化。人们觉得孔子这个老祖宗好像很古板，实际上，周礼文化原来是"敬天保民"或"敬德保民"的，而孔子改造了这种文化，在对殷人的祖先崇拜有所承袭的同时，更根本的是给周礼加进了一个"仁"字，从而建立儒家文化的逻辑起点。这"仁"字从何而来？是从东夷民族来的。东夷民族是边疆的原始部族，史书和辞书都有记载，东夷民族有一种原始质朴的风俗是"仁"。比如许慎《说文解字·羊部》："唯东夷从大。大，人也。夷俗仁，仁者寿，有君子不死之国。孔子曰：道不行，欲之九夷，乘桴浮于海，有以也。"此说与《汉书·地理志》"东夷天性柔顺，异于三方（按：指南蛮、西戎、北狄）之外"，以及《后汉书·东夷传》"东方曰夷……仁而好生……故天性柔顺"[①]，是理脉相贯的，为古代治经史、地理者经常引用。孔子的杰出之处在于，他超越了中原士人一向视夷人为野蛮淫邪的偏见，从东夷"仁而好生"的带有原始自然生态观念的风俗中，剥离出"仁"的观念，并且加以伦理学的、政治学的和礼乐文明的学理处理，然后以此"仁"字改造周礼，赋予其人本内涵。孔子讲过"天子失官，学在四夷"，又说："夷狄之有君，不如诸夏之亡也。"若按杨遇夫《论语疏证》的说法，就是夷狄有贤明之君，不像中原诸国却没有。[②] 所以孔夫子在建立他的学说的时候，实际上吸取了东夷民族的民间的道德理念。孔子用这个"仁"字，实现了中国文化轴心时代的文化大转型。

齐鲁义化的第三个关键，是齐鲁并称为一种文化。这是在《荀子》里面开始的，它把齐鲁之民的"知礼义"与秦人的"纵情性，安恣睢"[③]，作了地域文化的对比。为什么会出现这种现象呢？当时在齐国的首都临淄的稷下学宫，齐威王、齐宣王聚集了一千多个学者在那里论学，不当官只发议论，把政和学分开，大家自由发表议论。即《史记》所云："宣王喜文学游说之士，自如驺衍、淳于髡、田骈、接予、慎到、环渊之徒七十六人，皆赐

---

① 许慎：《说文解字》，上海古籍出版社 1981 年影印《说文解字注》，第 147 页；《汉书》卷二十八下《地理志》，第 1658 页；《后汉书》卷八十五《东夷列传》，中华书局 1965 年版，第 2807 页。

② 杨伯峻编注《春秋左传注》，中华书局 1990 年版，第 1389 页。又，杨伯峻译注《论语译注》，中华书局 1980 年版，第 24 页。

③ 《荀子集解》卷十七《性恶篇》，中华书局 1988 年版，第 442 页。

列第，为上大夫，不治而议论。是以齐稷下学士复盛，且数百千人。"① 稷下学官延续了一百五十年左右，对于疏通整个中原地区的学术思想，尤其是齐鲁地区的文化沉积，发挥了重要作用。孟子可以在稷下发议论，宣传王道、仁政。但是齐威王接受的是军事家孙膑的兵家，所以才有围魏救赵、马陵之战这样的著名战例发生。诸子百家在稷下论学，实现了齐鲁文化之间的融合。荀子五十岁到稷下，在稷下十余年，后来到楚国当了兰陵令。十余年中，三次当了稷下学官的校长，所谓"三为祭酒"、"最为老师"②。所以他的学问，实际上是融合了诸子百家，上承儒家，中染黄老之术，下启法家，是个很重要的文化转型中的关键人物。他耳濡目染，感觉到"齐鲁并称"已是水到渠成，开始完成了"齐鲁文化"这个地域文化概念的相对整体性。

　　讨论地域文化，千万不要将之看作封闭的、凝固的系统，而应该如实地看到，它只不过是中华大文明系统中的一个子文明、一个分支系统，而且是以其独特的因缘和相互的关系，而经常变异着的子文明或分支系统。正因其变，才在总体上形成中华文明多姿多彩的活力。齐鲁文化、山东文化到了汉魏六朝时期，发生了一个转变，出现了一个东西叫"齐气"，齐地的气质。这是曹丕的《典论·论文》里面讲的慷慨激昂而又文体舒缓的那么一种风格。建安七子有四子出在山东：孔融、王粲、刘桢、徐干，他们的文章慷慨激昂而又舒展深沉，充满着以"体气高妙"、"时有齐气"、"逸气"和"信含异气"等词语形容的乱世体验。如曹丕《典论·论文》说："王粲长于辞赋，徐干时有齐气，然粲之匹也。（《三国志·王粲传》注作'是有逸气，然非粲匹也'。《艺文类聚》与《粲传》同，无'非'字。）"③ 刘勰《文心雕龙》接过这个话题说："故魏文称：'文以气为主，气之清浊有体，不可力强而致。'故其论孔融，则云'体气高妙'，论徐干，则云'时有齐气'，论刘桢，则云'有逸气'。公干亦云：'孔氏卓卓，信含异气，笔墨之性，殆不可胜。'并重气之旨也。"④ 齐鲁文化到了隋唐又发生了一个变化，隋唐

① 《史记》卷四十六《田敬仲完世家》，第1895页。
② 《史记》卷七十四《孟子荀卿列传》，第2348页。
③ 曹丕：《典论·论文》，《文选》卷五十二，四部丛刊本。
④ 刘勰：《文心雕龙·风骨》，《文心雕龙注》（范文澜注），人民文学出版社1978年版，第514页。

以后，山东响马、《水浒》英雄——北方成为战场，人间的生活非常艰难，墨侠之风回潮而出现这么一群劫富济贫的强人，秦琼和武松成了他们最大的英雄。通俗小说《说唐》影响极著，其第四回写"临潼山秦琼救驾"，谓李渊在临潼山，忽听林中呐喊一声，奔出无数强人来，都用黑煤涂面，长枪阔斧，拦住去路，高声叫道："快留下买路钱来！"危急之际，秦琼（叔宝）把马一纵，借那山势冲下来，厉声高叫道："响马不要逞强，妄害官员！"他"头戴范阳毡笠，身穿皂色箭衣，外罩淡黄马褂，脚登虎皮靴，坐着黄骠马，手提金装锏，左冲右突，如弄风猛虎，醉酒狂狼"，救出唐公李渊。由此他被李渊建"报德祠"，立生身神像。第二十五回又搭救"劫王杠"的山东响马程咬金，被喧传为"有响马劫牢，大反山东。杀了知府孟洪公，劫了钱粮，杀了百姓一万余人，烧毁民房二万余间。那响马都是十三太保（秦琼）的朋友"。"山东响马"话题，又被通俗小说《说唐后传》、《说唐二传》、《隋唐演义》、《薛刚反唐》、《七侠五义》、《七剑十三侠》、《施公案》、《彭公案》、《梼杌闲评》、《绿牡丹》、《水浒后传》等，炒得沸沸扬扬。《说岳全传》第二十九回牛皋宣称"响马出身，做过公道大王"。《喻世明言》第四十卷《沈小霞相会出师表》介绍："明日是济宁府界上，过了府去，便是大行山、梁山泺，一路荒野，都是响马出入之所。"《警世通言》第二十一卷《赵太祖千里送京娘》中，十七岁的赵京娘，随父亲来阳曲县还北岳香愿，被"响马强人"满天飞张广儿、着地滚周进劫持，被赵匡胤救出。这个情节在长篇《飞龙全传》中得到渲染。《儒林外史》第三十四回庄绍光应征入京，从水路过了黄河，雇车来到山东地方，在兖州府辛家驿，住了车子吃茶。天色未晚，催着车夫还要赶几十里地。店家说道："不瞒老爷说，近来，咱们地方上响马甚多，凡过往的客人须要迟行早住。"果然，次日到了一处森林，一声箭响，就有无数骑马的从林子里奔出来。响马贼夺走同路的百十个牲口，驮了银鞘往小路上去了。

　　与通俗小说相呼应，明清史书杂著颇多"响马贼"之记载。明代沈德符《万历野获编》卷二十四说："郑州，在雄县之南，任邱之北……窃谓此地为畿辅要害，而去州县稍远，响马大夥多盘据其中。"① 清人谷应泰《明

---

① （明）沈德符：《万历野获编》卷二十四，姚氏扶荔山房刻本。

史纪事本末》卷四十五也记载："武宗正德四年秋九月，畿南盗起。时刘瑾用事，专恣骄横。京师之南固安、永清、霸州、文安地方，京卫屯军杂居其地，人性骄悍，好骑射，往往邀路劫掠，号'响马盗'。至是，聚党益炽。"①《清史稿》卷五百五《艺术列传》记述："山东响马老瓜贼为行旅患。"② 清初顾炎武《钱粮论》一文说："有两车行于道，前为钱，后为银，则大盗之所睨，常在其后车焉。然则岂独今之贪吏倍甚于唐、宋之时，河朔之间所名为响马者，亦当倍甚于唐、宋之时矣。"③ 其《日知录》卷二十九也提到："河间、东昌之间，至今响马不绝。"王夫之《永历实录》卷二十一记载："山东盗起，临清豪族，故习为响马贼，应盗起者，众至数万。堡肩舆，从数胥吏扣其垒，慷慨为陈大义。盗魁感泣，叩头请死。堡慰安之，皆解散归农。"④ 清代朱彝尊、于敏中《日下旧闻考》卷一百二十四也载："京师之南，固安、永清、霸州、文安等处，京卫屯军杂居，人性骄悍，好骑射，往往邀路劫财，辄奔散不可获，人号为放响马贼。"⑤ 连《康熙起居注》"康熙二十三年〔甲子〕"也提到响马："又刑部题顺义县地方，有高忠等三人骑马带器械，抢夺旗下人巴尔，拟立斩。上曰：'高忠等系响马强盗，尔大学士照何案拟秋后票签？着带字去问。'"⑥ 因此，清人笔记对山东响马作了如此解释："响马者，山东路上，跨马带铃，自作暗号之跽也。人多侠气，服甚豪华，莫辨其非，难识其歹；图财于至秘，谋命于无形。"⑦ 从这些记载可知，响马不独存在于山东，临近京畿要道的河北、河南一带也甚猖狂。但《说唐》一类通俗小说将秦琼与响马塑造得家喻户晓，响马也就打上山东印号。而且地域文化也是复合型的，山东汉子除了武松和秦琼，还有标举"神韵说"的山东桓台王渔洋，写出文言小说杰作《聊斋志异》的山东淄川蒲松龄。所以地域文化以其地缘人文因子的隐显起伏和增减变异，调

---

①　（清）谷应泰：《明史纪事本末》卷四十五，中华书局 1977 年版，第 665 页。

②　《清史稿》卷五百五《艺术列传》，中华书局 1998 年版，第 3562 页。

③　（清）顾炎武《顾亭林文集》卷一《钱粮论二篇》，中华书局 1983 年版，第 20—21 页。

④　（清）王夫之：《永历实录》卷二十一，曾氏金陵节署本。

⑤　（清）朱彝尊、于敏中：《日下旧闻考》卷一百二十四，第 2018 页。

⑥　（清）《康熙起居注》康熙二十三年〔甲子〕，中华书局 1984 年版，第 1205 页。

⑦　（清）惝讷居士：《咫闻录》卷二，上海进步书局版。

节着地区文学风气和审美风貌的运行曲线，颇令人有峰回路转、柳暗花明之感。这是文学地理学中第一个问题，地域文化的问题。

六　人地因缘与作家群体

文学地理学第二个问题，是人与地理因缘，关涉到作家的出生地、宦游地、流放地。很多精彩的文学作品，是作家在流放的过程中写出的。所谓"文章憎命达，魑魅喜人过"[1]，所谓"国家不幸诗家幸，说着沧桑语便工"[2]，灾难将敏锐的心灵打击出生命的火花。苏东坡的黄州、韩愈的潮州、柳宗元的永州和柳州，都是流放地，都留下他们投入生命精华的诗文。苏辙《亡兄子瞻端明墓志铭》如此形容苏轼贬谪黄州后的诗文飞跃："公之于文，得之于天。……尝谓辙曰：'吾视今世学者，独子可与我上下耳。'既而谪居于黄，杜门深居，驰骋翰墨，其文一变，如川之方至，而辙瞠然不能及矣。"[3] 从这些文学地理学的现象中可以考见文化基因的生成、传递和迁移，可以考见仕隐、晋黜与审美创造之间的历史悖谬性的文学通则。流放使作家在仕途受挫，心理失衡的时候，面对充满新鲜感、陌生感的自然景观、社会人群、风气习俗，以及更为艰苦寂寞、人情浇薄的，有时却能寻出几分淳朴厚道的生活环境，从而激发丰富的沧桑感受和诗文兴致，使流放文学成为古代文学的一道亮色。

著名贬黜官员刘禹锡在归程中，曾作《酬乐天扬州初逢席上见赠》："巴山楚水凄凉地，二十三年弃置身。怀旧空吟闻笛赋，到乡翻似烂柯人。沉舟侧畔千帆过，病树前头万木春。今日听君歌一曲，暂凭杯酒长精神。"唐贞元二十一年（805），德宗死，顺宗即位已病不能言，王叔文等居中用事，改革弊政，思夺宦官兵权而不果。八月宪宗即位，改元永贞，贬黜王叔文，牵连韩泰、韩晔、柳宗元、刘禹锡、陈谏、凌准、程异、韦执谊，贬为

---

① 杜甫：《天末怀李白》，（清）蘅塘退士《唐诗三百首》卷五"五言律诗"。

② （清）赵翼：《题元遗山集》，《瓯北集》卷九十，退耕堂本。（清）朱庭珍：《筱园诗话》卷三作赵翼《题梅村集》；为此收入《吴梅村集》附录四，四部丛刊本。

③ （宋）苏辙：《亡兄子瞻端明墓志铭》，《栾城后集》卷二十二，《苏辙集》，中华书局1990年版，第1126—1127页。

边远州郡司马，史称"八司马"。自此刘禹锡辗转为朗州司马及连州、夔州、和州刺史，共二十三年。唐敬宗宝历二年（826）在扬州遇白居易，赋诗酬答而作此诗。正因为长期被弃置于凄凉的巴楚之地，归来故人多逝，闻笛思旧，恍若任昉《述异记》所述，观二仙人下棋，斧柯朽烂，隔世百年。面对苍茫时空，才能吟唱出"沉舟侧畔千帆过，病树前头万木春"的诗性哲学。诚如白居易《刘白唱和集序》所云："彭城刘梦得，诗豪者也。其锋森然，少敢当者。予不量力，往往犯之。夫合应者声同，交争者力敌。一往一复，欲罢不能。由是每制一篇，先于视草，视竟则兴作，兴作则文成。一二年来，日寻笔砚，同和赠答，不觉滋多。太和三年春以前，纸墨所存者，凡一百三十八首。其余乘兴仗醉，率然口号者，不在此数。因命小侄龟儿编录，勒成两轴。仍写二本，一付龟儿，一授梦得小男仑郎，各令收藏，附两家文集。予顷与元微之唱和颇多，或在人口。尝戏微之云：'仆与足下二十年来为文友诗敌，幸也！亦不幸也。吟咏情性，播扬名声，其适遗形，其乐忘老，幸也！然江南士女语才子者，多云元、白，以子之故，使仆不得独步于吴、越间，此亦不幸也！'今垂老复遇梦得，非重不幸耶？梦得梦得，文之神妙，莫先于诗。若妙与神，则吾岂敢？如梦得'雪里高山头白早，海中仙果子生迟'，'沉舟侧畔千帆过，病树前头万木春'之句之类，真谓神妙矣！在在处处，应有灵物护持，岂止两家子弟秘藏而已！"[1] 其实，刘禹锡此诗，与同时遭贬黜的柳宗元《登柳州城楼，寄漳汀封连四州》可以视为"双璧"，所寄连州，刺史即刘禹锡也。诗云："城上高楼接大荒，海天愁思正茫茫。惊风乱飐芙蓉水，密雨斜侵薜荔墙。岭树重遮千里目，江流曲似九回肠。共来百粤文身地，犹自音书滞一乡。"此诗作于元和十年（815），四年后死于贬所，已来不及读到刘禹锡《酬乐天扬州初逢席上见赠》。他大概也是"怀旧空吟闻笛赋"中思念的亡魂。"城上高楼接大荒"，所连接的《山海经·大荒经》中那个"大荒"吗？但如此愁思已经是海天茫茫了。芙蓉、薜荔，是《楚辞》中的香草美人吗？但它们已经飘摇于惊风密雨之中了。"江流曲似九回肠"，这悲伤的心肠，是司马迁《与任安书》中的"肠一日而九回"吗？但归途已被"岭树重遮"，连舒展一下恋乡的"千里眼"

---

① 《旧唐书》卷一百六十《刘禹锡传》，第4212—4213页。

都不可能了。因此，《庄子》说的"越人断发文身"，《史记·越王勾践世家》所说的"文身断发，披草莱而邑焉"，竟然成了我们这般贬黜者"共来"体验的蛮荒习俗了。苏轼是异代的贬黜者，他称赞柳氏山水诗"发纤秾于简古，寄至味于淡泊"（《书黄子思诗集后》），但柳氏此诗面对比刘禹锡"巴山楚水凄凉地"更为遥远的三楚百越的凄凉山水民俗，于惊风密雨之际，柳子与屈子要作何等的《天问》、《天对》呢？贬官以焦虑的内心，撞击着凄凉的贬所山川，他的诗成了他高贵而被弃置的生命的见证。

莺鸣求友，在群声应和中，追求生命的释放，这就是中国文人以自身方式所实行的"君子以文会友，以友辅仁"。因而作家群体的汇合、形成、发展和最后风流云散的集散地，也反映了某种文学流派在主流社会中占据何种地位，文人墨客之间采取何种身份姿态，以及如何才有利于文学发展等属于文学生态的问题。三国时代邺下作家群，曹操父子召集一批义人在邺城"同舆接席，酒酣赋诗"。清代叶燮《原诗》卷一称："诗盛于邺下。"① 章学诚《文史通义》卷一说："东方、司马，侍从于西京，徐、陈、应、刘，征逐于邺下，谈天雕龙之奇观也。"② 元好问《自题中州集后》诗云："邺下曹、刘气偻豪，江东诸谢韵尤高，若从华实评诗品，未便吴侬得锦袍。"明人陆时雍《诗镜总论》对邺下诗风，作了褒贬，谓："魏人精力标格，去汉自远，而始影之华，中不足者外有馀，道之所以日漓也。李太白云：'自从建安来，绮丽不足珍。'此豪杰阅世语。曹孟德饶雄力，而钝气不无，其言如摧锋之斧。子桓、王粲，时激《风》《雅》馀波，子桓逸而近《风》，王粲庄而近《雅》。子建任气凭材，一往不制，是以有过中之病。刘桢棱层，挺挺自持，将以兴人则未也。二应卑卑，其无足道。徐干清而未远，陈琳险而不安。邺下之材，大略如此矣。"③ 清人沈德潜《说诗晬语》特别推崇曹植，认为"苏、李以后，陈思继起，父兄多才，渠尤独步。使才而不矜才，用博而不逞博；邺下诸子，文翰鳞集，未许执金鼓而抗颜行也。故应为一大

---

① （清）叶燮：《原诗》"内篇上"，人民文学出版社 1979 年版，第 6 页。
② （清）章学诚：《文史通义》卷一"内篇一"，四部备要本。
③ （明）陆时雍：《诗镜总论》，《历氏诗话续编》，中华书局 1983 年版，第 1404—1405 页。

宗"①。但对于邺下诸子是如何成为群体，却有不同的议论。胡应麟《诗薮》认为："文举自是汉臣，与王、刘年辈迥绝，列之邺下，其义未安。子建一书云：'仲宣独步于汉南，孔璋鹰扬于河朔，伟长擅名于青土，公干振藻于海隅，德琏发迹于大魏。'余意以兹五土，上系二曹，庶七子之称，彼已亡惭。建安之美，于斯为盛。植书末称德祖，而不及阮生，意瑀材具非诸人比。第修制作，今亦寡传，惜也。"② 不过，曹植书信中称邺下诸子或在汉南、河朔，或在青土、海隅、大魏，能否一时齐集邺下，大可怀疑，因而有清人王鸣盛《十七史商榷》作出如此判断："文帝为五官将，及平原侯植皆好文学，粲与徐干、陈琳、阮瑀、应场、刘桢并见友善。其余虽有文采，不在此七人之例。案：此所谓'建安七子'也。其下文载文帝《与吴质书》'昔年疾疫，徐、陈、应、刘一时俱逝'，而其上则言粲以'建安二十一年从征吴，二十二年春道病卒'。又言'瑀以十七年卒。干、琳、场、桢二十二年卒'。'干、琳'之下毛版脱去'场'字，今增。此正所谓'一时俱逝'者也。但粲亦以此年卒，则七人中五人俱逝，而独遗粲者，意粲道病卒，不在邺下，且又虽同在一年中而非一时故邪（东汉从洛迁关中，又从关中还洛，建安元年，魏武乃迎天子都许，九年，破袁尚，定邺，又迁邺。七人饮酒赋诗皆在邺也）？"③ 因而为严谨计，文学史一般以时间段称之为"三曹与建安七子"，而少有以空间为限，称之为"邺下文人集团"了。

魏晋易代之际阮籍、嵇康等"竹林七贤"饮酒弹琴，啸咏清谈，是一个与建安七子存在着根本差异的文人群体。他们没有，也不屑于王侯贵胄的延揽，不是走向政治中心的城市，而是散处于竹木丛生的山林。但是他们很早就有一个稳定的称呼。刘义庆《世说新语·任诞篇》首条就是："陈留阮籍、谯国嵇康、河内山涛三人年皆相比，康年少亚之。预此契者，沛国刘伶、陈留阮咸、河内向秀、琅邪王戎。七人常集于竹林之下，肆意酣畅，故世谓'竹林七贤'。"④ 这就是说，一二百年后，他们就被视为任诞之首。其

---

① （清）沈德潜：《说诗晬语》卷上，丁福保辑《清诗话》本，上海古籍出版社1978年版，第531页。

② （明）胡应麟：《诗薮》外编一，中华书局1962年版，第139页。

③ （清）王鸣盛：《十七史商榷》卷四十《三国志》二，丛书集成本。

④ 《世说新语笺疏》，余嘉锡笺疏，中华书局2011年版，第628页。

后这个称呼被列入正史，并出现《竹林七贤论》、《竹林七贤图》。沈约《宋书》卷七十三《颜延之传》记载："延之甚怨愤，乃作《五君咏》以述竹林七贤，山涛、王戎以贵显被黜，咏嵇康曰：'鸾翮有时铩，龙性谁能驯。'咏阮籍曰：'物故可不论，途穷能无恸。'咏阮咸曰：'屡荐不入官，一麾乃出守。'咏刘伶曰：'韬精日沉饮，谁知非荒宴。'此四句，盖自序也。"①《旧唐书》卷二十九《音乐志》说："阮咸，亦秦琵琶也，而项长过于今制，列十有三柱。武太后时，蜀人蒯朗于古墓中得之。晋《竹林七贤图》阮咸所弹与此类，因谓之阮咸。咸，晋世实以善琵琶知音律称。"②《资治通鉴》卷七十八的记述，就更真切地涉及他们的文化精神趣味："谯郡嵇康，文辞壮丽，好言老、庄而尚奇任侠，与陈留阮籍、籍兄子咸、河内山涛、河南向秀、琅邪王戎、沛国刘伶特相友善，号竹林七贤。皆崇尚虚无，轻蔑礼法，纵酒昏酣，遗落世事。"③ 而且他们沽动的地址，也有明确的记载。叶梦得《避暑录话》卷上说："晋人贵竹林七贤，竹林在今怀州修武县，初若欲避世远祸者，然反由此得名，嵇叔夜所以终不免也。"④ 郦道元注《水经注》卷九，于"清水出河内修武县之北黑山"条目下，记述更详，谓："重源潜发于邓城西北，世亦谓之重泉水也。又迳七贤祠东，左右筠篁列植，冬夏不变贞萋。魏步兵校尉陈留阮籍、中散大夫谯国嵇康、晋司徒河内山涛、司徒琅琊王戎、黄门郎河内向秀、建威参军沛国刘伶、始平太守阮咸等，同居山阳，结自得之游，时人号之为'竹林七贤'。向子期所谓山阳旧居也。后人立庙于其处，庙南又有一泉，东南流注于长泉水。郭缘生《述征记》所云，白鹿山东南二十五里，有嵇公故居，以居时有遗竹焉，盖谓此也。……袁彦伯《竹林七贤传》，嵇叔夜尝采药山泽，遇之于山。冬以被发自覆，夏则编草为裳，弹一弦琴而五声和。"⑤

　　与以上两种文人长久交游的方式有明显区别者，中国文人的交游多见于一时兴会的雅集。相当驰名的，是东晋穆帝永和九年（353），王羲之会同

①　《宋书》卷七十三《颜延之传》，中华书局1974年版，第1893页。
②　《旧唐书》卷二十九《音乐志》，第1076页。
③　《资治通鉴》卷七十八，第2463页。
④　（宋）叶梦得：《避暑录话》卷上，津逮秘书本。
⑤　（后魏）《水经注校证》卷九，中华书局2007年版，第225—226页。

谢安、孙绰等四十一人，在会稽兰亭修禊宴游，流觞曲水，述怀赋诗，有二十六人的诗收入《兰亭集》。王羲之为之作序，就是那篇被盛誉为"天下第一行书"的《兰亭集序》："永和九年，岁在癸丑，暮春之初，会于会稽山阴之兰亭，修禊事也。群贤毕至，少长咸集。此地有崇山峻岭，茂林修竹；又有清流激湍，映带左右，引以为流觞曲水。列坐其次，虽无丝竹管弦之盛，一觞一咏，亦足以畅叙幽情。是日也，天朗气清，惠风和畅。仰观宇宙之大，俯察品类之盛，所以游目骋怀，足以极视听之娱，信可乐也。"①宋代黄彻《䂮溪诗话》卷十交代："曲水修禊之会，人各赋诗，成两篇者，自右军安石而下才十一人；成一篇者，郄昙、王丰之而下十五人；诗不成罚觥者，凡十六人。今观所传诗，类皆四言、五言而又两韵者多，四韵者无几，四言二韵，止十六字耳。当时得者，往往皆知名士，岂献之辈终日不能措辞于十六字哉。窃意古人持重自惜，不欲率然，恐贻久远讥讪，不如不赋之为愈。"②此次雅集，诗因序扬名，序因书扬名，书为绝品，遂使之永存史册。刘禹锡有《三月三日与乐天及河南李尹奉陪裴令公泛洛禊饮……十二韵》说："洛下今修禊，群贤胜会稽。"苏轼有《满江红·东武会流杯亭》词云："君不见兰亭修禊事，当时座上皆豪逸。到如今、修竹满山阴，空陈迹。"《曲话》又有记载："马致远号东篱，元人曲中巨擘也。其《满庭芳》句有'知音到此，舞雩（曾）点也，修禊（王）羲之'。语最工。致远越调《天净沙》云：'枯藤老树昏鸦，小桥流水人家，古道西风瘦马，夕阳西下，断肠人在天涯。'数语为秋思之祖。"③总之，兰亭修禊，成了千古诗酒风流雅事。更有宋人将《兰亭集序》填为词，如方岳《沁园春·隐栝兰亭序》，写作动机是"汪彊仲大卿禊饮水西，令妓歌兰亭，皆不能，乃为以平仄度此曲，俾歌之"，词云："岁在永和，癸丑暮春，修禊兰亭。有崇山峻岭，茂林修竹，清流湍激，映带山阴。曲水流觞，群贤毕至，是日风和天气清。亦足以，供一觞一咏，畅叙幽情。悲夫一世之人。或放浪形骸遇所欣。虽快然

---

① （东晋）王羲之：《兰亭集序》，（唐）徐坚《初学记》卷四"岁时部下"引，中华书局 2004 年版，第 73 页。

② （宋）黄彻：《䂮溪诗话》卷十，知不足斋丛书本。

③ （清）李调元《曲话》卷上，函海本。

自足，终期于尽，老之将至，后视犹今。随事情迁，所之既倦，俯仰之间迹已陈。兴怀也，将后之览者，有感斯文。"刘克庄又有《忆秦娥·上巳》，重在写其意："修禊节，晋人风味终然别。终然别，当时宾主，至今清绝。/等闲写就兰亭帖，岂知留与人间说。人间说，永和之岁，暮春之月。"① 而兰亭雅集，时在"三月三"修禊和踏青时节，遂使之衍变成风俗。宋人吴自牧《梦粱录》卷二将此举与岁时风俗联系起来："三月三日上巳之辰，曲水流觞故事，起于晋时。唐朝赐宴曲江，倾都禊饮踏青，亦是此意。右军王羲之《兰亭序》云：'暮春之初，修禊事'。杜甫《丽人行》云：'三月三日天气新，长安水边多丽人'，形容此景，至今令人爱慕。"② 清人震钧《天咫偶闻》卷六，则介绍京师修禊、踏青风俗："太平宫，在东便门内，庙极小。岁上巳三日，庙市最盛。盖合修禊、踏青为一事也。地近河埂，了无市哗。春波泻绿，埂土铺红。百戏竞陈，大堤入曲。衣香人影，摇飏春风，凡三里余。余与续耻庵游此，辄叹曰：一幅活《清明上河图》也。按：查昌业诗有云：正是兰亭修禊节，好看曲水丽人行。金梁风景真如画，不枉元宫号太平。国初已然矣。"③ 清人张宗法《三农纪》，则考论王羲之写下"天下第一行书"所用的纸和笔："《兰亭序》：永和九年，岁在癸丑，会于会稽山阴之兰亭，群贤毕至，少长咸集。王羲之与丝统等二十四人会兰亭，酒酣，赋诗制序，用蚕茧纸、鼠须笔以书。"④

文人雅集名气最大者，当推宋哲宗元祐年间（1086—1094）"西园雅集"，与东晋王羲之"兰亭集会"相比，七百余年间后先辉映，有过之而无不及。其时苏轼重回翰林院，汴京文人学士拥戴其为盟主，多雅集于驸马都尉王诜之西园。鼎盛之时，王诜邀同苏轼、苏辙、黄庭坚、米芾、蔡肇、李之仪、李公麟、晁补之、张耒、秦观、刘泾、陈景元、王钦臣、郑嘉会、圆通大师（日本渡宋僧大江定基）十六人游园。李公麟作图，米芾为《西园雅集图记》，文曰："李伯时效唐小李将军为著色泉石，云物草木花竹皆妙

---

① （宋）刘克庄：《后村长短句》卷五，彊村丛书本。

② （宋）吴自牧：《梦粱录》卷二，学津讨原本。

③ （清）震钧：《天咫偶闻》卷六，清光绪刊本。

④ 《三农纪校释》卷二"课"类，农业出版社1989年版，第89页。

绝动人，而人物秀发，各肖其形，自有林下风味，无一点尘埃之气。其乌帽黄道服捉笔而书者，为东坡先生；仙桃巾紫裘而坐观者，为王晋卿；幅巾青衣，据方几而凝伫者，为丹阳蔡天启；捉椅而视者，为李端叔；后有女奴，云环翠饰侍立，自然富贵风韵，乃晋卿之家姬也。孤松盘郁，上有凌霄缠络，红绿相间。下有大石案，陈设古器瑶琴，芭蕉围绕。坐于石磐旁，道帽紫衣，右手倚石，左手执卷而观书者，为苏子由。团巾茧衣，秉蕉箑而熟视者，为黄鲁直。幅巾野褐，据横卷画渊明归去来者，为李伯时。披巾青服，抚肩而立者，为晁无咎。跪而作石观画者，为张文潜。道巾素衣，按膝而俯视者，为郑靖老。后有童子执灵寿杖而立。二人坐于磐根古桧下，幅巾青衣，袖手侧听者，为秦少游。琴尾冠、紫道服，摘阮者，为陈碧虚。唐巾深衣，昂首而题石者，为米元章。幅巾袖手而仰观者，为王仲至。前有髯头顽童，捧古砚而立，后有锦石桥、竹径，缭绕于清溪深处，翠阴茂密。中有袈裟坐蒲团而说无生论者，为圆通大师。旁有幅巾褐衣而谛听者，为刘巨济。二人并坐于怪石之上，下有激湍潺流于大溪之中，水石潺湲，风竹相吞，炉烟方袅，草木自馨，人间清旷之乐，不过于此。嗟呼！汹涌于名利之域而不知退者，岂易得此耶！自东坡而下，凡十有六人，以文章议论，博学辨识，英辞妙墨，好古多闻，雄豪绝俗之资，高僧羽流之杰，卓然高致，名动四夷，后之览者，不独图画之可观，亦足仿佛其人耳！"[①] 西园雅集以人物、图画胜，与兰亭修禊以书法胜，共同支撑起通向千古文人雅集的高大拱门。出于对苏轼、苏辙、黄庭坚、秦观、李公麟、米芾等翰苑奇才千古难逢的雅集的景仰，后世绘画名家马远、刘松年、赵孟頫、仇英、陈洪绶、原济、丁观鹏等，都画过《西园雅集图》，以致"西园雅集"成了人物画、雕刻和诗文的一个久传不衰的主题。

　　各种作家群体或放浪林下，或依附权门，或参差交往，或一时兴会，在凸显文学史上群体性亮点的同时，显示了文人风习的多样性。另如宋朝的江西诗派在黄庭坚身后，才由吕本中的《江西诗社宗派图》立为诗派。宋人赵彦卫《云麓漫钞》云："吕居仁作《江西诗社宗派图》，其略云：'古文衰于汉末，先秦古书存者为学士大夫剽窃之资，五言之妙，与《三百篇》、

----

① （宋）米芾：《西园雅集图记》，收入（明）贺复征编《文章辨体汇选》卷五百八十四，四库全书本。

《离骚》争烈可也。自李杜之出，后莫能及。韩、柳、孟郊、张籍诸人，自出机杼，别成一家。元和之末，无足论者，衰至唐末极矣。然乐府长短句，有一唱三叹之音，国朝文物大备，穆伯长、尹师鲁始为古文，成于欧阳氏，歌诗至于豫章始大出而力振之，后学者同作并和，尽发千古之秘，亡余蕴矣。'录其名字，曰江西宗派，其原流皆出豫章也。宗派之祖曰山谷，其次陈师道（无己）、潘大临（邠老）、谢逸（无逸）、洪朋（龟父）、洪刍（驹父）、饶节（德操，乃如璧也）、祖可（正平）、徐俯（师川）、林修（子仁）、洪炎（玉父）、汪革（信民）、李錞（希声）、韩驹（子苍）、李彭（商老）、晁冲之（叔用）、江端本（子之）、杨符（信祖）、谢迈（幼槃）、夏倪（均父）、林敏功、潘大观、王直方（立之）、善权（巽中）、高荷（子勉），凡二十五人，居仁其一也。议者以谓陈无己为诗高古，使其不死，未必甘为宗派。若徐师川则固尝不平曰：'吾乃居行间乎？'韩子苍云：'我自学古人。'均父又以在下为耻。不知居仁当时果以优劣铨次，而姑记姓名？而纷纷如此，以是知执太史之笔者，戛戛乎难哉！又不知诸公之诗，其后人品藻，与居仁所见又如何也。"① 同代陈岩肖《庚溪诗话》卷下，也作了如此评议："本朝诗人与唐世相亢，其所得各不同，而俱自有妙处，不必相蹈袭也。至山谷之诗，清新奇峭，颇造前人未尝道处，自为一家，此其妙也。至古体诗，不拘声律，间有歇后语，亦清新奇峭之极也。然近时学其诗者，或未得其妙处，每有所作，必使声韵拗捩，词语沚，曰"江西格"也。此何为哉？吕居仁作《江西诗社宗派图》，以山谷为祖，宜其规行矩步，必踵其迹。今观东莱诗，多浑厚平夷，时出雄伟，不见斧凿痕，社中如谢无逸之徒亦然，正如鲁国男子善学柳下惠者也。"② 经过百余年的发展，又把杜甫和黄庭坚、陈师道、陈与义列为"一祖三宗"，大多是师友传授门径，后人踵武遗风而以派自居，并不完全拘泥于乡土因缘。

中国古代最具地域色彩的文学流派，前有宋代的江西诗派，后有清代的桐城文派。而后者影响更著，研究桐城派几乎可以说是研究"文章清朝"。桐城派，有作家上千，著作二千余种，流派脉络绵延二百余年。所谓"学行

① （宋）赵彦卫：《云麓漫钞》卷十四，别下斋校本。
② （宋）陈岩肖：《庚溪诗话》卷下，《历代诗话续编》，中华书局1983年版，第182页。

继程朱之后，文章在韩欧之间"，桐城派是唐宋文章、程朱理学和清代学术
的综合体，它把中国传统文章的精华、传统道学的脉络和传统学术的精髓结
合在一起了。桐城派始于方苞，他继承归有光的"唐宋派"古文传统，提
出"义法"之说："义即《易》之所谓'言有物'也，法即《易》之所谓
'言有序'也。义以为经，而法纬之，然后为成体之文。"① 在用语上，他主
张"古文中不可入语录中语，魏晋六朝人藻丽俳语，汉赋中板重字法，诗歌
中隽语，《南北史》俳巧语"。② 文章追求的是"雅洁"一路。继起的刘大
櫆，则补充强调了"神气"和"音节"，认为："神气者，文之最精处也；
音节者，文之稍粗处也；字句者，文之最粗处也……神气不可见，于音节见
之；音节无可准，以字句准之。"③ 而桐城文章最终成派，则由于出现了姚
鼐。姚鼐标举"义理、考证、辞章"三者合一，"以能兼长者为贵"④，又倡
导古文八要："所以为文者八，曰：神、理、气、味、格、律、声、色。神、
理、气、味者，文之精也；格、律、声、色者，文之粗也。然苟舍其粗，则
精者亦胡以寓焉？"⑤ 桐城派至姚鼐而极盛，天下翕然，门人以梅曾亮、管
同、方东树、姚莹为"四大弟子"。姚鼐编有《古文辞类纂》教人作文之
法，影响有清一代。方苞、刘大櫆、姚鼐皆是桐城人氏，被称为"桐城三
祖"。程晋芳、周永年便戏谓姚鼐曰："昔有方侍郎，今有刘先生，天下文
章，其出于桐城乎？"⑥ 曾国藩《欧阳生文集序》如此描述这个文章派别的
历程："乾隆之末，桐城姚姬传先生鼐善为古文辞，慕效其乡先辈方望溪侍
郎之所为，而受法于刘君大櫆，及其世父编修君范。三子既通儒硕望，姚先
生治其术益精。历城周永年书昌为之语曰：天下之文章，其在桐城乎？由是
学者多归向桐城，号桐城派。犹前世所称江西诗派者也。姚先生晚而主钟山
书院讲席，门下著籍者，上元有管同异之，梅曾亮伯言，桐城有方东树植

---

① 《方望溪全集》卷二《又书货殖传后》，中国书店 1991 年版，第 29 页。

② 沈廷芳：《书〈方望溪先生传〉后》，《隐拙斋集》卷四十一，四库全书存目丛书补编本，齐鲁
书社 2001 年版，册十第 517 页。

③ 刘大櫆：《论文偶记》，人民文学出版社 1959 年版，第 6 页。

④ 姚鼐：《述庵文钞序》，《惜抱轩文集》卷四，上海古籍出版社 1992 年版，第 61 页。

⑤ 姚鼐：《古文辞类纂序目》，《古文辞类纂》，上海古籍出版社 1998 年版。

⑥ 姚鼐：《刘海峰先生八十寿序》，《惜抱轩诗文集》卷八，第 114 页。

之，姚莹石甫。四人者，称为高第弟子。……吾友欧阳兆熊小岑之子，而受法于巴陵吴君，湘阴郭君，亦师事新城二陈。其渐染者多，其志趣嗜好，举天下之美，无以易乎桐城姚氏者也。当乾隆中叶，海内魁儒畸士，崇尚鸿博，繁称旁证，考核一字，累数千言不能休，别立帜志，名曰汉学。深摈有宋诸子义理之说，以为不足复存。其为文尤芜杂寡要。姚先生独排众议，以为义理、考据、辞章，三者不可偏废。必义理为质，而后文有所附，考据有所归，一编之内，唯此尤兢兢。"①

桐城派虽以桐城为根株，却在门生云集中超越了桐城。后有曾国藩鼓吹中兴，使桐城派变异为湘乡派。曾国藩初学桐城派古文，推崇姚鼐，尊姚氏于孔、孟、程、朱等三十二位圣哲之列，以为"姚先生持论闳通，国藩之初解义章，由姚先生启之"②。但他既慨叹"不闻桐城诸老之声欬也久矣"，又对"桐城诸老，气清体洁"，"雄奇瑰玮之境尚少"作了反思，欲兼以"汉赋之气运之"（吴汝纶《与姚仲实》），以遂"平生好雄奇瑰玮之文"之旨趣（吴敏树《与筱岑论文派书》引），以闳丽之文变革桐城派本来的清谈简朴之文。他在桐城派文统的义理、考据、词章上，补充并强调了"经济"的重要性。他如此摆放这四者的位置："义理之学最大，义理明则躬行有要，而经济有本。词章之学，亦所以发挥义理者也。"又说："苟通义理之学，而经济该乎其中矣。""义理与经济，初无两术之分，特其施功之序详于体而略于用耳。"③ 因此，曾国藩在道光咸丰年间，鼓吹中兴桐城派，承其源而稍异其流，别出为"湘乡派"。他权倾朝野，门生众多，就古文辞而言，张裕钊、吴汝纶、薛福成、黎庶昌有"曾门四弟子"之称。桐城文派已经从地域文派，衍化成带有全国性的文派。非桐城人，但文宗桐城，也可以归属其伍。严复、林纾是闽人，但也附丽于桐城派。林纾作为"桐城古文"之殿军，为维护衰颓的文统而心劳日拙。其《桐城派古文说》云："文字有义法，有意境，推其所至，始得神韵与味：神也，韵也，古文之止境也。不知者多咎（姚）惜抱妄癖桐城一派。以愚所见，万非惜抱之意。古文无所

---

① 曾国藩：《欧阳生文集序》，《曾文正公全集》册十六，大达图书供应社 1935 年版，第 11—12 页。

② 曾国藩：《圣哲画像记》，《曾文正公全集》册十六，第 66 页。

③ 《曾文正公家书》卷四《致诸弟》，《曾文正公全集》册二一。

为派，犹之方言不能定何者为正音，亦唯求其近与是而已。近者，得圣人立言之旨：是者，言可为训，不轶于伦常以外。惜抱正深得此意耳。"他在手忙脚乱地捃撦王渔洋的"神韵说"、王国维的"境界说"，来为姚鼐说项了。中国古代文学流派的发展，以地理生根，以师友为干，以文体为脉络，从而经历兴衰变异，也是一种特异的文化现象。

七　家族迁徙与文化中心转移

文学地理学的第三个问题是大家族的文化承传和避乱迁移。家族在中国，是一个以血缘牵系着文化、经济，甚至政治的基本单位。人们熟知《孟子·离娄上》这句话："人有恒言，皆曰'天下国家'。天下之本在国，国之本在家，家之本在身。"①《管子·小匡篇》中记载：齐桓公问曰："寡人欲修政以干时于天下……安始而可？"管子对曰："始于爱民。"齐桓公曰："爱民之道奈何？"管子对曰："公修公族，家修家族，使相连以事，相及以禄，则民相亲矣。"② 可见家族问题，是中国社会政治的症结所在。因此在近代社会转型中，梁启超比较中西文化，认为"西人以一人为本位，中国以一家族为本位"③。五四新文化运动也以"伦理革命"，为"觉醒之觉醒"。在古代文化中，"家风承传情结"甚深。诸如"世守家风"、"绍其家风"、"夙禀家风"，甚至"儒者家风当静穆，学人体气自和平"、"毕竟吾庐可爱，愿无忘清白家风"、"圣门子贡，货殖旧家风"一类文字，屡见于著述。晋朝潘安仁《家风诗》曰："义方既训，家道颖颖。岂敢荒宁，一日三省。"北齐颜之推《颜氏家训》教导子孙："吾家风教，素为整密。"④ 甚至北齐古墓出土的墓志铭说："根深干茂，源浚流长，家风世范，累秀重芳。"⑤ 清人日记也说："家风相传数百年，无论值何时，迁何地，存之犹可寓敬先保家

---

① 《孟子·离娄上》，《四书章句集注》，第 278 页。
② 《管子校注》卷八《小匡篇》，中华书局 2004 年版，第 411 页。
③ 梁启超：《新民议·禁早婚议》，《梁启超文集》卷七，林志钧饮冰室合集本。
④ （北齐）颜之推：《颜氏家训》序致第一，四部丛刊本。
⑤ 《君讳道贵墓志（武平二年二月十八日）》，《文物》1985 年第 10 期《济南市马家庄北齐墓》。

之思，只可随家境为丰俭耳。"① 家学、家训、家风的传承，是古代中国文化传承的极其重要的方式。

因而大家族的迁移对文化群体的转移和文化方式的变化，对文学版图的组合有极大的影响。西晋末年的永嘉南渡，士人面对的山川水土都发生变化。如《太平御览》卷七百二十四引《千金序》曰："沙门支法存，岭表人。性敦方药。自永嘉南渡，士大夫不袭水土，多患脚弱，惟法存能拯济之。"② 河南陈郡的谢氏家族，包括谢安、谢玄这些人；山东琅琊的王氏家族，包括王导、王羲之这些人；都往南方迁移到建康（今南京）的乌衣巷和会稽（今绍兴）。王氏家族在政权上是起着很大的作用的，"王与马，共天下"③，清代赵翼《廿二史劄记》卷七也说："盖渡江之初，王氏兄弟布列中外，其势甚大，当时有'王与马，共天下'之谣。"④ 司马氏只能借助王氏家族去掌握偏安的政权。王羲之父子之后还有一个王筠；王家的官当得大一些，与皇室联姻更紧密一些，但是后来的发展，官当得大，文学不一定做得好，处理行政事务需要与文学写作不同的另一种处世方式和思维方式。谢氏家族在谢安、谢玄权力上升到极点之后，子孙转向文学以远祸，谢氏家族后来出了谢灵运、谢惠连、谢朓、谢庄这么一批文学家，他们的文运胜于官运。《宋书·谢弘微传》记载：谢弘微，陈郡阳夏人也，叔父混，"风格高峻，少所交纳，惟与族子灵运、瞻、曜、弘微，并以文义赏会。尝共宴处，居在乌衣巷，故谓之乌衣之游"⑤。从这里可以感受到在乌衣巷子弟之间，一种新的家族风气正在形成。唐代刘禹锡《金陵五题》其二《乌衣巷》诗云："朱雀桥边野草花，乌衣巷口夕阳斜。旧时王谢堂前燕，飞入寻常百姓家。"这说的是四百年后的沧桑巨变，但东晋王谢家族是交织着富贵之气和读书清谈之声的。这两个家族都有优厚的条件培养子弟和结集成书。东晋到南北朝时期，现在能见到的诗文作家大概有三百八十多人，王、谢两个家族大概有四十多人，占了八分之一。也就是说，全国文学家的八分之一，通过

---

① 《恽毓鼎澄斋日记》（1914年农历七月十一日），浙江古籍出版社2004年版，第702页。

② 《太平御览》卷七百二十四"方术部"引《千金序》，四库全书本。

③ 《晋书》卷九十八《王敦传》，中华书局1974年版，第2554页。

④ （清）赵翼：《廿二史劄记》卷七，清广雅书局本。

⑤ 《宋书》卷五十八《王惠谢弘微王球传》，第1590—1591页。

这两个家族南移了。虽然也有"王、谢子弟，优者龙凤，劣者虎豹"①的说法，但是如钱谦益《金尔宗诒翼堂诗草序》说："譬诸王谢子弟，风流吐纳，望而知非俗子，固不待揄长裙、蹑高屐，以奇服盛饰为能事也。嗟乎！斯世之俊民才子、含章挺生者，皆天地之间气也。"其《梅杓司诗序》又说："昔者东晋之世，王谢子弟靡不揄长裾，跻高屐，胡床麈尾，高自标置。"②清人方东树《昭昧詹言》卷一"通论五古"也说："譬如王、谢子弟，虽遭颠沛造次，决不作市井乞儿相。"③可见后人对王谢子弟的风流家风，在共识中已经有点模式化了。他们甚至以这种家风浸染传承的模式，用于北宋太平宰相晏殊的幼子晏几道（叔原）身上。如宋代王灼《碧鸡漫志》卷二所说："（晏）叔原如金陵王谢子弟，秀气胜韵，得之天然，将不可学。……少游屡困京洛，故疏荡之风不除。"④这可是从小晏秀气胜韵的感伤词中，体验到与王谢子弟相似的"当时明月在，曾照彩云归"吗？所以大家族的迁徙所引起的文学气运转移，是一个非常深刻的改变文学版图构成的问题。

文学地理学关注的第四个问题，是文化中心的转移。由于政治社会、气候人口等特殊变化的原因，文化发展的支撑因素发生转移，文化中心也就随之转移。唐以前，文化中心在北方的黄河流域，主要是河南、山东、陕西、山西、河北所构成的中原地区，出了大量的作家，河南尤其显著。进入《辞海》的文学家或文化人，唐以前的河南籍人士在好几个朝代都是居全国第一。如果到河南文学院参观其开办的河南文学史的展览，就可能读到一句介绍历史状况的话，说是唐以前的文学史有一半是河南人写的。到了安史之乱以及两宋以后，文化中心就转移到南方苏、浙、皖、赣一带。江浙诸省在明清时代是全国文人最多的、人文荟萃的地方。同时，江西、安徽，以及近代的福建、广东出现了重要的文学流派和文化大家。这个转移过程很值得深入研究，从而描绘成一种空间流动性的文学史。文化中心的南移，与北方的战

---

① （清）陈田辑：《明诗纪事》己签·卷一引《耳新》语，上海古籍出版社1993年版，第1871页。
② （清）钱谦益：《有学集》卷十七《金尔宗诒翼堂诗草序》，《梅杓司诗序》，四部丛刊本。
③ （清）方东树：《昭昧詹言》卷一"通论五古"，第48页。
④ （宋）王灼：《碧鸡漫志》卷二，第83页。

乱和黄河的水患关系深刻。史载周定王、汉武帝、王莽时期都发生过黄河水患，到东汉明帝永平十二年（公元 69），王景治河，修了千余里的黄河堤防，使其后八百多年黄河相安无事。但是到了安史之乱和五代十国，北方成了战场，游牧民族进来之后，黄河的河堤失修，宋以后黄河十年九患。有一个词叫做"逐鹿中原"，说明河南民众在改朝换代或民族碰撞融合中，承担了巨大的民族苦难。谁想取得朝廷的领导权，都要在中原打仗。一打仗，就废弃河渠不修，就决河阻止敌军，就放水淹开封城。黄河下游密如蛛网的导流灌溉系统和众多湖泊，因此多被泥沙淤塞，开封的宋都可能就在几米的地下。战争和灾荒，使大量中原人口南移。根据史料推算，秦汉时期北方人口是南方的四倍以上，南北朝时期许多士人家族南迁，但北朝人口还是南朝的三倍。但是到了宋、金对峙时期，南北人口大体持平。以后就愈来愈明显地，南方人口比北方稠密了。到了清朝中后期，人口超过两千万的省份，南方有七个，北方只有两个。明朝万历年间（1573—1620），广东、福建农民将原是美洲印第安人种植，经西班牙殖民者传到东南亚的红薯，引入栽种，高产而味美，与稻耕农业一道，成了南方人口膨胀的食品支撑。

　　许多大家族一浪接一浪地南移之后，江浙一带的塘堰圩田、河渠水利系统世代整治，逐渐完善。中唐时期即有"天下大计，仰于东南"的说法（《新唐书·权德舆传》），北宋的"国家根本，仰给东南"的趋势更加突出（《宋史·范镇传》）。元初全国每年税粮总收入 1211 万石，江浙、江西、湖广三地就超过总数一半，仅江浙行省的 449 万石已是全国岁入的三分之一强（《元史·食货志一》）。这种强势延伸到明清时期，带动了城市工商百业的繁荣，也为文学、文化的发展打下丰厚的物质基础。比如山东琅琊王氏，北宋有王巩，文采风流。苏轼守滁州，王巩前往与之同游泗水、登魋山、吹笛饮酒，乘月而归。苏轼为之作《三槐堂铭》，遂以三槐王氏闻名。王巩之子王皋，随宋高宗南下，成为三槐王氏南渡始祖。居于苏州吴县洞庭东山陆巷口村，到明朝景泰年间生王鏊（号守溪，1450—1524）。《明史》本传说："鏊年十六，随父读书，国子监诸生争传诵其文。侍郎叶盛、提学御史陈选奇之，称为天下士。"[1] 明成化十年（1474），王鏊二十五岁考中乡试第一名

---

[1]　《明史》卷一百八十一《王鏊传》，第 4825 页。

"解元"。翌年，会试又取得第一名"会元"，殿试一甲第三名，一时盛名天下。在明武宗正德年间，官至户部尚书兼文渊阁大学士。又晋升少傅兼太子太傅、武英殿大学士，因上疏请诛宦官刘瑾等"八党"，不被采纳。刘瑾势力骄横弥甚，祸流缙绅。王鏊于正德四年（1509）致仕。此后家居共十四年，"惟看书著作为娱，旁无所好，兴致古淡，有悠然物外之趣"。其潜心学问，文章尔雅，议论精辟，"少善制举义，后数典乡试，程文魁一代。取士尚经术，险诡者一切屏去。弘（治）、正（德）间，文体为一变。"他是八股文的顶尖高手，《四库全书总目提要》说："鏊以制义名一代。虽乡塾童稚，才能诵读八比，即无不知有王守溪者。"① 清人列举明代"举业八大家：王鏊，唐顺之，瞿景淳，薛应旂，归有光，胡友信，杨起元，汤显祖"②。钱基博《中国文学史》说："称为斯文宗主，则首推王鏊……吴县王鏊，字济之；少善八股文，及贵显，数典乡试，程文魁一代。八股文之有鏊，如诗之有杜甫，古文之有韩愈。前此风会未开，鏊无所不有；后此时流屡变，鏊无所不包。前人语句，多对而不对，参差洒落，虽颇近古，终不如鏊裁对整齐，机调熟圆，为举业正法眼藏。"③ 王鏊晚年与门下士唐寅、祝允明、文征明相过从，曾宴于怡老园之池亭，赋诗唱和。他与状元吴宽并称"吴中二公"，"吴中自吴宽、王鏊以文章领袖馆阁，一时名士沈周、祝允明辈与并驰骋，文风极盛。征明及蔡羽、黄省曾、袁袠、皇甫冲兄弟稍后出。而征明主风雅数十年，与之游者王宠、陆师道、陈道复、王谷祥、彭年、周天球、钱谷之属，亦皆以词翰名于世。"④ 王鏊墓前曾有唐寅手书的"海内文章第一、山中宰相无双"的牌坊。苏州虎丘"剑池石壁石刻有'剑池'二大篆字，元周伯琦书。又有'风壑云泉'四字，米芾书。又石刻'弘治乙丑侍郎王鏊来游，诸生唐寅侍从'十六字"⑤。苏州一带出了如此多的状元、进士，自知进退，回乡建造充满雅趣的园林，于此人们不应忘记作为八股文宗师的王鏊。大家族南迁的结果，琅琊王氏在永嘉年间南渡，使会稽有

---

① 《四库全书总目》卷一百七十一"集部"二十四《震泽集》提要，第1493页。
② （清）赵吉士：《寄园寄所寄》卷七《獭祭寄》，黄山书社2008年版，第618页。
③ 钱基博：《中国文学史》，中华书局1993年版，第928、932页。
④ 《明史》卷二百八十七《文苑列传·文征明》，第7363页。
⑤ （清）顾震涛：《吴门表隐》卷八，江苏古籍出版社1999年版，第107页。

了书圣王羲之，琅琊三槐王氏在靖康南迁，使苏州出现八股文第一高手王
鏊。此类人口迁移，都深刻地影响了文化中心的转移。宋、元、明、清九百
余年间，见于《辞海》的南方文人，作家为三百六十九人，已是北方八十
人的四倍以上了。

八 在地理与民族的综合中破解作家的生命密码

文学地理学的以上四个问题，即地域文化、人地因缘、家族迁移、文
化中心转换，并非孤立存在，而往往是相互交织、产生综合效应的。地域
是一个基础，人、家族、文化在其间生存与流动。唯有深入地总揽文学地
理学的综合效应，才能真正破解文学之为文学的生命存在的本质，以及
作家之为作家的原创力机制的源泉所在。文化如水，养育着人与家族，
又漂流着人与家族，饱览了一个又一个新地域的自然和人文的风光。这
是那些只会顺着时间维度而忽视空间维度的人，容易坐失看世界的良辰
美景。

以往的一些李白研究，往往套用西方的浪漫主义概念，对号入座地开列
出几条浪漫主义的一般特征就算了事，这是很难进入李白的风光明丽的精神
过程和内在本质的一种做法。李白说自己是"陇西布衣"，他身后五十年就
有墓碑铭文，以实地考察所得资料，记载说他出生在碎叶（今吉尔吉斯斯坦
的托克马克市）。碎叶是唐朝在西陲设立的都护府属地，"陇西"是河西走
廊的丝绸之路的要冲，那是汉胡杂处、胡商经营的地方，所以李白的身上带
有相当浓郁的胡人气息，自道是"世传崆峒勇，气激金风壮"（《赠张相镐
二首》其二）。李白《江西送友人之罗浮》："桂水分五岭，衡山朝九疑。乡
关渺安西，流浪将何之。素色愁明湖，秋渚晦寒姿。畴昔紫芳意，已过黄发
期。君王纵疏散，云壑借巢夷。尔去之罗浮，我还憩峨眉。中阔道万里，霞
月遥相思。如寻楚狂子，琼树有芳枝。"被李白视为乡关的安西都护府，是
统辖龟兹、于阗、疏勒、碎叶四镇的。《旧唐书》卷一百九十八《西戎列
传》说："（唐）太宗既破龟兹（按：贞观十八年，644），移置安西都护府
于其国城，以郭孝恪为都护，兼统于阗、疏勒、碎叶，谓之'四镇'。高宗
嗣位，不欲广地劳人，复命有司弃龟兹等四镇，移安西依旧于西州。其后吐

蕃大入，焉耆已西四镇城堡，并为贼所陷。则天临朝，长寿元年（按：武则天年号，692年，李白出生前二年），武威军总管王孝杰、阿史那忠节大破吐蕃，克复龟兹、于阗等四镇，自此复于龟兹置安西都护府，用汉兵三万人以镇之。"[①] 唐人边塞诗颇有述及碎叶者，如戎昱《相和歌辞·苦哉行》："昔年买奴仆，奴仆来碎叶。岂意未死间，自为匈奴妾。一生忽至此，万事痛苦业。得出塞垣飞，不如彼蜂蝶。"刘商《琴曲歌辞·胡笳十八拍》第七拍："男儿妇人带弓箭，塞马蕃羊卧霜霰。寸步东西岂自由，偷生乞死非情愿。龟兹筚篥愁中听，碎叶琵琶夜深怨。竟夕无云月上天，故乡应得重相见。"王昌龄《从军行》："胡瓶落膊紫薄汗，碎叶城西秋月团。明敕星驰封宝剑，辞君一夜取楼兰。"张籍《征西将》："黄沙北风起，半夜又翻营。战马雪中宿，探人冰上行。深山旗未展，阴碛鼓无声。几道征西将，同收碎叶城。"张乔《赠边将》："将军夸胆气，功在杀人多。对酒擎钟饮，临风拔剑歌。翻师平碎叶，掠地取交河。应笑孔门客，年年羡四科。"法振：《河源破贼后赠袁将军》："白羽三千驻，萧萧万里行。出关深汉垒，带月破蕃营。蔓草河原色，悲笳碎叶声。欲朝王母殿，前路驻高旌。"从这些诗中可以领略到，碎叶是一个"男儿妇人带弓箭，塞马蕃羊卧霜霰"的游牧民族地域，是一个"龟兹筚篥愁中听，碎叶琵琶夜深怨"、"蔓草河原色，悲笳碎叶声"的盛行胡人音乐之地，是一个"出关深汉垒，带月破蕃营"、"明敕星驰封宝剑，辞君一夜取楼兰"的边远的征战之地。李白是带着这种胡风、胡音、胡地风云的童年原始记忆，进入盛唐诗坛的。也许他带着的并非中原诗人"白羽三千驻，萧萧万里行"的远视角，而是身处其间，具有文化基因自然潜入的特征。

在李白逝世四十余年之后，李白墓地所在地的父母官宣歙观察使范传正探访到李白的孙女，获得李白儿子伯禽的残稿，以此为据，作《赠左拾遗翰林学士李公新墓碑》："公名白，字太白，其先陇西成纪人。绝嗣之家，难求谱牒。公之孙女搜于箱箧中，得公之亡子伯禽手疏十数行，纸坏字缺，不能详备。约而计之，凉武昭王九代孙也。隋末多难，一房被窜于碎叶，流离散落，隐易姓名。故自国朝已来，漏于属籍。神龙初，潜还广

① 《旧唐书》卷一百九十八《西戎列传》，第5304页。

汉。因侨为郡人。父客，以逋其邑，遂以客为名。高卧云林，不求禄仕。"[1] 宋人计有功《唐诗纪事》也转述了此碑文："唐范传正志其墓曰：白，凉武昭王九世孙。昭王陇西人，隋末，子孙以罪徙碎叶。神龙时，白父客，自西域逃居绵之巴西，而白生焉。"[2] 大概在李白五六岁时，西域碎叶一带局面动荡，李氏一家随难民潮内迁，范传正用了一个"逋"（逃亡）字，计有功用了一个"逃"字，形容这一家子仓惶移居四川彰明（今江油县）青莲乡的情形。

李白青年时代"仗剑去国，辞亲远游"，漫游了长江中下游流域，所以又带有长江文明的气息。他在《渡荆门送别》中敞开胸怀拥抱与自己的"故乡水"一脉相通的浩浩长江："渡远荆门外，来从楚国游。山随平野尽，江入大荒流。月下飞天镜，云生结海楼。仍连故乡水，万里送行舟。"云生月飞，他成了开怀歌唱的长江歌者。李白作有《横吹曲辞·关山月》，遥望着他的西域生身之地："明月出天山，苍茫云海间。长风几万里，吹度玉门关。汉下白登道，胡窥青海湾。由来征战地，不见有人还。戍客望边色，思归多苦颜。高楼当此夜，叹息未应闲。"他的视野是如此开阔，歌唱是如此豪迈，却在豪迈中渗入一点高楼怨妇思念心中人的无奈的惆怅。宋人郭茂倩编的《乐府诗集》卷二十一《横吹曲辞》中介绍："横吹曲，其始亦谓之鼓吹，马上奏之，盖军中之乐也。北狄诸国，皆马上作乐，故自汉已来，北狄乐总归鼓吹署。……横吹有双角，即胡乐也。汉博望侯张骞入西域，传其法于西京。……又有《关山月》等八曲，后世之所加也。后魏之世，有《簸逻回歌》，其曲多可汗之辞，皆燕魏之际鲜卑歌，歌辞虏音，不可晓解，盖大角曲也。又《古今乐录》有《梁鼓角横吹曲》，多叙慕容垂及姚泓时战阵之事，其曲有《企喻》等歌三十六曲，乐府胡吹旧曲又有《隔谷》等歌三十曲。"[3] 也就是说，李白《关山月》是以胡地声情震荡人心的。李白以西北胡地的气息和南方长江流域的素质改造了盛唐文化，开拓了盛唐诗风，从而成为中国诗史上永远令人神往又难以企及

① （清）董诰等：《全唐文》卷六百十四，中华书局1983年版，第6199页。

② （宋）计有功：《唐诗纪事》卷十八，上海古籍出版社1987年版，第270—271页。

③ （宋）郭茂倩编《乐府诗集》卷二十一《横吹曲辞》，中华书局1979年版，第309页。

的典型。

这就与作为中原文化或黄河文化之典型的杜甫存在着深刻的差别。杜甫说"诗是吾家事"（《宗武生日》），他的祖父杜审言就是唐朝前期格律诗建设上的大诗人，所以格律是他从小的作业，是与他的"人之初"的文化基因相联系的。他中晚年诗的格律精雕细刻，完全按照规矩绳墨出花样，把规矩绳墨运用到几乎成了本能反应的老成而有波澜的程度。与"人之初"结缘的原始记忆和文化基因，有时可能影响着人的一生的文学追求和文化理想。杜甫在成都时，有《遣闷戏呈路十九曹长》诗云："黄鹂并坐交愁湿，白鹭群飞大剧干。晚节渐于诗律细，谁家数去酒杯宽。"他似乎要将这份追求诗歌格律精细的苦心，与并坐的黄鹂、群飞的白鹭共享了。杜甫开了苦吟派的先河，成了中国格律诗的千古宗匠。中国诗人对诗歌细部精雕细刻，乐此不疲，并以此表明自己修炼到家。清人薛雪《一瓢诗话》就集合了杜甫这方面的翻来覆去的说法："杜浣花云：'晚岁渐于诗律细。'又云：'语不惊人死不休。'有云：'两句三年得，一吟双泪流。'有云：'吟成五个字，撚断数茎须。'有云：'一句坐中得，寸心天外来。'有云：'夜吟晓不休，苦吟鬼神愁。'有云：'险觅天应闷，狂搜海欲枯。'有云：'生应无辍日，死是不吟时。'如此者不一而足。可见古人作诗不易。"[1] 清人李调元《雨村诗话》卷下又推许杜甫从各种角度，提供了"诗学之金针"，他认为："杜诗笺注有《千家注》，有《五百家注》，然总逊近日仇兆鳌《详注》，可谓集大成矣。作诗之法，少陵尝自言之矣。曰'别裁伪体亲风雅'，言正其所从入也。曰'熟精《文选》理'，言有根柢也。曰'前辈飞腾入，余波绮丽为'，曰'篇终接混茫'，言有收束也。曰'新诗改罢自长吟'，曰'老去渐于诗律细'，夫以太白之才，雄奇跌荡，而犹欲与'细论文'，然则'细'之一字，其诗学之金针乎？"[2] 清人钮琇尽管属于少数民族，但已经高度认同杜甫的中原诗法。其《觚剩续编》对杜甫对句的精工而手段富有变化，仔细琢磨，认为这是杜甫成为"诗圣"的基本途径："古来诗材之富，无若老杜；诗律之细，亦无若老杜。而律细于属对之工见之：'风蝶勤依桨，江鸥懒避船'，'烟花山际重，舟楫浪前轻'，对以板为工也；'沈牛答云雨，如马戒舟航'，'竹叶于人既无分，菊花从此不须开'，对以活为工也；'侧塞被径花，飘飘委墀柳'，'卑枝低结子，接叶暗巢莺'，以叠韵相对为工也；'羁栖愁里见，二十四回明'，'白狗黄牛峡，朝云暮雨祠'，以眷字自对为工也；'西岭纡村北，南江绕舍东'，以四方合两句对为工也；'遥拱北辰缠寇盗，欲倾东海洗乾坤。边塞西番最充斥，衣冠南渡多崩奔'，以四方分四句对为工也；'媛客貂鼠裘，悲管逐清瑟。劝客驼蹄羹，霜橙压香橘'，以隔句对为工也；'神女峰娟妙，昭君宅有无，曲留明怨惜，梦尽失欢娱'，以下句对、申上句对为工也。老耽诗律细，非即孔子之'从心所欲不逾矩'乎？此之谓'诗圣'。"① 在古人看来，无事不通谓之圣，《周易·乾卦·文言》说："圣人作而万物睹。"② 因此人们作李杜比较时，称"李白诗仙，杜甫诗圣"③。严羽《沧浪诗话》则说："论诗以李、杜为准，挟天子以令诸侯也。少陵诗法如孙、吴，太白诗法如李广，少陵如节制之师。……人言太白仙才，长吉鬼才，不然。太白天仙之词，长吉鬼仙之词耳。"④ 清人梁章钜《称谓录》卷二十九另有说法："【诗天子、诗宰相、诗仙、诗魔】《小知录》云：'王昌龄、王维诗天子，杜甫诗宰相。'白居易《与元稹书》曰：'知我者以为诗仙，不知我者以为诗魔。'【诗豪】《刘禹锡传》：'禹锡好诗，晚节尤精，白居易推为诗豪。'"⑤ 总之，杜甫被目为诗的圣人或宰相，在于他的诗有仁人之心和在格律上众体兼备而又细密老到，这都是中原诗学滋育的结果。

在中原诗歌中渐成定制的格律之于李白，细密雕镂，并非所长，但是却做到了用之随心所欲，不用更能神与物游，他的胡地气质和长江气质使之天性未泯、挥洒自如。我们要看他的诗学生命的特质，是不应忽略他从丝绸之路到长江水系的早期人生轨迹的。其后他待诏翰林，又赐金放还，增加了近距离观察朝廷政治和中原文物的阅历，使其诗歌具有更完备的文学地理学的

① （清）钮琇：《觚剩续编》卷一《言觚》，国学扶轮社辛亥本。
② 《周易·乾卦·文言》，《十三经注疏》，第16页。
③ 李渔：《闲情偶寄》"词曲部"，《李渔全集》第三卷，浙江古籍出版社1981年版，第32页。
④ 《沧浪诗话校释》，人民文学出版社1983年版，第168、170、178页。
⑤ 《称谓录》卷二十九，清光绪间刻本。

素质构成。不如此分析李白，反说李白是属于他根本上莫名其妙的浪漫主义，就未免有些生分了。李白难道是向雨果学习写作的规则吗？浪漫主义有李白的专利权吗？把他的原创性归结为浪漫主义，李白地下有知的话，恐怕是不会同意的。

李白之死，有一个美丽的故事，说他在长江采石矶醉酒乘风，凌波捉月，骑鲸上天。宋人曾慥《类说》卷十五"李白坟"条说："李太白坟在太平州采石镇，然州之南青山有正坟。或过采石酒狂捉月，窃意当时稿葬于此，后迁窆青山焉。"① 辛文房《唐才子传》卷二"李白"条，也采用这个传说："白晚节好黄、老，度牛渚矶，乘酒捉月，沉水中。初，悦谢家青山，今墓在焉。"② 但是中国文人实在有点煞风景，容不得民间传说的绮丽想象，兴致勃勃地做些肤浅的考证。周必大《二老堂杂志》卷五有《记太平州牛渚矶》一文："世传太白因醉溺江，故有捉月台，而梅圣俞诗云：'醉中爱月江底悬，以手弄月身翻然。下应暴落饥蛟涎，便当骑鲸上青天。'盖信此而为之说也。《旧唐书》本传乃云：'白饮酒过度死于宣城。'《新唐书》云：'李阳冰为当涂令，白依之而卒（是时当涂未为州隶宣城）。'而阳冰序白集亦谓：'白疾，亟枕上授简，俾予为集序。'初无捉月之说，岂古不吊溺，故史氏为白讳邪，抑小说多妄而诗老好奇，姑假以发新意邪否者？"③ 杭世骏《订讹类编》卷二载"太白无捉月遭溺之事"，认为"世俗言太白在采石，因醉泛舟，见川影，俯而取之，遂致溺死，其说甚诞，不足信也。按，李阳冰作太白草堂序云，阳冰试弦歌于当涂。公疾亟，草稿若干卷，手集未修，枕上授简，俾为序。又李华作公墓志亦云，赋临终歌而卒。然则捉月之说正与杜子美食白酒牛炙而死者同矣。……至太白卒于当涂李阳冰家，窆于谢家青山，史册昭然。捉月骑鲸之说。不知何据。子美《怀李白》诗，'有应共魂语。投书赠汨罗'，及《梦李白》诗'水深波浪阔，无使蛟龙得'句，疑当时必有妄传太白坠水死者，故子美云云。后世或因公诗附会耳。夫

<hr>

① （宋）曾慥：《类说》卷十五，明天启六年岳钟秀重刊本。
② 《唐才子传校笺》卷二"李白"条，中华书局 1987 年版，第 392 页。
③ （宋）周必大：《二老堂杂志》卷五，学海类编本。

李、杜齐名，为千古词坛之冠。其没也，讹传亦复同，诚足异已。"① 对待这个传说上，纳兰性德比较通达，比较少一点呆气，他在《原诗》一文中说："古诗称陶、谢，而陶自有陶之诗，谢自有谢之诗。唐诗称李、杜，而李自有李之诗，杜自有杜之诗。人必有好奇缒险、伐出通道之事，而后有谢诗。人必有北窗高卧、不肯折腰乡里小儿之意，而后有陶诗。人必有流离道路、每饭不忘君之心，而后有杜诗。人必有放浪江湖、骑鲸捉月之气，而后有李诗。"② 正因为有了这份通达，蒙学书中，才可能出现这样的对句："钟子听琴，荒径入林山寂寂；谪仙捉月，洪涛接岸水悠悠"，"捉月骚人凌波浪，乘云仙子上蓬莱"。

诚如纳兰性德所说："人必有放浪江湖、骑鲸捉月之气，而后有李诗。"但他骑鲸捉月，据说是在"酒狂"状态发生的。因而笔者在《李杜诗学》里提出了一种说法：李白创造了一种审美思维方式叫做"醉态思维"。"李白一斗诗百篇，长安市上酒家眠。天子呼来不上船，自称臣是酒中仙"（杜甫《饮中八仙歌》）。拿起杯酒就能够作诗，是一个明星型的诗人，有一种"敏捷诗千首，飘零酒一杯"的文采风华（杜甫《不见》）。这跟杜甫哼哼唧唧地在家里苦吟、反复地琢磨，二者的社会反响是不一样的。李白为此作了《戏赠杜甫》曰："饭颗坡前逢杜甫，头戴笠子日卓午。借问形容何瘦生？只为从来学诗苦。"这说明李杜之间，属于两种不同的诗人才华类型。而李白醉态中"斗酒诗百篇"，将盛唐风度表现得意兴淋漓。

中国的诗歌史，几乎有半部跟酒有关系。元人汪元亨警世杂曲《醉太平》云："阮步兵眷宠，李太白遗风。殷勤翠袖捧金钟，共欢娱兴浓。紫驼牵载的葡萄瓮，金龟换畅饮酴醾洞，玉山颓扶入牡丹丛，是一个风流醉翁。"③ 阮籍代表的魏晋"竹林七贤"和李白代表的盛唐"饮中八仙"，是影响最著的典型。韩愈把文酒风流，叫做"文字饮"，指责"长安众富

---

① （清）杭世骏：《订讹类编》卷二，嘉业堂刊本。
② （清）纳兰性德：《通志堂集》卷十四《杂文》，上海古籍出版社 1979 年版，第 559 页。
③ （元）汪元亨：《警世杂曲·醉太平》，收入（明）郭勋编《雍熙乐府》卷十七"杂曲"，四部丛刊续编本。

儿，盘馔罗膻荤，不解文字饮，惟能醉红裙"（《醉赠张秘书》）。苏东坡
把酒叫做"钓诗钩"，夸说"二年洞庭秋，香雾长噀手。今年洞庭春，玉
色疑非酒。贤王文字饮，醉笔蛟蛇走……要当立名字，未可问升斗。应呼
钓诗钩，亦号扫愁帚。君知蒲萄恶，止是媒姆黩。须君滟海杯，浇我谈天
口"（《洞庭春色》），诗在这里成了出游从容的鱼，要用酒作钩子把它钓
出来。

　　既然酒和文人的关系如此密切，为何偏说李白创造了醉态思维？这要进
入中国诗歌史的历史过程。"竹林七贤"是喝酒的，喝得昏天黑地。阮籍在
写他的《咏怀》八十二首的时候，当然颇多感慨忧生、游仙高举的隐讽而
流动的思维，但是八十二首诗只有一首诗写到酒，相关的句子是"对酒不能
言，凄怆怀酸辛"（《咏怀》之三十四），对着酒说不出话来，所以饮酒只是
他的人生态度、生活方式，而并非是他的思维方式。甚至出现"与猪共饮"
的场面："诸阮皆能饮酒，仲容（阮咸）至宗人间共集，不复用常杯斟酌，
以大瓮盛酒，围坐，相向大酌。时有群猪来饮，直接去上，便共饮之。"[1]
到了陶渊明，他倒是写了不少《述酒诗》，但是他说"采菊东篱下，悠然见
南山。……此中有真意，欲辨已忘言"（《饮酒》之五），他体验的是带点玄
学味道的"忘言"。"不能言"是心头梗塞着隐忍难言的苦涩；"忘言"是精
神摆脱物欲而随任自然的超越。酒对陶渊明来说只是晋人的一种人生的和精
神的境界，还不是一种思维方式。这也就像书法挥毫一样，王羲之疾书《兰
亭集序》，不是不喝酒，"曲水流觞"喝得很滋润，但是你能从《兰亭集序》
书法中闻到一点酒气味吗？看到的是晋人的风流、疏宕气质。而到了唐朝的
张旭、怀素，喝醉了酒之后，用头发蘸着墨来写字，满纸云烟，醉态淋漓，
酒已经渗透到他的笔墨中间，"时有吴郡张旭，亦与（贺）知章相善。旭善
草书，而好酒，每醉后号呼狂走，索笔挥洒，变化无穷，若有神助，时人号
为'张颠'。"[2] 又云："张旭，吴人。草书嗜酒，每大醉呼叫狂走，乃下笔。
或以头濡墨而书。既醒，自视以为神，不可复得也。世呼'张颠'。……文

---

① 《世说新语笺疏·任诞》，第 634 页。
② 《旧唐书》卷一百九十中《文苑列传》，第 5034 页。

宗时，诏以李白歌诗、裴旻剑舞、张旭草书为三绝。"① "醉态盛唐"，以酒张扬个性，达到自由创造的精神状态，这是唐人的一个创造。有必要补充一句：谈论醉态思维不是要提倡大家都去喝酒甚至酗酒，而是说要用一种方法，李白和中国很多文人是用酒，你可能是用咖啡，用茶，把自己的精神调动到摆脱世俗牵累而对生命本质进行自由想象的巅峰状态，去体验宇宙人生的内在本质和清风明月般动人的美。

李白的一些诗篇，令人联想到张旭、怀素一颠一狂的狂草："君不见黄河之水天上来，奔流到海不复回。君不见高堂明镜悲白发，朝如青丝暮成雪。"（《将进酒》）天上、黄河、大海，一早、一晚，青丝成白发，这么浩大的空间、这么仓促的时间，风驰电掣而又圆转自如地融在一个诗句里。"弃我去者昨日之日不可留，乱我心者今日之日多烦忧"（《宣州谢朓楼饯别校书叔云》），这好像不是常人能写得出来的句子，因为头一句其实就是"昨日不可留"，"不可留"当然就是弃我去者了，昨日还要加一个"之日"；下一句本来是"今日多烦忧"，"多烦忧"当然是乱我心者了，他还要在今日的后面加一个"之日"，这么一种句式完全把中国语言的秩序打破了。但是它们也许是人类诗史上最精妙、最出彩的一些句子，非醉态不办的。我们从历史的纵的方向去考察，李白创造了一种新的思维方式，姑称它为"醉态思维"。这种诗酒因缘跟西方的"酒神思维"、狄奥尼索斯的"酒神文化"是个什么关系呢？李白并不知道有个狄奥尼索斯，而在用醉态来调动人的内在的惊人潜能这点上，跟狄奥尼索斯是相通的。但是西方的酒神文化是群众性的狂欢暴饮的所谓"嘉年华"的精神文化形态，而李白是独酌，"花间一壶酒，独酌无相亲"（《月下独酌》），把自己的影子、把天上的明月像朋友一般请过来，跟自己一道体验生命的有常无常。"天若不爱酒，酒星不在天。地若不爱酒，地应无酒泉。天地既爱酒，爱酒不愧天。……三杯通大道，一斗合自然。"诗人与天地共饮，出入自然与大道，体验着精神独立的狂欢。"独酌"、"对饮"、"饯别"，也就是说中国的醉态思维更带有内在的精神体验的性质，是"内在的狂欢"，它跟西方酒神文化的民俗放纵具有不同的形态，因而是李白的创造。笔者提出"醉态思维"这个命题，有几位研究唐

---

① （宋）范成大：《吴郡志》卷二十四，江苏古籍出版社1999年版，第360页。

诗极有造诣的长辈学人觉得，这个提法比"浪漫主义"更能够符合李白的实际。

关键还在于李白这种富于内在精神体验的醉态思维，散发着西北胡地健儿的率真豪侠的气质。高适曾经这样形容这种胡儿气质："虏酒千钟不醉人，胡儿十岁能骑马"（《营州歌》）。李白也曾是博览篇籍、任侠好剑之徒，夸说"结发未识事，所交尽豪雄。却秦不受赏，救赵宁为功！托身白刃里，杀人红尘中。当朝揖高义，举世钦英风"（《赠从兄襄阳少府皓》）。在《上安州裴长史书》中又自述："少长江汉，五岁诵六甲，十岁观百家，轩辕以来，颇得闻矣。常横经籍书，制作不倦，迄于今三十春矣。以为士生则桑弧蓬矢，射乎四方，故知大丈夫必有四方之志。乃仗剑去国，辞亲远游，南穷苍梧，东涉溟海。见乡人相如大夸云梦之事，云楚有七泽，遂来观焉。而许相公家见招，妻以孙女，便憩迹于此，至移三霜焉。曩昔东游维扬，不逾一年，散金三十余万，有落魄公子，悉皆济之。此则是白之轻财好施也。又昔与蜀中友人吴指南同游于楚，指南死于洞庭之上，白襢服恸哭，若丧天伦。炎月伏尸，泣尽而继之以血，行路闻者，悉皆伤心，猛虎前临，坚守不动。遂权殡于湖侧，便之金陵。数年来观，筋骨尚在。白雪泣持刃，躬申洗削，裹骨徒步，负之而趋。寝兴携持，无辍身手，遂丐贷营葬于鄂城之东。故乡路遥，魂魄无主，礼以迁窆，式昭朋情。此则是白存交重义也。"[1] 这些存交重义的豪侠故事的叙事方式，令人想起鲍照《结客少年场行》。《乐府解题》曰："《结客少年场行》，言轻生重义，慷慨以立功名也。"鲍照诗曰："骢马金络头，锦带佩吴钩。失意杯酒间，白刃起相仇。追兵一旦至，负剑远行游。去乡三十载，复得还旧丘。升高临四关，表里望皇州。九衢平若水，双阙似云浮。扶宫罗将相，夹道列王侯。日中市朝满，车马若川流。击钟陈鼎食，方驾自相求。今我独何为，辗檩怀百忧。"[2] 这种气质和形式，与魏晋慷慨激昂之风，存在着内在联系。如曹丕《典论》自叙曰："余时年五岁，上以四方扰乱，教余学射，六岁而知射。又教余骑马，八岁而知骑射矣。……余幼学击剑，与平虏将军刘勋、奋威刘展等，共饮酒。宿闻展有手

---

① 李白：《上安州裴长史书》，《李太白全集》，中华书局 1977 年版，第 1243—1246 页。

② （宋）郭茂倩编《乐府诗集》卷六十六《杂曲歌辞》，第 948 页。

臂，能空手入白刃，余与论剑长久。……时酒酣耳热，方食竿蔗，便以为杖，下殿数交，三中其臂，左右大笑。"① 自从《韩非子·五蠹篇》指责"儒以文乱法，侠以武犯禁"以后，集权统治者压制尚侠风气，李白则从魏晋六朝慷慨诗风中汲取精神营养，以道家的自然个性来涵养自身的骨气。《庄子·秋水篇》："夫水行不避蛟龙者，渔父之勇也；陆行不避兕虎者，猎夫之勇也；白刃交于前，视死若生者，烈士之勇也；知穷之有命，知通之有时，临大难而不惧者，圣人之勇也。"《太平御览》卷四百三十七引《抱朴子》曰："赴白刃而忘生，格兕虎于谷者，勇人也。"这些诗文适足以模塑其勇烈豪放的人格类型。乐府相和歌辞《饮马长城窟行》所谓"游客长城下，饮马长城窟。马嘶闻水腥，为浸征人骨。岂不是流泉，终不成潺湲。洗尽骨上土，不洗骨中冤。骨若比流水，四海有还魂。空流呜咽声，声中疑是言"②，也成了他为客死的朋友洗骨裹尸的模型。

此类豪侠气质也助长了李白的酒兴。比如李白《少年行》第一首，就是侠风与酒兴交融："击筑饮美酒，剑歌易水湄。经过燕太子，结托并州儿。少年负壮气，奋烈自有时。因声鲁句践，争情勿相欺。"他的另一首《少年行》又说："君不见淮南少年游侠客，白日球猎夜拥掷。呼卢百万终不惜，报仇千里如咫尺。少年游侠好经过，浑身装束皆绮罗。兰蕙相随喧妓女，风光去处满笙歌。骄矜自言不可有，侠士堂中养来久。好鞍好马乞与人，十千五千旋沽酒。"在长江流域漫游时，李白就与酒结下很深的因缘，其《客中行》赞美着："兰陵美酒郁金香，玉碗盛来琥珀光。但使主人能醉客，不知何处是他乡。"《本草纲目》谷部第二十五卷说："时珍曰：东阳酒即金华酒，古兰陵也，李太白诗所谓兰陵美酒郁金香即此，常饮入药俱良。"但清人袁枚《随园食单》"茶酒单"却认为古兰陵在常州："唐诗有'兰陵美酒郁金香，玉碗盛来琥珀光'之句。余过常州，相国刘文定公饮以八年陈酒，果有琥珀之光。然味太浓厚，不复有清远之意矣。"③ 清末况周颐《眉庐丛话》又有新说："兰陵酒，出常州，比绍兴酒稍浓酽。郁金香酒，出嘉定南

① 严可均辑《全三国文》卷八《典论·自叙》，商务印书馆1999年版，第79—80页。
② （宋）郭茂倩编《乐府诗集》卷三十八《相和歌辞》，第561页。
③ （清）袁枚：《随园食单》茶酒单，《随园三十种》本。

翔镇，色香味并佳，略似日本红葡萄酒。两种酒名，恰合'兰陵美酒郁金香'之句。"① 有意味的是，李白离开上述的淮南、兰陵进入长安，他所流连者又是另一道风光，还是用《少年行》为题："五陵年少金市东，银鞍白马度春风。落花踏尽游何处，笑入胡姬酒肆中。"所谓"五陵"，据《汉书·游侠传》颜师古注，乃是长安北面西汉皇帝的长陵、安陵、阳陵、茂陵、平陵。② 这和王维《少年行》"新丰美酒斗十千，咸阳游侠多少年。相逢意气为君饮，系马高楼垂柳边"，地域相近。

　　唐代长安酒肆，有一道胡姬当垆、胡姬劝酒的亮丽景观。胡姬酒店在汉代就有，后汉辛延年《羽林郎》诗，就是证据："昔有霍家姝，姓冯名子都。依倚将军势，调笑酒家胡。胡姬年十五，春日独当垆。长裾连理带，广袖合欢襦。"在唐代，随着中原与西域交流更畅，这类酒店及其服务方式，就有更多的发展。初唐王绩《题酒楼壁绝句八首》其七写道："有客须教饮，无钱可别沽。来时长道赏，惭愧酒家胡。"略晚吴越士人贺朝专门写诗《赠酒店胡姬》："胡姬春酒店，弦管夜铿铿。"敦煌文献有岑参《江行遇梅花之作》诗云："江畔梅花白如雪，使我思乡肠欲断。摘得一枝在手中，无人远向金闺说。愿得青鸟衔此花，西飞直送到我家。胡姬正在临窗下，独织留黄浅碧纱。此鸟衔花胡姬前，胡姬见花知我怜。千说万说由不得，一夜抱花空馆眠。"③ 似乎岑参家中有一个堪思堪怜的胡姬。当然，胡人酒肆也卖内地酒品。比如《酒谱》所提到的："宋之问诗云：'尊溢宜城酒，笙裁曲沃匏。'宜城在襄阳，古之罗国也，酒之名最古，于今不废。唐人言酒之美者，有鄂之富水，荥阳土窟，春石冻春，剑南烧春，河东乾和，蒲东桃博，岭南灵溪、博罗，宜城九酝，浔阳湓水，京城西市空、虾蟆陵，其事见《国史谱》。又有浮蚁、榴花诸美酒，杂见于传记者甚众。"④ 又如《幼学琼林》所说："好酒曰青州从事，次酒曰平原督邮。……竹叶青、状元红，俱为美酒；葡萄绿、珍珠红，悉是香醪。"⑤ 但胡地之酒另有特色，

---

①　（清）况周颐：《眉庐丛话》，东方杂志原刊本。

②　《汉书》卷九十二《游侠传》颜师古注，第 3715 页。

③　敦煌文献伯二五五五卷，转录自《文献》十三辑廖立《敦煌残卷岑诗辨》。

④　（宋）窦苹：《酒谱》内篇上，说郛本。

⑤　（明）程登吉：《幼学琼林》卷三，浙江古籍出版社 2011 年版，第 116 页。

《魏书》卷一百一《高昌列传》说："高昌者，车师前王之故地，汉之前
部地也。……出赤盐，其味甚美。复有白盐，其形如玉，高昌人取以为
枕，贡之中国。多葡萄酒。俗事天神，兼信佛法。"① 耶律楚材《湛然居士
集》有《河中府》诗十首歌咏西域风光物产云："开罇倾美酒，掷网得新
鱼。酿酒无输课，耕田不纳租。避兵开邃穴，防水筑高台。"葡萄酒原产西
域，元人熊梦祥《析津志辑佚》说："葡萄酒，出火州穷边极陲之地。……
上等酒，一二杯可醉人数日。"② 因此也就有了"胡儿尽向琵琶醉，不识弦
中是汉音"③ 的说法了。

　　李白谓"银鞍白马"，笑入胡姬酒肆，不乏胡儿气派，又饶有几分亲切
感。由于这里饮酒歌舞的气氛，乃是融合着他的童年记忆，未免有点宾至如
归。他又有一首《白鼻䯄》诗："银鞍白鼻䯄，绿地障泥锦。细雨春风花落
时，挥鞭直就胡姬饮。"挥鞭驱马，胡儿劲头十足，"直就"则不须犹豫，
是他细雨春风中唯一的选择。在乐府横吹曲辞中，与李白此诗同题的张祜
《白鼻䯄》诗云："为底胡姬酒，长来白鼻䯄。摘莲抛水上，郎意在浮花。"④
诗中语意双关，略含调情。李白诗又有所谓"何处可为别，长安青绮门。胡
姬招素手，延客醉金樽"（《送裴十八图南归嵩山二首》其一），胡姬远远地
就向他招手了，他们是非常熟悉的。还有所谓"琴奏龙门之绿桐，玉壶美酒
清若空。催弦拂柱与君饮，看朱成碧颜始红。胡姬貌如花，当垆笑春风。春
风舞罗衣，君今不醉欲安归"（《前有樽酒行二首》其二），这就一连用了两
个"春风"，既赞美胡姬的容貌，又享受着那里的歌舞，颇有如沐春风的舒
坦。"胡姬貌如花"一句，也为元代张昱《塞上谣》所袭用："胡姬二八貌
如花，留宿不问东西家。醉来拍手趁人舞，口中合唱阿剌剌。"⑤ 明人笔记
又说："胡姬多美，固有瑰姿玮态，句俞卓约，烨乎如花，温乎如玉者，
以食羶酪，衣皮裘故。又肌体腻白，然喜淫（不避昏昼耳目），善妒（不

---

① 《魏书》卷一百一《高昌列传》，中华书局 1974 年版，第 2243 页。
② 《顺天府志》引《析津志》，收入（元）熊梦祥《析津志辑佚》，北京古籍出版社 1983 年版，第 239 页。
③ （清）王应奎：《柳南随笔》卷一，借月山房本。
④ （宋）郭茂倩编《乐府诗集》卷二十五"横吹曲辞五"，第 373 页。
⑤ （元）张昱：《塞上谣》，收入（清）孙承泽《天府广记》卷四十二，北京古籍出版社 1982 年版，第 680 页。

令其夫近汉女，无亦薰莸不同器，枭鸾不接翼，鬼使之然邪），受苦（不习弓矢，亦不佩刀，惟缝衣、造酒、揉皮、挤乳、捆驼帐房、收拾行李，至手足胼胝。近汉女代受其苦）。"① 此类记载心在猎奇，笔涉偏见，但也记录了民间习俗。唐代的胡姬在性的问题上，大概比中原女子更开放。由于唐朝城市属于"里坊制"，晚上十时里长关闭大门，谪仙人李白"长安市上酒家眠"，恐怕少不了留宿在胡姬酒肆。他的醉态思维在中原的文酒风流中，已渗入了胡地的侠气豪情和风流作派，这也须在文学地理学中获得证明。

重绘中国的文学地图是一个综合性极强的学术命题，除了民族学、地理学的阐释系统，还有文化学、图志学等方面的重要内容。中国古代在《周礼·地官·司徒》中，就提出："土训掌道地图。以诏地事，道地慝，以辨地物而原其生，以诏地求。"② 不仅是主权、民政、物产的管理，而且在军事上行军作战，尤为迫切，因而《管子·地图篇》云："凡兵主者，必先审知地图。辕辕之险，滥车之水，名山、通谷、经川、陵陆、丘阜之所在，苴草、林木、蒲苇之所茂，道里之远近，城郭之大小，名邑、废邑、困殖之地，必尽知之，地形之出入相错者尽藏之，然后可以行军袭邑，举错知先后，不失地利，此地图之常也。"③《韩诗外传》卷八说："度地图居以立国，崇恩博利以怀众，明正好恶以立法度。"④ 中国古代地图林林总总，有《周地图》、《春秋盟会地图》、《秦地图》、《燕督亢地图》、《汉舆地图》、《括地图》、《匈奴地图》、《契丹地图》、《蜀地图》，天下州、府、军、监、县、镇地图，泰西人利马窦《万国地图》、南怀仁《坤舆图说》、《今古舆地图》等等。地图以标示和缩写的方式，为国人展开了一个联想无限的定位和超越的空间，在不同历史时期以不同的方式，打开了中国人认识世界的图样和视野，是关系到立国根基的证物。文学地图的重绘，就是借鉴古今中外地图的时空意识和宏观思路，在广阔的地域与民族、文献与口传、制度与家族、文

---

① （明）岷峨山人：《译语》，商务印书馆 1938 年影印本。
② 《周礼·地官·司徒》，《十三经注疏》，第 747 页。
③ 《管子校注》卷十《地图篇》，第 529—530 页。
④ 《韩诗外传笺疏》卷八，巴蜀书社 1996 年版，第 695 页。

化与审美、生命与历史现场的知识背景上，沟通文学史、艺术史和文明史。唯有这样，才能在新世纪的大文学观的观照下，返回中国文学和文化的总体精神、总体形态、总体过程的完整性，充实中国文化的元气，吸纳人类的智慧，超越某些枝枝节节的外来观念对之施以卤莽灭裂的肢解和扭曲，而在世界文化的平等对话中开展一代思想学术的原创，构建博大、新鲜、富有生命活力的现代大国精神的共同体意识。

2003 年 11 月英国剑桥大学首次讲演
2005 年第 3 期《文学评论》成文发表
2012 年 3 月在澳门大学修改定稿

【附录】 （清）俞正燮《癸巳类稿》卷十四《轿释名》

（本文第三节讨论辛弃疾《青玉案》时，涉及中国轿史。清人俞正燮对此考之甚详，谨录以备考）

轿者，车深舆，无轮有后辕者也。《汉书·严助传》"舆轿而隃岭"，为轿字初见。注："臣瓒云：'今竹舆车也。'"江表作竹舆以行，下云人迹所绝，车道不通，盖过山兜笼，今过岭者多用此。西南、东南，古必有轿。犹卓倚，南方太古即有之，渐及中土。《史记·河渠书》云："禹山行即桥。"《集解》徐广云："桥近遥反，直辕车也。"当即是轿。其或作桥，作樐，诸说不同者。由北方儒生拘墟之见，禹行九州，山川险阻，八年之久，必不当与作徒同步行，则必有所乘，知桥必轿也。

《周礼·乡师注》《齐书·舆服志》并引司马法云："夏后氏谓辇余车，殷曰胡奴车，周曰辎车。"《周礼注》又引司马法："夏二十人，殷十八人，周十五人。"《释名》云："胡奴车，东胡以罪没入为奴者引之。"盖余车、胡奴车、辎车、三辇，皆以人舁，故曰辇。其在车与辇之间者，则曰乘车辇，乘舆辇。《左传》"庄二十二年，宋万以乘车辇其母"。《汉书·霍光传》："妻显作乘舆辇，加黄金涂，韦絮荐轮，侍婢以五采丝挽之，游戏第中。"则有轮之车以人挽，故兼车与辇言之，辇是今之轿。羊车亦名辇者，以辇辂同贵，辂假辇名，凡车皆假辇名也。其周辇之辎，亦有假以名车者，谓衣车也。周沈警张女郎事，辒辌车驾六马，唐许尧佐《章台柳传》，以驳马驾辒辌是也。《宋书·礼志》云："辌车无后辕，其有后辕者谓之辒。"然则辒必是轿，合辌言之，始可言车。

《神仙感遇传》云："郭子仪于银州见空中辌车，中有美女，坐床垂足。"轿中始有横板床，坐可垂足。亦云辌车者，盖文笔辒车、辇车之讹。其云舆车者，异车之讹。知古人文字假借及引用之讹，则古事可知。古者名桥，亦谓之辇，亦谓之茵，亦谓之辌，亦谓之辒辌，亦谓之异车，亦谓之担，亦谓之担舆，亦谓之小舆，亦谓之板舆，亦谓之笋舆，亦谓之竹舆，亦谓之平肩舆，亦谓之肩舆，亦谓之腰舆，亦谓之兜子，亦谓之铣，而今名曰轿，古今异名，同一物也。轿者，桥也，状如桥，中空离地也。其他名，则各从其时也。其在南方者，《南史》"犹重牛车"，盖都邑道平坦乘之。

《晋书·王羲之传》云："子敬乘平肩舆，入顾氏园。"杜甫《赠苏侍御涣诗序》云："肩舆江浦，忽访老夫。"王铚默记云："王安石居蒋山，闻陈尧佐来，以二人肩鼠尾轿，迎于江上。"是出游以肩舆也。《唐摭言》云："陈磻叟为民爱州，虽至颠蹶，而历聘诸侯，率以肩舆造墀庑。"是干谒以肩舆也。《投荒杂录》云："辩州守胡涮肩舆蹴鞠，夷民十余辈异之。"则蹴鞠以肩舆也。《梁书·萧渊藻传》云："在益州，乘平肩舆，巡行贼垒。"《宋史·慕容延钊传》云："征湖南，被病，诏以肩舆即戎事。"则军中将帅以肩舆也。《汉书·严助传》云："今发兵行数千里，资衣粮，入越地，舆轿而隃岭。"则军中士卒亦以肩舆也。

南方古少文字，其见于中土者，《后汉书·井丹传》云："阴就进辇，丹曰：'吾闻桀驾人车，岂此耶？'"注引《帝王世纪》云："桀以人驾车。"盖即夏辇余车。《史记·孔子世家》云："哀公三年，季桓子病，辇而见鲁城。"盖即周辇辒车。《续汉祭祀志注》引干宝《周礼注》云："对舆曰辇，以阶级廉鄂，轮不能行，故以人异之。"《汉官旧仪》云："皇后婕妤乘辇，余皆以茵，四人异以行。"又朝仪，皇帝辇出房，司马相如《上林赋》云："辇道䌷属。"注："师古云：'谓阁道可以乘辇而行者，皆以不宜车轮之故。'"《史记·留侯世家》云："上虽病，强载辒车，卧而护之。"《续汉祭祀志》封禅云："御辇升山。"注引《封禅仪》云："国家御首辇人挽。"《水经注》引四王起事云："惠帝举辇，司马八人，辇犹在肩。"《五代史·

晋家人传》云："出帝与李太后肩舆至郊外。"是上所乘之轿，亦名辇，亦名辎车，亦名肩舆也。《北史·萧詧传》云："詧恶见人白发，担舆者，冬裹头，夏加莲叶帽。"盖汉以后，以辇属至尊，梁萧詧在藩，晋出帝降，记事者为避辇名，因谓之舆。宫廷妃嫔皆名茵，则太子、诸王、丞相亦可名茵。《汉书·丙吉传》云："驭吏醉欧丞相车上，吉曰：'此不过污丞相车茵耳。'"车茵即辇，驭吏乃从骑。注谓茵蓐，即《说文》之"茵车重席"，司马相如说"茵从革作鞄"，《汉官旧仪》所谓"四人舁以行者"，汉制本如此。或仅指为车中褥，以今况古，非也。《王莽传》云："太子临朝见，挚茵舆行。"注："晋灼曰：'今之板舆而铺茵。'师古非之，谓坐茵褥上，四人舁四角而行。"师古之说奇谬。晋灼，晋河南人。其说乃河南旧俗辇也。《后汉书·袁绍传》云："徙居洛阳，辎辇柴毂，填接街陌。"《魏志·钟繇传》云："繇有膝疾，拜起不便，时华歆亦以高年疾病，朝见，皆使载舆车，虎贲舁上殿就坐。是后三公有疾，遂以为故事。"《旧唐书·房玄龄传》云："驾幸玉津宫，元龄病，追赴宫，所乘担，舁入殿，将至御座乃下。"《唐书·崔祐甫传》云："被病，诏肩舆至中书。"《车服志》云："开成末定制，大臣、诸司长官、刺史及致仕官疾病，许乘担。惟不得驿，谓官不给费，而优老则仍古制。"《五代史》《周书·太祖纪》云："广顺二年七月甲午，赐宰臣李谷白藤肩舆，时以步履伤臂请告。"《周书·王朴传》云："过李谷第，交谈之顷，疾作而仆于坐，遽以肩舆归第。"《宋史·夏侯峤传》云："景德元年，俟对崇政殿，忽中风眩，诏肩舆还第。"《宋史·舆服志》云："神宗优待宗室，老病不能骑者，听肩舆出入。皆以老病不便车马，邺都、长安、洛阳、开封皆乘轿也。"《唐书·李林甫传》云："幸温汤，林甫疾，诏以马舆从。"则又今之驼轿矣，其示宠异者。《唐书·魏王泰传》云："帝以泰大腰腹，听乘小舆至朝。"《儒林传》马怀素、褚无量俱云："腰舆至禁中内馆。"《方伎传》张果云："肩舆至东宫。"神秀云肩舆上殿。王仁裕《开元天宝遗事》云："明皇在便殿，令侍御者抬步辇召学士来。"又云："申王每醉，以锦兜子令宫妓抬舁归寝，曰醉舆。"《北梦琐言》云："天复元年，宴寿春殿，李茂贞肩舆入金銮门。"《五代史·晋书·王建立传》云："许肩舆入朝。"富弼作《吕蒙正神道碑》云："归洛将行，听肩舆至殿门。"《宋史·富弼传》云："许肩舆至殿门。"皆非常仪。其在官署，则《唐书·

裴度传》："自政事堂肩舆出。"《杜让能传》云："崔昭纬、郑延昌归第，市人拥肩舆，二相舆中谕之。"《五代史·卢程传》云："拜命之日，肩舆导从，喧呼道中。"《宋史·舆服志》云："大观七年，诏非品官不得乘暖轿。"则品官暖轿矣。此则唐五代北宋官轿之明证也。

其行远用轿者，《北梦琐言》云："杜审权莅江西，连车发日，自灞桥乘肩舆。"犹明时外官长新店良乡换轿。《五代史·卢程传》云："自魏至太原，坐肩舆。"《宋史·范质传》云："子贵参自邕州肩舆归阙。"此又道路肩舆之明证也。《五代史补》云："王建立子守恩为留守，乘担子迎郭威，威怒，以白文珂代之。"盖见上官不当肩舆。《却埽编》云："宋辅臣典藩，诸使相访者将起，客使牵马就厅，主命索轿，再三，乃敢登轿。"是肩舆广行，已自有登轿公式。又《曲洧旧闻》云："蔡侍郎准少年时出入，常有二人见于马前，或肩舆前，少年时未贵，然已肩舆矣。"《晋书·潘岳传·闲居赋》云："太夫人御板舆，升轻轩。"《旧唐书·舆服志》云："咸亨二年，敕百官家口，曾不乘车，别坐担子。"又言："兜笼巴蜀妇人所用，乾元以来，易于担负，京城兜笼，代于车舆。"《唐摭言》云："乾祐丁酉关宴，温造蒙衣肩舆，诸进士疑为美女，视之乃造。"《玉壶清话》云："孟昶母李氏到阙，上命肩舆至宫庭。"是北方妇女洛阳、长安、汴梁之轿也。《因话录》云："郑还古与其弟昪肩舆，自青齐奉母归洛，两肩皆疮。"《五代史·张策传》云："策与婢肩舆其母东归。"是又北方妇人道路之肩舆也。《隋书·礼仪志》云："齐武帝造大小辇，无轮毂，下横辕轵，揆其制，即所谓担也。"又云："平肩舆纵横施八，天子至于下贱通乘。"又云："步舆、载舆皆无禁限。"唐《车服志》云："一品二品命妇，担昇以八人，三品六人，四品五品四人，胥吏商贾之妻二人。"《宋史·舆服志》云："太平兴国七年，诏民间无得乘四人八人担子，其兜子，昇者无得过二人。"担子、兜子者，以帷盖底板分之。王明清《挥麈第三录》云："宣和中，苏过寓景德寺，见一快行家，同一小轿至，传旨宣诏，二人肩之，其疾如飞，惟不设顶，上以小凉伞蔽之。"则他轿自有顶。《舆服志》云："肩舆，王公以下，黄黑二等，凸盖无梁。"今轿顶俱凸盖也，其制如此。

古贤以人担辇为非礼，唐王求礼言："辇以人负，是以人代畜也。"朱子《名臣言行录》云："司马温公尝同范景仁登嵩顶，不喜肩舆，山中亦乘马，路险，则策杖以行。”亦见北宋时多喜肩舆也。《宋史·舆服志》云：“绍圣二年，侍御史翟思言：‘京城士人，与豪右大姓，出入率以轿自载，四人舁之，甚者饰以棕盖，彻去帘蔽，翼其左右，旁午于通衢’。政和七年，臣僚言：‘京城内暖轿，非命官至富民、娼优下贱，遂以为常。’近日有赴内禁，乘至皇城门者，奉祀，乘至宫庙者，于是诏非品官不得乘暖轿。”丁特起《靖康纪闻》云：“靖康元年十二月初五日，籍马与金人，自是士大夫出入，止跨驴乘轿，至有徒步者，都城之马，搜括无遗矣。靖康二年正月二十九日，送戚里权贵女于金，搜求肩舆，赁轿之家，悉取无遗。”是北宋都城，且有赁轿之肆。而张端义《贵耳集》云：“渡江以前，无今之铦。”《却埽编》云：“汴京皆乘马。建炎初，驻跸扬州，特诏百官悉用肩舆出入。”《东南纪闻》云：“思陵在扬州，传旨百官许乘肩舆。”《朝野杂记》云：“故事，百官乘马。建炎初，以维扬砖滑，诏特许乘轿。”《演繁露》云：“寓京乘轿，自扬州始，其后不复乘马。”如此，则自禹至北宋，其文其事，皆不可通。《明史·车服志》云：“宋中兴，以征伐道路险阻，诏百官乘轿，名曰竹轿子，亦曰竹舆。”是依南宋人搜闻之误。《菽园杂记》云：“成化间制，文职三品以上得乘轿，两京诸司仪门，各有上马台。”则洪武、永乐时乘马者多也……乘轿，专以江南扈从言之，实则北地扈从。其在御道外者，古亦有车轿。《宋史·五行志》云：“政和三年十一月，冰滑，人马不能行，诏百官乘轿入朝。”《丁晋公谈录》云：“真宗东封，间或遇泥雨，赐支鞋与轿钱，动要五七万贯。”此建炎以前北地扈从之轿也。《元史·桑哥传》云：“言于世祖曰：‘去岁幸上都，臣日视内帑诸库，今岁欲乘小舆以行，人必窃议。’世祖曰：‘今汝乘之可也。’”此建炎以后北地扈从之轿也。《元史·兵志》：“站赤云：江浙轿站，轿百四十八乘；江西轿站，轿二十五乘；湖广轿站，坐轿百七十五乘，卧轿三十乘。”则又南地在官之轿，至明时裁之。正德四年，《会典》车驾司职掌事例，俱不官给轿也。

中华民族文化的生命之根

一 说文化根本

"中华民族文化的生命之根"这个命题，是笔者于 2008 年 5 月 16 日在深圳文化博览会的"海外华侨华人文化发展论坛"上首先提出来的。当时引起海外华侨华人文化团体的社长、会长们强烈的反应，后来又在国家图书馆和沈阳军区作了发挥。作为一个正在迅猛崛起的现代大国，中华民族已经历史性地面对一个重大的命题，这就是"文化自觉"。自觉之义，在于深刻地追问：（一）中华文化从何而来？（二）中华文化根本何在？（三）中华文化有何种基本内涵？（四）中华文化为何具有千古不磨的生命力？（五）中华文化如何焕发与时俱进的现代原创力？这就是中华民族的"文化自觉五问"，它将成为我们一代大国学术的逻辑起点。

对于中华文化的根本，我想从中国最古老的元典《周易》说起。《周易》中最有哲学品质的篇章，是《系辞》。汉代称《系辞》为《易大传》，相传是孔子所作的"十翼"之一。系，是粗丝带子，用来把《周易》的卦、爻，和天地之道的深层意义拴在一起。《周易·系辞下》说："作《易》者，其有忧患乎？是故履，德之基也。谦，德之柄也。复，德之本也。恒，德之固也。"[①] 这里是围绕着"德"字作文章。德就是对道的获得和实行，从道那里获得文化价值和知识体系。这里怀着一种忧患意识，回复道德文化价值，以谦虚的态度、恒久的意志牢牢地把握着道德文化的抓手，为之打下一个坚固的根基，这就是文化生命的根本。一个现代民族，在它的经济或者社

---

① 《周易·系辞下》，《十三经注疏》，中华书局 1980 年版，第 89 页。

会，经过相当长一段时间的高速发展，而且走到世界现代大国前台的时候，它必须以高度的文化自觉，全面深入地、富有创造性地认识自己的文化之根，从文化之根中发现古今相通的深层智慧，发现它的当代意义，在对它进行现代性阐释的过程中，建立具有自身民族特点的现代文化思想体系。这对于国家民族而言，是一个很根本的问题。

世界如大海，民族如大船。海能载舟，也能覆舟，处处充满挑战和机遇。中华民族就像一艘大船在经过近百年的颠簸和改造之后，开始高速出海。唐朝贞观年间，魏征等人写的《享太庙乐章》中说："沧溟赴海还称少，素月开轮即是重。"我们既是素月，已经饱览人间岁月；我们又是新赴大洋的少年，驶向现代性的沧溟。出海的大船需要动力，又不能空载。在错综复杂的海图和海潮面前，要毫不畏怯，充满智慧，大局在胸，把舵前行。同时又要有压舱之物，比如说郑和下西洋，货物用尽之后，需要以石头或者其他重物压载，不然，一遇大风浪就会倾斜，甚至有沉没的危险。中华民族文化之根本，既是我们民族这艘大船的精神动力，又是这艘大船快速航行的压载之物。文化根本的双重功能，是我们民族的大船能够赢得稳重中的高速，高速中的稳重。在这里，用得上唐代名臣狄仁杰的一句话："根本一摇，忧患不浅。"[1] 也用得上宋代名臣李纲的一句话："根本固则枝叶蕃。"[2] 民族如大船，又如大树，必须从根本着手，才能枝繁叶茂。如果忽视根本，只在树枝上点缀一些随风飞舞的漂漂亮亮的叶子"作秀"，装点政绩，可能导致民族心灵的空洞化。南北朝时期，一位南朝皇帝和一位北朝皇帝不谋而合地说过："根本既倾，枝叶安附？""根本既倾，枝叶自陨。"[3] 执掌大权者是否具有"根本"意识，对民族国家的影响，是很不一样的。

所以建立一个大国自主原创的现代思想体系，对于现代民族的发展的价值是带有根本性的。它是这个民族高速发展的精神上的元气，同时也是这个

---

① （宋）王溥：《唐会要》卷七十三载鸾台侍郎狄仁杰上表请捐四镇中语，中华书局 1955 年版，第 1327 页。

② 《宋史》卷三百五十九《李纲传》，中华书局 1977 年版，第 11267 页。

③ 《南史》卷二十六《袁昂传》之《高祖（梁武帝）手书喻》，中华书局 1975 年版，第 711 页；《北史》卷十《周高祖武皇帝本纪下》，中华书局 1974 年版，第 366 页。

民族面临挑战的时候，能够有高度的凝聚力的内在源泉，又是这个民族在全球化的国际交往中进行身份认同的精神支柱。所以，需要"壮根本、安国家以为千万世不拔之基"①，对于文化根本的思考，绝不可以掉以轻心。而且国家愈是发展，愈是要讲究，外强大而内充实，不能做那种外强中干的呆事。愈是把深入的认识和研究民族的文化的生命之根，当做我们国民修养的必修课，就愈必须从哲学的高度，从精神谱系的深度去思考，去认知我们的民族文化和文明。《礼记·礼运篇》记述孔子的话："大道之行也，天下为公。选贤与能，讲信修睦，故人不独亲其亲，不独子其子，使老有所终，壮有所用，幼有所长，矜寡孤独废疾者，皆有所养。"孔子还说："故人者，天地之心也……故圣人作则，必以天地为本。"这里突出人在天地间的地位，称人是"天地之心"，必须从这里寻求"天地为本"，是一种人心为本的思想。孔颖达解释说："则，法也。本，根本也。人既是天地之心，又带五色、五行、五味，故圣人作法，必用天地为根本也。"② 笔者曾经说过，文化工程是人心工程，是为天地立心的。任何一个被世界尊重的现代大国，都应该建立第一流的本国文史，由第一流的文史根本上生长出自身的具有说服力和魅力的话语体系，不是以简陋的僵硬的语言，而是以散发着智慧之光的语言与世界进行平等的可以感召人的文化对话。

我在深圳文博会讲这个命题的时候，美国硅谷美华科技商会有位杨姓的会长，也做了一个比较短的讲演。他说，我们的祖先给我们留下四样很好的遗产：一是大国的领土；二是世界上五分之一的人口；三是很多科学发明，包括"四大发明"也是中国人首创；四是一脉相承的文化。所以祖先给我们留下"四大法宝"，文化是其他三项遗产的根。中国人都是非常重视根本的，《淮南子》中有一句话："根本不美，枝叶茂者，未之闻也。有道之世，以人与国；无道之世，以国与人。"要想枝叶繁茂，必须根本要很深很美。所以爱国家，重要的标志是爱中华文化的根本。"爱国"这个词，在东汉时期已经有了，历史学家荀悦在他编的《前汉纪》里说过两次："亲民如子，

---

① （明）邱濬《大学衍义补》卷一百十九，四库全书本。
② 《礼记·礼运篇》，《十三经注疏》，第 1414、1424 页。

爱国如家。"① 此后唐代房玄龄等人编的《晋书》有"上下一心，爱国如家，视百姓如子"，"抚下犹子，爱国如家"② 的说法。宋代欧阳修等人编的《新唐书》也有"汉时名节骨鲠士，同心爱国"③ 的引用语。"爱国"一语，自此成为民族气节的同义词。梁启超说："仁而种族，私而孙子，其亦仁人之所乐为有事者也。天下兴亡，匹夫有责。"④ 又说："大抵爱国之义，本为人人所不学而知不虑而能。国民而至于不爱其国，则必执国命者措其国于不可爱之地而已。……今欲国耻之一洒，其在我辈之自新。我辈革面，然后国事始有所寄，然后可以语于事之得失与其缓急先后之序，然后可以宁于内而谋御于外。而不然者，岂必外患，我终亦鱼烂而亡已耳。夫我辈则多矣，欲尽人而自新，云胡可致？我勿问他人，问我而已。斯乃真顾亭林所谓'天下兴亡，匹夫有责'也。"⑤ 晚清民族改造思潮中，许多仁人志士都是以爱国主义相号召的。

"天下兴亡"，是根本大事；"匹夫之责"，也须着眼于根本。《诗经·大雅·荡》："文王曰咨，咨女殷商！人亦有言：'颠沛之揭，枝叶未有害，本实先拨。'殷鉴不远，在夏后之世。"孔颖达疏："古之贤哲之人亦有遗言云：树木将欲颠仆倾拔之时，其根揭然而见。此时枝叶未有折伤之害，而根本实先断绝。但根本既绝，枝叶亦从而绝。"⑥ 周文王借古人之言，讽喻商纣王之败亡，就像一棵大树，枝叶犹存，但根本已经颠仆拔起。诗人以文王的故事，托古讽今，谓"殷鉴不远"，今人不可不警惕。诗中搬出周文王来谈论国家根本，也是饶有深味的。周文王是儒者眼中道德博厚、慈惠爱民，实行文明教化的典型。《逸周书·谥法解》说："经天纬地曰文，道德博厚曰文，学勤好问曰文，慈惠爱民曰文，愍民惠礼曰文，锡民爵位曰文。"⑦

---

① （汉）荀悦：《前汉纪》卷五《孝惠皇帝纪》，及卷二十八《孝哀皇帝纪》，四库全书本。

② 《晋书》卷四十六《刘颂传》，卷四十八《段灼传》，中华书局1974年版，第1299、1339页。

③ 《新唐书》卷一百五十二《李绛传》，中华书局1975年版，第4841页。

④ 梁启超：《倡设女学堂启》，原刊1897年《时务报》第45册，收入《梁启超文集》卷二，林志钧饮冰室合集本，中华书局1989年版。

⑤ 梁启超：《痛定罪言》，原刊1915年《大中华》第1卷第6期，收入《梁启超文集》卷三十三，林志钧饮冰室合集本。

⑥ 《诗经·大雅·荡》，《十三经注疏》，第554页。

⑦ 《逸周书汇校集注》卷六，上海古籍出版社2007年版，第635—637页。

唐代梁肃《代太常答苏端驳杨绾谥议》说："谨按《谥法》，称贞之例有三：清白守节曰贞，大虑克就曰贞，忧国忘死曰贞。文之义有六：经天纬地曰文，道德博厚曰文，愍人惠礼曰文，不耻下问曰文，慈惠爱人曰文，修德来远曰文。"① 以周文王的口来总结商朝败亡的原因，就以他的品质和政声，蕴涵着对文化根本的强调。文化根本联系着天下兴亡。

二　说中华民族的生命形态

中华民族形成一个统一的民族，走了一条与西方民族形成过程很不一样的道路。西方学者，包括当年的斯大林都认为，民族是在资本主义形成过程中的产物。甚至现在有些西方理论家认为，民族是宗教改革以后，印刷术发展起来的时候逐渐形成的"想象的共同体"。但是，中华民族的形成绝非如此，它经过了春秋战国时期的思想创造和种族融合，在秦汉时代，就形成了文明程度很高的民族共同体。当年中国社会科学院第二历史研究所的老所长范文澜先生，就不同意斯大林关于民族发生的观点，认为中国在秦汉时代就形成统一的民族国家了。这在当时是需要有很大的理论勇气的。所以中国人被称为汉人、唐人，它的特点就是有汉唐盛世，历史悠久而不中断，民族多元而又融合成一个整体，因此中国民族形态是一种复合性形态。《尚书》首篇《尧典》开篇就说："曰若稽古帝尧，曰放勋，钦明文思安安，允恭克让，光被四表，格于上下。克明俊德，以亲九族。九族既睦，平章百姓。百姓昭明，协和万邦。黎民于变时雍。"② 所谓万邦，就是遍布中国大地上成千上万的部族邦国，而尧帝以"钦明文思"、"克明俊德"这类文化之根本，将之协和，使之昭明，达到黎民百姓能够雍容和睦，和谐共处。这就是中华民族在上古时期追求的文化共同体的理想。经过夏商周三代的拓展，尤其是秦汉的统一，所谓"万邦"就开始形成民族共同体了。

这种多元的、复合形态的民族共同体，有两个功能，第一个功能是它非

---

① （唐）梁肃：《代太常答苏端驳杨绾谥议》，收入清董诰等《全唐文》卷五百十七，中华书局1983年版，第5254页。

② 《尚书·尧典》，《十三经注疏》，第118—119页。

常古老，同时它又能够不断地焕发出新的生命。复合中有多元，就蕴涵着相互竞争和扶持的内在动力，以及相互协调发展的胸襟和智慧。多元而能够复合，就是一种分量。中国从晚清衰落之后，在改革开放短短的30年中迅速地崛起，已经成为世界上的第三大经济体。英国有一个学者这样讲，21世纪是从什么时候开始的呢？21世纪始于中国的1978年。这一年一个社会主义国家开始从平均主义向市场经济迈出了长足性的一步。它创造了一个完全不同的历史，中国的转变使世界的中心东移。作为19世纪到20世纪初曾是"日不落帝国"的学者，他这番言论是具有历史感和沧桑感的。由此可知，古老的中华民族在改革开放之中，激发出多么大的生命力和创造力，这个简直是不可估量的。

第二个功能，中华民族既是多元起源，又能够融合在一起，其中必然存在着一种强大而坚韧的纽带，这就是文化。中国对文化的解释，可以追溯到《周易·贲卦》讨论卦义的象辞："刚柔交错，天文也。文明以止，人文也。观乎天文，以察时变；观乎人文，以化成天下。"① 它将人文与天文相对应，以沟通天人之道；又将文化与文明相并列，强调对人心民俗的化成功能。唐代房玄龄等人编修的《晋书·礼志》说："立人之本……经纬人文，化成天下。"② 化成功能，旨在建立人本基础上的文化精神纽带。唐代刘知幾《史通·内篇·载文》对人文进行解释，引申至诗文和历史领域："夫观乎人文，以化成天下；观乎国风，以察兴亡。是知文之为用，远矣大矣。若乃宣、僖善政，其美载于周诗；怀、襄不道，其恶存乎楚赋。读者不以吉甫、奚斯为谄，屈平、宋玉为谤者，何也？盖不虚美，不隐恶故也。是则文之将史，其流一焉，固可以方驾南、董，俱称良直者矣。"③ 所谓南、董，乃是春秋时，齐国史官南史和晋国董狐。《文心雕龙·史传》赞曰："辞宗丘明，直归南董。"他们以直笔不讳的史官品格著称。刘氏将写作《诗经·大雅》之《崧高》、《烝民》、《韩奕》、《江汉》的尹吉甫（毛诗序说），写作《鲁颂》之《駉》、《有駜》、《泮水》、《閟宫》的鲁公子奚斯（今文家说），以

---

① 《周易正义》卷三，《十三经注疏》，第37页。
② 《晋书》卷二十《礼志》，第629页。
③ （唐）刘知幾：《史通·内篇·载文》第十六，《史通评注》，中央编译出版社2010年版，第140页。

及写作《楚辞》的屈原、宋玉，与这些耿直的史官相媲美。也就是说，《史通》是将《诗》、《骚》、良史，并称为"文"。

当然，这是史学家的说法，古人对文化包罗的范围，是言人人殊，互有参差的。唐人皮日休是诗人，却在《补大戴礼祭法文》中说："周公以文化，仲尼以德成。"① 这里的文化指的是周公、孔子的礼乐文明。宋人周文忠《文苑英华序》说："太宗皇帝丁时太平，以文化成天下，既得诸国图籍，聚名士于朝，诏修三大书，曰《太平御览》，曰《册府元龟》，曰《文苑英华》。"② 这里的文化工程联系着大型的文献集成和类书的编纂。唐人吕温著有《人文化成论》，在引用"《易》曰：观乎人文，以化成天下"之后，列举了室家之文、朝廷之文、官司之文、刑政之文、教化之文等文化方式，议论说："文者，盖言错综庶绩，藻绘人情，如成文焉，以致其理。然则人文化成之义，其在兹乎？……。《传》不云乎，'经纬天地曰文'；《礼》不云乎，'文王以文治'？则文之时义大矣哉。"③ 中国文化之根本，应该包括周、孔、诗、骚、子、史，直至包括少数民族的许多创造。因而梁启超说："我国民能以一族数万万人，团结为一个之政治团体（即国家），巍然立于世界上者数千年。此现象在我固习焉不察，未或以为奇，然征诸外国史乘，实欲求伦比而不可得。……夫国家者一国人之公产也；文化者亦一国人之公产也。"④

作为一国"公产"的中华民族文化，以深厚博大的内涵为根基，具有强大的包容力和统合力，它能够包容和统合众多的部族、民族于同一个文化共同体之中。跟许多国家的民族构成很不一样，中华民族的构成具有两个层次，一是五十六个民族，这是具体民族的层次。同时这五十六个民族又融合成为中华民族，这一个总体民族的层次，二者表里互蕴，在这个世界上是独一无二的。就是说我们的文化有巨大的包容力，能够把五十六个民族都包含在一个整体的民族内。这就是我们的文化特点——超级的兼容性。

---

① （唐）皮日休：《补大戴礼祭法文》，收入（清）董诰等编《全唐文》卷七百九十八，第8364页。
② （宋）周文忠：《文苑英华序》，收入赵与时《宾退录》卷九，四库全书本。
③ （唐）吕温：《人文化成论》，收入《全唐文》卷六百二十八，第6342页。
④ 梁启超：《中国前途之希望与国民责任》，收入《梁启超文集》卷二十六，林志钧饮冰室合集本。

讲到民族的起源，根据近一百年的考古发现，中华民族的起源是广泛、多元的，这一点已经得到非常可靠的证明。考古学界的一位老先生说，中华文明的起源不像一根蜡烛，而像满天的星斗。黄河、长江，长城南北，包括岭南、云贵、宝岛台湾，都有早期人类深刻的脚印。世界上最早发现稻谷的地方，在哪里呢？在湖南的道县，靠近广东北部，发现一万多年前的稻谷、陶器和用火的痕迹。说明中国南方是人类稻耕农业的发祥地。野生稻的分布主要是在印度、缅甸，一直到中国南方的云南、广西、广东、湖南一带。但是野生稻转化为栽培稻，不是发生在野生稻的中心地区，因为中心地区野生稻很多，足够采集使用，而是发生在野生稻的边缘地区，既有稻谷种子，但野生产量又不是那么丰厚。因此在湖南道县，还有在常德地区发现了人工栽培的稻谷，一万年或十八千年稻谷的遗迹。人工栽培的稻子就长起来了，中华民族就开始了稻耕的发展过程。生产方式成为文化方式的基础。

三　中华文化的深厚性

在讨论中国文化根本之时，应该记取古代的一句话："欲寻究根本，须举纲条。"[1] 前面讲文化是人心的根本，是组合民族的精神纽带，这是"纲"；从纲上引导出目，总共有"五目"。就是我们需要展开讨论的五个命题：第一个命题是中华民族文化的深厚性；第二个命题是中华民族文化的原创性；第三个命题是中华民族文化的包容性；第四个命题是中华民族文化血脉的充沛性；第五个命题是中华民族文化景观的丰美性。"一纲五目"，是我们的总命题。

第一个命题，中华文化深厚性。

《后汉书》有一句话："天不崇大则覆帱不广，地不深厚则载物不博，人不敦庞则道数不远。"[2] 深厚，乃是大地的品格，所谓"地势坤。君子以厚德载物"[3]。古代经籍谈及礼乐、文章，多推崇深厚的品质。如《礼记·

---

① 《旧唐书》卷四十九《食货志》，中华书局 1975 年版，第 2130 页。

② 《后汉书》卷四十三《朱乐何列传》，中华书局 1965 年版，第 1464 页。

③ 《周易·坤卦》象辞，《十三经注疏》，第 18 页。

乐记》说："礼乐之极乎天而蟠乎地，行乎阴阳而通乎鬼神，穷高极远而测深厚。"① 至于文章，《史记·儒林列传》有云："明天人分际，通古今之义，文章尔雅，训辞深厚。"② 文化的深厚性，与中华民族地域博大、民族复杂、人口众多、历史悠久，存在着因果关系。《中庸》说："悠远则博厚，博厚则高明。"朱熹对其解释，就将深厚与悠远联系在一起："悠远，故其积也广博而深厚。博厚，故其发也高大而光明。"③ 这就是《中庸》为何接着作进一步的发挥："博厚，所以载物也；高明，所以覆物也；悠久，所以成物也。博厚配地，高明配天，悠久无疆。如此者，不见而章，不动而变，无为而成。天地之道，可壹言而尽也。其为物不贰，则其生物不测。天地之道：博也，厚也，高也，明也，悠也，久也。今夫天，斯昭昭之多，及其无穷也，日月星辰系焉，万物覆焉。今夫地，一撮土之多，及其广厚，载华岳而不重，振河海而不泄，万物载焉。"人民、历史、地理，共同创造了中国文化的深厚性。中国文化于此追求着博厚、高明而悠久的境界，这就是中国文化传授的"心法"。

我们常常讲，中华儿女是炎黄子孙。根据历史文献的记载，炎帝和黄帝是两兄弟，炎帝居住在姜水一带，黄帝居住在姬水一带，所以就以姜和姬作为他们的姓。有若《国语·晋语》所记载："昔少典娶于有蟜氏，生黄帝、炎帝。黄帝以姬水成，炎帝以姜水成。成而异德，故黄帝为姬，炎帝为姜，二帝用师以相济也，异德之故也。"④ 这大概是 5000 年以前的事情。从考古发现可知，黄帝的部落活动在现在的陕北、晋北、河北和辽西一带。辽宁西部的红山文化，发现中国最早的玉雕的龙，同时发现泥塑彩绘的女神头像和女神庙、祭祀坛。一些考古学家认为，红山文化属于黄帝的文化。炎帝文化从陕西向东发展，在河北地区古冀州一带，跟黄帝文化碰在一起。二者联合起来，跟东面的九黎部族的蚩尤文化发生碰撞，史籍记载黄帝跟炎帝在涿鹿这个地方打败了蚩尤。黄帝和炎帝又在阪泉这个地方打了一仗，不打不成

① 《礼记·乐记》，《十三经注疏》，第 1531 页。
② 《史记》卷一百二十一《儒林列传》，中华书局 1982 年版，第 3119 页。
③ 《中庸章句》，《四书章句集注》，中华书局 1983 年版，第 34 页。
④ 《国语》卷十《晋语》，上海古籍出版社 1998 年版，第 356 页。

交，就推动了更大的部落联盟的融合。《史记·五帝本纪》记载了中华民族开始步入文明初阶的这两场战争，时间顺序有所差别："轩辕乃修德振兵，治五气，蓻五种，抚万民，度四方，教熊罴貔貅貙虎，以与炎帝战于阪泉之野。三战，然后得其志。蚩尤作乱，不用帝命。于是黄帝乃征师诸侯，与蚩尤战于涿鹿之野，遂禽杀蚩尤。"[1]

远古时代民族融合的方式，一个是交流交往，一个是战争。历史上民族生存条件多有艰难困苦，战争对部族来说是流血的事情，是痛苦的事情，但是越打越是你中有我，我中有你。就像一个池塘养了很多鳗鱼，彼此接嘴冒泡，半死不活。但是一旦在鳗鱼群中，放进一条乌鳢鱼，互相打斗撕咬，整个池塘生气勃勃，鳗鱼、乌鳢鱼都生蹦活跳。这就是"鳗、鳢同池的效应"，紧张感乃是生命感。这里存在着竞争意识，危机意识，都追求培养强盛的实力，掌握先进的武器，跟对手较量取胜。黄河文明为何最终成为中华文明的最集中的发祥地，就是由于这里部族比较集中，相互竞争图强。湖南道县的稻谷出现在一万年前，浙江的河姆渡的木桩屋、水稻、家猪出现在七千多年前，但是那里的部落比较分散。一场大水或其他灾难袭来，就迁移远去，甚至灭绝了。黄河流域大量部族拥挤，部族之间存在着经常性的竞争和战争，部落联盟的雪球就越滚越大了。

中原的炎黄文化，本是竞争图强的部落联盟文化，但在中华民族走向多元一体的过程中，被重新建构为共祖同根的世系承传关系。《史记·五帝本纪》是根据战国材料与田野调查，对上古帝系重新整理，是远古口头传承、战国追求统一，以及秦汉一统天下的思想资源的综合结晶。《宋书·礼志》所认同的也是这个"同气共祖"的系统："炎、黄、少昊、颛顼、高辛、唐、虞、夏后，世系相袭，同气共祖，犹豫昭显所受之运，著明天人去就之符，无不革易制度，更定礼乐，延群后，班瑞信，使之焕炳可述于后也。"[2]宋人王应麟也说："刘知幾曰：'能言吾祖，郯子见师。不识其先，籍谈取诮。'邓名世曰：'春秋时善论姓氏者，鲁有众仲，晋有胥臣（见《晋语》），郑有行人子羽。'皆能探讨本源，自炎黄而下，如指诸掌（郑渔仲曰：'《世

① 《史记》卷一《五帝本纪》，第 3 页。
② 《宋书》卷十四《礼志》，中华书局 1974 年版，第 330 页。

本》、《公子谱》二书，皆本《左传》')。"① 炎黄成为民族共祖之后，许多早期文明的发明创造，比如说，播五谷，尝百草，发明中医中药，都记在炎帝神农氏的身上；还把造车、造衣冠、用火、熟食、造文字，这些功劳都记在黄帝的身上。黄帝的妻子嫘祖养蚕织布，蚕丝的缫取和应用，是中国人对世界的巨大贡献。当西方还用大麻、兽皮制作衣服的时候，考古发现，五千多年前中国就有了最早的蚕丝制品，出土于浙江的良渚文化遗址。

由于有了这么一个全民认同的文化之根，所以当民族出现危机，需要用革命或救亡的方法，获得自己新生的时候，中华民族就往往想起轩辕黄帝这条主根。唐代名臣魏征的里籍是黄帝与蚩尤决战之地的钜鹿曲城，他曾经上疏唐太宗说："求木之长者，必固其根本；欲流之远者，必浚其泉源。……怨不在大，可畏惟人。载舟覆舟，所宜深慎。"② 人心是海水，将之激荡起来，就可以承载起民族绝境逢生的巨舟。清朝光绪二十九年（1903），资产阶级革命派的学者刘师培，提出要用黄帝诞生之年作为中国的纪年。用纪年方法来提醒整个民族，提醒全体人民，牢记黄帝血脉，增强民族意识。光绪二十九年为公元1903年，是黄帝降生4614年。辛亥革命后，孙中山在1912年1月1日，宣布就任中华民国的临时大总统。他宣布的黄帝纪年是用黄帝登基之年算起，而不是用黄帝诞生之年算起，推算出1912年1月1日，是黄帝纪年4609年的11月13日。如果按照这个算法，如果用黄帝纪年的话，今年2008年，是黄帝纪年4705年。所以一般说，中华民族有五千年的文明史。当然考古发现，起码七千年前，甚至一万年前，中国土地上就出现人类文明了。

孙中山在宣布民国元年的时候，他同时改用了基督纪年，即1912年。这在中国是一个带根本性的大事情。中国人过去把"改朝换代"叫做什么呢？叫做"改正朔"。《尚书·泰誓》说："惟十有一年，武王伐殷。"孔颖达疏曰："《易·革卦》象曰：'汤武革命，顺乎天而应乎人。'象曰：'君子以治历明时。'然则改正治历，必自武王始矣。武王以殷之十二月发行，正月四日杀纣，既入商郊，始改正朔，以殷之正月为周之二月。其初发时犹是

---

① （宋）王应麟：《困学纪闻》卷六，涵芬楼影印本。
② 《旧唐书》卷七十一《魏征传》，第2551—2552页。

殷之十二月，未为周之正月，改正在后，不可追名为'正月'，以其实是周之一月，故史以'一月'名之。……《春秋》'王正月'，谓周正月也。"①《礼记·大传》说："圣人南面而治天下，必自人道始矣。立权度量，考文章，改正朔，易服色，殊徽号，异器械，别衣服，此其所得与民变革者也。"孔颖达疏曰："'改正朔'者，'正'谓年始，'朔'谓月初，言王者得政，示从我始改故用新，随寅丑子所损也。周子、殷丑、夏寅，是改正也。周夜半，殷鸡鸣，夏平旦，是易朔也。"② 正就是正月，一年的开始；朔就是朔日，就是一个月的开始。这一年是从哪个月开始，这个月从哪日哪时开始，每个王朝改朝换代之后，都要改变一次。清朝末年，康有为作《孔子改制考》，还以《春秋公羊传》为根据，认为"《春秋》曰：'王正月。'《传》曰：'王者孰谓？谓文王也。曷为先言王而后言正月？王正月也。'何以谓之王正月？曰：王者必受命而后王。王者必改正朔，易服色，制礼乐，一统于天下，所以明易姓非继仁，通以己受之于天也。王者受命而王，制此月以应变，故作科以奉天地，故谓之王正月也。"③ 所谓正朔，是古代天文学对天体日月观察和解释的结果，是一个王朝表明其王权天授，顺天应时的标志。

《吕氏春秋》是吕不韦组织门客编撰的。其中记载《吕氏春秋》完成于"秦八年"。汉代注家把"秦八年"注成"秦王政八年"，就秦始皇十三岁继位，往后数八年与"岁在涒滩"不合。涒滩是申年，应该是秦始皇六年。所以"秦八年"就不是从秦王政即位算起，而是从秦王政即位往前推两年。前推两年是秦庄襄王二年（公元前248）。秦庄襄王继位后，以吕不韦为相国，封文信侯。在东周君与诸侯谋秦时，秦相吕不韦灭之，迁东周君于阳人，延续了八百年的周朝就这样灭亡了。因此继周而兴的秦朝元年，就是秦庄襄王二年。吕不韦胆大包天，他竟然纪年不用秦王政纪年，而用他灭东周作为"秦纪年"的开始，所以才有秦八年即"岁在涒滩"成书之说。因为八年或六年，可以推测是抄写时的笔误，但"涒滩"二字是不会误的。在

---

① 《尚书·泰誓》，《十三经注疏》，第179—180页。

② 《礼记·大传》，《十三经注疏》，第1506页。

③ 康有为：《孔子改制考》卷九，《康有为全集》第三集，中国人民大学出版社2007年版，第112页。

秦八年的时候，吕不韦是相父，掌握了国家的大权，他没有把十几岁继位的年少国君秦王政放在眼里。

所以看《吕氏春秋》的时候，不要光看它是什么"杂家"，那是学究之论。吕不韦在大权在握，政务缠身之时，竟然有心思组织门客编撰一部堂堂皇皇的大书，完全在于他看到，秦国已经有力量统一全国，他要为新朝制造一部"国家大典"。"当是时，魏有信陵君，楚有春申君，赵有平原君，齐有孟尝君，皆下士喜宾客以相倾。吕不韦以秦之彊，羞不如，亦招致士，厚遇之，至食客三千人。是时诸侯多辩士，如荀卿之徒，著书布天下。吕不韦乃使其客人人著所闻，集论以为八览、六论、十二纪，二十余万言。以为备天地万物古今之事，号曰吕氏春秋。布咸阳市门，悬千金其上，延诸侯游士宾客有能增损一字者予千金。"① 他在首都咸阳大门上，悬赏千金，说谁能够改动《吕氏春秋》一个字，就赏给他一千金。这一千金是为他的门客做面子么？休想，吕不韦是战国晚期最会耍银子的政治商人，一字千金，是为给他的脸上贴金，为他本人逞威风的，仿佛天下就是他的了。我们要这样看待《吕氏春秋》修书行为及书中的理念，因为舍人门客修《吕氏春秋》，是很会揣摩吕不韦内心的，也就像纪晓岚总纂《四库全书》时，很会揣摩乾隆皇帝的心理，故意留一点错误，让乾隆皇帝改正，显得皇帝比我高明。所以"秦八年，岁在涒滩"一语，是破解《吕氏春秋》的奥秘的金钥匙。纪年之重要，于此可见一斑。

那么中国在辛亥革命之后，就改用公元纪年，这在中国精神史上是个很大的转变。我们既然用了公元，改用世界上通用的年历，说明中华民族要采取开放的姿态，在世界民族之林中竞争求存。

四　中华文化的原创性

第二个命题是中华民族文化的原创性。

原创，是一个民族的能力的表达。五千年不曾中断，而且在相当长的历史时期中居于世界领先的文明史，足以证明中华民族在生存发展，以及同世

---

① 《史记》卷八十五《吕不韦列传》。

界民族竞争振兴的过程，存在着一种不折不挠、不可摧磨的原创能力。就拿附着在黄帝的这条主根上的最杰出的创造来说，据传是黄帝的史官仓颉创造的文字，就在世界文字形态和功能上显示了无以代替的原创性。

汉语文字的创造，流传数千年，运用于十几亿人口之间，实在是人类文字的一大奇迹。东汉许慎《说文解字叙》说："黄帝之史仓颉，见鸟兽蹄远之迹，知分理之可相别异也，初造书契，百工以乂，万品以察。盖取诸夬，夬扬于王庭，言文者宣教明化于王者朝廷，君子所以施禄及下，居德则忌也。仓颉之初作书，盖依类象形，故谓之文。其后形声相益，即谓之字。文者，象物之本也。字者，言孳乳而浸多也。著于竹帛谓之书，书者，如也。"① 东汉王充《论衡》引述当时书传，有"苍颉四目，为黄帝史"的说法②。这条材料大概出自《春秋孔演图》："苍颉四目，是谓并明。又舜重瞳子，是谓重明。"③《初学记》引《世本注》也称仓颉为黄帝史官："黄帝之世，始立史官。苍颉，沮诵居其职。"④ 唐人张彦远《法书要录》综合多种材料说："案古文者，黄帝史苍颉所造也，颉首四目，通于神明。仰观奎星圆曲之势，俯察龟文鸟迹之象，博采众美，合而为字，是曰'古文'，《孝经援神契》云'奎主文章，苍颉仿象'是也。"⑤ 黄帝的史官仓颉有四只眼睛，可见人们用奇特怪异的形貌，来形容他聪明到了神秘的地步。

仓颉造文字，这是一种惊天动地的智慧。《淮南子·本经训》说："昔者苍颉作书，而天雨粟，鬼夜哭。"高诱注曰："自书契作，诈伪萌生，去本趋末，弃耕耨之业而务锥刀之利。天知其将饿，故为雨粟；鬼恐为文所劾，故哭也。鬼或作兔，兔恐有取毫作笔之害及之，故哭。"⑥ 这是关于人类文字创造的非常独特又极有思想深度的寓言。仓颉造出文字，使得人们纷纷追逐蝇头小利或耍起笔杆子而不种地，天怕人间出现饥荒，就像下雨一样下粮食，以期有备无患；又怕人变得聪明狡诈，弹劾鬼怪，吓得鬼怪伤心痛

① （东汉）许慎：《说文解字叙》，中华书局1963年版，第314页。
② 《论衡校释》卷三《骨相篇》，中华书局1990年版，第112页。
③ （唐）欧阳询：《艺文类聚》卷十七"人部"引《春秋孔演图》，四库全书本。
④ （唐）徐坚：《初学记》卷二十一"文部"引《世本注》，中华书局2004年版，第502页。
⑤ （唐）张彦远：《法书要录》卷七，四库全书本。
⑥ 《淮南子集解》卷八《本经训》，中华书局1998年版，第571页。

哭起来；鬼字或者写成兔字，兔子害怕拔光它的毛，去制作毛笔，因此兔子也哭了。对于古代传说的智慧，今人尽可不必沾沾自喜于多了一点科学理性，就将古人斥为迷信，讥为愚昧，而更有必要的是以同情、理解、幽默、开心的态度，看取古人对自然的神秘的天真，无邪的微笑和惊惶。不妨想一想，今人又哪会联想到，仓颉造文字之时，连兔子都会哭呢？可怜的兔子。纬书中《春秋元命苞》也记载："苍颉制字，天为雨粟，鬼乃夜哭，龙为潜藏。"[①] 汉代纬书虽然附会经典，但不乏民间传说。而先秦诸子书中，关于仓颉的传说还有一些，比如《韩非子》说："古者苍颉之作书也，自环者谓之私，背私谓之公，公私之相背也，乃苍颉固以知之矣。"[②] 但说得更好的，是韩非的老师荀子的话："好书者众矣，而仓颉独传者，壹也。"[③] 这就是说，文字创造是一个民族在长时段中多人的行为，但可能有一个或不止一个富有创造力，又负有职责者加以收集、汇总，并进行不同程度的统一化的整理。

据说早期人类是用绳子打结来记事的。后来把文字刻在竹片和木头，或者甲骨上，这是文明的很大的进步。中国汉字的创造，对于国家的统一和稳定，对于民族的万世长存，起了非常关键的作用。因为亿万人使用的是象形文字，文字形态比较稳定，不因语音变化而将字形搅得面目全非。文字史也就包含着我们的民族认同的历史。在时间上，秦汉时代、唐宋时代和我们现在，对同一个字的发音是不可能不变化的。但是在从古到今，汉语文字形态在变化中蕴涵着恒久，承载了中国文明创造的越来越多的信息。就是说甲骨文中的字，十万片的甲骨，大概有三四千字，我们现在还能够认识一千多字吧，基本上把它的意思都贯通了。又比如青铜器铭文，宋人赵明诚《金石录》序说："余自少小，喜从当世学士大夫访问前代金石刻词，以广异闻。后得欧阳文忠公《集古录》，读而贤之，以为是正讹谬，有功于后学甚大。……盖窃尝以谓《诗》、《书》以后，君臣行事之迹悉载于史，虽是非褒贬出于秉笔者私意，或失其实，然至其善恶大节有不可诬，而又传

---

① 《三农纪校释》卷一"占"引《春秋元命苞》，农业出版社1989年版，第7页。
② 《韩非子集解》卷十九《五蠹》，中华书局1998年版，第450页。
③ 《荀子集解》卷十五《解蔽篇》，中华书局1988年版，第401页。

诸既久，理当依据。若夫岁月、地理、官爵、世次，以金石刻考之，其抵牾十常三四。盖史牒出于后人之手，不能无失，而刻词当时所立，可信不疑。"① 这说明金石刻词保存了许多原始的历史信息，也说明千年之后尚可读懂金石文字。从 1976 年陕西临潼出土的西周《利簋铭文》，可以读出周武王在甲子日早晨，发动征伐商纣王的战争；② 从 1980 年陕西长安县古镐京遗址出土的《多友鼎铭文》，可以知道，北方少数民族猃狁曾经大举进犯京师，被周王命令武公和多友率领兵车击败；③ 从《宗周钟铭文》，可以发现南方部落被征服后，有南夷东夷二十六个"蕃邦"来朝称臣。④ 文字在一笔一划的演变中，形意犹可寻踪，从而把一个民族的古老与现代串联起来了。

如果没有这种古今一贯的文字形态，把我们的历史串联起来，中国千古同文的脉络，就会遇到很大的麻烦。中原和北方地区的语言，和江浙、广东、福建讲的方言几乎互相听不懂。就广东而言，如果用拼音字母来拼写文字，起码就有广州话、客家话、潮州话三种不同的语言。如果没有四海一贯的文字形态，我们的民族共同体的沟通也会遇到很大麻烦。汉语文字的特点，是古今一贯，四海一贯，在时间和空间上具有巨大的穿透性的生命力。

我的家乡广东省电白县，乡村里讲的话属于潮州方言系统，叫做"海话"，海上信仰的是天妃妈祖。我父亲当年去北京的时候，不懂北京话，就跟传达室的老人笔谈，写出来的文字互相看得懂。这给我印象很深。如果用拼音字母来建构我们的文字，由于语音的变动和差异，拼出来的文字五花八门，相互间就会莫名其妙。文字的隔膜，是会滋生民族的离心力的。所以欧洲为何小国林立，其中不排除其中一个原因，就是采用拼音文字。像德国和比利时的语言，或者荷兰和英国的语言，相互间的距离并不比中国北方语言和广东话的距离大。但是它们是记音成字，文字就千差万别，距离日益疏远，话讲不到一块，心就连不到一块，很难维持统一，这也是无可奈何的事情。所以汉字的发明是人类文化史上的一个非常宝贵的发明，是中华民族史

---

① （宋）赵明诚：《金石录》序，四库全书本。
② 唐兰：《西周最早的一件铜器利簋铭文解释》，《文物》1977 年第 8 期。
③ 李学勤：《论多友鼎的时代及意义》，《人文杂志》1981 年第 6 期。
④ 郭沫若：《两周金文辞大系图录考释》，《郭沫若全集》"考古编"，科学出版社 2002 年版。

上非常值得珍惜的一个传家宝。

对于我们文字价值的认知，近世以来由于国家贫弱，颇有不知珍惜，缺乏自重之论者。比如晚清有一种"中外文字之比较"的论调，认为"文字孳乳，以西洋为最速，我国为最迟。或即据文字之增加，以考一国文化之进步，似未可据为典要也。我国文字，自苍颉造字至汉许氏《说文》，其数为九千五百五十三字。此后则历代皆有增加，至《康熙字典》，仅得四万二千一百七十四字。以年代计之，则平均所增，岁仅二三字而已。持是以考泰西各国文字，其孳乳之迟速，有不可同日而语者。兹即以英国考之，在十七世纪之末，通用字典仅五千余字，今则已达四十五万有奇。其文字孳乳之速。真有令人不可思议者。然谓其为多字之国则可，谓其文字之增加，即为一国文化进步之特征，似尚有说焉。试即中外文字增加迟速之故而详考之，知文字多寡，未可与一国之文化为比例也。"① 此种说法尚属持平、探讨之论。至于后来主张废弃汉字，改用罗马拼音法，则是背离了中国文字乃中华文明之储存器的本质了。

中国文字由海外的华人传到海外，在深圳会议上彼得堡华侨商会的刘会长说，华人过去在海外谋生手段就三把刀，菜刀开饭馆，剪刀做衣服，还有理发刀，靠这三把刀来过日子。但他们坚持祖国语言，弘扬国音，留恋国情，以此作为海外华人的根本。所以从黄帝祖脉至今 4705 年，中国文字就是把中国人心联系在一起，从古到今，从南到北，互相沟通的。

五　中华民族文化的包容性

第三个命题，是中华民族文化的包容性。

清朝有一副楹联："海纳百川，有容乃大；壁立千仞，无欲则刚。"② 金朝刘志渊《绛都春》词云："心如江海。纳百川万派，澄清无碍。"秦朝李斯《谏逐客书》说："太山不让土壤，故能成其大；河海不择细流，故能就

---

① （清）徐珂：《清稗类钞》"文学类"，中华书局 1986 年版，第 3864 页。
② （清）梁章钜：《楹联续话》卷二录林少穆"自题厅事楹联"，《楹联丛话全编》，北京出版社 1996 年版，第 185 页。

其深。"① 秦始皇能够统一天下，与采纳李斯这种包容性人才观分不开。中华民族文化有一种"海纳百川，有容乃大"的文化哲学。不同的种族之间，存在着血缘差异，但是可以用文化把它包容起来，这是中国文化一种很特殊的功能。历史学家陈寅恪先生认为，中国是"文化大于种族"。不同的种族之间的矛盾可以用文化包容起来，和而不同，这是文化和种族层面上的"君子和而不同，小人同而不和"。

同与和，本是音乐上的术语，没有不同的音符，不能组成美妙的乐章；音符不同而不能和谐，也只能是一种杂音。因而盛唐名臣姚崇《弹琴诫（并序）》说："琴者，乐之和也；君子抚之，以和人心。……乐有琴瑟，音有商徵。琴音能调，天下以治。异而相应，以和为美，和而不同，如彼君子。"② 以君子之道治理国家，就要将不同的音符加以和谐的配置。在种族层面上的不同，可以从更高的文化层面上进行协调，可以加深相互融合。这和西方世界的种族冲突中，文化难以包容，反而推波助澜，是有根本性区别的：中国中央民族大学五十六个民族可以一起载歌载舞；到了中东就可能出现人体炸弹。

文化和种族之间的包容力，是成全这个东方大国的格局和风范的一种潜在的力量。历史学家钱穆先生把中国文化跟西方文化作了比较，认为中国的历史好像一首诗，西洋的历史好像一部剧。一本戏剧总要分出场次，总要落幕，经常出现很强烈的戏剧冲突之后就落幕了。而一首诗，是在和谐的节奏中从这个章节转移到新的章节，没有明显的阶段分割。所以诗代表了中国文化最美的部分，而戏剧在中国古代的正统文化中是不占很重要的位置的，元以后才发生明显变化。而西洋恰恰相反，戏剧是他的文学的最高境界。钱穆先生还做了一个比喻，把秦汉王朝，跟西方几乎同时代出现的罗马帝国的结构形态做了比较。他说，罗马帝国就像房子中央悬着一盏巨大的灯，而秦汉王朝就像房子四面墙壁有很多的灯相互辉映，因为中国拥有多元的民族，多元的地域，所以像很多灯。罗马帝国用一盏大灯强烈的一个光，去征服四周国家，但是这个灯一灭，整个屋子就暗了。而秦汉王朝是四周墙上安着很多

---

① 《史记》卷八十七《李斯列传》，第2545页。
② （唐）姚崇：《弹琴诫（并序）》，收入《全唐文》卷二百六，第2084页。

灯，只灭了一盏灯，其他灯还在发光。秦汉帝国与罗马帝国，曾经是东西方势均力敌的两大帝国，但是罗马帝国后来分崩离析而覆灭了。而秦汉虽然经过诸多波折，但是作为一个伟大的民族国家长久延续。这就是中西文化的一个不同点了。[①] 其中重要的问题，是文化之根本，文化的原创性和包容性，成了中华民族生生不息的生命源泉。

中国主办奥运会，有些国外的敌对势力就支持分裂势力、达赖集团，当然有其国家利益和价值观在作怪，想扼制中国的发展。另外，还有不少西方人士并不理解中华民族是怎么形成的。西方有一种根深蒂固的思维方式，只能用分裂的方法去解决民族之间的差异。而中华民族是用和合方法，互相兼容的方法，来解决这个民族之间的差异，实现民族的大一统。哥伦布发现新大陆之后，欧洲人到美洲搞殖民，对印第安人进行掠夺、屠杀，几乎种族灭绝。而辛亥革命之前，中国革命党人宣传排满，要驱除鞑虏。但是在实际的革命过程中，除了有一些顽固的满族官僚在少数地区被杀之外，并没有出现大规模的种族灭绝的情况。而且一建立中华民国，马上就提出，汉、满、蒙、回、藏五族共和。以多民族认同共和政体的文化方式，来处理和解决民族间的差异问题，种族灭绝的行为与中华文化精神格格不入。多民族在中华大地上长期共存、竞争，而又互相包容，这就是中国文化。

旅居美国的深圳总商会的唐会长说，中国获得奥运会主办权的时候，他们在美国用敲锣打鼓、游行舞狮的方法进行庆祝，还参加了一些美国文化庆典，举办中美学生交流，包括奥运会的彩车在加州的游行，就是说，我加入你的庆典中来展示我的庆典，做到你中有我，我中有你，以文化协调的方式开展普天同庆的庆典。

中华民族由于文化包容精神博大，导致血缘地图变得相当复杂，出现犬牙交错的态势。根据DNA的检测，北方汉族和北方少数民族的血缘的相近程度超过了北方汉族和南方汉族，而南方汉族和南方少数民族的血缘接近程度也超过了南方汉族和北方汉族。就是说，南北汉族之间的血缘距离，还不如各自与相邻的少数民族的距离来得紧密。在中华民族共同体形成和发展的过程中，汉族其实是吸收了很多古老的部族，包括游牧民族的族群。比如鲜

---

① 钱穆：《国史大纲》序言，商务印书馆1996年版。

卑人、契丹人、党项人，现在都到哪儿去了？都融合到汉族里来了。鲜卑族的北魏孝文帝实行改革，就把他们的鲜卑族改了一百个汉姓，皇族拓跋氏，改成元姓。北魏孝文帝拓跋宏，又称元宏。后来的元稹、元好问都是拓跋氏的后代。我们讲唐诗的时候，白居易这个白哪里来的？西域那边来的，祖先可能是少数民族。许多少数民族人士和家族，通过改用汉姓，改从汉族的生活习惯，与汉族通婚，融入汉族里边来了。尽管在西方有些民族非常排斥犹太族，中国却是不排犹太的，宋代开封就有许多犹太人。那时存在的"一赐业教"，其实是以色列教的译音。后来都进入了民族融合的过程。

唐太宗所说"自古皆贵中华，贱夷、狄，朕独爱之如一，故其种落皆依朕如父母"[①]，显示了古代帝王在处理种族问题上的极大的文化魄力。李唐王室的祖先本在北周慕容氏鲜卑族手下当将军。就是唐太宗的祖母独孤氏，母亲叫窦氏，就是纥窦陵氏，妻子长孙氏，都是鲜卑人，或突厥人。

文化如水，润物无声。中国先哲喜欢从水中寻找"道体"，寻找文化生命。《老子》八章说："上善若水。水善利万物，又不争。处众人之所恶，故几于道。"[②] 道是无名、无形的，唯有水近于道。《孙子兵法·虚实篇》说："夫兵形象水，水之形，避高而趋下；兵之形，避实而击虚。水因地而制流，兵因敌而制胜。故兵无常势，水无常形，能因敌变化而取胜者，谓之神。"[③] 水能因物变化，故通于神。《论语·子罕篇》说："子在川上曰：逝者如斯夫，不舍昼夜！"朱熹注引程子曰："此道体也。天运而不已，日往则月来，寒往则暑来，水流而不息，物生而不穷，皆与道为体，运乎昼夜，未尝已也。是以君子法之，自强不息。"[④]《管子·水地篇》说："地者，万物之本原也，诸生之根菀也。……人，水也。……水者，何也？万物之本原也，诸生之宗室也。"[⑤] 水是万物的根本，派生出生物与人。

中华民族文化滋育，也靠两条江河为本原，一条是黄河，一条是长江。

① 《资治通鉴》卷一九八，中华书局 1956 年版，第 6247 页。

② 《老子校注》，中华书局 1984 年版，第 31 页。

③ 《孙子兵法新注》，中华书局 2005 年版，第 46 页。

④ 《论语集注》卷五，《四书章句集注》，第 113 页。

⑤ 《老子校注》卷十四《水地篇》，中华书局 2004 年版，第 813、815、831 页。"根菀"二字，据王念孙《读书杂志·管子第七》校改。

为何中华民族的文化生命力长久不中断，就是因为有了黄河文明，还有长江文明。这样中华民族的腹地就大了。虽然在早期经典中，常常称"江、河、淮、济，为四渎。四渎者，发源注海者也"①。但是最终还是江、河并称，如《庄子·天下篇》说："墨子称道曰：昔禹之湮洪水，决江河而通四夷九州也。名山三百，支川三千，小者无数。"② 因为黄河、长江串联许多名山支川，通航于九州四夷，拥有巨大的流域。故而《史记·礼书》说："天地以合，日月以明，四时以序，星辰以行，江河以流，万物以昌。"③ 这些话也见于《大戴礼记·礼三本》。李白《将进酒》"君不见，黄河之水天上来，奔流到海不复回"；苏轼《念奴娇·赤壁怀古》"大江东去，浪淘尽、千古风流人物"，堪称黄河、长江的绝唱。武汉黄鹤楼旧有楹联云："一楼萃三楚精神，云鹤皆空残笛在；二水汇百川支派，古今无尽大江流。""栏杆外滚滚波涛，任千古英雄，挽不住大江东去；窗户间堂堂日月，倩四时凭眺，几曾见黄鹤西来。"④ 这里都极尽长江的气势和百川支派浩浩荡荡的开阔。如此水流气势，使长江向称"天堑"，为中华民族的南北角逐，提供了独特的舞台。

因为在中世纪，在北方的沙漠草原地方兴起了一个"草原帝国"。从大兴安岭一直到欧洲的大草原上，前后相继地出现一个不断迁移和组合的游牧民族，有若"上帝的鞭子"，气势浩大地撞击、惩罚和扫荡南边古老的农业文明。许多民族都在游牧民族的冲击下中断了。因为冷兵器时代，农业文明靠城墙难以抵挡骑马军团，平时能抵挡一阵子，小规模进攻也能挡得住。当某个游牧民族统一漠北，势力强盛而大规模南下的时候，长城是挡不住游牧民族的。《史记·匈奴列传》记载，西汉前期汉文帝后元二年（公元前162），派使者遗匈奴书说："先帝制：长城以北，引弓之国，受命单于；长城以内，冠带之室，朕亦制之。使万民耕织射猎衣食，父子无离，臣主相安，俱无暴逆。"⑤ 到了西汉晚期的汉哀帝建平四年（公元前3），扬雄上书

---

① 《尔雅·释水》，《十三经注疏》，第 2619 页。
② 《庄子集解》卷八，中华书局 1987 年版，第 289 页。
③ 《史记》卷二十三《礼书》，第 1170 页。
④ （清）梁章钜：《楹联四话》卷二"名胜、庙祀"，《楹联丛话全编》，第 302 页。
⑤ 《史记》卷一百十《匈奴列传》，第 2902 页。

谏曰："匈奴本五帝所不能臣、三王所不能制……以秦始皇之强、蒙恬之威，然不敢窥西河，乃筑长城以界之。会汉初兴，以高祖之威灵，三十万众困于平城，时奇谲之士、石（大也，又坚固也）画（计策）之臣甚众，卒其所以脱者，世莫得而言也。"① 再过七八百年的中唐德宗贞元八年（792），陆贽上书说："美长城者，则曰'设险可以固邦国而扞寇仇'，曾莫知力不足兵不堪，则险之不能有也。……夫中夏有盛衰，夷狄有强弱，事机有利害，措置有安危，故无必定之规，亦无长胜之法。"② 以汉唐大朝代，长城的作用尚且如此，也就无论其他时代了。因此三国陈琳有《饮马长城窟行》，曰："饮马长城窟，水寒伤马骨。……君独不见长城下，死人骸骨相撑柱！"③ 而唐朝诗人干翰《古长城吟》云："胡沙猎猎吹人面，汉虏相逢不相见，遥闻鼙鼓动地来，传道单于夜犹战。……当昔秦工按剑起，诸侯膝行不敢视，富国强兵二十年，筑怨兴徭九千里。秦王筑城何太愚，天实亡秦非北胡，一朝祸起萧墙内，渭水咸阳不复都。"④ 长城是中原王朝捍卫边界之地，平日可以互通关市，战时则往往"一将功成万骨枯"，留下血与泪的记忆。

对于强盛时期的游牧民族，长城挡不住，往往要借助长江天堑来挡住。北方民族不善于水仗，曹操带了八十万大军南下，欲消灭孙权的势力，可北方军队到了荆州，就折戟沉沙。金朝国王叫完颜亮，趁着南宋站脚未稳，带四十万大军想饮马长江，欲过江灭亡南宋。完颜亮作过一首《鹊桥仙·中秋不见月》，词曰："持杯不饮，停歌不发，坐待蟾宫出现。片云何处忽飞来？做许大、通天障碍。愁眉怒目，星移斗转，懊恼剑锋不快。一挥挥断此阴霾，此夜看、姮娥体态。"⑤ 这是一个敢于挥剑裁云，拨霾揽月的不可一世的枭雄，谁想却遇上一介书生虞允文。读宋朝诗词就知道，状元张孝祥，以及杨万里，是他的同科进士。虞允文到长江采石矶慰劳军队，搜集了一些零零散散的船只，组成一个一万八千人的水上军队，就把完颜亮打败了。完颜

---

① 《资治通鉴》卷三十四，第1103页。

② 《旧唐书》卷一百三十九《陆贽传》，第3805页。

③ （宋）郭茂倩编《乐府诗集》卷三十八"相和歌辞"，中华书局1979年版，第556—557页。

④ （宋）计有功：《唐诗纪事》卷二十一，上海古籍出版社1987年版，第314页。

⑤ （宋）洪迈：《夷坚志》夷坚支景卷第四，涵芬楼排印本。

亮只好撤退，随之被部下刺杀，燕京发生抢夺王位的内讧，使南宋偏安朝廷得以腾出手来，收拾局面，站稳脚跟，虞允文后来也当了南宋宰相。

正是由于有长江的存在与阻隔，游牧民族入主中原，来到黄河流域滞留下来。黄河流域的很多大家族，就往江南迁移。比如晋朝永嘉南渡，山东琅琊的王氏家族与河南的谢氏家族，都南渡到建康（今南京）的乌衣巷，分别出了王导、王羲之这批人，以及谢安、谢灵运这批人。王谢子弟，又从乌衣巷散居到了会稽，就是现在的绍兴。中原南迁的类似王谢子弟这样的高端人才到了江南，就把江南开发起来了。宋以后江南的开发更有了长足的进展，使得苏杭地区比黄河流域还发达。到元朝，三分之一的赋税，来自江浙行省，整个国家的经济命脉都仰仗东南。长江文明发展起来之后，入主北方的游牧民族吞不掉南方，只能滞留在北方，就慢慢地被中原文明所吸引、所濡染，过不了三四代就中原化了。而中原汉族南迁也沾染了南方的少数民族的一些特点，胡人中原化，汉人百越化，于是在南北统一的朝代，实现了更高程度的南北融合。中华民族共同体的这种运转过程，就像太极推移，南北互推，推中互融，在一推二融中把中华民族越做越大，做到长城以北、五岭以南。

德国的黑格尔说："只有黄河、长江流过的那个中华帝国，是世界上唯一持久的国家。征服无从影响这样的一个帝国。"[1] 他站在万里之遥，回眸一瞥，看到了历史的奇观；但他未能深入奇观深处考察中华民族共同体形成过程中的"太极推移"。

中华民族文化包容性上还有一个值得注意的特点：它不欺生，乐于接纳，文化的边界未免有点模糊，但模糊中不乏大度。各地域、各部族创造的文化之精华，相互间并不生分，不妨拿来共享。关于中华民族的始祖，司马迁在《史记·五帝本纪》后面加了这么一段"太史公曰"："学者多称五帝，尚矣。然《尚书》独载尧以来；而百家言黄帝，其文不雅驯，荐绅先生难言之。孔子所传宰予问《五帝德》及《帝系姓》，儒者或不传。余尝西至空桐，北过涿鹿，东渐于海，南浮江淮矣，至长老皆各往往称黄帝、尧、舜之处，风教固殊焉，总之不离古文者近是。予观《春秋》、《国语》，其发明

---

① 黑格尔：《历史哲学》，上海书店出版社1999年版，第122页。

《五帝德》、《帝系姓》章矣，顾弟弗深考，其所表见皆不虚。《书》缺有间矣，其轶乃时时见于他说。非好学深思，心知其意，固难为浅见寡闻道也。余并论次，择其言尤雅者，故著为本纪书首。"①

司马迁为了采访轩辕黄帝的遗迹遗闻，曾经到过黄河、江淮的好多地方，西面到了空桐，就是《庄子·在宥篇》所说"黄帝立为天子十九年，令行天下，闻广成子在于空同之山，故往见之"②的地方，地在今甘肃、宁夏一带。北面到过涿鹿，就是"黄帝乃征师诸侯，与蚩尤战于涿鹿之野，遂擒杀蚩尤"之所在，地在今河北省涿鹿旧县。东至于海，南浮江淮，足迹几乎遍于整个中原地区。所到之处的长老都对黄帝、尧帝和舜帝的遗迹津津乐道。黄帝、尧、舜那么古老的时代，一个帝王或一个部落联盟很难足迹踏遍如此宽广的地域，这是不同部落联盟进行民族认同的结果。比如孟子说："舜生于诸冯，迁于负夏，卒于鸣条，东夷之人也。文王生于岐周，卒于毕郢，西夷之人也。"③舜帝属于东夷民族。山东济南千佛山附近的历山，建有舜帝庙，山西也有舜帝与尧之二女活动的遗迹。但是舜帝晚年竟然去收复了湖南的三苗民族，而最后埋葬在湖南南部的九疑山了。舜帝的妻子娥皇、女英，追随到洞庭湖，所谓"斑竹一枝千滴泪"，在洞庭湖的君山有娥皇、女英的墓。东夷民族的舜帝，竟然受到南蛮地域的欢迎和拥戴，九疑山和洞庭湖都不把他当外人，都共同享受他的仁行和孝道。《韩诗外传》卷四说："舜弹五弦之琴，以歌《南风》，而天下治。"④《谥法》云："仁义盛明曰舜。"⑤舜帝的仁义盛明，弦歌治世，成了中华民族道德和政治的一种理想，以一个部族领袖为化身，渗透到民族文化认同之中。

大禹治水是中华民族文化认同上一个伟大的故事。《史记·六国年表序》说："禹兴于西羌，汤起于亳。"这是正史的记载。属于杂史，因而记录较多民间传说的东汉赵晔《吴越春秋·越王无余外传第六》，就记载得更为详细："禹父鲧者，帝颛顼之后。鲧娶于有莘氏之女，名曰女嬉。年壮未

---

① 《史记》卷一《五帝本纪》，第46页。
② 《庄子集解》卷三，第93页。
③ 《孟子·离娄下》，《十三经注疏》，第289页。
④ 《韩诗外传笺疏》卷四，巴蜀书社1996年版，第367页。
⑤ 《尚书·尧典》孔颖达疏，《十三经注疏》，第118页。

挚。嬉于砥山得薏苡而吞之，意若为人所感，因而妊孕，剖胁而产高密。家于西羌，地曰石纽。石纽在蜀西川也。"① 杂史记载进入更正式的典籍之后，在职官制度等方面做了一些整理。《初学记》记述："伯禹帝夏后氏。《帝王世纪》曰：禹，姒姓也。其先出颛顼。颛顼生鲧，尧封为崇伯，纳有莘氏女曰志。是为修已，见流星贯昴，又吞神珠，意感而生禹于石纽。名文命，字高密，长于西羌，西夷人也。尧命以为司空，继鲧治水。十三年而洪水平。尧美其绩，乃赐姓姒氏，封为夏伯，故谓之伯禹。"② 经过整理的此类记载，逐渐成为士大夫文人的公共知识，《晋书·华谭传》的传主就在策论中说："文王生于东夷，大禹生于西羌。"③ 这些知识也在士人间使用，而且用在诙谐讥讽的场合，这就更应该是熟知的知识，才能使用无碍了。《世说新语·言语篇》记载："蔡洪赴洛，洛中人问曰：'幕府初开，群公辟命，求英奇于仄陋，采贤俊于岩穴。君吴、楚之士，亡国之余，有何异才，而应斯举？'蔡答曰：'夜光之珠，不必出于孟津之河；盈握之璧，不必采于昆仑之山。大禹生于东夷，文王生于西羌。圣贤所出，何必常处。昔武王伐纣，迁顽民于洛邑，得无诸君是其苗裔乎？'"④ 这里把大禹和文王的里籍和部族归属，颠倒用之。圣贤也可以出自东夷、西羌，实在是中华民族"见贤思齐"，对文明精华不拘种族，乐于接纳的博大胸襟的体现。

《蜀王本纪》也记载大禹出自西羌，为古羌族人氏，"禹本汶山郡广柔县人，生于石纽，其地名痢儿畔。禹母吞珠孕禹，坼副而生于县涂山，娶妻生子，名启，于今涂山有禹庙，亦为其母立庙。"⑤ 大禹出生地点汶山，就是最近发生地震的汶川。他在梓潼县（今绵阳），用了一棵直径一丈二的梓树造成第一艘独木舟。大禹治水疏通了长江，又凿开了黄河的龙门，长江、黄河均在他疏导的范围之内。大禹娶妻于涂山，涂山不止一处，最有名的是安徽蚌埠附近的涂山，山上有一座禹王庙，还有一座启母庙，启是大禹的儿

---

① （东汉）赵晔：《吴越春秋·越王无余外传第六》，四库全书本。

② （唐）徐坚：《初学记》卷九"帝王部"，第198—199页。

③ 《晋书》卷五十二《华谭传》，第1452页。

④ 《世说新语笺疏》，余嘉锡笺疏，中华书局2011年版，第74—75页。

⑤ 《初学记》卷九"帝王部"，第198—199页；《御览》卷八十三，又卷五百三十一，四库全书本；《史记》卷二《夏本纪》，"名曰文命"名《正义》，第49页。

子。《左传》哀公七年说："禹合诸侯于涂山，执玉帛者万国。"① 过去以为
"禹会诸侯于涂山"，清顾祖禹《读史方舆纪要》卷二十一说："杜预曰：寿
春之涂山也。今山南有禹墟及禹会村。"② 过去总以为大禹在涂山会合诸侯，
只不过是传说。涂山脚下有一个禹会村，经过考古挖掘，挖掘出四千多年前
部落活动的迹象，有陶罐及各种器物。所以考古学界有人说，"禹会涂山"，
已经得到证明。看似神话传说的记载，实际上有历史的影子，或历史的底
子。而且在安徽蚌埠还发现了双墩遗址，七千多年前古人的一个垃圾堆，山
沟里堆积着很多陶碗碎片。许多碗底都发现有字符，大概有六百个字符。甲
骨文是三千多年前的文字，再往前很难发现一些字符，各种遗址才发现字符
几十个。双墩遗址竟然发现了八百个字符，字符的结构形态，竟然与甲骨文
可以互相参照，有的字符与甲骨文的丝绵的"丝"字一个样。当然，往往
一个碗底一个字符，或者几个字符组成一个复合字符，不成句子，难以辨
识。埃及最早的文字是五千年前的，双墩字符竟然已经埋在地下七千年。传
说大禹会合诸侯的涂山一带，谁又想得到，竟然存在着如此丰富而独特的早
期文明的痕迹。

　　《史记·夏本纪》则记载："禹会诸侯江南，计功而崩，因葬焉，命曰
会稽。会稽者，会计也。"③ 据说大禹要教化九黎，东巡行而会合诸侯，死
在会稽，就是现在的绍兴。《尚书·吕刑》孔氏传："九黎之君号曰蚩尤。"④
大概大禹要教化的九黎，乃是黄帝擒杀蚩尤之后，迁徙到南方的蚩尤九黎部
族。绍兴有大禹陵、禹王庙。即《括地志》所说："禹陵在越州会稽县南十
三里，庙在县东南十一里。"⑤ 清人阮元认为："古人死陵葬陵、死泽葬泽，
故舜葬苍梧，禹葬会稽。"⑥ 一个人生在四川，跑到山西的龙门，又到了安
徽的涂山，还死在会稽，在古代的交通条件下是很难设想的。这说明大禹
可能是一个部族联盟的首领，他会同众多部族，疏浚江河，使民得以定居

----

①　《春秋左传注》，中华书局 1990 年版，第 1642 页。

②　（清）顾祖禹：《读史方舆纪要》卷二十一，（台北）洪氏出版社 1981 年版。

③　《史记》卷二《夏本纪》，第 89 页。

④　《尚书·吕刑》，《十三经注疏》，第 247 页。

⑤　（唐）李泰等：《括地志辑校》卷四，中华书局 1980 年版，第 238 页。

⑥　（清）阮元：《定香亭笔谈》，昭代丛书本。

农耕。这是中华民族各地部落对某个卓有功勋的部族联盟首领，存有认同感，不排斥而有包容性，共享文明成果的典型事例。现在各地为振兴旅游，这个省也是抢名人故里，那个省也是抢历史遗迹，令人不堪其烦。但是换一条思路想问题，也可以说其中潜伏着的民族认同感的文化心理，依然在发挥作用。

中国文化的这一特点，用孔夫子的话来说，叫做"见贤思齐"，见到贤人，就想跟他看齐，看到不贤的人就自己反省，反省自己有无同样的缺点。种族或民族之间"见贤思齐"的文化哲学，对国家的和谐发展，融合进取，发挥着重要的作用。环视世界许多地方，某个民族如果出现杰出人物，周边民族可能把他当成魔王对待。神话传说中往往把自己部族的首领当成神，把对立部族的首领当成魔，这种心理状态在世界上相当普遍。这就愈发觉得中华民族"见贤思齐"的文化心理，极其值得珍视。笔者在英国伦敦参观西敏斯特堂，那里有许多英国先贤的墓碑，包括维多利亚时代的皇族，以及包括莎士比亚、弥尔顿、拜伦，都有其一方墓石或灵龛，令人深深地感受到人类身份、道德和智慧的尊贵。笔者有一年到那里去参观，由于詹姆斯·乔伊斯的《尤利西斯》的译本正在中国走红，就问在里边巡逻的一个老头儿，这里有没有詹姆斯·乔伊斯？他非常生气地说："你到都柏林去找他！"因为乔伊斯是搞爱尔兰独立运动的。中华民族的文化态度似乎没有这么绝对鲜明，文化精神状态似乎显得更加雍容大度。这次深圳会议上，马来西亚的一个华人社团的会长说，他在马来西亚办中文学校，就不光是招收华裔子弟，还让马来人、印度人、伊班人，卡达山的这些族群的青少年都进入中文学校，一道表演舞龙、舞狮，跳起"二十四节令"舞蹈，就是说他们在海外活动不是说采取种族对立、而是采取种族交流的方法。正是这种文化包容性，使中华民族越做越大，越走越长，有多大的胸怀就有多大的世界。

六　中华民族文化血脉的丰沛性

第四个命题，中华民族文化血脉的丰沛性。

中华民族的文化血脉集合了多元成分，包括起源上的多元，地域上的多元，以及种族上的多元。文化血脉在长期发展中，出现了诸子百家、三教九流、经史子集，还有四库之学和四野之学。四库之学是书面的或官方的学问，大型文献分类集成有乾隆朝编修的《四库全书》。除了正统学问之外，还有四野之学，民间口头传统和书写材料，连敦煌文献也大多未必能够进入四库，少数民族还有三大史诗，民间百戏百艺，其丰富性和深厚性，在世界上是第一流的，值得进行深度的现代化的解释、批判、转化和弘扬。

　　文化血脉中，诸子百家充满智慧。司马迁的父亲司马谈有《六家要旨》，对诸子六家的排序是：阴阳家、儒家、墨家、名家、法家、道家，认为就如《易大传》所说："天下一致而百虑，同归而殊涂。"道家排在后面，是他的思想归宿："道家无为，又曰无不为，其实易行，其辞难知。其术以虚无为本，以因循为用。无成势，无常形，故能究万物之情。不为物先，不为物后，故能为万物主。有法无法，因时为业；有度无度，因物与反。故曰'圣人不朽，时变是守'。虚者，道之常也；因者，君之纲也。群臣并至，使各自明也。其实中其声者谓之端，实不中其声者谓之窾。窾言不听，奸乃不生，贤不肖自分，白黑乃形。在所欲用耳，何事不成！乃合大道，混混冥冥。光耀天下，复反无名。凡人所生者神也，所托者形也。神大用则竭，形大劳则敝，形神离则死。死者不可复生，离者不可复反，故圣人重之。"①

　　司马谈赶上汉前期黄老之学的末造，故其思想先黄老而后六经。到了刘向、刘歆父子，及班彪、班固父子，已是汉武帝"独尊儒术"之后，于是《汉书·艺文志》承袭刘歆《七略》，提升《六艺略》，置于《诸子略》之前，诸子十家，顺序是：儒家、道家、阴阳家、法家、名家、墨家、纵横家、杂家、农家、小说家。这里在司马谈的基础上增加了纵横家、杂家、农家和小说家，小说家是不入流的，所以后来叫做九家。这是对秘府藏书分类的结果。更具有本质意义的是，为国家意识形态专门设置了"六艺略"，并且作了如此评述："六艺之文：《乐》以和神，仁之表也；《诗》以正言，义之用也；《礼》以明体，明者著见，故无训也；《书》以广听，知之术也；《春秋》以断事，信之符也。五者，盖五常之道，相须而备，而《易》为之原。故曰'《易》不可见，则乾坤或几乎息矣'，言与天地为终始也。至于

━━━━━━━━━━

① 《史记》卷一百三十《太史公自序》，第3288、3292页。

五学，世有变改，犹五行之更用事焉。"① 《汉书·儒林传》又强调了"六艺"的教化功能："古之儒者，博学乎《六艺》之文。《六艺》者，王教之典籍，先圣所以明天道，正人伦，致至治之成法也。"②

诸子九家的重中之重是儒家，所以讲中华民族文化血脉，不能不讲孔子。孔子的文化，是传统文化的主流之所在。清朝末年，革命派提出用黄帝纪年的时候，维新派康有为却提出用孔子纪年，把孔子去世那一年作为中华民族的纪元元年。到了光绪二十一年（1895），是孔子去世2343年，孔子去世到今年是2558年。后来康有为还想把孔教申请立为国教，没有成功。《清史稿·康有为传》："康有为，字广厦，号更生，原名祖诒，广东南海人。光绪二十一年进士，用工部主事。少从朱次琦游，博通经史，好公羊家言，言孔子改制，倡以孔子纪年，尊孔保教，先聚徒讲学。入都上万言书，议变法。"③ 对于孔子纪年法，梁启超在《中国史叙论》中，特别为之辩护。他认为："纪年者，历史之符号，而于记录考证所最不可缺之具也。以地理定空间之位置，以纪年定时间之位置，二者皆为历史上最重要之事物。……吾中国向以帝王称号为纪，一帝王死，辄易其符号。此为最野蛮之法（秦汉以前各国各以其君主分纪之，尤为野蛮之野蛮），于考史者最不便。……故此法必当废弃，似不待辨。惟废弃之后，当采用何者以代之，是今日著中国史一紧要之问题也。甲说曰：当采世界通行之符号仍以耶稣降生纪元，此最廓然大公，且从于多数，而与泰西交通利便之法也。虽然，耶稣纪元，虽占地球面积之多数，然通行之之民族，亦尚不及全世界人数三分之一；吾贸然用之，未免近于徇众趋势，其不便一。耶稣虽为教主，吾人所当崇敬，而谓其教旨遂能涵盖全世界，恐不能得天下后世人之画诺；贸然用之，于公义亦无所取，其不便二。泰东史与耶稣教关系甚浅，用之种种不合；且以中国民族固守国粹之性质，欲强使改用耶稣纪年，终属空言耳，其不便三。有此三者，此论似可抛置。乙说曰：当用我国民之初祖黄帝为纪元，此唤起国民同胞之思想，增长团结力之一良法也。虽然，自黄帝以后，中经夏殷，以迄春

① 《汉书》卷三十《艺文志》，中华书局1962年版，第1723页。
② 《汉书》卷八十八《儒林传》，第3589页。
③ 《清史稿》卷四百七十三《张勋康有为列传》，中华书局1998年版，第3287页。

秋之初年，其史记实在若茫若昧之中，无真确之年代可据，终不能据一书之私言，以武断立定之，是亦美犹有憾者也。其他近来学者，亦有倡以尧纪元，以夏禹纪元，以秦一统纪元者，然皆无大理公益之可援引，不必多辩。于无一完备之中，惟以孔子纪年之一法，为最合于中国。孔子为泰东教主中国第一之人物，此全国所公认也。而中国史之繁密而可纪者，皆在于孔子以后，故援耶教、回教之例，以孔子为纪，似可为至当不易之公典。司马迁作《史记》，既频用之，但皆云孔子卒后若干年，是亦与耶稣教会初以耶稣死年为纪，不谋而合。今法其生不法其死，定以孔子生年为纪，此吾党之微意也。"[1] 他是主张以孔子生年为纪元元年的。

姑不论采取孔子纪年是否应行，历史已经将之悬置了。不过，孔子文化在中华民族文化中带有根本性，则是毫无疑义的。孔子的思想，人们熟知的是仁义道德、礼义廉耻这一套。它被历朝的统治者定为官方意识形态，倾向保守，颇有与现代生活、现代思想不合之处。此类思想在五四以后，很长时间受到了严峻的批判，在五四时期批判有其历史合理性。但是经过百年的现代性转型，我们的历史观应该有所调整，应该还古人，以古人应有的伟大；同时还现代人，以现代人自己的生活空间和创造空间。不能用孔子的思想，来衡定今日之婚姻法，不能用孔子的智慧处理今日之电脑技术。但是孔子在他的时代，是非常伟大的，他为人类在生存和相处中提高文明的品质，贡献了别人不可代替的智慧。不要古今互相埋怨，好像你搞不好就是孔子的罪过，那是后人不争气。我们应该以博大的胸襟，使古人今人互通智慧。

如果要从孔子思想中寻找精华，起码可以找出八个方面，或者称为"孔学精华八端"：

第一端，是仁的思想。"仁者，人也"，这句话在《中庸》和《礼记·表记》中都说过，就是要把人当成人来对待。泛爱众而亲仁，实际上是博爱思想。学术史上有过如此话头："夫子论仁，无过'仁者，人也'一语"；"学者当须立人之性。仁者人也，当辨其人之所谓人"；"仁者，人也。识得此理，存之即是。若不识本来面目，强欲以人为凑泊，则远人为道矣。敬，即念而存也；义，即事而存也。只此敬义工夫，便将天地万物打成一片，都

----

① 梁启超：《中国史叙论》第六节，收入《梁启超文集》卷六，林志钧饮冰室合集本。

存在这里了。方成其为人"。① 当然孔夫子还强调礼制，他的博爱是有秩序的，由亲及疏，由近及远，由尊及卑，属于有等级上的博爱。但是他未尝没有普泛性的爱怜众人。《论语·子路篇》记载："子适卫，冉有仆。子曰：'庶矣哉！'冉有曰：'既庶矣，又何加焉？'曰：'富之。'曰：'既富矣，又何加焉？'曰：'教之。'"② 对于应该人烟众庶的国家，孔子主张要紧的是使之富足，下一步就是对之进行教育，提高文明素质。

第二端，是忠恕思想。《论语·里仁篇》记述："子曰：'参乎！吾道一以贯之。'曾子曰：'唯。'子出，门人问曰：'何谓也？'曾子曰：'夫子之道，忠恕而已矣！'"③ 与此相呼应的，是《论语·卫灵公篇》所记载的孔子与子贡的两则问答："子曰：'赐也，女以予为多学而识之者与？'对曰：'然，非与？'曰：'非也，予一以贯之。'""子贡问曰：'有一言而可以终身行之者乎？'子曰：'其恕乎！己所不欲，勿施于人。'"④ 这些章节是脉络核心贯通的，孔子思想以忠恕之道一以贯之，而作为其经典表述的"己所不欲，勿施于人"，可以终身履行。

"己所不欲，勿施于人"，是一条道德黄金律。世间的许多报复行为，心间的许多忏悔情结，都与之相连。笔者曾经到过刘邦的家乡江苏省沛县，参观其大风歌碑博物馆，刘邦夺了天下之后，回到家乡，置酒沛宫，悉召故人父老子弟纵酒，酒酣，高唱"大风起兮云飞扬"，立碑留念，汉碑犹在。在《史记》里面记载，刘邦斩白蛇起义，是赤帝之子斩白帝之子，以此证明刘邦建立的汉朝是天命所佑。这是西汉前期司马迁到沛县听到的一个带有"五德终始说"色彩的故事。笔者参观博物馆的时候，副馆长女士介绍了不少刘邦事迹。我说，《史记》中有的就不要讲了，我可能比你熟，就讲《史记》中没有的吧。她就讲了另一个刘邦斩白蛇起义的故事。说刘邦在丰泽西斩白蛇的时候，白蛇开口说话了，说："你斩我的脑袋，我就报复你的脑袋；

---

① （清）黄宗羲：《明儒学案》卷二十三《江右王门学案》，中华书局 2008 年版，第 537 页；《宋元学案》卷十八《横梁学案下》，中华书局 1986 年版，第 764 页；又《宋元学案》卷十三《明道学案上》，第 555 页。

② 《论语·子路篇》，《四书章句集注》，第 143 页。

③ 《论语·里仁篇》，《四书章句集注》，第 72 页。

④ 《论语·卫灵公篇》，《四书章句集注》，第 161—166 页。

你斩我的尾巴，我报复你的尾巴。"刘邦挥剑将白蛇拦腰砍断了。结果招来的报复是出了一个王莽，把汉朝拦腰斩断，断成西汉、东汉两截。这个故事大概是东汉以后的故事，己所不欲，勿施于人，你的剑的确锋利，但你一旦挥剑就可能招致报复。孔夫子还讲，"己欲立而立人，己欲达而达人"，自己站立起来了，也要让别人站立起来，自己发达了也要让别人发达起来。推己及人的恕道，对于以坦坦荡荡的胸怀，处理人际关系，发挥了积极的作用。

　　第三端，是由孔子的子弟传达的"礼之用，和为贵"。这是《论语·学而篇》有子之言。《朱子语类》说："或问'礼之用，和为贵'。曰：'礼是严敬之意。但不做作而顺于自然，便是和。和者，不是别讨个和来，只就严敬之中顺理而安泰者便是也。礼乐亦只是如此看。'"①《中庸》又说："中也者，天下之大本也；和也者，天下之达道也。致中和，天地位焉，万物育焉。"② 这个"和"字，需从人心做起，《尚书·泰誓》说："受（商纣王）有臣亿万，惟亿万心。予有臣三千，惟一心。"注曰："人执异心，不和谐。"③ 所以周武王的"三千一心"打败了商纣王的"亿万异心"。国家兴旺，与人心和谐关系极大。汉人仲长统认为："和谐则太平之所兴也，违戾则荒旱之所起也。"④ 做人也讲求心境和谐，宋人邵雍有一首《为人吟》："为人须是与人群，不与人群不尽人。大舜与人焉有异，帝尧亲族亦推伦。人心龃龉一身病，事体和谐四海春。心在四支心是主，四支又复远于身。"⑤ 和谐一词，本来用在音乐（比如琴瑟和谐）和用于家庭（比如夫妻和谐，鱼水和谐）比较多，《中华古今注》记载一种风俗："娶妇之家，先下丝麻鞋一纳，取其和谐之义。"⑥ 因此要搞和谐社会、和谐世界，需从人心做起，家庭做起。然后才能有效地"九族既睦，平章百姓。百姓昭明，

①　（宋）朱熹：《朱子语类》卷二十二"论语"，中华书局1986年版，第516页。
②　《中庸》，《四书章句集注》，第18页。
③　《尚书·泰誓》，《十三经注疏》，第181页。
④　（汉）仲长统：《昌言》卷上，玉函山房辑佚书本。
⑤　（宋）邵雍：《为人吟》，《击壤集》卷十九，《四库全书》本。
⑥　（清）翟灏：《通俗编》卷十引马缟《中华古今注》，乾隆竹简斋本。

协和万邦"①。

第四端，是好学勤勉。《论语·公冶长篇》记载孔子的话："十室之邑，必有忠信如丘者焉，不如丘之好学也。"小小的乡邑都有和我一样讲忠信的人，但是没有一个人比我更好学的。孔子是把"好学"作为他的人生类型的标准的。《述而篇》又记载孔子的话："三人行，必有我师焉：择其善者而从之，其不善者而改之。"三个人一块走路，就有我的老师。孔夫子学无常师，找不到一个固定的老师，但是可以拜天下所有的有特长的人当老师。"学而不思则罔，思而不学则殆。"《论语·为政篇》此言，与《中庸》所说的"博学之，审问之，慎思之，明辨之，笃行之"是一脉贯通的，讲究为学必须心身俱到。这又与《论语·公冶长篇》的"敏而好学，不耻下问"，可以互相发明。孔夫子为学是没有止境的，《论语》全书开头一句就是"学而时习之，不亦说乎？"朱熹解释说："习，鸟数飞也。学之不已，如鸟数飞也。说，喜意也。既学而又时时习之，则所学者熟，而中心喜说，其进自不能已矣。"② 学习是内心喜悦的事，就像鸟练习飞翔那样，飞向宽广无垠的白云蓝天。

第五端，有教无类。对于《论语·卫灵公篇》这句话，宋人邢昺解释说："此章言教人之法也。类谓种类。言人所在见教，无有贵贱种类也。"③ 不分贫富贵贱等级，甚至不分国别和年龄。孔子的学生有的比他小那么几岁，有的比他小四十多岁，有的是野人，还有一些贵族出身，因而《述而篇》交代："子曰：志于道，据于德，依于仁，游于艺。子曰：自行束脩以上，吾未尝无诲焉。"既然注重素质教育，收费只相当见面礼，非常低廉，学生来来往往，数量很多，开拓了平民教育的先河。有所谓"弟子三千"。因为那些子弟参差不齐，所以他没法开大班来讲课。虽然编了《礼》《乐》《诗》《书》这类参考教材，有讨论，也有演习，而往往采取与二三子问学交谈的方式来探讨问题。"夫子之门，何其杂也"，非常拉里拉杂，什么人都有，素质不一样，难以开大课。有的弟子可以"登堂入室"，或者进入他

---

① 《尚书·尧典》，《十三经注疏》，第119页。
② 《论语集注》卷一，《四书章句集注》，第47页。
③ 《论语注疏》卷十五，《十三经注疏》，第2518页。

的厅堂，或者可以进到内室，就连子路也仅是只登堂而没有入室，如果能够"入室"就是说学到家了。堂、室的前面还有庭，有些人恐怕只在庭院里转悠，听听大弟子的转述。《论语·季氏篇》记载："陈亢问于伯鱼曰：'子亦有异闻乎？'对曰：'未也。尝独立，鲤趋而过庭，曰："学《诗》乎？"对曰："未也。""不学《诗》，无以言。"鲤退而学《诗》。他日又独立，鲤趋而过庭，曰："学《礼》乎？"对曰："未也。""不学《礼》，无以立。"鲤退而学《礼》。闻斯二者。'陈亢退而喜曰：'问一得三，闻《诗》，闻《礼》，又闻君子之远其子也。'"对于这段记载，朱熹也有解释："孟子曰：'古者易子而教之'，非谓其不教也。又曰：'父子之间不责善。'父为不义，则争之，非责善之谓也。《传》云'爱子，教之以义方'，岂自教也哉！胡不以吾夫子观之：鲤趋而过庭，孔子告之'不学《诗》，无以言；不学《礼》，无以立。'鲤退而学《诗》与礼，非孔子自以《诗》礼训之也。陈亢喜曰：'问一得三，闻《诗》闻《礼》又闻君子之远其子。'孟子之言正与孔子不约而同，其亦有所受而言之乎？"[①] 朱熹讲的是古代父对于子的教学方式。

我们注意的是陈亢没有直接向孔子请教，而是从孔子的儿子那里间接地打听到孔子的教诲，可能"三千弟子"中不少人都只能采取这种学习方式。《论语·学而篇》郑注："陈亢字子禽。"在《史记·仲尼弟子列传》的七十二弟子中，无陈子禽。但《孔子家语·七十二弟子解》却将之归入七十二弟子行列，称："陈亢，陈人，字子禽，少孔子四十岁。"如此算来，陈子禽比子贡小九岁。《论语·子张篇》陈子禽谓子贡曰："子为恭也，仲尼岂贤于子乎？"他怀疑孔子的才德是否贤于子贡。元代郭翼由此判断："子所雅言《诗》、《书》，执礼，陈亢既在圣门，何待伯鱼告之而后得闻耶？盖亢实子贡弟子，何以知之？观其问子贡曰：'子为恭也。仲尼岂贤于子乎？'则为子贡门人无疑。《家语》列于弟子中，而史却无，史公必自有据。"[②] 其实，陈亢在孔门可能是尚未登堂入室的外围弟子，在孔子身后，他与子贡关系在师友之间，又看到子贡在孔门少不了受责备的处境，才会说出那种对孔

① 《朱熹文集》卷七十三《杂著》，明嘉靖十一年福州府学本。

② （元）郭翼：《雪履斋笔记》，涵海本。

子不恭敬的话。由此可知孔门"三千弟子,七十贤人",能否长期直接受到教诲,机会不均等;贤愚不肖相杂,素质也不均等。

第六端,是交友原则。要交好朋友,交有益的朋友。《论语·季氏篇》孔子曰:"益者三友,损者三友。友直,友谅,友多闻,益矣。友便辟,友善柔,有便佞,损矣。"要选择正直的、诚心的、博学多闻的人相交往;而不能与谄媚、阴柔、花言巧语的人相交往。《里仁篇》:"子曰:里仁为美。择不处仁,焉得知?"郑玄解释说:"里者,仁之所居。居于仁者之里,是为美。求居而不处仁者之里,不得为有知。"①孔子交友,一重德行,二重知识,而不是为了走门路,趋附权贵,或傍大款,以获得背离道义的利益。对于他的这种交友原则,弟子多有引申。《颜渊篇》记载曾子的话:"君子以文会友,以友辅仁。"追求的是以文化品质和道德品质结交朋友。一般认为是曾子所作的《礼记·学记》又说:"独学而无友,则孤陋而寡闻。"这是与孔子所说的"友多闻"一脉相通的。子夏则强调交友重"敬"的君子风度,《论语·颜渊篇》记述子夏的话:"君子敬而无失,与人恭而有礼,四海之内皆兄弟也。"《子张篇》却突出子张的交友原则,是"君子尊贤而容众,嘉善而矜不能"。回到《学而篇》曾子三省:"为人谋而不忠乎?与朋友交而不信乎?传不习乎?"于是在孔子"益者三友"的择友原则下,七十子中又有三条交友原则:子夏的恭敬有礼,子张的尊贤容众,曾子的忠信与谋。

王羲之是东晋著名的名士,他并非儒家信徒,而钦慕道教,结交僧友。自称"无廊庙志",《幼学琼林》称其"锦心绣口,李太白之文章;铁画银钩,王羲之之字法。"②但其一生行事和传说,颇有可与交友原则相参照者。《嘉泰会稽志》云:"山阴县东北蕺山下之戒珠寺,寺门有右军塑像,青巾道服,坐于正中。王梅溪有诗云:'欲吊右军千载魂,祠堂荆棘断碑存。老僧相见话遗事,问我兰亭几世孙。'"③爱鹅与善书,是王羲之人生的两个标准。《晋书·王羲之传》记载:王羲之为会稽内史,"性爱鹅。会稽有孤居

---

① 《论语注疏》卷四,《十三经注疏》,第 2471 页。
② (明)程登吉:《幼学琼林》卷四,浙江古籍出版社 2011 年版,第 150 页。
③ (清)钱泳:《履园丛话》丛话十八"古迹"引《嘉泰会稽志》,清道光刊本。

姥，养一鹅善鸣，求市未能得，遂携亲友命驾就观。姥闻羲之将至，烹以待之，羲之叹息弥日。又山阴有一道士好养鹅，羲之往观焉，意甚悦，固求市之。道士云：'为写《道德经》，当举群相赠耳。'羲之欣然写毕，笼鹅而归，甚以为乐，其任率如此。尝诣门生家，见棐几滑净，因书之，真草相半。后为其父误刮去之，门生惊懊者累日。又尝在蕺山见一老姥，持六角竹扇卖之。羲之书其扇，各为五字。姥初有愠色，因谓姥曰：'但言是王右军书，以求百钱邪。'姥如其言，人竞买之。他日，姥又持扇来，羲之笑而不答。"① 杜诗云："鹅费羲之墨。"（《摇落》）又李白诗："山阴道士如相见，为写《黄庭》换白鹅。"（《送贺监诗》）李杜之诗，均将王羲之书法与爱鹅联系起来。

　　与爱鹅相联系的，还有王羲之在绍兴蕺山南麓之故宅戒珠寺的传说。王羲之居住在此宅时，喜爱养鹅，一面观察鹅颈伸缩扭动，一面体悟书法运笔，心情就像一溪春水那样舒贴。他又有一颗明珠，珍爱异常，经常把玩摩挲，内心洒满禅悦。有一天，明珠突然不翼而飞，桌脚床底搜索数日，百寻无获，遂怀疑是往常与他一道下棋的老僧所窃。老僧从王羲之下棋的颜色中，知道友情受到怀疑，无以释疑自明，暗地绝食而亡，一说自经而亡。其后有贵客来访，王羲之宰鹅待客，剖开鹅腹，大吃一惊，想不到明珠就在鹅腹中。王羲之追悔莫及，毅然将住宅捐为佛寺，用以悼念那位无辜受疑、以死明志的老僧，据说还亲自书写了"戒珠寺"三个大字的横匾，从此戒除玩珠的癖好。王羲之故宅由此号称"戒珠寺"，至今犹供游人观览。戒珠寺附近有"题扇桥"，即清人游记所说："黎明至于兰亭。……若所谓'崇山峻岭'，'清流激湍'，则依然在。盖山阴之水不流，唯兰渚湍急，潺潺于茂林修竹之间，风致又别也。返城中，登蕺山。下有寺，乃右军之旧第，其南有题扇桥。"② 题扇桥称著的信息，就是《晋书》本传所说，王羲之为孤居老妇题扇增值。可见王羲之交往，不拘一格，及于老僧、老妇。对老僧的错误怀疑中留下了后悔和补过，对老妇的潇洒接济中留下风度和嘉名，前者触及的人性和哲理尤为深刻。它们都晓示着交友以诚的原则。

---

①　《晋书》卷八十《王羲之传》，第 2100 页。
②　（清）孙嘉淦：《南游记》，收入张潮辑《虞初新志》卷十七，文学古籍刊行社 1954 年版，第 285 页。

第七端，高度重视气节。《论语·子罕篇》说："岁寒，然后知松柏之后凋也。"经过天气寒冷的考验，才知道松柏质地坚强最后凋零。孔子此语，开了以草木比喻人物品格的先河。唐代柳宗元说："贞松产于岩岭，高直耸秀，条畅硕茂，粹然立于千仞之表。和气之发也，禀至和之至者，必合以正性。于是有贞心劲质，用固其本，御攘冰霜，以贯岁寒，（《论语》：'岁寒然后知松柏之后凋也。'贯字用礼器贯四时字。）故君子仪之。"① 柳宗元将松树的品格描述为：高直耸秀，贞心劲质，本固御寒。在漫长的历史发展中，这种以植物比喻人物品格的做法，拓展为松、竹、梅"岁寒三友"，或者再加上竹，为"岁寒四友"。明人张宁作了如此推论："草木中耐寒者极多，素馨、车前、凤尾、治蔷、薜荔、石菖蒲、冬青、木犀、山栀、黄杨、石楠、山茶，不可胜纪。然惟松柏梅竹独擅晚节之名，岂以其材能适用，不专取其耐寒耶。人有偏长之德，而无所取材，亦不足称矣。但梅竹自大江以北，渐寡而无，则亦未为耐寒上品，是犹所谓一国之善士焉。孔子曰：岁寒然后知松柏之后凋，岂齐、鲁之间，不见梅竹耶？抑别有意耶？"② 这种分析未免有点迂夫子色彩，但也折射出由孔子首倡的植物比德的思维成为人们的共识。

气节的核心是意志，同在《子罕篇》中，孔子说："三军可夺帅也，匹夫不可夺志也。"朱熹引述侯氏曰："三军之勇在人，匹夫之志在己。故帅可夺而志不可夺，如可夺，则亦不足谓之志矣。"③ 这也是宋人邢昺所说的："三军虽众，人心不一，则其将帅可夺而取之。匹夫虽微，苟守其志，不可得而夺也。"④ 守志不移，同心协力，为国家民族献身。这就是《卫灵公篇》中"子曰：志士仁人，无求生以害仁，有杀身以成仁"了。孟子对此又有所发挥："富贵不能淫，贫贱不能移，威武不能屈，此之谓大丈夫。"（《孟子·滕文公下》）由此形成了"孔曰成仁，孟曰取义"的气节牌坊。此中杰出的典型当是文天祥，明朝成化年间的状元罗伦作《宋丞相文信国公祠堂

---

① （唐）柳宗元：《送崔群序》，《柳宗元集》卷二十二"序"，明翻刻南宋世采堂本。

② （明）张宁：《方洲杂言》，丛书集成初编本。

③ 《论语集注》卷五，《四书章句集注》，第115页。

④ 《论语注疏》卷九，《十三经注疏》，第2491页。

记》，慷慨陈词："为臣死忠，为子死孝。死，一也，可以动天地，可以感鬼神，可以贯日月，可以孚木石，可以正万世之人心，可以位万世之天常。孟子曰：'我善养吾浩然之气'，以塞乎天地之间。夫杀身成仁，舍生取义，非浩然塞于天地之间者能与于斯乎？若宋丞相信国文公是已。"[①]清人魏源又对生死与贵贱贫富进行论述："诚知足，天不能贫；诚无求，天不能贱；诚外形骸，天不能病；诚身任天下万世，天不能绝。匪直是也，命当富而一介不取，命当贵而三公不易，命当寿而杀身成仁，舍生取义。匹夫确然其志，天子不能与之富，上帝不能使之寿，此立命之君子，岂命所拘者乎？"[②]应该说，士人重气节，是中华文明数千年不堕的一种精神支柱。

第八端，发愤图强，任重道远。楚国的叶公向子路打听孔子，孔子让他的弟子如何介绍他呢？孔子说，你为何不说，"其为人也，发愤忘食，乐而忘忧，不知老之将至"呢？他又自述情趣，说是吃着粗饭，喝着白水，弯曲胳膊当枕头，乐也就在其中了，"不义而富且贵，于我如浮云"（《论语·述而篇》）。这种情趣，在弟子中只有颜回等少数人才领会得透。所以《论语·雍也篇》中，孔子这样夸耀颜回："贤哉回也！一箪食，一瓢饮，在陋巷，人不堪其忧，回也不改其乐。贤哉回也！"这里赞扬的人生境界，后被概括为"孔颜乐事"，一种安贫乐道的乐观文化。

朱熹从上述两段话中分辨孔颜的些微差异，说是："孔颜之乐，大纲相似，难就此分浅深。唯是颜子止说'不改其乐'，圣人却云'乐亦在其中'。'不改'字上，恐与圣人略不相似，亦只争些子。圣人自然是乐，颜子仅能不改。"[③]他人也许分辨不这么细微，只看到孔颜"大纲相似"之处。比如辛弃疾《水龙吟·题瓢泉》词云："稼轩何必长贫，放泉檐外琼珠泻。乐天知命，古来谁会，行藏用舍。人不堪忧，一瓢自乐，贤哉回也。料当年曾问，饭蔬饮水，何为是、栖栖者。且对浮云山上，莫匆匆、去流山下。苍颜照影，故应流落，轻裘肥马。绕齿冰霜，满怀芳乳，先生饮罢。笑挂瓢风树，一鸣渠碎，问何如哑。"明朝徐三重写了《兰芳录》二卷，都是编录古

---

① （明）罗伦：《宋文丞相祠堂记》，《一峰文集》卷四，四库全书本。
② （清）魏源：《古微堂内集》卷一《默觚上》，清同治九年刊本。
③ 《朱子语类》卷三十一《论语》，第797页。

人"轻世遗荣"之事,分为内外二篇。自序说,内篇近自得,外篇稍假物缘,亦不入世累。在内外篇之前,首冠以《论语》"饭疏食"一章,及"贤哉回也"一章,另题为《孔颜乐事》,可见对这种人生境界的重视。但是却把曾点之"沂水春风"置于外篇,叶梦得之"读书饮酒"置于内篇,被讥为"殊不晓其优劣之旨"①。应该看到,孔颜乐处是有所担当,是为了超越物欲引诱、贫富骚扰,而专心弘道。这就是孔、颜之后,以弘扬儒道自任的曾子所说:"士不可以不弘毅,任重而道远。仁以为己任,不亦重乎?死而后已,不亦远乎?"(《论语·泰伯篇》)这就是孔门修养和锤炼的途径。

以上列述了孔子思想精华八端,概括起来就是八个字:仁、恕、和、学、教、友、节、强。这是以高尚的人格支撑文明的秩序的思想,连太史公也引用《诗经·小雅》中的诗句"高山仰止,景行行止",推许说"虽不能至,然心向往之。余读孔氏书,想见其为人。适鲁,观仲尼庙堂车服礼器,诸生以时习礼其家,余只回留之不能去云。天下君王至于贤人众矣,当时则荣,没则已焉。孔子布衣,传十余世,学者宗之。自天子王侯,中国言六艺者折中于夫子,可谓至圣矣!"②后人更有如此叹服:"作文学韩愈,作诗学杜甫,作字学王羲之,作时文学归有光,此皆今人所知也。独作人不知学孔子,何也?有言学孔子者,则笑其不知量。朱子所谓'让第一等,与别人做'是也。所谓'书不记,熟读可记;义不精,细思可精;惟有志不立,直是无著力处'是也。亦可悲也夫,亦可悲也夫!"③

孔子思想的精华,对于人们如何做人,如何提高精神品格,如何建设文明秩序,都有很好的启发和滋润作用。当然这些精华都需经过深度的现代性阐释,组合到现代大国的思想文化体系之中。而不是说一讲弘扬和继承,就不顾现代社会与古代社会的差异,将两千年前的思想当做教条,不分青红皂白地到处乱套乱贴。那样,不仅会造成现代文化的不适症,也会造成古代文化精华的僵硬化。比如孝道,《孝经》中孔子指点曾子:"夫孝,德之本也,教之所由生也。……身体发肤,受之父母,不敢毁伤,孝之始也。立身行

① 《四库全书总目》卷一百三十二"子部"四十二《兰芳录》提要,中华书局1965年版,第1122页。

② 《史记》卷四十七《孔子世家》,第1947页。

③ (清)潘德舆《示儿长语》,清光绪间扬州府学本。

道，扬名于后世，以显父母，孝之终也。夫孝，始于事亲，中于事君，终于立身。"① 这里既有对父母的孝敬，又将这种孝敬的伦理情感引向政治范畴，引向尽忠于君主，对于自然人性具有压抑作用。

《礼记·祭义》记载，曾子有一个弟子叫做乐正子春，有一次走路把脚碰伤了，几个月不出门，依然愁眉苦脸。门弟子问他为何如此发愁，他回答说："吾闻诸曾子，曾子闻诸夫子曰：'天之所生，地之所养，无人为大。父母全而生之，子全而归之，可谓孝矣。不亏其体，不辱其身，可谓全矣。故君子顷步而弗敢忘孝也。'今予忘孝之道，是以有忧色也。一举足而不敢忘父母，一出言而不敢忘父母。一举足而不敢忘父母，是故道而不径，舟而不游，不敢以先父母之遗体行殆。一出言而不敢忘父母，是故恶言不出于口，忿言不反于身，不辱其身，不羞其亲，可谓孝矣。"② 乐正子春听曾子的话，曾子听孔子的话，道统是传承有序了，但一代又一代的人，为何不与时俱进地创造更适合时代发展的新思维呢？这就代代沉积为中国思想的软肋。这种思想是具有效忠守孝的责任感和保守性的，但开发进取的能力就会受到压抑和挫伤。下堂伤足，就发愁数月，在现代生活中就不应如此拘泥，总是担心损坏父母留给自己的某个身体零件。又比如子路本是东夷野人，入了孔门，提高了文明素质，却也丢掉了一些野性的活泼。他在卫国当一官半职，遇上卫国发生政变，他不顾劝告，要乘乱进城，说是"食其食者不避其难"，吃了人家的俸禄，不能逃避人家的灾难。进城后，与对手打斗，冠缨即帽子的带子被打断了。他说"君子死而不免冠"，要把帽子的带子系好，结果被人家砍成肉酱。子路很勇敢，很有责任感，不像汶川地震中的"范跑跑"，一看到地震来了，对自己的学生都不招呼一声，就跑到足球场的中央。子路帽子的带子断了，为何不披发大战呢，他把孔子教给他的礼看得比生命还重，刻板得透了底。我们不能苛求古人，但是要给我们自己留下充分的创造空间，不能事事按照古人的本本办事，那是不肖子孙的行为。应该承认，孔子思想是早期人类的人际关系、人间伦理和社会秩序合理化的思考成果，后人不应遗弃这份祖宗遗产，但也不应满足于这份祖宗遗产，重要的是

---

① 《孝经·开宗明义章第一》，《十三经注疏》，第 2545 页。
② 《礼记·祭义》，《十三经注疏》，第 1599 页。

我们做现代文明的开拓者，在古老的土地上富有创造性地开拓。

孔子思想有三个重要的来源：一是周公的礼乐制度；二是作为宋国人的后代，孔子继承了殷人崇拜祖宗和鬼神的礼仪，发展了礼与孝文化；三是孔子"仁"的观念从何而来？甲骨文中未见"仁"字，西周时期"仁"字所用甚少，孔夫子将"仁"作为思想核心，是受东夷民族的影响。因为孔夫子在鲁国教学，所招弟子多出身贫寒。比如子路是野人，据《史记·仲尼弟子列传》记载："仲由字子路，卞人也。（《尸子》曰：子路，卞之野人。）……子路性鄙，好勇力，志伉直，冠雄鸡，佩豭豚，陵暴孔子。孔子设礼稍诱子路，子路后儒服委质，因门人请为弟子。"① 子路初见孔子，头戴着公鸡冠帽子，身佩野公猪腿形的武器，还要对孔子耍横动粗。孔子把他教化过来，最后成了"死不免冠"的君子，临死结缨的"冠"已不是"雄鸡冠"，而是"儒冠"了。鲁国本是东夷之地。东夷民族有一种风俗，叫做"仁"，《后汉书·东夷列传》说："《王制》云：'东方曰夷。'夷者，柢也，言仁而好生，万物柢地而出。故天性柔顺，易以道御，至有君子、不死之国焉。"② 这一点为以往的史地学者熟知。清朝刘逢禄草牒复越南贡使曰："周官职方王畿之外分九服。夷服去王国七千里，藩服九千里，是藩远而夷近。《说文》羌、狄、蛮、貊字皆从物旁，惟夷从大、从弓。考东方大人之国夷，俗仁，仁者寿，有东方不死之国，故孔子欲居之。且乾隆间奉上谕申饬四库馆不得改书籍中'夷'字作'彝'，舜东夷之人，文王西夷之人，我朝六合一家，尽去汉、唐以来拘忌嫌疑之陋，使者无得以此为疑。"③ 因此《论语·子罕篇》记载："子欲居九夷。或曰：'陋，如之何？'子曰：'君子居之，何陋之有？'"《论语·公冶长篇》又载："子曰：道不行，乘桴浮于海。"东夷有"仁而好生"的习俗，以仁爱的态度对待有生之物。孔子说，道不行，他要浮海到东夷，让子路陪着他去。子路是东夷野人，陪同到东夷居住，其人、其地的选择都有深意。人家说九夷很简陋，你怎么办？孔子回答得很干脆："君子所居，何陋之有？"这就是刘禹锡的《陋室铭》中所说："山不在高，

---

① 《史记》卷六十七《仲尼弟子列传》，第2191页。
② 《后汉书》卷八十五《东夷列传》，第2807页。
③ 《清史稿》卷四百八十二《儒林列传》，第3397页。

有仙则名。水不在深，有龙则灵。斯是陋室，惟吾德馨。苔痕上阶绿，草色入帘青。谈笑有鸿儒，往来无白丁。可以调素琴，阅《金经》。无丝竹之乱耳，无案牍之劳形。南阳诸葛庐，西蜀子云亭。孔子云：何陋之有！"[1] 最后一句的出处，就是《论语·子罕篇》。《左传》昭公十七年记载，孔子向前来鲁国朝见的郯子请教古代官制，其后告诉别人说："吾闻之：天子失官，学在四夷。犹信。"[2] 东夷部族对于人际和生物界采取和睦、柔顺、友好、好生的态度，被孔子作为"仁"的观念吸收到自己思想体系的核心位置中。过去总觉得孔子刻板，那是由于圣人之徒反复涂饰的结果，实际上他对来自各个地域和层面的文化因素，包括东夷民族的一些思想因素，都不采取封闭拒绝的态度，而是加以消化汲取，融入自己思想体系中来。

七　中华民族文化景观的丰美性

第五个问题，是中华民族文化景观的丰美性。

中华民族经过长期的发展和广阔地域的多民族之间的互相吸收，包容共进，创造了许多文化的和生活的艺术形式。这些艺术形式，门类繁多，影响广泛。戏曲杂艺、武术中医、园艺烹饪、祭祖敬神、驱鬼消灾，各地有各地的风俗，各族有各族的绝招，真是遍及岁时节日，渗入诞冠婚丧，装点衣食住行，烘托游艺娱乐，给人类生活增添了丰富的赏心悦目的色彩。比如烹饪术，实在是很了得，以其东南西北各具特色的菜系，色香味俱佳的魅力，享誉全球。更为独特的是中国人往往把烹饪术与治国安邦联系在一起。

殷周时期烹饪用鼎，因而烹饪与《周易·鼎卦》相联系。鼎卦是"巽下离上"，由于乾、坤、震、巽、坎、离、艮、兑，对应或象征着天地雷风水火山泽，鼎卦也就是风在下、火在上，于是"元吉，亨"，亨与烹相通。孔颖达解释说："鼎者，器之名也。自火化之后铸金，而为此器以供烹饪之用，谓之为鼎。亨饪成新，能成新法。然则鼎之为器，且有二义：一有亨饪之用，二有物象之法，故《象》曰'鼎，象也，明其有法象也'。《杂卦》

---

① （唐）刘禹锡：《陋室铭》，收入《全唐文》卷六百八，第6145页。

② 《春秋左传正义》，《十三经注疏》，第2084页。

曰'革去故'而'鼎取新',明其亨饪有成新之用。此卦明圣人革命,示物
法象,惟新其制,有'鼎'之义,'以木巽火',有'鼎'之象,故名为
《鼎》焉。变故成新,必须当理,故先元吉而后乃亨,故曰'鼎,元吉,
亨'也。"① 鼎卦是与"革卦"前后相随的,革卦象辞说:"天地革而四时
成。汤武革命,顺乎天而应乎人。"这就使得革、鼎二卦相随,将革故鼎新
的政治行为与烹饪术联系起来。魏文帝曹丕曾说:"昔者黄帝三鼎,周之九
宝,咸以一体使调一味,岂若斯釜五味时芳?盖鼎之烹饪,以飨上帝,以养
圣贤,昭德祈福,莫斯之美。故非大人,莫之能造;故非斯器,莫宜盛德。
今之嘉釜,有逾兹美。夫周之尸臣,宋之考父,卫之孔悝,晋之魏颗,彼四
臣者,并以功德勒名锺鼎。今执事寅亮大魏,以隆圣化。堂堂之德,于斯为
盛。诚太常之所宜铭,彝器之所宜勒。故作斯铭,勒之釜口,庶可赞扬洪
美,垂之不朽。"② 他是把黄帝三鼎、周之九鼎,与烹饪调味、政治盛德加
以"一锅烩"的。其后"调和鼎鼐,燮理阴阳",就用以形容重臣治理国
家,如清人顾仲《养小录》书后有秀水朱昆田跋,其中说:"乃知饮食之
务,亦具有才难之叹也。夫调和鼎鼐,原以比大臣燮理。自古有君必有臣,
犹之有饮食之人必有庖人也。遍阅十七史,精于治庖者,复几人哉!"关汉
卿《状元堂陈母教子》杂剧中也有"调和鼎鼐理阴阳,万里江山属大邦"③
的唱词。

　　有意思的是,以烹饪术比喻治国术,儒家讲的是锅(鼎),道家讲的是
锅里的鱼(小鲜)。《老子》六十章说:"治大国者若烹小鲜。"老子的家乡
苦县赖乡有涡水、谷水,清澈溪流中多小鱼,"烹小鲜"大概是老子的童年
记忆。《太平御览》卷六百二十四引录《老子》此章,有注曰:"烹小鲜不
敢挠,恐其麋也。治国烦则乱,治身烦则精神散。"④ 治理大国就像煎一条
小鱼,不能老翻它,政策不能变来变去,要顺其自然,老翻就把小鱼翻烂
了。《韩非子·解老篇》早就注意到这个道理,认为:"工人数变业则失其

① 《周易正义》卷五,《十三经注疏》,中华书局 1980 年版,第 61 页。
② (三国魏)曹丕:《铸五熟釜成与锺繇书》,《三国志·魏志·锺繇传》注引《魏略》,中华书局
1982 年版,第 395 页。
③ (元)关汉卿:《状元堂陈母教子》楔子,古本戏曲丛刊本。
④ 《太平御览》卷六百二十四"治道部"五,四库全书本。

功，作者数摇徙则亡其功。一人之作，日亡半日，十日则亡五人之功矣。万人之作，日亡半日，十日则亡五万人之功矣。然则数变业者其人弥众，其亏弥大矣。凡法令更则利害易，利害易则民务变，民务变谓之变业。故以理观之，事大众而数摇之则少成功，藏大器而数徙之则多败伤，烹小鲜而数挠之则贼其宰，治大国而数变法则民苦之。是以有道之君贵虚静，而重变法。故曰：'治大国者若烹小鲜。'"①

尚有一点值得补充，清初李渔《闲情偶寄·饮馔部》又将《老子》此语，以幽默的语气拉回到烹饪："笋为蔬食之必需，虾为荤食之必需，皆犹甘草之于药也。善治荤食者，以焯虾之汤，和入诸品，则物物皆鲜，亦犹笋汤之利于群蔬。笋可孤行，亦可并用；虾则不能自主，必借他物为君。若以煮熟之虾单盛一簋，非特华筵必无是事，亦且令食者索然。惟醉者糟者，可供匕箸。是虾也者，因人成事之物，然又必不可无之物也。'治国若烹小鲜'，此小鲜之有裨于国者。"② 他所说的"醉者糟者"的虾，乃是河湖中小虾，非海里大虾，故称"小鲜"。

讲到烹饪文化，笔者想起到西安参观刘邦的孙子汉景帝的阳陵，那里有两样东西，引起精神上的感触。一样东西是阳陵陪葬墓出土了许多人形陶俑，原本穿着衣服，但是两千年后，衣服都烂了，变成赤身裸体。赤条条的人形陶俑，看得出来，或是侍从官，或是宦官，或是宫女，所有的陶俑都是细长腿、细长腰。这令人联想到"楚王好细腰"，不光好宫中细腰，还好士细腰。所以楚国臣子都节食，害得撑着地才能够站起来，扶着墙才能走路。楚国巫风很盛，宽袖、细腰，能使巫风舞蹈显得舞姿婀娜。从战国楚国出土的许多帛画，如《人物御龙图》、《人物龙凤图》，无论男女都腰围纤细。甚至连屈原的"芳草美人"比喻，跟楚国臣子女人化也有关系，"众女嫉余之蛾眉兮，谣诼谓余以善淫。"众女就是那班同僚们，竟然嫉妒起我的蛾眉，造谣生事，说我喜好淫乱。在细腰风尚使楚臣女人化的情形下，很可能连屈原也是细腰。《离骚》写道："进不入以离尤兮，退将复修吾初服。制芰荷以为衣兮，集芙蓉以为裳。……高余冠之岌岌兮，长余佩之陆离。"《九

---

① 《韩非子集解》卷六《解老》，第 142 页。

② （清）李渔：《闲情偶寄·饮馔部》，《李渔全集》第三卷，浙江古籍出版社 1991 年版，第 254 页。

章·涉江》又写道："带长铗之陆离兮，冠切云之崔嵬。"戴着高耸切云冠，腰间佩戴着长长的玉佩或者剑，在腰间晃来晃去的"陆离"，不是细腰而是"水桶腰"，能做到这一点吗？西汉初期，楚风北上，刘氏皇族是楚人，所以汉景帝阳陵陪葬墓的大批人形陶俑，也展现了细腰风尚。

另一样东西和烹饪有关，也给笔者印象很深。汉景帝阳陵的陪葬墓里，出土了很多动物陶俑，当然有马，驾车用的，或者骑兵用的，还有牛、羊、狗、猪、鸡。最大的群体是羊和猪，还有一种动物疑是猪。讲解员说，不是猪，而是狗，翘尾巴的是家犬，拖尾巴的是狼犬。除了腿比猪高一点点之外，身体形态极其像猪，是一种"菜犬"。可见，西汉前期的皇族喜欢吃狗肉，这就使我想起了樊哙的狗肉。《史记·樊郦滕灌列传》记载："舞阳侯樊哙者，沛人也。以屠狗为事，与高祖俱隐。"所谓"与高祖俱隐"，就是《高祖本纪》所说："高祖以亭长为县送徒郦山，徒多道亡。自度比至皆亡之，到丰西泽中，止饮，夜乃解纵所送徒。……亡匿，隐于芒砀山泽岩石之间。"[1] 樊哙是刘邦的连襟、吕后的妹夫，还没有起事的时候，他追从刘邦逃亡隐藏在芒砀山。据沛县大风歌碑博物馆介绍，民间传说，樊哙屠狗，是做狗肉生意的，与刘邦是酒肉朋友。刘邦没有发达的时候，每日都到他的摊子上蹭狗肉吃，弄得樊哙有点烦他。有一天，樊哙就把狗肉摊搬到河的对岸去。刘邦东寻西找，找不到狗肉摊。河里爬出一个巨大的乌龟，把刘邦背过河去，又蹭上樊哙狗肉了。到傍晚收摊回家，那只乌龟又驮着他们过河。樊哙问，今日我搬到河对岸，你怎么能找到我？刘邦说，是乌龟背过去的。樊哙一听，就火冒三丈，拔出屠狗刀，一刀就把那乌龟的脑袋砍掉了。刘邦一看，樊哙砍了乌龟朋友的脑袋，就把樊哙的屠狗刀夺过来，扔到河里去了。所以"樊哙狗肉"是用乌龟汤（鼋鱼汤）炖的。吃狗肉时不能用刀切，要用手撕，因为刀子已被刘邦扔进河里了。现在到沛县，还可以吃到"樊哙狗肉"，街上到处出售这种招牌食品。在阳陵的陪葬墓里发现这么多肥猪一样的大群陶狗，就不难想象西汉皇族是好吃狗肉的。他们当年在乡下成帮搭伙吃狗肉，爷爷奶奶爱吃的那一口，汉景帝作为孙子，自然也爱吃狗肉。"狗肉朋友"，深刻地影响了西汉初年的政治。为什么刘邦晚年没有选择戚姬和

---

① 《史记》卷八《高祖本纪》，第347—348页；又卷九十五《樊哙传》。

她的儿子如意交接大权，而选择了吕后，过去总觉得是由于张良找来"商山四皓"四个老头子如何如何。实际上老谋深算的刘邦，早就考虑到戚姬虽是自己的最爱，但是驾驭不了这班狗肉朋友，只有当年一起吃狗肉的吕后能够驾驭。吕后家境比较富裕，是"狗肉帮"中的嫂子。从沛县一道"拉杆子"出身的"狗肉帮"封了三十二个侯，这帮人的实力不可小觑。刘邦把江山交给吕后和她的儿子惠帝，而不是戚姬和她的儿子如意，说明他经过反复权衡，决定"爱江山不爱美人"。谁想到，香喷喷的狗肉烹饪术，暗中对汉初政治发挥着潜在的关键作用。

讲到文化景观，最后讲一讲关于"门神"的故事。门神是中国民间张贴在门扇上守护家宅平安、驱邪辟鬼降吉祥的保护神。《礼记·祭法》说："王为群姓立七祀，曰司命，曰中溜，曰国门，曰国行，曰泰厉，曰户，曰灶。王自为立七祀。诸侯为国立五祀，曰司命，曰中溜，曰国门，曰国行，曰公厉。诸侯自为立五祀。大夫立三祀，曰族厉，曰门，曰行。适士立二祀，曰门，曰行。庶士，庶人，立一祀，或立户或立灶。"[1] 上到天子、下到庶人，对门神户尉的祭祀都非常重视。《礼记·丧大记》又说："大夫之丧，将大敛，既铺绞纮衾衣。君至，主人迎，先入门右，巫止于门外。君释菜，祝先入升堂。"郑玄注："释菜，礼门神也。"[2] 在汉代，就有门神的称呼了。那么，门神是谁？汉代王充《论衡·订鬼篇》引《山海经》说："沧海之中，有度朔之山，上有大桃木，其屈蟠三千里。其枝间东北曰鬼门，万鬼所出入也。上有二神人，一曰神荼，一曰郁垒，主阅领万鬼。恶害之鬼，执以苇索而以食虎。于是黄帝乃作礼，以时驱之，立大桃人，门户画神荼、郁垒与虎，悬苇索以御凶魅。"[3] 神荼、郁垒监守万鬼出入的鬼门，看到鬼怪出来，就用芦苇绳把鬼捆绑去喂老虎。于是黄帝制定礼制，岁时祀奉，在门上画神荼、郁垒和老虎的图像，悬挂芦苇绳，岁时祀奉，镇住鬼魅。这个故事受到相当广泛的传播。东汉应劭《风俗通义》说，这是《黄帝书》讲的；北魏贾思勰《齐民要术》卷十，说是引自《汉旧仪》；《太平御览》卷

---

① 《礼记·祭法》，《十三经注疏》，第1590页。
② 《礼记·丧大记》，《十三经注疏》，第1580页。
③ 《论衡校释》卷二十二《订鬼篇》，第938—939页。

五百三十《礼仪部》引《续汉书》，说桃梗、郁垒在先腊一日大傩上出现。下为《风俗通义》的说法："谨按《黄帝书》：上古之时，有神荼与郁垒昆弟二人，性能执鬼。度朔山上有桃树，二人于树下简阅百鬼，无道理妄为人祸害，神荼与郁垒缚以苇索，执以食虎。于是县官常以腊除夕饰桃人，垂苇茭，画虎于门，皆追效于前事，冀以御凶也。"① 这大概是因为战国晚期黄老之学勃兴，因而托言黄帝，以增加这个传说的权威性。但是已经把设置门神之日子，定在"腊除夕"。

门神的设置，由此成为民俗，并且逐渐贴遍千家万户。晋朝宗懔《荆楚岁时记》记载："岁旦，绘二神贴户左右，左神荼，右郁垒，俗谓之门神。按《括地图》云：'度朔山大桃树盘曲三千里，下有二神，一名垒，一名郁，并执苇丝，以阅不祥之鬼，絷而杀之。'"②《东坡志林》还拿门神开个玩笑："东坡示参寥云，桃符仰视艾人而骂曰：'汝何等草芥，辄居吾上。'艾人俯应曰：'汝已半截入土，犹争高下乎？'桃符怒，往复争不已。门神解之曰：'吾辈不肖，方傍人门户，何暇争闲气耶？'此极可为浅学争辨者之喻。"③ 在宋代，门神与桃符往往并用。宋人周密《武林旧事》记述："都下自十月以来，朝天门内外竞售锦装、新历、诸般大小门神、桃符、钟馗、狻猊、虎头，及金彩缕花、春贴幡胜之类，为市甚盛。"④ 宋人孟元老《东京梦华录》记载："近岁节，市井皆印卖门神、钟馗、桃板、桃符，及财门钝驴、回头鹿马、天行帖子。卖干茄瓠、马牙菜，胶牙饧之类，以备除夜之用。"⑤ 宋人吴自牧《梦粱录》又载："岁旦在迩，席铺百货，画门神桃符，迎春牌儿，纸马铺印钟馗，财马、回头马等，馈与主顾。……十二月尽，俗云'月穷岁尽之日'，谓之'除夜'。士庶家不论大小家，俱洒扫门闾，去尘秽，净庭户，换门神，挂钟馗，钉桃符，贴春牌，祭祀祖宗。"⑥ 其时门

---

① （东汉）应劭：《风俗通义》卷八，龙溪精舍丛书本。

② （宋）曾慥：《类说》卷六引《荆楚岁时记》，明天启六年刊本。

③ （明）刘元卿：《贤弈编》卷三引《东坡志林》，宝颜堂秘笈本。又见（清）翟灏《通俗编》卷十五，乾隆竹简斋本。

④ （宋）周密：《武林旧事》卷三，山东友谊出版社 2001 年版，第 58 页。

⑤ （宋）孟元老：《东京梦华录注》卷十，中华书局 1982 年版，第 249 页。

⑥ （宋）吴自牧：《梦粱录》卷六，山东友谊出版社 2001 年版，第 76 页。

神多有点缀年节的吉庆意味，正如晁补之失调名的词所吟咏的："残腊初雪霁。梅白飘香蕊。依前又还是，迎春时候，大家都备。灶马门神，酒酌酴酥，桃符尽书吉利。五更催驱傩，爆竹起。虚耗都教退。交年换新岁，长保身荣贵。愿与儿孙、尽老今生，祝寿遐昌，年年共同守岁。"却也出现一些变异，给人带来不祥之感。宋代百岁寓翁《枫窗小牍》曰："靖康以前，汴中家户门神多番样，戴虎头盔，王公之门，至以浑金饰之。识者谓'虎头男子'，乃'虏'字，金饰更是金虏在门之兆也。不三数年，而家户被虏，王公被其酷者尤甚。"① 但总而言之，门神已经深入年岁风俗，如宋人范成大《吴郡志》所云："除夜祭毕，则复曝竹，焚苍术及辟瘟丹。家人酌酒，名分岁。食物有胶牙饧、守岁盘。夜分祭瘟神，易门神、桃符之属。夜向明，则持杖击灰积，有祝词，谓之打灰堆。"②

门神的发展，唐宋是关键，明清则广泛普及。明代田汝成《西湖游览志馀》记载："十二月二十四日，谓之交年，民间祀灶，以胶牙饧、糯米花糖、豆粉团为献。丐者涂抹变形，装成鬼判，叫跳驱傩，索乞利物。人家各换桃符、门神、春帖、钟馗、福禄、虎头、和合诸图，黏贴房壁。买苍术、贯众、辟瘟丹、柏枝、彩花，以为除夕之用。"③ 民间风俗既千姿百态，宫廷礼仪也丰富多彩。明人刘若愚《酌中志》记年节礼俗的盛况："正月初一日正旦节。自年前腊月廿四日祭灶之后，宫眷内臣，即穿葫芦景补子及蟒衣。各家皆蒸点心储肉，将为一二十日之费。三十日，岁暮，即互相拜祝，名曰'辞旧岁'也。大饮大嚼，鼓乐喧阗，为庆贺焉。门旁植桃符板、将军炭，贴门神。室内悬挂福神、鬼判、钟馗等画。"④

清人偏好考证，讲门神联系到《礼记》"五祀"，纪昀《阅微草堂笔记》说："古者大夫祭五祀，今人家惟祭灶神。若门神、若井神、若厕神、若中溜神，或祭或不祭矣。"⑤ 祁隽藻《马首农言》则将门神归入"民间五祀"，

---

① （宋）百岁寓翁：《枫窗小牍》卷下，稗海本。也为（清）黄以周等辑《续资治通鉴长编拾补》卷四十八引录，中华书局2004年版，第1495页。

② （宋）范成大：《吴郡志》卷二，江苏古籍出版社1999年版，第14—15页。

③ （明）田汝成：《西湖游览志馀》卷二十"熙朝乐事"，明嘉靖初刻本。

④ （明）刘若愚：《酌中志》卷二十，明抄本。

⑤ （清）纪昀：《阅微草堂笔记》卷十三《槐西杂志》三，浙江古籍出版社1998年版，第232页。

认为："民间五祀：曰天地，曰土神，曰门神，曰灶神，曰司牧。"① 李光庭《乡言解颐》列举了"新年十事：时宪书、门神、春联、爆竹、扫舍、年画、馒头、水饺、辞岁、贺年。"② 虽然十事的类型有点错杂，但还是看出门神的重要地位。地方文献将全国各地的民俗，进行多姿多彩的展现。对北京风俗的记载，有富察敦崇《燕京岁时记》："门神皆甲胄执戈，悬弧佩剑，或谓为神荼、郁垒，或谓为秦琼、敬德，其实皆非也。但谓之门神可矣。夫门为五祀之首，并非邪神，都人神之而不祀之，失其旨矣。"③ 又有震钧《天咫偶闻》："十二月初八日，寺观、人家煮腊八粥。二十三日，送灶供饧。是日贴对联、门神。"④ 鄂尔泰等的《国朝宫史》，讲述的是清宫风俗："每岁十二月二十六日张挂春联、门神。"⑤ 俞扬《泰州旧事摭拾》展示的是地方商贾风俗："苏货店每至年关，其市招必改悬长方牌。牌之两面皆黏门神像，神荼、郁垒气象威严，腊鼓声中见之，大有岁月催人之感。盖苏货店恒于年关售门神画片，故以是为招也。"⑥ 门神虽然戎装执兵，威风凛凛，能驱鬼镇妖，但是在人家屋檐下，不妨对之幽一个默，李伯元《庄谐诗话》写道："好骑马去堪寻马，未过桥来已拔桥。看破世情多冷热，不如快活乐逍遥。//得好邻居胜远亲，恶人最怕作居邻。岂因井水犯河水，只恐门神打灶神。"⑦ 曹雪芹《红楼梦》描写的是贵族大家庭，第五十三回写道："已到了腊月二十九日了，各色齐备，两府中都换了门神，联对，挂牌，新油了桃符，焕然一新。"⑧ 由此可以看出，门神已经成为中国年节的一道亮色，对于一个尊重传统文化的中国家庭而言，过年而不贴门神，似乎欠缺了一点什么。

门神在唐宋以后，尤其是元明清时期，虽然各地有些差异，但是已经

---

① （清）祁隽藻：《马首农言》，续修四库全书本。

② （清）李光庭：《乡言解颐》卷四"物部"上，中华书局1982年版，第65—68页。

③ （清）富察敦崇：《燕京岁时记》，清光绪三十二年刊本。

④ （清）震钧：《天咫偶闻》卷十，清光绪刊本。

⑤ （清）鄂尔泰、张廷玉：《国朝宫史》卷八"典礼"四，北京古籍出版社1987年版，第146页。

⑥ （清）俞扬：《泰州旧事摭拾》卷四"民情"，江苏古籍出版社1999年版，第84页。

⑦ （清）李伯元：《庄谐诗话》卷四，上海大东书局《南亭四话》本。

⑧ （清）曹雪芹、高鹗：《红楼梦》第五十三回"宁国府除夕祭宗祠，荣国府元宵开夜宴"，中华书局2005年版，第401页。

走到了神荼、郁垒让位给秦叔宝、尉迟恭的时代。明刊本元无名氏《三教源流搜神大全》卷七"门神二将军"条记载："按传唐太宗不豫，寝门外抛砖弄瓦，鬼魅呼号，三十六宫、七十二院夜无宁静。太宗惧之，以告群臣，秦叔宝出班奏曰：'臣平生杀人如剖瓜，积尸如聚蚁，何惧魍魉乎！愿同胡敬德戎装立门以伺。'太宗可其奏，夜果无警。太宗嘉之，谓二人守夜无眠，太宗命画工图二人之像，全装手执玉斧，腰带鞭锏弓箭，怒发一如平时。悬于宫掖之左右门，邪祟以息。后世沿袭，遂永为门神。"[1] 尉迟恭字敬德，称为胡敬德，因为他是胡人，属于鲜卑族尉迟部，后以部为氏。这两位将军，一个是山东好汉，一个是少数民族的好汉，如此二人把门，定可保护平安。

根据《永乐大典》遗文，还有《西游记》的叙述：泾河龙王听说长安城里一个算命先生特别灵验，他给渔夫算命，说今天在哪里下网，明天在哪里下钓，收获都是满箩满筐。龙王担心把自己的鱼兵虾将都网净钓光了，就想办法去砸算命先生的摊子。龙王让算命先生预测明日风雨，先生掐指一算，说是："明日辰时布云，巳时发雷，午时下雨，未时雨足，共得水三尺三寸零四十八点。"龙王笑道："此言不可作戏。如是明日有雨，依你断的时辰数目，我送课金五十两奉谢。若无雨，或不按时辰数目，我与你实说，定要打坏你的门面，扯碎你的招牌，即时赶出长安，不许在此惑众！"他自恃掌管布云施雨的大权，跟算命先生打赌。龙王肚子里暗自发笑，我管下雨，你能算得准吗，你的摊子是被砸定了。他高高兴兴回到龙宫，就接到玉帝要他明日下雨的命令，不早不晚就是算命先生说的那个时辰，不多不少也是算命先生说的三尺三寸零四十八点。龙王一接令就懵了，不知如何是好。手下的鱼兵虾将就给龙王出馊主意，不妨将布云施雨的时间推后一小时，下雨量少那么一丁点儿。龙王这样办了，推迟一个时辰布云下雨，下了三尺三寸零八点，少了四十点。他第二天去找算命先生，要砸算命先生的摊子。算命先生说，你犯了天条，推迟下雨，雨量不足，要上剐龙台受刑挨宰的。龙王吓得要命，就向算命先生讨主意，该怎么办？算命先生说，斩你脑袋的人是魏征，魏征白天当唐太宗的大臣，晚

---

① （元）无名氏：《三教源流搜神大全》卷七"门神二将军"条，明刊本。

上睡觉时，他就去阴界办事，你要保住性命，只能找唐太宗求情。龙王就托梦给唐太宗，求皇帝救命。唐太宗允诺此事，既然明天午时斩龙王的脑袋，那么午时就把魏征召唤入朝。发现第二天魏征没有上朝，就马上派人宣他上殿，先跟他议论国家大事，完了，还不让他回去，跟他一块下棋。对弈片刻，魏征就打瞌睡，唐太宗见这个大臣太累了，不忍心叫醒他，就让他打打瞌睡吧。只有打瞌睡那么一会儿，李靖和徐茂公就拿着龙头进来，说天上掉下一个龙头血淋淋的。唐太宗一听，坏事啦，魏征一打盹儿把龙王斩首了。龙王没有诚信，布云下雨贻误时机，偷工减料，是要受惩罚的，犯了天条就得上断头台。然而自此以后，龙王夜夜提着脑袋来找唐太宗，没完没了地又哭又闹，责怪唐太宗没有实现承诺，逼唐太宗还它的龙头来。最后，山东好汉秦叔宝和胡人英雄尉迟恭自告奋勇，夜夜为唐太宗守卫后门，才使宫中恢复安宁。唐太宗看两员大将夜夜守门，实在太辛苦了，就请工匠把他们刻成门神，贴在两扇门上，果然也平安无事。后来民间也用雕版印刷，印制秦叔宝、胡敬德两位门神。《西游记》讲完这个故事后，来了一个类乎"有诗为证"："头戴金盔光烁烁，身披铠甲龙鳞。护心宝镜幌祥云，狮蛮收紧扣，绣带彩霞新。这一个凤眼朝天星斗怕，那一个环睛映电月光浮。他本是英雄豪杰旧勋臣，只落得千年称户尉，万古作门神。"①

　　从门神故事中可以了解许多民间智慧和民间心理。中国民间的许多故事和技艺，都包含着丰富而生动的想象，非常有魅力，甚至非常有人情味。龙王下雨也要诚信，不能偷工减料，偷工减料是要上剐龙台的。皇帝承诺了就要履行，办不到位也要招灾惹祸，但也有豪侠仗义的汉子出来承担风险。其中充满着人间道义，似乎少了一点法治的严格性，多了一点相互呵护的人情味。现在非物质文化遗产的调查，发现许多内蕴哲理，又非常生动的故事，可惜以往的文学史不写这些绿草如茵的美丽景观，只是津津有味地咀嚼着那种枯燥无味的干草，令人难以下咽。这里存在着文化认知的态度问题，文化态度决定了文化视境。

---

　　① 《西游记》第九回"袁守诚妙算无私曲，老龙王拙计犯天条"；第十回"二将军宫门镇鬼，唐太宗地府还魂"，人民文学出版社 2010 年版。

　　文化是人与世界打交道的方式，世界以文化塑造人，人以文化认识世界。中华民族文化以其举世罕见的深厚性、原创性、包容性、丰沛性、丰美性，为民族国家立下千万世不拔之基。此所谓中华文化的"一纲五目"。这是一棵顶天立地的大树，一艘乘风破浪的巨船，一面凌云飘扬的大旗，从而成为国家民族发展的主心骨和精神标志。一个民族的文化要向世界开放，向民众开放，向未来开放，通过千姿百态的令人喜闻乐见的形式，将文化的原创性，转化成广大的老百姓的共享性，普天下都来共享我们民族的文化瑰宝。这样才能够把我们民族的现代文明发展成为不愧于五千年辉煌文明，在民族全面崛起的时候，培养出中华文化的深厚底气和大国气象。

　　　　　　　　　　　　　　　（2008 年讲演记录稿，2012 年 3 4 月修改）

先秦诸子研究与现代文化建设

文化工程是一种人心工程。史有明言："千金可失，贵在人心。"① 文化通过思想表达、人生关怀、知识传授、礼仪习俗、审美情趣以及内蕴于其中的价值取向，滋润和培养着国民的素质和心灵的归属，关系到国家形象和综合国力。科技可治贫，文化可治愚，经济和精神上的富裕，应该双轨并驰，富而愚，则可能导致一个民族的堕落。春秋战国时期战乱频仍，如果没有孔孟老庄，留给后人的记忆就是"率兽食人"的血迹；大唐之世，曾是"稻米流脂粟米白"，国力强盛，如果没有李杜韩柳，留给后人的记忆，就只是一班脑满肠肥之辈而已。也许李白批评"珠玉买歌笑，糟糠养贤才"，也许杜甫揭露"朱门酒肉臭，路有冻死骨"，但是他们依然是盛唐养育而成、象征所在。文化成了时代的良心。正因为有孔孟老庄、李杜韩柳等文化巨星，中华民族的长空才群星灿烂，彪炳千古。历史对一个时代的定位，很大程度上是文化定位。

现代文化建设有两个关键的着力点：一是文化的原创性；二是文化的共享性。原创性注重文化学术思想的创造，学术创新体系和话语体系的建立，思维方式和学术方法的革新，学派、学风博大精深而充满活力。共享性就是使富有创造性的文化，通过体制的革新和开拓，为全民族所共享，甚至为人类所乐于接受。原创，撑起了时代文化的高度；共享，拓展了时代文化的广度。没有原创的"共享"，满足于低水平的重复，容易陷入平庸的媚俗；没有共享的"原创"，满足于曲高和寡，容易陷入不可持续发展的孤芳自赏。

衡量人文社会科学研究成功与否的基本标准，也是考察其能否，以及如

---

① 《南齐书》卷三十七《到撝、刘梭、虞悰、胡谐之列传》之"史臣曰"，中华书局1972年版，第657页。

何将"原创性"和"共享性"结合起来。之所以要研究离开我们已经两千多年的先秦诸子，是由于先秦时期是中国思想大规模原创的大时代，是中国思想的创世纪（Genesis）。诸子百家在这个大变动、大动荡的岁月，展示了中华民族伟大的思想创造能力，铸就了中华民族世代延续的文化基因。诸子的肉体生命已经成为尘埃，他们的文化生命却仍流淌于我们的血液中。研究诸子，就是研究我们的原本，研究我们的文化 DNA，研究"内在的自我"。研究他们活动的那个先秦时代，就是研究我们这个民族共同体的思想文化是如何凿破鸿蒙、开天辟地、铸造灵魂的，而我们如今又要如何激活这种原创精神，创造现代大国博大精深而又生机磅礴的文化。民魂、国魂的铸造，都离不开原创性文化的共享。

一　走近诸子

诸子思想已经是深入人心的文化遗产。不管自觉不自觉，我们都在这样或那样地用诸子的某些话语、某些思路，去认识世界、想象世界。我们民族的文化心理结构，是不能排除诸子的。文化原创性，需要有原创的根基。天生诸子，既是我们思想上的先驱，又是我们精神上的朋友。他们丰富复杂、异见纷呈的思想，适可以成为我们思想原创的深厚根基和文化出发点。面对诸子，我们应该做的事情，乃是从心地上立定根基，拂去历史烟尘和迷雾，沟通诸子的时代和我们的时代，深入与诸子的原创性对话，以对话开拓新的原创。要发现原创和深入对话，其中的关键，是使这些先驱和朋友真正在场。在场的要义，在于还原他们的生命状态和生命过程。

要走近诸子、还原诸子，首先要追问：诸子是谁？他们的著作为何如此？这就是研究诸子的发生学。比如庄子是谁？这个问题，两千多年就没有弄清楚。司马迁叙述先秦诸子，对庄子只作附传，附于《老子韩非列传》，非常粗略地指出庄子为宋国北部蒙地（今河南商丘）的漆园吏。细读《庄子》就会发现，庄子的家世蕴藏着三个未解之谜：（1）知识来源的问题。庄子家贫，到了要向监河侯借粟为炊的地步，监河侯推托"将得邑金，将贷子三百金"，庄子就以涸辙之鲋（鲫鱼）做比喻，说"君乃言此，曾不如索我于枯鱼之肆"！一个就要断炊的人，著书时竟然"其学无所不窥"，在那个学在官府的时代，博学何从谈起？（2）人生姿态的问题。庄子仅为卑微的漆园吏，在等级森严的社会，有何资格与王侯将相当面对话？而且衣冠不整，谈吐傲慢，官府也只好听之任之？（3）仕隐进退的问题。《史记》和《庄子》中，三次记述楚王派使者迎请庄子委以要职，都为庄子不屑一顾。楚国是当时的一流大国，为何到宋国聘请一个小吏而委以重任？而且这个小吏并无什么政治声望或实用的治国本事。知识来源、仕隐进退、人生姿态，都是认识一个人的要害所在。

　　由于存在以上三个千古未解之谜，只有对庄子的家族身世进行深入考证，才有可能认识他的文化基因从何而来，为何呈现此种形态。这是我们进行还原研究的根本入手之处。人们往往忽略了先秦的姓氏制度与汉代以后存在着根本差异。假若对上古姓氏制度作进一步考察，庄子家族渊源的信息就可能浮出水面。宋郑樵《通志·氏族略》云："以谥为氏。……氏乃贵称，故谥亦可以为氏。庄氏出于楚庄王，僖氏出于鲁僖公，康氏者卫康叔之后也。"又在"庄氏"一条下作注："芈姓，楚庄王之后，以谥为氏。楚有大儒曰庄周，六国时尝为蒙漆园吏，著书号《庄子》。齐有庄贾，周有庄辛。"[1] 郑樵以博学著称，对唐宋以前的文献无所不读，其考证当然有唐以前文献的根据。而《史记·西南夷列传》如是记述楚国庄氏的渊源："楚威王时，使将军庄𫏋，将兵循江上略巴蜀黔中以西。庄𫏋者，故楚庄王苗裔也。"[2] 这就印证了楚国庄氏是以楚庄王谥号作为氏名的。因此，庄氏属于楚国贵族。然而，庄子的年代（约公元前370—前280）距离楚庄王（公元前613—前591年在位）已经200余年，相隔七八代以上，只能说庄子是楚国相当疏远的公族了。楚庄王作为春秋五霸之一，曾向北扩张势力，破洛水附近的陆浑戎，观兵于周郊，问九鼎大小轻重于周室，是楚国最杰出的政治家。楚庄王的直系后裔就是楚国国王；旁系后裔到了孙辈，以他的谥号为氏，也是相当光荣的。

　　既然庄氏乃楚国疏远的贵族，又何以居留在宋国的蒙地？此事需从楚威王（公元前339—前329年在位）派使者聘请庄子当卿相入手。由此上推四

---

[1]　（宋）郑樵：《通志》卷二十五、二十八，浙江古籍出版社1988年版，第440、470页。
[2]　《史记》卷一百一十六《西南夷列传》，中华书局1959年版，第2993页。

十余年，即庄子出生前十几年，楚悼王（公元前401—前381年在位）任用吴起变法，"明法审令，捐不急之官，废公族疏远者，以抚养战斗之士"，"于是南平百越，北并陈、蔡，却三晋，西伐秦"①，拓展了楚国的实力和国土；吴起改革弊政的重要措施之一，是"令贵人往实广虚之地，皆甚苦之"②。当时楚国的一些疏远公族，可能被充实到新开拓的国土上，甚至降为平民躬耕于野，因而对吴起积怨甚深。楚悼王死后，宗室众臣发生暴乱而攻打吴起，追射吴起并射中悼王的尸体。射中国王的尸体，属灭门重罪，因而在楚肃王继位后，"论罪夷宗死者"七十余家。属于疏远公族的庄氏家族可能受到牵连，仓皇避祸，迁居宋国乡野。

通过梳理庄子的家族渊源，可以真切而深入地解开他为何能够接受贵族教育，为何敢对诸侯将相开口不逊，为何楚国要请他去当大官，而他又以不愿当牺牲的牛作为拒绝聘任的理由。同时，一旦进入《庄子》书，我们就感到楚文化的气息扑面而来。在《秋水篇》中，庄子对梁相惠施云："南方有鸟，其名为鹓鶵（鸾凤之属），子知之乎？夫鹓鶵发于南海而飞于北海。"庄子家族生于南方，他便自居为"南方有鸟"，而且自拟为楚人崇尚的鸾凤。其家族迁于北方，便说"发于南海而飞于北海"。在鸟由南飞北的叙述中，隐含着庄子家族由楚国迁徙至宋国的踪迹。

庄子笔下的楚国故事有十几个，多有一种归真悟道的神奇色彩，那可能是他的父母、祖父母告诉他的关于那个失落了的遥远故乡的故事。"月是故乡明"，失落了的那轮故乡月，更是令人心尖儿发颤，激发出无穷的幻想。比如《庄子·徐无鬼篇》郢匠挥斤，那是牵连着楚国首都的故事。说是楚国郢都，有一个叫做"石"的工匠，挥斧快捷如风，能砍掉别人鼻尖上薄如蝇翼的白泥巴，被砍者鼻子不伤而立不失容。楚国首都的这位匠人是如何练就这份绝技的，庄子未作交代。但如果与《养生主篇》的庖丁解牛相比较，约略可知他也经过类乎"所见无非牛"、"未尝见全牛"直至不以目视而"以神遇"，因而"以无厚入有间"的游刃有余的修炼进道的过程。这里讲"听而斲之"，而不是审视而斲之，强调的是以神运斧，而非以形运斧。

---

① 《史记》卷六十五《吴起列传》，第2168页。
② 《吕氏春秋》卷二十一《贵卒》，中华书局2009年"诸子集成"本，第598页。

匠石的绝技既是了得，那位白垩粘鼻的受斧者（所谓"质"），也是心神渊静，临危若定，进道极深。千余年后苏轼还神往这份绝技，在《书吴道子画后》说："（吴）道子画人物……出新意于法度之中，寄妙理于豪放之外，所谓游刃余地，运斤成风，盖古今一人而已。"[1]

楚国幅员广大，到了春秋战国之世，汉水之阴（山北为阴，水南为阴）已是楚国腹地。汉阴抱瓮丈人的故事，也是庄子借以论道的。《天地篇》说：

> 子贡南游于楚，反于晋，见一丈人方将为圃畦，凿隧而入井，抱瓮而出灌，搰搰然用力甚多而见功寡。子贡曰："有械于此，一日浸百畦，用力甚寡而见功多，夫子不欲乎？"为圃者仰而视之曰："奈何？"曰："凿木为机，后重前轻，挈水若抽，数如泆汤，其名为槔。"为圃者忿然作色而笑曰："吾闻之吾师：有机械者必有机事，有机事者必有机心。机心存于胸中，则纯白不备；纯白不备，则神生不定；神生不定者，道之所不载也。吾非不知，羞而不为也。"……（子贡）反于鲁，以告孔子。孔子曰："彼假修浑沌氏之术者也。……且浑沌氏之术，予与汝何足以识之哉！"[2]

"浑沌氏之术"是楚人的原始信仰。汉阴抱瓮丈人不愿使用方便省力的桔槔，宁可挖一条隧道下井汲水灌溉菜园子。他信奉的浑沌氏之术，如子贡从中体会到的"执道者德全，德全者形全，形全者神全。神全者，圣人之道也"。这完全不同于孔子教人的"事求可、功求成、用力少、见功多者，圣人之道"。机械可以提高社会生产力，推进物质财富的开发。西方世界正是以此为基本着力点，推动了人类文明的快速发展。但处在混沌思维中的庄子，似乎对此不感兴趣，他在那个时代就超前忧虑于对自然的开发违反了自然的本性，破坏了人与自然之间"德全、形全、神全"的三全和谐境界。他主张以道德通天顺地，并将这种道德楷模赋予楚地的抱瓮丈人。

---

① （宋）苏轼：《书吴道子画后》，《苏轼集》卷九十三，明海虞程宗成化刻本。
② 《庄子》卷三《天地篇》，《庄子集解》，中华书局 1987 年版，第 106 页。

此类楚风寓言，自古以来，沁人心脾。如宋朝文天祥极其赞赏："累丸承蜩，戏之神者也；运斤成风，伎之神者也。"① "累丸承蜩"，是《庄子·达生篇》中让孔子在场见证的楚国驼背老人捕蝉的神奇故事。驼背老人回答孔子："我有道也。五六月累丸，二而不坠，则失者锱铢；累三而不坠，则失者十一；累五而不坠，犹掇之也。吾处身也若厥株拘，吾执臂也若槁木之枝，虽天地之大，万物之多，而唯蝉翼之知。吾不反不侧，不以万物易蝉之翼，何为而不得！"② 应该说，驼背老人是形不全而神全。庄子于此，甚至采取损其形而全其神的叙事策略。驼背老人捕蝉之道是"形全精复，与天为一"，"不反不侧，不以万物易蝉之翼，何为而不得"。捕蝉也是小事，意味着在庄子心目中，道无所不在。如《知北游篇》庄子回答东郭了，道在蝼蚁，在稊稗，在瓦甓，在屎溺。这里道在蝉翼，郢匠挥斤中道在薄如蝇翼的白垩土，即所谓"周、遍、咸三者，异名同实，其指一也"。凝神之极，唯知蝉翼而不知天地之大、万物之多，这就是庄子借助这位楚国驼背老人所讲的道尚神全的道理。

先秦诸子启用俗文化的智慧，是激发自身原创性的极佳发酵剂。应该看到，先秦诸子在创造其学说的时候，除了面对非常有限的文字文献系统之外，主要面对非常丰富多彩的民间口头传统和原始的民风民俗。以往未见于文字的民风民俗和口头传统，沉积深厚，一旦被诸子著录为文，精彩点化，就令人惊异于闻所未闻，造成巨大的思想学术冲击波。春秋战国之世彪炳千古的思想原创，与此关系深刻。我们知道，庄子丧妻时的行为很是惊世骇俗：

　　庄子妻死，惠子吊之，庄子则方箕踞鼓盆而歌。惠子曰："与人居长子，老身死，不哭亦足矣，又鼓盆而歌，不亦甚乎！"庄子曰："不然。是其始死也，我独何能无慨然！察其始而本无生，非徒无生也，而本无形，非徒无形也，而本无气。杂乎芒芴之间，变而有气，气变而有形，形变而有生，今又变而之死，是相与为春秋冬夏四时行也。人且偃

---

① （宋）文天祥：《跋萧敬夫诗稿》，《文山集》卷十，四部丛刊本。
② 《庄子》卷五《达生篇》，《庄子集解》，第158页。

然寝于巨室，而我嗷嗷然随而哭之，自以为不通乎命，故止也。"①

庄子此则寓言颇受儒者诟病，却与楚国的原始民俗存在着深刻微妙的关系。据《明史·循吏列传》："楚俗，居丧好击鼓歌舞。"② 这就把庄子鼓盆而歌与楚地原始风俗联系起来了。唐宋以后的笔记和地方志，对此类风俗记载甚多，如《隋书·地理志》载"蛮左"的丧葬习俗是："无缞服，不复魂。始死，置尸馆舍，邻里少年，各持弓箭，绕尸而歌。"③ 唐人张鷟《朝野佥载》卷二载："五溪蛮父母死，于村外阁（搁）其尸，三年而葬，打鼓路（踏）歌，亲戚饮宴舞戏，一月余日。"④ 这种古俗到明清时期犹存楚地，说明庄子妻死鼓盆而歌出自家族风俗记忆。从庄子向惠子阐述其为何"鼓盆而歌"来看，庄子已将古俗哲理化了。在反省人间生死哀乐之中，庄子提炼出一个"气"字，从而把溟溟漠漠之道与活活泼泼之生命，一脉贯通。他认为："生也死之徒，死也生之始，孰知其纪！人之生，气之聚也，聚则为生，散则为死。……故万物一也，是其所美者为神奇，其所恶者为臭腐；臭腐化为神奇，神奇化为臭腐。"对生死一如的生命链条作了这种大化流行的观察之后，庄子得出结论："通天下一气耳。圣人故贵一。"⑤ 庄子看透了人之生死只不过是天地之气的聚散，通晓了万物皆化的道理，所以，在鼓盆而歌的行为中，便自然蕴涵着见证天道运行的仪式。

相较而言，庄子写其祖籍地楚国与居留地宋国的态度和手法，存在着巨大的反差。写楚国，他灵感勃发，神思驰骋，心理空间似乎比宇宙空间还要无际无涯；写宋国社会则似乎回到地面，描绘着各色人物的平庸、委琐、狭隘，甚至卑劣。《逍遥游篇》记述，宋人到越国去卖殷商时期样式的章甫（士人礼帽），可见宋人闭塞到了连蛮夷之地的服装、礼仪习俗与中原不同，都不明白。另一个故事为：宋人有使手受冷水浸泡而不皲（龟）裂的好药

① 《庄子》卷五《至乐篇》，《庄子集解》，第150—151页。
② 《明史》卷二八一《循吏列传》，中华书局1974年版，第7210页。
③ 《隋书》卷三十一《地理志》，中华书局1973年版，第898页。
④ 张鷟：《朝野佥载》（《隋唐嘉话》、《朝野佥载》合刊本），中华书局1979年版，第40页。
⑤ 《庄子》卷六《知北游篇》，《庄子集解》，第186页。

秘方，却世代代用来漂洗丝绵，甚至将秘方卖给异方客人。[①] 于此还可以进一步深思：庄子在写鲲鹏"图南"，以南冥为精神家园的时候，为何一再地谈论宋人的笨拙呢？从这种对比性的叙述中，人们可以感受到流亡后的庄氏家族，虽然已经四五十年了，但并未融入宋国社会。如果进一步考释，就会发现宋人的愚拙与宋国政治的封闭性有关，梳理《左传》对列国政治的记载，可知宋国始终以自家的公族执政，不接纳客卿。这种以专权而排他的政治结构，周旋于大国之间而求苟存的做法，造成游动于列国间的诸子对于宋人之闭塞、愚拙和刻板，多有反感。庄子当然感到切肤之痛，其余如《孟子》的"揠苗助长"，《韩非子》的"守株待兔"，都是著名的"宋国故事"。

地理也能为诸子学说的发生，提供思想形式创造的基地。庄子留居蒙泽湿地，他的文章携带着湿地林野的物种的多样性，清新、奇异和神秘，是文人呼吸着湿地林野空气的适意悟道的写作。庄子寓言写树大多辨析有用无用，写动物则涉及世相百态、道术百端。树木无言，动物有性，它们都是那位蒙泽湿地少年沉默的或调皮的朋友。作为流亡贵族后裔，少年出游无伴，遂与鸟兽虫鱼为友，"独与天地精神往来"。庄子最喜欢的动物似乎是鱼和蝴蝶，往往用之自喻，庄周梦蝶，濠梁观鱼，成了尽传庄生风采的千古佳话。对于猴子，庄子多加捉弄、嘲笑，说它不知礼义法度，像"猨狙衣以周公之服"[②]，定会撕咬毁坏；说群狙见吴王登山，逃入树丛中，一狙自恃巧捷，在人前显摆自己，以色骄人，终致被执而死[③]；又说狙公给群狙分发橡实，朝三暮四，众狙皆怒，朝四暮三，众狙皆悦，其聪明被玩弄于有名无实的三四个手指之间[④]。猴性活泼而浮躁，总是上当吃亏。人性不能取法猴性，应该有一种万物不足以挠心的定力。他是推许"用心若镜"，不取于心猿意马。

虽然对动物有喜欢、有嘲笑，但庄子对之浑无恶意，更多亲切、平等的

---

① 《庄子》卷一《逍遥游篇》，《庄子集解》，第7页。
② 《庄子》卷四《天运篇》，《庄子集解》，第126页。
③ 《庄子》卷六《徐无鬼篇》，《庄子集解》，第216—217页。
④ 《庄子》卷一《齐物论篇》，《庄子集解》，第16页。

感情。庄子有一个广阔而繁盛的动物世界，他似乎喜欢独自漫游山泽林间。自小就因出身流亡家族而缺乏邻居伙伴，因而他对林间百物是如此知根知底，知性知情，随手拈来，喻理证道，恰切、灵动而别有一番机趣。人们仿佛听见少年庄生在山泽林间的欢呼声："山林与！皋壤与！使我欣欣然而乐与！"这块蒙泽湿地，使庄氏家族获得了避开政治迫害的生存避风港，也使庄子思想获得了一个有大树丰草、有蝴蝶、有鱼、有螳螂、有蜗牛的梦一般的滋生地。

二　还原文化现场

诸子文化现场，音容茫昧，既经历史的磨损，又有人为的撕裂，简直是碎片满目。有心缀合弥补，比起将考古所得的陶瓷碎片，复原为瓶罐碗碟，还要难上几若何倍。但是，诸子书、其他古籍和出土文献并非只是冷冰冰的材料，慧眼当识其中有若隐若现的诸多生命信息。警察破案，见一脚印，便可勘破盗贼的年龄、身材、步姿，甚至作案时的心态，难道自视聪明过人的人文学者在见微知著上，就不及警察？这是需要反躬自省的。在已经碎片化的历史文化现场上，再施展"黑旋风"式挥起板斧"排头砍去"的威风，是干脆而痛快的，但所收获的唯有"碎片化"后的"粉末化"了。扪心自问，这对得起中华民族灿烂辉煌的文化吗？人文学者的责任，是还原辉煌文化应有的辉煌，以为更加辉煌的创造打下根基。这就需要将"还原难"转换为"还原能"，向诸子文化现场走近一步。

春秋战国时期最重要的历史文化现场，是两次重要思想家的聚会，一为春秋晚期，孔子到洛阳向老子问礼，这是启动以后三百年中"百家争鸣"的关键；二为战国晚期，韩非和李斯拜荀子为师，这给三百年的"百家争鸣"画上了一个句号。对这两次聚会，以往争论不休，成为尚未破解的千古之谜。这里只讲后一次聚会。《史记·老子韩非列传》记载韩非"与李斯俱事荀卿，斯自以为不如非"。《李斯列传》记载李斯"乃从荀卿学帝王之术。学已成，度楚王不足事，而六国皆弱，无可为建功者，欲西入秦。辞于荀卿"。那么，韩非、李斯是多大年纪、在什么地方、以什么方式、当了多少年荀子的学生呢？两千年来，人们找不出材料加以证明。

战国晚期三大思想巨擘聚首于楚，乃是思想史上的大事，有必要恢复它的历史现场。关键在于考定韩非、李斯拜荀子为师的年代。荀子五十岁在齐襄王时代才游学稷下，"最为老师"，"三为祭酒"，在孟、庄之后已是首屈一指的大家。其间他曾游秦见应侯，不能说他无意于用秦。由此在稷下受谗，为楚春申君聘为兰陵令，时在春申君相楚八年（公元前255）。荀子在楚又受冷箭，辞楚归赵，再应春申君招请，已是两年后了。此时荀子作《疬怜王》之书，以答谢春申君，见于《战国策·楚策四》，而《韩非子·奸劫弑臣篇》也收录此文。一个令人迷惑不解而长期引起纷争的问题是：此文的著作权属谁？如果考虑到荀、韩之间的师生关系，就有三种可能的解释：一是韩非所作，《战国策》把它误安在荀子的名下；二是韩非抄录老师文稿，而混入自己的存稿中；三是荀子授意韩非捉刀，而弟子有意保存底稿，留下一个历史痕迹。

仔细比较《楚策》和《奸劫弑臣篇》略有文字差异的《疬怜王》文本，觉得上述第三种解释较为合理。原因有五：

一是《楚策》本比《韩非子》本删去一些芜词，文字更为简洁，而且改动了一些明显带法术家倾向的用语；二是《楚策》本在修改《韩非子》本时，增加了"春秋笔法"；三是文中采用的一些历史事件为荀子熟知，而为《韩非子》它篇未见，当是老师口授，弟子笔录的；四是本文用"疬怜王"的谚语作主题，乃是儒家为"王者师"的命题，而非法家"为王爪牙"的命题；五是《楚策》此文之后，还增加了一篇赋，赋为荀子创造的文体，引《诗》述志是荀子常用的手法，因此，当都是荀子改定时所加。[①] 这五条理由可以证得，这篇《疬怜王》答谢书，是一篇由荀子授意，韩非捉刀，最后由荀子改定的文章。过去有学者想证明《疬怜王》的《韩非子》本与《战国策》本，一真一伪，其实这两个文本都是真的，只是过程中的真，不同层面的真。《韩非子》中的文本，是受意起草时的真，《战国策》的文本，是改定寄出时的真。如果以上考证可以相信的话，一系列的问题即可迎刃而解。荀子由赵经韩，准备到楚都陈郢应春申君招请时，韩非已在荀子门下，时在公元前253年；李斯在六年后，即秦庄襄

---

① 参见杨义《〈韩非子〉还原》，《文学评论》2010年第1期。

王卒年（公元前247），辞别荀子离楚入秦。即是说，韩非、李斯师事荀子，共计六年，公元前253—前247年。此时荀子六十多岁，韩非四十多岁，李斯二十余岁。他们聚首的地方是在楚国的新都陈郢（今河南淮阳），其时楚旧都已沦陷于秦将白起，退守后的新都离韩都新郑和李斯故乡上蔡都在二三百里路程之内，交通颇便。

那么，他们师徒相聚的方式何如？李斯年仅二十余，正是从师问学的年龄，较常在荀子身边。这又为《荀子》书中李斯、荀子的问答所证实，李斯进入秦国，也向荀子告别请教。韩非年逾四十，又是韩王之弟，必须常住韩都，经营当官的机会，不然就可能长久被边缘化。他们师生相处的时间并不长，韩非未必常在身边，而且韩非师事荀子时，已经是相当成熟的法术家或思想家，因而荀子对他的影响不是体系性的，而是智慧性。兼且荀子是三晋之儒，异于邹鲁之儒，在稷下十余年浸染了某些黄老及其他学派的学术，他入秦观风俗吏治，交接秦相应侯，似有几分用秦之心，授徒也用帝王之术，这些方面与韩非并不隔膜。

还有一件深刻地影响了中国历史进程的事情，是韩非思想受到秦始皇的喜爱，成为大秦帝国的官方意识形态。《史记》说："人或传其书至秦。秦王见《孤愤》、《五蠹》之书，曰：'嗟乎，寡人得见此人与之游，死不恨矣！'"风华正茂的秦王政为何兴奋至此？一者正因为秦王政对于韩非未尝闻其名、知其人，他们之间不存在复杂的利害关系和人事纠葛，还留有几分"空白的新鲜"和"无利害的尊重"，这在君主集权制度中是难得的机遇。二者缘于秦王政当时的心理状态和精神意向，韩非书击中了他精神关注和焦虑的焦点。要重新呈现这个历史现场，就有必要将《史记·吕不韦列传》、《秦始皇本纪》及《六国年表》贯通起来，加以综合考察。秦王政十三岁登基，大权长期握在仲父相国吕不韦和后来的长信侯嫪毐手中。登基九年，秦王政已冠、带剑，却发现嫪毐与太后淫乱叛变。在平定这场叛乱后，牵连吕不韦免相，但他退居河南，依然是诸国宾客使者相望于道，直到令他迁蜀而服毒自杀，才算结束了重逆柄政、千钧一发的政治危机。此时已是秦王政十二年（公元前235），他二十四岁。从秦国于第二年就出兵韩国，索取韩非；第三年韩非就出使入秦来看，秦王政正是在公元前235年读到韩非之书的。他适值结束政治危机而痛定思痛之时，读到韩非《孤愤》、《五蠹》之书，自然觉得，己所欲言而未能言者，竟被此书说得个通体透彻，简直是字字直叩心扉，积郁顿消，岂不淋漓痛快之至哉！

　　还原历史现场的一个有效办法，就是从文化地理学的角度，考察诸子思想产生的地域文化原因。比如，考察老子思想发生的原因，就应该读一读郦道元《水经注》的相关记载，因为该书难能可贵地为后世留下老子故乡的若干历史痕迹。[①] 地方风物所透露的信息，潜在地暗示着老子的身世，潜在地影响着老子的思想方式。我们应该如实地承认老子是不知有父的，多么渊博的学者也无法考证出老子之父。但他是知有母的，李母庙就在老子庙的北面。笔者怀疑，老子出生在一个母系部落，才会如此。了解这一点，才可能解释何以在先秦诸子中，唯有《老子》带有母性生殖崇拜的意味。最为明显的是《老子》六章："谷神不死，是谓玄牝。玄牝之门，是谓天地根。"牝的原始字形是"匕"，作女性生殖器形状，正如牡字去掉"牛"旁，乃男性生殖器形状一样。玄牝之门，即玄深神秘的女性生殖器之门，竟然是天地之根，这不是母性生殖崇拜，又作何解释？六十一章又说："大邦者下流，天下之交，天下之牝（马王堆汉墓帛书甲本作'天下之牝，天下之交也'）。牝常以静胜牡，以静为下。"这些话都语义双关，从神圣的生殖崇拜，转化出或发挥着致虚守静、以柔克刚的思想。

　　上古中国是一个多元共构的，并非都是同步发展的文化共同体，恰恰相反，非均质、非同步是其突出的特点。周室及其分封诸国的中心地区，是一些经济文化比较发达的城邦。而远离城邦的边鄙之地，则存在着明显的原始性，依然活跃着许多氏族、部落和部落联盟。在这些边远地区，就很可能存在着母系氏族，或母系氏族的遗风。值得注意的是，《老子》二十一章，在讲了"道之为物，惟恍惟忽。……窈兮冥兮，其中有精，其精甚真，其中有信"（精和信，均为男女生殖之液）之后，特别讲到"自今及古，其名不去，以阅众甫。吾何以知众甫之状哉？以此"。众甫二字，马王堆帛书甲、乙本均作"众父"，这种用语是否带点群婚制的信息呢？老子是否也因而知有母，而不知有父呢？

　　那么，为何又称"谷神"呢？从《水经注》可知，大概与赖乡颇有山

――――――――――

[①]　参见杨义《〈老子〉还原》，《文学评论》2011 年第 1 期。

谷，谷水出焉有关。那里的初民，也许有谷神信仰。而且溪谷也是"牝"，如《大戴礼记·易本命》所说："丘陵为牡，溪谷为牝。"① 这就将老子从原始民俗中所汲取的玄牝信仰和溪谷信仰，贯通起来了。谷神也就是玄牝。因而《老子》三十九章以"道生一"的"一"字言道："昔之得一者：天得一以清，地得一以宁，神得一以灵，谷得一以盈，万物得一以生，侯王得一以为天下正。"请注意这一系列得一者的顺序：天，地，神，谷，万物，侯王。这是一系列非常神圣的名字，其中唯"谷"字特别，超出常人的想象，说明"谷神"信仰的神圣性。《老子》书也用了不少"谷"字、"谿"字来论道，比如六十六章："江海之所以能为百谷王者，以其善下之，故能为百谷王。是以圣人欲上民，必以言下之；欲先民，必以身后之。是以圣人处上而民不重，处前而民不害。是以天下乐推而不厌。以其不争，故天下莫能与之争。"从"百谷王"的虚怀若谷、海纳百川，讲到不争而莫能与之争，老子把原始信仰转化为无为思想的辩证法思维，理论穿透能力是非常强的。一般而言，无水为谷，有水为谿，在季节性山间小溪中，谷和谿是同一物在不同季节的各异形态。二十八章说："知其雄，守其雌，为天下谿。为天下谿，常德不离，复归于婴儿。……知其荣，守其辱，为天下谷。为天下谷，常德乃足，复归于朴。"天下谿和天下谷相当，又与百谷王相对应。知雄守雌，以雌为雄，处下不争，归朴复婴，所追求的都是"常德"而不是一日长短。从母性生殖崇拜到谷神信仰，老子所发掘的历史文化资源，在诸子中最称古老和原始，由此他触及宇宙的根本和人生的根本，在宏大的宁静中寻找着此世界生生不息的母体。

陈地的地理风物对老子影响至深者，一是谷，二是水。他自小就在流经赖乡的谷水、涡水上，天真无邪地嬉戏，因而对水性、水德体验极深。《老子》八章说："上善若水。水善利万物而不争，处众人之所恶，故几于道。……夫唯不争，故无尤。"这就是老子体验到的水之德。还有水之性，《老子》七十八章说："天下莫柔弱于水，而攻坚强者莫之能胜，以其无以易之。弱之胜强，柔之克刚……正言若反。"柔弱胜刚强，是老子最有标志性的发现之一，而最初启发他的莫非水，最好的喻体也莫非水。这个发现既可鼓舞弱

① 《大戴礼记》卷十三，中华书局1983年版，第258页。

者敢于坚持的勇气，又可告诫逞强之徒收敛其锋芒，还可涵养强大者游刃有余的处事谋略，成为各阶层的人们以"天下之至柔，驰骋天下之至坚"的思想源。高深莫测哉，老子智慧，他的发现对中国人心理的渗透和模塑，谁也不应低估。老子从水性中发现了"柔弱胜刚强"，从水德中发现"善利万物而不争"，这和孔子叹逝川，可以并列为对水之哲学的三项杰出的发现。涡水、谷水虽小，它们滋生的哲学却功成而不居地震撼着中国人的心灵。

三　破解千古之谜

由于史料缺失以及历代诠释以崇圣尊经为标准所造成的遮蔽，先秦诸子研究中存在着许多千古之谜。要破解这些千古之谜，首先需对先秦诸子进行生命的还原，以"还原"来确立"破解"的根本。不管采取何种思维方式，思想的产生，都是社会实践和精神体验的结果。孔子一旦成了圣人，经过历代的阐释、开发、涂饰和包装，他的名字就成了公共的文化符号，在很大程度上已不再属于他自己。因而对孔子的思想言论，最关键的是要放在特定的社会历史境遇中，分析其生命遭际和心理反应，而不能将之从特定的社会历史境遇中游离出来，孤立地向某个方向作随意的主观引申；也不能百般曲解、回护，为圣人讳。梁启超有言："凡境遇之围绕吾旁者，皆日夜与遇之；围绕吾旁者，皆日夜与吾相为斗而未尝息者也。"① 境遇是人的生命展示的现场，忽视境遇，就忽视生命的鲜活的个性。对孔子言论之境遇的还原，就是对孔子生命的鲜活个性的尊重。

比如孔子的"唯女子与小人为难养也，近之则不孙，远之则怨"② 一语，在妇女解放和女性主义思潮中最受诟病。以往注家也有觉察并进行回护。宋邢昺疏解云："此章言女子与小人皆无正性，难蓄养。所以难蓄养者，以其亲近之，则多不孙顺；疏远之，则好生怨恨。此言女子，举其大率耳。若其禀性贤明，若文母之类，则非所论也。"在邢昺进行"大率"和例外的分辨之处，朱熹则将女子界定为"臣妾"："此小人，亦谓仆隶下人也。君

---

① 梁启超：《新民说》第九节"论自由"，《梁启超文集》卷六，林志钧饮冰室合集本。
② 《论语》卷九《阳货篇》，《四书章句集注》，中华书局1983年版，第178页。

子之于臣妾，庄以涖之，慈以畜之，则无二者之患矣。"其实与其费尽心思地为这句话的正确性作辩护，倒不如考察一下它所产生的历史境遇。

孔子在政治生涯中两遇女子，一是《论语·微子篇》说的"齐人归女乐，季桓子受之，三日不朝，孔子行。"对于此事，《史记·孔子世家》综合先秦文献描述孔子年五十六，由大司寇行摄相事，把鲁国治理得极有起色。毗邻的齐国担心"孔子为政必霸，霸则吾地近焉，我之为先并矣"。于是选出八十个歌舞女子，送给鲁君。季桓子几次微服到鲁城南高门外观看女乐，又邀请鲁君终日游览，荒废政事。孔子等待观望，等到连祭祀的熟肉都不发，就上路到了边境。师己送行的时候，孔子唱了一首歌："彼妇之口，可以出走；彼妇之谒，可以死败。盖优哉游哉，维以卒岁！"师己回去，如实告诉季桓子，季桓子喟然叹息："夫子罪我以群婢故也夫！"这里既讲到孔子为政带来"男女别途"，又讲到齐国"女子好者"八十人，在孔子政治生涯造成转折中的负面作用。孔子离鲁途中作歌，指责"彼妇之口"、"彼妇之谒"，而季桓子则感叹"夫子罪我以群婢故也夫！"在如此情境中，与其说孔子在抽象地谈论"女子"，不如说他在批评"好女色"；与其说孔子在孤立地谈论"小人"，不如说他在针砭"近小人"。

再看另一次遭遇女子。《论语·雍也篇》记载孔子离开鲁国而出入于卫国，发生"子见南子"事件，《史记》也做了这样的发挥：

　　（孔子）返乎卫，主蘧伯玉家。灵公夫人有南子者，使人谓孔子曰："四方之君子不辱欲与寡君为兄弟者，必见寡小君。寡小君愿见。"孔子辞谢，不得已而见之。夫人在绨帷中。孔子入门，北面稽首。夫人自帷中再拜，环佩玉声璆然。孔子曰："吾乡为弗见，见之礼答焉。"子路不说。孔子矢之曰："予所不者，天厌之！天厌之！"居卫月余，灵公与夫人同车，宦者雍渠参乘，出，使孔子为次乘，招摇市过之。孔子曰："吾未见好德如好色者也。"于是丑之，去卫。①

据《吕氏春秋》，孔子是通过卫灵公的宠臣的渠道，见到卫灵公的嬖夫

---

①　《史记》卷四十七《孔子世家》，第 1918—1921 页。

人南子："孔子道弥子瑕见釐夫人。"这一点，与《淮南子·泰族训》、《盐铁论·论儒篇》的材料相仿佛。这个嬖臣弥子瑕，大概就是《史记》所说的南子派使的人。这次拜访却引起子路的误会，害得孔子对天发誓。而卫灵公却没有因此尊敬和重用孔子，只给他一个坐在"次乘"上，跟在自己和南子的车屁股后面的待遇。引得孔子对如此女子、如此小人，大动肝火，痛陈在卫国，"好色"已经压倒了"好德"，并且为此感到羞耻，离开了卫国。在如此情境中，孔子对"女子与小人"做出申斥，又有什么可以大惊小怪的呢？

只要我们对历史进行有事实根据的还原，就会发现，今人对孔子的一些指责，指向的也许不是本来的孔子，而是圣人之徒加在孔子脸上的涂饰。只有消解这类涂饰和包装，才能如实地分辨孔子的本质和权变、贡献与局限、精华与糟粕、短暂与永恒。我们谈论孔子的力量，才是真实的、而非虚假的力量。

破解千古之谜的重要方法，是从文献处入手，在空白处运思，致力于破解空白的深层意义。这应该看做是"哲学的文献学"妙用。要尽可能地从文献的蛛丝马迹上，进入先秦诸子的生命本质。在把握多种多样的学科文献材料，包括出土文物文献的材料的基础上，需要交叉使用文化人类学、历史编年学、姓氏学、人文地理学以及考古民族学等方法，才能够接触到诸子的生命的密码。比如说，《左传》鲁定公四年（公元前506）记述吴、楚"柏举之战"，吴军神速攻入楚国郢都，只载伍子胥、吴王阖闾及其弟夫概，却没有孙武的影子。但这场以少胜多的战争，直插大国首都，若无孙武式的神机妙算，简直匪夷所思。连一代雄主唐太宗都说："朕观诸兵书，无出孙武。孙武十三篇，无出虚实。夫用兵，识虚实之势，则无不胜焉。"[①]

疑古派学者依据《左传》记载的空白，就怀疑历史上有无孙武其人。早在宋代，叶适（水心）就有此议论，《文献通考》记载叶氏的话："（司马）迁载孙武齐人，而用于吴，在阖闾时，破楚入郢，为大将。按《左氏》无孙武。他书所有，《左氏》不必尽有，然颖考叔、曹刿、烛之武、鳟设诸之流，微贱暴用事，《左氏》未尝遗。……故凡谓穰苴、孙武者，皆辩士妄

---

① 旧题（唐）李靖：《唐太宗李卫公问对》卷中，中华学艺社影宋刻本，1935年版。

相标指，非事实。其言阖闾试以妇人，尤为奇险不足信。"① 黄宗羲《宋元学案》卷五十四《水心学案》，也载此说。实际上，空白并非无，历史记载的事情只是历史存在的沧海一粟，记载了，不一定全是真实；失载了，不一定不存在。《左传》采用官方材料，将一切战绩都归于国王和重臣，而孙武只是客卿，也就忽略不记。但先秦兵家文献《尉缭子》记载，有提十万之众，而天下莫敢当者，是齐桓公；有提七万之众，而天下莫敢当者，是吴起；有提三万之众，而天下莫敢当者，是孙武子。《韩非子·五蠹篇》也称，"境内皆言兵"，"藏孙、吴之书者家有之"，孙武、吴起成了兵家的标志性人物。对同一件事情，官方和民间的记载因为价值标准不同，关注的重点人物就大不一样。东汉王充的《论衡》甚至说："孙武、阖庐，世之善用兵者也，知或学其法者，战必胜。"② 竟然将孙武置于吴王之前。历史是透过各色人等记述的"三棱镜"，呈现为赤橙黄绿青蓝紫七彩的，简单地追逐单色，就可能失去历史的丰富性。

由于古史文献失载，《史记·孙子列传》对孙武身世的记载相当简略："孙子武者，齐人也。以兵法见于吴王阖庐。阖庐曰：'子之十三篇，吾尽观之矣，可以小试勒兵乎？'"只说到孙武是齐国人，他遇见吴王阖闾，就拿出了《十三篇》，使现在的《孙子兵法》十三篇，有了着落。问题在于只有三十余岁的孙武，此前并无作战记录，但一出手就是《十三篇》，竟然成为千古兵家圣典，如此奇迹何由而生？先秦材料并没有提供奇迹产生的足够资料，我们只能从先秦以来留下来的有限而零碎的材料中，寻找蛛丝马迹，去弥补和破解这个空白。

清代学者孙星衍，自称乃孙武后代，指认出孙武祖父为陈书。《左传》鲁昭公十九年（公元前523）记载的齐国将领孙书，本名陈书，因战功被齐景公赐姓为"孙"。陈、田相通，因此孙书属于田完家族的后裔。据《史记·田敬仲完世家》记载，陈国贵族陈完因宫廷变乱，逃奔齐桓公当了"工正"。五世以后，宗族强盛，九世孙太公和取代姜齐，自立为诸侯。孙武，是田完家族的七世孙。《左传》昭公十九年记载："秋，齐高发帅师伐

---

① （元）马端临：《文献通考》卷二百二十一《经籍考》载"水心叶氏曰"，浙江古籍出版社版。
② （东汉）王充：《论衡》卷十二《量知篇》，四部丛刊本。

莒。莒子奔纪鄣。使孙书伐之。初，莒有妇人，莒子杀其夫，已为嫠妇。及老，托于纪鄣，纺焉以度而去之。及师至，则投诸外。或献诸子占，子占使师夜缒而登。登者六十人，缒绝。师鼓噪，城上之人亦噪。莒共公惧，启西门而出。七月丙子，齐师入纪。"①孙书因此赐姓，这一年，孔子十九岁，比孔子略小的孙武也就十岁出头。后来写成的《孙子兵法》讲，兵不厌诈，兵以诈而立，其快如风，其动如雷霆，可以看到这个战例一些影子。而且《孙子兵法》第十三篇很独特，写了个反间计，认为内奸，或者"暗线"，对于打仗能够知己知彼、里应外合非常重要。哪部兵书专门为"反间计"写上一章呢？就是《孙子兵法》。我们知道，信息时代非常重视战争中的信息，使用卫星监视敌方的动向。孙武有先见之明，两千多年前就强调战争中信息的重要性。这跟孙武祖父讨伐莒国小城，得到城中老妇作为内线的支持，是有关系的。《孙子兵法》反映和升华了孙武的祖父辈的战争经验。

考察《孙子兵法》的家族文化基因，绝不应忘记另一位和孙书同辈的大军事家司马穰苴。司马穰苴本称"田穰苴"，也是齐国田氏家族的旁系中人，因当了大司马、大将军，后代以官名为氏，改称司马穰苴。《史记》卷六十四《司马穰苴列传》，记载春秋晚期，齐国受晋国和燕国的威胁，常打败仗，有人建议齐景公启用田穰苴。齐景公担心田氏家族的势力膨胀，但劝说者认为，穰苴为田氏家族庶出，又不怎么关心政治权势，只是军事专家，于是就任命他当了大将军。可是司马穰苴跟齐景公说，我的威信不足以统率全国军队，最好派一个宠臣来做监军，结果就派了宠臣庄贾。司马穰苴就同庄贾约定，明天午时，在军门会合，商量出兵事宜。谁料庄贾倚宠卖宠，到处应酬酒席，接受礼品，弄到中午还不见人影，到晚上才来。司马穰苴就问军法官，该如何处置，军法官说，按军令要杀，司马穰苴就下令，推出去杀了。齐景公马上派使者来制止。司马穰苴说了一句"将在军，君命有所不受"，就把他杀掉了。这句话跟孙武杀掉吴王的两个宠姬的话是一模一样的。《史记》卷六十四《司马穰苴列传》中的这句话，在卷六十五《孙子吴起列传》中又出现，似乎《史记》用语重复，实际上那是同一个家族的军事思想。有意思的是，盛唐贤相张九龄主张诛杀安禄山的奏章中，也将这两件事

---

① 《春秋左传注》，中华书局 1990 年版，第 1403 页。

联系起来："穰苴出军，必诛庄贾；孙武教战，亦斩宫嫔。守珪军令必行，禄山不宜免死。"[①]《孙子兵法》强调，将军跟国君的关系，是战争中的最重要的关系之一。就是说国君要把战场上指挥决断之全权委托给将军，战场形势瞬息万变，攻防调动仰赖深居宫廷的国君听风是雨，指手画脚，将军无法做主，就必然打败仗。《孙子兵法·计篇》说："将听吾计，用之必胜，留之；将不听吾计，用之必败，去之。"这些话是讲给吴王阖闾听的，有话在先，去留由斯。

孙武练兵为何杀了两个宠姬，好像是血淋淋的残酷？但他不能手下留情，必须君命有所不受，能够行使将军指挥全权，留在吴国才有实质的价值。孙武看到齐国田氏与其他政治势力争斗不休，避祸南下富春江一带，观察周围几个国家的形势，存在着"鸟择树枝"，而不是"树枝择鸟"的多种可能性。孙武在吴国，只是一个客卿，死后在苏州附近的墓碑还写着："吴王客孙武之墓"。他跟伍子胥不一样，伍子胥曾经帮助公子光（吴王阖闾）刺杀吴王僚，是辅助新君上台的功臣，是相国，是国君的左膀右臂。孙武无此根基，必须强调"将在军，君命有所不受"的前线指挥权，强调他与司马穰苴都恪守的家族信条。《史记》记载，司马穰苴"文能服众，武能威敌"，这跟《孙子兵法》里"令之以文，齐之以武"的治军思想，是相通的。司马穰苴带军队，士卒一住下，他就去检查伙食，关心井和灶弄好了没有，有没有生病的，亲自操持这些事情。自己领到军粮，就发给士兵一起享受，这跟《孙子兵法》里"善养士卒"的思想是一致的。《地形篇》讲的"视卒如婴儿，故可与之赴深谿；视卒如爱子，故可与之俱死"，与司马穰苴带兵打仗的行为方式也存在关系。

可以说，家族的记忆，长辈成功的典范，已经成了《孙子兵法》字里行间的精神气脉。孙武出生在齐国军事世家，祖辈军事思想和作战经验，深刻地影响和震撼着当时只有十几岁的少年孙武。政治军事家族平时的家教，厅堂上的谈论、辩论、争论，直接成为孙武军事思想形成的催化剂。这个军事家族平时谈论和关心的战争，一是齐国跟邻国打的仗，二是近百年来齐、晋、秦、楚四大国之间的决定存亡兴衰的重要战争。比如说，齐鲁长勺之战

---

① 《旧唐书》卷九十九《张九龄传》，中华书局 1975 年版，第 3099 页。

中，曹刿论战，"一鼓作气，再而衰，三而竭"，强调战争中勇气、士气的作用。这个齐、鲁战例，离孙武几十年，但其家族对鲁胜齐败的经验教训，肯定做过研究和反省。所以孙武讲战争，非常重视气，"三军可以夺气，将军可以夺心"，"是故朝气锐，昼气惰，暮气归。故善用兵者，避其锐气，击其惰归，此治气者也"。曹刿论战中的"气说"，通过孙子家族对一场与齐国有关的战争的讨论总结，注入了《孙子兵法》的理论思考之中。《孙子兵法》实际上是孙氏政治军事家族的经验和智慧的结晶，也是春秋列国重要战争经验的哲学性的升华。对《孙子兵法》的这些认识，都离不开"从文献处入手，在空白处运思"这种诸子生命还原的学术方法。

破解千古之谜的另一种不可忽视的思想方法，是重视诸子思想发生发展的"过程性"。过程是动态的哲学，是思想家生命展开和实现的途径。没有过程，就没有思想家，没有思想家的产生和成熟，也没有整个思想学术史的气象万千。就以韩非子来说，看不到他思想的发展过程，而把他的思想看做凝固不变的框架，就很难破解与之有关的某些千古之谜。比如胡适有这样的判断："大概《解老》、《喻老》诸篇，另是一人所作。"容肇祖《韩非著作考》追随胡适，作了如此考证："《五蠹篇》说，微妙之言，上智所难知也，今为众人法而以上智所难知，则民无从识之矣。……《解老》、《喻老》是解释微妙之言，韩非一人不应思想有这样的冲突，可证为非彼所作。"这是以成熟期韩非思想作为凝固的标准，去衡量全部韩非著作，其结果否定了韩非对《解老》、《喻老》的著作权，就使得韩非"归本于黄老"失去了落脚点。

韩非早年以刑名法术之学为思想的始发点，而且其全部思想以刑名法术之学为主体，这是没有疑义的。但其思想也存在着曲折，并且在曲折中深化，在曲折中变得博大。要破解韩非在思想发生曲折和深化时，写出《解老》、《喻老》两篇，关键在于以过程意识，考证清楚这两篇作于何时。为了能够在年代学上突破这一点，必须注意《韩非子》中曾经两次记载过的一个非常奇特的人物：堂谿公。一次是《韩非子·问田篇》：

> 堂谿公谓韩子曰："臣闻服礼辞让，全之术也；修行退智，遂之道也。今先生立法术，设度数，臣窃以为危于身而殆于躯。何以效之？所

闻先生术曰：'楚不用吴起而削乱，秦行商君而富强，二子言已当矣。然而吴起支解而商君车裂者，不逢世遇主之患也。'逢遇不可必也，患祸不可斥也。夫舍乎全遂之道而肆乎危殆之行，窃为先生无取焉。"

韩子曰："臣明先生之言矣。夫治天下之柄，齐民萌之度，甚未易处也。然所以废先王之教，而行贱臣之所取者，窃以为立法术，设度数，所以利民萌、便众庶之道也。故不惮乱主暗上之患祸，而必思以齐民萌之资利者，仁智之行也。惮乱主暗上之患祸，而避乎死亡之害，知明夫身而不见民萌之资利者，贪鄙之为也。臣不忍向贪鄙之为，不敢伤仁智之行。先王（生）有幸臣之意，然有大伤臣之实。"①

韩非为创立法术之学，颇有点不避艰险祸患的意志。由他直斥昏暗君主，以及对长者堂谿公的直率态度，可知未脱少年气盛，而以"仁智之行"来定位自己的法术主张，也是早期思想的痕迹。这里需要着重考明的，是韩、堂对话发生于何时，以便把握韩非思想的过程性。

另一次是《韩非子·外储说右上》记载：

堂谿公谓（韩）昭侯曰："今有千金之玉卮而无当，可以盛水乎？"昭侯曰："不可。""有瓦器而不漏，可以盛酒乎？"昭侯曰："可。"对曰："夫瓦器，至贱也，不漏，可以盛酒。虽有乎千金之玉卮，至贵而无当，漏，不可盛水，则人孰注浆哉？今为人主而漏其群臣之语，是犹无当之玉卮也。虽有圣智，莫尽其术，为其漏也。"昭侯曰："然。"昭侯闻堂谿公之言，自此之后，欲发天下之大事，未尝不独寝，恐梦言而使人知其谋也。②

接下来还有此事传闻异辞的记载，谓"昭侯必独卧，惟恐梦言泄于妻妾"。

韩昭侯在位三十年，时为公元前362—前333年，到韩非被害的秦王政十四年（公元前233），相距已是百年。如果韩非被害时年逾六旬，那么他

---

① 《韩非子》卷十七《问田篇》，陈其猷《韩非子新校注》，上海古籍出版社2000年版，第953页。
② 《韩非子》卷十三《外储说右上》，第761页。

大概生于公元前296年（韩襄王末年）左右。如果堂谿公在昭侯末年是二十六七岁，那么他在韩非二十岁时对之进行劝说，已是八十五岁的老人了。而二十岁左右的韩非已有著述为堂谿公所知，可见他的早熟。从他的著述内容亦可知，他是以商鞅、吴起的变法思想作为自己的学术始发点的。

　　堂谿公的名字和身世几乎无从考证。从他劝说韩非以"服礼辞让"、"修行退智"的全身遂志的道术来看，他实在是黄老学术中人。也许受了堂谿公劝告的启发和刺激，韩非启动了从"喜刑名法术之学"到"归本于黄老"的心路历程，并且在二十岁出头的时候（公元前275年左右），写出了《解老》、《喻老》诸篇。

四　重绘文化地图

　　中国幅员广大，各个地域在种族、部族活动的漫长历史过程中，积累了丰富多彩的地域文化成果。由于不同地域给诸子注入的文化因素千差万别，因此考定诸子的家族身世和里籍，对于破解诸子的文化基因具有关键价值。但历史文献资料的短缺，为考订留下许多难题。《史记·孟子荀卿列传》所附墨子身世片段仅云："盖墨翟，宋之大夫，善守御，为节用。或曰并孔子时，或曰在其后。"将墨子附于列传中孟子、稷下先生、荀子之后，年代明显错乱。如此简略地记载一个学派领袖的一生，说明风行二百余年的墨子显学，到太史公时代已衰微到了几乎进入绝学之境。而且《史记》说墨子为"宋大夫"，与《墨子》记载他从不接受爵位互相矛盾；至于墨子的里籍在何处，也未作交代。

　　关于墨子里籍问题，《史记》、《汉书》没有明确记述，唯汉末高诱注《吕氏春秋》称其为"鲁人"。以后就陷入众说纷纭、莫衷一是的迷雾之中。学术研究，器识为要。要在善于拨开迷雾，辨识直指事物本原的途径。墨子里籍的最原始的材料何在？在《墨子》书，在墨子言。墨子对楚王言"臣乃北方鄙人"，说明他不是楚国人。他"出"曹公子于宋，用一个"出"字介绍自己的弟子到宋国做官；止楚攻宋之后，"过"宋而未被守闾者接纳，那他不是宋人，在宋地无家。他又说，"南有荆、吴之君"，加上"吴"，就在北方偏东；"北有齐、晋之君"，加上"齐"，就是不太北而偏东；"东有莒之国"，就在莒国西面、鲁国"南鄙"那些附属小国。鲁国南面存在过有名字可考的小型国家，在春秋战国时期就有二十多个，都属于东夷部族。墨子出身于百工，往往居无定所，游动于东夷部族之间，其思想与东夷文化结有不解之缘。这对于将诸子研究纳入中华民族共同体发生过程中的华夷互动体系，具有本质的价值，可以极大地拓展墨子研究的文化空间。

墨学属于"草根显学"，有别于儒家的"士君子显学"。墨子站在平民立场，提倡"节用"、"非乐"，反对"厚葬"，倡导公平正义、反对上层社会的奢侈淫乐，非常有鼓动力。民众鼓动起来了，用什么来约束和监督呢？他提倡"天志"和"明鬼"。学者们考察《左传》等书，发现春秋战国时期已经有"民本思想"，即认为墨子讲天讲鬼，是思想倒退。其不知"民本思想"只是当时精英分子的思想萌芽，广大草根民众仍信天信鬼，这种无所不在的监督，带有很强的心理强制性。墨子提倡"兼爱"和"非攻"，也是站在平民百姓、弱势群体一边。儒家的仁爱和礼仪讲究尊卑等级，亲疏远近，推己及人。一讲尊卑等级，就没有草根平民的份儿了。所以墨子讲"兼爱"，没有尊卑等级的普遍的爱，大家都是"天之民"，各国不分大小，都是"天之邑"，不能以尊压卑，不能以大欺小。墨子说他的思想行为是从大禹那里学来的。大禹的子孙分封在杞国，春秋时迁移到今山东新泰县，离墨子家乡很近。在墨子二十多岁时，杞国被楚国吞并，贵族、巫师、歌手把大禹故事带到民间，所以墨子能听到的大禹故事非常怪异，非常原始，带有东夷文化色彩。破解了墨子的家乡何在，就破解了墨子思想的文化基因从何而来。如果进一步分析先秦文献中墨翟、禽滑釐及其身后的墨家"钜子"的活动轨迹，可以认定，河南中南部是墨家民间结社团体的根据地，或他们止楚攻宋、实行非攻主张的大本营。

近代以来，由于西方科学思潮的启发，《墨辩》声誉鹊起，《大取》、《小取》二篇也列入其中。梁启超有感于胡适的心得，认为墨子十论是"教'爱'之书"，墨辩六篇是"教'智'之书，是要发挥人类的理性"。此波愈涌愈烈，以至推崇"一部《墨经》，无论在自然科学哪一个方面，都超过整个希腊，至少等于整个希腊"。[①] 考察《墨辩》诸篇的发生，有必要搜索

① 杨向奎：《关于研究〈墨经〉的讲话》，《墨经数理研究》，山东大学出版社1993年版，第25页。

墨子思维方向的一次重大转换，由青壮年时期的满腔激情，到晚年充满悟性和理性的冥思。其转捩点隐藏在汉代邹阳的一句话中："宋信子罕之计而囚墨翟。"① 一次牢狱之灾，促使已入老境的墨子对于前此的人生和思想进行反思。

墨子被囚前可能已开始反思自己的学说。被囚中，他苦思冥想早年百工众艺，以及日常事例、学理辩论的深层原理。他构思写作《经上》、《经下》，可能在自宋国出狱后，不再能留宋或入楚，唯有返回鲁南鄙故里之时。从年龄心理学看，人在晚岁，往往津津有味地反刍早年的经验；人在捡拾早年的脚印中，捡拾青春的梦。墨子囚后返乡，旧雨重逢，朝花夕拾，许多当年的得意之事和幼稚笑话又何尝不可作为谈资？当年能工巧匠师徒相授，不乏绝技和秘诀，窥探这些绝技秘诀背后的原理，也是人生之乐事。因此，百工之技，绳墨之学，融合着民间能工巧匠世代相传的智慧，成了墨子《经》上、下对百科技艺进行思考的切近而稔知的资源。而且百工技艺，也是凿山开渠、治理洪水的大禹所推崇的，《周礼·考工记》说："有虞氏上陶，夏后氏上匠。"这里出了一个杰出的百工领袖：奚仲。《左传》鲁定公元年记载："薛之皇祖奚仲，居薛以为夏车正。"《文子》说，尧之治天下，"奚仲为工师"。《系本》说："奚仲始作车。"《管子》说："奚仲之为车器也，方圆曲直皆中规矩钩绳，故机旋相得，用之牢利，成器坚固。"奚仲的薛国在战国时成为齐国孟尝君田文的封邑。墨子曾经称赞"奚仲作车"。造车这一在百工技艺中难度最大的技术，是在墨子家乡首先发展起来的。《法仪篇》载有墨子的话："百工为方以矩，为圆以规，直以绳，正以悬，平以水。无巧工不巧工，皆以此五者为法。"可见他对百工技艺之"法"情有独钟。墨子由家常日用、百工之艺，开辟了通向科学的通道，绳墨之学的抽象化或数理化，向前延伸就是几何学。这是一种由经验上升为数理的科学主义的智慧。

文化地理学的角度，不仅对于破解诸子文化基因的来源效果明显，而且对于解释诸子的想象方式和理想追求，也可以得到深入一层的收获。在人性没有丧失自然本色的古老时代，人离自然很近，人处在自然的包围中，地方

---

① 《史记》卷八十三《鲁仲连邹阳列传》，第 2473 页。

风物往往赋予思想者以思想的方式、想象的方式。老子有一种"复归于婴儿"的思想，就是返本归真，复归生命的原始。老子"小国寡民"的社会理想，实质上是要复归社会生命之原始，复归社会形态上的"婴儿"：

> 小国寡民。使有什伯人之器而不用；使民重死而不远徙。虽有舟舆，无所乘之；虽有甲兵，无所陈之。使民复结绳而用之。甘其食，美其服，安其君，乐其俗。邻国相望，鸡犬之声相闻，民至老死，不相往来。[①]

目睹东周的衰落，身在洛阳进行思想创造的老子反观自己的生命源头，苦县束乡的氏族原始生存方式被他理想化、童话化了。这里所描述者涉及小国（原始氏族或部族）的规模，器物和对待器物的态度，对待迁徙和战争的态度；重视风俗、君民安乐和衣食温饱，至于文字文化则宁可简朴原始；邻国（相邻氏族和部族）外交尽量平淡相处，自然自足。这实际是老子以童年氏族生活记忆，辅以清虚无为的文化想象而成的"小国寡民"乌托邦。

再看庄子的理想方式。尽管宋国政治没有接纳庄子，但蒙泽湿地接纳了他。《马蹄篇》论"至德之世，同与禽兽居，族与万物并"，就与这块湿地的原始生态有关。接着这样描写："山无蹊隧，泽无舟梁；万物群生，连属其乡；禽兽成群，草木遂长，是故禽兽可系羁而游，鸟鹊之巢可攀而窥"，"同乎无知，其德不离；同乎无欲，是谓素朴。素朴而民性得矣"。所谓"至德之世"讲的是社会理想，一如老子讲的"小国寡民"含有他对童年氏族生活的记忆，庄子对未来理想的构设，也嵌入了美好童年记忆的因子，崇尚的是一种未被社会异化的自然人性。人文地理的神奇之处在于它会给人的文化基因染色。它可以给墨子染上大禹的坚韧、百工的聪明，又可以给老子、庄子染上原始氏族的淳朴以及湿地风光的朦胧。

在先秦诸子研究中，走近先秦诸子、还原历史现场、破解千古之谜、重绘文化地图这四个命题互相关联，融为一体。走近诸子，就是走近他们所处的历史现场，还原现场才能破解千古之谜，谜团破解了，文化地图自然就变

[①] 《老子》八十章，《老子校释》，中华书局1984年版，第307—309页。

得清晰起来。反过来，以人文地理学、文化人类学、历史年代学、职官与姓氏、考古与文献等角度重绘文化地图，就可以厘清千古之谜由何产生，就可以还原历史现场，自然也就能够走近先秦诸子。四维度贯穿着一个核心思想：还原诸子的生命过程，用《桃花扇》的话来说，就是与先秦诸子"一对儿吃个交心酒"。这一点就与现代文化建设联通起来了，它令千古心灯交辉互照。经过这番还原研究，我们就可以用熟悉的、真确的，甚至亲切的姿态，与先秦诸子进行深度的文化对话，追问他们为我们民族注入何种智慧，他们在创立思想时有何种喜怒忧愁，在中华民族数千年发展中他们提供的思想智慧有何种是非得失，在现代大国文化建设上这些古老的思想智慧如何革新重生，以此对话激活原创，在深厚的根基上共谋新世纪的人心工程。

地域文化编

屈原诗学的人文地理分析

引言　"水之魂"

　　端午节在湖湘地区纪念屈原，具有特殊的意义：首先，屈原是中华五千年文明史中一位拥有全民同欢的节日的诗人；同时这个节日和这个诗人，又把长江流域的水的文化、稻耕文化和黄河流域黍麦耕作的文化紧密地连为一体，在水面上竞赛龙舟，使龙成为盘旋在千山万水的中华之魂。中国士人拥有节日者，大概只有二人，如宋人笔记所说："三月上巳祓禊，其来亦远。寒食禁火，主介子推，河东之俗也。江浙民间多竞渡，亦有龙舟，率用五月五日，主屈原，湘楚之俗也。"① 或如明代蒙学之书所云："介子死绵山，今为寒食节；屈原投汨罗，端午吊忠魄。"② 二者一个起源于黄河流域的秦晋高原，一个起源于长江流域的湖湘地区，一属于高山，一属于流水，遥相呼应，弘扬着精忠高洁的民族品格。而湖湘地区的屈原更富于思想、激情和才华，更是一种文化，更是一首诗。有若淮南王、太史公所言："推此志也，虽与日月争光可也。"③

　　以屈原为主要诗人的楚辞，是长江文明的产物。长江经过远古时期河姆渡、良渚和三星堆人的活动，尤其是经过春秋战国时期楚人的开发，就在汉魏六朝时期以其无比丰富的物质和文化的潜能成为南北文化的交汇之地，到唐宋以后进一步成为中国经济文化的重心。考察历史不难发现，如果没有长

---

① （宋）朱彧：《萍洲可谈》卷二，墨海金壶本。
② （明）李廷机：《鉴略妥注》，岳麓书社1988年版，第12页。
③ 《史记》卷八十四《屈原贾生列传》，中华书局1959年版，第2482页。

江，中原文明在游牧文明的撞击下，可能因黄河的断流而陷入中断的困境。中华文明保持了五千年川流不息，绵延不断，从而具有举世惊为一绝的超时间长度的生命力，究其主要原因，在于它拥有一个巨大的腹地，腹地中拥有黄河和长江的两水并流，使这个文明在应对民族危机时具有了广阔的回旋余地和重振的潜力。长江以其地理上的优势，使中国长期保持着经济和文化发展上的优势。黄河使中华文明生根，长江使中华文明成为参天大树。楚人对长江文明的开发、对中华文明强盛生命力的延续和壮大，是功不可没的。

　　而在诗学领域，把长江文明引入中华文明发展的总进程的首功应归于谁？首功应归屈原。肯定了屈原，就肯定了中国诗性文明的长江。《文心雕龙》盛赞"楚人之多才"，颂扬"不有屈原，岂见《离骚》？惊才风逸，壮志云高。"① 自从有了屈原，中国人就在诗的经典和文学地图中，留住了长江、汉水、云梦泽、沅水、湘江、洞庭湖和鄱阳湖，留住了这些江湖丘陵间的神话想象、民间创造和文人吟唱，留住了江汉湖湘地区的丰沛激情、想象空间和绮丽的梦。正如宋人黄伯思《校定楚辞序》说："盖屈、宋诸骚，皆书楚语，作楚声，纪楚地，名楚物，故可谓之《楚辞》。若'些'、'只'、'羌'、'谇'、'蹇'、'纷'、'侘'、'傺'者，楚语也。悲壮顿挫，或韵或否者，楚声也。沅、湘、江、澧、脩门、夏首者，楚地也。兰、茝、荃、药、蕙、若、苹、蘅者，楚物也。"② 屈原以自然和神话的绚丽色彩，丰富了、改造了、拓展了中华民族精神结构中诗的神经。

　　屈原属于长江水文化，其《渔父》中载有《渔父歌》："沧浪之水清兮，可以濯吾缨。沧浪之水浊兮，可以濯吾足。"清人胡渭《禹贡锥指》卷十四上引《地说》曰："水出荆山，东南流，为沧浪之水，是近楚都。故渔父歌曰：'沧浪之水清兮，可以濯我缨。沧浪之水浊兮，可以濯我足。'余按《尚书·禹贡》言'导漾水，东流为汉，又东为沧浪之水。'不言过而言为者，明非他水决入也。盖汉沔水自下有沧浪通称耳。"③ 这就是说，沧浪水是湖北境内汉水的一段。孔子周游列国的时候，也到过楚国北境，听到这首

---

① （南朝梁）刘勰：《文心雕龙·辨骚第五》，人民文学出版社1958年版，第46页。

② （宋）黄伯思：《东观余论》卷下，津逮秘书本，上海博古斋1922年版。

③ （清）胡渭：《禹贡锥指》卷十四上，上海古籍出版社2006年版，第533页。

民间歌谣。《孟子·离娄上》说："有孺子歌曰：'沧浪之水清兮，可以濯我缨；沧浪之水浊兮，可以濯我足。'孔子曰：'小子听之！清斯濯缨，浊斯濯足矣。自取之也。'"① 屈原不仅闻此歌，而且沉汨罗江而以生命祭奠楚国首都的失陷。《隋书·地理志》记载："大抵荆州率敬鬼，尤重祠祀之事。昔屈原为制《九歌》，盖由此也。屈原以五月望日赴汨罗，土人追到洞庭不见，湖大船小，莫得济者，乃歌曰：'何由得渡湖！'因尔鼓棹争归，竞会亭上，习以相传，为竞渡之戏。其迅楫齐驰，棹歌乱响，喧振水陆，观者如云，诸郡率然，而南郡、襄阳尤甚。"② 随之祭祀仪式的展开，屈原逐渐升格为神仙。晋代王嘉《拾遗记》说："屈原以忠见斥，隐于沅湘，披蓁茹草，混同禽兽，不交世务，采柏实以和桂膏，用养心神。被王逼逐，乃赴清泠之水。楚人思慕，谓之水仙。其神游于天河，精灵时降湘浦。楚人为之立祠，汉末犹在。"其后《搜神记》更为之在水神中排了座次，谓"江渎楚屈原，河渎汉陈平，淮渎唐裴说，济渎楚伍大夫"③。因此通俗小说也来添油加醋，说是"看见江渎之上，一个广源顺济王，楚屈原大夫的是；河渎之上，一个灵源弘济王，汉陈平的是；淮渎之上，一个长源永济王，唐裴说的是；济渎之上，一个清源博济王，楚伍大夫的是。"④

排除这些传说中的巫术成分而观其内核，不难发现，中国民间是将屈原看做"水之魂"，或"长江之精魂"的。清人曾衍东《小豆棚》卷五说："屈原宜醉而独醒，故沉汨罗而不悔；李白宜醒而长醉，故溺采石而不辞。"⑤ 其中将屈原与李白的生命，与长江缔结缘分。因此整个民族把"仲夏端午，烹鹜角黍"这么一个节日奉献给这位诗人，正是对他为这个民族的精神和诗学的卓越贡献，给予实至名归的回报。由此形成的节日风俗不仅有龙舟竞渡，还要奉上湖湘地区的特色食品：竹筒饭和粽子。晋人宗懔《荆楚岁时记》说："五月五日竞渡，俗为屈原投汨罗日，伤其死所，故并命舟楫

---

① 《孟子·离娄上》，《四书章句集注》，中华书局 1983 年版，第 280 页。

② 《隋书》卷三十一《地理志》，中华书局 1973 年版，第 897 页。

③ （明）曹安：《谰言长语》卷上引《搜神记》，文渊阁四库全书本。

④ （明）罗懋登：《三宝太监西洋记通俗演义》第六回"碧峰会众生证果，武夷山佛祖降魔"，上海古籍出版社 1985 年版，第 72 页。

⑤ （清）曾衍东：《小豆棚》卷五"艺文部"，上海申报馆本。

以拯之。舸舟取其轻利,谓之飞凫,一自以为水车,一自以为水马。州将及土人,悉临水而观之。"① 又记载:"屈原五月五日投汨罗水,楚人哀之。至此日,以竹筒子贮米,投水以祭之。汉建武中,长沙区曲忽见一士人,自云三闾大夫。谓曲曰:'闻君当见祭,甚善,常年为蛟龙所窃。今若有惠,当以楝叶塞其上,以彩丝缠之。此二物蛟龙所惮。'曲依其言。今五月五日作粽,并带楝叶五花丝,遗风也。"② 《异苑》还说:"粽,屈原姊所作也。"在这些民俗中,洋溢着生命的关切,洋溢着亲情的交流。

养育着屈原的楚文明是一种开拓者的文明,充溢着一种开辟草莽,于荆棘丛生的处女地上开拓物质文明空间和精神文明空间的创业精神,从而在与黄河流域几乎同样广阔的地理空间上传播了和拓展了中华文明的生存幅员,进而丰富、壮大了中华文明的总量。楚人建国与中原诸侯不同,并非凭父兄的功劳和血统,甚至远祖的遗泽而分土封侯,而是靠一代代楚人一步一个脚印、一战一摊血迹地开拓自己的基业。因此《左传》昭公十二年,记载子革对楚灵王说:"昔我先王熊绎辟在荆山,筚路蓝缕以处草莽,跋涉山林以事天子,唯是桃弧、棘矢以共御王事。"③ 这一点似乎成了楚人进行历史精神培训的主题,连中原大夫也有所闻。如《左传》宣公十二年,记载晋国栾书的话:"楚自克庸以来,其君无日不讨国人而训之于民生之不易、祸至之无日、戒惧之不可以怠;在军,无日不讨军实而申儆之于胜之不可保、纣之百克而卒无后,训之以若敖、蚡冒筚路蓝缕以启山林。"④ 上升期的楚国之所以上升,就在于长期以这种历史开拓者的精神来铸造自己的文化性格,并没有被新拓土地的文化驳杂性泯灭自己的主体性和进取性。

屈原在楚国衰落的时候守持着楚国上升振兴时期的开拓进取的精神,把诗性文明的开拓伸展到当时还处在原始洪荒的江南湖湘之地,既把中原文明的历史理性精神渗透到南方神话巫风的想象之中,又从南方神奇多情的想象里拓展了中原典雅节制的诗学世界,从而为中国诗性文明的博大和辉煌提供

---

① (晋)宗懔:《荆楚岁时记》,文渊阁四库全书本。
② (南朝梁)吴均:《续齐谐记》,文渊阁四库全书本。
③ 《春秋左传注》,中华书局 1990 年版,第 1339 页。
④ 同上书,第 731 页。

了一个与《诗经》同等重要的源头。国家衰落期的处境与上升期的开拓进取精神之间的矛盾，使屈原以楚之同姓的身份，一度曾为近臣，却长期受到排挤和流放，有九死无悔的拯救国家之志，却只能以沉江来祭奠国家的败亡，虽然在民间受到尊崇，却在先秦文献上不见身影。因此他的辞赋荡漾着志士的痛苦、抗议和忧郁。于此有必要谈一谈对传统文献的认知问题。《左传》吴、楚柏举之战中不载孙武，先秦史料上没有屈原，因此学人否定孙武、屈原的存在，或者视之谓"箭垛式人物"。其实不管自觉不自觉，这已经站在当日官方撰史的立场，因为那些官方材料眼光盯着帝王将相，孙武是客卿，屈原是逐臣，不为他们笔墨所录，是不值得大惊小怪的。孔子尚知道"礼失而求诸野"①，为何学人就不知道历史失载，就求诸曾经做过实地的田野调查的太史公。反而怀疑太史公在虚构呢？我们是相信离屈原才百余年，又做过实地调查的太史公，还是相信凭着一点外来观念就大胆假设的学人呢？

　　明清时期流传着一副对联，也在为屈原叫屈，如清人梁章钜《巧对续录》卷下说："民间有杀人事，误传为士人。逮至，而士人以非辜，至讼庭大声称屈，守若弗闻者。士人愤懑极，连声呼屈不已。守曰：'若为士，不能受丝毫之屈乎！为我属对，不能且得罪。'因诏曰：'投水屈原真是屈。'士应之曰：'杀人曾子又何曾？'守曰：'吾句有二屈字，而汝句尾乃曾字（音层）。汝之不学明矣！'士人笑曰：'此自使君未学耳。按屈姓流俗皆如字呼，而"屈原真是屈"则九勿切。使君请再研究之。'守曰：'戏汝耳！'一笑释之。"其实此对最早见于宋代费衮《梁溪漫志》卷十："有士人尝以非辜至讼庭，守不直之，士人愤懑大声称屈，守怒曰：'若为士，乃敢尔为我属对，不能，且得罪。'因唱曰：'投水屈原真是屈。'士人应声曰：'杀人曾子又何曾。'守曰：'吾句有二屈字，而汝句尾乃曾（音层）字，汝之不学明矣，顾何所逃罪邪？'士人笑曰：'此乃使君不学尔，按屈姓流俗皆如字呼，而屈到屈原皆九勿切，使君尝研究否？'守惭，释遣之。"② 元代周德清《中原音韵》对此也作了转述："余与清原曾玄隐言：'世之有呼屈原

---

① 《汉书》卷三十《艺文志》，中华书局1962年版，第1746页。

② （宋）费衮：《梁溪漫志》卷十，知不足斋丛书本。

之"屈"，为屈伸之"屈"，字同音非也。'因注其韵。玄隐曰：'尝闻前辈有一对句，可正之："投水屈原终是屈，杀人曾子又何曾？"明矣。'"① 这个对句在明代蒋一葵《尧山堂外纪》卷八十七、钱希言《戏瑕》卷一、清代汪陛《评释巧对》卷十四、李承衔《自怡轩楹联賸话》卷一中，都有介绍。在游戏文字中，贯注着历代士人对屈原悲剧命运的深切同情。

正是混合着开拓进取精神与冤屈悒郁之气的内在驱动力，使屈原在江南湖湘间的诗性文明的开拓，至少可从以下三个方面来理解。

一　"重华情结"与"求女异行"：追求长江文明与黄河文明的融合梦

如果要寻找一部作品当做屈原的精神纲领来读，那就非《离骚》莫属。《离骚》是屈原在楚怀王之世，命运受挫而进行九死不悔的精神求索，从而写成的充满神幻色彩的心灵史诗。诗人不辞"路曼曼其修远兮，吾将上下而求索"，求索着政治理想和历史正义，难以割舍爱国恋土的情怀，又蕴涵着长江文明与中原文明相融合的文化之梦。它以奇特的手法展示了坚贞而开阔的精神境界。因此一个"骚"就代表几乎一个屈原，如《文心雕龙》有"辨骚"，明人冯时可《雨航杂录》说："屈原之骚，庄生之书，司马子长之史，相如之赋，李杜之诗，韩苏之序记，驰骋纵逸，天宇不能限其思，雄矣哉！"② 明何良俊《四友斋丛说》卷二十三"文"："春秋以后，文章之妙，至庄周、屈原，可谓无以加矣，盖庄之汪洋自恣，屈之缠绵凄婉。庄是《道德》之别传，屈乃《风雅》之流亚，然各极其至。……至如庄子所谓'嗜欲深者天机浅'，屈子所谓'一气孔神于中夜存'，又能窥测理性，盖庶几闻道者？盖古人自有卓然之见，开口便是立言，不若后人但做文字。"③ 这就是说，屈原与庄子一样，不仅文字之妙无以复加，而且也是创造思想的诸子中之一人。

---

① （元）周德清：《中原音韵》"正语作词起例"，永乐大典本。
② （明）冯时可：《雨航杂录》卷上，丛书集成初编本。
③ （明）何良俊：《四友斋丛说》卷二十三"文"，中华书局1959年版，第204页。

　　《离骚》这首长诗，以两个戏剧性场面展示屈原的内心冲突：一是女嬃的责怪，展示家庭责任和政治理想的冲突；二是就重华陈词，展示民族兴衰存亡与历史正义信仰的冲突。当自己的特立独行得不到家庭的理解，诗人就走向旷野，走向历史深处："依前圣以节中兮，喟冯心而历兹。济沅湘以南征兮，就重华而陈辞。"① 这是中国诗中第一次出现沅水和湘江，而且把沅湘与中原五帝之一的舜帝连在一起，这一点在中华文化共同体的形成和发展的进程中留下了极有意味的一笔。

　　诗人寻找前代圣王来倾诉政治原则、政治思想以及本人政治行为的是非。这种"重华情结"是楚辞中带根本性的情结，这与舜帝的文化身份、政治身份分不开。帝舜名曰重华，如《尚书·舜典》所说："曰若稽古，帝舜曰重华，协于帝。"② 但是他也成了楚人的精神财富。据《山海经·海内经》记载："南方苍梧之丘，苍梧之渊，其中有九嶷山，舜之所葬。在长沙零陵界中。"③ 正如越国把传说葬于会稽的大禹，视若自己边远之地政治教化的象征一样，楚国大概也把传说葬于九嶷的帝舜，视若自己边远之地政治教化的象征。舜帝与三苗部落联盟以及后来的百濮百越南方部族，存在着深刻的政治和文化因缘。《博物志》说："昔唐尧以天下让于虞（舜）。三苗之民非之。帝征之，有苗之民叛，浮入南海，为三苗国。"④ 其后舜帝以礼乐文化安定天下，也就是《淮南子·泰族训》所说："舜为天下，弹五弦之琴，歌南风之诗，而天下治。"⑤ 这就使他有力量把中原的礼乐教化推广到三苗之地，如《淮南子·齐俗训》所说："当舜之时，有苗不服，于是舜修政偃兵，执干戚而舞之。"《吕氏春秋·尚德》也强调这种以德收服边远部族的举措："三苗不服，禹请攻之，舜曰：'以德可也。'行德三年，而三苗服。"⑥ 舜帝的这些做法实际上是儒家"先王耀德不观兵"的上古圣王垂拱而治的理念的发挥。诗人把自己的心灵历程导向远哉悠悠的帝舜，已穿越了

① 《屈原集校注》，中华书局 1996 年版，第 62 页。
② 《尚书·舜典》，《十三经注疏》，中华书局 1980 年版，第 125 页。
③ 《山海经·海内经》，中华书局 2011 年版，第 349 页。
④ （西晋）张华：《博物志》卷二，文渊阁四库全书本。
⑤ 《淮南子》卷二十《泰族训》，中华书局 1989 年版"诸子集成"本，第 663 页。
⑥ 《吕氏春秋》卷十九《尚德》，中华书局 2009 年"诸子集成"本，第 520 页。

历史时空；向帝舜陈述的内容，竟是帝舜生前不及见的夏启以后的历史，这又明显错乱了时空。时空在心灵历程中可出入无碍，随心安排，这是《离骚》的发明。"启《九辩》与《九歌》兮，夏康娱以自纵；不顾难以图后兮，五子用失乎家巷。"这是经过诗人的主观感觉筛选了的历史，他如何感觉着现实，就如何感觉着历史，其间折射着他对现实政治中荒唐无耻、争权夺势的愤慨。为了强调这种腐败政治的结果，他筛选的历史出现了巨大的时间跳跃。"夏桀之常违兮，乃遂焉而逢殃。后辛之菹醢兮，殷宗用而不长。"所谓殷鉴不远，像夏桀那样违反政治常理，像商纣那样把贤臣剁成肉酱，又怎能保持国脉绵长呢？这简直是振聋发聩的警世危言。

诗人引舜帝这位古代圣主为政治知音，有着说不完的话。他从历史的反面说到历史的正面，再上升到形而上的政治原理，然后落实到自己要寻找的政治位置。值得注意的是，他在舜帝面前列举了大禹、商汤和周朝开国君主这些能够选择政治正道、敬肃执礼、举贤任能的有作为君王。诗人在这些反反正正的历史教训中，升华出来的政治原理和价值判断，是与中原儒者颇有相近之处的。尽管有的学者曾经考证舜帝与楚人先祖祝融都属于东方部族，直至由于楚人崇凤，就把它与东夷鸟图腾相联系，但在春秋晚期到战国之世，中原儒者已把尧、舜、禹、汤、文、武视为圣王系列。因此《离骚》的"重华情结"，应该看做是对中原文明的认同，一种跟沅湘文化联系在一起的认同，它追求长江文明和黄河文明的融合。应该略作补充的是，《离骚》首句说："帝高阳之苗裔兮，朕皇考曰伯庸。"高阳乃是五帝中的颛顼，黄帝之孙。《礼记·祭法》说："有虞氏禘黄帝而郊喾，祖颛顼而宗尧。夏后氏亦禘黄帝而郊鲧，祖颛顼而宗禹。殷人禘喾而郊冥，祖契而宗汤。周人禘喾而郊稷，祖文王而宗武王。"[①] 也就是说，屈原在《离骚》一开头就归本溯源，以帝颛顼高阳为始祖，认同中华民族共同体的文化血脉。不仅是屈原，而且是战国楚人都有这种文化共同体的认同，因而才有《史记·楚世家》如此描述楚人的世系："楚之先祖出自帝颛顼高阳。高阳者，黄帝之孙，昌意之子也。高阳生称，称生卷章，卷章生重黎。重黎为帝喾高辛居火正，甚有功，能光融天下，帝喾命曰祝融。共工氏作乱，帝喾使重黎诛之而

---

① 《礼记·祭法》，《十三经注疏》，第 1587 页。

不尽。帝乃以庚寅日诛重黎，而以其弟吴回为重黎后，复居火正，为祝融。"[1] 但是，中原称颛顼、舜，楚人称高阳、重华，在认同之时使用了有区别的称呼，也是值得注意的。

不仅如此，诗人还把"重华情结"与昆仑神话紧密相连。"朝发轫于苍梧兮，夕余至乎悬圃"，这悬圃就是昆仑山上众神所居之所了。《山海经·西山经》说："昆仑之丘，是实惟帝之下都。"[2] 昆仑成了天地的"下都"，又成了黄河之源，是中华民族与天地沟通的高山巨川的通道。《史记·大宛列传》太史公曰："《禹本纪》言'河出昆仑。昆仑其高二千五百余里，日月所相避隐为光明也。其上有醴泉、瑶池'。今自张骞使大夏之后也，穷河源，恶睹本纪所谓昆仑者乎？故言九州山川，《尚书》近之矣。至《禹本纪》、《山海经》所有怪物，余不敢言之也。"[3] 在历史学家不敢言之处，却成了诗人驰骋神思的巨大空间。或许"礼失求诸野"，诗人受帝阍冷遇、不启天门，便从天国返回地面，开始了折琼枝以求"下女"的精神历程。

神话隐喻具有多义性，对其指涉不可刻舟求剑。前人多把这种精神历程比附楚国政治现实，或把昆仑悬圃之行，说是求知于楚君，下女之求说是寻找可通君侧之人。如清人李光地所说"解《离骚》'求女'为求贤，以为独见"[4] 之类。其实，前者为追求精神上的终极关怀、探索天地之道，后者是寻找理智情感上的相通相悦，一种诗人求高明之后求沟通的心灵历程，这样更合乎神话的隐喻多样性特点。"朝吾将济于白水兮，登阆风而绁马。忽反顾以流涕兮，哀高丘之无女。"阆风是昆仑山上的山名，白水是昆仑山下的水名，先登然后"将济"，这是告别昆仑下行的历程。下行时还要流泪反顾，感叹山上没有能理解自己的美好心灵。高丘之女既与下女相对而言，则这既是昆仑行的终结，又是求下女之行的起点。寻找美好心灵最要紧的是以心换心，因此在春宫"折琼枝以继佩"，用比香草更高贵的琼枝隐喻自己异

① 《史记》卷四十《楚世家》，第 1689 页。
② 《山海经·西山经》，第 48 页。
③ 《史记》卷一百二十三《大宛列传》，第 3197 页。
④ （清）李光地：《榕村语录》卷十四，中华书局 1995 年版，第 244 页。

常高洁的心，准备在它还鲜活水灵、荣华未落之时赠给值得赠给的"下女"，即另一个美好的心灵。

所寻求的三个美女，或属于神话传说，或属于历史。她们处于不同的时间空间，显然是以神话思维对时空进行错综重组了。宓妃是洛水之神，"夕归次于穷石兮，朝濯发乎洧盘"，以清晨濯发来写美人，真是一幅美妙的天然图画。宓妃在山野水滨自由自在，没有人间伦理的约束，只因她不知人间礼数而放弃了。知不知礼，是神与人之间的隔膜所在，不得已降低等次而追求半神话、半历史的美女简狄。简狄是五帝之一的帝喾之妃，曾有"吞玄鸟卵生契"的神话传说。派去做媒的是鸟类，但鸩鸟居心叵测，斑鸠又轻佻多嘴，待找到凤凰做媒人时，恐怕帝喾已捷足先登了。不得已再降低层次，追历史上的"有虞之二姚"。二姚是夏王少康的妃子，这就需要改动一下历史，把时间提前半拍，趁她还未成家的时候派出自己的媒人。但是人间礼法重重，媒人理屈词穷，靠她来传达心事是靠不住的。神话思维穿透和重组时空，把美女区分为神话的，半神话、半历史的，以及历史的三种类型。诗人虽然一再退而求其次，但都因礼法或疏或密，派出的媒人在品行、能力和环境方面不足以传达心曲，统告失败了。那枝从春宫折下的琼枝荣华尚未凋落，足以代表诗人的美好心灵，却献赠无门，只好任其枯萎。这就难怪诗人时常重复受帝阍冷遇、上天无门时的那种叹息："世溷浊而嫉贤兮，好蔽美而称恶"了。

如果说，"昆仑行"是诗人借奇丽的神话想象作精神的逍遥游，那么"求女行"就是诗人把潜在的性意识，转化为寻求精神上的知音者了。清人章学诚说："夫倾城名妓，屡接名流，酬答诗章，其命意也，兼具夫妻朋友，可谓善借辞矣。而古人思君怀友，多托男女殷情。……《离骚》求女为真情，则语无伦次；《国风》溱、洧为自述，亦径直无味。作为拟托，文情自深。"① 美人香草，古人总要从中寻找到寄托，才推许其"文情自深"。王国维《文学小言》认为："三代以下之诗人，无过于屈子、渊明、子美、子瞻者。此四子者，若无文学之天才，其人格亦自足千古。故无高尚伟大之人格而有高尚伟大之文学者，殆未之有也。"他认为屈原身在南方，文学北方，

---

① （清）章学诚：《文史通义》卷五"内篇五"，四部备要本。

是南北文化融合的产物。其《屈子文学之精神》称："屈子，南人而学北方之学者也。……然就屈子文学之形式言之，则所负于南方学派者抑又不少。彼之丰富之想象力，实与庄、列为近。《天问》、《远游》凿空之谈，求女谬悠之语，庄语之不足而继之以谐，寸是思想之游戏更为自由矣。"① 他看到了楚文化中少受礼教约束的思想自由。

　　鲁迅的感觉很敏锐，他在《汉文学史纲要》中认为如此写求女行为，"北方人民所不敢道，若其怨愤责数之言，则《三百篇》中甚于此者多矣。"② 帝喾、夏少康是古帝先王，从中原礼制眼光看来，向其妃子求婚乃是僭越蔑礼的行为。但在荆楚为代表的南方风俗看来，这些虽大胆，却并不非分。毕竟，写宓妃早晨在洧盘洗头发，是用局部代全部的手法，折射了《尚书大传》之所谓"吴、越同俗，男女同川而浴"。至于男女交往，直到《后汉书》还记载，属于南蛮的"骆越之民无嫁娶礼法，各因淫好，无适对匹，不识父子之性、夫妇之道"③。楚国的此种风俗，当在中原、骆越之间。朱熹《诗集传》注《汉广》一诗道："江汉之俗，其女好游，汉魏以后犹然。"直到明代还有如此谈论："汉沔之俗，其女好游。贵第大家，竞以美色相尚。一得娇艳，惟恐人不及知。每灯夕花晨，士女欢集，稠人广坐，臂接肩摩，恬不为怪。及归途，必举所见而品题之，某为之冠，某为之次，欣喜艳羡，踊跃交口。即其丈夫闻之，亦以受知于人为庆，且自夸独得美妻焉。至元至正以来，此风益炽。"④ 可知楚地两性交往，较少礼教气味。《汉书·地理志》记载淮南王刘安所在国的性风俗，也相当自由："淮南王安亦都寿春，招宾客著书。而吴有严助、朱买臣，贵显汉朝，文辞并发，故世传《楚辞》。其失巧而少信。初淮南王异国中民家有女者，以待游士而妻之，故至今多女而少男。本吴越与楚接比，数相并兼，故民俗略同。"⑤ 刘安以民女接待游士的做法，或是此历史回响。他的淮南王府，乃是《楚辞》研

　　① 王国维：《文学小言》、《屈子文学之精神》，均收入郑振铎《晚清文选》卷下，上海生活书店1937年版。

　　② 鲁迅：《汉文学史纲要》，《鲁迅全集》第9卷，第372页。

　　③ 《后汉书》卷七十六《循吏列传》，中华书局2000年版，第2457页。

　　④ （明）邵景詹：《觅灯因话》卷二，董康诵芬室翻刻本。

　　⑤ 《汉书》卷二十八下《地理志》，第1668页。

究的中心,《楚辞》最早得名,与之有关:"始,长史朱买臣,会稽人也。读《春秋》。庄助使人言买臣,买臣以《楚辞》与助俱幸,侍中,为太中大夫,用事。"[1] 这些传《楚辞》的人士,皆与淮南王府有联系。

若从历代风俗变迁考之,这种求下女的性意识,并非事出无因。《礼记·檀弓》郑玄注:孔夫子之子"伯鱼卒,其妻嫁于卫"[2]。连圣人也出妻,圣人之媳尚可改嫁,何论其余?又《左传》成公十一年,鲁宣公的侄子"声伯嫁其外妹于施孝叔(鲁惠公五世孙),(晋国)郤犨来聘,求妇于声伯。声伯夺施氏妇以与之……生二子于郤氏。郤氏亡,晋人归之施氏。施氏逆诸河,沉其二子。妇人怒曰:'己不能庇其伉俪而亡之,又不能字人之孤而杀之,将何以终?'遂誓于施氏(约誓不复为之妇也)。"[3] 作为周孔礼制发祥国的鲁国贵族,尚可夺婚另配,生子后又可归还本夫。春秋鲁国贵族尚可如此,把历史前推一两千年的帝喾和夏朝前期,欲婚简狄和留二姚一类事情,在礼制较为稀薄的楚人看来,岂不也是可以设想的?如果我们不对神话隐喻作狭隘理解,那就可以理解到《离骚》求女幻想的丰富内涵——顺着神话思维逻辑,楚国诗人利用历史空间存在的可能性,借神话与历史间的著名美女,导泄被压抑的性意识,从而匪夷所思地创造了寻找相知相悦的美好心灵的隐喻形式。进一步深思,追求洛水女神和中原王朝的女祖和妃子,是否在以一种出格的行为,攀附着长江文明与黄河文明的姻亲关系?曾经渡过沅湘去拜见舜帝的诗人,此时已经命令雷师驾着云车,求女于河洛之地了。他的上下求索并不仅限于楚国,而是在长江流域和黄河流域出入无碍。

二 "九歌"世界:开拓民间智慧进入文人传统的巨大潜能

屈原是从中华文明共同体的意识上寻找美丽的湖湘之梦的,但他不是以中原文化的礼仪理性去压抑和泯灭湖湘文化独特的神奇想象,而是以湖湘民间的神奇想象去补充和拓展中原诗学的想象方式,在远古诗歌的原始心理体

---

① 《史记》卷一百二十二《酷吏列传》,第 3143 页。

② 《礼记·檀弓上》,《十三经注疏》,第 1291 页。

③ 《春秋左传注》,第 853 页。

验基础上，展示了凄艳奇美的"九歌"世界。这一点的诗歌史价值在于：它开拓了特异的民间智慧进入文人传统的巨大潜能。

在屈子的诗学世界里，《离骚》多有放逐感，《天问》洋溢着质疑性，都使一个志洁才高的灵魂在混浊的社会中陷入遭谗受疏、而又上下求索的精神流浪状态。《九歌》则是屈子诗学世界中的绿洲。它以精美的小品诗组形式，建筑了一个散发着沅湘民俗的清新感和神妙感的精神家园。《离骚》多政治诗的素质，《天问》多哲理诗的启悟，而《九歌》则洋溢着纯诗的神采。它是人类走上文明阶梯的早期就探讨人类精神家园的诗歌妙品。身在文明初阶而魂系精神家园的特殊思维方式，给它提供了一种富有生命力的诗学形态。对此，王逸在《楚辞章句》中说：

> 九歌者，屈原之所作也。昔楚国南郢之邑，沅湘之间，其俗信鬼而好祠。其祠，必作歌乐鼓舞以乐诸神。屈原放逐，窜伏其域，怀忧苦毒，愁思沸郁。出见俗人祭祀之礼，歌舞之乐，其词鄙陋。因为作《九歌》之曲。上陈事神之敬，下见己之冤结，托之以风谏。故其文意不同，章句杂错，而广异义焉。①

这里提出了艺术生产过程中的"因为作"说，如实地揭示了《九歌》渊源于沅湘巫歌，而又超越巫歌、进而融合文人的才学灵感的精神创造的诗歌发生史独立过程。无"因"而作，不汲取初民社会巫风歌舞中蕴涵的审美智慧，再有才华的诗人也难以创造出如此新鲜异样的诗歌体制和富有表现力的形式。"因"而不作，不发挥诗人的才学修养和精致的审美感觉，诗歌也不能脱离原始粗糙的巫歌形态，更不能开拓艺术之所以艺术的独立发展的道路。因而为作，因作互动，才能对原始巫歌实施脱胎换骨的改造，既在精神上出现"广异义焉"的飞跃，又在形式上扬弃"鄙陋其词"而创造"章句杂错"的诗学体制。这就是《九歌》在诗歌文体发生学上的特殊价值。那种简单地否定屈子的存在，简单地把《九歌》等同于"当时湘江民族的宗教舞歌"（胡适《读楚辞》）的疑古学风，实际上否定了诗歌文体发生学上

---

① 《楚辞补注》，（汉）王逸章句，（宋）洪兴祖补注，中华书局1983年版，第55页。

的一个关键环节。

《离骚》中说："济沅、湘以南征兮，就重华而陈词：启《九辩》与《九歌》兮，夏康娱以自纵。"又说："驾八龙之婉婉兮，载云旗之委蛇。抑志而弭节兮，神高驰之邈邈。奏《九歌》而舞《韶》兮，聊假日以俞乐。陟升皇之赫戏兮，忽临睨夫旧乡。"这里的《九歌》是原始《九歌》，当然也牵系着沅湘民间《九歌》，通向"屈原九歌世界"。原始《九歌》向有"天乐"之称。其名最早见于《山海经·大荒西经》："（夏后）开（即夏后启，汉人避景帝之讳而改）上三嫔于天，得《九辩》与《九歌》以下。"郭璞注："嫔，妇也，言献美女于天帝。皆天帝乐名也。开登天而窃以下用之也。"① 所谓"天帝乐"，实乃原始宗教信仰风气甚浓之时，巫者假托"窃自天帝"以增强其神圣感和神秘感的巫歌舞乐；所谓"美女"即能沟通神、人的女巫。《说文解字》说："巫，祝也。女能事无形，以舞降神者也。象人两袖舞形，与工同意。"② 女巫降神娱神的形式，往往歌、乐、舞兼备，诚如《尚书·伊训篇》所言："恒舞于宫，酣歌于室，时谓巫风。"③

夏、商而下，直至晚周，巫风已成楚、越盛于中原之势。原始《九歌》在南播而楚化的过程中，必然受到当地民俗语言形式的浸润。这种民俗语言形式就是所谓"南风"、"南音"，其渊源悠长。《孔子家语·辨乐篇》中记载："昔者舜弹五弦之琴，造南风之诗。其诗曰：南风之薰兮，可以解吾民之愠兮！南风之时兮，可以阜吾民之财兮！"④《吕氏春秋·音初篇》也载道："禹行功，见涂山之女。禹未之遇，而巡省南上。涂山氏之女乃令其妾候禹于涂山之阳，女乃作歌，歌曰：'候人兮猗！'实始作为南音。"⑤ 这类多用兮、猗语助词的南音，对突破以《诗经》为代表的北音四言句式，从而以灵活的句式自由奔放地抒发两性情感，在中国诗歌发生学和发展史上发挥着潜在的作用。审美意味更浓的"南音"，当推《说苑·善说篇》所记载的《越人歌》楚译："今夕何夕兮，搴舟中流？今日何日兮，得与王子同

① 《山海经校注》，袁珂校注，上海古籍出版社 1980 年版，第 443 页。

② 《说文解字》卷五上，中华书局 1963 年版，第 100 页。

③ 《尚书·伊训》，《十三经注疏》，第 163 页。

④ 《孔子家语·辨乐篇》，中华书局 2011 年版，第 393 页。

⑤ 《吕氏春秋》卷六《音初篇》，第 140 页。

舟？蒙羞被好兮，不訾诟耻。心几烦而不绝兮，知得王子。山有木兮木有枝，心说君兮君不知！"① 这是春秋时期楚康王之世（公元前559—前545）越国划船者唱的歌，节奏灵动而音韵悠扬，相当出色地寄深情于流水，传达了与王子同舟的幸运感和悦人人不知的怅惘之情，令人闻到了类乎屈子《九歌》的气味。明人胡应麟《诗薮》说："及读《离骚》、《天问》《九歌》、《招魂》、《大招》等篇，荆、楚风俗，宛然在目，益信鬼方之为是域，昭昭矣。世多以《楚辞》解《山海》、《淮南》。紫阳独谓二书悉放《楚辞》而作，真千古卓识。"② 胡氏认为《九歌》诸作，使"荆、楚风俗，宛然在目"，从地域民俗的角度指认这是南人的审美趣味。清人刘熙载《艺概》则认为："《九歌》，乐府之先声也。《湘君》《湘夫人》是南音，《河伯》是北音，即设色选声处可以辨之。"③ 在刘氏心目中，"屈原儿歌世界"植根于南方音乐，并且部分取法于北方音乐，有南北融合的迹象。

可以这样说，没有这类南音歌谣和巫风歌舞相与因缘，屈原《九歌》无论在文化精神和表现形式上，都会是无源之水，无本之木。不过这类南音俗歌，多清纯而少精湛，野性有余而意蕴不深，如果没有屈原这位卓越诗人进行超越性的审美创造，它们也许是沉沙之金、混泥之珠，难以闪射出经典文学式的光亮。朱熹《楚辞集注》认为楚国南部的沅水湘江之间，巫师以音乐歌舞娱神，"蛮荆陋俗，词既鄙俚"，这沿用了汉朝王逸的说法，而强化对蛮族的批评，又说"（屈）原既放逐，见而感之，故颇为更定其词，去其泰甚，而又因彼事神之心，以寄吾忠君爱国眷恋不忘之意"④。朱熹还专门讨论寄托于其间的屈子心志："《楚辞》不甚怨君。今被诸家解得都成怨君，不成模样。《九歌》是托神以为君，言人神间隔，不可企及，如己不得亲近于君之意。以此观之，他便不是怨君。至《山鬼》篇，不可以君为山鬼，又倒说山鬼欲亲人而不可得之意。今人解文字不看大意，只逐句解，意却不贯。"⑤ 朱熹重在申述《九歌》"寄托说"，至于从文学地理学上考察

---

①《说苑校证》，向宗鲁校证，中华书局2009年版，第278页。

② （明）胡应麟：《诗薮》杂编一，上海古籍出版社1958年版，第248页。

③ （清）刘熙载：《艺概》卷二"诗概"，上海古籍出版社1978年版，第75页。

④《楚辞集注》，上海古籍出版社1979年版，第9页。

⑤ （宋）朱熹：《朱子语类》卷一百三十九《论文上》，明成化九年陈炜刻本。

《九歌》的发生，还应读一下唐人李吉甫《元和郡县图志》："湘阴县……北至州三百三十里。本春秋时罗子国，秦为罗县，今县东北六十里故罗城是也。宋元徽二年，分益阳、罗、湘西三县立湘阴县。玉笥山，在县东北七十五里。屈原放逐，居此山下而作《九歌》焉。"[1] 这里指认屈原作《九歌》在湘阴县玉笥山，当是来自实地考察的民间传说。

朱熹既肯定了屈原对民间《九歌》的汲取和改造，又用宋儒眼光曲解了屈原《九歌》的创作动机。其知识结构是中原儒学系统，难免纠缠上与此不同的另一种"九歌"。《尚书·大禹谟》记述："禹曰：'于！帝念哉！德惟善政，政在养民。水、火、金、木、土、谷，惟修；正德、利用、厚生，惟和。九功惟叙，九叙惟歌。戒之用休，董之用威，劝之以《九歌》，俾勿坏。'"[2] 这条出路不应轻易否定，因为《左传》文公七年（公元前620）：晋郤缺言于赵宣子曰："……《夏书》曰：'戒之用休，董之用威，劝之以《九歌》，勿使坏。'九功之德皆可歌也，谓之《九歌》。六府、三事，谓之九功。水、火、金、木、土、谷，谓之六府。正德、利用、厚生，谓之三事。义而行之，谓之德、礼。无礼不乐，所由叛也。若吾子之德莫可歌也，其谁来之？盍使睦者歌吾子乎？"[3] 那么，儒者如何解释《九歌》，就是"九功之德皆可歌"呢？《朱子语类》记载："刘潜夫问：'六府三事'，林少颖云：'六府本乎天，三事行乎人。'吴才老说'上是施，下是功'。未知孰是？曰：'林说是。'又问'戒之用休，董之用威'，并九歌。曰：'正是"匡之，直之，辅之，翼之"之意。《九歌》，只是九功之叙可歌，想那时田野自有此歌，今不可得见。'"[4] 章太炎《国故论衡》也沿袭这种正统说法，认为"《春官》：瞽矇'掌九德六诗之歌'。然则诗非独六义也，犹有九歌。……九歌者，与六诗同列。水、火、金、木、土、谷，谓之六府；正德、利用、厚生，谓之三事。此则山川之颂，江海之赋，皆宜在九歌。后世既以题名为异，《九歌》独在屈赋，为之陪属。此又以大为小也。"[5]

---

[1] （唐）李吉甫：《元和郡县图志》卷二十八"江南道三"，清武英殿聚珍版丛书本。

[2] 《尚书·大禹谟》，《十三经注疏》，第135页。

[3] 《春秋左传注》，第563页。

[4] （宋）朱熹：《朱子语类》卷七十八"尚书一"。

[5] 章太炎：《国故论衡》卷中，商务印书馆2010年版，第122—123页。

也就是说，从原始《九歌》衍生两个分支，一个分支伸向民间，即是屈原所汲取的沅湘民间《九歌》，一个分支伸向庙堂，即《尚书》、《左传》记载、朱熹等儒者解释的颂扬九德的《九歌》。这就是《周礼·春官宗伯·大司乐》所说："九德之歌，九韶之舞，于宗庙之中奏之，若乐九变，则人鬼可得而礼矣。"郑玄注曰："《九德》之歌，《九韶》之舞，于宗庙之中奏之，若乐九变，则人鬼可得而礼矣。"贾公彦疏曰："宗庙用《九德之歌》者，以人神象神生以九德为政之具，故特异天地之神也。"①《九德之歌》用于宗庙祭祀，歌功颂德，乐凡九变，成为一种仪式。在宋人郭茂倩编的《乐府诗集·郊庙歌辞》中，可以发现唐代祭祀昊天的乐章，前面引述《唐书·乐志》曰："廿元十三年，玄宗封泰山祀天乐：降神用《豫和》六变，迎送皇帝用《太和》，登歌奠玉帛用《肃和》，迎俎用《雍和》，酌献、饮福并用《寿和》，送文舞出、迎武舞入用《舒和》，终献、亚献用《凯安》，送神用《豫和》。"降神的《豫和》唱道："相百辟，贡八荒。九歌叙，万舞翔。肃振振，铿皇皇。帝欣欣，福穰穰。"② 当然，还有一种"八风九歌"之说，也近乎这个系统。《春秋左传》昭公二十年记载："晏子对齐侯曰：'……先王之济五味、和五声也，以平其心，成其政也。声亦如味，一气，二体，三类，四物，五声，六律，七音，八风，九歌，以相成也。清浊，小大，短长，疾徐，哀乐，刚柔，迟速，高下，出入，周疏，以相济也。君子听之，以平其心。心平，德和。"③《晏子春秋》卷七《外篇上》，也收入这段记载。它是将礼乐治国的，杂有一点已露萌芽、尚未成形的阴阳五行思想。

然而，东汉王逸注《离骚》中的"启《九辩》与《九歌》"，是这样说的："启，禹子也。九辩、九歌，禹乐也。言禹平治水土，以有天下，启能承先志，缵叙其业，育养品类，故九州之物，皆可辩数，九功之德，皆有次序而可歌也。《左氏传》曰：六府三事，谓之九功，九功之德，皆可歌也，谓之《九歌》。水、火、金、木、土、谷，谓之六府，正德、利用、厚生，

---

① 《周礼注疏》卷二十二，《十三经注疏》，第790页。
② （宋）郭茂倩编《乐府诗集》卷五"郊庙歌辞"《唐祀昊天乐章》，四部丛刊本。
③ 《春秋左传注》，第1420页。

谓之三事。……《九歌》,《九德》之歌,禹乐也。《韶》,《九韶》,舜乐也。《尚书》'箫韶九成'。……。《九辩》、《九歌》,启所作乐也。言启能修明禹业,陈列宫商之音,备其礼乐也。"① 王逸由夏后启获得天帝之乐,推断《九歌》是禹乐。《史记·六国年表序》有个著名的说法:"禹兴于西羌,汤起于亳。"② 这就涉及人文地理学和民族学的一个重大问题,即《九歌》与西羌的关系。清人王士祯《陇蜀余闻》记述:"宁羌州嶓冢山下,有大禹庙,仅存茅茨一间。……禹伤先人鲧,以功不成坐诛,乃手足胼胝,居外十三年,过门不入。生启不得子,恶衣菲食,陆行乘车,水行乘船,泥行乘橇,山行乘撵。……禹之功,史虽载之,而不知其由于孝;禹之智,人能言之,而不知其由于神;合智与神谓之圣,合功与孝谓之德。德且圣,庶几其记禹哉。复作《九歌》,俾土人诵之,以侑飨祀。歌曰:'洚水儆尧兮泛滥中国,四岳荐禹兮俾为司空,禹治水兮注之东。力拯横流兮为民粒食,言乘四载兮劳身焦思,克盖前愆兮万世之利。声为律兮身为度,其言可信兮其仁可附,庶士交正兮底慎财赋。不自满假兮拜昌言,声教讫兮莫黎元,水上平兮生齿繁。洛出书兮锡九畴,通九道兮开九州,亹穆穆兮六府孔修。娶涂山兮辛壬,启呱呱兮何心,荒度土功兮五服弼成。膺历数兮帝命赫,泣罪人兮痛自责,舞干羽兮有苗格。辑五瑞兮建皇极,朝玉帛兮会万国,戮防风兮明黜陟。宅百揆兮股肱良,敷文明兮庶事康,于尧舜兮大耿光。'"③ 这些歌词表达了西羌部族对其始祖的崇敬和认同,汲取了中原典籍和早期传说的许多材料,文字也经过某些文化人的典雅化加工,大概是当地巫师在仪式上的演唱词。但它缺乏一个像屈原那样的天才诗人的精神投入和艺术创造,审美情趣颇有欠缺。如此说来,屈原《九歌》之所以成为屈原《九歌》,极其关键的是其中融合着一个天才诗人的无可代替的审美创造,那种简简单单地认为它们只是一些民间宗教歌舞的判断,是很难说服人的。

在中原的道德礼乐系统的宗庙祭祀中,人在祖宗面前谦卑顺从;在西羌赞美大禹的《九歌》中,人在部族始祖面前顶礼膜拜。屈原的《九歌》则

---

① (汉)王逸注:《楚辞章句》卷一,四部丛刊本。
② 《史记》卷十五《六国年表序》,第 686 页。
③ (清)王士祯:《陇蜀余闻》,龙威秘书本。

向另一种方向发展，以平等心态祭祀太阳、云雷、江河、生命、山陵的神灵等等自然神。这就出现了五种"九歌"：与夏后启相关的原始"九歌"，西羌巫师朱松部族始祖的"九歌"；中原宗庙礼乐的"九歌"，沅湘民间的"九歌"，以及屈原的《九歌》。屈原《九歌》远之呼应原始"九歌"，近之汲取沅湘"九歌"，并没有用中原礼制压抑人的性情，也不局限于对部族始祖的回忆，而在民间"九歌"中借鉴自然神谱，形成了与中原"九歌"不同的另一个极有审美神采的"九歌"系统。在屈原《九歌》中，人在自然神面前解放了自己的情感，变得自由而活泼，赋予每个神灵以灵气、以魅力，它没有拒绝中原"河伯"一种普通性的神，只不过使之更人性化，但它写得最有魅力的还是具有湖湘特殊风情的湘江之神。

　　湘江和沅水，并为《九歌》的母亲河。为楚地江河构设"君"与"夫人"二神，说明《九歌》是以湘江为自己生命的乳汁。湘君与湘夫人是配偶神，从其名字就已标示清楚。屈子作《九歌》大概是汲取湘地传说，为湘江设立男女二位自然神。但传说本是具有混含性，自然神话中也混有历史传说，并不排除混有帝舜与二妃的传奇因素。《史记·秦始皇本纪》记述始皇南巡，"浮江，至湘山祠，逢大风，几不得渡。上问博士曰：'湘君何神？'博士对曰：'闻之，尧女舜之妻而葬此。'"① 刘向《列女传》卷一载："有虞二妃者，帝尧之二女也。长娥皇，次女英。……舜陟方死于苍梧，号曰重华。二妃死于江湘之间，俗谓之湘君。"文中用"闻之"、"俗谓"的字样，说明湘地传说中的湘水神已混入舜二妃的因素，甚至二者已重叠到了难分难解的程度。屈子所写的"二《湘》"，是遨游于江渚水中与芳草鱼龙为伍的自然神，但他博采湘地传说时，不回避舜与二妃的故事，又没有照搬故事情节入二《湘》，而是将其内蕴渗透于诗行，极力突现、强化故事中的爱情文化浓度和审美向度。比如《湘君》："望夫君兮未来，吹参差兮谁思？"洪兴祖《楚辞补注》注："《风俗通》云：舜作箫，其形参差，象凤翼参差不齐之貌。……此言因吹箫而思舜也。"② 又如《湘夫人》："九嶷缤兮并迎，灵之来兮如云。"类乎《离骚》之"百神翳其备降兮，九嶷缤其并迎"。九

---

① 《史记》卷六《秦始皇本纪》，第248页。
② （宋）洪兴祖补注：《楚辞补注》卷二，上海古籍出版社1983年版，第62页。

嶷山，乃是舜帝的葬地，山南有舜庙。也就是说，二《湘》创造了一男一女的湘水自然神，一个非舜亦舜的湘君，一个非二妃亦二妃的湘夫人，正是利用了似是而非的神话多义性和传说含混性，它舒展了抒情的自由度和细腻感，增强了人性和人情的魅力。

屈原汲取沅湘情歌对唱的方式，并与巫术迷幻的视角相配合，交融成具有屈子风味的"迷幻＋对歌"的视角，使《湘君》和《湘夫人》成为《九歌》爱情心理抒写的双璧。《湘君》一开头就以平等的恋人心态直抒胸臆。此中既有"君不行兮夷犹，蹇谁留兮中洲"的怨情，又有"望夫君兮未来，吹参差兮谁思"的倾诉，还有"令沅湘兮无波，使江水兮安流"的祝福。而《湘夫人》则将浸润性的情感体验，化用特定的山水外景传达，倾诉对意中人的思念："帝子降兮北渚，目眇眇兮愁予。嫋嫋兮秋风，洞庭波兮木叶下。"其妙处在于情感的浸润性的体验，情感浸润着时令景物，形成情感意象化的审美法则，将山水精魂转化为内在世界的瞬间感受，从而传达出苍凉、疑惑的生命信息。清人刘熙载《艺概》说："叙物以言情谓之赋，余谓《楚辞·九歌》最得此诀。如'嫋嫋兮秋风，洞庭波兮木叶下'，正是写出'目眇眇兮愁予'来；'荒忽兮远望，观流水兮潺湲'，正是写出'思公子兮未敢言'来。俱有'目击道存，不可容声'之意。"[1] 刘氏突出的是情写得好。钱钟书《管锥编》认为，《湘夫人》的这种抒写与《九章》的一些诗行，"皆开后世诗文写景法门，先秦绝无仅有。……即如《湘夫人》数语，谢庄本之成'洞庭始波，木叶微脱'，为《月赋》中'清质澄辉'之烘托；实则倘付诸六法，便是绝好一幅《秋风图》"。[2] 钱氏突出的是景写得妙。

长江流域的沅湘风物，使湘水二神的缠绵悲情，点缀着别具一格的江南奇丽。《湘夫人》中，湘君听到佳人召请，即时驱动车子同载而往，筑宫室于水中，用荷叶修盖屋顶。神的形象和生活环境是人类比照自身的存在幻想出来的，古希腊的克塞诺芬尼就说过："埃塞俄比亚人说他们的神皮肤是黑的，鼻子是扁的；色雷斯人说他们的神是蓝眼睛、红头发的。"楚诗人心目

---

① （清）刘熙载：《艺概》卷三《赋概》，第86页。

② 钱钟书：《管锥编·楚辞补注》，中华书局1986年版，第613页。

中的湘水神生活环境，是水居荷屋、椒房藤帐，点缀着楚地的香草，一派水乡泽国的旖旎风光。江南风情浓艳纷繁，沁人心脾：水中宫室以荪草饰壁，紫贝砌坛，满堂播种着香气浓郁的花椒。又用桂木做栋梁，木兰当橡子，连白芷装饰的房间的门楣也是辛夷花木制作的。室内装修也是那样清新而华贵：用薜荔藤织网充当帐幕，剖开蕙草编成的隔窗，也已经张开。白玉用来作压住席子的镇物，石兰花疏疏落落地发出芬芳。在荷叶屋中筑起白芷墙，还不尽兴，又用香草杜衡把它缭绕起来，满庭院汇集了上百种花草，还要在两边厢房结扎香花为门洞。这种湘水神宫没有沾染中原宫殿的礼制规范和世俗浊气，如果没有屈原对沅湘花卉草木的细心观察和无限欣赏，是写不出来的。水宫建筑风格是湘水神的神格趣味的象征，既带有楚地风情，又与屈子审美的趣味相通。

　　水乡泽园的风情，衬托着像水一样柔婉而多波纹的两性情感，展开了爱情坚贞而感觉纤敏的复杂心理结构，形成文人诗歌发端期心理抒写的高峰。《湘君》中，湘夫人在期待之失落的凄寂情境中，采取象征性行为来表达自己的心情："捐余玦兮江中，遗余佩兮澧浦。采芳洲兮杜若，将以遗兮下女。时不可兮得，聊逍遥兮容与。"将男神赠给女神的定情物玉玦、玉佩抛弃在江中、水边，将女神采集来回赠男神的芳草转赠给身边的侍女。生命在失望中受到挑战，生命也在超越失望中获得解脱，因而湘夫人在感觉到时机不可再得之时，便以逍遥从容的态度拯救自我了。而《湘夫人》中，则："捐余袂兮江中，遗余褋兮澧浦。搴汀洲兮杜若，将以遗兮远者。时不可兮骤得，聊逍遥兮容与。"在失落中聊且逍遥从容地等待吧。而等待具有多种可能性。可以说，《湘君》、《湘夫人》这两首诗都描写了一个完整而曲折的爱情心理历程：执著地追求知己——得不到对方理解——在焦虑中产生或吉或凶的种种幻觉——最终在恩尽情绝中陷入期待之失落的悲哀，这种正负并存、互相推移的心理结构，无论在爱情上还是在政治上都有一定的普遍性。为此，王逸《楚辞章句》认为"君，谓怀王也……言己虽见放弃，隐伏山野，犹从侧陋之中，思念君也"；"言君尝与己期，欲共为治，后以谗言之故，更告我不闲暇，遂以疏远己也"。或许这是屈子把自己在政治生活中的情感结构，"移植"和"借用"到巫女（扮演湘夫人）和湘君爱情生活的情感结构之上，但毕竟还是事出有因，查无实据。然而这种心理结构模式具有普适性价值，可供读者在不同角度寻找出如此多的类似性！追求—失落—拯救，全诗完成了一个充满波折和深度的爱情心理周期。也正因为这样，有了二《湘》，屈子《九歌》已把我国远古诗歌的心理体验艺术，推进到了一个非常精微的高度。《文心雕龙》说："《骚经》《九章》，朗丽以哀志；《九歌》《九辩》，绮靡以伤情；《远游》《天问》，瑰诡而慧巧；《大招》《招隐》，耀艳而深华；《卜居》标放言之致，《渔父》寄独往之才。故能气往轹古，辞来切今，惊采绝艳，难与并能矣。"① 这里揭示了一个大诗人文体风格的高度原创性和不重复性。

屈原《九歌》是一种"永远的《九歌》"，永远的新鲜，永远的动人，永远的令人频频回顾。宋代苏轼《沧洲亭怀古》云："湘水悠悠天际来，夹江古木抱山回。城中人物若可数，日晏市散多苍苔。九嶷巍天古云埋，遥想帝子龙车回。心衰目极何可望，九歌寂寂令人哀。"②《九歌》成了诗人面对悠悠湘水，展开天地对话的精神维度，只要牵动这一维度，九嶷、帝子就纷纭而至。陆游也有写景诗句，为赵翼《瓯北诗话》所摘取："放翁以律诗见长，名章俊句，层见叠出，令人应接不暇。使事必切，属对必工；无意不搜，而不落纤巧；无语不新，而不事涂泽，实古来诗家所未见也。……写景七律：'十里溪山最佳处，一年寒暖适中时。'（《近游》）'山重水复疑无路，柳暗花明又一村。'（《游山西村》）'七泽苍茫非故国，《九歌》哀怨有遗音。'（《塔子矶》）"③《九歌》哀怨之思，是人们放眼苍茫泽国时自然浮上心头的。与陆游同时代的张孝祥有一首"回文体"的《菩萨蛮》："落霞残照横西阁。阁西横照残霞落。波浅戏鱼多。多鱼戏浅波。手携行客酒。酒客行携手。肠断九歌长。长歌九断肠。"④ 落霞残照中，与客携手上西阁饮酒观鱼，此时的断肠歌声，是来自烟波里，还是来自水阁上？总之它们都要以"九"之来形容，因为屈原已经赋予《九歌》以哀怨多情的格调。明代钱肃润《过汨罗追和韩昌黎》诗云："湖水遥通江水波，南流为汨北为罗。

---

① （南朝梁）刘勰：《文心雕龙·辨骚第五》，第 47 页。
② （宋）苏轼：《苏轼集》卷二十七，明海虞程宗成化刻本。
③ （清）赵翼：《瓯北诗话》卷六，清同治十三年红杏山房重刊本。
④ （宋）张孝祥：《于湖词》卷三，彊村丛书本。

舟行不识怀沙处，相向何方唱《九歌》？"① 清人夏弘《秋夜读九歌》云：
"娟娟凉月生虚壁，酒罢摊书读《九歌》。兴托美人情最切，思深公子怨何
多。湘皇泪雨滋丛竹，山鬼悲风带女萝。一夜寒砧催木叶，洞庭今已起微
波。（木点秋夜，仍关映《九歌》。）"② 《九歌》中既有二湘思深、山鬼悲
风、洞庭微波的境界，又有屈子怀沙、自沉汨罗的身影，都可以引发人们千
古遐思。《九歌》还可以联想到《招魂》，因此不妨借以为仁人志士进行
"心丧"祭奠。比如对文天祥招魂："有官有官位卿相，一代儒宗一敬让。
家亡国破身漂荡，铁汉生擒今北向。忠肝义胆不可状，要与人间留好样。惜
哉斯文天已丧！我作哀章泪凄怆。呜呼九歌兮歌始放，魂招不来默惆怅。"③
《九歌》的神仙景、人间情，加上屈原的生命人格悲剧，作为一种情感性的
原型，成了千古诗人发兴哀思的极佳意象触媒。因此在千年诗史中，可以发
现　条《九歌》式的情感脉络。

　　这条诗史脉络，又牵连着民间歌舞的渊源。《新唐书·刘禹锡传》记
载："宪宗立，叔文等败，禹锡贬连州刺史，未至，斥朗州司马。州接夜郎
诸夷，风俗陋甚，家喜巫鬼，每祠，歌《竹枝》，鼓吹裴回，其声伧佇。禹
锡谓屈原居沅、湘间，作《九歌》，使楚人以迎送神。乃倚其声作《竹枝
辞》十篇，武陵夷俚悉歌之。"④ 这条材料也为元代辛文房《唐才子传》卷
五所采用。《历代词话》据刘禹锡《竹枝序》，又说："刘梦得在沅湘日，以
里歌俚鄙，乃依骚人《九歌》，作《竹枝九章》，教里中儿，由是盛于贞元、
元和之间。每岁正月，里中儿联歌《竹枝》，吹笛击鼓以应节，歌者扬袂睢
舞，以曲多为贵。聆其声音，中黄钟之羽，卒章讦激如吴，虽伧伫不可分，
而含思宛转，有淇澳之艳。"⑤ 刘禹锡被放逐于朗州、夔州，身份与屈原相
似，地域与沅湘相近，听闻湘渝民间歌谣，自然产生与屈原改作《九歌》
相似的创作欲望。以后千百年《竹枝词》与各地民俗相联系，唱遍大江南
北，都是《九歌》创作模式的变异和延续。清人王渔洋《题三闾大夫庙》

---

①　（清）陈田辑：《明诗纪事》辛签卷三十一，清陈氏听诗斋刻本。

②　（清）沈德潜编：《清诗别裁集》卷二十五，清乾隆二十八年重刻三十二卷本。

③　浮丘道人汪水云：《招魂歌》，收入《文天祥集》卷二十，四部丛刊本。

④　《新唐书》卷一百六十八《刘禹锡传》，中华书局1975年版，第5129页。

⑤　（唐）刘禹锡：《竹枝序》，（清）王奕清《历代词话》卷二"唐二"引，文渊阁四库全书本。

诗云：“楚泽凋兰叶，巴巫唱竹枝。《九歌》何处续，宋玉有微词。”① 也是吟咏《九歌》、《竹枝》的诗歌风气的。

三 南音真传:地域文化对于审美形态的意义

屈原诗学在汲取包括湖湘民间智慧在内的长江文明养分的过程中，创立了与中原《诗经》美学不同的另一种美学形式。诗、骚并称，成为中国诗学互动互补的良性生态。如《文心雕龙》在“明诗”之后，专设“辨骚”之篇，以“辨骚”和“明诗”对称，是眼光独到的。其《章句篇》说：“六言七言，杂出《诗》《骚》，而两体之篇，成于两汉。”《物色篇》又说：“且《诗》《骚》所标，并据要害，故后进锐笔，怯于争锋，莫不因方以借巧，即势以会奇。”② 《旧唐书·文苑列传序》也说：“莫不宪章《谟》《诰》，祖述《诗》《骚》；远宗毛、郑之训论，近鄙班、扬之述作。谓‘采采芣苢’，独高比兴之源；‘湛湛江枫’，长擅咏歌之体。”③ 相对于温柔敦厚的诗教，以屈原为主要诗人的“楚辞”的那种神奇想象、热烈情怀、发愤抒情的诗学形态，长久地成为中国诗人精神释放的途径和源泉。班固《离骚序》称：“今若屈原，露才扬己，竞乎危国群小之间，以离谗贼。然责数怀王，怨恶椒兰，愁神苦思，非其人，忿怼不容，沈江而死，亦贬絜狂狷景行之士。”④《颜氏家训》也说：“自古文人，多陷轻薄：屈原露才扬己，显暴君过；宋玉体貌容冶，见遇俳优。”⑤ 在温驯儒者眼中的所谓“露才扬己”，正好反衬出屈原诗歌个性飞扬，才华超俗的难能可贵之特点。自屈原之后，中国才有独立的诗人，这是诗歌史上划时代的大事件。

《楚辞》在中国诗史中属于“南音”系统，由长江文明孕育而成，其规模也汲取了长江茫茫九派、气象万千的气魄。《吕氏春秋·季夏纪·音初篇》记载：“禹行功，见涂山之女。禹未之遇，而巡省南土。涂山氏之女乃令其妾候

① （清）王士禛：《渔洋山人精华录》卷七，四部丛刊本。
② （南朝梁）刘勰：《文心雕龙·章句篇》及《物色篇》，第570、693页。
③ 《旧唐书》卷一百九十上《文苑列传序》，中华书局1975年版，第4983页。
④ （清）严可均辑：《全后汉文》卷二十五，中华书局1958年版，第234页。
⑤ （北齐）颜之推：《颜氏家训》文章第九，四部丛刊本。

禹于涂山之阳。女乃作歌，歌曰：'候人兮猗'，实始作为南音。周公及召公取风焉，以为《周南》、《召南》。"① 《楚辞》既属南音，在论及它与中国诗史之因缘时，许多学者往往把它与《诗经》的《周南》、《召南》相联系。如刘师培认为："《国风》十五，太师所采，亦得之河、济之间。……惟周、召之地，在南阳、南郡之间，故二《南》之诗，感物兴怀，引辞表旨，譬物连类，比兴二体，厥制亦繁；构造虚词，不标实迹，与二《雅》迥殊。至于哀窈窕而思贤才，咏汉广而思游女，屈、宋之作，于此起源。"② 程千帆亦附议："二南之诗，则《诗》《骚》之骑驿，亦楚辞之先驱也。"（《先唐文学源流论略》）这些诗史源流的勾勒，以及《礼记·文王世子》"胥鼓南"郑玄注："南，南夷之乐也"③，都证明了二《南》属古代南音。而从二《南》诗题的选取和比兴手法的妙用以及"兮"字诗行的使用，都在传达它们与《楚辞》同属"南音"的信息，只是二者在后来的演变过程中分道扬镳了。

周朝王室乐师文士在对二《南》的收集整理过程中，依照中原固有的书面语言形态，将南音加以规范和纯正，收敛其本有的原始野性；而《楚辞》则使其中的原始野性，因诗人才华而激活、强化，作为诗学机制的内在活力。《楚辞》保存了南方诗歌音乐的许多原生形态。正如韦应物《龟头山神女歌》所说："山精水魅不敢亲，昏明响像如有人。蕙兰琼茅积烟露，碧窗松月无冬春。舟客经过奠椒醑，巫女南音歌楚些。"④ 这种原始野性保存在诗歌所蕴涵的民俗信仰、祭祀仪式、自然方物和歌谣音韵之中。这种脱去框套之后的创造性的文化态度，使《楚辞》保留了不少楚语楚音，包括频繁使用和巧妙配置许多"兮"字，使诗句兼备野性、活性、弹性和柔韧性，诗式杂用着七言、六言，间见五言、八言、三言、九言，无拘无束，于不规整处生发出一种奔放的力度，成为诗歌文体非定型而多变化的驱动力。当然，这与南音长期处在口传形态，自由创作，到了天才诗人屈原后，才以其

---

① 《吕氏春秋》卷六《音初篇》，第 140 页。

② 刘师培：《南北文学不同论》，《近代文论选》，人民文学出版社 1959 年版，第 570 页。

③ 《礼记正义》卷二十，《十三经注疏》，第 1405 页。

④ （唐）韦应物：《鼋头山神女歌》，《全唐诗》卷一百九十五，中华书局 1960 年版，第 2007 页。

天然的新鲜感诉诸文字，存在着深刻的关系。

南音的非定型状态，使《九章》这类并非作于一时的作品尝试着多种多样的诗体，以表达忧虑和悲愤的情感。明人胡应麟肯定了屈原诗歌的不拘一格："和平婉丽，整暇雍容，读之使人一唱三叹者，《九歌》等作是也。恻怆悲鸣，参差繁复，读之使人涕泣沾襟者，《九章》等作是也。《九歌》托于事神，其词不露，故精简而有条。《九章》迫于恋主，其意甚伤，故总杂而无绪。"而且还肯定其不拘一格中创造了新的诗歌体式："自屈原《九歌》《九辩》后，续为其体者，《九怀》《九叹》《九思》《九愍》，并载诸选。"① 天才所提供的是无章法的章法。对《九章》创作历程，还是朱熹《楚辞集注》说得通达："《九章》者，屈原之所作也。屈原既放，思君念国，随事感触，辄形于声……《惜往日》《悲回风》又其临绝之音，以故颠倒重复，倔强疏卤，尤愤懑而极悲哀，读之使人太息流涕而不能已。"② 《九章》除《橘颂》较单纯外，篇篇都是肝胆血泪之音，诗与生命浑然打成一片。它们既是屈子生命史的审美结晶，更是对其流放经历的生命体验和"生命抒情"。

流放江南九年，屈子多少有点参透世情、知天达命，只有"涉江"和"哀郢"如此重大的事件才足以引起心灵的强烈震撼。抒情言志的最大密度，出现在诗人临渊自沉的前夕，他在生与死的临界点上深入地体验着生命与死亡的意义，从而形而上地思考永恒与短暂，以及形而下地进行自祭。这里着重以《涉江》《怀沙》为例来阐释。

《涉江》篇名平实，记述屈子涉长江而南去，浮沅水至溆浦，终于幽处深山的旅程。当作于楚顷襄王之世，屈子远窜江南之岁月。但平实的篇名浸润了长江沅水之襟怀，诗学结构上流荡着一股奇气，它借流放旅途把结构当作一个动态的过程，使诗行脉络之间蕴藏着一整套匠心独运的动力学法则。全诗以"倨傲"的余、吾并称，交换使用，经细微的语感变化调节情绪的波动，构成结构动力学中充满情感波折的中心线索。清人林云铭《楚辞灯》说："屈子初放涉江，气尚未沮，故开口自负，说得二十分壮。先哀南夷不

① （明）胡应麟：《诗薮》内编一，又杂编一，上海古籍出版社1958年版，第248页。

② （宋）朱熹：《楚辞集注》，上海古籍出版社1979年版，第73页。

知用贤，取道时徘徊顾望，犹以端直无伤自慰，似不知后面之穷苦者。迨涉历许多荒凉地面，忽转而自哀，方知疏于君之后，不知改行从容，宜至于此。再思古人忠贤者，往往未必见用，又以守道不恤穷达为是，亦无用改悔也，还是幼好服志而不哀口吻。末以阴阳易位，欲去而远逝作结，正是不能去、不忍去念头，为此无聊之语耳。"① 如此评述，虽有点如四库馆臣所说"以时文之法解古书"②，但还是看到诗歌篇章结构的曲折之妙的。

《涉江》以突兀而奇伟的语言开篇："余幼好此奇服兮，年既老而不衰。带长铗之陆离兮，冠切云之崔嵬。被明月兮佩宝璐。世溷浊而莫余知兮，吾方高驰而不顾。驾青虬兮骖白螭，吾与重华游兮瑶之圃。登昆仑兮食玉英，与天地兮同寿，与日月兮同光。哀南夷之莫吾知兮，且余济乎江湘。"它以奇异的服饰，象征自己独立不群的高尚德行和"人格自恋情结"；冠可切云、珠名明月这类具有如此象征意义的意象，难为俗世所理解，因此诗人借战国时代逐渐流行的游仙幻想，抒写慨叹中的充满自信，描写远离尘俗而与天地精神相通的高洁追求和高蹈行为。

应该看到，此种奇服嗜好，是越出中原礼制的。《周礼·天官冢宰》说："阍人掌守王宫之中门之禁。丧服、凶器不入宫，潜服、贼器不入宫，奇服、怪民不入宫。"③ 王安石如此解释："潜服，则衷甲之类。贼器，器之可以贼人者。奇服，非法服也。怪民，怪行者也。"④ 这里将奇服当做非法服饰，与怪异行为者相联系，是为宫禁所拒绝的。《明史·舆服志》也说："诡异之徒，竞为奇服以乱典章。"⑤ 奇服为何非法？因为它搅乱了按服饰的形制、颜色、纹样来分社会等级之尊卑的典章制度。可见喜好奇服，乃是蔑视礼制，特立独行，器宇轩昂的行为。

这种奇服异行，在两千年后，被疾视八股腐儒时弊的吴敬梓写在画家诗人王冕身上，作为《儒林外史》第一回"说楔子敷陈大义，借名流隐括全文"的精彩一笔："元朝末年也曾出了一个嵚崎磊落的人。这人姓王名冕，

---

① （清）林云铭：《楚辞灯》卷三，文渊阁四库全书本。
② 《四库全书总目》卷一百四十八"集部"《楚辞灯》提要，中华书局1965年版，第1270页。
③ 《周礼·天官冢宰·阍人》，《十三经注疏》，第686页。
④ （明）邱濬：《大学衍义补》卷一百十八引王安石语，文渊阁四库全书本。
⑤ 《明史》卷六十七《舆服志》，中华书局1974年版，第1639页。

在诸暨县乡村里住。……这王冕天性聪明，年纪不满二十岁，就把那天文、地理、经史上的大学问，无一不贯通。但他性情不同，既不求官爵、又不交纳朋友，终日闭户读书。又在《楚辞图》上看见画的屈原衣冠，他便自造一顶极高的帽子、一件极阔的衣服。遇着花明柳媚的时节，把一乘牛车载了母亲，他便戴了高帽，穿了阔衣，执着鞭子，口里唱着歌曲，在乡村镇上以及湖边到处顽耍。惹的乡下孩子们，三五成群跟着他笑，他也不放在意下。"① 这个故事在明人郎瑛《七修类稿》已露端倪："王冕，字元章，号山农，元末人也，身长多髯。少明经不偶，即焚书读古兵法，戴高帽，披绿蓑，着长齿屐，击木剑，行歌于市，人以为狂士之负材气者，争与之游。"② 不过，吴敬梓也许主要取自清初学者朱彝尊的《王冕传》："王冕，字元章，诸暨田家子也。父命牧牛，冕放牛陇上，潜入塾听村童诵书，暮亡其牛。父怒，挞之。他日，依僧寺夜坐佛膝映长明灯读书。安阳韩性异而致之，遂从性学，通《春秋》。尝一试进士，举不第，焚所为文，读古兵法，恒著高檐帽，衣绿蓑衣，蹑长齿屐，击木剑。或骑牛行市中，人或疾其狂，同里王艮特爱重之，为拜其母。艮，为江浙检校，冕往谒，履敝不完，足指践地，艮遗之草履一两，讽使就吏禄，冕笑不言，置其履而去。归迎其母至会稽，驾以白牛车，冕被古冠服，随车后，乡里小儿皆讪笑，冕不顾也。所居倚土壁庋釜执爨，养母教授弟子，以为常。"③ 朱氏写王冕高帽阔衣，驾牛车载母出游，已经够独特了。吴敬梓却特地点明，王冕是看见《楚辞图》上屈原衣冠而后为之，就进一步将相距一千六百余年的一条衣冠人格的线索挑出来了。

屈赋题为"涉江"，却离题大写畅写"高驰"，此乃篇章结构学的妙处。诗学重"起笔"，起笔所在，便是全诗动力系统的原动点所在。此诗在正文之前，设置了奇特的"前开端"，时间跨度由幼及老，空间跨度自俗世到昆仑，其宏伟的外时空结构与"涉江"的主体部分之间，形成了简直有若昆仑与江、湘、沅之间的巨大落差，积蓄了难以估量的巨大势能。一个可以伴

① （清）吴敬梓：《儒林外史》"第一回说楔子敷陈大义，借名流隐括全文"，卧闲草堂本。
② （明）郎瑛：《七修类稿》卷二十九"诗文类"，文渊阁四库全书本。
③ （清）朱彝尊：《曝书亭集》卷六十四《王冕传》，文渊阁四库全书本。

同帝舜登昆仑的奇才，却被流放涉江去伴烟瘴，这种强烈反差所产生的历史荒谬感，便是篇章结构高占地步所带来的审美效应。前结构为主结构提供意义的参照，主结构为前结构提供意义的深入说明。当我们细品诗人的涉江路程时，那奇服高驰者的身影历历在目，只是精神改。人疲马乏，何等凄清悲凉；舟行迟滞，船姿与愁情交融。以前驾龙高驰的得意，而今已成落魄状。"乘鄂渚而反顾兮，欸秋冬之绪风。步余马兮山皋，邸余车兮方林。乘舲船余上沅兮，齐吴榜以击汰。船容与而不进兮，淹回水而凝滞。朝发枉陼兮，夕宿辰阳。"从鄂渚到辰阳，也就是从武汉西南经洞庭湖，进入常德、沅水，这番艰难的旅途以反向连接的方式，把居高临下的结构势能发泄和消耗了不少，随之使用"苟余心其端直兮，虽僻远之何伤"一句反拨，抒写诗人对流放行程的蔑视来对前文的下坠趋势产生抗衡和逆转的力量，与奇服高驰的原动点上的高尚人格和高蹈行为相呼应，防止了原动点积蓄势能的消耗净尽。

作为承受前结构的冲击力和推动力的主体结构，包括两个部分，其一是前述的流放旅程，其二是即将论及的流放终点。前者写动，后者写静；前者写水，后者写山，组成了主体结构中相互推移又相互对称的两个单元。"入溆浦余僝佪兮，迷不知吾所如。深林杳以冥冥兮，乃猿狖之所居。山峻高以蔽日兮，下幽晦以多雨。霰雪纷其无垠兮，云霏霏而承宇。哀吾生之无乐兮，幽独处乎山中。吾不能变心而从俗兮，固将愁苦而终穷。"小舟载不动的许多愁，化成林中的云雾雨雪、愁满苍山。在诗学世界里，自然界不是独立自足的存在，山容水态只不过是诗人心灵的映照。迷乱的心灵，绘出的只能是迷乱的水墨画。诗人把自己沉重的感情参透到山林的姿态、色调和云雾雨雪的气候变化之中，一笔兼写景物与人心，成为后世山水诗中"有我之境"的鼻祖。曾经幻想过游瑶圃、餐玉英而祈求与日月同光的诗人，却正面对着山高蔽日、猿猴群居的情景。瑶圃与猿居、同光与蔽日的巨大反差所造成的语境压力，反衬流放者生存环境的极其恶劣，使这种抒写释放出极其丰富的潜能和意义。这个时空结构便是历史，也只有历史及其所携带的命运感，才能承受住前结构所具有的巨大冲击力和推动力。因此历史成为诗人在现实中找不到归宿时的理性归宿："接舆髡首兮，桑扈裸行。忠不必用兮，贤不必以。伍子逢殃兮，比干菹醢。与前世而皆然兮，吾又何怨乎今之人？"

如果说奇服高驰是前结构，流放涉江而到达溆浦是主结构，这里便是后结构了。后结构十句诗的句式相当独特，六短四长，短句列举和评点历史人物行为，语气紧迫；长句抒发诗人的感慨，语气弛缓。短长张弛的节奏律动，相互调节，意味深长。诗人从历史上寻找自己人格和命运的范型，却寻找到了伍子胥、比干式的灾难处境，接舆、桑扈式的狂狷人生。在这古今参照的思想反思中，他丧失了流放汉北时期对楚君醒悟和楚政复苏的期待，体验到了在全盘政治已无可挽回时的领悟，诗人是在为一部民族史而受难。

　　"乱辞"是一种附加结构。其设置与古乐曲的体制相关，《论语·泰伯篇》："师挚之始，《关雎》之乱，洋洋乎盈耳哉！"朱熹注："乱，乐之卒章也。"[1] 乱辞的功能，可分总结要点、强调重点、宣发感慨和提升哲理诸种。本诗的乱辞，承接着前面的深刻体验，进行哲理的概括和升华："鸾鸟凤皇，日以远兮。燕雀乌鹊，巢堂坛兮。露申辛夷，死林薄兮。腥臊并御，芳不得薄兮。阴阳易位，时不当兮。怀信侘傺，忽乎吾将行兮。"诗人采用吉鸟与凶鸟、芳草与恶草二元对立的形态来隐喻朝政昏乱和价值颠倒，以鸾凤、香草自许，在尖锐的社会批判中隐藏着自尊自重的潜意识。这种外批判而内自重的双重性，既是对后结构中历史反思的升华，又是主结构中流放遭遇的透视，还与前结构中奇服高驰、同寿同光的人格自许相呼应。全诗的结构动力系统极富精神体验性质，在前结构中宏伟地隆起，在主结构中深远地奔泻，在后结构中稳重地承接，获得了一种猛烈冲击与反复发散、承接之间的力量平衡，并在附加结构中对平衡进行了升华和超越。可以说，沅水的曲折奔腾，内化为一种精神形式，影响了《涉江》篇章结构的曲折感和奔腾感。

　　在《涉江》中，屈原走入湖湘风物的深处，他是以自己高洁的精神去经历着那里的凄风苦雨的。梁启超《中国韵文里头所表现的情感》中说："楚辞的特色在替我们文学界开创浪漫境界，常常把情感提往'超现实'的方向……屈原的情感是烦闷的；却又是浓挚的，孤洁的，坚强的。浓挚、孤洁、坚强三种拼拢一处，已经有点不甚相容，还凑着他那种境遇，所以变成烦闷。《涉江》那段，用象征的方式，烘托出烦闷。……《哀郢》那段，把浓挚的情感尽量显出，《离骚》两段专表他的孤洁和坚强。屈原是有洁癖的

---

①　（宋）朱熹：《论语集注》卷四，《四书章句集注》，中华书局1983年版，第106页。

人，闹到情死；他的情感，全含亢奋性，看不出一点消极的痕迹。"①

　　湖湘地区山地的深幽和平原的开阔，形成鲜明的对照。当屈原走到湘江下游的时候，他的诗章染上了浩荡和苍茫。地理在改变着人的精神感受和审美方式。《怀沙》是屈原绝命辞，全诗被《史记·屈原列传》录载，接着交代屈原"于是怀石遂自沉汨罗以死"②。《通典》记载："湘阴：本罗子国，秦为罗县。梁置岳阳郡。隋置玉州。有玉笥山、湘水，又有地名黄陵，即舜二妃所葬之地。县北有汨水，即屈原怀沙自沈之处，俗谓之罗江。又有屈原冢，今有石碑，文曰'楚放臣屈大夫之碑'，其余字灭矣。"③ 前面已经提到，玉笥山传说是屈原作《九歌》之地，再加上舜帝二妃葬地，以及屈原沉江处和屈原冢，这实在称得上中国《楚辞》的结穴处了。清人钱谦益《菊谱》题跋说："屈子云：朝饮木兰之坠露兮，夕餐秋菊之落英。盖其遭时鞠凶，众芳芜秽，不欲与鸡鹜争食，哺糟啜醨，故以饮兰餐菊自况。其怀沙抱石之志决矣。悠悠千载，惟陶翁知之。其诗曰：秋兰有佳色，裛露啜其英。《饮酒》《荆轲》诸篇，抚己悼世，往往相发。"④ 钱氏以屈子餐饮木兰坠露、秋菊落英，与陶渊明气节相通，不愿与混浊世道同流合污，来作为屈子怀沙沉江，以死亡证明生命价值的精神脉络。这也是陆云《九愍》所说："朝弹冠以晞发，夕振裳而濯足。有怀沙以赴渊，无抱素而蒙辱。"⑤

　　《怀沙》是楚辞结穴处的悲歌。这首诗抒写诗人独立水边沙洲，体验天地人间之道，体验在充满危机压迫下的自我生命的反省和挣扎。全诗开篇，展开了时空与生命的体验："滔滔孟夏兮，草木莽莽。伤怀永哀兮，汩徂南土。眴兮杳杳，孔静幽默。郁结纡轸兮，离慜而长鞠。抚情效志兮，冤屈而自抑。"以"滔滔"修饰孟夏，只有站在水边才会发生这种通感性错觉。滔滔，据《诗经·小雅·四月》"滔滔江汉，南国之纪"的描绘，应为长江、汉水水势。屈子化用其义，以滔滔形容孟夏四月，将水势之滔滔和时间之流逝以及天气之陶陶温暖交相感应。在异常特殊的天时、水貌的交融感觉中，

　　① 梁启超：《中国韵文里头所表现的情感》，《梁启超文集》卷三十七，林志钧饮冰室合集本。
　　② 《史记》卷八十四《屈原贾生列传》，第2490页。
　　③ （唐）杜佑：《通典》卷一百八十三"州郡"十三，中华书局1988年版。
　　④ （清）钱谦益：《绛云楼题跋·菊谱题跋》，中华书局1958年版。
　　⑤ （清）严可均辑《全晋文》卷一百一，中华书局1958年版，第1061页。

郢都已破，只有诗人独立旷野，心中郁结绞痛而长处困境，以忧郁的心情沉默地体验流放者冤屈压抑的生命。诗写于孟夏四月，不到一个月之后的仲夏五月，诗人就自沉明志了。这就是"灵均千古怀沙恨"了。

在沉默的体验中，随着日光、波光的闪烁，诗人逐渐进入形而上的思辨："易初本迪兮，君子所鄙。章画志墨兮，前图未改。内厚质正兮，大人所盛。巧倕不斲兮，孰察其拨正？"此中涉及君子之本、初、度、图、质、正等一系列与生命和人格有关的概念。君子之"初"，即"揆余初度"之"初"（《离骚》）；"本"，即"深固难徙，更壹志兮"（《橘颂》），合而言之，就是诗人一向主张的坚定不移的人格本质以及"君子"、"大人"的人格理想。在他看来，生命的价值就存在于这种崇高和坚定之中。尽管这种人格理想必定为"离娄微睇兮，瞽以为无明。变白以为黑兮，倒上以为下"的社会环境所拒绝，甚至会致使自己陷入深沉的生存困境之中。

值得注意的是，屈子由内在的主体世界的反省转向外在的客观世界的考察之时，其诗化的哲理思维表现出浓郁的"非庄学"色彩。屈子与庄子都渊源于楚文化，但其文化取向迥异其趣，一者神游而恋国，一者小雅而随任自然。《庄子·胠箧篇》认为："毁绝钩绳而弃规矩，擢工倕之指，而天下始人有其巧矣。"而屈子则反问"巧倕不斲兮，孰察其拨正？"道出只有巧匠阿倕才能察知曲直，追求拨乱反正而讲究规矩。《庄子·胠箧篇》又说："灭六章，散五采，胶离朱之目，而天下始人含其明矣。"[1] 离朱就是离娄，黄帝时明目者，"能视于百步之外，见秋毫之末"。屈子再反庄学的齐物论，发出"离娄微睇兮，瞽以为无明"的叹息，批判世间不辨美丑而颠倒是非。这种叹息是来自现实生存环境的深层体验和尖锐的社会批判："夫惟党人鄙固兮，羌不知余之所臧。任重载盛兮，陷滞而不济。怀瑾握瑜兮，穷不知所示。邑犬之群吠兮，吠所怪也。非俊疑杰兮，固庸态也。文质疏内兮，众不知余之异采。材朴委积兮，莫知余之所有。"他痛斥结党营私者如群狗吠怪，坚持"怀瑾握瑜"的美好品质，哪怕穷途末路，无处表达。屈子就是这样长短句相间，把庄学中用作相对论玄思的材料，从主体所处的客观环境凶险、抒情主体情调的峻急以及主客体的对立和碰撞三个层面，转换成了借喻

---

① 《庄子集解》卷三，中华书局 1987 年版，第 87 页。

性的社会批判。

《怀沙》中的生命选择已经逼近无从选择的极限，诗人宁可选择以毁灭的形式来实现生命价值。平时，当屈子在逆境中总要梦怀他的精神偶像以坚定自己的生命意志、化解心灵的困惑。屈原赋中，舜帝即"重华"凡三见。如《离骚》中遇到心灵困惑，便"济沅湘以南征兮，就重华而陈词"。《涉江》遭流放江南之变，便奇服高驰，"驾青虬兮骖白螭，吾与重华游兮瑶之圃"。但是到了《涉江》，这种反复出现的"重华情结"开始坍毁，以至于到了类似孔子预感"久矣吾不复梦见周公"（《论语·述而篇》）的地步："重华不可迕兮，孰知余之从容？古固有不并兮，岂知其何故？汤禹久远兮，邈而不可慕。"思慕舜帝和禹、汤，在追求圣君明臣风云际遇的幻想中，牵动了与中原文化亲和的精神丝缕。王国维《屈子文学之精神》说："虽《远游》一篇，似专述南方之思想，然此实屈子愤激之词，如孔子之居夷浮海，非其志也。《离骚》之卒章，其旨亦与《远游》同，然卒曰'陟升皇之赫戏兮，忽临睨夫旧乡。仆夫悲余马怀兮，蜷局顾而不行'。《九章》中之《怀沙》，乃其绝笔，然犹称重华、汤、禹。足知屈子固彻头彻尾抱北方之思想，虽欲为南方之学者，而终有所不慊者也。"① 应该说，南北学者的分界并非"一刀切"，你中有我，我中有你，在战国晚期已成日益深刻的趋势。

蒋骥《山带阁注楚辞》说："且辞气视《涉江》、《哀郢》虽为近死之音，然纡而未郁，直而未激，犹当在《悲回风》、《惜往日》之前，岂可遽以为绝笔欤？"绝笔蕴涵的心理状态，并非只有激切郁结。诗人一旦视死如归，以死亡作为生存困境之反抗，便由超越生命极限进入从容自得的精神状态。《怀沙》在"乱曰"前的一句是"舒忧娱哀兮，限之以大故"。王逸注曰："限，度也。大故，死亡也。言己自知不遇，聊作词赋，以舒展忧思，乐己悲愁，自度以死亡而已，终无它志也。"② 当屈子下了将生命付与清流，以证明志行之高洁的时候，他已经超脱尘俗纷扰，抚平了忧思，化悲愁为大喜欢，在人生大限面前一身清爽。然后进入全诗"乱曰"："浩浩沅湘，分流汩兮。修路幽蔽，道远忽兮。……世溷浊莫吾知，人心不可谓兮！知死不

---

① 王国维：《屈子文学之精神》，收入郑振铎《晚清文选》卷下。
② （汉）王逸注：《楚辞章句》卷四，四部丛刊本。

可让，愿勿爱兮。"诗人进入了一个幽深修长的不可知的时间隧道，对"生命——死亡——永恒"的哲学命题已有深透的感悟，因此他在诗的结尾以"浩浩"的语句来呼应开篇的"滔滔"，赋予把生命之流体验为波涛浩荡的江流的意蕴；湍急、幽深、邈远、苍茫，江水流程成为有生命的流程，因此沅湘成了屈子的生命河，他在这里寻找生命的永恒。

屈子沉江，时在农历五月五日。此日竟演变成为中国民间风俗味极浓的节日。周处《风土记》曰："仲夏端午，烹鹜角黍，进筒粽（《续齐谐记》曰：屈原五月五日自投汨罗而死。楚人哀之，每至此日，以竹筒贮米，投水祭之。汉建武年，长沙欧回，见人自称三闾大夫，谓回曰：'见祭甚善，常苦蛟龙所窃，可以菇叶塞上，以彩丝约缚之，二物蛟龙所畏'），一名角黍（亦作粽）。造百索系臂，一名长命缕，一名续命缕，一名辟兵缯，一名五色缕，一名五色丝，一名朱索。又有条达等织组杂物，以相赠遗。采艾悬于户上，踢百草，竞渡（《荆楚岁时记》曰：俗谓是屈原死汨罗日，伤其死所，并命将舟楫以拯之，至今为俗。又，《越地传》云：起于越王勾践）。"①历代文人对端午节日吟咏甚多。文天祥《端午》诗写道："五月五日午，薰风自南至。……田文（孟尝君）当日生，屈子当日死。……人命草头露，荣华风过耳。唯有烈士心，不随水俱逝。至今荆楚人，江上年年祭。不知生者荣，但知死者贵。勿谓死可憎，勿谓生可喜。万物皆有尽，不灭唯天理。百年如一日，一日或千岁。"文天祥走近生命极限，离屈子沉江已是一千五百余年，他的《端午》一诗中传达的生死哲学体验是对屈子精神的浑厚的历史回响。

端午节俗发源于长江流域，扩展全国，远及漠北及域外。宋人叶隆礼《契丹国志》记辽邦风俗："五月五日午时，采艾叶与绵相和，絮衣七事，国主着之，番汉臣僚各赐艾衣三事。国主及臣僚饮宴，渤海厨子进艾糕，各点大黄汤下。北呼此时为'讨赛离'。又以杂丝或绿结合欢索，缠于臂膊，妇人进长命缕，宛转皆为人象，带之。"②宋人曾慥《类说》，则说这则记载出自《燕北杂记》。从记载可知，除了限于北方自然条件，未见龙舟、粽子

---

① （唐）徐坚：《初学记》卷四"岁时部下"引周处《风土记》，文渊阁四库全书本。

② （宋）叶隆礼：《契丹国志》卷二十七，元刊本。

之外，艾衣命缕，那种避疫禳灾祈福的风俗，与长江流域已是遥相呼应。

　　屈原江南流放之途，生入枉陼（常德），死沉汨罗。从顷襄王前期流放沅湘，到郢都失陷的十年间，屈原几乎把江南沅湘之地当做流放者的第二故乡。常德建有"招屈亭"，屈子的灵魂是飘荡在江南湖湘的山水间的。王国维《百字令（题孙隘庵南窗寄傲图戊午）》有云："楚灵均后，数柴桑第一伤心人物。招屈亭前千古水，流向浔阳百折。夷叔西陵，山阳下国，此恨那堪说。寂寥千载，有人同此伊郁。"①《招魂》是屈原影响广泛的诗章，以往多以为乃宋玉招屈原之魂。此诗章将江南湖湘之地流行的巫风招魂辞体与楚辞抒怀诗体相交融，而创造出的一种混血型的诗学体制。"乱辞"由于渗透着屈子的社会批判精神、民族危机意识和怀旧情绪，形成了一种苍凉的悲剧格调。反观在当时楚国衰败迹象日趋严重的岁月，这种格调更具有穿透历史深层的深刻性："献岁发春兮汩吾南征……青骊结驷兮齐千乘，悬火延起兮玄颜烝。步及骤处兮诱骋先，抑骛若通兮引车右还。与王趋梦兮课后先，君王亲发兮惮青兕。朱明承夜兮时不可以淹，皋兰被径兮斯路渐。湛湛江水兮上有枫，目极千里兮伤春心。魂兮归来哀江南！"梁启超《中国韵文里头所表现的情感》极其推崇《招魂》的伟大想象力，认为："《招魂》——据太史公说也是屈原所作。其想象力之伟大复杂实可惊。前半说上下四方到处痛苦恐怖的事物，都出乎人类意境以外；后半说浮世的快乐，也全用幻构的笔法写得淋漓尽致。末后一段说这些快乐，到头还是悲哀，以'魂兮归来哀江南'一句，结出作者情感根苗。这篇名作的结构和思想都有点和噶特的《浮士达》相仿佛。"②

　　屈子实行的是旷野上的招魂，而不是《大招》式的庙堂招魂。诗人孤独地行走在云梦原野，幻觉着正在归葬中的楚怀王宛若生前，屈子曾经从其狩猎于云梦。这里写结驷千乘，将士争先，以及君王亲射青兕，借着云梦狩猎的一幕充分地炫耀着楚人当日的国威军威，也是一种曾经为中华民族开发长江文明的国威军威。而"与王趋梦兮课后先"，也透露了屈子任左徒，未受谗遭疏而备受信任之时，作为近臣奔走于王车左右的情景。青春时代的繁

---

② 梁启超：《中国韵文里头所表现的情感》，《梁启超文集》卷三十七，林志钧饮冰室合集本。

华梦，与怀王客死归葬的凄凉现实的强烈对比，正是屈子私自提笔遥祭怀王灵魂的心理原动力。然而，这种心理原动力，已浸透着历史的苍凉感，对照昔日的繁华梦，苍凉感更透人苍凉。一声"魂兮归来哀江南"，实在是联系着一个民族的命运，又扣动后人心弦的千古绝唱。

值得注意的是，屈原把对自己曾经"任之""珍之"，并且曾经和自己"图议政事、决定嫌疑"的君王的灵魂不是引向它处，而是引向江南湖湘之地，可见他是把这里当成自己精神故乡、灵魂归宿的。也正是因了屈原，这片江南湖湘之地，首先拥有了一个全民节日——端午节的。曾经当过朗州（常德）司马的刘禹锡《竞渡曲》写道："沅江五月平堤流，邑人相将浮彩舟。灵均何年歌已矣，哀谣振楫从此起。……风俗如狂重此时，纵观云委江之湄。彩旂夹岸照鲛室，罗袜凌波呈水嬉。曲终人散空愁暮，招屈亭前水东注。"此诗小序解释："竞渡始于武陵，至今举楫而相和之，其音咸呼云'何在斯'，招屈之义，事见《图经》。"[①] 端午龙舟竞渡纪念屈原，此事起源于江南湖湘之地，这一点表明屈原开发了中国诗歌的长江，从而与开发中国诗歌的黄河的《诗经》并列为诗骚传统，给中国诗脉注入影响深远的影响力和生命力。自从有了以屈原为首席诗人的楚辞，中华大地上长江文明和黄河文明的互动互补、共造繁荣的联系，又多了一条强大的精神纽带。

（2005 年 5 月初稿；2012 年 3 月修改）

---

① （宋）郭茂倩编：《乐府诗集》卷九十四"新乐府辞五"，中华书局 1979 年版，第 1321 页。

"北方民族政权下文学"的宏观考察

一　以大文学观考察南北文学

现代性的"大文学观"必须认识到：中华民族是一个幅员广袤、民族众多的文化共同体，以此宏观视野对中国北方民族王朝的文学进行考察，其意义就不只是针对特殊时代、特定区域文学研究的盲点和弱点，有填补空白的作用；而且更根本的是它将有力地推进我们对中国文学和中国文化的整体性的认识，推进对这种整体性的构成和形成的认识。因为对北方民族政权下的文学的研究，涉及两千多年以来中华文明发展的一个关键的命题，即游牧文明与农业文明的冲突、互补和融合，并在不同的历史阶段和历史台阶上，重新建构博大精深、与时共进的多元一体的中华文明的总体结构。长城内外，远至大漠以北，黄河上下，远至关陇西域，也就是我们所讲的中国北方，是这两种文明冲突融合的大战场、大舞台，表演过许多王朝兴亡、民族重组的历史悲壮剧。在农业民族和游牧民族竞争交融的巨大历史语境中的北方文学，深刻地影响着整个中国文学的存在形态、生命气质和历史命运。这里说的"北方文学"，特指北方民族政权下的文化和文学，尤其是它的北方部分。对其进行宏观考察和坚实研究，将可能促进我们思考中华民族的文化由何而来，何以如此的文化共同体的自觉。

中国各区域、各部族民族的民情风俗多异，经济、社会、文化的发展不平衡，虽然政治上统一的时期甚长，但颇有一些时段处于分裂割据或半割据的状态，中央政权在很长时期未能有效地达到边远州郡，以及县级以下，因而文化及文学的地域性差异，经过长期的沉积，形成必然之存在。《诗经》十五国风，以邦国区域划分，其意在于凭借区域以观风俗。《汉书·地理志》，也以多元格局来描述文化地图。唐代魏征等人的《隋书·文学列传序》卷七十六说："江左宫商发越，贵于清绮；河朔词义贞刚，重乎气质。气质则理胜其词，清绮则文过其意，理深者便于时用，文华者宜于咏歌，此其南北词人得失之大较也。若能掇彼清音，简兹累句，各去所短，合其两长，则文质斌斌，尽善尽美矣。"① 唐人李延寿《北史·文苑列传序》重复了同样的意思。论其学术，《隋书·儒林列传序》认为："南北所治，章句好尚，互有不同。……大抵南人约简，得其英华，北学深芜，穷其枝叶。考其终始，要其会归，其立身成名，殊方同致矣。"②《北史·儒林列传》也沿袭此说。自此论学术和文艺，颇为讲究南北分野。

尽管这种南北分野不能简单地"一刀切"，其中存在着诸多"你中有我，我中有你"的现象，也存在着不少你我夹缠的中间状态，但分野的深刻存在，不容置疑。其深刻性，绝不像《永乐大典》所收录《月波洞中记》卷下所云"南人似北人，贵；北人似南人，贱。南人面如鸡子，北人面如斗底样"③，绝不是就皮相而道神秘，而是有着深厚的历史文化根源的精神文化分野。对此刘师培《南北文学不同论》纵览两千余年文学史，兼及语言、音乐、言论，以大量的材料勾勒了历史线索，他认为："陆法言有言：'吴、楚之音，时伤清浅；燕、赵之音，多伤重浊。'此则言分南北之确证也。……声音既殊，故南方之文，亦与北方迥别。大抵北方之地，土厚水深，民生其间，多尚实际；南方之地，水势浩洋，民生其际，多尚虚无。民崇实际，故所著之文，不外记事、析理二端；民尚虚无，故所作之文，或为言志、抒情之体。……春秋以降，诸子并兴。然荀卿、吕不韦之书，最为平实，刚志决理，轹断以为纪，其原出于古《礼经》（原注：孔、孟之言，亦最平易近人）。则秦、赵之文也。故河北、关西，无复纵横之士。韩、魏、陈、宋，地界南北之间，故苏、张之横放（原注：苏秦为东周人，张仪为魏人）。韩非之宕跌（原注：非为韩人），起于其间。惟荆楚之地，僻处南方，故老子之书，其说杳冥而深远（原注：老子为楚国苦县人）。及庄、列之徒

① （唐）魏征等：《隋书》卷七十六《文学列传序》，中华书局1973年版，第1730页。
② （唐）魏征等：《隋书》卷七十五《儒林列传序》，第1705页。
③ （三国）张仲远：《月波洞中记》卷下，清函海本。

承之（原注：庄为宋人，列为郑人，皆地近荆楚者也），其旨远，其义隐，其为文也，纵而后反，寓实于虚，肆以荒唐谲怪之词，渊乎其有思，茫乎其不可测矣。屈平之文，音涉哀思，矢耿介，慕灵修，芳草美人，托词喻物，志洁行芳，符于二《南》之比兴（原注：观《离骚经》、《九章》诸篇，皆以虚词喻实义，意与二《雅》殊）；而叙事纪游，遗尘超物，荒唐谲怪，复与庄、列相同。……自元以降，惟杂曲一端，区分南北，诗文诸体，咸依草附木，未能自辟涂辙，故无派别之可言。大抵北人之文，猥琐铺叙，以为平通，故朴而不文；南人之文，诘屈雕琢，以为奇丽，故华而不实。"①

近代以来，学人拓展了世界眼光，这种以大视野纵览文学史的做法，为通才型的学者所喜欢采用。梁启超《中国韵文里头所表现的情感》一文，去除刘师培的芜杂而专注于诗。他也列举了大量例证，并且概括地指出："我们的诗教，本来以温柔敦厚为主，完全表示诸夏民族特性，《三百篇》就是唯一的模范。《楚辞》是南方新加入之一种民族的作品。他们已经同化于诸夏，用诸夏的文化工具来写情感，掺入他们固有思想中那种半神秘的色彩，于是我们文学界添出一个新境界。汉人本来不长于文学，所以承袭了《三百篇》、《楚辞》这两份大遗产，没有什么变化扩大。到了'五胡乱华'时候，西北方有好几个民族加进来，渐渐成了中华民族的新分子；他们民族的特性，自然也有一部分溶化在诸夏民族性的里头，不知不觉间，便令我们的文学顿增活气。这是文学史上很重要的关键，不可不知。""这种新民族特性，恰恰和我们的温柔敦厚相反，他们的好处，全在伉爽真率。《三百篇》里头，只有秦风的《小戎》、《驷驖》、《无衣》诸篇，很有点伉爽真率气象，这就是西戎系的秦国民族性和诸夏不同处；可惜春秋以后，秦国的文学作品没有一篇流传。燕赵古称多慷慨悲歌之士，文学总应该有异彩；可惜除了《易水歌》之外，也看不着第二首。到五胡南北朝时候，西北蛮族，纷纷侵入，内中以鲜卑人为最强盛。鲜卑人在诸蛮族中，文化像是最高，后来同化于我们也最速。他们像很爱文学和音乐，唐代流传的'马上乐'，什有九都出鲜卑。他们初初学会中国话，用中国文字表他情感，完全现出异样的色彩。"他列举了一些北方少数民族政权下的诗歌，认为："读这几首，

---

①　刘师培：《南北文学不同论》，收入《刘申叔先生遗书》，钱玄同辑录，1936 年铅印本。

可以大略看出他们'虏家儿'是怎么个气象了。他们生活是异常简单，思想是异常简单，心直口直，有一句说一句；他们的情感是'没遮拦'的。你说他好也罢，说他坏也罢，总是把真面孔搬出来。别的且不管他，专就男女两性关系而论，也看出许多和从前文学态度不同的表现。……像这种毫不隐瞒毫不扭捏的表情，在《三百篇》和汉魏人五言诗里头，绝对的找不出来。这些都是北朝文学；试拿来和并时的南朝文学比较，像那有名的《子夜》《团扇》《懊侬》《青溪》《碧玉》《桃叶》各歌曲，虽然各有各的妙处。但前者以真率胜，后者以柔婉胜，双方的分野，显然可见。经南北朝几百年民族的化学作用，到唐朝算是告一段落。唐朝的文学，用温柔敦厚的底子，加入许多慷慨悲歌的新成分，不知不觉便产生出一种异彩来。"① 梁启超比起刘师培更进一层的地方，是他提出了北方少数民族对温柔敦厚的诗教的冲击和改造，这种眼光是很了不起的。可惜后来许多文学史撰述，专注于汉语文献，而缺乏对少数民族口传的和书面的传统的发掘，缺乏对汉族和少数民族文学互动互补关系的深入透视，不同程度地从近代通才学者的大视野上撤退回来，导致对中华民族共同体文学之整体性把握的严重欠缺。

为了完善中华民族共同体的文化动力学系统，笔者曾经提出过一种文学和文化的理论，叫做"边缘活力说"。鉴于长期对中国文化进展的考察，笔者深切地感受到，当中原的正统文化在精密的建构中趋于模式化，甚至僵化的时候，存在于边疆少数民族地区的边缘文化就对之发起新的挑战，注入一种为教条模式难以约束的原始活力和新鲜思维，突破原有的僵局，使整个文明的动力学系统重新焕发生机，在新的历史台阶上出现新一轮的接纳、排斥、重组和融合的生命过程。可以这样说，中华文明之所以具有世界上第一流的原创能力、兼容能力和经历数千年不堕不断的生命力，一方面是由于中原文化在领先进行精深创造的过程中，保持着巨大的吸引力和凝聚力，另一方面是丰富的边缘文化在各自的生存环境中保存着、吸收着、转运着多姿多彩的激情、野性和灵气，这两个方面的综合，使中华文明成为一潭活水，一条奔流不息的江河，汇总为波澜壮阔的万顷沧海。而我们在这里研讨北方民族政权下的文学，就是中原文学与边缘文学碰撞融合的极好范例，是游牧文

---

① 梁启超：《中国韵文里头所表现的情感》，《饮冰室合集》文集卷三十七，林志钧饮冰室合集本。

明与农业文明冲突、互补、重组、升华而得到的审美结晶体。

"边缘活力"的学说，是在反思、批判和超越"文化中原中心论"的基础上形成的。中原中心论在强调中原文化率先发展之时，总是带有某种"唯我正统"的优越感和傲慢感，忽视或漠视边远少数民族的丰富多彩的创造，忽视或漠视边缘文化生气勃勃的反向影响力。对于中华民族共同体中的地域文化板块，有三种划分方式：一种是南北之间的大模样文化分野；一种是齐鲁、燕赵、三晋、三秦、三楚、吴越、巴蜀、塞外、关东、岭南、闽台、蒙藏、西域等"七巧板式"的文化板块区分；还有一种就是由中心向边缘拓展的"摊烙饼式"文化破浪区分。《尚书·禹贡》将天下分为"五服"，以京师为中心，半径每增长五百里就画一个圆，层层外扩，依次是甸服、侯服、绥服、要服、荒服。有说是以此区别征集赋税的等差，其实也考虑到王风教化的深浅程度。如孔颖达疏注所说："既言九州同风，法壤成赋，而四海之内路有远近，更叙弼成五服之事。甸、侯、绥、要、荒五服之名，尧之旧制。洪水既平之后，禹乃为之节文，使赋役有恒，职掌分定。甸服去京师最近，赋税尤多，故每于百里即为一节。侯服稍远，近者供役，故二百里内各为一节，三百里外共为一节。绥、要、荒三服，去京师益远，每服分而为二，内三百里为一节，外二百里为一节。以远近有较，故其任不等。甸服入谷，故发首言赋税也。赋令自送入官，故三百里内每皆言'纳'。四百里、五百里不言'纳'者，从上省文也。于三百里言'服'者，举中以明上下，皆是服王事也。侯服以外贡不入谷，侯主为斥候。二百里内徭役差多，故各为一名。三百里外，同是斥候，故共为一名。自下皆先言三百里，而后二百里，举大率为差等也。"疏注中又谈到教化："要服之内，皆有文教，故孔（安国）于要服传云'要束以文教'，则知已上皆有文教可知。独于绥服三百里云'揆文教'者，以去京师既远，更无别供，又不近外边，不为武卫。其要服又要束始行文教，无事而能揆度文教而行者，惟有此三百里耳。……其俗流移无常，故政教随其俗，任其去来，不服蛮来之也。"① 中国地理山川纵横，这种几何式的划分，到底可行性几何，只能是未知数。

对于这种摊烙饼式的几何划分，清人袁枚就曾质疑："《禹贡》五服，

---

① 《尚书·禹贡》，《十三经注疏》，中华书局 1980 年版，第 153 页。

《周礼·职方》九服，盖就赋役之繁简、王畿之远近，因时制宜，略有损益，其实山川薮泽为不可移易之物，非周商异于虞夏也。郑康成以为服五百里是尧之旧制，禹弼之，更增五百里，面五千里，相距为方万里。其说甚诞。按《王制》云'四海之内，断长补短，方三千里'，原有明文，而孔疏引《地理志》言汉之土境东西九千三百三里，南北万三千三百六十八里，其所以与九服、五服之面五千里俱不合者，盖《尚书》所言，乃据其虚空鸟路方直而计之，《汉书》所言，乃是著地人迹屈曲而量，所以其数不同。此说尤诞。夫虚空鸟路，非鸟不知；三代之人非着翅解飞者，何能凭空丈量而臆断为五千里哉？其实幅员之广，三代实不如秦汉也。再考唐虞之时，雍州之地犹为导河、导弱所经，冀州之北，并无治水之迹。此二方者，有何侯卫之可设、贡赋之可稽乎？且依其说，则王者之都必长在天下之中，如嵩、洛、汝、颍地方，然后均齐方正，而五服、九服可以环而向之；若虞夏之都偏于北，周人之都偏于西，其北则沙漠苦寒，西则戎狄流沙，又安得有五千里之侯卫耶？至于东南二面，又岂止于五千里耶？"① 这种质疑未免有点学究气，但古老的"五服说"，缺乏历史和地理的依据，则是可以断定的。在文明早期，这种"五服说"对于维护王权的权威，以及凝聚各部族向率先发展的文明形态看齐，是起到引导共同体想象的作用的。但它毕竟是以王权为中心的，如《荀子·大略篇》所说："欲近四旁，莫如中央，故王者必居天下之中，礼也。"②《吕氏春秋·审分览》也说："古之王者，择天下之中而立国，择国之中而立宫，择宫之中而立庙。天下之地，方千里以为国，所以极治任也。"③《史记·周本纪》专门指周初营建洛邑："成王在丰，使召公复营洛邑，如武王之意。周公复卜申视，卒营筑，居九鼎焉。曰：'此天下之中，四方入贡道里均。'"④ 所以这些说法，可以归结为《盐铁论》卷四的一句话："古者，天子之立于天下之中。"⑤ 这种天子居中的意识是雄视四方，而

---

① （清）袁枚：《随园随笔》卷六"天时地志类"，清嘉靖十三年刻本。

② 王先谦撰，沈啸寰、王星贤点校：《荀子集解》，中华书局1988年版，第485页。

③ 《吕氏春秋》卷十七《审分览》，吕不韦著，陈奇猷校释：《吕氏春秋新校释》，上海古籍出版社2001年版，第1119页。

④ 《史记》卷四《周本纪》，中华书局1959年版，第121页。

⑤ （西汉）桓宽：《盐铁论》卷四，文渊阁四库全书本。

欠缺与四方平等对话的姿态的。如此的地域观、世界观，是封建社会等级礼制的体现，其潜移默化的变异，就是文化中原中心主义。因此，采取南北大模样的地域分野方式，或七巧板式的多元地域组合方式，并使"边缘活力说"贯穿其中，乃是对传统的摊烙饼式的地理观念的根本性超越和现代性转型。

既然我们要采取南北大模样的地域分野方式，集中考察北方民族政权下的文学，那么就有必要统计一下历代文学家的南北地理分布的状况。据1981年上海辞书出版社《辞海·文学分册》统计：从公元前770年至1911年间，收入《辞海》的文学作家761人，其中南方作家476人，北方作家272人。如果把中国文学史分成两截，两汉、魏晋、南北朝、隋唐这一千多年，北方作家181人，南方作家103人。也就是说这一千年间文学的中心在北方的中原地区，河南省入典的人数在两汉、魏晋、隋唐几代，均居全国第一，南北朝时期居第一的是山东。这里值得注意的是由于南北分裂时期的永嘉衣冠南渡，有所谓"永嘉南渡，洛中君子多在金陵"①，许多祖籍在北方的作家，比如河南陈郡阳夏的谢氏家族的子弟，如谢灵运、谢惠连、谢瞻、谢庄、谢朓等等，文学活动主要在南朝，已显示文学中心南移的趋势。到了隋唐五代，南方的浙江、江苏，入典的作家人数已接近，甚至超过北方的河南、河北、山西、陕西等文化大省。宋代，即宋、辽、金对峙的时代是中国文学史上的一大转折时期。在宋、辽、金、元、明、清这一千多年间，入典的作家一直是浙江、江苏两省为最多，其次在文风转移中，江西、福建、安徽、广东诸省，依次引人注目。在宋以后的这一千年间，南方作家著录369人，为北方著录的80人的四倍多。这就是依照学者修撰的辞书，简略地检阅到的一幅中国文学历史地图。

如此说来，是否可以说宋以后北方文学衰落了呢？这完全是一种假象，这幅文学历史地图是按照汉语书面文献以及汉民族诗文评价标准而编成的辞书描绘的，因而是带有成见或偏见的，难免残缺不全。它立论的主要根据是汉语书面文学文献，而严重地忽略了大量存在的北方游牧民族语言的文学，以及更为浩如烟海的游牧民族的口传文学。只举一个典型的例证：游牧于大漠以北的回鹘汗国（即维吾尔族的祖先），于公元8世纪民间口头流传英雄

---

① （清）阎若璩：《尚书古文疏证》卷五下，文渊阁四库全书本。

史诗《乌古斯传》，公元 13 世纪写成回鹘文本。最早的回鹘文手抄本，今藏于法国巴黎国民美术馆。乌古斯出生时青面、红嘴、乌发、毛身，父亲喀拉汗甚是惊奇。母奶只吃一天，从此专吃生肉、喝酒，和大人对话。长成牛腿、狼腰、豹背、熊胸，不出两个月就骑马打猎。夜间狩猎时，看见一道蓝光中出现了一位美丽的仙女，眉心有痣，如北斗星一样闪亮，一笑，就彩霞满天；一哭，大雨滂沱。乌古斯和仙女结婚，生了太阳、月亮、星星三个儿子；又娶了树神的女儿，也生了天、山、海三个儿子。少年乌古斯斗杀独角龙，为民除害，受臣民拥戴，登上王位。又联合四方邻邦，组成强大的军事联盟，又由一条苍毛苍鬃的大公狼带路，征服了乌鲁木（伏尔加河畔）、女真、身毒（印度）、唐兀惕（西夏）、沙木（叙利亚）、巴尔汗（西辽）。史诗吟唱着："我是你们的可汗，你们拿起盾和弓箭随我征战，让苍狼作为我们的战斗口号，让我们的铁矛像森林一样，让野马奔驰在我们的猎场，让河水在我们的土地上奔流，让太阳做旗帜、蓝天做庐帐。"乌古斯凯旋祭天四十昼夜，然后把国土分给六个孩子管理。仙女的儿子们获得了从日出地方伸向日落地方的一支金弓；树神之女的儿子们得到的是银箭。乌古斯告谕他们："哥哥是弓，弟弟是箭；箭要服从弓，弟弟要听哥哥的。"乌古斯召集部落代表大会，在仪式上立起了两根长木杆，顶上分别挂着金鸡和银鸡，下面分别摆着黑羊和白羊。① 这都与萨满教的信仰有关，说明这部史诗开始传唱于漠北的回鹘汗国时期。而且乌古斯生日、月、星，又生了天、山、海共六个儿子，这带有创世神话的遗痕。

回鹘即回纥，本属突厥部族，突厥《厥特勤碑》说："九姓回纥，吾之同族也。"《隋书·突厥传》如此记载其族源："其先国于西海之上，为邻国所灭，男女无少长尽杀之。至一儿，不忍杀，刖足断臂，弃于大泽中。有一牝狼，每衔肉至其所，此儿因食之，得以不死。其后遂与狼交，狼有孕焉。彼邻国者，复令人杀此儿，而狼在其侧。使者将杀之，其狼若为神所凭，然至于海东，止于山上。其山在高昌西北，下有洞穴，狼入其中，遇得平壤茂草，地方二百余里。其后狼生十男，其一姓阿史那氏，最贤，遂为君长，故

---

① 参看耿世民译《乌古斯可汗的传说》，新疆人民出版社 1980 年版。

牙门建狼头纛，示不忘本也。"① 正史的"狼头纛"应和着史诗的"让苍狼作为我们的战斗口号"的誓言，成了回鹘民族原始的狼图腾信仰的见证。乌古斯在辽阔的西部原野上，以草原狂飙的气势，征服中亚、南亚、东欧诸国，《周书·突厥传》似乎以此类记载为底子："俟斤一名燕都，状貌多奇异，面广尺余，其色甚赤，眼若琉璃。性刚暴，务于征伐。乃率兵击邓叔子，灭之。叔子以其余烬来奔。俟斤又西破嚈哒，东走契丹，北并契骨，威服塞外诸国。其地东自辽海以西，西至西海万里，南自沙漠以北，北至北海五六千里，皆属焉。"②《旧唐书·回纥传》又记载："回纥，其先匈奴之裔也，在后魏时，号铁勒部落。其众微小，其俗骁强，依托高车，臣属突厥，近谓之特勒。无君长，居无恒所，随水草流移，人性凶忍，善骑射，贪婪尤甚，以寇抄为生。自突厥有国，东西征讨，皆资其用，以制北荒。隋开皇末，晋王广北征突厥，大破步迦可汗，特勒于是分散。大业元年，突厥处罗可汗击特勒诸部，厚敛其物，又猜忌薛延陀，恐为变，遂集其渠帅数百人尽诛之，特勒由是叛。特勒始有仆骨、同罗、迴纥、拔野古、覆罗，并号俟斤，后称回纥焉。在薛延陀北境，居娑陵水侧，去长安六千九百里。随逐水草，胜兵五万，人口十万人。初，有特健俟斤死，有子曰菩萨，部落以为贤而立之。贞观初，菩萨与薛延陀侵突厥北边，突厥颉利可汗遣子欲谷设率十万骑讨之，菩萨领骑五千与战，破之于马鬣山。因逐北至于天山，又进击，大破之，俘其部众，回纥由是大振。因率其众附于薛延陀，号菩萨为'活颉利发'，仍遣使朝贡。菩萨劲勇，有胆气，善筹策，每对敌临阵，必身先士卒，以少制众，常以战阵射猎为务。其母乌罗浑，主知争讼之事，平反严明，部内齐肃。回纥之盛，由菩萨之兴焉。"③ 请注意，突厥"俟斤一名燕都"能征善战，拓地万里；而回纥也曾以"俟斤"为号，振兴回纥的首领菩萨，其父也名为"特健俟斤"。由"俟斤"到"菩萨"，勾勒了一条回纥民族骑射远征的振兴史，成为一种刻骨铭心的民族记忆，在民族历史尚处于口传时代，是很容易催生有若《乌古斯传》此类史诗的。

① 《隋书》卷八十四《突厥传》，中华书局1973年版，第1863页。
② 《周书》卷五十《突厥传》，中华书局1971年版，第909页。
③ 《旧唐书》卷一百九十五《回纥传》，中华书局1975年版，第5195—5196页。

　　回鹘汗国于公元 8 世纪雄踞漠北达一百多年，到了公元 840 年因天灾人祸，为黠戛斯所灭。《旧唐书·回纥传》又记载："有回鹘相掘罗勿者，拥兵在外，怨诛柴草、安允合，又杀萨特勤可汗，以驳特勤为可汗。有将军句录末贺恨掘罗勿，走引黠戛斯领十万骑破回鹘城，杀驳，斩掘罗勿，烧荡殆尽，回鹘散奔诸蕃。有回鹘相驳职者，拥外甥庞特勤及男鹿并遏粉等兄弟五人、一十五部西奔葛逻禄，一支投吐蕃，一支投安西，又有近可汗牙十三部，以特勤乌介为可汗，南来附汉。"回鹘汗国崩溃之后，其族群大体分三支迁徙，一支南下河西走廊的张掖、酒泉，为甘州回鹘，后为西夏所灭，衍变为黄头回鹘，即裕固族的祖先；一支进入吐鲁番一带，建立高昌回鹘王国；一支在喀什和中亚七河地区，建立喀喇汗王朝，受波斯—阿拉伯伊斯兰文化影响，以伊斯兰教为国教。喀喇汗王朝在公元 11 世纪，也就是北宋中期与欧阳修、苏东坡相前后的时代，出现了两部伟大的书，一部是穆罕默德·喀什噶里编写的百科全书式的《突厥语大辞典》，援引了三百多首突厥古诗，可以说是古代突厥回鹘文学精华的"诗三百"。另一部是尤素甫·哈斯·哈吉甫用回鹘文（古维吾尔文）写成的大型诗剧类作品《福乐智慧》（直译为《给予幸福的知识》），全书共 85 章，另有附篇为 3 首箴诫诗，共13290 行，这在中古文学史上是一个雄伟的存在。

　　尤素甫·哈斯·哈吉甫（1018—1086）出生于喀剌汗王朝的都城巴拉萨衮（碎叶），在喀什噶尔（今新疆喀什市）创作了《福乐智慧》。也就是说，回纥族诗圣生于唐朝李白的出生地，长于宋朝苏轼（1037—1101）的成长时。他是一位"有节制力的笃信宗教的穆斯林学者"，于 1069—1070 年在喀什噶尔以 18 个月写成此书。诗行明确宣称："我把书名叫做《福乐智慧》，愿它为读者引路，导向幸福"，"获得了知识，就会获得幸福"，"运用智慧与知识，就会获得幸福"，"幸福与智者为伴"。他设计了日出国王、月圆大臣、贤明大臣和觉醒隐士等四个主要人物，诗行也作了交待说："日出象征着公正、法度；月圆代表了欢乐与幸福"；"大臣贤明代表了智慧，他提高了人的价值"；"最后是隐士觉醒，我赋予他'来世'的含义"；"我对这四者进行了阐述，用心去读，自能明了其意"。诗剧叙写"日出"的国王，依靠公正的法律来管理一个很大的国家。他延揽贤才，有高德硕学、名为"月圆"者，远道而来聘，被委任作了宰相。君明臣贤，造就国泰民安。"月

圆"临终，将幼子"贤明"托付给日出国王，子承父业，当了大臣。与其
父月圆相比，"贤明"智慧更是超群。他向国王阐释施政主张与治国之道，
诸如国君、大臣、武将、外交使者、各级官吏应具备的条件与应尽的职责；
国君应如何对待哲人学者以及工农商牧各行各业的黎民百姓。日出国王求贤
若渴，从贤明处得知其族中挚友"觉醒"才识不凡，有意请他出山辅政。
遂派贤明持御笔信函，拜会觉醒，遭到拒绝后，又令贤明"三顾茅庐"。隐
士觉醒勉强出山，向国王面陈见解，认为"皇帝宝座无非是一场幻梦"，
"不要祈求在长夜中尽享欢乐，真正的欢愉存在于来世"。说毕重返山林，
离世时只留下一把手杖和一个木碗。贤明在悲痛中反省了自己的一生，兢兢
业业辅佐日出国王治理国家，出现了人民安居乐业的升平景象。这是诗人笔
下的理想国，通过代表"公正"、"幸运"、"智慧"、"知足"的四个人物的
对话，表达了国强必民富，要有以"公正"为基石的良好法度，执政者应
对国人一视同仁。国君对待臣民，要恩威并用，崇尚知识，任用贤良，"暴
政如火，会把人焚毁；礼法如水，会养育万物"。全书荡漾着崇尚知识的旋
律，"男儿有了智慧，受人尊崇，男儿有了知识，可任君主"，"知识是你慈
爱的亲人，智慧是你忠贞的朋友"，"有了智慧，才能用人得当，有了知识，
才能有所成就"。诗人身居丝绸之路的重镇，对商贸行为也作了热情讴歌：
"他们从东到西经商，给你运来需要之物；……假若中国商队之旗被人砍倒，
你从哪里得到千万种珍宝！"全诗叙事流畅，说理透彻，象征性大于描绘性，
时有意味隽永的哲言警语，散发着智性之美和语言韵律之美。成书后增写的
《序言》说："由于此书无比优美，无论传到哪位帝王手里，无论传到哪个
国家，那儿的哲士和学者都很赏识它，并为它取了不同的名字和称号。秦人
（汉人）称它为《帝王礼范》，马秦人（契丹）称它为《治国指南》，东方
人称它为《君王美饰》，伊朗人称它为《突厥王书》，还有人称它为《喻帝
箴言》，突厥人则称它为《福乐智慧》。"① 可见它已经成了中亚和东亚文化
史上一座令人景仰的文学丰碑。难道对此长逾万行的诗剧不做认真研究，而
只研究长仅数十字、百余字的宋朝小令、慢词，就算得上全面地展示了中国
文学的整体结构吗？在宋杂剧和南戏流行之前，不仅出现了二十七幕的回鹘

① 郝关中、张宏超、刘宾译：《福乐智慧》（汉译全本）序言一，民族出版社 1986 年版，第 2 页。

文剧本《弥勒会见记》，而且出现了长逾万行的回鹘文诗剧《福乐智慧》，这对宋元戏曲的发生，会产生何种影响呢？只要把视野扩大到中国文明史和世界文明史的角度，总揽五十六个民族无比丰富多彩的文学形式，那么中国古代北方民族政权下的文学的重要性，就自然而然地凸显出来了。

考察北方民族政权下文学对整个中国文学的作用和功能，起码可以概括为四个方面：（一）它拓展了和重构了中国文学的总体结构；（二）它丰富了和改善了中国文学的内在特质；（三）它改变了和引导了中国文学的发展轨迹；（四）它参与了和营造了中国文学的时代风气。

二 北方文学拓展了中国文学的总体格局

中国文学的本来性格比较踏实、内向，讲究精微的生命体验和天人合一的境界追求。因此脍炙人口的抒情短诗自先秦到明清都非常发达，这在世界文学史上独树一帜。语言的精粹、意象的繁密、境界的圆融，是其天人合一之哲学框架中，生命体验的优化表达。它的语言极富隐喻性和跳跃感，在古今奔凑、虚实相生的语言弹性中，闪击着人们的生命感觉和文化联想，将其短小精悍的结构体制锤炼成深刻邃远。语言的机械性、程式化，被认为是俗手所为，从而作为诗歌语言之大忌，被超越和扬弃了。在"诗无达诂"的语言操作中，出现了读者可以在有限中进行无限联想的朦胧状态，令人的心灵在此朦胧中发生共鸣。这一点甚至与古人解经通向一个共同的意义之场，如西汉董仲舒所言："《诗》无达诂，《易》无达占，《春秋》无达辞。"[①] 这可以称做中国古代诗性思维的泛化。

比如，刘禹锡的《石头城》一诗讲究情景交融："山围故国周遭在，潮打空城寂寞回。淮水东边旧时月，夜深还过女墙来。"四句二十八字，句句写景，写了沉寂群山的包围，写了苍凉潮声的拍打，写了朦胧月色的笼罩，写了六朝故都的荒凉和没落，把这些景象都推到你的面前、你的心间，激起了你对故国萧条、人生凄凉的古今感慨和无名的感伤。宋代词人李清照写了许多委婉含蓄地表达闺中的寂寞和离愁的词，但在过江逃难之际，却作了一

① （西汉）董仲舒：《春秋繁露》卷三，清武英殿聚珍版丛书本。

首慷慨激昂的五言绝句："生当作人杰，死亦为鬼雄，至今思项羽，不肯过江东。"短短二十字，以慨叹悲剧英雄、血性男子项羽不复存在的方式，强烈地谴责了南宋偏安集团里"泥马渡江"，惧敌如虎，仓皇逃命的行为。以一个孤而弱的女子发出如此浩叹，堂堂须眉之辈，不知何以自处？

马致远是元代"书会才人"，才华俊爽挺秀，有"曲状元"的美誉。其《天净沙·秋思》："枯藤老树昏鸦，小桥流水人家，古道西风瘦马。夕阳西下，断肠人在天涯。"只用了二十八个字，真是心窍玲珑，惜墨如金；却省却不少动词，干脆利落地对接上十种景物，却构成一幅有情调、有意境的完美图画，而一个天涯游子的孤寂痛楚之情，已经浓得化不开地黏着于画面之中，令人惆怅无度，低回不已。中国诗歌木是入乐的，讲究抑扬顿挫、轻重疾迟、疏密有致的音韵美。平仄相间、相对、相黏、相调，双声、叠韵搭配其间。如"关关雎鸠"、"参差荇菜"、"青青子衿，悠悠我心"、"聊逍遥以相羊"、"迢迢牵牛星，皎皎河汉女"、"无边落木萧萧下，不尽长江滚滚来"、"寻寻觅觅，冷冷清清，凄凄惨惨戚戚"，文字运用，如舞彩绸，曲折回旋，高下飘动，令人心随旋律起舞。

与汉族诗文追求精致高妙形成对照，少数民族文学的神话、史诗传统非常发达，追求波涛汹涌的辽阔和狂放。那是面对长天、高山、草原、山地的引吭高歌，尽情尽兴，意态淋漓。最著名的当然是"中国三大史诗"：藏族的《格萨尔王传》，蒙古族的《江格尔》，柯尔克孜族的《玛纳斯》。它们以十几万、几十万诗行的篇幅，气势宏伟奇丽地展示了高原上、草原上游牧民族的人文生态，篇幅超过了包括古巴比伦的《吉尔伽美什》，古希腊的《伊利亚特》、《奥德赛》，古印度的《罗摩衍那》、《摩诃婆罗多》在内的世界五大史诗的总和。笔者甚至作过这样大胆的推测，历史有可能证明，在世界范围内，公元前一千年最伟大的史诗是古希腊荷马史诗，公元后第一个千年最伟大的史诗是印度史诗，公元后第二个千年最伟大的史诗是以《格萨（斯）尔》为代表的中国史诗。这些已经成为国际显学的史诗作品，倘若不成为中国文学史写作的亮点，无论如何是说不过去的。比如"卫拉特"是古代蒙古族的一个部落，意为"森林之部"，主要居住在新疆阿尔泰山一带。在15世纪至17世纪上半叶蒙古族卫拉特部，江格尔奇演唱艺人在民间口头传说的基础上，日积月累，渲染敷陈而形成一部大型史诗的英雄史诗

《江格尔》。如今在我国境内已搜集到近百部，世界各国蒙古民族中已收集到三百余部，整理汇集六七十部的独立诗篇，计得全诗十多万行。史诗主要讲述阿尔泰山一带的宝木巴国，以江格尔为领袖，率领十二雄狮大将及六千勇士，征服芒奈汗、布和查干等周边四十二可汗国。江格尔幼时，父母即被多头恶魔莽古思掳去杀害。藏在山洞里的小江格尔被善良的人收养长大，三岁就跨上神驹，冲破三大堡垒。七岁就打败东方七国，最终战胜以莽古思为头目的邪恶势力，威名远扬。他们焚烧莽古思，将其尸骨投入 60 庹（庹乃成人两臂伸直的长度，约合 167 厘米）深的黑洞，施行以巨石镇鬼的仪式。江格尔右手首席勇士是足智多谋的阿拉坦策吉老人，能"洞悉未来九十九年的吉凶，牢记过去九十九年的祸福"。江格尔左手首席勇士是雄狮英雄洪古尔，他与江格尔结为兄弟，联起手来天下无敌，其身上集中了"蒙古人的99 个优点"，坐上铁青神驹，出生入死，是驰骋宇宙三界的孤胆英雄。[①]　就连洪古尔的婚事，也带有草原雄鹰的刚猛气质。在一次宴会上，洪古尔请求江格尔赐给他一个妻子。江格尔亲赴木巴拉可汗的帐中，为洪古尔求聘美貌的参丹格日勒。谁料洪古尔迎亲时，发现参丹格日勒已和大力士图赫布斯拜了天地，盛怒之下大开杀戒，然后跨上铁青神马离开。飞奔三个月后，洪古尔跟神马昏倒在荒野，三只黄头天鹅飞来救活了他们。再往前疾驰三个月，大海拦路，鲟鱼浮出海面，把他们送到对岸。洪古尔继续奔驰到查干兆拉可汗的宫殿近旁，筋疲力尽，变为一个秃头儿，铁青神马也变成秃尾小马。江格尔见洪古尔娶亲久无音讯，就出外寻找，来到查干兆拉可汗的领土上，正巧与洪古尔相遇。原来可汗的女儿哈林吉腊早已爱上洪古尔，正是她变成天鹅、鲟鱼拯救了洪古尔。江格尔为洪古尔聘娶了哈林吉腊公主，一同返回故乡宝木巴。迎亲途中的刀光血迹，反衬以一往情深的变鸟化鱼，爱恨的情感超越生命的边界，感天动地。经过艰苦的征战，江格尔、洪古尔以超人的才略，开创了一个"理想国"，国中人民长生不老，永葆二十五岁的青春。长年没有寒冬、盛夏，只有四季常青的春光秋景，到处洋溢着欢声笑语。如史诗所言：宝木巴"没有冬天和严寒，四季如春阳光灿烂；没有痛苦和死亡，

---

　① 参看斯钦巴图《蒙古卫拉特人的精神依托——英雄史诗〈江格尔〉》，《国际博物馆》（全球中文版）2010 年第 1 期。

人人永葆青春时光；没有潦倒和贫穷，只有富足和繁荣；没有孤儿和鳏寡，只有兴旺和发达；没有动乱和恐慌，只有幸福和安康；珍禽异兽布满山头，牛羊马驼撒满草原；和风轻吹，细雨润田"。

《江格尔》是由蒙古族古代众多的短篇英雄叙事诗串珠缀环而成的，论者或称之为"史诗集群"，或称之为"并列复合型英雄史诗"。其各部分、各章节，内容和主题思想并不十分讲求统一和贯穿，而是以江格尔、洪古尔等英雄人物形象的数十个故事错综组合成一个指向江格尔的复合体。其中蕴涵着草原民族的精神意念和气质，如崇尚英雄人物的力、勇、义，珍爱草原神马通人言晓人意的人马交融的生命形式，深恶痛绝莽古思的贪婪、凶恶、残暴，追求春意融融的理想国。它灵活机智地采用蒙古族民间歌谣、叙事诗、祝词、赞词、格言、谚语等艺术形式，极尽对英雄与恶魔之战的想象、夸张、渲染的能事，在一幅幅惊心动魄抢婚、夺财、强占牧场与征战的场面及其间隙中，展示了古代蒙古社会的经济文化、生活习俗、政治制度的诸多情态。有意思的是，作为其中心人物名字的"江格尔"一词，波斯语释为"世界的征服者"；突厥语释为"战胜者"、"孤儿"；藏语释为"江格莱"的变体；蒙古语释为"能者"，这种多义性宛若回音壁一样，折射着漠北、中亚的广阔地域上对这部史诗的回响。《江格尔》是蒙古族民间文学的瑰宝，与《蒙古秘史》、《格斯尔可汗传》并称为蒙古族古代文学遗产的三座高峰。

而且应该认识到，《格萨尔》、《江格尔》、《玛纳斯》三大史诗在中国少数民族口头传统中，只是露出水面的冰山一角。《格萨尔》是"雪域史诗"，《江格尔》、《玛纳斯》是"草原史诗"，少数民族地区还流传着数以千百计的中小型神话史诗，尤其是西南少数民族的"山地史诗"，它们与古希腊的"海洋城邦史诗"、印度的"森林史诗"相映生辉，共同构成世界史诗地图的多类型的壮丽景观。无论是北方的蒙古、维吾尔、哈萨克、柯尔克孜、赫哲、满、土等民族，还是南方的藏、壮、苗、瑶、彝、纳西、傣、哈尼等民族，除了其前代遗卷之外，无论祭祀、婚丧、节庆、傩戏表演、篝火晚会上，都可发现篇目繁多的"活形态"史诗或其片段在演唱着，如醉如痴，令人感染着人神相通的幻想。

三　马背上的史诗演唱与瓦舍勾栏中的说书娱乐

这种情形为宋元以后中国叙事文学的大器晚成，提供了由边缘而及于主体的深厚基础。这种情形与佛教俗讲的内传、勾栏瓦舍的市场娱乐的需求，以及宋元明以后出版业的兴起等因素共同作用，"四路包抄"，推动了中国古代包括小说戏曲在内的叙事文学的迅猛崛起和繁荣。在此"四路包抄"中发生了一种本质性的变化，宋元时代的都市将游牧民族在苍天草原上的引吭高歌，异化成勾栏瓦舍中杂剧小说的商业表演。所谓勾栏，是宋元时期城市中百戏杂剧的主要演出场所。内有戏台、戏房（后台）、神楼、腰棚（看席）。宋代瓦舍中搭有许多棚，以遮风挡雨，棚内设若干勾栏。宋人周密《武林旧事》卷六记载："瓦子勾栏（城内隶修内司，城外隶殿前司），南瓦（清冷桥熙春桥），中瓦（三元楼）……如北瓦、羊棚楼等，谓之'游棚'。外又有勾栏甚多，北瓦内勾栏十三座最盛。或有路岐，不入勾栏，只在耍闹宽阔之处做场者，谓之'打野呵'，此又艺之次者。"① 宋代孟元老《东京梦华录》卷二也记载："街南桑家瓦子，近北则中瓦，次里瓦。其中大小勾栏五十余座。内中瓦子、莲花棚、牡丹棚，里瓦子夜叉棚、象棚最大，可容数千人。自丁先现、王团子、张七圣辈，后来可有人于此作场。瓦中多有货药、卖卦、喝故衣、探搏、饮食、剃剪、纸画、令曲之类。终日居此，不觉抵暮。"② 宋朝署名"西湖老人"的《西湖老人繁胜录》专设"瓦市"条目，列举道："南瓦、中瓦、大瓦、北瓦、蒲桥瓦。惟北瓦大，有勾栏一十三座。常是两座勾栏，专说史书：乔万卷、许贡士、张解元。背做莲花棚，常是御前杂剧：赵泰、王恭喜、宋邦、宁河宴、清锄头、假子贵。弟子散乐，作场相扑：王侥大、撞倒山、刘子路、铁板踏、宋金刚、倒提山、赛板踏、金重旺、曹铁凛，人人好汉。说经：长啸和尚、彭道安、陆妙慧、陆妙净。小说：蔡和、李公佐。女流：史惠英、小张四郎，一世只在北瓦，占一座勾栏说话，不曾去别瓦作场，人叫做小张四郎。勾栏合生：双秀才。覆

---

① （宋）周密：《武林旧事》卷六，山东友谊出版社 2001 年版，第 107—108 页。

② （宋）孟元老撰，邓之诚注：《东京梦华录》卷二，中华书局 1982 年版，第 66 页。

射：女郎中。踢瓶弄碗：张宝歌。仗头傀儡：陈中喜。悬丝傀儡：炉金线。使棒作场：朱来儿。打硬：孙七郎。杂班：铁刷汤、江鱼头、兔儿头，菖蒲头。背商谜：胡六郎。教飞禽：赵十七郎。装神鬼：谢兴歌。舞番乐：张遇喜。水傀儡：刘小仆射。影戏：尚保仪、贾雄。卖嘌唱：樊华。唱赚：濮三郎、扇李二郎、郭四郎。说唱诸宫调：高郎妇、黄淑卿。乔相扑：鼋鱼头、鹤儿头、鸳鸯头、一条黑、斗门桥、白条儿。踢弄：吴全脚、耍大头。谈诨话：蛮张四郎。散耍：杨宝兴、陆行、小关西。装秀才：陈斋郎。学乡谈：方斋郎。分数甚多，十三应勾栏不闲，终日团圆。"这里已经把宋代"小说四家"及其突出的表演者交代得比较详细，而且能够显示瓦舍勾栏的说书规模了。

这种瓦舍勾栏的商业表演潮流，不仅盛行于首都，而且流布于许多州府。元朝是蒙古族执掌朝纲，其时的勾栏表演进入江南，这可从陶宗仪《南村辍耕录》卷二十四窥见一些消息："至元壬寅夏，松江府前勾栏邻居顾百一者，一夕，梦摄入城隍庙中，同被摄者约四十余人，一皆责状画字。时有沈氏子，以搏银为业，亦梦与顾同，郁郁不乐，家人无以纾之。劝入勾栏观排戏，独顾以宵梦匪贞，不敢出门。有女官奴习讴唱，每闻勾栏鼓鸣，则入。是日，入未几，棚屋拉然有声。众惊散。既而无恙，复集焉。"这里以怪异的笔墨，记述松江府入勾栏观排戏，以及女官奴习讴唱的情形。清人钮琇《觚剩》写的是苏州，其中录载吴江同里人顾英白《江城秋灯》诗云："吴中灯市元宵盛，万户千门共辉映。……土谷灵祠高树帜，建作勾栏呈百戏。歌时画栋遏云流，舞罢朱栏丛绮缀。清秋明月胜元宵，宝镜悬空驾彩桥。仙乐霓裳云外听，天香丹桂月中飘。"到了清朝，是满族入关建立政权，勾栏所演之戏曲，著名者有洪升的《长生殿》和孔尚任的《桃花扇》，引起了士人的兴致，或遭到朝廷的禁止。清人厉鹗《东城杂记》记述："洪昉思升，号稗畦，居东里之庆春门。少负才名，尤工院本南北曲。以国子生游都门，暇取唐人《长恨歌》事，作《长生殿传奇》，一时勾栏，竞钞习之。会国忌止乐，贵人邸第有演此者，为旨官所劾，诸人罢职，昉思逐归山左。赵宫赞执信，亦在谴中。赵尝有绝句云：'牢落周郎发兴新，管弦长对自由身。早知才地宜江海，不道清歌误却人。'盖自悲也。朱检讨彝尊《酬洪升》诗云：'金台酒坐擘红笺，云散星离又十年。海内诗家洪玉父，禁中乐府柳屯田。梧桐夜雨词凄绝，薏苡明珠谤偶然。白发相逢岂容易，津头且缆下河船。'元人白仁甫有《梧桐雨》杂剧，亦写《雨淋铃》一曲，用事可谓工切。昉思后溺于乌镇。王司寇士祯《挽诗》云：'送尔前豀去，栖迟岁月多。菟裘终未卜，鱼腹恨如何。采隐怀苕誉，招魂吊汨罗。新词传乐部，犹听雪儿歌。'"① 对于清初传奇剧种的勾栏表演，清人金埴《巾箱说》又说："勾栏部以《桃花扇》与《长生殿》并行，未有不习孔、洪两家之乐府者。（昉思名升，钱塘人。所著《长生殿》，亦入内廷。今优人多搬演之者。）……予过岸堂（渔洋先生书额，东塘即以为号），索观《桃花扇》本，至'香君寄扇'一折，借血点作桃花，红雨著于便面，真千古新奇之事，所谓'全秉巧心，独抒妙手'，关、马能不下拜耶！予一读一击节，东塘亦自让自击节。当是时也，不觉秋爽侵人，坠叶响于庭阶矣。忆洪君昉思谱《长生殿》成，以本示予，与予每醉辄歌之。今两家并盛行矣，因题二截句于《桃花扇》后云：'潭水深深柳乍垂，香君楼上好风吹。不知京兆当年笔，曾染桃花向画眉。''两家乐府盛康熙，进御均叨天子知。纵使元人多院本，勾栏争唱孔、洪词。'"② 由此可知，少数民族建立一统天下之后，它们出于马上民族歌舞狂放的天性，对汉族的说唱百戏一般是欣赏的，甚至召入内廷搬演，虽然在国丧忌日演出，受到惩罚，但并没有影响"勾栏部以《桃花扇》与《长生殿》并行，未有不习孔、洪两家之乐府者"的民间娱乐风气。

然而草原马背的史诗演唱，带有原始宗教的民族记忆、想象和信仰的成分，而瓦舍勾栏的小说百戏表演，商业娱乐的气氛极浓。二者可以互相影响和衍化，但它们是具有本质性差异的两种艺术类型，并且以类型的差异性丰富了中华民族文学文化的总体构成。那么，瓦舍勾栏是如何进行说书表演的呢？小说的描写，比历史的叙述更接近民间的现场。百二十回本的《水浒全传》第五十一回"插翅虎枷打白秀英，美髯公误失小衙内"，对此有生动的展示："再说雷横离了梁山泊，背了包裹，提了朴刀，取路回到郓城县。……李小二道：'都头出去了许多时，不知此处近日有个东京新来打踅的行院，色艺双绝，叫做白秀英。那妮子来参都头，却值公差出外不在。如今现在勾栏

---

① （清）厉鹗：《东城杂记》卷下，《粤雅堂丛书》初编本。
② （清）金埴：《巾箱说》，上海国粹学报社1912年铅印本。

里说唱诸般品调，每日有那一般打散，或是戏舞，或是吹弹，或是歌唱，赚得那人山人海价看。都头如何不去睃一睃？端的是好个粉头！'雷横听了，又遇心闲，便和那李小二径到勾栏里来看。只见门首挂着许多金字帐额，旗杆吊着等身靠背。入到里面，便去青龙头上第一位坐了。看戏台上，却做笑乐院本。那李小二人丛里撇了雷横，自出外面赶碗头脑去了。院本下来，只见一个老儿裹着磕脑儿头巾，穿着一领茶褐罗衫，系一条皂绦，拿把扇子，上来开呵道：'老汉是东京人氏，白玉乔的便是。如今年迈，只凭女儿秀英歌舞吹弹，普天下伏侍看官。'锣声响处，那白秀英早上戏台，参拜四方，拈起锣棒，如撒豆般点动，拍下一声界方，念了四句七言诗，便说道：'今日秀英招牌上明写着这场话本，是一段风流蕴藉的格范，唤做《豫章城双渐赶苏卿》。'说了，开话又唱，唱了又说，合棚价众人喝采不绝。雷横坐在上面看那妇人时，果然是色艺双绝。……那白秀英唱到务头，这白玉乔按喝道：'虽无买马博金艺，要动聪明鉴事人。看官喝采道是去过了，我儿且回一回，下来便是衬交鼓儿的院本。'白秀英拿起盘子，指着道：'财门上起，利地上住，吉地上过，旺地上行。手到面前，休教空过。'白玉乔道：'我儿且走一遭，看官都待赏你。'白秀英托着盘子，先到雷横面前，雷横便去身边袋里摸时，不想并无一文。雷横道：'今日忘了，不曾带得些出来，明日一发赏你。'白秀英笑道：'头醋不酽彻底薄，官人坐当其位，可出个标首。'……白玉乔道：'你若省得这子弟门庭时，狗头上生角。'众人齐和起来。雷横大怒，便骂道：'这忤奴怎敢辱我！'白玉乔道：'便骂你这三家村使牛的，打甚么紧？'有认得的喝道：'使不得！这个是本县雷都头。'白玉乔道：'只怕是驴筋头。'雷横那里忍耐得住，从坐椅上直跳下戏台来，揪住白玉乔，一拳一脚便打得唇绽齿落。众人见打得凶，都来解拆开了，又劝雷横自回去了。勾栏里人一哄尽散了。"

《水浒全传》第一百十回"燕青秋林渡射雁，宋江东京城献俘"，让李逵这条蛮汉闯进说书勾栏，台上台下就演出了一出好戏："燕青洒脱不开，只得和李逵入城看灯，不敢从陈桥门入去，大宽转却从封丘门入城。两个手厮挽着，正投桑家瓦来。来到瓦子前，听的勾栏内锣响，李逵定要入去，燕青只得和他挨在人丛里。听的上面说平话，正说三国志，说到关云长刮骨疗毒。当时有云长左臂中箭，箭毒入骨。医人华佗道：'若要此疾毒消，可立一铜柱，上置铁环，将臂膊穿将过去，用索拴牢，割开皮肉，去骨三分，除却箭毒，却用油线缝拢，外用敷药贴了，内用长托之剂，不过半月，可以平复如初。因此极难治疗。'关公大笑道：'大丈夫死生不惧，何况只手？不用铜柱铁环，只此便割何妨！'随即叫取棋盘，与客弈棋，伸起左臂，命华佗刮骨取毒，面不改色，对客谈笑自若。正说到这里，李逵在人丛中高叫道：'这个正是好男子！'众人失惊，都看李逵。燕青慌忙拦道：'李大哥，你怎地好村！勾栏瓦舍，如何使得大惊小怪这等叫？'李逵道：'说到这里，不由人喝采。'燕青拖了李逵便走。"①

　　在南北文学融合的过程中，代言体的叙事文学——杂剧在元朝成为标志性的最有活力的文体，改变了中国戏剧晚熟的局面，使整个文学格局形成了诗歌、散文、小说、戏曲并重，而戏曲小说占据主流位置的局面。这种局面的形成，与北曲的渗入和北方作家的创作，有着深刻的关系。明人徐渭《南词叙录》说："今之北曲，盖辽金北鄙杀伐之音，壮伟狠戾，武夫马上之歌，流入中原，遂为民间之日用。宋词既不可被弦管，南人亦遂尚此，上下风靡，浅俗可嗤。"②他是以南方士人的审美趣味，来谈论北曲的，未免对之贬抑过度。其实胡人乐曲的内传，早就开始了，《宋史·乐志》如此勾勒其线索："汉、魏以来，燕乐或用之，雅乐未闻有以商、角、徵、羽为调者，惟迎气有五引而已。《隋书》云'梁、陈雅乐，并用宫声'是也。若郑译之八十四调，出于苏祗婆之琵琶。大食、小食、般涉者，胡语；《伊州》《石州》《甘州》《婆罗门》者，胡曲；《绿腰》《诞黄龙》《新水调》者，华声而用胡乐之节奏。惟《瀛府》《献仙音》谓之法曲，即唐之法部也。凡有催衮者，皆胡曲耳，法曲无是也。且其名八十四调者，其实则有黄钟、太簇、夹钟、仲吕、林钟、夷则、无射七律之宫、商、羽而已，于其中又阙太簇之商、羽焉。国朝大乐诸曲，多袭唐旧。"③虽然汉魏到隋唐，胡乐内传的方式千姿百态，名目繁多，但是论规模则金、元入主中国，气势更为浩大。明人王世贞《曲藻》说得颇为清楚："曲者，词之变。自金、元入主中国，所

---

① 以上引自《水浒全传》第五十一回、第一百十回，中华书局1961年版，第640—642、1307页。
② （明）徐渭：《南词叙录》，民国六年董氏刻读曲丛刊本。
③ 《宋史》卷一百三十一《乐志》，中华书局1977年版，第3052页。

用胡乐，嘈杂凄紧，缓急之间，词不能按，乃更为新声以媚之。而诸君如贯酸斋、马东篱、王实甫、关汉卿、张可久、乔梦符、郑德辉、宫大用、白仁甫辈，咸富有才情，兼喜声律，以故遂擅一代之长，所谓'宋词、元曲'，殆不虚也。但大江以北，惭染胡语，时时采入，而沈约四声遂阙其一。东南之士未尽顾曲之周郎，逢掖之间，又稀辨挝之王应。稍稍复变新体，号为'南曲'。高拭则成，遂掩前后。大抵北主劲切雄丽，南主清峭柔远，虽本才情，务谐俚俗。譬之同一师承，而顿、渐分教；俱为国臣，而文、武异科。今谈曲者往往合而举之，良可笑也。"① 北方少数民族的口头语，也影响了文人写作。鲁迅《从讽刺到幽默》："然而讽刺社会的讽刺，却往往仍然会'悠久得惊人'的，即使捧出了做过和尚的洋人或专办了小报来打击，也还是没有效，这怎不气死人也么哥呢！"② 其中的"也么哥"，乃元曲中常用的衬词，无字义可解；也有写作也波哥、也末哥的。胡音胡乐的风起云飞，给中原文艺吹来一股清新而热烈的空气，改变了长期弥漫文坛的典雅温婉的作风。文艺连通民间，汉胡互相交融，语言崇尚率真，生命变得辛辣，文学由此改变自身的构成而改变自身的精神气质。

　　元曲是胡声、胡乐影响极著的文体。钟嗣成《录鬼簿》专门按辈分记录元杂剧作家，卷上首列"董解元（大金章宗时人。以其创始，故列诸首）"，金章宗时承平日久，宇内小康，"典章文物粲然成一代治规"③，推进了戏曲的发展。《录鬼簿》列举作为杂剧开创者的"前辈已死名公才人"共56人，籍贯基本上在北方，其中大都、真定、东平、平阳四地就占了35人。④ 大都关汉卿的《窦娥冤》、《单刀会》、《救风尘》，大都王实甫的《西厢记》，代表了杂剧的最高水平。对于《西厢记》，美国《大百科全书》认为，此乃"剧作者王实甫以无与伦比的华丽的文笔写成的，全剧表现着一种罕见的美"，"是一部充满优美诗句的爱情戏剧，是中国十三世纪最著名的元曲之一"⑤。以历史眼光看问题，王实甫《西厢记》的人物、结构、故事

---

① （明）王世贞：《曲藻》，明万历八年茅一相刻本。
② 鲁迅：《伪自由书·从讽刺到幽默》，《鲁迅全集》第五卷，人民文学出版社1981年版，第47页。
③ 《金史》卷十二《章宗纪》，中华书局1975年版，第285页。
④ （元）钟嗣成：《录鬼簿》卷上，民国诵芬室读曲丛刊本。
⑤ 参看贺新辉、朱捷《西厢记鉴赏辞典》，中国妇女出版社1990年版，第14页。

结局，是对唐人元稹的传奇《莺莺传》的根本改造；而这种改造因缘于金代董解元的《西厢记诸宫调》。明代王骥德《曲律》卷一如此描述董解元的《西厢记诸宫调》在南北曲演进中的位置："入宋而词始大振，署曰'诗余'，于今曲益近。周待制、柳屯田其最也。然单词只韵，歌止一阕，又不尽其变。而金章宗时渐更为北词，如世所传董解元《西厢记》者，其声犹未纯也。入元而益漫衍其制，栝调比声，北曲遂擅盛一代。顾未免滞于弦索，且多染胡语，其声近嚼以杀，南人不习也。迨季世入我明，又变而为南曲，婉丽妩媚，一唱三叹，于是美善兼至，极声调之致。"《曲律》卷三又说："古之优人，第以谐谑滑稽供人主喜笑，未有并曲与白而歌舞登场，如今之戏子者。又皆优人自造科套，非如今日习现成本子，俟主人拣择而日日此伎俩也。如优孟、优旃，后唐庄宗，以迨宋之靖康、绍兴，史籍所记不过'葬马'、'漆城'、'李天下'、'公冶长'、'二圣环'等谐语而已。即金章宗时，董解元所为《西厢记》，亦第是一人倚弦索以唱，而间以说白。至元而始有剧戏，如今之所搬演者是。此窍由天地开辟以来，不知越几百千万年，俟夷狄主中华，而于是诸词人一时林立，始称作者之圣，呜呼异哉！"①

应该看到，胡音北曲占据金元文学的高峰，是先及民间和下层文人，其后波及上层文化的。董解元虽称"解元"，并非科举达人，而是落魄才子，"曲场解元"。他借《西厢记诸宫调》开头的楔子，如此自报家门："携一壶儿酒，戴一枝儿花。醉时歌，狂时舞，醒时罢"；"曲儿甜，腔儿雅，裁剪就雪月风花，唱一本儿倚翠偷期话"；"俺平生情性好疏狂，疏狂的情性难拘束。一回家想么，诗魔多，爱选多情曲。"② 可见他充其量是一个类似"书会才人"的社会角色。因此他的作品，虽开北曲，依然是艺人的"弦索"说唱，使用的是很容易失传的市井技艺。有如元代陶宗仪《南村辍耕录》卷二十七所评述："稗官废而传奇作，传奇作而戏曲继。金季国初，乐府犹宋词之流，传奇犹宋戏曲之变。世传谓之杂剧。金章宗时，董解元所编《西厢记》，世代未远，尚罕有人能解之者。况今杂剧中曲调之冗乎？因取

---

① （明）王骥德：《曲律》卷一、卷三，明天启四年原刻本。

② （金）董解元：《西厢记诸宫调》卷一，文学古籍刊行社 1955 年影印明崇祯间闵寓五刻本。

诸曲名分调类编，以备后来好事稽古者之一览云。"① 开风气者，在风气转移中渐趋衰退，曲调难逃被人遗忘的命运。清人王又华《古今词论》的这番陈述散发着忧郁："南曲将开，填词先之，花间、草堂是也。北曲将开，弦索调先之，董解元《西厢记》是也。此即是北填词也。然填词盛于宋，至元末明初，始有南曲，其接续之际甚遥。弦索调生于金，而入元即有北曲，其接续也相踵。斯又声音气运之微，殆有不可以臆测者。"② 正是在曲调蝉蜕中，董解元与王实甫的两种类型的《西厢记》，实现了由粗及精的审美兑换。清人徐大椿《乐府传声》："曲之变，上古不可考。自唐虞之赓歌击壤以降，凡朝廷草野之间，其歌诗谣谚不可胜穷，兹不尽述。若今日之声存而可考者，南曲、北曲二端而已。北曲之始，如金之董解元《西厢记》，元之马致远《岳阳楼》之类。南曲之传，如元人高则诚《琵琶记》，施君美《拜月亭》之类。宫调既殊，排场亦异，然当时之唱法，非今日之唱法也。北曲如董之《西厢记》，仅可以入弦索而不可以协箫管。其曲以顿挫节奏胜，词疾而板促。至王实甫之《西厢记》及元人诸杂剧，方可协之箫管，近世之所宗者是也。"③

　　然而，《西厢记诸宫调》的贡献，还是具有实质价值。诸宫调改变了《莺莺传》始乱终弃、文过饰非的结构，歌颂崔、张婚恋的合理性，与北方游牧民族的伦理观念，以及游牧民族主政时期礼俗变得宽松，存在着深刻的关系。南宋高宗建炎三年（1129）出使金国的洪皓，滞留金国十五年，归来记录见闻，成《松漠纪闻》，其中记载："契丹、女真贵游子弟及富家儿月夕被酒，则相率携樽，驰马戏饮。其地妇女闻其至，多聚观之。闲令侍坐，与之酒则饮，亦有起舞歌讴以侑觞者，邂逅相契，调谑往反，即载以归。不为所顾者，至追逐马足不远数里。其携去者父母皆不问，留数岁，有子，始具茶食、酒数车归宁，谓之拜门，因执子婿之礼。"女真女子月夜围观驰马游戏的富贵子弟，为之起舞歌讴以侑觞，相契调谑，被携回男家生子

① （元）陶宗仪：《南村辍耕录》卷二十七，中华书局2004年版。
② （清）王又华：《古今词论》，清康熙刻本。
③ （清）徐大椿：《乐府传声》，清珍艺书局铅印本。

之后，才拜门完婚，"其俗谓男女自媒，胜于纳币而婚者"①。南宋范成大在孝宗乾道六年（1170）出使金国，记录见闻为《揽辔录》，其中描述了金国境内女真服饰为普通民间所接受的情景："民亦久习胡俗，态度嗜好，与之俱化。最甚者衣装之类，其制尽为胡矣。自过淮以北皆然，而京师尤甚。"②可见对于衣冠文物，民间并不像正统儒者那么讲究华夷之辨，恪守成规，而易代不到半个世纪，就衣装尽为胡人样式。宋代宇文懋昭《大金国志》引录洪皓《松漠纪闻》的材料，讲了金国的一种独特的习俗："金国治盗甚严，每捕获，论罪外，皆七倍责偿。唯正月十六日，则纵偷一日以为戏，妻女、宝货、车、马为人所窃，皆不加刑。是日，人皆严备，遇偷至，则笑遣之。既无所获，虽畚锸微物，亦携去。妇人至显入人家，伺主者出接客，则纵其婢妾盗饮器。他日知其主名，或偷者自言，大则具茶食以赎（谓羊、酒、肴馔之类），次则携壶，小亦打糕取之。亦有先与室女私约，至期而窃去者，女愿留则听之。自契丹以来，皆然。"又说："婚家，富者以牛、马为币，贫者以女年及笄行歌于途。其歌也，乃自叙家世、妇工、容色以伸求侣之意，听者有求娶欲纳之，即携而归，后复方补其礼，偕来女家，以告父母。父死则妻其母，兄死则妻其嫂，叔伯死则侄亦如之。无论贵贱，人有数妻。"③金国此种婚姻爱情风俗相当开放自由，有些地方甚至带有原始的"抢婚"或"试婚"的遗痕。在如此风俗中，崔、张的婚前性行为就不像宋朝理学禁忌下不能逾越的婚姻障碍，从而获得足够的性爱与婚姻的合理性空间，使得"有情人终成眷属"，从而在董解元的《西厢记诸宫调》中，改写了元稹《莺莺传》的结局。这种风气到了元代，也就有了更多的回旋余地。《蒙古秘史》记载成吉思汗的妻子孛儿帖，被篾儿乞惕部落抢走，怀孕生下拙赤。但成吉思汗还是承认拙赤是他的长子，后来成为威震欧亚草原的钦察汗国的创建者。这种异于中原礼俗的观念的介入，为《西厢记》崔、张爱情的叙事抒情可能性提供了开阔的自由空间，因此王实甫也就可以尽情尽致地锤炼他的"碧云天，黄花地，西风紧，北雁南飞。晓来谁染霜林醉？总是

---

①　（宋）洪皓：《松漠纪闻》，学津讨原本。

②　（宋）范成大：《揽辔录》，清鲍氏知不足斋刻本。

③　（宋）宇文懋昭：《大金国志校正》，中华书局1986年版，第554页。

离人泪"① 的绝妙好辞了。

有意思的是，这部《西厢记》成了清人曹雪芹《红楼梦》中频频回顾得最多的古典名著。曹雪芹出生在满清汉军旗人的大家族，在《红楼梦》中颇植入某些京师旗人的文化因素，如不事生产的"富贵闲人"做派，"姑奶奶强势"的家庭结构，中腔中调的语言滋味等等。这就难怪它对同样融合着胡人文化因素的《西厢记》情有独钟。《红楼梦》前八十回正面涉及读《西厢记》的情节起码有六处。一是第二十三回"西厢记妙词通戏语"，贾宝玉在大观园沁芳闸桥桃花底下偷看《会真记》，林黛玉手拿花帚、花囊前来扫花，发现宝玉在用功读书，一经追问，宝玉回答说："妹妹，若论你，我是不怕的，你看了，好歹别告诉别人。真正是好文章，你若看了，连饭也不想吃呢。"黛玉接过书，越看越爱看，一口气将十六出看完。宝玉笑说："我就是个'多愁多病的身'，你就是那'倾国倾城的貌'。"黛玉立刻"桃腮带怒，薄面含嗔"，指着宝玉说："你这该死的胡说！好好的把这淫词艳曲弄了来，还学了这些混话来欺负我，我告诉舅舅、舅母去！"宝玉慌忙赔罪，赌誓发咒，要变大忘八，往黛玉的坟头驮一辈子碑，才哄得黛玉噗嗤一声笑了，讥他为"银样镴枪头"。对于此类描写，庚辰本脂批说："虽是混话一串，却成了最新最奇的妙文。"蒙府本脂批说："儿女情态，毫无淫念，韵雅之至。"② 在男女情爱初萌中，能够以如此至情的混话写出幽默感，是没有自由心态不能办的。

二是第二十六回"潇湘馆春困发幽情"，写贾宝玉这个无事忙的闲人，信步来到"凤尾森森，龙吟细细"的潇湘馆，听得林黛玉长叹"每日家情思睡昏昏"。贾宝玉掀帘进来，黛玉含羞礼鬓，便觉神魂飘荡。宝玉要紫鹃倒茶，笑说："好丫头，'若共你多情小姐共鸳帐，怎舍得叠被铺床？'"林黛玉立刻撂下脸来，哭着责问宝玉："如今新兴的，外头听了村话来，也说给我听；看了混帐书，也拿我取笑儿。我成了爷们解闷的！"林黛玉长叹的话，来自王实甫《西厢记》第二本"崔莺莺夜听琴"，其中旦唱："这些时坐又不安，睡又不稳，我欲待登临又不快，闲行又闷，每日价情思睡昏昏。"

---

① （元）王实甫：《崔莺莺待月西厢记》第四本"草桥店梦莺莺杂剧"，古本戏曲丛刊本。
② 《红楼梦脂汇本》，岳麓书社 2011 年版，第 273—275 页。

贾宝玉耍笑紫鹃的话，出自王实甫《西厢记》第一本"张君瑞闹道场"，张生唱："若共他多情小姐同鸳帐，怎舍得他叠被铺床。"① 可见贾、林二人熟读《西厢记》，而且沉浸于其中人物的精神世界了。

三是第四十回："史太君两宴大观园，金鸳鸯三宣牙牌令"。写到刘姥姥进大观园打秋风，贾母乘机找点子取乐，带着她的孙媳妇、孙女、丫鬟一群人游览大观园，林黛玉说："我最不喜欢李义山的诗，只喜他这一句：'留着残荷听雨声。'"随后进了蘅芜苑，众人喝酒行令，玩得高兴，轮到黛玉时，她失口说出的令词是"良辰美景奈何天"。这是汤显祖《牡丹亭》第十出"惊梦"中的话："原来姹紫嫣红开遍，似这般都付与断井颓垣。良辰美景奈何天，赏心乐事谁家院！"宝钗似乎也读过《牡丹亭》，或者感觉这句词曲有点不对味，就回头盯着黛玉，黛玉浑然不察。这时鸳鸯又提令："中间'锦屏'颜色俏"，黛玉又说出："纱窗也没有红娘报。"这又是王实甫《西厢记》第一本的唱词"侯门不许老僧敲，纱窗外定有红娘报。害相思的馋眼脑，见他时须看个十分饱"的选句变异。林黛玉对《西厢记》《牡丹亭》词句，已经熟悉到了能够信手拈来、脱口而出的程度。一个深闺少女有此杂学，实属不易，那里存在一个她所思慕的柔情和纯美的世界，其中的美妙唱词已经织入她的神经了。

四是第四十二回"蘅芜君兰言解疑痴，潇湘子雅谑补余香"，中有钗黛论《西厢》，情节上接第四十回，说到刘姥姥打秋风，以"老不要脸，换得满载而归"，大观园复归平静后，薛宝钗邀林黛玉到蘅芜苑，"审问"黛玉："好个千金小姐，好个不出围门的女孩儿！满嘴说的是什么？"黛玉不解，宝钗好点穿她："昨儿行酒令，你说的是什么？"黛玉方想起来昨儿失于检点，那《牡丹亭》《西厢记》说了两句，不觉红了脸，搂着宝钗讨饶。蒙府本脂批说："真能受教。尊重之态，姣痴之情，令人爱煞。"薛宝钗就款款地指教林黛玉："你当我是谁，我也是个淘气的。从小七八岁上也够个人缠的。我们家也算是个读书人家，祖父手里也爱藏书。先时人口多，姊妹弟兄都在一处，都怕看正经书。弟兄们也有爱诗的，也有爱词的，诸如这些《西厢》、《琵琶》以及《元人百种》，无所不有。他们是偷背着我们看，我们却

---

① （元）王实甫：《崔莺莺待月西厢记》第一本、第二本，古本戏曲丛刊本。

也偷背着他们看。后来大人知道了，打的打，骂的骂，烧的烧，才丢开了。所以咱们女孩儿家不认得字的倒好。男人们读书不明理，尚且不如不读书的好，何况你我。就连作诗写字等事，原不是你我分内之事，究竟也不是男人分内之事。男人们读书明理，辅国治民，这便好了。只是如今并不听见有这样的人，读了书倒更坏了。这是书误了他，可惜他也把书糟蹋了，所以竟不如耕种买卖，倒没有什么大害处。你我只该做些针黹纺织的事才是，偏又认得了字，既认得了字，不过拣那正经的看也罢了，最怕见了些杂书，移了性情，就不可救了。"这一席话，竟把个黛玉说得"垂头吃茶，心下暗伏，只有答应'是'的一字。"连蒙府本脂批也佩服："作者一片苦心，代佛说法，代圣讲道，看书者不可轻忽。"[①] 从这些闺中密语和王府批语中，我们可以领略到中原儒者的价值观念，渗入社会肌体，颇有无所弗届之势，但在曹雪芹笔下已经出现了柔弱的反叛之音。中华民族不同质的文化因素，就在如此推挽拒纳的张力中趋于融合。

五是第四十九回："琉璃世界白雪红梅，脂粉香娃割腥啖膻"。贾宝玉找林黛玉来，一见面就笑说："我虽看了《西厢记》，也曾有明白的几句，说了取笑，你还曾恼过。如今想来，竟有一句不解，我念出来，你讲我听听。"宝玉又笑道："那《闹简》上有一句说得最好，'是几时孟光接了梁鸿案'这句最妙。'孟光接了梁鸿案'这七个字，不过是现成的典，难为他这'是几时'三个虚字问的有趣。是几时接了？你说说我听听。"黛玉笑说"他也问得好，你也问得好"，因把说错了酒令，连宝钗送燕窝、病中所谈之事，细细告诉了宝玉。宝玉方知缘故，因笑道："我说呢，正纳闷'是几时孟光接了梁鸿案'，原来是从'小孩儿口没遮拦'就接了案了。"黛玉拭泪道："近来我只觉心酸，眼泪却像比旧年少了些的。心里只管酸痛，眼泪却不多。"所谓《闹简》中的话，就是王实甫《西厢记》第三本"张君瑞害相思"所唱的"他人行别样的亲，俺根前取次看，更做道孟光接了梁鸿案。别人行甜言美语三冬暖，我根前恶语伤人六月寒。我为头儿看：看你个离魂倩女，怎发付掷果潘安。"对于东汉高士梁鸿闭门耕读著书，妻孟光为具食，

---

① 《红楼梦脂汇本》，岳麓书社 2011 年版，第 470—471 页。

举案齐眉，相待如宾的故事，[1] 宝黛之辈，当为熟知。如此借用《西厢记》语句以通情愫，似乎遮掩处已是心弦颤动，原来是从"小孩儿口没遮拦"，孟光就接了梁鸿案了。《西厢记》成了宝黛姻缘的薄纸媒人，如此纯情男女，他们设想中的家庭模式是并不追慕荣华，却追求诗书传家，相待如宾。这是平民化的儒者家庭模式。

当然，《红楼梦》提倡高洁的"意淫"，宝黛又托身于"昌明隆盛之邦，诗礼簪缨之族，花柳繁华地，温柔富贵乡"，尽管两情相悦，也没有走到崔、张婚前逾礼的地步。清人处于宋代理学之后，不及唐人，更不及金元人在两性问题上少有束缚，虽然欣赏自然情感，到底照顾礼教设防，在二者之间寻找悲剧之美。这就引出了回首《西厢记》的第六处：《红楼梦》第五十一回"薛小妹新编怀古诗"。美貌才女薛宝琴作了十首"怀古绝句"，其第九首是《蒲东寺怀古》："小红骨贱最身轻，私掖偷携强撮成。虽被夫人时吊起，已经勾引彼同行。"这一首写得实在不高明，但众人看了，都称奇道妙。宝钗先是忍不住了，庄重严肃地指出："前八首都是史鉴上有据的，后二首却无考，我们也不大懂得，不如另作两首为是。"黛玉忙拦道："这宝姐姐也忒'胶柱鼓瑟'，矫揉造作了。这两首虽于史鉴上无考，咱们虽不曾看这些外传，不知底里，难道咱们连两本戏也没有见过不成？那三岁孩子也知道，何况咱们？"林黛玉以"咱们虽不曾看这些外传"打圆场，是不想挑起正面争执。探春就顺水推舟，说："这话正是了。"李纨也来补苴罅漏，说是："况且他原是到过这个地方的。这两件事虽无考，古往今来，以讹传讹，好事者竟故意的弄出这古迹来以愚人。比如那年上京的时节，单是关夫子的坟，倒见了三四处。关夫子一生事业，皆是有据的，如何又有许多的坟？自然是后来人敬爱他生前为人，只怕从这敬爱上穿凿出来，也是有的。及至看《广舆记》上，不止关夫子的坟多，自古来有些名望的人，坟就不少，无考的古迹更多。如今这两首虽无考，凡说书唱戏，甚至于求的签上皆有注批，老小男女，俗语口头，人人皆知皆说的。况且又并不是看了《西厢》、《牡丹》的词曲，怕看了邪书。这竟无妨，只管留着。"说得宝钗也就不再较真了。

小小的一场争辩中，宝琴有宝琴的才华，宝钗有宝钗的庄重，黛玉有黛

---

① （南朝宋）范晔：《后汉书》卷八十三《逸民列传》，中华书局1965年版，第2765页。

玉的机灵，探春有探春的手腕，李纨有李纨的厚道，似不着力，诸色人物的性格跃然纸上。而在这些性格碰撞的缝隙中，自然人性的、儒家礼制的、世俗交情的各种文化趣味如风起青萍之末，拂面而过。从唐人作传奇，金人作诸宫调，元人作杂剧，清人作章回小说，中原之音和胡人之音从丰富的层面上、以不同的方式作用于文学，不断地激发各种文学体裁的活力，极大地丰富了和深刻地影响了中国文学的总体结构。

四　北方文学丰富了中国文学的内在特质

北方民族政权下的文学，不仅改变了中国文学的总体结构，而且深刻地丰富了中国文学的内在特质。谈论事物的内在特质时，中国古代哲学讲究刚柔互动互补，赋予事物以亦刚亦柔的内在禀赋，赋予运动发展以辩证法的一左一右交替为用的推动力。如《周易·系辞上》所云："天尊地卑，乾坤定矣。卑高以陈，贵贱位矣。动静有常，刚柔断矣。方以类聚，物以群分，吉凶生矣。在天成象，在地成形，变化见矣。是故刚柔相摩，八卦相荡，鼓之以雷霆，润之以风雨。"《系辞下》又说："刚柔相推，变在其中矣；……刚柔者，立本者也；变通者，趣时者也。……《易》之为书也不可远，为道也屡迁，变动不居，周流六虚，上下无常，刚柔相易，不可为典要，唯变所适。"[①] 刚柔是与本体论相联系，存在于本体之中的，立本才谈得上变通。因此朱熹这样解释："此太极却是为画卦说。当未画卦前，太极只是一个浑沦底道理，里面包含阴阳、刚柔、奇耦，无所不有。"[②] 存在于本体中的刚柔，推动了运动变化，也在运动变化中释放出来而融于天地万物。

刚柔释放于天地，也释放于文学。清人姚鼐看到了刚柔释放于文章，造成文章的格调气质的差异，并将其概括为"阳刚之美"、"阴柔之美"的美学类型。其《海愚诗钞序》认为："吾尝以谓文章之原，本乎天地。天地之道，阴阳刚柔而已，苟有得乎阴阳刚柔之精，皆可以为文章之美。阴阳刚柔，并行而不容偏废。有其一端而绝亡其一，刚者至于偾强而拂戾，柔者至

① 《周易·系辞上》及《系辞下》，《十三经注疏》，中华书局 1980 年版，第 75—90 页。
② （宋）朱熹：《朱子语类》卷七十五"易十一"，李光地辑清道光间刻本。

于颓废而阉幽，则必无与于文者矣。然古君子称为文章之至，虽兼具二者之用，亦不能无所偏优于其间，其故何哉？天地之道，协合以为体，而时发奇出以为用者，理固然也。其在天地之用也，尚阳而下阴，伸刚而绌柔，故人得之亦然。文之雄伟而劲直者，必贵于温深而徐婉，温深徐婉之才，不易得也。然其尤难得者，必在乎天下之雄才也。"① 其《复鲁絜非书》又说："鼐闻天地之道，阴阳刚柔而已。文者，天地之精英，而阴阳刚柔之发也。惟圣人之言，统二气之会而弗偏，然而《易》《诗》《书》《论语》所载，亦间有可以刚柔分矣，值其时其人，告语之体，各有宜也。自诸子而降，其为文无弗有偏者。其得于阳与刚之美者，则其文如霆，如电，如长风之出谷，如崇山峻崖，如决大川，如奔骐骥；其光也如杲日，如火，如金镠铁；其于人也，如冯高视远，如君而朝万众，如鼓万勇士而战之。其得于阴与柔之美者，则其文如升初日，如清风，如云，如霞，如烟，如幽林曲涧，如沦，如漾，如珠玉之辉，如鸿鹄之鸣而入廖廓；其于人也，漻乎其如叹，邈乎其如有思，暖乎其如喜，愀乎其如悲。观其文，讽其音，则为文者之性情形状举以殊焉。且夫阴阳刚柔，其本二端，造物者糅而气有多寡进绌，则品次亿万，以至于不可穷，万物生焉。故曰：'一阴一阳之为道。'夫文之多变，亦若是已，糅而偏胜可也，偏胜之极，一有一绝无，与夫刚不足为刚、柔不足为柔者，皆不可以言文。"② 他主张刚柔可分，产生文章品次的多样性；而在总体上刚柔应并行不废，不走偏废的极端，以通达天地之道。

其后，曾国藩对姚鼐区分"阳刚之美，阴柔之美"的说法，思考日深，加以展开。其《求阙斋日记类钞》如此记录心得："吾尝取姚姬传先生之说，文章之道，分阳刚之美，阴柔之美。大抵阳刚者，气势浩瀚；阴柔者，韵味深美。浩瀚者，喷薄而出之；深美者，吞吐而出之。就吾所分十一类言之，论著类、词赋类，宜喷薄；序跋类、宜吞吐。奏议类、哀祭类宜喷薄，奏诏令类、书牍类，宜吞吐。传志类、叙记类，宜喷薄；典志类、杂记类、宜吞吐；其一类中，微有区别者，如哀祭类虽宜喷薄，而祭郊社祖宗，则宜吞吐。诏令类虽宜吞吐，而檄文则宜喷薄。书牍类虽宜吞吐，而论事则宜喷

---

① （清）姚鼐：《海愚诗钞序》，《惜抱轩文集》卷四"序"，四部丛刊本。
② （清）姚鼐：《复鲁絜非书》，《惜抱轩文集》卷六"书"，四部丛刊本。

薄。此外各类，皆可以是意推之。"不久，他又作了这样的引申："尝慕古文境之美者。约有八言。阳刚之美曰雄、直、怪、丽；阴柔之美曰茹、远、洁、适。蓄之数年，而余未能发为文章，略得八美之一，以副斯志。是夜将此八言者，各作十六字赞之。至次日辰刻作毕，附录如左：'雄'：划然轩昂，尽弃故常。跌宕顿挫，扪之有芒。'直'：黄河千曲，其体仍直。川势如龙，转换无迹。'怪'：奇趣横生，人骇鬼眩。易玄山经，张韩互见。'丽'：青春大泽，万卉初葩。诗骚之韵，班扬之华。'茹'：众义辐凑，吞多吐少。幽独咀含，不求共晓。'远'：九天俯视，下界聚蚊。寤寐周孔，落落寡群。'洁'：冗意陈言，类字尽芟。慎尔褒贬，神人共监。'适'：心境两间，无营无待。柳记欧跋，得大自在。作字之道，二者并进。有著力而取险劲之势，有不著力而得自然之味。著力，如昌黎之文；不著力，如渊明之诗。著力，则右军所称如锥画沙也；不著力，则右军所称如印印泥也。二者缺一不可，亦犹文家所谓阳刚之美，阴柔之美矣。"①

在中国广袤的地域上，众多民族群体在多种多样的山川地貌、风俗传统中，给中国文化输入了五花八门的神情和气质。由于北方民族政权下文学的地理和民族等原因，它对中国文学总体格局的参与和改造，在特定的方向上丰富和改变了中国文学的内在特质，给它增加了不少旷野气息和阳刚之美。一如郭茂倩《乐府诗集·杂曲歌辞》所说："艳曲兴于南朝，胡音生于北俗。"② 北方胡音影响中原由来已久，如《旧唐书·音乐志》所云："又有新声河西至者，号胡音声，与《龟兹乐》《散乐》俱为时重，诸乐咸为之少寝。"③ 胡音内播，在北方少数民族驰骋中原，或入主中原的时候，尤为突出。元稹《和李校书新题乐府十二首·法曲》写道："明皇度曲多新态，宛转侵淫易沉著。赤白桃李取花名，霓裳羽衣号天落。雅弄虽云已变乱，夷音未得相参错。自从胡骑起烟尘，毛毳腥膻满咸洛。女为胡妇学胡妆，伎进胡音务胡乐。火凤声沉多咽绝，春莺啭罢长萧索。胡音胡骑与胡妆，五十年来

---

① （清）曾国藩：《求阙斋日记类钞》卷下 "庚申三月"、"乙丑正月"、"甲子五月" 条，清光绪二年传忠书局刻本。

② （宋）郭茂倩编：《乐府诗集》卷六十一 "杂曲歌辞一"，中华书局 1979 年版，第 885 页。

③ 《旧唐书》卷二十九《音乐志》，中华书局 1975 年版，第 1073 页。

竞纷泊。"[1] 李白诗歌在盛唐广泛传唱，相对内在的一个原因，是他出生在胡地碎叶，自小亲近胡音，所作诗歌自然与当时成为风尚的胡乐相契合。"骏马秋风冀北，杏花春雨江南"，此一名联高度概括了中国南北文学的不同地域风格，而北方风格多受胡音的浸染。鲁迅如此勾勒南北性格的差异："北人爽直，而失之粗；南人文雅，而失之伪。"[2] 这就在中华民族文学气象万千的总体格局中，形成了南柔北刚、北雄南秀的地理分野。

　　考察一下某个相似的意象由边远的胡地到中原的京师的旅行过程，是非常有趣的。旅行中，胡地意象对京师文学进行"野化"，京师文学对胡地意象进行"醇化"，在"野化"和"醇化"的双向作用中，中国文学的内在特质受到改造。先看胡地意象。柯尔克孜族的史诗《玛纳斯》如此描写主要英雄降生：加克普汗年迈无子，举行祈子仪式后，年迈的妻子神奇般怀孕。玛纳斯降生时，一手握血块，一手握油脂。握血意味玛纳斯将浴血奋战，使敌人血流成河；握油意味玛纳斯将使柯尔克孜民众生活富足。为躲避卡勒玛克人的追杀，玛纳斯出生后便被送到森林里抚养，从小进山放牧，到吐鲁番种麦子。玛纳斯十一岁，率领四十小勇士和民众，浴血苦战，将入侵的卡勒玛克人赶出柯尔克孜领地。玛纳斯出色地主持了哈萨克汗王阔阔台依的盛大祭典，威名远扬，统领包括柯尔克孜各部落在内的六十个突厥语部落联盟，成为统辖内七汗和外七汗的大王。

　　手握象征之物的神异降生模式，在蒙古族，直接用于一代天骄成吉思汗的身上。《蒙古秘史》记载："与塔塔儿厮杀时，也速该把阿秃儿（成吉思汗之父）将他帖木真兀格、豁里不花等掳来。那时，也速该把阿秃儿的妻诃仑正怀孕，于斡难河边迭里温孛勒答黑山下，生了太祖。太祖生时，右手握着髀石般一块血，生了。因掳将帖木真兀格来时生，故就名帖木真。"[3] 《圣武亲征录》也作了这样的记载："右手握凝血。长而神异，以获帖木真，故命为上名。"[4] 这个神异降生的传说，被记入正史，《元史·太祖本纪》说：

---

　　① （唐）元稹：《和李校书新题乐府十二首·法曲》，《全唐诗》卷四百一十九，中华书局 1960 年版，第 4617 页。

　　② 鲁迅：《致萧军萧红》，《鲁迅全集》第 13 卷，人民文学出版社 1981 年版，第 79 页。

　　③ 《元朝秘史》卷一，上海涵芬楼影印影元抄本，四部丛刊本。

　　④ 王国维校注：《圣武亲征录校注》，海宁王忠悫公遗书本。

"初，烈祖（成吉思汗之父也速该）征塔塔儿部，获其部长铁木真。宣懿太后月伦适生帝，手握凝血如赤石。烈祖异之，因以所获铁木真名之，志武功也。"① 可见，握血降生，是草原游牧民族对自己的武功卓著的开国之君、"天牛的征服者"奉上的崇高敬礼。

这种神异降生的神话，在中原民族的早期族源神话中，也颇有记载。比如《诗经·商颂·玄鸟》记述商民族的始祖降生神话："天命玄鸟，降而生商，宅殷土芒芒。古帝命武汤，正域彼四方。"司马迁将此神话采入《史记·殷本纪》："殷契，母曰简狄，有娀氏之女，为帝喾次妃。三人行浴，见玄鸟堕其卵，简狄取吞之，因孕生契。契长而佐禹治水有功。帝舜乃命契曰：'百姓不亲，五品不训，汝为司徒而敬敷五教，五教在宽。'封于商，赐姓子氏。"② 但是在长期的历史理性化的进程中，除了对开国帝王及圣人还有异生的奇迹之外，这种异生神话已经讲不出什么新意。唯有追随满人入关的汉军旗人后裔曹雪芹，使边远少数民族的异生神话翻出了新花样。这就是《红楼梦》中，贾宝玉"衔玉而生"。《红楼梦》第一回就交代："原来女娲氏炼石补天之时，于大荒山无稽崖炼成高经十二丈，方经二十四丈顽石三万六千五百零一块。娲皇氏只用了三万六千五百块，只单单剩了一块未用，便弃在此山青埂峰下。谁知此石自经煅炼之后，灵性已通，因见众石俱得补天，独自己无材不堪入选，遂自怨自叹，日夜悲号惭愧。……后来，又不知过了几世几劫，因有个空空道人访道求仙，忽从这大荒山无稽崖青埂峰下经过，忽见一大块石上字迹分明，编述历历。空空道人乃从头一看，原来就是无材补天，幻形入世，蒙茫茫大士渺渺真人携入红尘，历尽离合悲欢炎凉世态的一段故事。后面又有一首偈云：'无材可去补苍天，枉入红尘若许年。此系身前身后事，倩谁记去作奇传？'诗后便是此石坠落之乡，投胎之处，亲自经历的一段陈迹故事。"③ 这一交代，就把"衔玉而生"的现象，引申向渺渺茫茫的女娲补天的神话世界了。从联系着女娲神话来看，《红楼梦》有着很深的"女性文化情结"，与"握血而生"的"男性文化情结"

---

① 《元史》卷一《太祖本纪》，中华书局 1976 年版，第 3 页。
② 《史记》卷三《殷本纪》，中华书局 1959 年版，第 91 页。
③ 《红楼梦》第一回"甄士隐梦幻识通灵，贾雨村风尘怀闺秀"，人民文学出版社 1996 年版。

甚是不同。

《红楼梦》第二回"冷子兴演说荣国府",从侧面牵出这块无才补天的石头在人间的下落:"这政老爹的夫人王氏……不想后来又生一位公子,说来更奇,一落胎胞,嘴里便衔下一块五彩晶莹的玉来,上面还有许多字迹,就取名叫作宝玉。你道是新奇异事不是?"第三回"林黛玉抛父进京都"写贾宝玉出场,这块玉石开始亮相,贾宝玉"项上金螭璎珞,又有一根五色丝绦,系着一块美玉。……又问黛玉:'可也有玉没有?'众人不解其语,黛玉便忖度着因他有玉,故问我有也无,因答道:'我没有那个。想来那玉是一件罕物,岂能人人有的。'宝玉听了,登时发作起痴狂病来,摘下那玉,就狠命摔去,骂道:'什么罕物,连人之高低不择,还说通灵不通灵呢!我也不要这劳什子了!'吓的众人一拥争去拾玉。贾母急的搂了宝玉道:'孽障!你生气,要打骂人容易,何苦摔那命根子!'宝玉满面泪痕泣道:'家里姐姐妹妹都没有,单我有,我说没趣,如今来了这么一个神仙似的妹妹也没有,可知这不是个好东西。'"终于到了第八回"比通灵金莺微露意,探宝钗黛玉半含酸",才对这块宝玉有了正面的展示:"宝钗抬头只见宝玉进来……看宝玉头上戴着累丝嵌宝紫金冠,额上勒着二龙抢珠金抹额,身上穿着秋香色立蟒白狐腋箭袖,系着五色蝴蝶鸾绦,项上挂着长命锁,记名符,另外有一块落草时衔下来的宝玉。宝钗因笑说道:'成日家说你的这玉,究竟未曾细细的赏鉴,我今儿倒要瞧瞧。'说着便挪近前来。宝玉亦凑了上去,从项上摘了下来,递在宝钗手内。宝钗托于掌上,只见大如雀卵,灿若明霞,莹润如酥,五色花纹缠护。这就是大荒山中青埂峰下的那块顽石的幻相。后人曾有诗嘲云:'女娲炼石已荒唐,又向荒唐演大荒。失去幽灵真境界,幻来亲就臭皮囊。好知运败金无彩,堪叹时乖玉不光。白骨如山忘姓氏,无非公子与红妆。'"通灵宝玉正面图式篆文"莫失莫忘,仙寿恒昌",反面图式有篆文"一除邪祟,二疗冤疾,三知祸福"。"宝钗看毕,又从新翻过正面来细看,口内念道:'莫失莫忘,仙寿恒昌。'念了两遍,乃回头向莺儿笑道:'你不去倒茶,也在这里发呆作什么?'莺儿嘻嘻笑道:'我听这两句话,倒像和姑娘的项圈上的两句话是一对儿。'宝玉听了,忙笑道:'原来姐姐那项圈上也有八个字,我也赏鉴赏鉴。'宝钗……解了排扣,从里面大红袄上,将那珠宝晶莹、黄金灿烂的璎珞掏将出来。宝玉忙托了锁看时，果然一面有四个篆字，两面八字，共成两句吉谶。亦曾按式画下形相：'不离不弃，芳龄永继'。宝玉看了，也念了两遍，又念自己的两遍，因笑问：'姐姐这八个字倒真与我的是一对。'莺儿笑道：'是个癞头和尚送的，他说必须錾在金器上——'"《红楼梦》擅长在人生的阴差阳错中考验人的真心意，本是"木石前盟"搓揉得人发疯，却又以不情愿的"金玉姻缘"给你无限的温柔，因而围绕着那块不明不白的"通灵宝玉"，温柔软化着发疯，发疯击碎了温柔，成就了一个写情圣手。如果同《玛纳斯》《蒙古秘史》的"握血而生"的粗豪相比较，贾宝玉口衔玉石而生，在疑似之间以异生现象把爱情洪荒化的同时，将边疆民族异生神话的强悍性变得文雅化了。

五　寻找遥远的民族渊源与走进江南文化的深处

在中华民族"分久必合，合久必分"形成南北王朝对峙的局面中，北方文学北国文化习俗和胡人风气，其豪放刚健的诗文风格流脉相承，相互激励，就显得更为突出。比如女真族建立的金朝，东北境内长于骑射的民族之骁勇强悍，介入文学的发展，就与"山外青山楼外楼，西湖歌舞几时休"的南宋文学存在着巨大的内在特质的差异。清人张金吾为一代金文总集《金文最》作序言指出："金有天下之半，五岳居其四，四渎有其三，川岳炳灵，文学之士后先相望。惟时士大夫察雄深浑厚之气，习峻厉严肃之俗，风教固殊，气象亦异，故发为文章，类皆华实相扶，骨力遒上……后之人读其遗文，考其体裁，而知北地之坚强，绝胜江南之柔弱。"[①] 金朝杰出诗人元好问（遗山），太原秀容（今山西忻州市）韩岩村，是北魏鲜卑拓跋氏疏远的后裔。他生长于云、朔地区，亲历金源亡国、鼎革易代的社会巨变，为诗清雄豪放，给诗坛增添了不少幽、并豪侠慷慨之气，在南宋江西诗派和"四灵、江湖诗派之外，另井中州雄健苍凉的诗风"。如明人胡应麟《诗薮》所说："元好问，字裕之，七岁能诗，奇崛而绝雕镂，巧缛而谢绮靡。五言高古沉郁，七言乐府不用古题，特出新意。歌谣慷慨，挟幽、并之气，蔚为一

---

①　（清）张金吾：《金文最》序言，清光绪二十一年重刻本。

代宗工。"① 在他的不少诗篇中，都可以发现慷慨激昂的幽并男儿的文化基因。比如《送崔梦臣北上》诗云："并州书郎年少客，细马金鞭日三百。生平意气凌青云，未怕天山雪花白。西园此日盛徐陈，凤阁鸾台气象新。由来草创资润色，况复天造须经纶。他日南归吾未老，与君同醉晋溪春。"送别之诗以"并州书郎年少客"相许，散发着"意气凌青云"的阳刚之气。《涌金亭示同游诸君》又云："太行元气老不死，上与左界分山河。有如巨鳌昂头西入海，突兀已过余坡陁。我从汾晋来，山之面目腹背皆经过。济源盘谷非不佳，烟景独觉苏门多。涌金亭下百泉水，海眼万古留山阿。……长安城头乌尾讹，并州少年夜枕戈。举杯为问谢安石，苍生今亦如卿何？元子乐矣君其歌。"这首游览诗，以一句"我从汾晋来"，就与"太行元气老不死"融为一体，他奋发向上，自诩为"并州少年夜枕戈"，透露着有若谢安石那样的济苍生的抱负。《过晋阳故城书事》也写得豪情满怀："惠远祠前晋溪水，翠叶银花清见底。水上西山如卧屏，郁郁苍苍三百里。中原北门形势雄，想见城阙云烟中。望川亭上阅今古，但有麦浪摇春风。君不见系舟山头龙角秃，白塔一摧城覆没。薛王出降民不降，屋瓦乱飞如箭镞。汾流决入大夏门，府治移着唐明村。只从巨屏失光彩，河洛几度风烟昏。东阙苍龙西玉虎，金雀觚棱上云雨。不论民居与官府，仙佛所庐余百所。鬼役天财千万古，争教一炬成焦土。至今父老哭向天，死恨河南往来苦。南人鬼巫好禨祥，万夫畚锸开连冈。官街十字改丁字，钉（去声）破并州渠亦亡。几时却到承平了，重看官家筑晋阳？"诗写得起伏跌宕，山川形势作为"中原北门"的雄奇，糅合着战争中"王降民不降"的民性，使一腔豪情中混合着悲郁的沧桑感。幽、并之慷慨豪雄，乃是"中原北门"的多民族争胜之地所激发和沉积的民间风俗心理的结晶。

诚如清人钱谦益所说："夫文章者，天地变化之所为也。天地变化与人心之精华交相击发，而文章之变不可胜穷。……眉山之学流入于金源而有元好问，昌黎之学流入于蒙古而有姚燧。盖至是文章之变极矣。天地之大也，古今之远也，文心如此其深，文海如此其广也。"② 元好问本人确是抱负不

　　① （明）胡应麟：《诗薮》杂编六，上海古籍出版社 1958 年版，第 328 页。
　　② （清）钱谦益：《复李叔则书》，《有学集》卷三十九，四部丛刊本。

凡，跃跃然想以文章体验天地变化，这是一个诗文大家的志向。其《与张仲杰郎中论文》一诗写道："文章出苦心，谁以苦心为？正有苦心人，举世几人知？工文与工诗，大似国手棋。国手虽漫应，一着存一机。不从着着看（平），何异管中窥。文须字字作，亦要字字读。咀嚼有余味，百过良未足。功夫到方圆，言语通眷属。只许旷与夔，闻弦知雅曲。今人诵文字，十行夸一目。阒颥失香臭，瞥视纷红绿。毫厘不相照，觌面楚与蜀。莫讶荆山前，时闻刖人哭。"① 这位讲求苦心文章的幽并男儿，是一个真性情中人，他曾著有《摸鱼儿》词，词话著作如此记其本事："泰和乙丑，元好问裕之赴并州，道逢捕雁者捕得二雁，一死一脱网去，其脱网者空中盘旋，哀鸣良久，亦投地死。好问遂以金赎得二雁，瘗汾水傍，垒石为识，号曰'雁邱'。因赋《摸鱼儿》词曰：'问世间情是何物，直教生死相许。天南地北双飞客，老翅几回寒暑。欢乐趣，离别苦，就中更有痴儿女。君应有语，渺万里层云，千山暮雪，只影向谁去。横汾路，寂寞当年箫鼓，荒烟依旧平楚。招魂楚些嗟何及，山鬼暗啼风雨。天也妒，未信与、莺儿燕子俱黄土，千秋万古。为留待骚人，狂歌痛饮，来访雁邱处。'乐城李治和云：'双双雁正分汾水，回头生死殊路。天长地久相思债，何事眼前俱去。摧劲羽，倘万一，幽冥却有重逢处。诗翁感遇，把江北江南，风嘹月唳，并付一邱土。仍为汝，小草幽兰丽句，声声字字酸楚。拍江秋影今何在，草长欲迷隩树。霜魂苦，算犹胜、王嫱青冢真娘墓。凭谁说与，对鸟道盘空，龙艘古渡，马耳泪如雨。'"② 这则词话本事，乃是依据元好问词前的小序："泰和五年（1205）乙丑岁，赴试并州，道逢捕雁者云：今日获一雁，杀之矣。其脱网者，悲鸣不能去，竟自投于地而死。予因买得之，葬之汾水之上，累石为丘，号曰雁丘。时同行者多为赋诗，予亦有《雁丘词》。旧所作无宫商，今改定之。"③ 词话改"雁丘"为"雁邱"，乃是为避孔子之讳。词初作于元好问十五岁赴试途中，可见他是多情种子，晚年修改，性情如旧。正是这腔激情使其汲取幽燕民风，形成其诗词的慷慨豪放的格调。

---

① （清）郭元釪：《全金诗》卷六十七，四库全书本。
② （清）冯金伯：《词苑萃编》卷十五"纪事六"，清嘉靖刻本。
③ （金）元好问：《遗山乐府》卷一，清嘉靖宛委别藏本。

元好问有《论诗绝句三十首》，注为"丁丑岁（1217）三乡作"，其时他二十八岁。这三十首绝句，相当系统地评述了汉魏到宋朝一千余年间的作家作品、诗派诗风。第一首是："汉谣魏什久纷纭，正体无人与细论。谁是诗中疏凿手，暂教泾渭各清浑。"第二首是："曹刘坐啸虎生风，四海无人角两雄。可惜并州刘越石，不教横槊建安中。"一开头就推崇汉魏六朝的曹刘之慷慨和并州诗风，其后又推许阮籍之沉郁，陶潜之真淳，以及唐代的陈子昂、杜甫、李白、元稹、柳宗元，均可以感受到元氏北方文学的风格取向。这还不足奇，更奇的是第七首推崇《敕勒歌》的英气天然："慷慨歌谣绝不传，穹庐一曲本天然。中州万古英雄气，也到阴山敕勒川。"这本是北齐斛律金用鲜卑语唱的歌谣，可见元好问并没有忘记本人的族源，有意从北方民族的清新苍茫的乐府中，寻找诗学灵感的源头。应该认识到，二十八岁的诗人不是处在全面评价文学史的年岁，他主要是在寻找精神的文化根系。

从这种文化根系、精神源头、诗学血脉中生长出来的诗，自然融合着"中州万古英雄气"，追求天然、慷慨、坐啸而虎虎生风。比如这首《画马为邢将军赋》："大宛城下战骨满，駑骀入汉龙种藏。将军此纸何处得，便觉房驷无光芒。人中马中两无敌，天门雁门皆战场。并州父老应相望，早晚旌旗上太行。"[①]诗中将大宛来的汗血马，与并州父老"旌旗上太行"的期待相联系，抒发着"人中马中两无敌，天门雁门皆战场"的保卫国土的刚健气质。又如题画诗《赤壁图》："马蹄一蹴荆门空，鼓声怒与江流东。曹瞒老去不解事，误认孙郎作阿琮。孙郎矫矫人中龙，顾盼叱咤生云风。疾雷破山出大火，旗帜北卷天为红。至今图画见赤壁，仿佛烧虏留余踪。令人长忆眉山公，载酒夜俯冯夷宫。事殊与极忧思集，天淡云闲今古同。得意江山在眼中，凡今谁是出群雄？可怜当日周公瑾，憔悴黄州一秃翁。"前面提到"眉山之学流入于金源而有元好问"，元好问对眉山苏轼非常景仰，其《新轩乐府引》写道："自东坡一出，情性之外，不知有文字，真是'一洗万古凡马空'气象。"据统计，元氏有九十余首诗词，以引用或间接套用的方式取材东坡诗词。[②]元好问这首题画诗，就明显地借用苏轼前后《赤壁赋》和

---

① （清）郭元釪：《全金诗》卷六十七。
② 林明德：《元好问与苏轼》，《纪念元好问八百诞辰学术研讨会论文集》，文史哲出版社 1991 年版。

《念奴娇·赤壁怀古》的意象，而自由驱遣之。诗中就一幅曾是古战场的"赤壁图"，指点着从汉末建安年间到北宋的一批叱咤战场和文场风云的人物，运笔纵横捭阖，对话无拘无束，质问着"得意江山在眼中，凡今谁是出群雄"？颇有"念天地之悠悠"的气概。

元好问的名篇《岐阳三首》更为人知，其一："突骑连营鸟不飞，北风浩浩发阴机。三秦形胜无今古，千里传闻果是非。偃蹇鲸鲵人海涸，分明蛇犬铁山围。穷途老阮无奇策，空望岐阳泪满衣。"其二："百二关河草不横，十年戎马暗秦京。岐阳西望无来信，陇水东流闻哭声。野蔓有情萦战骨，残阳何意照空城。从谁细向苍苍问，争遣蚩尤作五兵。"其三："眈眈九虎护秦关，懦楚孱齐机上看。《禹贡》土田推陆海，汉家封徼尽天山。北风猎猎悲笳发，渭水潇潇战骨寒。三十六峰长剑在，倚天仙掌惜空闲。"① 这三首七律颇得杜甫七律的神韵，而多了一点纵横气。钱钟书认为，元好问专学杜甫诗之肥，不学杜甫诗之瘦，其七律"大体扬而能抑，刚中带柔，家国感深，情文有自"②。从《敕勒歌》的天然到杜甫的锤炼，元好问已经融合了汉胡多种文化特质，于七律中展示了开阔的时空意识，吟唱着"百二关河草不横，十年戎马暗秦京。岐阳西望无来信，陇水东流闻哭声"；进而抒发了与天地直接相对的问天意识，质问着"野蔓有情萦战骨，残阳无意照空城。从谁细向苍苍问，争遣蚩尤作五兵"！如此吟唱和质问，都带有北方民族文学的某种特质。

元好问于金源危亡之际咀嚼家国黍离之悲，将国破家亡、生灵涂炭的一腔幽愤化为慷慨悲歌，以血泪和墨，书写着一代"诗史"。如清人赵翼《瓯北诗话》所说："苏、陆古体诗，行墨间尚多排偶，一则以肆其辨博，一则以侈其藻绘，固才人之能事也。遗山则专以单行，绝无偶句；构思窅渺，十步九折，愈折而意愈深、味愈隽，虽苏、陆亦不及也。七言律则更沉挚悲凉，自成声调。唐以来律诗之可歌可泣者，少陵十数联外，绝无嗣响，遗山则往往有之。如《车驾东狩》之'白骨又多兵死鬼，青山原有地行仙'，'蛟龙岂是池中物，虮虱空悲地上臣'；《出京》之'只知灞上真儿戏，谁谓

---

① （清）郭元釪：《全金诗》卷六十五。
② 钱钟书：《谈艺录》（补订本），中华书局1984年版，第174页。

神州遂陆沉'；《送徐威卿》之'荡荡青天非向日，萧萧春色是他乡'；《镇州》之'只知终老归唐土，忽漫相看是楚囚。日月尽随天北转，古今谁见海西流'；《还冠氏》之'千里关河高骨马，四更风雪短檠灯'；《座主闲闲公讳日》之'赠官不暇如平日，草诏空传似奉天'。此等感时触事，声泪俱下，千载后犹使读者低徊不能置。盖事关家国，尤易感人。惜此等杰作，集中亦不多见耳。"① 北方民族政权下诗人的慷慨激昂的情怀，在家国危机的巨浪扑打下，记录着血迹泪痕，抒发着慷慨悲音，令人感到史迹和心迹昭昭可见，谓之"诗的心灵史"。

中华民族是以一种能包容、才博大的文化原则，不断地整合各区域文化和种族文化的。区域民族的差异，宗教信仰的不同，并没有降低各民族作家对中华文明的景仰和认同，而中华文明的博大内涵和胸襟，又能够广泛包容不同民族和宗教信仰的作家携带来的异质文化成分，刚柔互济，长短互补，从而出现了中国文明史上多元文化融合为一体的极有气势和色彩的景观。即便是边疆民族统一中国之岁月，其文化行为往往也遵循中华民族这个容纳博采的文化原则，使中华民族的主体文化依然维持着其主流的地位。蒙古族统一中国建立元朝，其国名的获得，来自《周易》。清人赵翼《廿二史劄记》说："元太祖本无国号，但称蒙古，如辽之称契丹也。世祖至元八年，因刘秉忠奏始建国号曰'大元'，取'大哉乾元'之义，国号取文义自此始。"② 清人朱彝尊、于敏中《日下旧闻考》卷三十记载更详："元建国曰'大元'，取'大哉乾元'之义也。建元曰'至元'，取'至哉坤元'之义也。殿曰'大明'，曰'咸宁'。门曰'文明'，曰'健德'，曰'云从'，曰'顺承'，曰'安贞'，曰'厚载'，皆取诸乾坤二卦之辞也。"③ 正是在文明的包容、取法、进取和融合中，形成一个颇为壮观的蒙古色目诗人群体，其佼佼者有贯云石、马祖常、萨都剌等人，其诗多有边疆民族的气质，而能以边塞人写边塞诗，没有苦涩相，多有奔放、从容的风度；以西域人写江南景物，另有一番新鲜之感。他们给诗坛带来了新的文化心态和审美

---

① （清）赵翼：《瓯北诗话》卷八，人民文学出版社 1963 年版，第 117 页。

② （清）赵翼：《廿二史劄记》卷二十九，清广雅书局本。

③ （清）朱彝尊、于敏中：《日下旧闻考》卷三十，文渊阁四库全书本。

感觉。也许有的诗较质朴，但不拘谨，不迂腐，呈现疆域异常博大的元人诗的特异气派。清人王士禛《池北偶谈》卷七认为："元名臣文士，如移剌楚才，东丹王突欲孙也；廉希宪、贯云石，畏吾人也；赵世延、马祖常，雍古部人也；孛术鲁翀，女直人也；乃贤，葛逻禄人也；萨都剌，色目人也；郝天挺，朵鲁别族也；余阙，唐兀氏也；颜宗道，哈剌鲁氏也；瞻思，大食国人也；辛文房，西域人也。事功、节义、文章，彬彬极盛，虽齐、鲁、吴、越衣冠士胄，何以过之？"① 也就是说，元朝的边疆民族作家，已成大气候了。

贯云石（1286—1324），本名小云石海涯，字浮岑，号酸斋，畏兀儿（今维吾尔族）人，祖籍北庭（今新疆吉木萨尔县），为元代散曲创作成就最高的少数民族作家。《元史》本传载："小云石海涯遂以贯为氏，复以酸斋自号。母廉氏，夜梦神人授以大星使吞之，已而有妊。及生，神彩秀异。年十二三，膂力绝人，使健儿驱三恶马疾驰，持槊立而待，马至，腾上之，越二而跨三，运槊生风，观者辟易。或挽强射生，逐猛兽，上下峻阪如飞，诸将咸服其趫捷。稍长，折节读书，目五行下。吐辞为文，不蹈袭故常，其旨皆出人意表。……北从姚燧学，燧见其古文峭厉有法及歌行古乐府慷慨激烈，大奇之。"② 如此生平记载，就是一首诗，足以使许多庸懦书生失色。陈垣《元西域人华化考》评价说："元人文学之特色，尤在词曲，而西域人之以曲名者，亦不乏人，贯云石其最著也。云石之曲，不独在西域人中有声，即在汉人中亦可称绝唱也。"③ 贯云石作为畏兀儿族将门公子，在他不及四旬的短暂人生中，以英姿勃勃、天马行空的气质，为有元一代文学增添了一抹绚丽而飞扬的色彩。其散曲与徐再思（号甜斋）散曲曾被汇辑为《酸甜乐府》，录入他本人的小令 86 首，套数 9 套。涵虚子《元词记》云："贯酸斋如天马脱羁，徐甜斋如桂林秋月。"④

贯云石前期作品受李贺影响很大，想象奇诡而色彩浓艳的古乐府歌行，

---

① （清）王士禛：《池北偶谈》卷七"谈献三"，中华书局 1982 年版，第 154 页。
② 《元史》卷一百四十三《小云石海涯传》，中华书局 1976 年版，第 3421—3422 页。
③ 陈垣：《元西域人华化考》，上海古籍出版社 1999 年版。
④ （明）蒋一葵：《尧山堂外纪》卷七十一引涵虚子《元词记》，明万历刻本。

散发着鬼才李长吉之风。其任翰林侍读学士时，"一时馆阁之士，素闻公名"，作有《画龙歌》："老墨糊天霹雳死，手擘明珠换眸子。一潜渊泽久不跃，泥活风须色深紫。虬髯老子家燕城，怒吹九龙无余灯。手提百尺阴山冰，连云涂作苍龙形。槎牙爪角随风生，逆鳞射月干戈声。人间仰视玩且听，参辰散落天人惊。潇湘浮黛蛾眉轻，太行不让蓬莱青。烈风倒雪银河倾，珊瑚盏阔堪不平。吸来喷出东风迎，春色万国生龙庭。七年旱绝尧生灵，九年涝涨舜不耕。尔来化作为霖福，为吾大元山海足。"此诗的起笔，就直追李长吉的怪诞，随之搓云泼雨，神神鬼鬼，意态淋漓，毕竟是翰林学士，结尾不忘为我大元祝福。贯云石又有《桃花岩》诗，自序云："白兆山桃花岩，太白有诗，近人建'长庚书院'。来京师时，同中书平章白云相其成，求诗于词林臣李秋谷、程雪楼、陈北山、元复初、赵子昂、张希孟，与仆同赋。"白兆山在湖北安陆市西北，李白"酒隐安陆"十年即居留此处。所谓"太白有诗"，就是《山中问答》诗："问余何事栖碧山，笑而不答心自闲。桃花流水窅然去，别有天地非人间。"李白诗是非常自然清俊的，到了贯云石手中，就奇思迭出，神游八极，带上屈原式神游的妙想："美人一别三千年，思美人兮在我前。桃花染雨入白兆，信知尘世逃神仙。空山亭亭伴朝暮，老树悲啼发红雾。为谁化为神仙区，十丈风烟挂淮浦。暖翠流香春自活，手捻残霞皆细末。几回云外落青啸，美人天上骑丹鹤。神游八极栖此山，流水杳然心自闲。解剑狂歌一壶外，知有洞府无人间。酒酣仰天呼太白，眼空四海无纤物。明月满山招断魂，春风何处求颜色。"诗人在明月满山时，为诗仙招魂，虽然依然有"流水杳然心自闲"，但物是人非，又"春风何处求颜色"？从"老树悲啼发红雾"，"手捻残霞皆细末"这些奇句来看，诗人的思路还是在李白和李贺之间跳跃着。

　　诗人到底窥见政治的凶险，急流勇退，走出大都，从玉堂（翰林院）返回自己的心灵，从政治的喧嚣走入文化的宁静。他作有《双调·清江引》，抒写心曲："弃微名去来心快哉，一笑白云外。知音三五人，痛饮何妨碍？醉袍袖舞嫌天地窄。""竞功名有如车下坡，惊险谁参破？昨日玉堂臣，今日遭残祸，争如我避风波走在安乐窝。"贯云石又有《双调·殿前欢》："畅幽哉，春风无处不楼台。一时怀抱俱无奈，总对天开。就渊明归去来，怕鹤怨山禽怪，问甚功名在？酸斋是我，我是酸斋。""楚怀王，忠臣跳入汨罗江。《离骚》读罢空惆怅，日月同光。伤心来笑一场，笑你个三闾强，为甚不身心放？沧浪污你，你污沧浪。"他以自然流畅，自由自在的调子，与屈原、陶渊明对话。此时他已经脱去李长吉的衣装，学起李白的自然流露，虽然比李白更为甜俗。自此他似乎不甚计较前代诗人的影响，且以我手写我心，随意点染，自出清新，以色目子弟的豪放来做诗坛曲苑名士。贯云石最有名的诗，也许是《芦花被》。他南下泛舟梁山泊，见一渔翁用芦花絮制作一床轻软新洁的被子，便提出以锦缎被子与之交换。渔夫诧异于他以贵易贱，打趣说："君欲吾被，当更赋诗。"于是，贯云石口占诗一首："采得芦花不浣尘，翠蓑聊复借为茵。西风刮梦秋无际，夜月生香雪满身。毛骨已随天地老，声名不让古今贫。青绫莫为鸳鸯妒，欸乃声中别有春。"此诗一出，广为传诵，贯云石也自号"芦花道人"。此后，他走进西湖文化的深处，以江南水乡的温煦，滋润着北方风沙的干冷。又作有《双调·蟾宫曲》："问胸中谁有西湖？算诗酒东坡，清淡林逋。月枕冰痕，露凝荷泪，梦断云裾。桂子冷香仍月古，是嫦娥厌倦妆梳。春景扶疏，秋色模糊，若比西施，西子何如？"他以西湖山水文化，作为自己的精神家园，西湖也流传着他的文采熠熠的轶闻。明人田汝成《西湖游览志余》卷十一记载："贯云石隐居钱唐。一日，郡中数衣冠士人，游虎跑泉，饮间赋诗，以泉字为韵，中一人但哦'泉、泉、泉'，久不能就。忽一叟曳杖而至，问其故，应声曰：'泉、泉、泉，乱迸珍珠个个圆。玉斧斫开顽石髓，金钩搭出老龙涎。'众惊问曰：'公非贯酸斋乎？'曰：'然、然、然。'遂邀同饮，尽醉而去。"①

由于贯云石在曲坛名气极大，后世将他与马致远并列，有称元曲为"马贯音学"，或"马贯之学"者。清人冯金伯《词苑萃编》卷七，记明代藩王事云："周宪王（朱由燉，明宗室，善北杂剧）遭世隆平，奉藩多暇，留心翰墨，尤精马贯之学。制诚斋府传奇若干种，音律谐美，流传内府，至今中原弦索多用之。"② 这种"马贯之学"，属于北方的曲学。明人徐渭《南词叙录》说："南易制，罕妙曲；北难制，乃有佳者，何也？宋时，名家未肯留

---

① （明）田汝成：《西湖游览志余》卷十一"才情雅致"。

② （清）冯金伯：《词苑萃编》卷七"品藻五"，清嘉庆刻本。又（清）邹只谟《远志斋词衷》有"马贯音学"语。

心，入元又尚北，如马、贯、王、白、虞、宋诸公，皆北词手。国朝虽尚南，而学者方陋，是以南不逮北。然南戏要是国初得体。南曲固是末技，然作者未易臻其妙。《琵琶》尚矣，其次则《玩江楼》《江流儿》《莺燕争春》《荆钗》《拜月》数种，稍有可观，其余皆俚俗语也。然有一高处：句句是本色语，无今人时文气。"① 可见一直到明清时期南北曲论衡中，贯云石还是被视为北曲的重要代表人物，他作为一个少数民族曲家，对中国词曲内在特质的影响，是不应忽视的。

出身西域基督教世家的马祖常，《元史》有传，称"马祖常，字伯庸，世为雍古部，居净州天山（地在今内蒙古）。有锡里吉思者，于祖常为高祖，金季为凤翔兵马判官，以节死赠恒州刺史，子孙因其官，以马为氏。……延祐初，科举法行，乡贡、会试皆中第一，廷试为第二人。……祖常立朝既久，多所建明。尝议：今国族及诸部既诵圣贤之书，当知尊诸母以厚彝伦。又议：将家子弟骄脆，有孤任使，而庶民有挽强蹶张老死草野者，当建武学、武举，储材以备非常。时虽弗用，识者韪之。祖常工于文章，宏赡而精核，务去陈言，专以先秦两汉为法，而自成一家之言。尤致力于诗，圆密清丽，大篇短章无不可传者。"② 马祖常家族信奉也里可温教（基督教在元代的称呼），其父马润移居光州定城（现河南潢川），遂为光州人。柯劭忞《新元史》卷一百四十九《马祖常传》如此追踪传主的身世姻缘，虽然有些说法有待商量："史臣曰：雍古氏，回鹘之贵族也。……马祖常高才硕学，与元明善、虞集齐名，独以排摈集为士论所不满。惜哉！"③ 这里惋叹的马祖常仕途危机，或许就是清人赵翼《陔馀丛考》卷十四引《庚申外史》所云："顺帝时，尚书高保哥奏：'文宗在时，谓陛下非明宗子。'帝大怒，究当时作诏者，欲杀虞集、马祖常二人。二人呈上文宗御笔，脱脱在旁曰：'彼负天下名，后世只谓陛下杀此秀才。'乃舍之。按：至元十三年瀛国公降，年六岁。至元二十五年，瀛国学佛土番，年十八岁。延祐七年，顺帝生之岁，

① （明）徐渭：《南词叙录》。
② 《元史》卷一百四十三《马祖常传》，中华书局 1976 年版，第 3411—3413 页。
③ 柯劭忞：《新元史》卷一百四十九《马祖常传》，上海古籍出版社 1989 年版。

瀛国公年五十。野史所云，或未必无因也。"①

马氏著有诗文集《石田集》，为文既"专以先秦两汉为法"，为诗则推崇李商隐，追求一种"金盘承露最多情"的诗风。其诗文甚有根基，向以元代"馆阁文章"受人尊崇。《四库全书总目提要》"石田集"条下称："其文精赡鸿丽，一洗柔曼卑冗之习。其诗才力富健，如《都门》《壮游》诸作，长篇巨制，回薄奔腾，具有不受羁靮之气。……称其接武隋、唐，上追汉、魏，后生争效慕之，文章为之一变。……盖大德、延祐以后，为元文之极盛，而主持风气，则祖常等数人为之巨擘云。"②《都门一百韵》达千言，《壮游八十韵》达八百言，比杜甫《北征》（七百言）还长，允为鸿篇巨著。《壮游》自述从泾渭至嵩山，历黄河至江淮、巫峡、洞庭、汶泗之地，复由大都到西夏、流沙，经岐山，上太行，赴北都的壮游经历。如此写西夏之行："问俗西夏国，驲过流沙地。马啮苜蓿根，人衣骆驼毳。鸡鸣麦酒熟，木杵荐干荄。浮图天竺学，焚尸取舍利。"其中无温柔相，无欹歔声，无儿女态，所多的是朔方陇右的引吭高歌，意气高扬，散发着四海为家的大丈夫之气。

马祖常学倾馆阁，心萦河西，其文学具有"中原硕儒"与"西北奇士"的双重品格。因此所谓"文章为之一变"，既有蒙古色母子弟的文章进一步雅化的一面，也有中原文章潜藏着胡化的一面，这就从两个方向上改造着中华民族文学的内在特质。他有些诗明注"效长吉体"，有《上京效长吉体》、《河西歌效长吉体》等。如乐府歌行《河西效长吉体》："贺兰山下河西地，女郎十八梳高髻。茜根染衣光如霞，却招瞿昙作夫婿。紫驼载锦凉州西，换得黄金铸马蹄。沙羊冰脂蜜脾白，筒中饮酒声渐渐。"这就等于拉上李长吉来谈论河西少数民族之地的风俗，展示了十八岁的红衣高髻的河西时尚女郎招赘和尚为夫婿的风俗，大概这也是信仰也里可温教和儒学的诗人感到诧异的。至于丝绸之路上，商贾以骆驼运载锦缎西去，换取黄金买马东来的商业活动，也是诗人津津乐道的一道亮丽的景观。

马祖常对河西土地饱含着深情，因为那是他的族源寻根之处。庆阳今属

---

① （清）赵翼：《陔馀丛考》卷十四引《庚申外史》，乾隆五十五年湛贻堂初刊本。
② 《四库全书总目》卷一百六十七"集部"二十《石田集》提要，中华书局1965年版，第1440页。

甘肃，马祖常有《庆阳》诗云："苜蓿春原塞马肥，庆阳三月柳依依。行人来上临川阁，读尽碑词野鸟飞。"那里春光宜人，草茂马肥。不仅关陇河西，就是出塞北行，马祖常也有大元帝国天下一统的大国情怀。在《北歌行》中，诗人将大元帝国与汉武盛世相比较，抒写了大国豪情："君不见李陵台，白骨堆，自古战士不敢来。黄云千里雁影暗，北风裂旗马首回。汉家卫霍今何用？见说军还如裹痛。不思百口仰食恩，岂念一身推毂送？如今天子皇威远，大碛金山烽燧鲜。却将此地建陪京，滦水回环抱山转。万井喧阗车戛轮，翠华岁岁修时巡。亲王觐圭荆玉尽，侍臣朝绂蝶珠新。"李陵台，为元代设置的上都南驿站第二站，在今内蒙古正蓝旗南闪电河旁之黑城子。上都是忽必烈于中统元年即位的开平城，在桓州东滦水北，即今内蒙古正蓝旗东北四十里上都河北岸兆奈曼苏默（昭乃门苏木）古城。北行到上都（即上京）后，马祖常又写了《上京翰苑书怀三首》，其一曰："沙草山低叫白翎，松林春雨树青青。土房通火为长炕，毡屋疏凉启小楱。六月椒香驼贡乳，九秋雷隐菌收钉。谁知重见鳌峰客，飒飒临风鬓已星。"诗的开头，写得明丽独特。上京春雨过后，草长松青，但天气微凉，长炕还要生火，毡屋暖和得已经需要打开小窗了。不久到了六月，那才是草原的黄金季节，椒花散香，骆驼下奶，蘑菇一直生长到九秋。谁想到在这里又看见独占鳌头的翰林学士，披襟临风，两鬓已开始花白了。诗人走入草原的怀抱，又敞开怀抱揽住草原，他虽然身居翰苑，却又是草原的儿子。

唐代中原诗人写边塞诗，玉门关外青海头，都是荒凉、苦寒、征战莫还的边远之地，"醉卧沙场君莫笑，古来征战几人回"，于是写得激扬慷慨，总需以身许国。但蒙古色目子弟笔下的边塞，绿草如茵，繁花似锦，甚至清新秀丽有若江南。马祖常的《上京书怀》云："燕子泥融兰叶短，叠叠荷钱水初满。人家时节近端阳，绣袂罗衫双佩光。"《上京翰苑书怀》其二云："门外春桥漾绿波，因寻红药过南坡。已知积水皆为海，不信疏星又隔河。"上京既是燕子、兰叶、荷钱点染春光，绿波荡漾，积水为海，红药花开，绣袂罗衫随风舞动，实在是一处塞外江南；而到了灵州，这里于元代属宁夏府路，唐代为朔方节度使理所，宋属西夏，即今宁夏灵武一带，也是一幅清新明媚的河套绿洲农业风光。马祖常于是写了《灵州》诗，他常以地名为诗题，表达了对土地的骄傲："乍入河西地，归心见梦余。蒲萄怜美酒，苜蓿趁田居。少妇能骑马，高年未识书。清朝重农谷，稍稍把犁锄。"葡萄美酒，苜蓿满田，少妇骑马，老翁把犁，使河西之地成为梦中的家园。西行到河湟之地，即今青海黄河、湟水流域，《后汉书·西羌传》谓此乃羌人故地，"河湟间少五谷，多禽兽，以射猎为事，爰剑教之田畜，遂见敬信，庐落种人依之者日益众。羌人谓奴为无弋，以爰剑尝为奴隶，故因名之。其后世世为豪。"① 《新唐书·吐蕃列传》说："吐蕃本西羌属，盖百有五十种，散处河、湟、江、岷间，有发羌、唐旄等，然未始与中国通。……故世举谓西戎地曰河湟。"② 对此华戎杂居之地，中原文士往往所识甚少，视为畏途；而马祖常则视之为丝绸之路上风光旖旎之去处。其《河湟书事》二首，其一写道："阴山铁骑角弓长，闲日原头射白狼。青海无波春雁下，草生碛里见牛羊。"元人的边塞诗异于唐代边塞诗之处，在于其抒情者以主人的身份取代了唐代边塞诗的客人身份，由此引起诗的气质、情调尽变。其二又写道："波斯老贾度流沙，夜听驼铃识路赊。采玉河边青石子，收来东国易桑麻。"写的是边塞的波斯商贾生活，河西美玉东来，与中原衣物进行贸易。在旷远奇异的丝绸之路上，寻找到其内在特质与盛唐王维"西出阳关无故人"之咏叹，岑参"东望故园，泪湿双袖"之无奈迥异其趣的人间体验，于此可猎、可牧、可贾之地，描绘出几分田园四季诗的温婉情调。

边塞诗的一个突出意象是马。中原交通多用车舟，边塞交通多见马和骆驼，一旦发生战争，骑兵往往成为临阵厮杀和长途奔袭的重量级的部队。因此，马在中国诗中，尤其在游牧民族诗人手中，往往成为一种文化，一种精神，一种象征符号。马祖常《饮酒诗六首》其五，自述家世渊源："昔我七世上，养马洮河西。六世徙天山，日日闻鼓鼙。金室狩河表，我祖先群黎。诗书百年泽，濡翼岂梁鹈。"洮水是黄河上游的支流，源出甘、青二省边境西顷山东麓。洮河西，在蒙元时称为狄道，乃马祖常先祖东迁的最早留居之地、养马之所。他的家族以马为姓，马成了其得姓之物，因而常有吟咏。《龙眠画马》是题画诗，诗云："海国秋生汉使槎，麝煤谁画濯龙驹。只今圣主如文帝，留待时巡驾鼓车。"这不是战马，而是太平之世大材小用，留

---

① 《后汉书》卷八十七《西羌传》，中华书局 2000 年版，第 2875 页。
② 《新唐书》卷二百一十六上《吐蕃列传》，中华书局 1975 年版。

驾鼓车的马。《后汉书·循吏列传》记载:"初,光武长于民间,颇达情伪,见稼穑艰难,百姓病害,至天下已定,务用安静,解王莽之繁密,还汉世之轻法。身衣大练,色无重采,耳不听郑、卫之音,手不持珠玉之玩,宫房无私爱,左右无偏恩。建武十三年,异国有献名马者,日行千里,又进宝剑,贾兼百金,诏以马驾鼓车,剑赐骑士。"① 从使用东汉建国之初,以异国进贡的千里马驾鼓车的典故来看,诗人是以马自喻,对才华只用来点缀生平,透露了曲折的感慨。《桃花马》写的是一匹"美人马":"白毛红点巧安排,勾引春风上背来。莫解雕鞍桥下浴,恐随流水泛天台。"这里因马身白毛红斑,艳若桃花,而用了与桃相关的刘、阮天台遇仙的典故。唐人欧阳询《艺文类聚》卷七引《幽明录》曰:"汉帝永平五年,剡县刘晨、阮肇,共入天台山,度山出一大溪,溪边有二女子,姿质妙绝,遂留半年,怀土思求归,既出,亲旧零落,邑屋改异,无复相识,讯问得七世孙。"② 元代王子一写有《刘晨阮肇误入桃源》杂剧,认为刘、阮是误入桃源。③ 明人郭勋编《雍熙乐府》卷十八收录的《普天乐·长相思》,也有这样的句子:"又不曾桃花泛水,刘晨阮肇,误入桃源。"④ 马祖常欣赏马身上的桃花斑点,说它把春风勾引上马背,催开了桃花;小心不要解鞍浴马,以免将桃花冲洗到刘、阮遇仙的天台山。这些描绘,都以深情注视好马,抒写的角度相当独特。

骏马本是沙场上冲锋陷阵的骄子,尚武精神的象征,其得西北边地人士的喜爱。如敦煌曲子词《何满子》有云:"城傍猎骑各翩翩。侧坐金鞍调马鞭。胡言汉语真难会,听取胡歌甚可怜。"《浣溪沙》有云:"忽见山头水道烟,鸳鸯擐甲被金鞍。马上弯弓搭箭射,塞门看。为报乞寒王子大,胭脂山下战场宽。丈夫儿出来须努力,觅取策三边。"《望远行》有云:"弯弓如月射双雕,马蹄到处尽云消。"《酒泉子》则全篇赞誉汗血马:"红耳薄寒,摇头弄耳摆金辔。曾经数阵战场宽,用势却还边。入阵之时,汗流似血。齐喊一声而呼歇,但则收阵卷旗幡。汗散卸金鞍。"这些描写粗拙可喜,散发着

---

① 《后汉书》卷七十六《循吏列传》,中华书局 2000 年版,第 2457 页。
② (唐)欧阳询:《艺文类聚》卷七"山部上"引《幽明录》,文渊阁四库全书本。
③ (元)王子一:《刘晨阮肇误入桃源》,涵芬楼影印明万历臧氏刻本。
④ (明)郭勋编《雍熙乐府》卷十八所收录《普天乐·长相思》,四部丛刊本。

胡地骏马剽悍刚健的气息。马祖常追溯族源，笔下之马未脱胡儿习气，其余咏马诗章，多用汉典，深染中原诗文滋味，在这位色目后人的身上，汉与胡互生互化，以开阔视野、奇特视角改造着中华民族诗文的文化特质。

六　北方文学改变了中国文学的运行轨迹

北方的少数民族作家一旦采用汉语写作，在学习汉语文学的智慧和经验的同时，总是顽强地表现着自己特有的民族气质、文化体验和走南闯北的生活阅历。表现这种特异的气质、体验和阅历的作家假如占有相对的政治地位的优势，或者声气相投而成为群体，便不可避免地给汉语文学染上特殊的色彩，不同程度地超出原有轨道运行。

以大历史时段考察中华民族文学的轨迹，这种影响就更为明显。11 世纪，回鹘喀喇喇汗王朝的诗人，以《福乐智慧》的作者尤素甫·哈斯·哈吉甫为最。13 世纪的元代，高昌回鹘的诗人，以别号"酸斋"的散曲作家贯云石为最。但在元明清时期，中原士人知《福乐智慧》者寥寥，知"酸斋"者甚夥，后者在汉语文献中多有记载。酸斋贯云石卸去永州的武职之后，回到京城的外祖父廉希闵的万柳堂，交游大都的文坛名流，成为最年轻（29 岁）的翰林侍读学士。元人孔齐《至正直记》记载一则轶闻："北庭贯云石酸斋，善今乐府，清新俊逸，为时所称。尝赴所亲某官燕，时正立春，座客以《清江引》请赋，且限金、木、水、火、土五字冠于每句之首，句各用'春'字。酸斋即题云：'金钗影摇春燕斜，木杪生春叶，水塘春始波，火候春初热，土牛儿载将春到也。'满座皆绝倒。盖是一时之捷才，亦气运所至，人物孕灵如此。生平所赋甚多，特举其一而记之云。"① 尤其是贯云石作《芦花被》诗，交换水浒英雄聚义地的梁山泊渔翁的芦花被，体现了色目诗人豪爽精神和追求新奇的作风，成为文坛上可以同王羲之写黄庭经换鹅相媲美的千古佳话。在他生前身后，和《芦花被》的诗篇，竟达到几十篇之多，所谓"清风荷叶杯，明月芦花被"成了诗人回归自然和清逸襟怀的象征。明代蒋一葵《尧山堂外纪》卷八十《国朝》记载："丘彦能文雅好

① （元）孔齐：《至正直记》卷一，粤雅堂丛书本。

古，所藏图书，非遇赏鉴者不出示。尝有《芦花被图》一幅，盖模写酸斋梁山泺故事，上惟贡泰甫、吴子立数诗而已。后遇吴敬夫，出而求题，敬夫为赋数首，皆不惬意，最后一首云：'秋风吹就芦花被，一落人间知几年？泽国江山今入尽，诗人毛骨久成仙。高情已落沧洲外，旧梦犹迷白鸟边。展卷不知时世换，水光山色故依然。'彦能喜，始请登卷。他日，又以《唐三学士弈棋图》求瞿宗吉题，宗吉为赋一绝云：'三人当局各藏机，思入幽玄下子迟。毕竟是谁高一着，风檐日影静中移。'彦能叹赏曰：'不辱吾卷矣。'"① 可见收藏贯云石遗迹，已成士人的雅趣。贯云石以散曲著称，《太和正音谱》称其风格为"天马脱羁"，用西域的特产"天马"来形容他的艺术风格，显示了西域将门之子特有的豪宕疏放。他的诗也不乏英豪奇纵之气，比如《神州寄友》诗有句："十年故旧三生梦，万里乾坤一寸心。秋水夜看灯下剑，春风时鼓壁间琴。"其雄伟壮阔的想象空间，颇有一些盛唐的气象。他游东海普陀山时的《观日行》，想象奇丽险怪，有所谓"元龙受鞭海水热，夜半金乌变颜色"，有所谓"惊看月下墨花鲜，欲作新诗授龙女"，都甚得李长吉之风，在怪异中显示了边塞民族的审美想象的力度。对于贯云石的辞世，元人陶宗仪《南村辍耕录》卷二十六记录有"酸斋辞世诗"："'洞花幽草结良缘，被我瞒他四十年。今日不留生死相，海天秋月一般圆。'洞花、幽草，乃先生二妾名。"② 收藏酸斋，已成一时风尚。清人赵翼《廿二史劄记》卷三十引《元史·小云石海涯传》说："贯酸斋工诗文，所至士大夫从之若云，得其片言尺牍，如获拱璧。"③ 酸斋对后世曲学的影响，有迹可循。清人王士禛《香祖笔记》卷一引《乐郊私语》云："海盐少年多善歌，盖出于澈川杨氏。其先人康惠公梓与贯云石交善，得其乐府之传，今杂剧中《豫让吞炭》、《霍光鬼谏》、《敬德不伏老》，皆康惠自制，家僮千指，皆善南北歌调，海盐遂以善歌名浙西。今世俗所谓海盐腔者，实发于贯酸斋，源流远矣。"④ 清人刘熙载《艺概》卷四《词曲概》则从南北曲的轨

---

① （明）蒋一葵：《尧山堂外纪》卷八十《国朝》。

② （元）陶宗仪：《南村辍耕录》卷二十六。

③ （清）赵翼：《廿二史劄记》卷三十，清广雅书局本。

④ （清）王士禛：《香祖笔记》卷一引《乐郊私语》，上海申报馆民国铅印本。

迹上，考察贯云石诸大家的影响："北曲名家，不可胜举。如白仁甫、贯酸斋、马东篱、王和卿、关汉卿、张小山、乔梦符、郑德辉、宫大用，其尤著也。诸家虽未开南曲之体，然南曲正当得其神味。观彼所制，圆溜潇洒，缠绵蕴藉，于此事固若有别材也。"① 清人焦循《剧说》卷一引《汇苑详注》云："曲者，词之变。金、元所用北乐，缓急之间，词不能按，乃更为新声以媚之。而诸君如贯酸斋、马东篱辈，咸富有才情，兼善音律，遂擅一代之长。但大江以北，渐染北语，时时采入，而沈约四声，遂阙其一。东南之士，未尽顾曲之周郎，蓬掖之间，又稀辨拙之王应，稍稍复变新体，号为'南曲'，高拭则诚，遂掩前后。大抵北主劲切、雄丽，南主清峭、柔远，虽本才华，务谐音律。譬之同一师承，顿、渐分教；俱为国臣，文、武异科。今谈曲者往往合而举之，良可笑也。"② 贯酸斋、马东篱辈以"大抵主劲切、雄丽"拓开了北曲的天下，又影响了天下另一半的南曲。从尤素甫·哈斯·哈吉甫到小云石海涯（贯云石），我们深切感受到畏兀儿文学特质的内移，而逐渐加深对中华民族文学运行轨迹的影响。

七　在辽阔的南北空间追问历史哲学

应该承认，边塞民族诗人由于缺乏所谓"家学渊源"，未能自小沉潜在繁密的汉语诗词格律之中，但这反而使他们不致被斫伤天性，保持了浑厚天然的本色，在中原诗家的熟套之外另辟诗的生命之路。出生在西域，自称"陇西布衣"的李白，就是靠他未曾被斫伤的天性、天才，改写了盛唐诗的轨迹。此类文学轨迹的改写，由于元代出现大批的蒙古色目诗人，气势更为可观。曾经编撰《元诗选》的清人顾嗣立《寒厅诗话》，道光二十八年刊本竭诚称许："元时蒙古、色目子弟，尽为横经，涵养既深，异材辈出。贯酸斋、马石田（祖常）开绮丽清新之派，而萨经历（都剌）大畅其风，清而不佻，丽而不缛，于虞、杨、范、揭之外，别开生面。于是雅正卿（琥）、马易之（葛逻禄乃贤）、达兼善（泰不华）、余廷心（阙）诸公，并逞词华，

---

① （清）刘熙载：《艺概》卷四《词曲概》，上海古籍出版社1978年版，第125页。

② （清）焦循：《剧说》卷一，读曲丛刊本。

新声艳体，竞传才子，异代所无也。"① 元代最杰出的诗人萨都剌，《元史》无传；但《元史类编》、《新元史》、《元书》都为之补传。萨氏著有《雁门集》，干文传为之作序云："若吾友萨君天赐，亦国之西北人也。自其祖思兰不花、父阿鲁赤，世以膂力起家，累著郿伐，受知于世祖。英宗命仗节械留镇云、代，生君于雁门，故以为雁门人。"② 其同科进士杨维桢《西湖竹枝词》序中说：萨都剌为答失蛮氏（伊斯兰教士），先世为西域人，与杨维桢同登泰定四年（1327）丁卯进士第。是年科考的主考官，是虞集、欧阳玄。

活动于蒙元中后期的萨都剌，一生以儒者自居："有子在官名在儒"（《溪行中秋玩月》），随着蒙古色目子弟"汉化"程度渐深，走上了"舍弓马而事诗书"的人生路程。其诗风雄厚、沉郁、清丽兼备，有所谓"雄浑清雅，兴寄高远"。色目子弟耿介不阿的气质，犹存笔底。曾著如七律《纪事》咏史诗云："当年铁马游沙漠，万里归来会二龙。周氏君臣空守信，汉家兄弟不相容。只知奉玺传三让，岂料游魂隔九重。天上武皇亦洒泪，世间骨肉可相逢？"诗中揭露元朝皇室内部争夺皇权，骨肉相残的阴谋。元朝天历年间（1328—1329），皇帝废立频繁而混乱，甚至出现大都、上都各立政权、兵戎相见的对峙局面。文宗（怀王图帖睦尔）先入大都即位，又做出让位其兄周王和世㻋（明宗）的姿态，兄弟相逢于上都，半年后弑兄代立，宣告明宗暴卒。对这场震惊朝野，私议窃窃的政变，史家避祸敛笔，噤若寒蝉，唯诗人萨都剌竟敢突入禁区，指斥"周氏君臣空守信，汉家兄弟不相容"，借咏史讥讽言时政，撩动文宗弑兄的黑暗帷幕。难怪顾嗣立《读元史》一诗嘉许他的勇气："史氏多忌讳，纪事只大抵。独有萨经历，讽刺中肯綮。"

萨都剌一生足迹遍及南北，除了幼年生活在雁门外，青年时期经商吴、楚，中进士入仕，历任京口录事达鲁花赤、南御史台掾（在建康）、燕南宪司照磨（在真定）、闽海福建肃政廉访知事（在福州）、燕南河北道肃政廉访司经历（在真定），晚年退居武林（杭州），"每风日晴好，则肩一杖，挂

---

① （清）顾嗣立：《寒厅诗话》，清道光二十八年刊本。
② （元）干文传：《雁门集·序》，上海古籍出版社 1982 年版，第 401 页。

瓢笠，踏芒跻，凡深岩邃壑，无不穷其幽胜，兴至则发为诗歌"①。而他总是以雁门这个北方少数民族聚居之地作为人生之根所在，自称"雁门人"，晚年自编诗集取名《雁门集》，以示乡土情缘。《山海经·海内西经》说："雁门山，雁出其间。在高柳北。高柳在代北。"② 清人张宗法《三农纪》卷十七引《通志》云："雁门山，岭高鸟飞不越，惟有一缺，雁来往向此中过，故名雁门山。中多鹰隼，雁至此皆两两随行，含芦一枝，鹰惧芦不敢近。"③ 这个山高关峻之处，充满传奇，也是中原王朝与北方游牧民族交往、交战之地。李贺《雁门太守行》写道："黑云压城城欲摧，甲光向日金鳞开。角声满天秋色里，塞上燕脂凝夜紫。半卷红旗临易水，霜重鼓寒声不起。报君黄金台上意，提携玉龙为君死。"全诗凝重到了乖戾，却由此生发出慷慨豪迈之情。唐人张固《幽闲鼓吹》记载："李贺以歌诗谒韩吏部。时为国子博士分司送客归，极困，门人呈卷，解带，旋读之。首篇《雁门太守行》曰：'黑云压城城欲摧，甲光向日金鳞开。'却援带，命邀之。"④ 这种受到韩愈激赏的李长吉慷慨而郁结之情，也许潜入了萨都剌对雁门的解读。

　　由于萨都剌自居为"雁门人"，即便他游宦南方，遇到送友人北归时，总是那么喜欢以追忆塞上风物和边地风光，以对故土的风和雪、草和马，遥致问候。有所谓"朔风逆面飞鸟尽，腊雪打帽鞭马行"（《送友人之京》），又有所谓"朔风吹野草，寒日下边城。策马犯霜雪，逢人问路程"（《送南台从事刘子谦之辽东》）。朔风、霜雪、策马扬鞭，好一幅北国风雪兼程图。诗人假若身临其境，体验着那里的毡帐、毳袍、乳酪、紫驼、骏马，更是流露出游牧民族独有的亲切感和自豪感。他写下《上京即事》组诗："一派箫韶起半空，水晶行殿玉屏风。诸工舞蹈千官贺，齐捧蒲萄寿两宫。"又："上苑棕毛百尺楼，天风摇拽锦绒钩。内家宴罢无人到，面面珠帘夜不收。"又："行殿参差翡翠光，朱衣花帽宴亲王。绣帘齐卷薰风起，十六天魔舞袖长。"又："中官作队道宫车，小样红靴踏软沙。昨夜内家清暑宴，御罗凉

---

① 柯劭忞：《新元史》卷二百三十八《萨都剌传》。
② 《山海经》卷十一《海内西经》，（晋）郭璞山海经传本。
③ （清）张宗法：《三农纪》卷十七"草属"引《通志》，清刻本。
④ （唐）张固：《幽闲鼓吹》，明正德嘉靖间阳山顾氏文房刻本。

帽插珠花。"又："大野连山沙作堆，白沙平处见楼台。行人禁地避芳草，尽向曲阑斜路来。"又："院院翻经有咒僧，垂帘白昼点酥灯。上京六月凉如水，酒渴天厨更赐冰。"又："祭天马酒洒平野，沙际风来草亦香。白马如云向西北，紫驼银瓮赐诸王。"又："牛羊散漫落日下，野草生香乳酪甜。卷地朔风沙似雪，家家行帐下毡帘。"又："紫塞风高弓力强，王孙走马猎沙场。呼鹰腰箭归来晚，马上倒悬双白狼。"又："五更寒袭紫毛衫，睡起东窗酒尚酣。门外日高晴不得，满城湿露似江南。"① 紫塞风高，行宫是棕毛高楼，绣帘历天魔舞动长袖，祝寿献上葡萄美酒，内家宴会上小样红靴踏软沙，凉帽插着珠花；祭祀仪式上，咒僧翻经，酥油点灯，洒酒祭天；草香酪甜的草原上，家家毡帐，白马如云，牛羊散漫，公子王孙走马打猎，在如此情景中诗人是睡得很安稳的，"门外日高晴不得，满城湿露似江南"。这位雁门之子，以真挚而亲切的情意，体验着塞外风物、礼俗、生活方式和宗教信仰，在地域民族文化的认同感中升华出广阔豪迈、骁勇强悍的民族性格。

然而，萨都剌毕竟南北仕宦，多在江左、闽中。他关注民间疾苦，主张南北和平，对汉人文化，尤其是其诗翁词伯甚是景仰。因此，他写关塞诗，也有另一种出以悲悯情怀者。如《过居庸关》："居庸关，山苍苍，关南暑多关北凉。天门晓开虎豹卧，石鼓昼击云雷张。关门铸铁半空倚，古来几多壮士死。草根白骨弃不收，冷雨阴风泣山鬼。道旁老翁八十余，短衣白发扶犁锄。路人立马问前事，犹能历历言丘墟。夜来芟豆得戈铁，雨蚀风吹半棱折。前年又复铁作门，貔貅万灶如云屯。生者有功挂玉印，死者谁复招孤魂。居庸关，何峥嵘！上天胡不呼六丁，驱之海外消甲兵？男耕女织天下平，千古万古无战争！"长城是中原王朝抵御游牧民族南下的工程，诗人以雁门将军后裔的身份，思考拱卫京师的居庸关前的战争，只留下"关门铸铁半空倚，古来几多壮士死"，"铁腥惟带土花青，犹是将军战时血"的记忆。但是战云还在随时涌起，"前年又复铁作门，貔貅万灶如云屯"，那么其价值也逃脱不了"生者有功挂玉印，死者谁复招孤魂"的结局。将军后裔由此成了和平主义者，呼吁"上天胡不呼六丁，驱之海外消甲兵？男耕女织天下平，千古万古无

---

① （元）萨都剌：《萨都剌集》卷三，文渊阁四库全书本。

战争!"

遵循着天下承平、男耕女织的社会理想，萨都剌除了关注战争对社会造成的破坏，还关切着天灾以及官府在天灾中的不作为，或反作为所造成的灾难。《鬻女谣》："扬州袅袅红楼女，玉笋银筝响风雨。绣衣貂帽白面郎，七宝雕笼呼翠羽。冷官傲兀苏与黄，提笔鼓吻趋文场。平生睥睨纨翔习，不入歌舞春风乡。道逢鬻女弃如土，惨淡悲风起天宇。荒村白日逢野狐，破屋黄昏闻啸鬼。闭门爱惜冰雪肤，春风绣出花六株。人夸颜色重金璧，今日饥饿啼长途。悲啼泪尽黄河干，县官县官何尔颜！金带紫衣郡太守，醉饱不问民食艰。传闻关陕尤可忧，旱荒不独东南州。枯鱼吐沫泽雁叫，嗷嗷待食何时休！汉宫有女出天然，青鸟飞下神书传。芙蓉帐暖春云晓，玉楼梳洗银鱼悬。承恩又上紫云车，那知鬻女长歔欷。愿逢昭代民富腴，儿童拍手歌康衢。"此诗承传着唐代白居易"新乐府"讽喻诗的传统，抱着所谓"文章合为时而著，歌诗合为事而作"①，又所谓"不能发声哭，转写乐府诗，篇篇无空文，句句必尽规"的"唯歌生民病"②的宗旨，揭露了萨都剌于元文宗年间任京口（镇江）录事达鲁花赤，所见所闻南北水灾造成民间卖儿卖女、家园残破的景象。白居易《编集拙诗成一十五卷因题卷末》诗云："一篇《长恨》有风情，十首《秦吟》近正声。每被老元偷格律，苦教短李伏歌行。"尽管元稹偷了白诗的格律，李绅心伏白氏歌行，使新乐府写作渐成气候。但萨都剌走出了比元稹、李绅更大的步子，他竟然拿了《长恨歌》的语言方式，写《秦中吟》的现实题材。此诗追求的已不是简简单单的"事核而实"、"言直而切"，而是笔墨错综纵横，写出了一方面是下层民不聊生，一方面是上层荒淫无耻。它写民间疾苦写到了极致，眼前是"道逢鬻女弃如土，惨淡悲风起天宇。荒村白日逢野狐，破屋黄昏闻啸鬼"；耳闻中"传闻关陕尤可忧，旱荒不独东南州。枯鱼吐沫泽雁叫，嗷嗷待食何时休"。它写官家的荒淫和昏庸，也写到了极致，既触及市面是歌舞春风："扬州袅袅红楼女，玉笋银筝响风雨。绣衣貂帽白面郎，七宝雕笼呼翠羽"；又揭露地方长官的无作为："悲啼泪尽黄河干，县官县官何尔颜！金带紫衣郡太守，

---

① （唐）白居易：《与元九书》，《白居易集》，中华书局 1979 年版，第 960 页。

② （唐）白居易：《寄唐生》，《白居易集》，中华书局 1979 年版，第 15 页。

醉饱不问民食艰";甚至宫廷生活的骄奢淫逸:"汉宫有女出天然,青鸟飞下神书传。芙蓉帐暖春云晓,玉楼梳洗银鱼悬"。两个方向相反的"极致"在同一首诗中强烈对撞,对撞出悲愤的火花,增强了诗的现实批判的力度。对撞的结果,火花中闪耀着诗人的社会理想:"愿逢昭代民富腴,儿童拍手歌《康衢》。"所谓《康衢歌》见于《列子·仲尼篇》:"尧治天下五十年,不知天下治欤,不治欤?不知亿兆之愿戴己欤?不愿戴己欤?顾问左右,左右不知。问外朝,外朝不知。问在野,在野不知。尧乃微服游于康衢,闻儿童谣曰:'立我蒸民,莫匪尔极。不识不知,顺帝不则。'尧喜问曰:'谁教尔为此言?'童儿曰:'我闻之大夫。'问大夫,大夫曰:'古诗也。'尧还宫,召舜,因禅以天下。舜不辞而受之。"[①] "立我蒸(烝)民"本是《诗经·周颂·思文》中的句子,这里用在儒家的圣君尧帝的天下大治上了。可见萨都剌以色目子弟开阔的南北视野和强劲笔力,改写了中原的讽喻诗,但其改写又汲取了中原儒者的社会理想模式的成分。

抱着这种穿透历史、谛视民间的悲悯情怀,萨都剌形成了独特的战争观和空幻的英雄观,写下了几首雄视千古的怀古之词。这是他的《百字令·登石头城》,又名《念奴娇·登石头城次东坡韵》:"石头城上,望天低吴楚,眼空无物。指点六朝形胜地,唯有青山如壁。蔽日旌旗,连云樯橹,白骨纷如雪。一江南北,消磨多少豪杰。寂寞避暑离宫,东风辇路,芳草年年发。落日无人松径里,鬼火高低明灭。歌舞尊前,繁华镜里,暗换青青发。伤心千古,秦淮一片明月。"金元时期,苏学北行。有所谓"程学盛南苏学北"、"苏学盛于北,景行遗山仰"说法,萨都剌承接的就是这股潮流。此词步苏轼《念奴娇·赤壁怀古》原韵,不仅有"望天低吴楚,眼空无物"的大气包举,而且有"一江南北,消磨多少豪杰"的南北区域民族战争的反思,还有"伤心千古,秦淮一片明月"的哀悯和观照,眼界高远,气势苍莽,意境恢宏。又如《满江红·金陵怀古》:"六代繁华春去也,更无消息。空怅望、山川形胜,已非畴昔。王谢堂前双燕子,乌衣巷口曾相识。听夜深、寂寞打孤城,春潮急。思往事,愁如织。怀故国,空陈迹。但荒烟衰草,乱鸦斜日。玉树歌残秋露冷,胭脂井坏寒蛩泣。到如今,惟有蒋山青,秦淮

---

① 《列子》卷四《仲尼篇》,中华书局2006年"诸子集成"版,第49页。

碧。"此词化用了刘禹锡《乌衣巷》《石头城》《江令宅》三诗的意蕴和词语，穿插组接，流畅自然，开发了山川长存、繁华易逝，政治和财富价值的论定必须采取超越性视角的历史哲学。再如《木兰花慢·彭城怀古》："古徐州形胜，消磨尽、几英雄。想铁甲重瞳，乌骓汗血，玉帐连空。楚歌八千兵散，料梦魂、应不到江东。空有黄河如带，乱山起伏如龙。汉家陵阙动秋风，禾黍满关中。更戏马台荒，画眉人远，燕子楼空。人生百年如寄，且开怀、一饮尽千钟。回首荒城斜日，倚阑目送飞鸿。"彭城是西楚霸王项羽的都城，因而借项羽的故事，展开了英雄消磨、山河空有、秋风陵阙、人远楼空的苍苍茫茫的历史思考。全词从不同的角度用了三个"空"字，于虚无处托出面对千年历史、百年人生的苍凉感。词自两宋以后有衰落趋势，振作其后劲的反而是一些边疆民族的诗人。如果说李后主的清俊婉丽，赖满洲才子纳兰性德以传，那么苏东坡、辛弃疾的豪壮清逸，则赖色目诗人萨都剌继其遗响。这就是中原或江南的某种文休显得衰老柔靡的时候，却可以在少数民族诗人的新鲜别致的文化感觉中重新获得生命的例证。萨都剌的怀古词，不仅冠绝元代词坛，而且以其俯视古今兴亡的"一时人物风尘外，千古英雄草莽间"（《台山怀古》）的历史苍凉感，直追苏、辛，雄视千古，因而在中国词学轨迹上拓展了辽阔的南北空间和历史哲学追问。

　　蒙古色目诗家词人出自天然本性，而少年时也无更多的修养锤炼，因而在文化态度上不屑于奉行江西诗派的精严格律和繁密用典，在篇章上描金镂彩。他们以游牧民族的苍茫眼光和浩荡的思维，展开烟波浩渺的审美视境。即便是萨都剌写江南采莲的《芙蓉曲》，也写得放浪不羁，波涛翻卷："秋江渺渺芙蓉芳，秋江女儿将断肠。绛袍春浅护云暖，翠袖日暮迎风凉。鲤鱼吹浪江波白，霜落洞庭飞木叶。荡舟何处采莲人，爱惜芙蓉好颜色。"其中"鲤鱼吹浪江波白"一句，文渊阁四库全书本《萨都剌集》卷一作"鲸鱼风起江波白"，鲸鱼比鲤鱼大概可以壮大词曲的气势。但那是杨维桢式的狂怪想象，与萨都剌的天然眼光自有差异。萨都剌《过嘉兴》诗云："三山云海几千里，十幅蒲帆挂秋水。吴中过客莫思家，江南画船如屋里。芦芽短短穿碧纱，船头鲤鱼吹浪花。吴姬荡桨入城去，细雨小寒生绿纱。我歌《水调》无人续，江上月凉吹紫竹。春风一曲《鹧鸪词》，花落莺啼满城绿。"又有《夜过白马湖》诗云："春水满湖芦苇青，鲤鱼吹浪水风腥。舟行未见初更月，一点渔灯落远汀。"二诗采用的都是"鲤鱼吹浪"，而非"鲸鱼风起"，或"鲸鱼吹浪"。因为后者是徒作大言的想象，前者是天性未斫的天真。如此写出的江南秋色，一头连着屈子《九歌》"霜落洞庭飞木叶"的苍凉，一头连着萨子吟味"鲤鱼吹浪江波白"的独特天真，寓情于景，情趣跃然，韵味浑厚。值得注意的是，此曲虽然去狂纵而归天然，但它是酿造了一种不同于江南婉丽的滋味。同是写荡舟采莲，《江南曲》古辞说："江南可采莲，莲叶何田田。鱼戏莲叶间，鱼戏莲叶东，鱼戏莲叶西，鱼戏莲叶南，鱼戏莲叶北。"唐人吴兢《乐府古题要解》卷上解释道："右《江南曲》古词云：'江南可采莲，莲叶何田田。'又云：'鱼戏莲叶东，鱼戏莲叶西，鱼戏莲叶南，鱼戏莲叶北。'盖美其芳晨丽景，嬉游得时。若梁简文'桂楫晚应旋'，唯歌游戏也。又有《采菱曲》等，疑皆出于此。"[1] 宋代郭茂倩编的《乐府诗集》卷二十六"相和歌辞"，引录了这则唐人解题。这首《江南曲》深刻地影响了中国士人对水乡江南的印象，它的抒写方式也为人仿效。如清人马位《秋窗随笔》[2] 所说："杜诗：'西川有杜鹃。东川无杜鹃。涪万无杜鹃。云安有杜鹃。'是古辞'江南可采莲'调；昌黎《庭楸》诗：'朝日出其东，我常坐西偏。夕日在其西，我常坐东边。当昼日在上，我在中央焉。'亦类此。古人拙处正自不可及。"萨都剌却在荡舟采莲的场合中，有如"鲤鱼吹浪"般吹入了一股萧瑟的秋风，令那绛袍翠袖的采莲女儿在渺渺秋江中伤感思念，似乎寸肠欲断。为何要断肠呢？秋江的鱼儿不是天真无邪地忽东忽西、忽南忽北地戏耍莲叶，而是兴风作浪，"鲤鱼吹浪江波白，霜落洞庭飞木叶"，简直搅动了天气。这种时序的变化，是会使木叶飞落，好花凋残的。这就使得采莲女怦然心动，爱怜彼花此人的命运，"荡舟何处采莲人，爱惜芙蓉好颜色"。在明媚欢快的采莲意象中注入秋天的气息，也就注入了深沉，从而在天地动静中体验着令人思之断肠的人生哲学。《江南曲》的流传轨迹，于此出现了曲折。乐府歌谣避开近体诗的严密格律，任诗人的思维放荡自由地跳跃秋江采莲女的身姿之间，无拘无束地拈来屈赋、杜诗和李贺诗的词语、句式，使本显明丽的采莲曲带上楚辞的浩渺气质，抒情手法也别具特

---

① （唐）吴兢：《乐府古题要解》卷上，明汲古阁影学津讨原本。

② （清）马位：《秋窗随笔》，道光"昭代丛书"刻本。

色。时人如此形容："其豪放若天风海涛，鱼龙出没，险劲如泰华云开，苍翠孤耸，其刚健清丽，则如淮阴出师，百战不折，而洛神凌波、春花雾月之翩娟也。"① 即便在元代诗词中，萨都剌独辟蹊径的艺术创造，也如顾嗣立所说，"真能于袁、赵、虞、杨之外别开生面者也"②。

八　北方文学参与营造中国文学的时代风气

即便在少数民族入主中原的年代，文学领域的主要书面语言，依然是千古一贯的汉语。汉语是一条承载着悠久的历史传统，吸收着丰富的外来养分的粗壮的根脉。汉语不断，中华民族的根脉就生生不息。用汉语写作的大多数作家，自然还是中原人氏和江南人氏，但是由于朝廷的政策和一批边塞民族作家以独特姿态的大力参与，原本的江南和中原文风就不再是一个独立自足的封闭体系，而是在开放、混合与相互吸收中形成了新的时代文学风气。这种文学风气，是众多具体民族在文化共同体意识中，以不同的姿态、方式、份额共同参与创造的。

在蒙元统一中国之后，汉族士人面临着新的文化环境和文化生态，他们必须不断地调整自己的文化取向、文化趣味、文化作为，以取得人间生存和才华发扬的合理合适的条件。忽必烈平定江南后，派侍御史程钜夫，奉诏求贤江南，程钜夫察访江南遗佚，赵孟頫作为"首选"的二十余位南士被起用，他与开国功臣后人贯云石一同进入翰林院。《元史·程钜夫赵孟頫等列传》记载："帝素闻赵孟頫、叶李名，钜夫临当行，帝密谕必致此二人；钜夫又荐赵孟頫、余恁、万一鹗、张伯淳、胡梦魁、曾晞颜、孔洙、曾冲子、凌时中、包铸等二十余人，帝皆擢置台宪及文学之职。"③ 这种开国初年就及时施行的文化延揽政策，有力地改变了一批汉族士人的处境、态度和命运，也通过这篇高级的汉族士人改变了大都的文化含量和文化风气。赵孟頫本传进一步记述这次延揽举措："孟頫幼聪敏，读书过目辄成诵，为文操笔

① （元）干文传：《雁门集序》，广西金海湾电子音像出版社 2010 年版。
② （清）顾嗣立：《元诗选》卷三十四，中华书局 1987 年版，第 1185 页。
③ 《元史》卷一百七十二《程钜夫赵孟頫等列传》，第 4016 页。

立就。年十四，用父荫补官，试中吏部铨法，调真州司户参军。宋亡，家居，益自力于学。至元二十三年，行台侍御史程钜夫奉诏搜访遗逸于江南，得孟頫，以之入见。孟頫才气英迈，神采焕发，如神仙中人，世祖顾之喜，使坐右丞叶李上。或言孟頫宋宗室子，不宜使近左右，帝不听。"《新元史》卷一百九十的记载更加生动："赵孟頫，字子昂，湖州归安人。宋太祖裔孙秀王子称五世孙也。幼聪敏，读书目成诵。宋亡，益自力于学。吏部尚书夹谷之奇荐为翰林编修，不就。侍御史程钜夫奉诏搜江南遗逸，又荐之。入见。孟頫神采秀异，世祖称为神仙中人，使坐于右丞叶李上。御史中丞奏：'孟頫亡宋宗室，不宜侍左右。'钜夫曰：'立贤无方，乃陛下之盛德，此言将陷臣于不忠。'帝曰：'彼何知！'命左右宣敕逐之出。"[①] 元世祖忽必烈思贤若渴、尊贤至诚的胸襟，于此可见，甚至高出于许多庸庸碌碌、装模作样的汉族帝皇。

赵孟頫虽然一直遭到身边鼠辈的猜忌，但毕竟如履薄冰地获得了"荣际五朝，名满四海"、官至从一品、推恩三代的隆遇殊荣。其《初至都下即事诗》曾经流露了对前程的信心与希望，诗云："海上春深柳色浓，蓬莱宫阙五云中。半生落魄江湖上，今日钧天一梦同。"但他表面上的宁静，掩饰不了心底下的忐忑，不时萌生归隐田园的意念。《次韵刚父即事绝句》其四写道："溪头月色白如沙，近水楼台一万家。谁向夜深吹玉笛？伤心莫听后庭花。"作为宋朝宗室，似有似无的亡国之音《后庭花》始终困扰着他。又有《溪上》诗云："溪上东风吹柳花，溪头春水净无沙。白鸥自信无机事，玄鸟犹知有岁华。锦缆牙樯非昨梦，凤笙龙管是谁家？令人若忆东陵子，拟向田园学种瓜。"他告白着自己如溪头白鸥没有机心机事，抒写了想向田园学种瓜的归隐生活。全诗透露着淡淡的"宁静中的忐忑"的心理情绪，理之还乱，拂之不去。但是，正是在这种"夹缝的荣华"中，他以自己才华旷世的书、画、诗三绝，征服了大都，改善了元朝的文化风气和文化形象。他以南宋宗室之后入仕新朝，难免有点尴尬，却在尴尬中推进南北文化的融合。赵孟頫表演着一场匪夷所思的文化征服与军事征服之间不协调而协调、不和谐而和谐的交响乐，以此令人千秋评说。

----

① 柯劭忞：《新元史》卷一百九十《赵孟頫叶李列传》。

　　赵孟頫是元初诗坛上一个标志性的人物，他以南方诗人步入北方诗坛的风雅姿态，成为元代南北诗风融合和转变的开拓者和推动者，成为建构元诗新格局的虞集等"四大家"的前驱。就汉诗谈论汉诗，赵孟頫诗歌没有李、杜、苏、陆那样的魄力和开新的本事；但就汉诗与元代蒙古色目子弟诗互补和衬托，他就以自己的温文儒雅，映衬得"胡儿之诗"虽然豪放刚健，却难免有点蓬头垢面。就这一点也就够了，他引导着多民族的诗词天才都来诗酒唱和，练习诗、书、画多种艺术，由此走人中华文化精髓的深处。赵孟頫多有酬赠类、题画类的诗，已经以其冠绝一时的书法所作的碑文、法帖，都是南北诗人视若珍宝的文雅证物。其诗以抒写个人的情感为主，出入典籍，讲究写意，文从字顺，典故安帖。赵孟頫的传统好学，也难学，它在书画家诗人那里，也许比在一般文士那里更为得其所哉。他在以诗、词、曲言情上，改造了儒家"诗言志"的大主题写作，走出了主情化、私人化、书画化的文采风流的一步。

　　《四库全书总目提要》卷一百六十六集部《松雪斋集提要》提供的是一种官方的评价："孟頫字子昂，宋太祖之后。以秀王伯圭赐第湖州，故为湖州人。年十四，以父荫入仕。宋亡家居，会程钜夫访遗逸于江南，以孟頫入见。即授兵部郎中，累官翰林学士承旨。卒，追封魏国公，谥文敏。……孟頫以宋朝皇族，改节事元，故不谐于物论。观其《和姚子敬韵诗》，有'同学故人今已稀，重嗟出处寸心违'句，是晚年亦不免于自悔。然论其才艺，则风流文采，冠绝当时。不但翰墨为元代第一，即其文章亦揖让于虞、杨、范、揭之间，不甚出其后也。"① 明人蒋一葵《尧山堂外纪》卷七十"赵孟頫"条，则交代了他的"松雪斋"得名的原因："字子昂。宋王孙。居湖州。有古琴二，一曰大雅，一曰松雪，因以大雅名堂而号松雪焉。夫人管仲姬，名道升，管直夫女。长子雍，字仲穆。婿王筼庵国器，字德琏，则王蒙叔明父也。"② 他有一个与元末倪瓒（云林）齐名的画家外孙王蒙，也可以说其道不孤。更难得的是，管道升夫人是其知音。清人叶申芗《本事词》卷下记载："松雪夫人管仲姬，生沕西，今其里尚名管道。善画竹，亦工诗

---

① 《四库全书总目》卷一百六十六"集部"十九《松雪斋集》提要，中华书局 1965 年版，第 1428 页。
② （明）蒋一葵：《尧山堂外纪》卷七十，明万历刻本。

词。尝题《渔父图》云：'人生贵极是王侯。浮利浮名不自由。争得似，一扁舟。弄月吟风归去休。'松雪和云：'渺渺烟波一叶舟，西风木落五湖秋。盟鸥鹭，傲王侯。管甚鲈鱼不上钩。'"① 这里蕴涵着抛却富贵浮利浮名，回归自然，争得自由的精神向往。

在赵孟𫖯书、画、诗三绝中，当然是书第一、画第二、诗第三。清人鲁一贞、张廷相《玉燕楼书法》说："尝闻张伯英之学书也，临池而水尽黑。锺繇学书抱犊山，十年木石皆余墨痕。右军学至五十一岁，而书始成。智永楼居四十年，所退笔头盈五大簏。赵孟𫖯学右军法，衣襟咸破于指画。然则书虽艺也，而学之可勿勤乎？功之可勿深乎？爰次功化于临摹。"② 其书画存世者甚多。在诗歌上，他提出"宗唐得古"的主张，存诗四百余首。明代的胡应麟评议其诗云："赵承旨首倡元音，《松雪集》诸诗何寥寥，卑近淡弱也。然体裁端雅，音节和平，自是胜国滥觞，非宋人末弩。"③ 这里揭示了赵氏走出宋季余习，倡导唐人韵致，返回魏晋风流，从而首倡元代馆阁之音的努力。清代顾嗣立《元诗选》初集，对其诗风专门作了评述："自号松雪道人，有《松雪斋集》。史称其清邃奇逸，读之使人有飘飘出尘之想。"④ 其实，此处的评语只是抄录了《元史·赵孟𫖯传》："孟𫖯所著，有《尚书注》，有《琴原》、《乐原》，得律吕不传之妙。诗文清邃奇逸，读之使人有飘飘出尘之想。篆、籀、分、隶、真、行、草书，无不冠绝古今，遂以书名天下。天竺有僧，数万里来求其书归，国中宝之。其画山水、木石、花竹、人马，尤精致。前史官杨载称孟𫖯之才颇为书画所掩，知其书画者，不知其文章，知其文章者，不知其经济之学。人以为知言云。"⑤ 而《元史》又是采录赵氏弟子杨载在《赵公行状》中称其"诗赋文辞，清邃高古，殆非食烟火人语，读之使人飘飘然若出尘之外"的。

赵孟𫖯的诗出自宋、复于唐、溯于晋，纳千年诗歌营养，在寄人篱下的情景中，敛锋养性，酿造着一种温厚平和、清邃隽秀的诗歌风范。元人方回

① （清）叶申芗：《本事词》卷下，清道光天籁阁刊本。
② （清）鲁一贞、张廷相：《玉燕楼书法》，上海神州国光社 1928 年版。
③ （明）胡应麟：《诗薮》外编六，上海古籍出版社 1958 年版，第 240 页。
④ （清）顾嗣立：《元诗选》初集。
⑤ 《元史》卷一百七十二《赵孟𫖯传》，第 4022—4023 页。

取"江西"与"四灵"两派之长，提出"格高"与"圆熟"的美学准则。有所谓"（梅）圣俞诗不争格高，而在乎语熟意到，此乃'吴体'。"作为吴人的赵孟頫对这种吴人风气，当不陌生。又有所谓"夫诗莫贵于格高。不以格高为贵，而专尚风韵，则必以熟为贵。熟也者，非腐烂陈故之熟，取之左右逢其源是也"；"诗先看格高，而意又到，语又工，为上。意到，语工，而格不高，次之。无格，无意，又无语，下矣"①。方回是宋末元初比赵孟頫辈分略长的诗评家，赵氏是否读过他的《瀛奎律髓》不可知，但可以说，赵孟頫是带着追求"格高"与"圆熟"的这种吴风，进入大都的。且看他的《纪旧游》诗："三月江南莺乱飞，百花满树柳依依。落红无数迷歌扇，嫩绿多情妒舞衣。金鸭焚香川上暝，画船挝鼓月中归。如今寂寞东风里，把酒无言对夕晖。"他是把这份江南风光和情趣储存在他的记忆深处的，正如萨都剌总是以"雁门人"自许，赵孟頫也是以江南人自许，在吴地寻找他的文化身份的。他又有《暮春》诗云："绿阴庭院碧窗纱，半卷珠帘映晚霞。芳草萋萋春寂寂，东风吹堕落残花。"还有《梅花》诗云："萧洒江梅似玉人，倚风无语淡生春。曲中桃叶元非侣，梦里梨花恐未真。"这里的庭院碧窗、东风芳草、江梅玉人的寂寂之春，淡淡之春，又何尝不融合着诗人的江南梦？赵孟頫就是以这种江南文化趣味改造着大都的粗糙和狂放，使之刚柔互补，趋于精致。他把人们带回《桐庐道中》，诗云："历历山水郡，行行襟抱清。两崖束沧江，扁舟此宵征。卧闻滩声壮，起见渚烟横。西风林木净，落日沙水明。高旻众星出，东岭素月生。舟子棹歌发，含词感人情。人情苦不远，东山有遗声。岂不怀燕居，简书趣期程。优游恐不免，驱驰竟何成。我生悠悠者，何日遂归耕。"诗人"岂不怀燕居"呢？但吴越山水郡的扁舟、沙水、落日、素月、棹歌的那份人情，却使他感叹"我生悠悠者，何日遂归耕"了。他以吴人精致的心弦，牵动着南北文化的融合。

赵孟頫的山水诗有着难以排遣的身世之感，宋室王孙、元廷显宦，这种不自然的身世组合使他终生不自在。甚至天时变异，往往勾起他莫名的隐忧。《次韵陈无逸中秋月食风雨不见》诗云："溪月当圆夜，看云起莫愁。

① （元）方回：《瀛奎律髓》卷十六"节序类"、卷二十"梅花类"、卷二十一"雪类"，李庆甲集评校点：《瀛奎律髓汇评》，上海古籍出版社1986年版，第894页。

层阴连积水，伏雨暗清秋。白璧难容玷，明珠不可求。每因观节物，转览此生浮。"北国的天气使他屡屡感到春寒而不适，气候的不适中隐含着文化的不适。《春寒》诗曰："夜雨鸣高枕，春寒入敝袍。时光自花柳，吾意岂蓬蒿。失色黄金尽，知音白雪高。山林隐未得，空觉此生劳。"他又有《绝句》："春寒恻恻掩重门，金鸭香残火尚温。燕子不来花又落，一庭风雨自黄昏。"李白《南陵别儿童入京》诗中有"仰天大笑出门去，我辈岂是蓬蒿人"之句，元好问《范宽〈秦川图〉（张伯玉殁后，同麻征君知几赋）》诗中说："李白岂是蓬蒿人？爱君恨不识君早。"赵孟𫖯却说"吾意岂蓬蒿"，他不是"仰天大笑"辞乡进入大都的，他面对着"燕子不来花又落，一庭风雨自黄昏"，反而低头默念着"时光自花柳"，"空觉此生劳"，在苦涩地咀嚼着被无端的春寒浸透了的内心。因此旅京十年，又见秋雁的时候，他写了《秋声》诗："邕邕鸣雁复南征，十载栖迟在帝京。黄叶未零寒未应，秋声偏动故乡情。"十年居京，却用了"栖迟"来形容，此语出自《诗经·陈风·衡门》"衡门之下，可以栖迟"，引申为漂泊失意，如李贺《致酒行》："零落栖迟一杯酒，主人奉觞客长寿。"可见赵孟𫖯并非将京华人生，视为风云得意，因而闻南飞雁声，而动故乡之情了。

　　"夹缝中的荣华"的生存状态与"宁静中的忐忑"的心理状态，使赵孟𫖯朝暮思绪绵绵，以《有所思》的旧题，表述其故国之思的无奈和惆怅。宋代郭茂倩编《乐府诗集》卷十六"鼓吹曲辞"引《乐府解题》曰："古词言'有所思，乃在大海南。何用问遗君？双珠玳瑁簪。闻君有他心，烧之当风扬其灰。从今已往，勿复相思而与君绝'也。"[①]　"鼓吹曲辞"之外，"相和歌辞·瑟调曲"有《有所思行》，"杂曲歌辞"有《君子有所思行》，历来作者甚夥。至于诗人用"有所思"入诗者，不胜枚举，著名者有杜甫《秋兴》其四："闻道长安似弈棋，百年世事不胜悲。王侯第宅皆新主，文武衣冠异昔时。直北关山金鼓振，征西车马羽书迟。鱼龙寂寞秋江冷，故国平居有所思。"这是感慨国家的残破。白居易《自吟拙什，因有所怀》云："时时自吟咏，吟罢有所思。苏州及彭泽，与我不同时。"这是思念文化趣味的同道。赵孟𫖯《有所思》诗云："思与君别来，几见芙蓉花。盈盈隔秋

---

　　①　（宋）郭茂倩编：《乐府诗集》卷十六"鼓吹曲辞"，第225页。

水，若在天一涯。欲涉不得去，茫茫足烟雾。汀洲多芳草，何心采蘅杜。青鸟翱云间，锦书何时还？君心虽匪石，只恐凋朱颜。朱颜不可复，那能不惆怅。何如双翡翠，飞去兰苕上。"这实在是回到魏晋以上了。此诗的遣词造句颇得《古诗十九首》的风神，它是那么清丽，又是那么朦胧，在自然流露中融合了《楚辞》的香草美人的手法、《山海经》的意象、《乐府诗》的情调，抒写着"盈盈隔秋水，若在天一涯"的幻美追求，以及追求不果而朱颜凋谢的惆怅。它是想放飞心灵自由，"何如双翡翠，飞去兰苕上"，在融入自然中回归人的本性。

赵孟頫最脍炙人口的诗，当然就是那首七律《岳鄂王墓》："鄂王墓上草离离，秋日荒凉石兽危。南渡君臣轻社稷，中原父老望旌旗。英雄已死嗟何及，天下中分遂不支。莫向西湖歌此曲，湖光山色不胜悲。"此诗隐含着赵孟頫作为宗室后裔，反省南宋灭亡的深刻隐痛。他对民族英雄岳飞遥致心祭，指责南渡君臣的苟且偷安的思想，同情中原父老盼望南师的意气，表达对江南"湖光山色不胜悲"的历史道义。心祭是对隐痛的疗治，异质文化的碰撞融合，不能不存在隐痛。而对这种隐痛允许其发泄，也足见元代文化政策的包容性。顾嗣立在《寒厅诗话》中，充分肯定了赵孟頫开拓元诗的历史作用："元诗承宋、金之季，西北倡自元遗山（好问），而郝陵川（经）、刘静修（因）之徒继之，至中统、至元而大盛。然粗豪之习，时所不免。东南倡自赵松雪（孟頫），而袁清容（桷）、邓善之（文原）、贡云林（奎）辈从而和之，时际承平，尽洗宋、金余习，而诗学为之一变。延祐、天历之间，风气日开，赫然鸣其洽平者，有虞、杨、范、揭，（虞集，字伯生，号道园，蜀郡人。杨载，字仲宏，浦城人、范椁，字亨父，一字德机，清江人。揭傒斯，字曼硕，富州人。时称虞、杨、范、揭，又称范、虞、赵、杨、揭，赵谓孟頫）一以唐为宗，而趋于雅，推一代之极盛。"[①] 这里讲了元诗的三条脉络，元初两条，赵孟頫代表东南文化，元好问代表西北文化；到了元中期后，诗学极盛，推涌出虞集等四大家的雅正流脉。

诗人赵孟頫首先是大书法家，也是大画家，以画马驰名。赵孟頫擅长画马，其间也有南北文化融合的踪迹可寻。辛弃疾写元宵节的《青玉案》说：

---

① （清）顾嗣立：《寒厅诗话》，清道光二十八年刊本。

"东风夜放花千树，更吹落，星如雨。宝马雕车香满路。凤箫声动，玉壶光转，一夜鱼龙舞。"一般注解都把"宝马雕车"注成富贵人家妇女出游赏灯。但《宋史》卷一百五十《舆服志》说："中兴后，人臣无乘车之制，从祀则以马，常朝则以轿。旧制，舆檐有禁。中兴东征西伐，以道路阻险，诏许百官乘轿，王公以下通乘之。"① 金人占领淮河、大散关以北的中原地区以后，马匹已成为南宋奇缺的战略物资，连卖一头牛给北方都犯国法。百官人等只能坐轿子，轿子是从南宋发展起来的。因此辛弃疾所见的宝马雕车，乃是皇室与民同乐，以蓦然回首的冷隽眼光观之。熟悉中国绘画史的人都知道，唐人画马出了曹霸、韩干这样的名手，杜甫还作过《丹青引赠曹将军霸》。但南宋人画牛出名，朱锐《溪山行旅图》，画出远门坐牛车；李迪《秋林放牧图》，放牧的是牛群。到了元代，蒙古贵族是马背上的征服者，大都街头多见骏马。所以赵孟頫画马驰名，有《人马图》、《人骑图》、《浴马图》，其他如任仁发、任贤左、赵雍、赵麟，都是画马的好手。

马是游牧民族的坐骑和象征，赵孟頫喜欢画马，与在大都浸染蒙元骑射风俗关系极深。但他却解释为自小形成的趣味，似乎他接受蒙元风气还遮遮挡挡，采取一种"犹抱琵琶半遮面"的姿态。元代陶宗仪《南村辍耕录》卷七记载："魏国赵文敏公（孟頫）以书法称雄一世。画入神品，其书人但知自魏晋中来，晚年则稍入李北海耳。……又尝见公题所画马云：'吾自幼好画马，自谓颇尽物之性。友人郭祐之，尝赠余诗云：世人但解比龙眠，那知已出遭曹韩上。曹韩固是过许。使龙眠无恙，当与之并驱耳。'然往往阅公所画马及人物山水花竹禽鸟等图，无虑数十百轴，又岂止龙眠并驱而已哉！"② 元人王沂《题赵子昂画马》诗，则说他画的马来自西域，连牵马者也是胡人，诗云："龙媒来自月窟西，谁其牵者虬髯奚。双瞳紫焰竹批耳，一团黑云锥卓蹄。吴兴学士画无比，笔迹远过龙眠李。雄姿不受络头丝，满纸萧萧朔风起。公今骑鲸去灭没，世上有谁怜骏骨。安得幽并豪侠相往还，短衣射猎蓝田山。"③ 不仅马种、牵马者来自胡地，而且画风也是"满纸萧

---

① 《宋史》卷一百五十《舆服志》，中华书局 1977 年版，第 3510 页。

② （元）陶宗仪：《南村辍耕录》卷七。

③ （元）王沂：《题赵子昂画马》，《伊滨集》卷五，文渊阁四库全书本。

萧朔风起",可以跟元好问诗中的"幽并豪侠"气息相通。也就是说,赵孟
頫画马是南北文化融合的结晶。

　　清初屈大均《广东新语》卷十三记载一个画马行家对赵孟頫所画马的
评析:"穆之(明人张穆之,号铁桥,善画马、舞剑)尤善画马,尝畜名马
曰铜龙,曰鸡冠赤,与之久习,得其饮食喜怒之精神与夫筋骨所在,故每下
笔如生。尝言韩干画马,骨节皆不真,惟赵孟頫得马之情,且设色精妙。又
谓骏马肥须见骨,瘦须见肉,于其骨节长短,尺寸不失,乃为精工。……故
凡骏马之驰,仅以蹄尖寸许至地,若不沾尘然,画者往往不能酷肖。"① 这
说明赵孟頫表白自己"好画马,自谓颇尽物之性",其言不虚。大概他自己
也养有好马,或经常能对马进行近距离观察揣摩。金圣叹评点《水浒传》
景阳冈武松打虎时曾记录一则传闻:"传闻赵松雪好画马,晚更入妙。每欲
构思,便于密室解衣踞地,先学为马,然后命笔。一日管夫人来,见赵宛然
马也。"② 我们每每读到游牧民族马知人性、人马融为一体的故事,赵孟頫
裸体屈尊学马样,而且学到"宛然马也"的程度,可见他也无意中染上了
游牧民族的习气,将人的神情与马的神情打成一片了。以此来解释他的一些
作品若有若无的北方气息,方能进入他的创作微妙的深层。

九　华夷文化生态的新景观

　　在蒙古贵族建立的庞大王朝中,时代的社会风气潜在地塑造着艺术风
气。赵孟頫的诗风、画风,都在被塑造之列。当然,在这种混合型的新的时
代文学风气中,还是有人抱着坚定的历史责任感,锲而不舍地承续中原和江
南的文化血脉,在承续中也不能不有所调节。"元四大家"之首虞集出生于
忽必烈定国号为元的次年,比赵孟頫少十八岁,他不是前朝遗民,而几乎是
元朝建国的同龄人。明白这一点很有必要,因为政权稳固数十年后,民族对
抗开始平稳,士人讲究名节的空气比建国之初变淡了。虞集在学术上继承了
乃师,又是抚州崇仁同乡前辈吴澄融汇朱陆的学术倾向,又对其他理学派别

---

① (清)屈大均:《广东新语》卷十三"艺语",中华书局1985年版,第366—367页。
② 金圣叹评点:《第五才子书水浒传》第二十三回,明崇祯十四年贯华堂刊本。

和诸家学说，兼为采纳。其理学思想比较中正平稳，顺应元代程朱理学北上而成为正宗的文化潮流。元仁宗延祐年间（1314—1320），其时虞集处在不惑盛年，正所谓"朝廷方以科举取士，说者谓治平可力致，（虞）集独以谓当治其源"，而此期间朱熹《四书集注》被确定为科举考试的标准答案，支配中国士人的出路八百年。而所谓"帝方向用文学，以集弘才博识，无施不宜，一时大典册咸出其手"①，正说明蒙元统治者与南方士人在思想文化上是相互信任、协调和契合的。

以这种学术思想为根基，虞集提倡"情性之正"的诗学理论。其时这也是朱熹提出的诗学命题。朱熹在《论语集注》中解释孔子曰"诗三百，一言以蔽之，曰思无邪"时，认为："凡《诗》之言，善者可以感发人之善心，恶者可以惩创人之逸志，其用归于使人得其情性之正而已。然其言微婉，且或各因一事而发，求其直指全体，则未有若此之明且尽者。故夫子言诗三百篇，而惟此一言足以尽盖其义，其示人之意亦深切矣。"② 但是虞集毕竟有诗人的才性，不是一味演绎道学，他以江西（抚州崇仁）人身份而走出江西诗派，推进宗唐复古的诗风。他认为"诗之为学"，盛于汉魏，备于诸谢，唐代大盛，李杜为正宗，宋不及唐；尤其欣赏陶渊明、王维、韦应物、柳宗元四家属于"山水清音"一派的诗。虞集诗中也有"山水清音"，比如这首《水仙诗》："钱塘江上是奴家，郎若闲时来吃茶。草筑泥墙茅作屋，门前一树马缨花。"诗的格调清新甜美，似民间歌谣，写来没有做作，浑不费力。此诗最后一句也被蒲松龄《聊斋志异》写入《王桂庵》，作为男女梦里定情的指路标。清人潘德舆《养一斋诗话》卷三说："道园诗乍观无可喜，细读之，气苍格迥，真不可及。其妙总由一'质'字生出。'质'字之妙，胚胎于汉人，涵泳于老杜，师法最的。故其长篇铺放处，虽时仿东坡，而不似东坡之疏快无余地，老劲斩绝；又似山谷，而黄安排用人力，虞质直近天机，等级亦易明耳。"③ 他又作有《题渔村图》诗云："黄叶江南何处村，渔翁三两坐槐根。隔溪相就一烟棹，老妪具炊双瓦盆。霜前渔官未竭

---

① 《元史》卷一百八十一《虞集传》，中华书局 1976 年版，第 4179 页。
② （宋）朱熹：《论语集注》卷一，《四书章句集注》，中华书局 1983 年版，第 53—54 页。
③ （清）潘德舆：《养一斋诗话》卷三，清同治十一年刻本。

泽，蟹中抱黄鲤肪白。已烹甘瓠当晨餐，更撷寒蔬共荐席。垂竿何人无意来，晚风落叶何毵毵。了无得失动微念，况有兴亡生微哀。忆昔采芝有园绮，犹被留侯迫之起。莫将名姓落人间，随此横图卷秋水。"诗的前半段的丰足、悠闲、古朴的生活，后半段深感自己落入凡尘，如商山四皓被张良催迫进入朝廷，面对渔村的幽静，顿生人事兴亡的微微悲哀。虞集本是追求"宗唐复古"以得诗学上的"性情之正"，他这种人事兴亡感的产生，也许是想到自己是南宋勋臣的后裔吧。虞集是曾经挫败金主完颜亮想饮马江南的企图，从而稳定南宋半壁江山的丞相虞允文的五世孙，《宋史·虞允文传》赞曰："昔赤壁一胜而三国势成，淮淝一胜而南北势定。允文采石之功，宋事转危为安，实系乎此。"一个以祖先曾经使"宋事转危为安"而骄傲的诗人，如今侍奉灭宋的新朝，身世之感也就是人事兴亡之感。此诗的用典，或如清代翁方纲《七言诗三昧举隅》所说："寻常故实，一入道园手，则深厚无际；盖所关于读书者深矣。南宋已后，程学、苏学，百家融汇，而归于静深澄潜者，道园一人而已。"①

尽管诗词中流露了人事兴亡之感，但虞集已经少有赵孟頫身居朝堂，拂之不去的那份"夹缝中的荣华"的惴惴不安。其《风入松·寄柯敬仲》词云："画堂红袖倚清酣，华发不胜簪。几回晚直金銮殿，东风软、花里停骖。书诏许传宫烛，香罗初剪朝衫。御沟冰泮水挼蓝，飞燕又呢喃。重重帘幕寒犹在，凭谁寄、银字泥缄。为报先生归也，杏花春雨江南。"元人陶宗仪《南村辍耕录》卷十四云："吾乡柯敬仲先生（九思）际遇文宗，起家为奎章阁鉴书博士，以避言路居吴下。时虞邵庵先生在馆阁，赋《风入松》长短句寄博士……词翰兼美，一时争相传刻，而此曲遂遍满海内矣。"②虞集毕竟已是元朝建国的同龄人，在南北文化的碰撞中他开始有点于心释然，唯有未能乐不思蜀的，是那点植入心灵深处的"杏花春雨江南"的乡愁。这种乡愁也体现在他的《听雨》诗中："屏风围坐鬓毵毵，绛蜡摇光照莫酣。京国多年情尽改，忽听春雨忆江南。"在《至正改元辛巳寒食日示弟及诸子侄》诗中，这种乡愁更为浓重，以家族记忆的方式表达得极为深切："江山

---

① （清）翁方纲：《七言诗三昧举隅》，上海文明书局1916年铅印本。

② （元）陶宗仪：《南村辍耕录》卷十四。

信美非吾土，飘泊栖迟近百年。山舍墓田同水曲，不堪梦觉听啼鹃。"虞集的五世祖虞允文，祖籍隆州仁寿（今四川仁寿县）。虞集之父虞汲，曾任黄冈尉，宋亡前后移居抚州崇仁（今属江西）。到了元顺帝至正改元的辛巳年（1341）虞集病归江西，已是近百年了。两代经营，犹是客户，因此面对水边的山舍墓田，犹有"江山信美非吾土"之感，犹有"不堪梦觉听啼鹃"之叹。李商隐《锦瑟》诗云："望帝春心托杜鹃。"据《说文解字》和《华阳国志》卷三，蜀王望帝化为杜鹃（子规），时适二月，杜鹃鸟鸣，故蜀人悲其鸣声。这里透露了一个古稀老人想落叶归根，却有乡归不得的悲哀。

虞集的内心世界相当复杂、纠结，他曾经以南臣北仕的庾信自拟，以北士南徙的贾谊比喻萨都剌，在难以排遣的隐痛中进行文化承传和南北交融的工作。他是萨都剌考进士时的座主，萨都剌有《和学士伯生虞先生寄韵》诗云："白鬓眉山老，玉堂清昼闲。声名满天下，翰墨落人间。才俊贾太傅，行高元鲁山。独怜江海客，樽酒夜阑珊。"这里以"白鬓眉山老"，把虞集比拟为翰林院（玉堂）中的苏东坡，又说"才俊贾太傅，行高元鲁山"，又把他比作汉朝曾任长沙王太傅、著有《过秦论》、经济文章兼优的贾谊，比作以孝侍亲、诚信化人、"贞玉白华，不缁不磷"的唐朝高士元德秀[1]了。在这种典故使用和人物类型选择中，传递着深刻的文化认同信息，以及门生所感觉的座师的崇高品德、杰出才华和复杂内心。然而虞集自述诗歌能力，则比喻为"汉廷老吏"。元人陶宗仪《南村辍耕录》卷四记载："国朝之诗，称虞、赵、杨、范、揭焉。范即德机先生（椁），揭即曼硕先生（傒斯）也，尝有问于虞先生曰：'仲弘（杨载）诗如何？'先生曰：'仲弘诗如百战健儿。''德机诗如何？'曰：'德机诗如唐临晋贴。''曼硕诗如何？'曰：'曼硕诗如美女簪花。''先生诗如何？'笑曰：'虞集乃汉廷老吏。'盖先竹未免自负，公论以为然。"[2]

最足以称"汉廷老吏"的诗篇，是虞集为一位以气节照耀古今的宋丞相赋挽歌，写下《挽文山丞相》："徒把金戈挽落晖，南冠无奈北风吹。子

---

① 《旧唐书》卷一百九十下《文苑列传》，中华书局1975年版，第5050页。

② （元）陶宗仪：《南村辍耕录》卷四。

房本为韩仇出，诸葛宁知汉祚移。云暗鼎湖龙去远，月明华表鹤归迟。不须更上新亭望，大不如前洒泪时。"这首诗的风格于典雅精确中见沉雄老辣。其中的民族情绪近乎赵孟頫的《岳鄂王墓》，它们的先后出现，堪称元诗中体现汉人心理的双璧，也折射了元朝民族融合时特殊的文学尺度和文学风气。据《蒙古秘史》记载，成吉思汗认为忠于原主的刚正之士，即使在战场上射伤过他，但只要敢于承认，就认为是可以交朋友的；反而那种卖主求荣，提着主子的人头来向他投降的人，他会鄙视和杀掉他们。《蒙古秘史》是成吉思汗黄金家族的家训，这个王朝坐稳江山之后，遵照祖宗遗训，敢于包容对历史正气的追念，正是自信的体现。

　　《元史·虞集传》记载：虞集晚年曾以目疾请求解职，并荐举治书侍御史马祖常自代，均未得允许。御史中丞乘间为虞集请示外任，就便治病，引得皇帝勃然大怒："一虞伯生，汝辈不容耶！"可见朝廷文案，倚重虞集的程度。在元中期的皇位更替争夺中，虞集也受到牵连。他曾奉命草诏说妥欢帖睦尔非明帝子，后来人事几经变迁，妥欢帖睦尔即位为惠宗。有人据此构陷他，要追究旧诏起草者的罪责，元惠宗却说："此吾家事，岂由彼书生耶！"才免于论罪。[①] 元代虽由游牧民族掌握最高权力，但没有发生文字狱，这是宋代士大夫政治发生党争、苏轼蒙受"乌台冤案"以后，直至清朝统治者自充风雅高明的时期都极其少见的文化生态现象。这是在这种文化生态中，才可能出现一代文宗虞集为南宋抗元英雄所写的《挽文山丞相》名篇。元人陶宗仪《南村辍耕录》卷四说："宋丞相文公（天祥），其事载在史册，虽使三尺之童，亦能言其忠义。翰林学士徐威卿先生（世隆）有诗挽之曰：'大元不杀文丞相，君义臣忠两得之。义似汉王封齿日，忠如蜀将斫颜时。乾坤日月华夷见，岭海风霜草木知。只恐史官编不尽，老夫和泪写新诗。'可谓善风刺者矣。虞伯生（集）亦有诗曰：'徒把金戈挽落晖，南冠无奈北风吹。子房本为韩仇出，诸葛安知汉祚移。云暗鼎湖龙去远，月明华表鹤归迟。何须更上新亭饮，大不如前洒泪时。'读此二诗而不泣下者几希。"[②] 这种华夷文化生态如"乾坤日月"，"君义臣忠"可以两全的政治运作，在营

---

　　① 《元史》卷一百八十一《虞集传》，第 4180 页。

　　② （元）陶宗仪：《南村辍耕录》卷四。

造元代文学风气上，无疑发挥了重要的作用。

十　文学结构松动与狂怪诗风

元代的文学风气，在处理雅俗、文野、刚柔之中，大体上是由雅入俗、以野犯文、崇刚抑柔的。传统文学结构和文学标准，在游牧民族入主中原时期的松动和变迁，就容易产生怪杰或鬼才。李贺诗风的风行，与此有关。杨维桢是元朝晚期诗坛最有色彩、最有个性也最能制造文坛声响的诗人。他是越人，比起温文尔雅的吴人赵孟頫，显得更有血性和闯劲。《明史·文苑列传》记载，其"父宏，筑楼铁崖山中，绕楼植梅百株，聚书数万卷，去其梯，俾诵读楼上者五年，因自号铁崖"；壮年以后"徙居松江之上，海内荐绅大夫与东南才俊之士，造门纳履无虚日。酒酣以往，笔墨横飞。或戴华阳巾，披羽衣坐船屋上，吹铁笛，作《梅花弄》。或呼侍儿歌《白雪》之辞，自倚凤琶和之。宾客皆蹁跹起舞，以为神仙中人。……维桢诗名擅一时，号铁崖体。……张雨称其古乐府出入少陵、二李间，有旷世金石声。宋濂称其论撰，如睹商敦、周彝，云雷成文，而寒芒横免。诗震荡陵厉，鬼设神施，尤号名家云"[1]。他的诗，就像他的同乡、明末诸暨画家陈老莲的画一样，在怪异中闪烁着生命的光彩。钱谦益《列朝诗集》甲集的"诗人小传"说："余观廉夫，问学渊博，才力横轶，掉鞅词坛，牢笼当代。古乐府其所自负，以为前无古人。征诸勾曲，良非夸大。以其诗体言之，老苍奡兀，取道少陵，未见脱换之工；窈眇娟丽，希风长吉，未免刻画之诮。承学之徒，流传沿袭，槎牙钩棘，号为'铁体'，靡靡成风，久而未艾。"[2] 他创造的"铁崖体"奇奇怪怪，给人们的精神冲击极大，其作风用顾嗣立《寒厅诗话》来形容，就是"奇才天授，开阖变怪，骇人视听，莫可测度"，与贯云石、萨都剌等人并列。[3] 可见这种豪迈放纵而趋于怪异的文学作风，是少数民族诗人与汉族诗人在特定的历史时代共同创造的。

---

① 《明史》卷二百八十五《文苑列传》，中华书局 1974 年版，第 7308—7309 页。
② （清）钱谦益编：《列朝诗集》甲集前编第七之上，上海古籍出版社 1959 年版。
③ （清）顾嗣立：《寒厅诗话》。

　　他面对海边的一阵龙卷风，就催生奇异的想象，赋《龙王嫁女辞》。诗前有小序："海滨有大小龙拔水而飞，雷车挟之以行者，海老谓之龙王嫁女，故赋此辞。"诗云："小龙啼春大龙恼，海田雨落成沙炮。天吴擘山成海道，鳞车鱼马纷来到。鸣鞘声隐佩锵琅，琼姬玉女桃花妆。贝宫美人笄十八，新嫁南山白石郎。西来态盈庆春婿，结子蟠桃不论岁。秋深寄字湖龙姑，兰香庙下一双鱼。"《山海经·海外东经》记载："朝阳之谷，神曰天吴，是为水伯。在虹虹北两水间。其为兽也，八首人面，八足八尾，皆青黄。"[1] 水伯天吴由于小龙啼春，眼泪使得"海田雨落成沙炮"，就被大龙派去掰开山峦，使迎亲的"鳞车鱼马"纷纷通过，迎娶"琼姬玉女桃花妆"的"贝宫美人"。想象是奇异、美丽而有力度的，似乎还带点南方少数民族神话想象的色彩。而且杨维桢批阅书页发黄的历史旧卷，也能放飞想象，上天入地。其《鸿门会》诗云："天迷关，地迷户，东龙白日西龙雨。撞钟饮酒愁海翻，碧火吹巢双狻猊（暗言范增、项庄）。照天万古无二乌，残星破月开天余（此言沛公当独王天下，羽不得分也）。座中有客天子气，左股七十二子连明珠。军声十万振屋瓦，拔剑当人面如赭。将军下马力拔山，气卷黄河酒中泻。剑光上天寒彗残，明朝画地分河山。将军呼龙将客走，石破青天撞玉斗。"对于楚汉纷争中决定历史走向的一场宴会，诗人幕天席地摆开了一个龙兽争斗的战场，将范增阴谋、项庄舞剑，比喻成食人怪兽喷吐烈焰，写项羽的威猛"气卷黄河"，刘邦的脱身"石破青天"，从而将历史写成神话般的力量较量。过分用力，而使刻意经营的力度压倒了历史哲学的深度。钱谦益在《列朝诗集》甲集前编引录此诗之后，注上其门人的评语："富春吴复曰：'先生酒酣时，常自歌是诗。此诗本用（李）贺体，而气则过之。'"[2] "常自歌"三字，表明此诗是杨维桢的得意之作，他对李贺体兴致极浓。

　　杨维桢醉心于李贺风，人们一读其诗，就有这种直觉，因而往往众口一词。明人王世贞说："廉夫本师长吉。"[3] 杨慎说："元杨廉夫乐府力追李

　　① 《山海经·海外东经》，中华书局 2011 年版，第 249 页。
　　② （清）钱谦益编：《列朝诗集》甲集前编第七之下，清初刻本。
　　③ （明）王世贞：《艺苑卮言》四，见《弇州四部稿》卷一百四十七。

贺。"① 杨维桢及其门人对此直言不讳，吴复在杨维桢《大数谣》诗后作注云："先生书寄鹿皮子（陈樵）云：天仙快语为大李（李白），鬼仙吃语为小李（李贺）。故袭贺者，贵袭势不袭其词也。袭势者虽蹴贺可也，袭词者其去贺日远矣。今诗人袭贺者多矣。"② 应该看到，这种"袭势不袭词"的说法，虽然使杨维桢能在相当程度上跳出李贺的窠臼，但也使得遣词缺乏锤炼，造势过于张扬，削弱了李贺式的凝重激切的浑厚感。比如这首《五湖游》："鸱夷湖上水仙舟，舟中仙人十二楼。桃花春水连天浮，七十二黛吹落天外如青沤。道人谪世三千秋，手把一枝青玉虬。东扶海日红桑樛，海风约住吴王洲。吴王洲前校水战，水犀十万如浮鸥。水声一夜入台沼，麋鹿已无台上游。歌吴，舞吴钩，招鸱夷兮狎阳侯。楼船不须到蓬丘，西施郑旦坐两头。道人卧舟吹铁笛，仰看青天天倒流。商老人，橘几弈？东方生，桃几偷？精卫塞海成瓯窭。海荡邛山漂髑髅，胡为不饮成春愁？"吴复评该诗为"雄伟奇丽，逸气飘飘然在万物之表，真天仙之语也。"③

所谓五湖游，就是在太湖或太湖及其相通湖湾的泛舟游览。这里曾是吴越交战的水上战场，如《国语·越语》所说，越伐吴，"战于五湖"。这也是范蠡泛舟的地方，如《史记·货殖列传》记载："范蠡既雪会稽之耻……乃乘扁舟浮于江湖，变名易姓，适齐为鸱夷子皮，之陶为朱公。"民间传说中，又有范蠡携西施泛舟五湖而去的美丽故事。宋人姚宽《西溪丛语》卷上说："《吴越春秋》云：'吴国亡，西子被杀。'杜牧之诗云：'西子下姑苏，一舸逐鸱夷。'东坡词云：'五湖间道，扁舟归去，仍携西子。'……《景龙文馆记》宋之问分题得《浣纱篇》云：'越女颜如花，越王闻浣纱。国微不自宠，献作吴宫娃。山薮半潜匿，苎罗更蒙遮。一行霸勾践，再笑倾夫差。艳色夺常人，效颦亦相夸。一朝还旧都，靓妆寻若耶。鸟惊入松网，鱼畏沉荷花。始觉冶容妄，方悟群心邪。'此诗云复还会稽，又与前不同，当更详考。"④ 范蠡携西施泛舟五湖的故事，成了历代士人津津乐道的吴地风情，

---

① （明）杨慎：《升庵诗话》卷十四，中华书局 2009 年版。
② （元）杨维桢：《铁崖先生古乐府》卷二《大数谣》吴复注，四部丛刊本。
③ （明）吴复：《五湖游》后评，见《铁崖先生古乐府》卷三，四部丛刊本。
④ （宋）姚宽：《西溪丛语》卷上，学津讨原本。

清人王士祯《分赋得馆娃宫送子吉编修归吴》诗，就以此事隐喻吴地："馆娃宫中花蕊红，美人白纻娇春风；馆娃宫中烟草绿，蝴蝶双飞井栏宿。回首秾华能几时，羡君一舸逐鸱夷。五湖渺渺烟波阔，何处黄金铸范蠡！"[①] 杨维桢借用了这些吴越之地的传说，进行想象、夸饰和点染，自称是三千年后谪下凡间的铁崖道人，泛楼船于范蠡的五湖，卧舟吹着铁笛，船两头坐着西施、郑旦，饱览着"桃花春水连天浮，七十二黛吹落天外如青沤"，天地神仙齐来凑趣。

唐代牛僧孺《玄怪录》记载：有巴邛人橘园，收获两大橘。剖开，每橘有二老叟，鬚眉皤然，肌体红润，皆相对象戏，身仅尺余，谈笑自若，有一叟曰："橘中之乐，不减商山，但不得深根固蒂，为愚人摘下耳。"[②] 这就是苏轼《洞庭春色赋（并引）》所说的："吾闻橘中之乐，不减商山。岂霜余之不食，而四老人者游戏于其间？悟此世之泡幻，藏千里于一斑。"杨维桢将此类怪异故事随手拈来，与东方朔偷王母蟠桃、精卫填海的故事交织成为神话世界，追问着"商老人，橘几弈？东方生，桃几偷？精卫塞海成瓯窭"，终至叹息人生短暂，"胡不为饮成春愁"。固然可以说，此种铁崖体是诗人性灵的表现，但它已不是"小红唱曲我吹箫"那种温婉的吴音，而是以"海荡邙山漂髑髅"的怪异，驱策着自然和历史，搅和成怪怪奇奇的神话旋涡，发泄着自己的情绪，震撼着人们的心灵。杨维桢的朋友张雨形容此类写法是"廉夫又纵横其间，上法汉魏，而出入于少陵、二李（李白、李贺）之间"[③]。

从文学地理学的角度考察，如果说，赵孟頫携江南文风北上，那么杨维桢就是采摘北国文风注入江南。对于杨维桢反传统而"不按规则出牌"的乐府歌行，保守规矩的儒者斥之为"文妖"。其著名者是明初王彝所作《文妖》一文。清人朱彝尊《曝书亭集》记载："王彝，字常宗，其先蜀人，本姓陈氏。父事元，为昆山州儒学教授，遂迁嘉定。……彝尝游天台，从学于孟梦恂，故其文特醇雅。时杨维桢以文雄于东南，从游者甚众。彝作《文

---

① （清）王士祯：《分赋得馆娃宫送子吉编修归吴》，《渔洋山人精华录》卷二，四部丛刊本。
② （唐）牛僧孺：《玄怪录》卷三，中华书局2006年版。
③ （元）张雨：《铁崖先生古乐府叙》，《铁崖先生古乐府》卷首，四部丛刊本。

妖》一篇诋之，辞曰：'天下所谓妖者，狐而已矣。然而文有妖焉，殆有过于狐者。夫狐也，俄而为女妇，世之男子，不幸而惑焉者，莫不谓为女妇，则固见其黛绿朱白，柔曼倾衍之容。所以妖者无乎不至，故谓之真女妇也。虽然，以为人也，则非人；以为女妇也，则非女妇。由其狡狯幻化为之，此狐之所以妖也。文者，道之所在，曷为而妖哉？浙之东西言文者，必曰杨先生。予观其文，以淫辞谲语裂仁义，反名实，浊乱先圣之道。顾乃柔曼倾衍，黛绿朱白，狡狯幻化，奄焉以自媚，是狐而女妇者也，宜乎世之男子之惑之也。予故曰：会稽杨维桢之文，狐也，文妖也。噫！狐之妖，止于杀人之身。若文之妖，往往使后生小子群趋而竞习焉，其足以为斯文祸匪浅小也。文而可妖哉，然妖固非文也，世盖有男子而弗惑者，何忧焉？'"① 对于一种猛然扑面而来的文学新风的评价，往往出现某种"钟摆效应"：东面看之，觉其偏于西；西面看之，觉其偏于东；近处看之，觉其太晃荡；远处看之，觉其晃得并不出格，甚至还算持正得当。作为吴越地区的小儒，王彝感到杨维桢晃荡得太厉害，令人头晕，称之为"文妖"。而作为明朝永乐年间"台阁体"的领袖人物，杨士奇从远处看杨维桢，就觉得他是"有道之士"、"一代人表"。《明史》称赞杨士奇与杨荣、杨溥，"为时耆硕"，"德望相亚"，"是以明称贤相，必首三杨。均能原本儒术，通达事几，协力相资，靖共匪懈"②。如此一位台阁重儒，读了杨维桢《复古诗集》后，曾作"跋"云："余在京知经筵事，时闻先生长者说杨铁崖为有道之士。后数年，始读为文章，得见其道德之蕴，诚为一代人表。我朝天下大定，奉诏修书，复命赋诗称旨，得完节归全，卓哉制行之高也。余又见《复古诗集》，读其《琴操》，不让退之；其宫词，不让王建；其古乐府，不让二李；《漫兴》《冶春》《游仙》等题，即景成韵，使老杜复生，不是过也。而《香奁》诸作，尤娟丽俊逸，真天仙语。读此，而其他可概见矣。窃恨生晚，不得撰杖履从后也。"③ 杨士奇从远处看钟摆，将之与韩愈、王建、李白、李贺、杜甫相比较，以博学自恃，没有感到铁崖体的强烈震撼，虽嫌

---

① （清）朱彝尊：《王彝传》，《曝书亭集》卷六十二传（一），四库全书本。
② 《明史》卷一百四十八《杨士奇、杨荣、杨溥列传》，中华书局1974年版，第4145页。
③ 转引自黄仁生《杨维桢与元末明初文学思潮》第六章第一节，东方出版中心2005年版，第329页。

不够真切，却也比较宽容。

其时，铁崖体想象飞扬而怪异，与蒙古色目诗人对元代文学结构和评价标准的改造，有着深刻的关系。杨维桢和萨都剌是以虞集为座主的同科进士，萨都剌后期退居钱塘后，二人交往甚多。杨氏《宫词十二首并序》有云："予同年萨天锡善于为宫词，且索予和什，通和二十章。今存十二章。"① 唱和是心灵近距离的对话，它近距离地架设起双方精神趣味交流的通道。杨氏编《西湖竹枝集》，收萨都剌《西湖竹枝词》一首："湖上美人弹玉筝，小莺飞渡绿窗棂。沈郎虽病多情在，倦倚屏山不厌听。"这首竹枝词当时名气不小，几乎成了流行歌曲。清人冯金伯《词苑萃编》说："元萨都剌西湖竹枝词云：'湖上美人弹玉筝……'一时伎女多歌之。"② 杨维桢收录此竹枝词，并评述说："其诗风流俊爽，修木朝家范。《宫词》：'永夜宫车出建章，紫衣小队两三行。石栏丁呼银灯过，照见芙蓉叫上霜。'《芙蓉曲》：'秋江渺渺芙蓉芳，秋江儿女将断肠。绛袍春浅护云暖，翠袖日暮迎风凉。鲤鱼风起江波白，霜落洞庭飞木叶。荡舟何处采莲人，爱惜芙蓉好颜色。'虽王建、张籍无以过也。"③ 这么一选编一评议，就是一种精神的交流和靠拢。评议中专门提到萨都剌的《芙蓉曲》，此曲也带有《楚辞》风和李长吉格调，想象的出格和怪异是与杨维桢相通的。萨都剌的乐府诗尚多，多有与铁崖体相通者，这都可以看做他与杨维桢相互影响的证明。

竹枝词是杨维桢非常热心拓展其表达范围的一种文体。杨维桢作有《西湖竹枝词》、《吴下竹枝词》、《海盐竹枝词》，而以《西湖竹枝词》为首倡。有所谓"西湖《竹枝词》，杨廉夫为倡，和者甚众，皆咏湖山之胜，人物之美，而寓情于中。"④ 元顺帝至正元八年（1348）秋七月，杨维桢应昆山顾瑛之邀，主持顾氏家塾，于顾瑛玉山草堂将当年"西湖竹枝词"唱和之作，汇编为《西湖竹枝集》，并作序介绍酬唱缘起："余闲居西湖者七八年，与

---

① （清）顾嗣立：《元诗选》初集下《铁崖复古诗》，中华书局1987年版，第2003页。

② （清）冯金伯：《词苑萃编》卷二十三"余编一"。

③ 王利器编：《历代竹枝词》（甲编），陕西人民出版社2003年版，第93页。

④ （明）瞿佑：《归田诗话》卷下，明心远堂刻本。

茅山外史张贞居（张雨）、苕霅郯九成（郯韶）辈为倡和交。水光山色，浸沈胸次，洗一时尊俎粉黛之习，于是乎有竹枝之声。好事者流布南北，名人韵士属和者无虑百家。道扬讽谕，古人之教广矣。是风一变，贤妃贞妇，兴国显家，而列女之传作矣。采风谣者其可忽诸。"① 其中收录了虞集、杨载、揭傒斯、萨都剌、李孝光、倪瓒诸名家的作品，有所谓"和者数百家"，载于《西湖竹枝集》者一百三十四人，可见唱和声势之巨大。兹录杨维桢《西湖竹枝歌》八首："苏小门前花满株，苏公堤上女当垆。南官北使须到此，江南西湖天下无。""鹿头湖船唱郝郎，船头不宿野鸳鸯。为郎歌舞为郎死，不怕真珠成斗量。""家住城西新妇矶，劝君不唱《金缕衣》。琵琶原是韩凭木，弹得鸳鸯一处飞。""劝郎莫上南高峰，劝郎莫上北高峰。南高峰云北高雨，云雨相随恼杀侬。""湖口楼船湖日阴，湖中断桥湖水深。楼船无柁是郎意，断桥有柱是侬心。""小小渡船如缺瓜，船中少妇《竹枝歌》。歌声唱入箜篌调，不遣狂夫横渡河。""石新妇下水连空，飞来峰前山万重。妾死甘为石新妇，望郎忽似飞来峰。""望郎一朝又一朝，信郎信似浙江潮。床脚支龟有时烂，臂上守宫无日销。"由于《竹枝词》是唐人刘禹锡汲取巴渝民间歌舞的手法和情调，以诗伯清才赋予其文体类型，杨维桢也就抛开其大小李的迷狂，以湖上儿女的调情风调，语义相关的比喻形式，写成清新甜俗的歌词小调。其重要的价值在于使竹枝词溢出湘西巴渝的范围，成为全国性的以描绘民间风俗为长项的清新诗歌形式。在这种意义上说，刘禹锡是《竹枝词》的开山之祖，杨维桢是《竹枝词》的中兴之祖。

然而"铁崖体"之为"铁崖体"，是在于它有竹枝词之外，又有狂怪奇特的乐府诗。宋濂为之作《墓志铭》，印象最深刻者也在于其诗的"震荡凌厉"，"神出鬼没"，"夺人目睛"，"咄咄逼人"。墓志铭序云："元之中世，有文章巨公起于浙河之间，曰铁崖君。声光殷殷，摩戛霄汉，吴越诸生多归之，殆犹山之宗岱，河之走海，如是者四十余年乃终。……君为童子时，属文辄有精魄，诸老生咸谓咄咄逼人。暨出仕，与时龃龉，君遂大肆其力于文辞，非先秦两汉弗之学。久与俱化，见诸谕撰，如睹商敦周彝，云雷成文，

---

① （清）冯金伯：《词苑萃编》卷六"品藻四"收录此序。

而寒芒横逸，夺人目睛。其于诗尤号名家，震荡凌厉，骎骎将逼盛唐，骤阅之，神出鬼没，不可察其端倪，其亦文中之雄乎！……一世之短，百世之长，如君亦足以不朽矣。"①

杨维桢作有《大人词》，属于某种精神的自传，强烈地体现了这种震荡凌厉的主体精神特征。《大人词》曰："有大人，曰铁牛。绛人甲子不能记，曾识庖牺兽尾而蓬头。见炼石之女补天漏，涿鹿之帝杀蚩尤。上与伊周相幼主，下与孔孟游列侯。衣不异，粮不休，男女欲不绝，黄白术不修。其身备万物，成春秋。故能后天身不老，挥斥八极隘九州。太上君，西化人，自谓出于无始劫，荡乎宇宙如虚舟，其生为浮死为休。安知大人自消息，天子不能子，王公不能侪，下顾二子真蜉蝣。"所谓"绛人甲子"，典出自《左传》襄公三十年（公元前543），绛县老人说自己生于"正月甲子日"，已经历"四百有四十五甲子"，问师旷，才推算出他已活了七十三岁。②按七十二岁算，杨维桢写此诗已是晚年。但是这位"大人"自称，已经不能像绛县老人那样记住甲子数了。这"不能记"不要紧，却放飞了神思，飞到天地开辟、人类起源，他见识蓬头兽尾的伏羲，炼石补天的女娲，在涿鹿擒杀蚩尤的黄帝。而且参与了伊尹、周公辅助幼主和孔、孟游历诸侯的功业。当然对老子、佛陀将宇宙视为虚舟、人生等同浮沤的那一套，也不陌生。此大人穿透了渺渺茫茫的古史，将精神的穿越转述为人生的穿越，已经令人惊心骇目，震荡凌厉了。他否认这是修炼神仙黄白术的结果，而是主体精神无比强大，导致"其身备万物，成春秋。故能后天身不老，挥斥八极隘九州"。具有无比强大的主体精神，就可以"天子不能子，王公不能侪"，摆脱一切政治体制和宗教伦理的束缚，而神游于无边无际的时空之中了。这种主体精神的充溢，是与孟子充养之至，"万物皆备于我"；陆九渊"宇宙便是吾心，吾心即是宇宙"的精神一脉相通的，如此则佛道二子均不在话下了。有趣味的是，如此"身备万物"的强大精神主体，诗中却逗趣地称之为"铁牛"。元明清时期的说书人和通俗小说，多将率真、粗豪、鲁莽的好汉，称为"铁

---

① （明）宋濂：《元故奉训大夫江西等处儒学提举杨君墓志铭（有序）》，《銮坡集》卷十六"翰苑后集"之六，四部丛刊本。

② 《春秋左传注》，中华书局1990年版，第1170—1171页。

牛"，最有名的是《水浒传》中的李逵，他一上场就令人惊讶不已："黑熊般一身粗肉，铁牛似遍体顽皮。交加一字赤黄眉，双眼赤丝乱系。怒发浑如铁刷，狰狞好似獠猊。天蓬恶杀下云梯。李逵真勇悍，人号铁牛儿。"① 而说《水浒》和表演《水浒》戏，在杨维桢的时代已经非常风行，而《大人词》选取这么一个率真、鲁莽、无法无天的角色当"大人"的名号，意味着他对传统文坛的清规戒律，也要像黑旋风般"挥起板斧排头砍去"，痛快淋漓哉，咄咄逼人哉。

元曲作为元代标志性的文体，蕴涵着北方游牧民族的刚健萧瑟之声，对杨维桢的诗歌产生着相当内在的影响。其朋友钱抱素，有志于以民间的"渔樵欸乃"为律吕，谱写"击壤之歌，野人之雅"，杨维桢为之作《渔樵谱序》云："《诗三百》后，一变为骚赋，再变为曲引、为歌谣，极变为倚声制辞，而长短句、平仄调出焉。至于今乐府之靡，杂以街巷齿舌之狡，诗之变盖于是乎极矣。……《诗》三百篇，无一不可被于弦歌，吾不知亦先有谱、后有声邪，抑先有声、后有辞邪？"② 他于此注意民间谣曲，关注词与曲、声与谱的关系，这为他汲取元曲养分提供了精神契机。在铁门弟子中沈子厚曾记录杨维桢游太湖时所赋《铁龙引》，并且仿效铁崖体，作了四章唱和的乐府诗，"飘飘然有变云气"。杨维桢为之写了《沈氏今乐府序》，其中说："乐府曰今，则乐府之去汉也远矣。士之操觚于是者，文墨之游耳。其于声文缀于君臣夫妇仙释氏之典故，以警人视听，使痴儿女知有古今美恶成败之劝惩，则出于关、庾氏传奇之变。或者以为治世之音，则辱国甚矣。吁！关雎、麟趾之化渐渍于声乐者，固若是其班乎，故曰今乐府者文墨之士之游也。然而，媟雅、邪正、豪俊、鄙野，则亦随其人品而得之。杨、卢、滕、李、冯、贯、马、白皆一代词伯，而不能不游于是，虽依比声调，而其格力雄浑正大，有足传者。"③ 这里将元曲与"新乐府"混称，不仅从主题上肯定其"使痴儿女知有古今美恶成败之劝惩"，而

---

① 《水浒传》第三十八回"及时雨会神行太保，黑旋风斗浪里白跳"，人民文学出版社1997年版，第495页。

② （元）杨维桢：《渔樵谱序》，《东维子文集》，四部丛刊影抄本。

③ （元）杨维桢：《沈氏今乐府序》，《杨维桢集》卷十一，文渊阁四库全书本。

且从艺术上推崇其"格力雄浑正大",具有传世的能力。铁门新乐府,飘荡着元曲的气味。

有趣的是,金元北曲被后世称为"弦索",弦索是其主要演奏乐器。清人焦循《剧说》卷二引明代张元长《笔谈》曰:"董解元《西厢记》,曾见之卢兵部许,一人援弦,数十人合座,分诸色目而递歌之,谓之磨唱。"①陶宗仪《南村辍耕录》卷二十八"乐曲"条也印证了这一点:"达达乐器,如筝、琵琶、胡琴、浑不似之类,所弹之曲与汉人曲调不同。"②而杨维桢演奏的是铁笛。有所谓"杨廉夫初号铁崖,晚得铁笛,更号铁笛道人,卞宜之作《铁笛诗》寄之云:'一段清水百链钢,曾翻宫征事虚皇。裂开黄鹤矶头石,惊落青鸾镜里霜。仙子佩环新乐府,翰林风月旧文章。道人清节磨砻久,却笑桓伊独据床。'廉夫喜之。"③杨维桢甚至写有《铁笛道人自传》,自称亲近"渔樵欸乃"之音:"江上老渔狃道人(指铁笛道人),时时唱《清江》、《欸乃》,道人为作《回波引》和之。乃自歌曰:'小江秋,大江秋,美人不来生远愁,吹笛海西流。'又歌曰:'东飞乌,西飞乌,美人手弄双明珠,九见乌生雏。'"④与这首《回波引》格调相似的,有《铁笛清江引》二十四首,反复吹响铁笛之声。其词曰:"铁笛一声吹破秋。海底鱼龙斗,月涌大江流,河泻清天溜。先生醉眠看北斗。铁笛一声云气飘。人在三山表,濯足洞庭波,翻身蓬莱岛。先生眼空天地小。铁笛一声嘶玉龙。唤起秦楼凤,珠调锦筛箕,花锁香烟洞。先生醉游明月宫。铁笛一声天上响。名在黄金榜,金钗十二行,豪气三千丈。先生醉眠七宝床。铁笛一声秋满天。归自金銮殿,曾脱力士靴,也捧杨妃砚。先生醉书龙凤笺。铁笛一声江月上。濯足银河浪,山公白接篱,太乙青黎杖。先生醉骑金凤凰。铁笛一声天地秋。白雁啼霜后,尘生沧海枯,木落千山瘦。先生醉游麟凤洲。铁笛一声间阖晓。走马长安道,酒淹红锦袍,花压乌纱帽。风流玉堂人未老。铁笛一声秋月朗。露冷仙人掌,三千运酒兵,十万驮诗将。扶不起铁仙人书画舫。

---

① (清)焦循:《剧说》卷二,《中国古典戏曲论著集成》第八册,中国戏剧出版社1959年版,第104页。

② (元)陶宗仪:《南村辍耕录》,中华书局1959年版,第349页。

③ (明)蒋一葵:《尧山堂外纪》卷七十七。

④ (元)杨维桢:《铁笛道人自传》,《杨铁崖文集》卷二,明末刻本,藏北京师范大学图书馆。

铁笛一声天作纸。笔划春秋旨，千年鬼董孤，五代欧阳子。这的是斩妖雄杨铁史。铁笛一声天禄山。奇字都识遍，一双彤管笔，三万牙签卷。这的是铁仙人杨太玄。铁笛一声华满船。拣退烟花选，留一枝杨柳腰，伴一个芙蓉面。这的是铁仙人欢喜冤。铁笛一声情最多。人似磨合罗，弯得满满弓，推得沉沉磨。这的是铁仙人花月魔。铁笛一声春夜长。睡起销金帐，温柔玉有香，娇嫩情无恙。天若有情天亦痒。铁笛一声呼雪儿。笔扫龙蛇字，扶起海棠娇，唤醒酴醿醉。先生自称花御史。铁笛一声花醉语。不放春归去，踏翻翡翠巢，击碎珊瑚树。由不得铁仙人身做主。铁笛一声垂落霞。酒醉频频把，玉山不用推，翠黛重新画。不记得小凌波扶上马。铁笛一声吹未了。扇底桃花小，吹一会红芍药，舞一个河西跳。消受的小香锦杨柳腰。铁笛一声星散彩。夜宴重新摆，金莲款款挨，玉盏深深拜。消受的小姣姣红绣鞋。铁笛一声红锦堆。夜宴春如醉，双双杨柳腰，可可鸳鸯会。消受的小莲心白玉台。铁笛一声花乱舞。人似玲珑玉，龙笛谩谩吹，象板轻轻勾。消受的小黄莺一串珠。铁笛一声香篆消。午梦歌商调，黄莺月下啼，紫凤云中啸。消受的小红台碧玉箫。铁笛一声人事晚。人过中年限，入不得鬼门关，走不得连云栈。因此上铁仙人推个懒。铁笛一声翻海涛。海上麻姑到，龙公送酒船，山鬼烧丹灶。先生不知天地老。"①

　　这种新乐府，撷取元北曲抒情叙事的自由随意，但已经远离马上杀伐之声，用以吟风弄月。在清脆悠扬的铁笛声中，诗人驰骋宇宙，驰入海底、醉看北斗，"濯足洞庭波，翻身蓬莱岛"，醉游明月宫。诗人又驰骋历史，金榜题名，"走马长安道，酒淹红锦袍，花压乌纱帽"，还享受着"力士脱靴，贵妃研墨"的李白风流。又著书立说，指点春秋，呼唤着"三千运酒兵，十万驮诗将"。最终还是退归以"消受的小姣姣红绣鞋"，"留一枝杨柳腰，伴一个芙蓉面"，"夜宴春如醉，双双杨柳腰，可可鸳鸯会"。在那个动荡的时世中，他采取了"今乐府者文墨之士之游"的写作宗旨，游戏笔墨，安顿人生，尊重自己的个性和情欲，寻找自己的精神依托。运笔随心所欲，"不为律缚"，甚至指责"诗至律，诗家之一厄也"②，从而以俗入雅，变雅

---

① 《杨铁崖先生文集》第八卷，明万历四十三年乙卯刻本，藏北京图书馆。
② （元）杨维桢：《蕉窗律选序》，《杨维桢集》卷七，文渊阁四库全书本。

为俗，笔锋外露，以露张扬放达。新乐府的这种格调变异，深深地受到杨维桢晚年生活的制约，如明人郎瑛《七修类稿》卷三十所说："聂大年先生读杨廉夫诗集有云：'文章五彩凤凰雏，酒债诗豪胆气粗；白发草玄扬子宅，红妆檀板谢家湖。金钩梦远天星坠，铁笛声寒海月孤；知尔有灵还不死，沧桑更变问麻姑。'盖廉夫母梦金钩入怀而生，别号铁笛道人。晚年避乱淞江之泖湖谢伯理家，蓄四妾，名草枝、柳枝、桃枝、杏花，皆善音乐。每乘画舫，恣意所之，豪门巨室，竞相迎致。"[①]

狂怪的"铁崖体"在元末人文荟萃的江浙地区的风靡一时，既是元代文风在雅俗、文野、刚柔之间推移的结果，又反过来加剧了这种文风推移。因而这种文体文风是北风南进，却在远离政治中心的江南放纵个性，趋于狂怪，成为北方文学风气影响了整个中国文学风气的一个独特的典型。杨维桢为铁门弟子袁华《可传集》作序时说："吾铁门称能诗者，南北凡百余人。"[②] 可见一时声势颇盛。汉族士人在这场规模宏大的南北文化对话中，采取了多种多样的文化姿态，赵孟頫携带着吴地书、画、诗兼长的文化素养北上，提高大都文人的文化趣味；虞集以理学和诗学兼长的根底，为大都馆阁文化与中原传统文化接轨，开拓了雅正的途径；杨维桢则长期处在肥沃的"文化边缘"，他接触了文化的西北风，却与唐代大小李（李白、李贺）的奇特想象力相糅合，以狂怪挑战传统。他们从不同的方向上，承受着和接纳着气势汹汹的北方游牧民族的文化冲击，为中华文化根脉的不断和新生做出了各有选择的贡献。

"北方民族政权下的文学"对整个中国文学的结构和功能的变化及发展，产生了根本性的深刻影响。其间出现的文化选择、文化探索和文化改造，实质上反映了在游牧文明和农业文明的冲突融合中，中原文学的胡化和边疆文学的华化过程，在胡化和华化的双向作用中，在新的历史台阶上重建中国文化的总体结构和特质，重新开辟中国文学的发展轨迹与审美风气。经过漫长的南北多民族文学的凝聚和拒斥，相互产生渗透和吸引，终至引起新一轮的文化变迁和融合，从而变得愈来愈深刻的"你中有我，我中有你"，

---

① （明）郎瑛：《七修类稿》卷三十"诗文类"，上海书店出版社2001年版，第324页。
② 《四库全书总目》卷一百六十九"集部"二十二《可传集》提要，第1475页。

在文学的历史性进程和共时性构成上，形成了博大精深、多元一体的中华民族文学的整体性。作为现代大国的中国文学史应该在这种多民族之间气壮山河的碰撞和融合中，开发自己的创新点、生长点，在完善我们的知识结构和对民族文学发展动力的理解中，使思想学术变得更加富有解释能力，更加新鲜活泼、博大精深。

（2002 年 5 月太原会议发言整理稿，2012 年 4—5 月修改）

文学中国的巴蜀地域因素

一　巴蜀文化的战略位置

在重庆跟学界的朋友们欢聚一起，切磋交流"地域文学"的命题，是机会难得，可以就地取材，启动丰富的学术思路。这是蒙古骑兵西征时，以合川钓鱼城之役，改变文艺复兴以前世界史进程的英雄城；也是世界反法西斯战争中以坚韧的胆魄承受日本无区别的狂轰滥炸，陷大量日军于中国泥潭而改变世界格局的英雄城。李白有《送友人入蜀》，讲的是从剑阁山路进入四川盆地："见说蚕丛路，崎岖不易行。山从人面起，云傍马头生。"展示了巴蜀文化之古老和巴蜀地势之险要。李白又有《峨眉山月歌》："峨眉山月半轮秋，影入平羌江水流。夜发清溪向三峡，思君不见下渝州。"讲的是对巴蜀山水明月的留恋，以及出川的痛快淋漓。在如此一个有英雄城可把守，有险峻可拱卫，有江流可进取的地方，谈论地域文化与文学，材料不难随手拈来，实在是令人体验到"一点浩然气，千里快哉风"的得其所哉。我出发之前，起码在北京、上海、杭州有五个会议，包括马上要在中南海启动的传统文化讲座。于此忙碌繁杂中来到重庆，山城的热情给我许多亲切感。记得四年前，在这里召开抗战六十周年纪念会的时候，我在会上讲了关于人文地理方面的内容，阐发了文学地理学的思路及其与重庆的深刻渊源。我近年一直在探讨"重绘中国文学地图"的学术工程，之所以用"地图"这个概念来讲中国文学，就是讲求在文学发展的完整性上展开其巨大的运行空间，展开其地域文化脉络的丰富性，展开其中的民族、家族、作家个人及其群体的生存流动聚散等空间上的联系，从而动员更加丰富生动的资源，探讨我们民族文学发展过程中完整、丰富、异彩纷呈的文化精神谱系。

在重绘中国文化地图的命题中，重庆占有举足轻重的位置。五千年的中华文明生命持续发展，没有中断，跟巴蜀地区非常有关系，而且是一种关键性的关系。蜀中也为中国文学的盛世输送了司马相如、李白、苏轼等足以代表一个时代的大家。李白《蜀道难》算得上"蜀中第一诗"，贺知章一见，就称赞李白为"谪仙人"。他一开口就用川江号子或开山谣的高调门，高呼："噫吁戏！危乎高哉，蜀道之难难于上青天。蚕丛及鱼凫，开国何茫然。尔来四万八千岁，不与秦塞通人烟。"蚕丛、鱼凫时代政治上虽没有与中原"通人烟"的记载，但文化消息已有所交流。广汉三星堆祭祀坑及成都平原大量的古蜀文化遗存，足以令人惊心骇目。那几乎等人高的纯金卷包的金杖，几乎两人高的青铜人像，似乎高耸云天的太阳鸟青铜神树，以及众多的凸眼、巨耳、耸鼻、阔嘴的青铜面罩，都令人想起晋代常璩《华阳国志》记载："蜀之为国，肇于人皇，与巴同囿。……有周之世，限以秦、巴，虽奉王职，不得与春秋盟会，君长莫同书轨。周失纲纪，蜀先称王。有蜀侯蚕丛，其目纵，始称王。死，作石棺石椁，国人从之，故俗以石棺椁为纵目人冢也。次王曰柏灌。次王曰鱼凫。鱼凫王田于湔山，忽得仙道，蜀人思之，为立祠。"[1] 只有李白那种雄奇不羁的诗性想象，才能与之匹配。清人顾炎武《日知录》说："李白《蜀道难》之作，当在开元、天宝间。时人共言锦城之乐，而不知畏途之险、异地之虞，即事成篇，别无寓意。及玄宗西幸，升为南京，则又为诗曰：'谁道君王行路难，六龙西幸万人欢。地转锦江成渭水，天回玉垒作长安。'一人之作前后不同如此，亦时为之矣。"[2] 这种诗歌题旨的转折，说明巴蜀地理区块足以牵系着整个国家的安危。清代放开眼光看世界的湖南邵阳人魏源，受了蜀人李白神奇想象的启发，也作《蜀道行》说："君歌《从军行》，我唱《行路难》；君奏《巫山高》，我弹蜀国弦。蜀国周遭五千里，女娲遗石横南纪，共工怒首触不开，水束山盘自终始。鱼凫四万八千岁，不与人间共天地。不遭洪水辟九州，尧禹岂识开明帝！神丁凿山山忽摧，鳌灵劈江江水开。望帝高飞云表去，秦兵一夜从天

---

[1]　（晋）常璩：《华阳国志》卷三，文渊阁四库全书本。

[2]　（清）顾炎武著，黄汝成集释：《日知录集释》卷二十六，岳麓书社1994年版，第912页。

来。金牛道，木牛蹂，白帝城，赤帝守，蛙声不断鹃声又。万古剑门与夔门，惟见千夫荷戈走。书生不用叹征袍，英雄失路同儿曹。变化风云长头角，时穷天地皆荆茅。君不见，六国龙扰劫灰日，青牛紫气函关客。神龙首尾何有哉，流沙一去无消息。蜀国弦，弦以哀，问君西游何时回？”[①] 想象驰骋于天地之间，思考着国家、蜀道与人的命运。

巴蜀在中华民族生存发展中举足轻重的关键地位，端赖其独特的地理形势：险峻的高山四周环抱，中间展开广阔丰饶的平原，以天府之国的富庶，作为中原地区的后院；又以雄踞长江上游，俯窥江南，居兵家用武之要。清人顾祖禹《读史方舆纪要》如此分析道：“四川介在西偏，重山叠岭，深溪大川，环织境内，自相藩篱。且渝、夔东出，则据吴楚之上游；利、阆北顾，则连褒斜之要道；威、茂、黎、雅足控西番，马、湖、叙、泸以扼南僰，自昔称险塞焉。秦人并巴蜀，益以富强。汉开西南夷，边壤益斥。……盖东南噤领，尝在巴蜀矣。后唐同光初，荆南帅高季兴入朝，唐主问季兴用兵于吴蜀二国何先。季兴曰：宜先伐蜀，克蜀之后，顺流而下，取吴如反掌耳。宋牟子才言：重庆为保蜀之根本（此就江道言之），嘉定为镇西之根本，夔门为蔽吴之根本。然而巴蜀之根本，实在汉中（详陕西汉中府总论）。未有汉中不守，而巴蜀可无患者也。故昔人谓东南之重在巴蜀，而巴蜀之重在汉中。宋人保东南，备先巴蜀。及巴蜀残破，而东南之大势去矣。《志》称蜀川土沃民殷，货贝充溢，自秦汉以来，迄于南宋，赋税皆为天下最。又地多盐井，朱堤出银，严道、邛都出铜，武阳、南安、临邛、江阳皆出铁。”[②] 中国其他地域可以有其他地域的优势，但是巴蜀地区这种天然屏障、雄踞上游、土沃民殷的优势，却是其他地域难以兼备和代替的。

因此，中华民族于秦汉开拓大一统的格局之后，在两千多年的“分久必合，合久必分”的生命过程中，往往重复着“谁兼并巴蜀，谁就赢得大一统”的现象，这一点为多次改朝换代、南北冲突融合所证明。为什么中国五千年文明不曾中断？过去很多学者专门从概念上讲儒释道交融互补的价值和功能，但实际上的问题恐怕不能这么简单，这么空泛。其中有一个很重要的

---

① （清）魏源：《古微堂诗集》卷五，清同治九年刊本。

② （清）顾祖禹：《读史方舆纪要》卷六十六，中华书局2005年版，第3094页。

原因，是中华民族除了拥有黄河文明之外，还拥有一个长江文明，有这"两河文明"的相互推移和交融。在中世纪的北方崛起了一个"草原帝国"，其疆域从兴安岭一直到欧洲。在冷兵器时代，草原骑兵纵横驰骋，骁勇善战，如"秋风扫落叶"，很多古老的农业民族都被它摧毁了。但是唯有中华民族在农业文明与游牧文明的碰撞融合中奇迹般地坚守着，百折不挠地发展着。《儒林外史》作为"楔子"的第一回，开场诗中有一句："百代兴亡朝复暮，江风吹倒前朝树。"接着还追问："自古及今，那一个是看得破的？"① 要看得破，就要思考"前朝树"吹倒了，为何根基不拔，"后朝树"的新芽又在原来的根上茁壮地生长出来？就是因为中华民族由黄河、长江这两条母亲河哺育。这两条江河具有丰富的生存屏障、众多的资源和人口、多姿多彩的文化智慧以及广阔的回旋余地。比较起来，古埃及文明只有一长条的河谷绿洲，所以阿拉伯人来了，马其顿人来了，它就缺乏回旋余地，容易中断。中东的古巴比伦也有幼发拉底河、底格里斯河这两河流域，但中华民族的黄河、长江这两河流域比它大了七倍，腹地很大，底气就很足，这在民族博弈和发展中，提供了进退的余地和回旋应对的弹性，从而以海纳百川的姿态包容了本来的文化和新来的文化，而在更高的层级上进行兼容创新。

在此巨大的江河腹地及其周边，地理状貌和气候的差异，形成了游牧、旱地农业、稻耕农业等不同的生产生活方式。古代中国大规模的民族冲突融合，主要表现为南北民族碰撞和疆土推移。北方少数民族进犯中原，在平常的时候长城是可以抵挡一下的。有此长城雄关驻兵设防，想破关南下，是要付出代价的。在边境平静的时候，可以开关贸易，互通有无。但是当北方少数民族真正强大到极点，建立大面积的统一帝国之后，长城就难以招架了。在中原国力不振，节节败退的岁月，什么东西挡住了北方骑兵的铁蹄呢？长江。有所谓"长江制其区宇，峻山带其封域，国家之利未见有弘于兹者"②；又所谓"长江天堑，古以为限隔南北"③。中国出现过一而再、再而三的南北朝，试设想一下，如果没有长江"天堑"，中华文明就可能失去地理屏障，为驰

---

① （清）吴敬梓：《儒林外史》第一回"说楔子敷陈大义，借名流隐括全文"，卧闲草堂本。
② 《晋书》卷五十四《陆机传》，中华书局 1974 年版，第 1471 页。
③ 《隋书》卷二十三《五行志下》，中华书局 1973 年版，第 659 页。

骋万里的铁骑斩断了。明人杨慎《廿一史弹词》中有《临江仙》(《廿一史弹词》第三段说秦汉开场词)唱道："滚滚长江东逝水，浪花淘尽英雄。是非成败转头空。青山依旧在，几度夕阳红。白发渔樵江渚上，惯看秋月春风。一壶浊酒喜相逢。古今多少事，都付笑谈中。"此词毛宗岗评点《三国演义》时，作为卷首词。[①] 又作为电视连续剧《三国演义》的主题歌，唱遍大江南北。

　　而在长江天堑的攻防中，雄踞上游的巴蜀之地，是其关键与要害处。宋人陈傅良《闻叶正则阅藏经次其送客韵以问之》写道："顺水去吴会，逆水来夔门。万古逆顺舟，以斗占旦昏。"[②] 长江三峡的夔门，直通中游及下游的三吴之地。因此，明朝洪武年间的马德华赋有《蜀山图》　首："翠壁苍压峭入天，雨余芳草带春烟。锦江东去夔门险，剑阁西来鸟道悬。丞相旧图砂碛里，文翁遗庙夕阳前。回看匹马经行处，似有猿声到耳边。"[③] 只要南方朝廷能够固守"锦江东去夔门险，剑阁西来鸟道悬"的巴蜀地区，占领黄河流域的游牧民族的战争压力，就有可能依凭长江天堑得以化解。

二　民族共同体与英雄城

　　正因为有了长江的阻隔，北方游牧民族入主中原之时，汉族的一些大家族迁移到长江流域，把长江流域发展得比黄河流域还发达。北方少数民族入主中原，浸染中原的汉族文明，住在未央宫比住在帐篷里舒服吧，所以它就逐渐地被汉化或华夏化了。中华民族向来有一种维护国家统一的向心力，人心不死，自然会趋于新的统一与融合。《世说新语·言语篇》记载了一个东晋初期发生在吴地丹阳新亭的著名故事："过江诸人，每至美日，辄相邀新亭，借卉饮宴。周侯(周颢)中坐而叹曰：'风景不殊，正自有山河之异！'皆相视流泪。唯王丞相(王导)愀然变色曰：'当共戮力王室，克复神州，

---

　　① 《升庵长短句》，录于《三国演义》第一回，清康熙毛宗岗修订本。
　　② (宋)陈傅良：《闻叶正则阅藏经次其送客韵以问之》，收入(清)吴之振等《宋诗钞》卷七十，文渊阁四库全书本。
　　③ (明)马德华：《蜀山图》，(清)陈田辑《明诗纪事》甲签卷二十九，清陈氏听诗斋刻本。

何至作楚囚相对？'"① 对于这个新亭故事，明代戏曲《玉镜台记》第十二出"新亭流涕"中，作了如此唱词和对白上的发挥："自羯虏窥觎神器，胡尘四塞迷。顷刻把中原板荡，冠履倒置，黎民无孑遗。……是何时，从头收拾山河旧，天外重将落日挥。仰见三辰失位，神京九鼎移。（自从虏马饮江，沧桑迁变，指顾江山，漫非旧日之景。可伤，可伤。）携手凭高睇盼，风景不殊，举目有江河之异。〔流泪介〕……我与你当共戮力王室，克复神州，何至作楚囚对泣乎！……国破裂，君难急，青衣之耻犹未雪，逋臣此恨何时竭？壮怀激烈，甘为嵇侍中血。天柱折，地维缺，一江南北乾坤别，遥看朔漠心如噎。只愿江左群寮，心孚契结。徇国忘家，忠肝似铁。收疆土，恢帝业，麟阁图形，燕然勒碣。寸心迫切，衷肠似火渍，听取江流，声如哽咽。"② 这些充满激情和忧患的对白和唱词，是几个人物轮番说出，或合唱的，从而表明在"一江南北乾坤别"的民族危机中，收拾山河，克复神州，重整乾坤，是南渡过江的中原士大夫的意志和共识。

　　百折不挠地将这种追求统一、反抗分裂的民族意志，注入长江、黄河的文明腹地，这就形成了中华民族共同体生存史上气壮山河的南北"太极推移"，你推过来，我推过去，越来越深地变得你中有我、我中有你，于是在南北对峙之后，出现了更高程度的南北融合。巴蜀在两千余年的南北对峙交融中，占有特殊的位置，堪称"太极推移"中的"太极眼"。历史上被称为"天府之国"的地方，颇有几处：一是长安所在的关中。《史记·留侯世家》张良讨论定都的时候说："夫关中左殽函，右陇蜀，沃野千里，南有巴蜀之饶，北有胡苑之利，阻三面而守，独以一面东制诸侯。诸侯安定，河渭漕挽天下，西给京师；诸侯有变，顺流而下，足以委输。此所谓金城千里，天府之国也。"③ 二是金、元、明、清定都的北京。明人谢肇淛《五杂俎》说："今国家燕都可谓百二山河，天府之国，但其间有少不便者，漕粟仰给东南耳。"④ 清代福格《听雨丛谈》说："自来论形势者，必曰关中负山面河，不

---

　　①《世说新语校笺》卷上，中华书局1984年版，第50页。

　　②（明）朱鼎：《玉镜台记》第十二出"新亭流涕"，收入《六十种曲》，中华书局1958年版，第28—30页。

　　③《史记》卷五十五《留侯世家》，中华书局1959年版，第2044页。

　　④（明）谢肇淛：《五杂俎》卷三"地部"一，明万历四十四年潘膺祉如韦馆刻本。

啻拊背扼吭，足以鞭挞四裔。其次则河、洛居天下之中，金陵有长江之险。盖皆因仍而言，未必具有独识也。燕京之地，《战国策》已称其天府之国，富弼称其士卒精悍，与他道不类，得其心可以为用，失其心可以为患。"① 清代朱彝尊、于敏中《日下旧闻考》卷五说："是邦（幽燕）之地，左环沧海，右拥太行，北枕居庸，南襟河济，形胜甲于天下，诚天府之国也。究其沿革，唐虞则为幽都，夏、殷皆入冀地，周封尧后于蓟，封召公于燕，正此地也。厥后汉曰广阳，晋曰范阳，宋曰燕山，元曰大兴，国朝初谓之北平，而为燕府龙潜之地，寻建为北京，而谓之顺天焉。"② 清人吴长元《宸垣识略》卷一引述："明谢肇淛云：燕都称百二山河，天府之国。"③ 三是地方人士称其故土。《北齐书·唐邕传》称并州城，或曰："此是金城汤池，天府之国。"④ 明人屠本畯《闽中海错疏》说："闽故神仙奥区，天府之国也，并海而东，与浙通波，遵海而南，与广接壤，其间彼有此无，十而二三耳。"⑤ 四是巴蜀之地，"天府之国"的称呼，于此狄得更广泛的认可。《三国志·蜀书·诸葛亮传》记传主与刘备作《隆中对》曰："益州险塞，沃野千里，天府之土，高祖因之以成帝业。"陈子昂《临邛县令封君遗爱碑》则说："夫蜀都天府之国，金城铁冶，而俗以财雄；弋猎田池，而士多豪侈。"⑥ 比起关中的"金城千里，天府之国"，燕京的"燕都称百二山河，天府之国"，并州的"金城汤池，天府之国"，闽中的"神仙奥区，天府之国"，巴蜀的"天府之国"另是一番景象。有若清人谷应泰《明史纪事本末》卷十一"太祖平夏，元顺帝至正十五年春，徐寿辉将明玉珍据成都"条记载："九月己亥，夏主明升遣使来聘，使者自言：'其国东有瞿塘三峡之险，北有剑阁栈道之阻，古人谓"一夫守之，百人莫过"。而西控成都，沃壤千里，财富利饶，实天府之国。'"⑦

① （清）福格：《听雨丛谈》卷五，国家图书馆藏清抄本。
② （清）朱彝尊、于敏中：《日下旧闻考》卷五，文渊阁四库全书本。
③ （清）吴长元：《宸垣识略》卷一，清乾隆池北草堂刻本。
④ 《北齐书》卷四十《唐邕传》，中华书局 1972 年版。
⑤ （明）屠本畯：《闽中海错疏》，清学津讨原本。
⑥ （唐）陈子昂：《临邛县令封君遗爱碑》，《全唐文》卷二百五十五，中华书局 1983 年版，第 2172 页。
⑦ （清）谷应泰：《明史纪事本末》卷十一，中华书局 1977 年版。

素称"天府之国"的巴蜀以"人富粟多，浮江而下，可济中国"①，历史上常可奠定一代"王业之基"。秦始皇统一中国，很重要的基础就是他登基前半个世纪，秦人就占领了巴蜀。巴蜀的开发，使秦国的土地和国力增加了一倍。他们利用巴蜀的财富源泉，支撑战争，收买列国重臣，势如破竹地兼并山东六国，统一天下。汉高祖击败不可一世的楚霸王，除了善于收罗、驾驭和使用杰出人才之外，依倚的也是关中的兵，巴蜀的饷。汉以后出现了三国，晋朝统一全国也是首先拿下了蜀国。原先曹操与孙权打仗，曹操进攻孙权，曹操必败，孙权进攻曹操，孙权必败，因为一者长于陆战，一者长于水战。但是一旦拿下蜀国和襄阳，就雄踞长江上中游，可以建楼船，练水师，一旦东吴有变，就顺流而下，统一全国。刘禹锡《西塞山怀古》诗所写的"王濬楼船下益州，金陵王气黯然收。千寻铁锁沉江底，一片降幡出石头"，就是展现这番情景。隋朝结束南北朝的分裂局面，也是由于隋据有巴蜀。南朝梁发生侯景之乱，西魏乘机占领荆襄、巴蜀，北周取代西魏之后又灭北齐。此时的南朝陈只有三峡以东、大江以南的土地，因此隋文帝篡夺北周帝位，消灭陈叔宝也就水到渠成了。正如王夫之《读通鉴论》所说："以势言之，先江南而后蜀，非策也。江南虽下，巫峡、夔门之险，水陆两困，仰而攻之，虽克而兵之死伤也必甚。故秦灭楚、晋灭吴、隋灭陈，必先举巴蜀，顺流以击吴之腰脊，兵不劳而迅若疾风之扫叶得势故也。"②

宋太祖陈桥兵变，向南方用兵，也是乘乱进入长江中游，又消灭后蜀，才从长江的上中游进攻下游，消灭了南唐李后主的小朝廷的。宋人邵伯温《邵氏闻见录》记载："太祖即位之初，数出微行，以侦伺人情，或过功臣之家，不可测。赵普每退朝，不敢脱衣冠。一日大雪，向夜，普谓帝不复出矣。久之，闻叩门声，普出，帝立风雪中。普惶惧迎拜，帝曰：'已约晋王矣。'已而太宗至，共于普堂中设重裀地坐，炽炭烧肉。普妻行酒，帝以嫂呼之。普从容问曰：'夜久寒甚，陛下何以出？'帝曰：'吾睡不能着，一榻之外皆他人家也，故来见卿。'普曰：'陛下小天下耶？南征北伐，今其时也。愿闻成算所向。'帝曰：'吾欲下太原。'普默然久之，曰：'非臣所知

---

① 《新唐书》卷一百七《陈子昂传》，中华书局 1975 年版，第 4074 页。

② （清）王夫之：《读通鉴论》卷三十，中华书局 2004 年版。

也．'帝问其故，普曰：'太原当西北二边，使一举而下，则二边之患我独当之。何不姑留以俟削平诸国，则弹丸黑志之地，将无所逃。'帝笑曰：'吾意正如此，特试卿耳。'遂定下江南之议。帝曰：'王全斌平蜀多杀人，吾今思之犹耿耿，不可用也。'普于是荐曹彬为将，以潘美副之。明日命帅，彬与美陛对，彬辞才力不迨，乞别选能臣。美盛言江南可取，帝大言谕彬曰：'所谓大将者，能斩出位犯分之副将，则不难矣。'美汗下，不敢仰视。将行，夜召彬入禁中，帝亲酌酒。彬醉，宫人以水沃其面。既醒，帝抚其背以遣曰：'会取会取，他本无罪，只是自家着他不得。'盖欲以恩德来之也。是故以彬之厚重，美之明锐，更相为助，令行禁止，未尝妄戮一人，而江南平。皆帝仁圣神武所以用之，得其道云。"① 这就是著名的"雪夜访普"的佳话，也见于《宋史·赵普传》。一代开国君臣必须认真思考"南征北伐，成算所向"的战略方向。宋初开国，先用"王全斌平蜀"，再以曹彬平江南，然后回师灭北汉，中原、荆蜀、江南统一之后，才用全国之力，承担北辽、西夏的压力。其中，荆、蜀之地成为首选的入手处，这是值得深思的。

　　长江下游江面开阔，靠近南方朝廷的心脏区域，必有重兵把守，必遇殊死搏斗，北方的骑兵、步兵贸然过江容易失去优势，面临严重的危险。金与南宋对峙，金兵在西线遇到吴玠、吴璘的有效抵抗，一直未能进入巴蜀，这对南宋能够保持偏安局面起了重要的支撑作用。这样金兵只能直接跨长江，而直接跨长江就吃败仗。金主完颜亮屯兵四十万，在采石矶对岸的和州，要跨长江灭南宋。有个四川书生叫虞允文，是跟张孝祥、范成大、杨万里同科的进士，他搜集零散的士兵和船只，以一万八千人就把金兵打败了。《宋史·虞允文传》详细记载蜀中隆州仁寿人虞允文指挥的这场长江采石矶之战："金主（完颜亮）率大军临采石，而别以兵争瓜洲。朝命……允文往芜湖趣显忠交权军，且犒师采石，时权军犹在采石。丙子，允文至采石，权已去，显忠未来，敌骑充斥。我师三五星散，解鞍束甲坐道旁，皆权败兵也。允文谓坐待显忠则误国事，遂立招诸将，勉以忠义……叱之曰：'危及社稷，吾将安避？'……时敌兵实四十万，马倍之，宋军才一万八千。允文乃命诸将列大阵不动，分戈船为五，其二并东西岸而行，其一驻中流，藏精兵待

---

① （宋）邵伯温：《邵氏闻见录》卷一，汲古阁本。

战，其二藏小港，备不测。部分甫毕，敌已大呼，（完颜）亮操小红旗麾数百艘绝江而来，瞬息，抵南岸者七十艘，直薄宋军，军小却。允文入阵中，抚时俊之背曰：'汝胆略闻四方，立阵后则儿女子尔。'俊即挥双刀出，士殊死战。中流官军亦以海鳅船冲敌，舟皆平沉，敌半死半战，日暮未退。会有溃军自光州至，允文授以旗鼓，从山后转出，敌疑援兵至，始遁。又命劲弓尾击追射，大败之，僵尸凡四千余，杀万户二人，俘千户五人及生女真五百余人。敌兵不死于江者，亮悉敲杀之，怒其不出江也。以捷闻，犒将士，谓之曰：'敌今败，明必复来。'夜半，部分诸将，分海舟缒上流，别遣兵截杨林口。丁丑，敌果至，因夹击之，复大战，焚其舟三百，始遁去，再以捷闻。……甲申，至京口。敌屯重兵滁河，造三牐储水，深数尺，塞瓜洲口。时杨存中、成闵、邵宏渊诸军皆聚京口，不下二十万，惟海鳅船不满百，戈船半之。允文谓遇风则使战船，无风则使战舰，数少恐不足用。遂聚材冶铁，改修马船为战舰，且借之平江，命张深守滁河口，扼大江之冲，以苗定驻下蜀为援。庚寅，亮至瓜洲，允文与存中临江按试，命战士踏车船中流上下，三周金山，回转如飞，敌持满以待，相顾骇愕。亮笑曰：'纸船耳。'一将跪奏：南军有备，未可轻，愿驻扬州，徐图进取。亮怒，欲斩之，哀谢良久，杖之五十。乙未，亮为其下所杀。"[1] 可见虞允文于水上战争中调度自如，其智谋竟然压倒了北方游牧民族的一代枭雄。骄横的金主完颜亮不谙水战，锋芒屡挫，撤兵途中就被部下暗杀了，这就保住了南宋半壁江山。《宋史·刘锜传》又载："都督府参赞军事虞允文自采石来，督舟师与金人战。允文过镇江，谒锜问疾。锜执允文手曰：'疾何必问。朝廷养兵三十年，一技不施，而大功乃出一儒生，我辈愧死矣！'"[2] 刘锜是一代中兴名将，竟然对一介儒生的虞允文在长江水战上的作为赞不绝口，这是儒生的威风，还是长江天堑的威风？

与巴蜀、与重庆有重大关系的，是 13 世纪蒙古帝国灭金之后，四十年才灭南宋。他们都到哪里去了呢？除了以秋风扫落叶之势西征，一直打到伏尔加河之外，在中国土地上的蒙古大军向西打破襄阳、成都，忽必烈从陇西

---

① 《宋史》卷三百八十三《虞允文传》，中华书局 1977 年版，第 11792—11794 页。

② 《宋史》卷三百六十六《刘锜传》，第 11407 页。

穿越两千里山谷，乘羊皮囊下金沙江，袭破大理国。当时的蒙古骑兵被罗马教皇称为"上帝的鞭子"，但蒙哥汗亲率十万大军进攻重庆合川钓鱼城的时候，被飞丸击中而死，使钓鱼城成了影响世界历史进程的"上帝折鞭"的英雄城。钓鱼城本是四川安抚制置使兼知重庆府余玠采纳播州（今遵义）士人冉琎、冉璞的建议，搬迁合州及石照县于钓鱼山上，屯兵积粮，修墙建堡而成。《宋史·地理志》："合州，中，巴川郡，军事。淳祐三年（宋理宗年号，1243），移州治于钓鱼山。"① 山势险峻，环以嘉陵江、渠江、涪江之水，成了"锁钥三江"的巴蜀屏障。筑钓鱼城五年后，蒙古军分三路进攻南宋，蒙哥汗（即元宪宗）亲率号称十万主力，攻陷成都及川西北诸府，对钓鱼城招降受拒。此年，即蒙哥汗九年（宋理宗开庆元年，1259），蒙古军攻城，均被守将王坚击退。六月，蒙古前锋将领乘夜攻破西北外城马军寨，与增援的守军激战。战争间歇时，蒙方前锋将领劝降喊话，为滚木礌石击中身亡。七月，蒙军在对面马鞍山筑台立栅，以窥钓鱼城虚实。蒙哥汗登栅瞭望，为钓鱼城上巨炮发射的飞丸击伤，留下可"克城尽屠"的遗诏而亡。蒙哥汗死讯传出，西征埃及、叙利亚和欧洲以及南攻赵宋的蒙古贵族返回本土，展开长期的汗位争夺战，在内讧中消磨了摧枯拉朽的扩展势头。草原帝国本被喻为"上帝的鞭子"，而钓鱼城之战成了"上帝折鞭"之役，改变了中古世界局面和世界史进程。② 合州有被称为"邹忠介公"者，作《钓鱼城跋》云："吾闻得国于北者，恃有黄河之险，得国于南者，恃有长江之险。而蜀实江之上游也。敌人得蜀，偏师可浮江而下，则长江之险，敌人与我共之矣，故守江尤在于守蜀也。而钓鱼城又据蜀之上游。冉氏兄弟，首划城钓鱼山之策，王坚、张珏，且战且守，岂非有见于此欤？向使无钓鱼城，别无蜀久矣；无蜀，则无江南久矣。宋之宗社，岂待厓山而后亡哉。"清人丁治棠《仕隐斋涉笔》摘录此跋之后，评论说："文仅二百余言，天下大势，了如指掌，大手笔也。钓鱼城有石刻四字，云'独钓中原'，或云忠介公题。"③ 钓鱼城凭借天然险峻，在蒙古大军包围下，坚守三十余年，直到

---

① 《宋史》卷八十九《地理志》，第2219页。

② 参看《合川钓鱼城》，西南师范大学出版社2003年版，第28—35页。

③ （清）丁治棠：《仕隐斋涉笔》卷八录合州邹忠介公《钓鱼城跋》，四川人民出版社1985年版。

南宋灭亡之后。如郭沫若在抗战时期的摩崖题诗所云："魄夺蒙哥尚有城，危崖拔地水回萦。冉家兄弟承璘玠，蜀郡山河壮甲兵。卅载孤撑天一线，千秋共仰宋三卿。贰臣妖妇同祠宇，遗恨分明未可平！"钓鱼城坚守前后，蒙古军已占领襄阳、成渝、大理，实际上已从上中游渡过长江，因而回师东南，灭宋已成摧枯拉朽之势。这就是说，元朝统一中国，也印证了先得巴蜀、后成统一的历史通则。

现代的巴蜀在支撑国家命脉和完成统一、独立的大业中也发挥了无以代替的作用。抗日战争时期，北平、南京、武汉相继沦陷，重庆成了战时陪都，被誉为世界反法西斯战争的东方司令部。而且新中国建国的十大元帅中，巴蜀出了四个——朱德元帅、陈毅元帅、刘伯承元帅、聂荣臻元帅，他们在全国解放统一中立下彪炳史册的功勋。因此，我开头就讲，在巴蜀谈论人文地理与文学的关系，是非常合适，得其所哉。在这里可以找到一个极佳的立足点和精神关注点，总览维系着中华民族共同体生命的黄河文明与长江文明的冲突融合，总览中国历史上"合久必分，分久必合"而且往往是"谁得巴蜀，谁得一统"的历史进程。关注巴蜀文化，实际上是关注中华民族发展合力的一个关节点。

三　巴渝歌舞与竹枝词

重庆近年随着三峡水库的修建，抢救发掘出大量巴人文化的遗存，建立了巴文化博物馆。重庆、川东一带，古称"三巴"：渝州为巴中，绵州为巴西，归、夔、鱼腹、云安为巴东。晋代常璩《华阳国志》述及三巴的政治建制："建安六年（201）……（刘）璋乃改永宁为巴郡，以固陵为巴东，徙羲为巴西太守，是为'三巴'。"①杜佑《通典》解释三巴得名的缘由："渝州（今理巴县）古巴国（《左传》'西巴师侵鄀'，注云：'巴国今江州县也。其爵曰子'），谓之三巴（《三巴记》曰：'阆白二水东南流，曲折三回如巴字，故谓三巴'）。"②《三巴记》乃蜀汉大臣谯周所著，因而他对地理

① （晋）常璩：《华阳国志》卷一，四部丛刊本。
② （唐）杜佑：《通典》卷一百七十五"州郡"五，中华书局1988年版。

形势是熟悉的。蜀人李白有《宣城见杜鹃花》（一作杜牧诗，题云《子规》）诗云："蜀国曾闻子规鸟，宣城还见杜鹃花。一叫一回肠一断，三春三月忆三巴。"

三巴是巴人的原住地，在《左传》中，他们多次以"巴子"、"巴人"的身份出现，与楚国或联盟，或相争。在战国七雄称王时，巴亦称王。至于他们的起源，大概是来自巴人的口头传闻，如《后汉书·南蛮西南夷列传》记载："巴郡南郡蛮，本有五姓：巴氏、樊氏、瞫氏，相氏，郑氏。皆出于武落钟离山。其山有赤黑二穴，巴氏之子生于赤穴，四姓之子皆生黑穴。未有君长，俱事鬼神，乃共掷剑于石穴，约能中者，奉以为君。巴氏子务相乃独中之，众皆叹。又令各乘土船，约能浮者，当以为君。余姓悉沉，唯务相独浮。因共立之，是为廪君。乃乘土船，从夷水至盐阳。盐水有神女，谓廪君曰：'此地广大，鱼盐所出，愿留共居。'廪君不许。盐神暮辄来取宿，旦即化为虫，与诸虫群飞，掩蔽日光，天地晦冥。积十余日，廪君伺其便，因射杀之，天乃开明。廪君于是君乎夷城，四姓皆臣之。廪君死，魂魄世为白虎。巴氏以虎饮人血，遂以人祠焉。"[①] 巴蛮的分支，有板楯蛮，有别名为賨人。这个以白虎为图腾的部族，是能歌善舞的。还是《后汉书·南蛮西南夷列传》如此说："至高祖为汉王，发夷人还伐三秦。秦地既定，乃遣还巴中，复其渠帅罗、朴、督、鄂、度、夕、龚七姓，不输租赋，余户乃岁入賨钱，口四十。世号为板楯蛮夷。阆中有渝水，其人多居水左右，天性劲勇，初为汉前锋，数陷陈。俗喜歌舞，高祖观之，曰：'此武王伐纣之歌也。'乃命乐人习之，所谓《巴渝舞》也。遂世世服从。"《旧唐书·音乐志》也证明这一点："汉高祖与项籍会于鸿门，项庄剑舞，将杀高祖。项伯亦舞，以袖隔之，且云公莫害沛公也。汉人德之，故舞用巾，以象项伯衣袖之遗式也。《巴渝》，汉高帝所作也。帝自蜀汉伐楚，以版盾蛮为前锋，其人勇而善斗，好为歌舞，高帝观之曰：'武王伐纣歌也。'使工习之，号曰《巴渝》。渝，美也。亦云巴有渝水，故名之。"[②]

巴人的歌舞崇尚勇武风气。北魏崔鸿《十六国春秋别本》记载："巴

<hr>

① （南朝宋）范晔：《后汉书》卷八十六《南蛮西南夷列传》，中华书局1965年版，第2840页。

② 《旧唐书》卷二十九《音乐志》，中华书局1975年版，第1059页。

人谓赋为賨，因谓之賨人焉。及高祖为汉王，始募賨人，平定三秦，既而不愿出关，求还乡里。高祖以其功，复同丰沛，更名其地为巴郡。土有盐铁丹漆之利，民用敦阜，俗性剽勇，善歌舞。高祖爱其舞，诏乐府习之，今巴渝舞是也。"[①] 巴渝舞是巴人的名牌，因与改朝换代时期的开国雄主相联系，影响相对深广。晋代常璩《华阳国志》卷一如此记述："及禹治水，命州巴、蜀，以属梁州。禹娶于涂山，辛壬癸甲而去，生子启，呱呱啼，不及视，三过其门而不入室，务在救时——今江州涂山是也，帝禹之庙铭存焉。会诸侯于会稽，执玉帛者万国，巴、蜀往焉。周武王伐纣，实得巴、蜀之师，著乎《尚书》。巴师勇锐，歌舞以凌殷人，前徒倒戈。故世称之曰'武王伐纣，前歌后舞'也。"[②] 宋代曾慥《类说》则说："武王伐纣，歌，使工习之，号《巴渝之美》。"[③] 一旦冠上周武王、汉高祖的名头，巴渝乐舞就成了全国性的乐舞，由俗入雅，获得贵族的青睐。唐代欧阳询《艺文类聚》涉及汉代风俗："《盐铁论》曰：贵人之家，中山索女，抚流征于堂，与鸣鼓巴渝交作堂下。"[④] 到了六朝，梁简文帝有《蜀国弦》乐府诗，称赞巴渝舞姿之妙："铜梁指斜谷，剑道望中区。通星上分野，作固下为都。雅歌因良守，妙舞自巴渝。阳城嬉乐盛，剑骑郁相趋。"[⑤] 梁简文帝又有《舞赋》曰："酌蒲桃，坐柘观，命妙舞，征清弹……奏巴渝之丽曲，唱碣石之清音，扇才移而动步，鞸轻宣而逐吟。"[⑥] 在这位以"文"为谥号的帝王心目中，巴渝乐舞简直成了妙舞丽曲的代名词了。巴渝歌舞由汉高祖称赞的"武王伐纣歌"，蜕化成妙舞丽曲，也可见南朝文学风气趋势之一斑。

无论是崇尚勇武也罢，妙舞丽曲也罢，既然巴渝歌舞上连周武王，下连汉高祖，便不能不引起历代史志的谈论和探讨。宋人郑樵《通志·乐略》

---

① （北魏）崔鸿：《十六国春秋别本》卷六，文渊阁四库全书本。

② （晋）常璩：《华阳国志》卷一，文渊阁四库全书本。

③ （宋）曾慥：《类说》卷五十一，明天启六年岳钟秀重刊本。

④ （唐）欧阳询：《艺文类聚》卷四十一"乐部"引《盐铁论》，文渊阁四库全书本。

⑤ （南朝梁）简文帝：《蜀国弦》，收入（宋）郭茂倩编《乐府诗集》卷三十"相和歌辞"五，中华书局1979年版，第440页。

⑥ 简文帝：《舞赋》，录于（唐）欧阳询《艺文类聚》卷四十三"乐部"三，文渊阁四库全书本。

称："按鞞舞，本《汉巴渝舞》，高祖自蜀汉伐楚，其人勇而善斗，好为歌舞，帝观之曰：'武王伐纣之歌。'使工习之，号曰《巴渝舞》。其舞曲四篇：一曰《矛渝》，二曰《安弩渝》，三曰《安台》，四曰《行辞》。其辞既古，莫能晓句读。魏使王粲制其辞，粲问巴渝帅而得歌之本意，故改为《矛渝新福》《弩渝新福》《曲台新福》《行辞新福》四歌，以述魏德。其舞故常六佾，桓玄将僭位，尚书殿中郎袁明子启增满八佾。梁复号《巴渝》。"① 元代马端临《文献通考》则判定巴渝乐属于"武乐"，并探讨其体制："巴、渝鼓员三十六人（师古曰：'巴，巴人也。渝，渝人也。当高祖初为汉王，得巴渝人，并趫捷善斗，与之定三秦，因存其武乐也。巴、渝之乐，因此始也'）。"② 杜牧说得很干脆："巴渝夷俗，慷慨豪健，形于乐曲……"③ 明人杨慎《送樊九冈副使归新繁》抒写得很深情："别君于南云碧鸡之泽，追君于东城金马之坡。酌君以莲蕊清曲之酒，侑君以竹枝巴渝之歌。"清初的吴伟业提起巴蜀，就在《阆州行》发了如此感慨："四坐且勿喧，听我歌阆州。阆州天下胜，十二锦屏楼。歌舞巴渝盛，江山士女游。"④ 清代中晚期的蒙古旗人、官至文渊阁大学士柏葰，宦游巴蜀，作了《重庆府》诗云："十七门楼压翠鬟，西南一线走严关。波涛交汇三江水，井邑高凌万仞山。吴楚帆樯来日暮，巴渝歌舞艳人间。时平不用夸形胜，戍鼓无声白昼闲。"⑤ 不管是称"盛"，还是称"艳"，巴渝歌舞流传了两三千年，依然是巴渝地区的标准。

究其原因，巴渝歌舞是汲取民间营养，始终接上"地气"的。周朝采诗，未及巴渝与楚之江南，反而在这些地方为《楚辞》和巴渝歌舞留下了发展空间，此之谓"边缘活力"。因此，巴渝歌舞又生长出《竹枝词》的分枝。唐人顾况《竹枝小序》说："《竹枝》本出于巴渝。唐贞元中，刘禹锡在沅湘，以俚歌鄙陋，乃依骚人《九歌》作《竹枝》新辞九章，教里中儿

---

① （宋）郑樵：《通志·乐略》，商务印书馆 1935 年版。
② （元）马端临：《文献通考》卷一百二十八"乐考"，商务印书馆 1936 年版。
③ （唐）杜牧：《王晏实除齐州吴初本邑州陈佺渝州刺史等制》，收入（清）董诰等《全唐文》卷七百四十九，中华书局 1983 年版，第 7757 页。
④ （清）吴伟业：《阆州行》，《晚晴簃诗汇》卷二十，民国退耕堂刻本。
⑤ （清）柏葰：《重庆府》，《晚晴簃诗汇》卷一百三十二，民国退耕堂刻本。

歌之，由是盛于贞元、元和之间。禹锡曰：'竹枝，巴也。巴儿联歌，吹短笛、击鼓以赴节。歌者扬袂睢舞，其音协黄钟羽。末如吴声，含思宛转，有淇濮之艳焉。'"①唐人皇甫松《竹枝（一名巴渝辞）》却采取七言二句为一首的形式，其一是："槟榔花发鹧鸪啼，雄飞烟瘴雌亦飞"；其二是"木棉花尽荔支垂，千花万花待郎归"；其三是"芙蓉并蒂一心连，花侵槅子眼应穿"；其四是"筵中蜡烛泪珠红，合欢桃核两人同"；其五是"斜江风起动横波，劈开莲子苦心多"；其六是"山头桃花谷底杏，两花窈窕遥相映"。②明万历年间的俞彦又有一种同样奇特的《竹枝》，谓"孙光宪、皇甫松俱有此体"，诗云："巴江迎神（竹枝）打鼓鼙（女儿）。山花红英（竹枝）女巫衣（女儿）。……巴童爱唱（竹枝）巴渝曲（女儿）。巫神夜归（竹枝）巫庙宿（女儿）。"③这些《竹枝》歌词，通俗甜腻，语意双关，在心照不宣中别具风情。

清人王士禛等的《师友诗传录》，又对《竹枝》、《柳枝》一类来自民间的诗歌形式，大发议论说："问：'《竹枝》、《柳枝》自与绝句不同。而《竹枝》、《柳枝》，亦有分别，请问其详？'阮亭答：'《竹枝》泛咏风土，《柳枝》专咏杨柳，此其异也。南宋叶水心又创为《橘枝词》，而和者尚少。'历友答：'《竹枝》本出巴、渝。唐贞元中，刘梦得在沅、湘，以其地俚歌鄙陋，乃作新词九章，教里中儿歌之。其词稍以文语缘诸俚俗，若太加文藻，则非本色矣。世所传"白帝城"以下九章是也。嗣后擅其长者，有杨廉夫焉；后人一切谱风土者，皆沿其体。若《柳枝词》，始于白香山《杨柳枝》一曲，盖本六朝之《折杨柳》歌辞也。其声情之橙利轻隽，与《竹枝》大同小异，与七绝微分，亦歌谣之一体也。《竹枝》、《柳枝》词，详见《词统》。'"④王士禛在扬州作有《论诗绝句》三十首，其中一首写道："曾听巴渝里社词，三闾哀怨此中遗。诗情合在空舲峡，冷雁哀猿和竹枝。"⑤

---

① （唐）顾况：《竹枝小序》，收入（宋）郭茂倩编《乐府诗集》卷八十一"近代曲辞"三，中华书局1979年版，第1140页。

② （唐）皇甫松：《竹枝（一名巴渝辞）》，《全唐诗》卷八百九十一，中华书局1960年版，第10068页。

③ （明）俞彦：《竹枝》，收入《明词汇编续》。

④ （清）王士禛等：《师友诗传录》，清学海类编本。

⑤ （清）王士禛：《论诗绝句》，《带经堂集》卷十四，清康熙五十年程哲七略书堂刻本。

其中既追溯了《竹枝词》的巴渝根源，以及文人采风中由俗入雅的过程；又展示了《竹枝词》在超地域的传播和写作中，被赋予"泛咏风土"的功能；并且将源于"巴渝里社词"的《竹枝词》，与屈原的"三闾哀怨"相联系，从而形成两千余年发源于巴渝、南楚的具有深刻的民间因缘的"南音"系统。

三巴之地，本以民间歌咏风气极盛而驰名。宋玉《对楚王问》说："客有歌于郢中者，其始曰《下里》、《巴人》，国中属而和者数千人；其为《阳阿》、《薤露》，国中属而和者数百人；其为《阳春》、《白雪》，国中属而和者不过数十人；引商刻羽，杂以流徵，国中属而和者，不过数人而已。是其曲弥高，其和弥寡。"① 宋玉的意思在于"曲高和寡"，但是翻转一面看问题，在巴渝之地是"曲俗和众"，而且这种带着巴人徽记的俗曲，竟然在楚国首都，已经获得了超过任何歌曲的众多知音了。宋玉在无意中，为巴渝俗曲的魅力，作了极好的证明。

唐代诗翁杜甫漂泊西南，进入巴蜀之后，也听到这种魅力动人的俗曲了。杜甫《暮春题西草堂》诗云："万里巴渝曲，三年实饱闻。"杜甫客居巴蜀，找到了安顿诗心之所。先是"五年客蜀郡，一年居梓州"（《去蜀》），在成都浣花溪畔草堂，留下他客居的忧虑，如《茅屋为秋风所破歌》；也留下了他村居的宁静，如《客至》："舍南舍北皆春水，但见群鸥日日来。花径不曾缘客扫，蓬门今始为君开。盘飧市远无兼味，樽酒家贫只旧醅。肯与邻翁相对饮，隔篱呼取尽余杯。"他在这里作了一组《漫兴》和《江畔独步寻花》绝句，"骂春色"、"骂春风"、"骂燕子"、"又骂桃柳"，心情放松得有点"颠狂"，人生能有几回如此心境？明代李东阳《麓堂诗话》，知不足斋丛书本。说："杜子美《漫兴》诸绝句，有古《竹枝》意，跌宕奇古，超出诗人蹊径。"② 可见杜甫于此也感染了巴渝歌舞的地气。

杜甫《水槛遣心》诗云："去郭轩楹敞，无村眺望赊。澄江平少岸，幽树晚多花。细雨鱼儿出，微风燕子斜。城中十万户，此地两三家。"对于此诗，宋代叶梦得《石林诗话》卷下说："诗语固忌用巧太过，然缘情体物，

---

① （战国楚）宋玉：《对楚王问》，收入（唐）李善注《文选》卷四十五，中华书局1977年版。

② （明）李东阳：《麓堂诗话》，知不足斋丛书本。

自有天然工妙，虽巧而不见刻削之痕。老杜'细雨鱼儿出，微风燕子斜'，此十字殆无一字虚设。雨细著水面为沤，鱼常上浮而淰，若大雨则伏而不出矣。燕体轻弱，风猛则不能胜，唯微风乃受以为势，故又有'轻燕受风斜'之语。"由此又联想到杜甫在长安时写《曲江二首》的一联诗句："至'穿花蛱蝶深深见，点水蜻蜓款款飞'，深深字若无穿字，款款字若无点字，皆无以见其精微如此。然读之浑然，全似未尝用力，此所以不碍其气格超胜。使晚唐诸子为之，便当如'鱼跃练波抛玉尺，莺穿丝柳织金梭'体矣。"① 王国维《人间词话》，将杜诗的这番感受纳入他的"境界说"，谓"境界有大小，不以是而分优劣。'细雨鱼儿出，微风燕子斜'，何遽不若'落日照大旗，马鸣风萧萧'；'宝帘闲挂小银钩'，何遽不若'雾失楼台，月迷津渡'也？"② 可见进入巴蜀的杜甫，已经唤醒了诗性敏感的新深度，而以精细的格律与宇宙动静进行怡然自得的微妙对话了。

金代曹之谦《寄元遗山》如此评议杜甫的诗歌变化："诗到夔州老更工，只今人仰少陵翁。"③ 夔州，即今重庆奉节，汉代公孙述建白帝城于此。李白受永王李璘事件牵连，流放夜郎，途经白帝城，于乾元二年（759）三月遇赦东归，作《早发白帝城》诗云："朝辞白帝彩云间，千里江陵一日还。两岸猿声啼不尽，轻舟已过万重山。"杜甫于永泰元年（765）离开成都，次年春夏间移居夔州，距李白遇赦东归已经七年，而且李白已经在当涂逝世四年。杜甫居夔州二年，作有《咏怀古迹五首》、《诸将五首》、《秋兴八首》、《登高》、《公孙大娘弟子舞剑器行》等著名诗篇，共计成诗四百三十余首，几近今存杜诗的三分之一，成为他的诗兴集中爆发而登峰造极的时期。

明人陈继儒《笔记》卷二描述了杜甫寓居夔州的踪迹："杜少陵自成都来夔门，欲下三峡，达荆襄，以向洛阳，渐图北归。始至暂寓白帝，既而复迁西，后徙居东屯。东屯稻田水畦，延袤百顷，于是卜居。今有杜工部草

---

① （宋）叶梦得：《石林诗话》卷下，《历代诗话》本，中华书局1981年版，第431页。
② 王国维：《人间词话》，开明书店本。
③ （金）曹之谦：《寄元遗山》，《全金诗》卷一三〇，文渊阁四库全书本。

堂。"① 杜甫在夔州，已是远离政治中枢与政治事件的旋涡，他却沉下心来，观看历史，观看国家的命运，观看自己内心深处，体验着一种深刻而酸涩的"孤城感"。清人吴乔《围炉诗话》由杜甫的《咏怀古迹五首》谈到他的《秋兴八首》，认为："唐人谓王维诗天子，杜甫诗宰相。今看右丞诗甚佳，而有边幅，子美浩然如海。子美'群山万壑赴荆门'等语，浩然一往中，复有委婉曲折之致。……《秋兴》首篇之前四句，叙时与景之萧索也。泪落于'丛菊'，心系于'归舟'，不能安处夔州，必为无贤地主也。总不过在秋景上说，觉得淋漓悲感，惊心动魄，通篇笔情之妙也。……蜀省屡经崔、段等兵事，夔亦不免骚动，故曰'孤城'。又以穷途而当日暮，诗怀可知。'依南斗'而'望京华'者，身虽弃逐凄凉，而未尝一念忘国家之治乱。……'瞿塘峡口曲江头，万里风烟接素秋'，言两地绝远，而秋怀是同，不忘魏阙也。……子居夔门，进退维谷。其曰'白头吟望苦低垂'，千载下思之，犹为痛哭。"②

尤其值得一提的，是杜甫的那首《登高》七律绝品："风急天高猿啸哀，渚清沙白鸟飞回。无边落木萧萧下，不尽长江滚滚来。万里悲秋常作客，百年多病独登台。艰难苦恨繁霜鬓，潦倒新停浊酒杯。"对此诗作了选句细读的，有宋代罗大经《鹤林玉露》指出："杜陵诗云：'万里悲秋常作客，百年多病独登台。'盖万里，地之远也。秋，时之惨凄也。作客，羁旅也。常作客，久旅也。百年，齿暮也。多病，衰疾也。台，高迥处也。独登台，无亲朋也。十四字之间，含八意，而对偶又精确。"③ 这首七绝名篇曾经引起明清两代关于古今七律孰为第一的议论。明人王世贞《艺苑卮言》认为："何仲默取沈云卿'独不见'，严沧浪取崔司勋《黄鹤楼》，为七言律压卷。二诗固甚胜，百尺无枝，亭亭独上，在厥体中，要不得为第一也。沈末句是齐梁乐府语，崔起法是盛唐歌行语。如织官锦间一尺绣，锦则锦矣，如全幅何？老杜集中，吾甚爱'风急天高'一章，结亦微弱；'玉露凋伤'、'老去悲秋'，首尾匀称，而斤两不足；'昆明池水'，秾丽况切，惜多平调，

---

① （明）陈继儒：《笔记》卷二，丛书集成初编本。
② （清）吴乔：《围炉诗话》卷四，清借月山房汇抄本。
③ （宋）罗大经：《鹤林玉露》乙编卷五，明刻本。

金石之声的微乖耳。然竟当于四章求之。"① 他提出杜诗可供七律第一的候选篇章中，四首竟有三首出自夔州诗，除了这首《登高》之外，另两首出自《秋兴八首》。胡应麟以依附王世贞得名，只是他特别推崇这首《登高》，其《诗薮》内编五认为"杜'风急天高'一章五十六字，如海底珊瑚，瘦劲难名，沉深莫测，而精光万丈，力量万钧。通篇章法、句法、字法，前无昔人，后无来学。微有说者，是杜诗，非唐诗耳。然此诗自当为古今七言律第一，不必为唐人七言律第一也（元人评此诗云：'一篇之内，句句皆奇；一句之中，字字皆奇'，亦似识者）"②。说得同样铁板钉钉的，还有清人潘德舆《养一斋诗话》卷八："严沧浪谓崔郎中《黄鹤楼》诗为唐人七律第一，何仲默、薛君采则谓沈云卿'卢家少妇'诗为第一。人决之杨升庵，升庵两可之。愚谓沈诗纯是乐府，崔诗特参古调，皆非律诗之正。必取压卷，惟老杜'风急天高'一篇，气体浑雄，翦裁老到，此为弁冕无疑耳。"③由此可见，杜甫虽然居留夔州仅两年，但这是非同寻常的两年，他在此期间拓展了诗的胸襟和境界，提升了诗的文化含量和艺术含量。夔州是有幸的，它由于有了杜甫的居留，成了中国诗歌史一个值得纪念的亮点地方。

四　现代中国文学研究的"三个回归"

由于本次会议是集合中国现代文学研究界的学者，探讨人文地理的命题，因而我还想涉及现代文学研究领域，向大家请教。

最近我到日本名古屋、京都、神户等地讲学，讲了两个题目：一个是《改革开放以来中国大陆的现代文学研究》，另一个是《中国现代文学与东北亚人文地理》。后一个题目涉及东北亚中、日、朝、韩近百年的地理因缘、民族命运和文化选择，文学在其间成了民族精神的宣扬和民族悲愤的申诉。这对于梳理中华民族在面临危机和苦难时，不屈不挠的精神意志的脉络，提供了许多可歌可泣、有血有泪的材料。前一个题目，揭示了改革开放以来中

---

① （明）王世贞：《艺苑卮言》卷四，明万历十七年武林樵云书舍刻本。
② （明）胡应麟：《诗薮》内编五，上海古籍出版社1958年版，第95页。
③ （清）潘德舆：《养一斋诗话》卷八，清道光十六年徐宝善刻本。

国现代文学研究的理论维度和精神空间的扩展。在其中，首先值得注意的重大收获，在于精神空间的扩展的基本标志，体现为以"中国现代文学"这六个字命名的这个学科，要返回到它的本体和本质，在本体和本质上生长出新的学理维度和思想深度。这就是深入地追问：何为"中国"？何为"现代"？何为"文学"？这三个荦荦大端的问题解决好了，就可以给中国现代文学研究一个返本归真的、可靠扎实的而不是东倒西歪的出发点。

第一个问题，"文学"要回到"文学"。自从梁启超主张"今日欲改良群治，必自小说界革命始；欲新民，必自新小说始"① 以后，文学的社会政治功能就受到超出常规的高度重视。发生于五四新文化运动的现代文学，政治品格就非常突出。近代中国严重的民族危机，要求文学从政、文学从军，以拯救和更新民族为己任。文学的承担使之产生许多刚健进取，充满血性，甚至可歌可泣的作品，同时也导致其缺乏足够的时间和空间，来从容不迫地思考自身的本质、人性的深度和审美的创造。文学，在相当长的时间中，没有以平常心反思一下"何为文学"。在国家政权的更迭中，文学政治学受到了现实政治以文学作为材料，进行愈来愈严峻的政治裁决。这种透过文学的政治冲击波，使许多作家变成政要、社会名人、受改造者或流亡海外者。其后文学领域的历次政治运动，往往把作家当成"斗士"或"被斗士"，甚至把他们过去的作品看做隐藏着政治态度的特殊档案，简单地进行"香花和毒草"的评判。文学因此不同程度地迷失了自己。

改革开放以后的思想解放潮流，使一大批作家作品从政治或阶级斗争的附庸中分离出来，作为时代与人的审美文化的表达和想象来对待。文学当然要关心人民的心声、民族的命运，但一个现代大国应该以博大的胸怀，鼓励和推动文学按照文学的本质和方式，给人民的心声和民族的命运以丰厚而深刻的回响。文学是天地之间对人的生命的审美表达，是一种以人的生命、情感、心灵、想象和情趣为中心和基本维度的审美文化。有伟大的文学杰作的时代，才有人的尊严，才称得上是有亮色的时代。在以原创精神建立具有现代中国特色的文学空间的需求下，以开放心胸接纳外来的批评流派的话语智慧，必然推进文学研究的空间变得更加开阔，维度、方法变得更加丰富多

---

① 梁启超：《论小说与群治之关系》，载 1902 年出版《新小说》创刊号。

彩。坚持自主原创精神而有空间、有维度、有方法，文学就会生气勃勃地返回自身的本位。这一点，检阅一下20世纪80年代以来现代文学研究，在诸多学科中首当其冲地拨乱反正、守正创新，层出不穷地涌现出一批根底扎实、气象清新的文学史和专题著作，资料建设也取得长足的进展，就是极好的苗头。现代文学研究领域，至今一年的论著的数量，几乎就相当于新中国成立初期的十七年，这都是把文学当做文学而带来创造空间大拓展的结果。

　　第二个问题，"现代回到现代"。现代文学的发展，是率先在新文学、新文体、新的白话语言形式上取得突破的，没有这"三新"，就谈不上真实存在的现代文学。同时，文学领域的"现代"的整体性，具有多维度、多层面的文化构成。既然要谈"现代性"，就有必要认清现代性是一个历史范畴。中国文学的现代性既有与欧美相通之处，又有其作为和贡献的独特及独到之处。没有这种独特和独到的一面，就称不上是一个具有深厚的历史资源的现代大国文学。曹禺的现代性虽然很鲜明，但是谈中国戏剧的"现代性"，如果忽视曹禺和梅兰芳共同构成的复调式的"现代性形态"，就可能失去中国现代文学现代性考察的深刻性。过去现代文学研究中把这种"现代性"的复调形态，删除得只剩新文学甚至革命文学一根杆儿，这就可能失去大文学观所提倡的文化研究的全面性和深刻性。历史所以深刻，正因为它复杂，在复杂的挺进、承传、悖谬、缠扭中推动历史曲曲折折又丰富多彩地前行。改革开放要恢复"现代"的本来面目，就不可回避地发现现代文学除了有新文学、新小说之外，还有通俗小说。苏州大学在这方面作出突出的建树，追寻"新体"、"俗体"比翼齐飞。至于除了新诗之外还有传统诗词，虽有学者进行了相当系统的梳理和阐释，但响应者尚属寥寥，二者都应进入文学史写作，就至今还存在分歧。民国年间的旧体诗如果进行全面清理，不在十万首以下。不仅老文人、教授、书画家、政治人物写旧体诗词，新文学家中的不少人虽在公共空间写新诗，却把私人空间留给旧体诗词，成为他们精神独白和人际交往的特殊形式。这都是任何一位有深刻文化意识的文学史家，应该认真反思的。

　　新诗的发展如能截然割断传统，或者痛快地割断传统，新诗就能腾飞吗？蔡元培、鲁迅、陈独秀、胡适、茅盾、郁达夫，都是提倡新文学的大人物，但他们都写着旧体诗，甚至有人没有写过新诗，蔡元培还主张新旧体诗并存。毛泽东到山城重庆来谈判的时候，如果不是拿出旧体诗词《沁园春·雪》来，而是拿出类似胡适发表的第一首新诗"两个黄蝴蝶，双双飞上天，不知为什么，一个忽飞还，剩下那一个，孤单怪可怜"这样的诗来，那就成了大笑话，当年就有讥笑胡适为"黄蝴蝶"的教授。《沁园春·雪》宣示了一种分量、一种修养、一种雄视千古的气象，是一般的新体诗代替不了的。当然旧体诗对于一些现代生活、事象、心理、感受，也有描述不了，或者抒写不精细的，它必须进行改造，必须容纳新的诗歌形式和诗歌语言。五四时期想打倒旧体诗，近百年过去了，但旧体诗依然未倒，至今旧体诗的各种作者还以百万计。诗是文学中的文学，语言中的语言，它是抗拒翻译的。似乎没有哪位西方诗人读了唐诗宋词的外文译本，模拟作诗，就说是在写唐诗宋词。而中国的某些新诗作者，读了几本西方诗的也许并非第一流，而是二三流，甚至不入流的译本，就不顾中国语言的特点和滋味，就放言在写作西方某派某体诗，不知人们读后作何感想？明智的做法，应该是新诗旧诗并存，相互取长补短，融合创新，共同开拓现代诗歌形式。就像现代戏剧除了曹禺，还有梅兰芳一样，如果中国诗坛被胡适大呼一声，整个旧体诗词的大厦就轰然坍塌，都变成新诗的一枝独秀的天下，这就不是有着世界上罕有其匹的诗歌传统的中国了。新诗有佳作，也存在着大量的不入流的作品；旧体诗词存在着大量半通不通的作品，也不乏佳品。作诗需懂诗，研究诗同样需懂诗，二者都是创造性的活动。一个具有五千年文明史的中国存在着一个复杂、丰富、源远流长的文学经典体系，这就注定了它从古典向现代的转型，展示着一种多维度、多层面、多形式的精神文化图谱。如果我们的文学史不能展示如此丰富多彩的精神文化图谱而高谈什么"现代性"，那么就可能浮在历史文化的表层，就很难说已经深入到文学现代过程的真实脉络和深刻学理之中。

　　第三个问题，"中国回到中国"。中国文学要还原它的完整版图，各地域、各民族的文学都应有专门的研究、比较研究和相互关系研究。台港澳文学要研究，京派、海派文学要研究。抗战文学由于战争割裂了地域，出现了大后方文学，大后方有重庆、昆明、桂林、香港等文化重镇，都出现一些文学群体，展现各自不同的文学生产传播体制的地域特点。解放区延安文学往前延伸着产生共和国文学的理念和体制，以及战区的硝烟气氛，以及沦陷区文学的分化、探索和回归乡土，都出现了一些独特的文化生态和文学方式。如此众多的领域，在改革开放三十年间都重新搜集材料，进行了广泛的研究，出现了不少地域文学研究的专集和丛书。我编写的三卷本现代小说史与其他文学史的有所差异之处，除了文化研究和审美体验的视角转换之外，很重要的一点进展是在大量原始材料基础上展开丰富的空间维度、地理维度。东北流亡作家群、四川乡土作家群、京派海派、华南作家群、东北沦陷区、华北沦陷区、孤岛、还有香港和台湾，一些领域都是以往文学史未曾言或言之不甚详的，但本人的小说史是将它们纳入文学发展过程的完整的立体的结构之中，以许多可靠的材料论述了它们的独特地位、发展脉络和审美文化价值。许多作家第一次在文学史上回归位置，展示风貌，这不是由于本人有何等过人的高明，而是受了改革开放、实事求是、解放思想的研究空间拓展之赐。

空间问题，地域文化问题，应该成为我们开展研究的一个新关注点，实际上也是现代国际文化研究领域中新的精神取向。记得前几年在苏州开一个国际汉学研讨会，美国哈佛大学的一位教授问我正在作什么研究，我说："我就是在大家习惯的文学研究的时间维度上，增加并且强化空间维度。"他非常感慨，认为欧美所谓后现代就是用空间的多维性来瓦解唯一中心的封闭性。这使我联想到阿拉伯《天方夜谭》（今译为《一千零一夜》）中那个《阿里巴巴与四十大盗》的故事，虽然文学不是"懂暗语的石门"，但空间意识的深刻介入，往往使我们如念了"芝麻开门"的暗语一样，使得文学意义之门豁然洞开，展现在人们面前的是里面金光灿烂的秘密。研究地大人众、地域文化资源特别丰富的中国文学而不关注空间，不关注人文地理，不关注民族和家族问题，往往会像没有掌握"芝麻开门"的暗语一样，石门当道，难晓珍藏于其间的意蕴奥秘。自文学和地理打交道后，出现了一种新的学术原则，新的学术开发的可能性。如果只有时间维度，注意的是现实主义、浪漫主义、现代主义、后现代主义等思潮的演进，是先进与落后、革命与反动、阶级与大众一类社会价值判断。这些维度固然重要，但是如果强化空间维度的介入，就会关注民族、家族，作家和作家群体的迁徙，以及信仰、风俗、制度在地域间的展示、流动和相互关系，从而形成一种地域、民性、文学的三维空间，调动浩繁的文献、知识考古和田野调查的材料，展示丰富多彩的文化脉络，考察中华民族共同体的形成发展及其精神谱系。地域文化是一种综合的文化，它囊括着特定区域的自然环境到人文环境，民间习俗到精英投影，不同类型的地方人物和家族群体洋溢着特殊的生命形态和生命基调，对于曾经生于斯、长于斯、游于斯、寓于斯的作家眼光和世界视镜，都存在着潜隐而深刻的影响，往往以独特的乡土情感和角度，解读生命的特质和形式。语言是文学的衣裳，文学由于语言而色彩斑斓。他们喜欢披着土地的黄色、森林的绿色、江海的蓝色等等语言外衣，走近乡土或城市世界人物的心灵，津津乐道地拉扯着饱含"地域要素"、"文化风貌"和"乡土认同"的家常，体悟着此天、此地、此人的道之根、道之性。鲁迅笔下的鲁镇，老舍笔下的北平胡同茶馆，沈从文笔下的湘西，李劼人笔下的成都及乡下，沙汀笔下的川西北农村，张爱玲笔下的香港的上海女人，都给现代文学抹上一笔浓浓的色彩，令人倾慕，令人慨叹，令人沉思如此的中国及其命运。

鲁迅说："现在的文学也一样，有地方色彩的，倒容易成为世界的，即为别国所注意。"（《致陈烟桥》）丹纳曾认为："作品的产生取决于时代精神和周围的风俗。"（《艺术哲学》）要开拓地域文学研究的深度，重要的是引入文化人类学的思想方式，考察其中的地理风貌、区域民俗与语言，人群构成及其思考问题的方式，以及蕴于其深处的生存哲学。俄国作家果戈理说："真正的民族性不在于描写农妇穿的无袖长衫，而在表现民族精神本身。诗人甚至在描写异邦的世界时，也可能有民族性，只要他是以自己民族气质的眼睛、以全民族的眼睛去观察它。只要他的感觉和他所说的话，他的同胞们觉得，仿佛正是他们自己这么感觉和这么说似的。"（《关于普希金的几句话》）别林斯基将这种具有民族气质的眼光和感觉，用理论概念表述为"理解事物的方式"，以透视某地人物特有的灵魂。他认为："每一民族的民族性秘密，不在于那个民族的服装和烹调，而在于它理解事物的方式。"（《亚历山大·普希金的作品》第八篇）语言表达形态和滋味也很重要，必须采用适当的乡话、方言、俚语，熬出浓浓的地域风味。鲁迅说："方言土语里，很有些意味深长的话，我们那里叫'炼话'，用起来是很有意思的，恰如文言的用古典，听者也觉得趣味津津。各就各处的方言，将语法和词汇，更加提炼，使他们发达上去的，就是专化。这于文学，是很有益处的，它可以做得比仅仅用泛泛的话头的文章更加有意思。"① 以地域的山川风貌、人文景观为历史现场，以民风民俗为生活方式的场景，以家常话和方言俚语为伴奏，以理解世界的特别方式为灵魂，复合而成地域文学的审美叙事形态，使读者如临其境，对特定地域的人生形式可观、可感、可梦、可思。地域文学彰显了文学的多样性，有多样性才能称文学，才能使文学扎根于广袤的充满生命力的中国。

五　巴蜀民性民风与现代文学

四川是现代中国文学的大省，出现了郭沫若、巴金、李劼人、沙汀、艾芜、林如稷、何其芳、周文、罗淑、陈翔鹤等一批重要作家。若从地域文学的标准衡量，李劼人、沙汀属于地域色彩的一端，巴金、郭沫若则属于地域色彩相对淡薄的另一端。可见都是川籍作家，由夔门奔向时代思潮，或逆向地由夔门重返乡土，在二者的张力的弹射之间，作品的滋味甚是有别。考索产生此种张力的原因，是由于巴蜀并非全国文化的中心，或文化的中原，而是文化的内陆盆地，挣脱者用力过猛难免变形，返回者资源雄厚，另有创获。其间有两个时间点值得注意，一是辛亥革命前夕，并且作为辛亥革命的"导火索"——四川保路运动；一是五四运动及其后的左翼思潮和无政府等一类外来思潮。第一个时间点之前，出现了留日的巴县青年邹容，著有《革命军》一书，使当日读者"虽顽懦之夫，目睹其事，耳闻其语则罔不面赤耳热心跳肺张，作拔剑砍地奋身入海之状。呜呼！此诚今日国民教育之一教科书也"。鲁迅谈及他对辛亥革命的舆论宣传作用，认为："倘说影响，则别的千言万语，大概都抵不过浅近直截的'革命军马前卒邹容'所做的《革命军》。"② 而另一个时间点的前夕，吴虞奋起与成都闭塞、顽陋风气宣战，激烈地抨击孔学礼教，被胡适称为"四川省只手打孔家店的老英雄"③。二人印证着"天下未乱蜀先乱，天下已治蜀后治"的具有革命色彩和冒险

---

① 鲁迅：《且介亭杂文·门外文谈》，《鲁迅全集》第六卷，人民文学出版社1981年版，第97页。
② 鲁迅：《坟·杂忆》，《鲁迅全集》第一卷，第221页。
③ 胡适：《吴虞文录序》，《吴虞文录》卷上，1936年成都吴氏爱智庐刊。

精神的巴蜀民性。历史上称夷蛮戎狄为"四夷"，大体上夷、蛮属于农耕民族，戎、狄属于游牧民族。邹容、吴虞之流的激进文化冲击波，带有一点"巴蜀蛮"的野性。

而与这种马前卒、急先锋角色不同的，是"文学四川"的实力派老将李劼人。1915 年秋，李劼人任《四川群报》主笔；1918 年 7 月，李劼人任《川报》发行人兼总编辑，他以报人的敏感，成为推动白话小说降生的人物之一。早在 1912 年，李劼人创作的第一篇白话小说《游园会》，发表在上海《晨钟报》上。从 1915 年到 1918 年间，他先后在报刊上揭载了短篇小说百余篇，其中鞭挞官僚政客丑行、揭露社会黑暗的系列小说《盗志》有四十余篇，以及《做人难》、《续做人难》、《强盗真诠》等篇什。时人评论说："惟有那老懒君（李劼人笔名）的脍炙人口的小说，一名《盗志》，一名《做人难》，这两种小说，是人人都称赞它好得很，因为这是实写社会的缘故。"① 由于李劼人白话小说问世极早，近二十年发生了"第一篇现代白话小说属于谁？"的争论。这里存在着一个时空标准的选择。李劼人的作品发表在川报，影响只及地方；陈衡哲的早期作品发表在留学生刊物，影响只及海外特定的留学生圈；而鲁迅的《狂人日记》、《孔乙己》、《药》等作品，则刊发在新文化中心刊物《新青年》上，以高度的艺术力量打开中国现代白话小说的大门，启动了一个全国性的历史进程。因此，论白话小说发表的时间，李劼人、陈衡哲略先；论中国现代文学的历史进程，鲁迅居于奠基者的主将位置。

本人的《中国现代小说史》曾以万字的篇幅为李劼人专设章节，说"不仅比沙汀、艾芜早开始小说创作近二十年，而且是新文学作家中最早试作白话小说的一人"；并且将李劼人与沙汀、艾芜、周文、陈铨列为"四川乡土作家群"，专立一章。这些都是以往文学史所没有这样做的，受到唐弢先生的赞扬。我发现，李劼人是 20 世纪 30 年代屈指可数的具有宏大艺术气魄的作家，他将乡土小说和近代史小说融合成一种新的艺术思维方式，在《死水微澜》上创造了"近代风俗史小说"，在《暴风雨前》上创造了"近代思潮史小说"，在《大波》上创造了"近代政治史小说"，而且三部长篇

---

① 孙少荆：《成都报界回想录》，1919 年 1 月 1 日《川报增刊》，收入《四川文史资料选辑》第 8 辑。

互相勾连、叠叠递进，形成了气势恢宏的"大河小说"系列。对其小说中一幅幅独特而亲切、热闹而古朴的成都地区乡土风俗画，尤为称赏。李劼人笔下的川味菜肴，如"下里巴人"的牛脑壳皮、牛毛肚子、麻婆豆腐之类，都写得使人仿佛闻到一种麻辣浓香的气味。他在《漫谈中国人之衣食住行·饮食篇》中，谈及成都北门外陈兴盛饭铺，专为推大油篓的叽咕车夫，做既嫩且滑，满够刺激的"麻婆豆腐"。《大波》第二部就让进城打听消息的顾三奶奶（即邓幺姑），专程绕道北门。又让掌柜娘向她夸口说："我妈懂得那些（车夫）大哥是出力气的人，吃得辣，吃得麻，吃得咸，也吃得烫。因此，做出豆腐来，总是红冬冬几大碗，又烫，又麻，又辣，味道又大。……我妈脸上有几颗麻子，大家喊不出我们的招牌，——我们本叫陈兴盛饭铺。——却口口声声叫陈麻婆豆腐，活像我们光卖豆腐，就不卖饭。直到眼前，我妈骨头都打得鼓响了，还有好多人——顶多是城里的一些斯文人——割起肉来，硬要找陈麻婆给他做肉焯豆腐，真是又笑人，又气人。"作家如此不惜笔墨地写饮食文化，由于他要表现"中国人好吃的整个性格"。他有一种见解，觉得"中国人对于吃，几乎看得同性命一样重[1]。《死水微澜》中用了许多笔墨描述川西坝的猪肉："成都西北道的猪，在川西坝中又要算头等中的头等。它的肉，比任何地方的猪肉都要来得嫩些、香些、脆些，假如你将它白煮到刚好，切成薄片，少蘸一点白酱油，放入口中细嚼，你就察得它带有一种胡桃仁的滋味，因此，你才懂得成都的白片肉何以是独步的。"[2] 在谈吃之中，李劼人已经掺入了成都人对饮食文化的理解和享受方式。他不是在编饮食词典，而是在透视饮食世界中的人心。

　　李劼人出生于教私塾、行中医的下层夫子家庭，少年时常到茶馆听说书。父亲以些微积蓄"捐"了一个江西小吏，李劼人遂随母亲到了南昌，不久母亲染疾偏瘫。他经常出入当铺与药铺，典当衣物为母治病。不久，父亲到一些县衙门做收录、文书等差事，使李劼人有机会目睹县太爷升堂审案，往往对穷苦百姓的毒刑鞭笞、敲诈勒索，对绅士财主的百般袒护、狼狈

---

　　[1] 李劼人：《漫谈中国人之衣食住行·饮食篇》，《李劼人选集》第五卷，四川人民出版社1980年版，第355页。

　　[2] 李劼人：《死水微澜》，《李劼人选集》第一卷，四川人民出版社1980年版，第67页。

为奸。父亲客死宦所，他四处托人求资，伴着残疾的母亲，扶枢回成都，寄居舅家，靠祖传药方制"朱砂保赤丸"，李劼人常走街串巷叫卖，对成都的街道、传说、风情了如指掌。入成都高等学堂分设中学，就以爱讲故事的"精公"绰号为同学们簇拥。二十八岁，赴法勤工俭学，译有福楼拜的"外省风俗"小说《包法利夫人》，成为我国最早译介法国文学者之一。因此，当李劼人动手将巴蜀风俗引入《死水微澜》的时候，就妙笔生花，写得地道而多滋味。

巴蜀在清初"湖广填四川"的移民潮以后，"在家靠父母，出门靠朋友"的民间生存哲学，衍生出形形色色的民间秘密结社，尤其以哥老会即"袍哥"，组织严密，势力强大。辛亥革命前后，袍哥在四川遍地开花，形成仁、义、礼、智、信五大"堂口"。仁字堂者以士绅为多；义字堂以商人为主；礼字堂多有匪盗、地痞和士兵；智字堂多为农民、船夫、车夫、手艺人；信字堂属于下九流，汇集卖唱、搓澡之徒。《死水微澜》写出了袍哥们凶狠的报复，强梁的情义。成都近郊天回镇上相貌丑陋、老实木讷的蔡傻子继承了父亲的杂货店，靠着袍哥表兄罗歪嘴的撑腰，娶得鲜花也似的邓幺姑。罗歪嘴好了得，一个没有正当职业的跑滩匠竟能走官府，进衙门，打官司准能赢，滥账准能收回，到处呼风唤雨，"纵横四五十里，只要罗五爷一张名片，尽可吃通"。袍哥即在畸形社会和民间蛮风中孵化，小说也需将之融入风俗中表演，才算高明。成都东大街元宵灯会写得何其光华灿烂，市声盈耳，花灯火炮和对联门神交映生辉，游人醉客与玉椽金簪拥挤冲撞。此时的乡下士绅顾天成到省城捐官的亲戚，却被罗歪嘴设赌局剥光银两，还挨一顿毒打，就带上刀客，在灯会人丛中与罗歪嘴耍刀恶斗。顾天成落败而逃，又丢失了爱女，便改奉洋教，在八国联军攻陷北京之时，诬陷罗歪嘴参与捣毁教堂，害得罗歪嘴仓皇逃命，蔡傻子受牵连，银铛入狱，自己却在讨价还价中将"蔡大嫂"变成"顾三奶奶"。

《死水微澜》写得最出彩的人物，除了袍哥罗歪嘴，就算天回镇小杂货铺的掌柜娘蔡大嫂，此人认为"人生一辈子，这样狂荡几下子，死了也值得"，是带点包法利夫人气质的农家女儿。天回镇数一数二的老店招牌虽然暂时满足了她的虚荣心，但是陪伴着蠢猪般不解风情的丈夫，到底满足不了她血管里滚烫骚动的热血，唯有在剽悍豪侠、跑流跳滩的罗歪嘴身上，才能品味到爱情的颠颠倒倒的滋味。作家笔下的女性，已不再是虚幻的天使或恶毒的妖女，而是情欲真切、血气旺盛的凡俗女流。她面对男性强势，随之沉浮，也在抗争，在两性情欲中她不再是被动的猎物，而是积极主动的母兽。蔡大嫂不惜放下良家妇女身份亲近妓女刘三金；在与情人拥抱亲昵时，目空一切，不顾是否招风惹雨，偷情也不偷偷摸摸，散发着真真切切的"川辣子"气味。在罗歪嘴成了"教案逃犯"，蔡兴顺也成了囚徒之后，害得她家破人亡的顾天成上门提亲，陷入困窘的蔡大嫂几乎不假思索就答应改嫁顾天成，实现了自己的少奶奶梦。婚姻可以多变，活着就追求"更好地活着"，她向顾天成提出十二个条件，使这个有钱有势的新任丈夫成了她的掌中之物。"妇女能顶半边天"，她们实实在在地顶起了小说世界的"半边天"。不管是白天黑天，晴天阴天，这类充满野性生命力的女性具有"礼教岂为吾辈而设哉"的直率和倔强，成了男人如何生活，如何认识和对待情欲，如何欣赏和享有女人滋味的指导者及引路人。郭沫若说："古人称颂杜甫的诗为'诗史'，我是想称颂劫人的小说为'小说的近代史'，至少是'小说的近代《华阳国志》'。"[①] 但是此史此志所载的并非贞节列女传，而是开发着下层女性的心灵，开发着她们是如何以强悍的生命力支撑着巴蜀社会。

地域是文学发生的现场，那里存在着说明文学意义的文化之根。地域文化有两项指标：一是人地关系，二是地域差异与文化共同体的关系。前者涉及地域文化的历史生成，后者涉及地域文化的理论定位。地域、国家、全球化，在中国现代文学的地域文化现象中有着"三位一体"的价值整合，有助于总览和透视现代文学中地域文化构成及意义。地域文化是作家们的精神母乳。各地自然环境和文化传统规约着文学的地域性，但是所谓的地域文化差异则是中国文化"同体之异"，有限定之异。此中存在着许多影响其变化的参数，空间的变化造成了文化姿态的变化，时空交叉，又内化为新的文化心理结构。地域文化首先作为一种集体潜意识形态而存在。它影响到文学叙述焦点和视角的调度，社会结构层面的截取，民俗事象的选择，方言土语资源对言语风格的着色，自然风光对文学构成的投影。作家当然不应沉溺于地域文化不能自拔，而应入乎其里，出乎其表，以全国的和世界的眼光反观地

---

① 郭沫若：《中国左拉之待望》，载 1937 年 7 月《中国文艺》第 1 卷第 2 期。

域性，实行地域文化的结构和"解构"的双向互动，既能够以地域内部丰富鲜活的诸多类型的社群组合，向笼而统之的所谓"中国社会"或"地域社会"的空洞概念提出挑战；又能够以全球视境和人类关怀，对传统地域性进行深度的历史理性的反思。思想是在挑战和反思的碰撞中深化的。

　　由于地域文化的特殊缘分，重庆学术界成为抗战文学研究的一个重要的中心。这给现代重庆文学史研究增加了分量，取得了丰硕的成果。应该强调的是，地域文学研究必须有全国眼光、全球视野，才能在总体和分别的参合中发现新问题，开掘新意义，达到新境界。比如，重庆是战时陪都，利用自身特有的资源，开展抗日战争时期正面战场文学的研究，就是在参合正面战场和敌后游击战场两个不同空间的过程中，对抗战时期的文学史做出改写。抗战时期阵亡的将军有一百多位，对于他们为国捐躯的事迹和精神，共产党的报刊、国民党的报刊和自由派的报刊，都有及时的报道。但是不同党派的报刊对同一阵亡将军的叙述，无论事迹的角度、重点和修辞，都存在着微妙的差异。这就使得对其叙事策略的研究，带上某种新历史主义的特征。只要把这些原始材料搜集齐全，加以比照，就可以梳理出关于这百位名将叙事的一系列异同点，从而透视抗战文学跟政治的关系、官方文字跟民间舆论的关系、历史真实和历史解释（对战争胜负之原因及责任的解释）的关系等等，这些问题都会引发人们对历史潜流、动向和各类人等的嘴脸的深度认知。抗战文学研究还有许多待开发的领域，比如对当事人回忆录或口述历史的比较研究，报刊文献和历史档案的参证研究。所以我觉得在重庆召开区域文化与抗战文学的研讨会，是得其时，也得其地，能够激发我们学术探讨上许多放射性的思路。学术在思路的放射和碰撞中，开拓新的视野和新的深度，于此我们充满期待。

（据 2009 年 11 月 14 日会议发言录音整理，2012 年 4 月修订）

吴文化与黄河文明、长江文明之对角线效应

一 "太极推移"的对角线

从人文地理学的维度考察吴文化，在中华民族文化共同体的形成和发展上把握吴文化的历史价值，是推进吴文化研究的学理深度的一个关键。众所周知，泰伯被尊为吴国和吴文化的始祖。泰伯是古公亶父的长子，古公亶父即周族的首领太王，他承传光大了后稷、公刘的事业，从受到西北戎狄游牧民族骚扰的豳地，率领民众渡过漆河、沮河，迁徙到岐山下的周原地区（今陕西岐山县）。这就是《孟子·梁惠王下》所说的："太王居邠，狄人侵之。……去邠，逾梁山，邑于岐山之下居焉。邠人曰：'仁人也，不可失也。'从之者如归市。"① 随之周族的兴起，太王产生了通过选择接班人来实现周族崛起的政治方略。《史记·吴太伯世家》说："吴太伯，太伯弟仲雍，皆周太王之子，而王季历之兄也。季历贤，而有圣子昌，太王欲立季历以及昌，于是太伯、仲雍二人乃奔荆蛮，文身断发，示不可用，以避季历。季历果立，是为王季，而昌为文王。太伯之奔荆蛮，自号句吴。荆蛮义之，从而归之千余家，立为吴太伯。"② 这里混合着部族传承制度由父及子、由兄及弟，以及古老的禅让因素，而在"让德"的促成下，导致一个部族的崛起。

泰伯"自号句吴"，实际上意味着改变西北语音，认同蛮夷语言，并以"断发文身"的方式随乡入俗。《史记集解》对此作出解释："颜师古

---

① 《孟子·梁惠王下》，《四书章句集注》，中华书局1983年版，第225页。
② 《史记》卷三十《吴太伯世家》，中华书局1982年版，第1445页。

注《汉书》，以吴言'句'者，夷语之发声，犹言'于越'耳。"这是明确说明"句吴"和"于越"都是东南蛮夷部落的语音。薛福成《出使英法义比四国日记续》卷七"光绪十九年三月初九"日记说："古人字书之字，急读为一音，缓读辄为二三音。如'句吴'、'于越'实止'吴'、'越'二字，自鲁人效其音，乃觉'吴'有'句'字发声，'越'有'于'字发声也。'邾娄'实止'邾'字，自鲁人听'邾'，乃觉有'娄'字收声也。中国听洋音，亦然。"① 晚清外交家薛福成是江苏无锡宾雁里人，让他辨析"句吴"语源，是带有亲切感的。他用洋音比拟吴音，可以引申出泰伯的心胸向句吴开放，他不用中原雅言标示吴地，说明他已经以吴地的主人而非客人自居了。

关键在于要说清楚"泰伯开吴"对中华民族的独特贡献，深入地考察吴文化的特质及其内在的精神。最重要的是泰伯开吴，在中华文明腹地上呈现了对角线的文化效应。中华民族共同体的主体部分包含着黄河文明和长江文明，在游牧民族与农耕民族的对峙中，南北文化长期处在竞争与融合的"太极推移"的运动过程中。长江文明有巴蜀文化、楚文化和吴文化三个处在长江上、中、下游的文化板块。而以北方人士的文化身份，最先开发的是吴文化。泰伯进入句吴的时候，句吴的文明程度明显落后于中原。朱熹《平江府常熟县学吴公祠记》是纪念孔子在句吴的弟子子游的，子游在后世被封为丹阳公或吴公。祠堂记说："平江府常熟县学吴公祠者，孔门高第弟子言偃子游之祀也。……若夫句吴之墟，则在虞夏五服，是为要荒之外。爰自太伯采药荆蛮，始得其民，而端委以临之，然亦仅没其身。而虞仲之后，相传累世，乃能有以自通于上国，其俗盖亦朴鄙而不文矣。"② 也就是说，句吴是一片待开发的沃土。

由于句吴地区水土丰饶，舟楫便利，泰伯以降，又经三国东吴开发，就开始被人刮目相看了。晋朝左思《三都赋》兼及魏、蜀、吴三都，《吴都赋》中已经夸口："其居则高门鼎贵，魁岸豪杰。虞魏之昆，顾陆之裔。岐

---

① （清）薛福成：《薛福成日记》"光绪十九年三月初九"日记，吉林文史出版社 2004 年版，第 798 页。

② （宋）朱熹：《平江府常熟县学吴公祠记》，录入（宋）范成大《吴郡志》卷四，江苏古籍出版社 1999 年版，第 40 页。

嶷继体，老成奕世。跃马叠迹，朱轮累辙。……水浮陆行，方舟结驷。唱棹转毂，昧旦永日。开市朝而并纳，横阛阓而流溢。混品物而同廛，并都鄙而为一。士女伫眙，商贾骈坒。纻衣缔服，杂沓似萃。……富中之，货殖之选。乘时射利，财丰巨万。竞其区宇，则并疆兼巷；矜其宴居，则珠服玉馔。"虽然《魏都赋》还批评"㩜惟庸蜀与鸲鹊同窠，句吴与蛙黾同穴。一自以为禽鸟，一自以为鱼鳖"①，但是随着句吴经济的发展，这种中原中心的思想开始泄气了。

对于吴文化的考察，应该有一种整体性和过程性的眼光。泰伯开吴，从陕西即黄河流域的中上游出发，来到长江中下游的太湖流域，即在中华民族黄河长江的土地上走了一条对角线。这条对角线对中华民族共同体的形成和发展具有本质性的重要价值，打开地图从陕西岐山一直画到了长江的太湖，牵动了中华民族共同体的生命线。《尚书·禹贡》说："淮、海惟扬州。……三江既入，震泽厎定。"孔颖达疏曰："《（汉书）地理志》云，会稽吴县，故周泰伯所封国也。具区在西，古文以为震泽，是吴南大湖名。……又案《周礼·职方》扬州薮曰具区，浸曰五湖。五湖即震泽。"②这是一个江河湖泊纵横的地方。泰伯奔吴，给落后的句吴地区带来了北方文明的种子，把这一种子播撒到一个丰饶的鱼米之乡。一旦句吴国繁荣发达，整个中华文明的文化格局就出现根本性的改观。所以泰伯开吴，从黄河中上游到长江下游画出了一条长长的对角线，这条对角线的历史文化意义非常伟大、深刻，在带动中华民族生生不息、壮大发展上发挥了关键作用。它由北而南、由河而江、由陆而海，在三个维度上启动了长江文明与黄河文明的互动，启动了江南与中原的互动，使中华民族在古代承受南北民族冲突时，有得天独厚的回旋余地而使历史传承不曾中断。中国历史上有多少个南北朝啊？如果没有长江以南的文明，中华民族是很容易割断的。黄河文明和长江文明形成了太极推移，这种太极运转式的南北推移使中华民族越做越大，千古不断。在近代承受东西方文明之间的冲突过程中，这条文明对角线以东南

---

① （晋）左思：《三都赋》，收入（清）严可均辑《全晋文》卷七十四，商务印书馆1999年版，第782、790页。

② 《尚书正义》卷六，《十三经注疏》，中华书局1980年版，第148页。

的开放和内陆的厚实，越做越强。文明对角线成了文明的生命线。华夏文明、炎黄文化是发源于西北，对角线的效应，使其发达于东南，从而使得中华民族的政治、经济、文化产生良性的互动互补，在承受各种强烈的挑战和震撼中，不断开创新局面。

进而言之，泰伯开吴，携带的文化行李不仅是器物，更重要的是道德本体。泰伯的"让德"，是境界极高的道德。泰伯是长子，原本天下是要传给他的。但考虑到侄子姬昌可能成大器，父亲古公亶父属意于将天下通过季历、再传给姬昌，他不是玩弄宫廷阴谋，拉帮结派搞"窝里斗"，而是主动地"让天下"，把原本的基础让给贤者，把旷野开拓展示给自己。为此，《论语》专设《泰伯篇》，首章说："子曰：泰伯，其可谓至德也已矣。三以天下让，民无得而称焉。"朱熹注云："至德，谓德之至极、无以复加者也。三让，谓固逊也。"① 有了泰伯的再三辞让，才有周文王、武王的灭殷建周，才有周公的创造礼乐制度，从中原王朝的更替和推进而言，赞许其为"至德"也不为过。泰伯心胸开阔，"为什么要在岐山脚下这一小块地方争斗呢，天下大得很呢"，应该把自己的力量放到更大的地方去发展。于是，他去开拓长江流域。所以说，"让德"是"至德"，是最高的道德。"让"是一种和谐，是用和谐化解纷争，把争斗的力量引向一种新的发展空间去开拓。这是一种充满智慧、充满着发展的可能性的一种道德。"让"代表了一种以退为进、既柔韧又刚健的积极的思想境界。因此《史记·吴太伯世家》也赞不绝口："太史公曰：孔子言'太伯可谓至德矣，三以天下让，民无得而称焉'。余读《春秋》古文，乃知中国之虞与荆蛮句吴兄弟也。延陵季子之仁心，慕义无穷，见微而知清浊。呜呼，又何其闳览博物君子也！"②

有了孔子许以"至德"，西汉董仲舒《春秋繁露》则进而将泰伯的品德神圣化，他使用了许多大套话："故受命而海内顺之，犹众星之共北辰，流水之宗沧海也。况生天地之间，法太祖先人之容貌，则其至德，取象众名尊贵，是以圣人为贵也。泰伯至德之侔天地也，上帝为之陂之共北辰，流水之宗沧海也，况生天地之间，法太祖先人之容貌，则其至德，取象众名尊贵，

---

① 《论语集注》卷四，《四书章句集注》，第102页。
② 《史记》卷三十一，《吴太伯世家》，第1475页。

是以圣人为贵也。泰伯至德之侔天地也，上帝为之废适易姓，而子之让其至德，海内怀归之。泰伯三让而不敢就位，伯邑考知群心贰，自引而激，顺神明也。至德以受命，豪英高明之人辐辏归之，高者列为公侯，下至卿大夫，济济乎哉！"①到了明清之际，则出现了一种分析态度。王夫之《读通鉴论》认为："司马迁有言：'伯夷虽贤，得孔子而名益著。'吾于泰伯亦云。三代以下不乏贤者，而无与著，贤不著而民不兴行，世无有师圣人乐善之心者也。"②章学诚《文史通义》也有相似的意见："夫子论列古之神圣贤人，众矣。伯夷求仁得仁，泰伯以天下让，非夫子阐幽表微，人则无由知尔。"③也就是说，泰伯是孔子树立的一个道德典型，有了典型，道德才能传承有效。

德因人而传，传因地而有了丰富的载体。载体是装载着文化信息的船，穿行在历史河流与人心之间。《史记正义》说："泰伯居梅里，在常州府无锡县东南六十里……至二十一代孙光（阖闾），使（伍）子胥筑阖闾城都之，今苏州也。"④清人顾祖禹《读史方舆纪要》"无锡县泰伯城"条："县东南三十里。泰伯始国于此，谓之句吴，亦曰吴城，自泰伯至王僚二十三世皆都此。敬王六年，阖闾始筑姑苏城而徙都焉。孔颖达曰：太伯居梅里，传至十九世孙寿梦，寿梦卒，诸樊南徙吴，至二十一世孙光，使子胥筑阖闾城都之。即今苏州也。《吴地记》：泰伯筑城于梅李平墟，周三里二百步，外郭周三百余里。今曰梅李乡，亦曰梅里村，泰伯庙在焉。城东五里曰皇山，一名鸿山，有泰伯墓。……泰伯渎（在）县东南五里。西枕运河，东连蠡湖，入长洲县界。渎长八十一里，相传泰伯所开。"⑤泰伯筑城为都，开渠灌田，也许这并非一人之功，而在泰伯那样古老的年代开了个头，以后持续开拓，但都属于造福百世的政治、经济上的作为。无锡市东三十里的鸿山（即梅里山）犹存泰伯墓庐，为全国重点文物保护单位。墓用青色大理石砌成，高二米余，直径三米许，黄土覆顶，绿草如茵。刻有"泰伯墓"篆字

① （西汉）董仲舒：《春秋繁露》卷九〇"观德"第三十三，清乾隆卢文弨校本。

② （清）王夫之：《读通鉴论》卷七，中华书局 1975 年版，第 476 页。

③ （清）章学诚：《文史通义》卷四内篇四，四部备要本。

④ 《史记》卷三十一《吴太伯世家》，"吴太伯"句《正义》，第 1445 页。

⑤ （清）顾祖禹：《读史方舆纪要》卷二十五，（台北）洪氏出版社 1981 年版。

的四方形墓碑前，高大的华表雕有威武的雄狮，矗立两旁。墓前供祭祀用的享堂，建于清代。享堂门旁镂刻齐彦槐书写的对联："志异征诛三让两家天下，功同开辟广怀万古江南。"它们在传递着泰伯的让德与江南开发的因缘。

二　句吴文化三大亮点

有亮点的历史，才是值得铭记的历史。文化亮点，是历史精神的结晶，历史记忆中的亮点，是世代相承的精神力量源泉。句吴古国由一个边远的默默开发的小邦，上升为一个叱咤风云的春秋五霸之一。在其六百余年的历史中，有三大历史亮点值得注意。《史记·吴太伯世家》突出记载了这三个亮点：

亮点之一，是《吴太伯世家》列为《史记》三十世家之第一篇。这是包含着司马迁杰出眼光的很了不起的做法。按照中原中心的正统观念，应该是《齐太公世家》第一，《鲁周公世家》第二，而《吴太伯世家》只能居于《楚世家》和《越王勾践世家》之间。即所谓"春秋大旨，其可见者：诛乱臣，讨贼子，内中国，外夷狄，贵王贱伯而已。"[1] 因此在《春秋经》及其三传中，楚、吴、越三国之君始终称"子"，以蛮夷视之。如《春秋穀梁传》哀公十三年："（鲁哀）公会晋侯及吴子于黄池。黄池之会，吴子进乎哉！遂子矣。吴，夷狄之国也，祝发文身，欲因鲁之礼，因晋之权，而请冠、端而袭，其借于成周，以尊天王。吴进矣！吴，东方之大国也，累累致小国以会诸侯，以合乎中国。吴能为之，则不臣乎？吴进矣！王，尊称也。子，卑称也。辞尊称而居卑称，以会乎诸侯，以尊天王。吴王夫差曰：'好冠来！'孔子曰：'大矣哉！夫差未能言冠而欲冠也。'"[2] 这个"吴子"，乃是吴王夫差，正在与中原大国争夺霸主地位，但仍以称"子"卑视之。

然而司马迁在《史记》中，超越了这种华夷之辨的观念，而从中华民族共同体发展过程出发，把《吴太伯世家》列于"三十世家"的第一位，排在《齐太公世家第二》、《鲁周公世家第三》的前面。其胸襟开放、眼光

---

① （宋）朱熹：《朱子语类》卷八十三《春秋》，中华书局1986年版，第2144页。

② 《春秋穀梁传注疏》卷二十，《十三经注疏》，第2451页。

高明之处，在于以新的思想高度思考整个中华民族共同体如何发生、如何形成的基本问题。因为泰伯奔吴，是"华夏"入"蛮夷"；到了吴通中原之后，又是"蛮夷"归"华夏"。这种双向对流，是中华民族共同体形成的一个缩影，互相发挥长处而竞争，互相给予智慧而融合，互相产生一种亲和力而凝聚为文化共同体。元代马端临《文献通考》自序中称："夫汤七十里之国也，文王百里之国也。然以所迁之地考之，盖有出于七十里、百里之外者矣。又如泰伯之为吴，鬻绎之为楚，箕子之为朝鲜，其初不过自屏于荒裔之地，而其后因以有国传世。"① 商周之际存在着大量的可开发的地域、可组合的部族，泰伯辞让而出奔，却奔向一个巨大的可开拓的空间。《史记》将《吴太伯世家》列为第一，当然也有其他理由，比如泰伯是周文王的伯父，辈分较大；或者孔子许以"至德"，出以崇德的意念；但更具有本质意义的是其反映了对中华民族共同体中"边缘活力"的重视，将共同体形成看做中原与边缘互动互补的过程，蕴涵着极为深刻的历史文化哲学。

三　季札才德与吴通中原

亮点之二，是季札的品德才华。句吴士人往往将季札的德行与其十九世祖泰伯相并列。有这么一个传闻："苏州文衡山（征明）先生戒子孙曰：'吾殁，若等慎勿为我求入乡贤祠。'子孙问故，曰：'吴泰伯，孔子所称至德，季札才近伯夷，公子中之最贤者。二公俨然在上，吾安敢滥侧其中耶？'先生不居己于贤而贤，卒为人所称，其可重也已。"② 这既反映文征明有自知之明，见让德而知让；也说明季札近乎泰伯的至德，使后世见至德而高山仰止。元人俞希鲁《至顺镇江志》也将季札与泰伯并举，其中说："'英风澡俗，令德在民'，殷仲堪《季子庙记》之所称也；'风俗泰伯余，衣冠永嘉后。'刘梦得《北固山》诗之所美也。"③ 吴公子季札坚决辞谢吴国君位，于公元前6世纪中叶出使中原列国，在鲁国请观周乐，对《诗》之风雅颂诸

① （元）马端临：《文献通考》自序，商务印书馆1936年版。
② （明）李乐：《见闻杂记》卷十，上海古籍出版社1986年版，第852—853页。
③ （元）俞希鲁：《至顺镇江志》卷三，江苏古籍出版社1999年版，第65页。

篇，都发表了很地道、很古雅的意见。一个来自句吴蛮夷之国的贵族公子，对华夏核心经典有如此高超的造诣，实在是一个奇迹。

季札是吴王寿梦的少子，他的三位兄长依次是诸樊、馀祭、馀眛。《春秋左传》襄公十四年（公元前559）："吴子诸樊既除丧，将立季札。季札辞曰：'曹宣公之卒也，诸侯与曹人不义曹君，将立子臧。子臧去之，遂弗为也，以成曹君。君子曰：能守节。君，义嗣也。谁敢奸君？有国，非吾节也。札虽不才，愿附于子臧，以无失节。'固立之。弃其室而耕。乃舍之。"于是季札封于延陵，号曰"延陵季子"。这里表现季札辞谢吴国君位的高风亮节，有点类似于吴国始祖泰伯的让德。寿梦欲令四子，将大位依次而传季札，季札坚辞不受，及传至夷（馀）眛之子名僚为王，诸樊之子名光，每怨其为长子嫡孙，不得为王，常欲篡弑，因而发生了专诸刺王僚的政变。此是后事。《左传》襄公二十九年（公元前544）又记载：

　　吴公子札来聘，见叔孙穆子，说之。谓穆子曰："子其不得死乎？好善而不能择人。吾闻'君子务在择人'。吾子为鲁宗卿，而任其大政，不慎举，何以堪之？祸必及子！"

　　请观于周乐。使工为之歌《周南》《召南》，曰："美哉！始基之矣，犹未也。然勤而不怨矣。"为之歌《邶》、《鄘》、《卫》，曰："美哉，渊乎！忧而不困者也。吾闻卫康叔、武公之德如是，是其《卫风》乎？"为之歌《王》，曰："美哉！思而不惧，其周之东乎？"为之歌《郑》，曰："美哉！其细已甚，民弗堪也，是其先亡乎！"为之歌《齐》，曰："美哉！泱泱乎！大风也哉！表东海者，其大公乎！国未可量也。"为之歌《豳》，曰："美哉！荡乎！乐而不淫，其周公之东乎？"为之歌《秦》，曰："此之谓夏声。夫能夏则大，大之至也，其周之旧乎？"为之歌《魏》，曰："美哉！沨沨乎！大而婉，险而易行，以德辅此，则明主也。"为之歌《唐》，曰："思深哉！其有陶唐氏之遗民乎？不然，何忧之远也？非令德之后，谁能若是？"为之歌《陈》，曰："国无主，其能久乎？"自《郐》以下无讥焉。为之歌《小雅》，曰："美哉！思而不贰，怨而不言，其周德之衰乎？犹有先王之遗民焉。"为之歌《大雅》，曰："广哉！熙熙乎！曲而有直体，其文王之德乎？"为之歌《颂》，曰：“至矣哉！直而不倨，曲而不屈，迩而不逼，远而不携，迁而不淫，复而不厌，哀而不愁，乐而不荒，用而不匮，广而不宣，施而不费，取而不贪，处而不底，行而不流，五声和，八风平，节有度，守有序，盛德之所同也。”

见舞《象箾》、《南籥》者，曰：“美哉！犹有憾。”见舞《大武》者，曰：“美哉！周之盛也，其若此乎！”见舞《韶濩》者，曰：“圣人之弘也，而犹有惭德，圣人之难也。”见舞《大夏》者，曰：“美哉！勤而不德，非禹其谁能修之？”见舞《韶箾》者，曰：“德至矣哉！大矣！如天之无不帱也，如地之无不载也，虽甚盛德，其蔑以加于此矣。观止矣！若有他乐，吾不敢请已！”①

季札观乐的这段记载，几乎全为《史记·吴太伯世家》收录。如明人何良俊《四友斋丛说》所云：“《史记》季札观乐一段，全用《左传》语，但增点数字，而文字便觉舒徐。乃知此者胸中自有一副炉韝，其点化之妙，不可言也。”②季札观乐的鲁襄公二十九年（公元前544），孔子才八岁，也就是说，在孔子之前已经存在某种《诗三百》的编撰本。但篇目顺序与后来的传世本，略有差异。宋代欧阳修《诗图总序》，对二者做了比较：“《周》、《召》、《邶》、《鄘》、《卫》、《王》、《郑》、《齐》、《豳》、《秦》、《魏》、《唐》、《陈》、《桧》、《曹》，此孔子未删《诗》之前，季札所听周乐次第也。《周》、《召》、《邶》、《鄘》、《卫》、《王》、《郑》、《齐》、《魏》、《唐》、《秦》、《陈》、《桧》、《曹》、《豳》，此今《诗》之次第也。”③就是说，十五国风的前八篇的篇目顺序，二者相同；后七篇的篇目顺序，却有重要变化，主要是《秦风》退后两位，在魏、唐之后，似乎对秦的位置有所贬抑；《豳风》则退后六位，置于十五国风之末，大概是以周朝的发祥地承接全部国风的后盾。这种篇章变动，是蕴含着政治哲学的。宋人吴曾《能改斋漫录》却提出了另一种看法：“《左氏传》载季札聘鲁，请观周乐。使工

---

① 《春秋左传注》，中华书局1990年版，第1007—1008、1161—1165页。
② （明）何良俊：《四友斋丛说》卷五“史”一，中华书局1959年版，第44页。
③ （宋）欧阳修：《诗图总序》，收入《欧阳修集》补遗“诗”，四部备要本。

为之歌《周南》、《召南》，又为之歌《邶》、《鄘》、《卫》，又为之歌《王》，又为之歌《郑》，又为之歌《齐》，又为之歌《豳》，又为之歌《秦》，又为之歌《魏》，又为之歌《唐》，又为之歌《陈》，又自桧以下无讥焉，又为之歌《小雅》，又为之歌《大雅》，又为之歌《颂》。然则乐工所歌《诗》风十五国，其名与《诗》同，惟次第稍异耳。由是知孔子以前，篇目已具。其所删削，盖又不多。又传记所引逸诗甚少，知元不多故也。太史公《史记·孔子世家》乃云：'古者诗三千余篇，孔子去其重，取三百五篇。'盖太史公之失，以少而为多也。"① 他也承认传世的《诗经》是经孔子整理过的，只是非议《诗经》对整理的幅度夸大其词。其实，《史记》既然说将三千余篇的《诗》整理成三百五篇，只是"去其重"，那么就是面对起码十种以上抄本的《诗》，对其中传闻异辞而大体重复的篇什进行校勘、删削、修订甚至某种润色，从而形成《诗三百》的精校本。先秦书籍往往有不同地域、阶层、群体的传抄竹简，由于简书成本不菲，中间夹杂口传，因而各个本子的完整程度、精粗程度不一，传闻异辞之处甚多，必须经过高手认真整理，方能成为经典。若无认真整理，错讹甚多，异文满目，徒然引发学界无谓的争议，适可妨碍实质性的学术发展。

毫无疑问，季札观乐，表现出超一流的中原文化修养。那么，作为句吴蛮夷之国的贵族公子，他的这种文化修养和造诣是如何获得的？令人感慨的是，历史记载远远比不上没有记载的多，历史空白处往往隐藏着事件的原因和深层的意义。这就迫使认真的学问家，必须从文献处入手，在空白处运思。重要的是考察清楚吴国是何时，又以何种方式交通中原的，以便进一步探讨季札知识的来源。《左传》成公十五年（公元前576）记载："十一月，会吴于钟离，始通吴也。"②《太平御览》转录了这段材料："《春秋·成公十五年》曰：叔孙侨如会吴于钟离，始通吴也。始与中国接。"③ 鲁成公十五年，乃季札父亲寿梦继位第十年，此年离季札观乐还有三十二年。也就是说，吴国与鲁国及晋、齐、宋、卫、郑等中原国家开始约集相会，是在季札

---

① （宋）吴曾：《能改斋漫录》卷十"议论"，聚珍版丛书本。
② 《春秋左传注》，第876页。
③ 《太平御览》卷一百六十九"州郡部"十五，四库全书本。

的童年。各国到会的都是大夫，吴国又是哪位大夫呢？

　　要理清此事，需要上追十几年。《左传》成公二年（公元前 589）记载："楚之讨陈夏氏也，庄王欲纳夏姬，申公巫臣曰：'不可。君召诸侯，以讨罪也。今纳夏姬，贪其色也。贪色为淫，淫为大罚。'……王乃止。子反欲取之，巫臣曰：'是不祥人也！是夭子蛮，杀御叔，弑灵侯，戮夏南，出孔、仪，丧陈国，何不祥如是？人生实难，其有不获死乎？天下多美妇人，何必是？'子反乃止。王以予连尹襄老。襄老死于邲，不获其尸，其子黑要烝焉。巫臣使道焉，曰：'归！吾聘女。'……巫臣聘诸郑，郑伯许之。及共王即位，将为阳桥之役，使屈巫聘于齐，且告师期。巫臣尽室以行。……"① 楚国的申公巫臣阻止楚庄王和令尹子反娶超级美人夏姬，她所配的将军阵亡后，儿子想与后娘乱伦，申公巫臣反而携夏姬逃亡晋国。对于此事的过程和后果，西汉刘向《新序》也有记述，或有传闻异词之处："楚庄王既讨陈灵公之贼，杀夏征舒，得夏姬而悦之。将近之，申公巫臣谏曰：'此女乱陈国，败其群臣，嬖女不可近也。'庄王从之。令尹又欲取，申公巫臣谏，令尹从之。后襄尹取之，至恭王与晋战于鄢陵，楚兵败……襄尹死，其尸不反；数求晋，不与。夏姬请如晋求尸，楚方遣之，申公巫臣将使齐，私说夏姬与谋。及夏姬行，而申公巫臣废使命，道亡随夏姬之晋。令尹将徙其族，言之于王曰：'申公巫臣谏先王以无近夏姬，今身废使命，与夏姬逃之晋，是欺先王也。请徙其族！'王曰：'申公巫臣为先王谋则忠，自为谋则不忠，是厚于先王而自薄也，何罪于先王？'遂不徙。"② 看来楚王对于申公巫臣的家族，还是网开一面的。《国语·楚语上》记载此事，略有出入，仅记其梗概："昔陈公子夏为御叔娶于郑穆公，生子南。子南之母乱陈而亡之，使子南戮于诸侯。庄王既以夏氏之室赐申公巫臣，则又畀之子反，卒于襄老。襄老死于邲，二子争之，未有成。恭王使巫臣聘于齐，以夏姬行，遂奔晋。晋人用之，实通吴、晋。使其子狐庸为行人于吴，而教之射御，导之伐楚。至于今为患，则申公巫臣之为也。"③ 除了粗略地介绍申公

---

① 《春秋左传注》，第 803—805 页。

② 《新序详注》卷一"杂事"第一，中华书局 1977 年版，第 30 页。

③ 《国语》卷十七《楚语上》，上海古籍出版社 1998 年版，第 539 页。

巫臣与夏姬的关系之外，又由于申公巫臣与楚国子反结怨，推动晋国与吴国结交，夹攻楚国。并使自己儿子狐庸为吴国担负外交职责的"行人"。对于申公巫臣交通晋、吴，《左传》成公七年（公元前584）记载："子反欲取夏姬，巫臣止之，遂取以行，子反亦怨之。及共王即位，子重、子反杀巫臣之族子阎、子荡及清尹弗忌及襄老之子黑要，而分其室。子重取子阎之室，使沈尹与王子罢分子荡之室，子反取黑要与清尹之室。巫臣自晋遗二子书，曰：'尔以谗慝贪婪事君，而多杀不辜。余必使尔罢于奔命以死。'巫臣请使于吴，晋侯许之。吴子寿梦说之。乃通吴于晋。以两之一卒适吴，舍偏两之一焉。与其射御，教吴乘车，教之战陈，教之叛楚。置其子狐庸焉，使为行人于吴。吴始伐楚、伐巢、伐徐。子重奔命。马陵之会，吴入州来。子重自郑奔命。子重、子反于是乎一岁七奔命。蛮夷属于楚者，吴尽取之，是以始大，通吴于上国。"成公八年（公元前583）记载："晋侯使申公巫臣如吴，假道于莒。"①

那么，申公巫臣到吴国，有何作为？杜佑《通典》说："楚申公巫臣奔晋而使于吴，使其子狐庸为吴行人，教吴战阵，使之叛楚，吴于是伐楚，取巢、驾、克棘、入州来，子反一岁七奔命。其所以能谋楚，良以此也。"②《史记·吴太伯世家》对此事的交代若此："王寿梦二年，楚之亡大夫申公巫臣怨楚将子反而奔晋，自晋使吴，教吴用兵乘车，令其子为吴行人，吴于是始通于中国。吴伐楚。十六年，楚共王伐吴，至衡山。"③ 对于吴、晋、楚三国关系的变化与纠葛，宋人姚宽《西溪丛语》对夏姬的美色无敌，青春常驻，饶感兴趣，认为："《春秋》：夏姬乃郑穆公之女，陈大夫御叔之妻。其子征舒弑君。征舒行恶逆，姬当四十余岁，乃鲁宣公十一年。历宣公、成公，申公巫臣窃以逃晋，又相去十余年矣。后又生女嫁叔向，计其年六十余矣，而能有孕。《列女传》云：夏姬内挟技术，盖老而复壮者，三为王后，七为夫人。或云：凡九为寡妇，当之者辄死。《左氏》所载当之者，已八人矣。宇文士及《妆台记》序云：春秋之初，有晋、楚之谚曰：'夏姬

① 《春秋左传注》，第834—839页。
② （唐）杜佑：《通典》卷二百"边防"十六，中华书局1988年版。
③ 《史记》卷三十一《吴太伯世家》，第1448页。

得道，鸡皮三少。'"① 苏轼《策断中》，则对其中的政治是非作出批判："今夫蛮夷而用中国之法，岂能尽如中国哉！苟不能尽如中国，而杂用其法，则是佩玉服韨冕垂旒而欲以骑射也。昔吴之先，断发文身，与鱼鳖龙蛇居者数十世，而诸侯不敢窥也。其后楚申公巫臣始教以乘车射御，使出兵侵楚，而阖庐、夫差又逞其无厌之求，开沟通水，与齐、晋争强，黄池之会，强自冠带，吴人不胜其弊，卒入于越。夫吴之所以强者，乃其所以亡也。何者？以蛮夷之资，而贪中国之美，宜其可得而图之哉。"② 这是站在中原王朝的立场上讲话，宋代边患严峻，士大夫难以从容不迫地思考中华民族共同体的互动互融的问题。

回到季札观乐的知识来源上来，季札对于诗书礼乐的修养，应该来自鲁而非来自晋。那么鲁成公十五年（公元前576）记载鲁国叔孙侨如会吴于钟离而"始通吴"，就有特别的价值。吴国大夫是谁出席呢？从前面的考证不难推知，申公巫臣的儿子狐庸是吴国负责外交事务的行人，他与会的可能性极大。既然交通吴、鲁，那么往返晋、吴的通道，就不必如申公巫臣那样绕行莒国，而可以取道鲁国，因而从鲁国带回诗书礼乐材料，也是顺道办理的事情了。而且《左传》襄公三十一年（公元前542）记载："吴子使屈狐庸聘于晋，通路也。赵文子问焉，曰：'延州来季子其果立乎？巢陨诸樊，阍戕戴吴，天似启之，何如？'对曰：'不立。是二王之命也，非启季子也。若天所启，其在今嗣君乎！甚德而度，德不失民，度不失事，民亲而事有序，其天所启也。有吴国者，必此君之子孙实终之。季子，守节者也。虽有国，不立。'"③ 延州来季子，即延陵季子，吴取州来而增封之。季札不因二位兄长的暴死而继承王位，为其后来的行为所证实；而且称"季子，守节者也"，也与前面引述过的鲁襄公十四年季札以"君子曰：能守节"为理由，拒绝王位，心灵相通。狐庸初当吴行人的时候，季札尚在童年，他是看着季札长大的，对季札的心理又了解透彻，因而按其兴趣，从鲁国不断给他带回诗书礼乐资料，也在情理之中。

---

① （宋）姚宽：《西溪丛语》卷下，学津讨原本。
② （宋）苏轼：《策断中》，收入《苏轼集》卷四十八，明海虞程宗成化刻本。
③ 《春秋左传注》，第1190页。

季札的品德既有对始祖至德的继承，又受中原礼义的影响。吴通鲁三十余年，就出现了季札观乐，他首先到鲁国听诗观舞，当带有对其知识源头的类乎"朝圣"的心理，却能把《诗》的精髓体验得极为地道而深刻。当时认识经典的眼光，堪称"季札第一"。儒家尊崇季札，据说孔子还给他书写碑铭："呜呼有延陵君子之墓"。《史记》还载有一则季札佳话："季札之初使，北过徐君。徐君好季札剑，口弗敢言。季札心知之，为使上国，未献。还至徐，徐君已死，于是乃解其宝剑，系之徐君冢树而去。从者曰：'徐君已死，尚谁予乎？'季子曰：'不然。始吾心已许之，岂以死倍吾心哉！'"①这就是唐人周昙《春秋战国门·季札》一诗所说："吹毛霜刃过千金，生许徐君死挂林。宝剑徒称无价宝，行心更贵不欺心。"② 由于这些德行、智慧和义举，季札成了吴国"以国为氏"的吴氏家族的始祖。比如季札下传九世孙吴芮为汉初长沙王，其马王堆家族墓地于两千年后出土大量珍贵文物，展示出中华民族灿烂的文明创造能力，令举世为之震惊。

四　阖闾霸业与吴国政治社会结构

亮点之三，吴王阖闾开拓霸业。经过吴王寿梦以下三代五王七十余年的努力，吴国已经奠定了霸业的基础。寿梦之孙阖闾颇具雄才大略，他实行开放政策，接纳来自楚国的伍子胥和来自齐国的孙武，联晋拒楚，国力大增。阖闾元年（公元前514），命伍子胥在吴（今苏州古城区）"相土尝水"、"象天法地"，建新都阖闾大城，设置水陆城门各八座。如王謇《宋平江城坊考》所说："《吴郡图经续记》：'阖闾城，即今郡城也。旧说子胥伐楚还师（此说有误，只能说明阖闾城的修筑非一日之功），取丹阳及黄渎土以筑，盖利其坚也。郡城之状如亚字，唐乾符三年刺史张传尝修完此城。梁龙德中，钱氏又加以陶甓。'《吴郡志》：阖闾城，吴王阖闾自梅里徙都，即今郡城。阖闾委计于伍子胥，乃使相土尝水，象天法地，筑大城，周围四十七

① 《史记》卷三十一《吴太伯世家》，第1459页。

② （唐）周昙：《春秋战国门·季札》，收入《全唐诗》卷七百二十八，中华书局1960年版，第8344页。

里。陆门八，以象天之八风；水门八，以法地之八卦。筑小城，周十里。门之名，皆伍子胥所制，东面娄、匠二门，西面阊、胥二门，南面盘、蛇二门，北面齐、平二门。唐时八门悉启，刘梦得诗云'二八城门开道路'，许浑诗云'共醉八门回画舸'。"① 这表明，阖闾在开始大规模进攻楚国之前，已经拥有一城一书：伍子胥督造的水陆双棋盘格局的姑苏城，于阖闾十九年、夫差二十三年中，成为吴国首都四十二年，而且两千五百年原貌犹存，不愧为"中国历史第一古城"，堪称举世一绝。孙武名著《孙子兵法》，充满克敌制胜的谋略，其深刻的辩证法思维使之成为人类在诸多领域生存竞争的智慧书，至今还以强大的生命力影响世界。

阖闾最辉煌的武功，是吴、楚柏举之战。《史记·吴太伯世家》记载："九年（按：阖闾九年，乃鲁定公四年，公元前506），吴王阖庐请伍子胥、孙武曰：'始子之言郢未可入，今果如何？'二子对曰：'楚将子常贪，而唐、蔡皆怨之。王必欲大伐，必得唐、蔡乃可。'阖庐从之，悉兴师，与唐、蔡西伐楚，至于汉水。楚亦发兵拒吴，夹水陈。吴王阖庐弟夫概欲战，阖庐弗许。夫概曰：'王已属臣兵，兵以利为上，尚何待焉？'遂以其部五千人袭冒楚，楚兵大败，走。于是吴王遂纵兵追之。比至郢，五战，楚五败。楚昭王亡出郢，奔郧。郧公弟欲弑昭王，昭王与郧公奔随。而吴兵遂入郢。子胥、伯嚭鞭平王之尸以报父仇。"② 《史记》的记述，孙武只在战争开始前，与伍子胥一道露脸，以后不再见其具体作为，未免有点音影恍惚。

《左传》定公四年的记载，干脆就不提孙武："冬，蔡侯、吴子、唐侯伐楚。舍舟于淮汭，自豫章与楚夹汉。……十一月庚午，二师陈于柏举。阖庐之弟夫概王，晨请于阖庐曰：'楚瓦（子常）不仁，其臣莫有死志，先伐之，其卒必奔。而后大师继之，必克。'弗许。夫概王曰：'所谓臣义而行，不待命者，其此之谓也。今日我死，楚可入也。'以其属五千，先击子常之卒。子常之卒奔，楚师乱，吴师大败之。子常奔郑。史皇以其乘广死。吴从楚师，及清发，将击之。夫概王曰：'困兽犹斗，况人乎？若知不免而致死，必败我。若使先济者知免，后者慕之，蔑有斗心矣。半济而后可击也。'从

---

① 王謇：《宋平江城坊考》卷五"城外·府城"，江苏古籍出版社1999年版，第229页。
② 《史记》卷三十一《吴太伯世家》，第1466页。

之，又败之。楚人为食，吴人及之，奔。食而从之，败诸雍澨，五战及郢。己卯，楚子取其妹季芈畀我以出，涉睢。针尹固与王同舟，王使执燧象以奔吴师。庚辰，吴入郢。"① 从如此记载中怀疑孙武的存在和作用，并非毫无理由。但是学者忘记了历史是人记载的，从事记载的史官是有价值取向的。《左传》喋喋不休地记述吴王阖闾及其弟夫概，此类官方文献是抱着君王至上的理念的，因而连重臣在战争中的决策作用，都受到某种程度的冷落，更何况只是客卿的军事专家孙武呢？

然而，从十一月庚午柏举之战，到庚辰吴军攻入楚国郢都，从摆开阵势打仗，到攻占头等大国的首都，头尾只用了十一日。这不是夫概之流气势汹汹的攻坚杀敌所能达到的，"五战及郢"，绝不是啃硬骨头，而是出奇制胜。战争过程有三点值得注意：一是从战火尚未燃起，就联合蔡、唐二国，将楚军注意力调动到东北方向，就可以联系上《孙子兵法》所谓"上兵伐谋，其次伐交，其下攻城"，"不战而屈人之兵，善之善者也"的战略构想。二是本来顺着淮河西上伐楚，却"舍舟于淮汭"，突然甩开敌军准备好的大口袋，也可领略到《孙子兵法》讲求避实击虚，所谓"兵者，诡道也。……攻其无备，出其不意"的谋略运筹。三是奔袭而"五战及郢"，可以体验到《孙子兵法》讲求兵贵神速，"兵之情主速，乘人之不及，由不虞之道，攻其所不戒也"。不要忘记，春秋时期，楚、晋、齐是大国，吴偏居东南方，原本的实力不足与之匹配，竟能以三万之师，打败二十万之众的楚国，占领其郢都。此事背后实在有一只未被正规史书记载的"看不见的手"，发挥着神机妙算的作用。《孙子兵法·虚实篇》所说的"夫兵形象水，水之形，避高而趋下；兵之形，避实而击虚。水因地而制流，兵因敌而制胜。故兵无常势，水无常形，能因敌变化而取胜者，谓之神"② 的妙处了。所幸的是，官方文献失载的人物事件，同行者的著述并没有忘却，战国晚期的《尉缭子》却说了这样的话："有提十万之众而天下莫敢当者，谁？曰（齐）桓公也。有提七万之众而天下莫敢当者，谁？曰吴起也。有提三万之众而天下莫敢当

---

① 《春秋左传注》，第 1542—1545 页。
② 《银雀山汉墓竹简校本孙子兵法新译》，齐鲁书社 2001 年版，第 5—54 页。

者，谁？（孙）武子也。"① 所谓"提三万之众而天下莫敢当者"指的就是吴、楚柏举之战，指的就是这场神出鬼没的战争中，孙武运筹帷幄的关键作用。

泰伯奔吴，到阖闾称霸、夫差亡国，从公元前 11 世纪到公元前 5 世纪，吴国存在六百多年。六百多年中前五百多年，缺乏记载，吴与中原虽有些联系，但大体处在相对隔绝中。自寿梦（公元前 585—前 561 年在位）二年申公巫臣自晋使吴，及其儿子狐庸为吴行人，吴始通中国，到吴、楚柏举之战（公元前 506），阖闾称霸，用了近八十年。再到夫差二十三年（公元前 473）亡国，只有三十余年。这一百一十年间，吴国的大起大落，原因何在？吴国的迅猛崛起，得益于交通中原，接纳申公巫臣、狐庸、伍子胥、孙武等楚、晋、齐诸国的杰出人才。然而夫差十一年伐齐，对坚决劝阻的伍子胥赐剑自裁，孙武大概也在此前后离开吴国。因为《史记·孙子吴起列传》如此交代："阖庐知孙子能用兵，卒以为将。西破强楚，入郢，北威齐晋，显名诸侯，孙子与有力焉。"② 再也没有下文，有，也是孙武死后百余年的事。

吴国的崛起本来是实行开放、容纳各国人才的结果。但它毕竟本是蛮夷之地，人才储备有限，缺乏根深蒂固的世卿世族和士人阶层。没有世卿世族，保守的反对派势力也就相对薄弱，伍子胥、孙武一旦说服吴王阖闾，推行新的政治军事方略，就会迅速崛起。但是当伍子胥赐死、孙武退出，缺乏世卿世族和士人阶层支撑，吴国就轰然坍塌，不可收拾。伍子胥从楚国城父出奔，并非无意于晋国、郑国，《史记·伍子胥列传》记载："伍胥既至宋，宋有华氏之乱，乃与太子建俱奔于郑。郑人甚善之。太子建又适晋，晋顷公曰：'太子既善郑，郑信太子。太子能为我内应，而我攻其外，灭郑必矣。灭郑而封太子。'太子乃还郑。事未会，会自私欲杀其从者，从者知其谋，乃告之于郑。郑定公与子产诛杀太子建。建有子名胜。伍胥惧，乃与胜俱奔吴。"③ 晋国有强大的六卿，他们并不看重伍子胥的能力，更为重视的是太

---

① 《银雀山汉墓竹简校本尉缭子新译》齐鲁书社 2003 年版，第 30 页。
② 《史记》卷六十五《孙子吴起列传》，第 2162 页。
③ 《史记》卷六十六《伍子胥列传》，第 2173 页。

子建的内奸作用。《吕氏春秋》的记载颇为不同："五（五、伍古通）员亡，荆急求之，登太行而望郑曰：'盖是国也，地险而民多知；其主，俗主也，不足与举。'去郑而之许，见许公而问所之。许公不应，东南向而唾。五员载拜受赐，曰：'知所之矣。'因如吴。"① 既然登上太行山，他并非没有投奔晋国的可能，但他没有做如此设想，大概卿士支撑政权的旧邦，他去了可能只安排个县大夫，或者如申公巫臣那样当个外交使节。因此，只好从许公的唾沫上讨去向了。这是讨论杰出人物如何不受阻隔的脱颖而出，范蠡、文种选择越国，也基于相似的原因。再讨论没有卿士阶层的支撑，大厦轰然倒塌。《史记·吴太伯世家》记载："（夫差）十四年春，吴王北会诸侯于黄池，欲霸中国以全周室。六月丙子，越王句践伐吴。乙酉，越五千人与吴战。丙戌，虏吴太子友。丁亥，入吴。……乃引兵归国。国亡太子，内空，王居外久，士皆罢敝，于是乃使厚币以与越平。"② 如果伍子胥、孙武还在，凭着牢固的阖闾城，是能够有效地击退五千越兵的。但是他们或死或离，太子缺少得力的世卿士人的辅助，只能束手就擒了。吴国的政治社会架构缺乏中间士人阶层的支撑，迅速崛起是由于此，迅速灭亡也缘于此，在盛衰存亡中搬演一场可歌可泣、大喜大悲的历史剧。

自泰伯立国以来，吴国历二十一世、二十五位君王，至夫差失国，历时六百多年。《汉书·地理志》："太伯初奔荆蛮，荆蛮归之，号曰句吴。太伯卒，仲雍立，至曾孙周章，而武王克殷，因而封之。又封周章弟中于河北，是为北吴，后世谓之'虞'，十二世为晋所灭。后二世而荆蛮之吴子寿梦盛大称王。其少子则季札，有贤材。兄弟欲传国，札让而不受。自寿梦称王六世，阖庐举伍子胥、孙武为将，战胜攻取，兴伯名于诸侯。至子夫差，诛子胥，用宰嚭，为粤（越）王句践所灭。"③ 泰伯奔吴，给中华民族昭示了"让德"，牵动了中华民族发展的"文明对角线"这条生命线，季札的品德与阖闾的称霸，增加了"让德"、"三个第一"和"文明对角线"的分量和强度。不要孤立地看吴文化，其特殊的历史地位在于为中华民族长期的南北

① 《吕氏春秋集释》卷十"异宝"，中华书局 2009 年版，第 231—232 页。
② 《史记》卷三十一《吴太伯世家》，第 1473—1474 页。
③ 《汉书》卷二十八下《地理志》，中华书局 1962 年版，第 1667 页。

冲突和近代东西冲突提供了后方、后劲，以及前沿，历险而有回旋之地，进取而有能量的积蓄，在民族共同体的发展中发挥着关键性的功能。

五　以历史长时段考察吴文化总体特征

一个重要的历史事件的价值，需要考察其"长历史时段"的效应，才能作出更带有本质意义的判断。种子是落在沃土上长成茂林，还是落在石缝里长成劲草，这既是对土壤等级的评价，也是对种子生命力的考验。泰伯奔吴，奔对了地方，句吴虽是荒蛮之地，但它具有第一流可开发的潜力。吴、越、楚之地在春秋战国时期的开发，对于中华民族共同体的地理格局，具有非同寻常的意义。这些地方的中原化，使秦汉帝国拥有黄河、长江的广阔腹地，向南拓展岭南和西南；又以丰厚的实力和元气，在向北与游牧民族的对话中，扩展了多元性的地理和种族格局。吴太伯走出了关键的第一步，中经三国东吴、东晋南朝的重点开发，加上唐末至南宋的经济文化中心的南移，到元明清三代，江南稳居中国经济文化繁华之区的地位。经过两千余年充满开拓性和智慧性的经营，句吴地区逐渐形成了全国仰慕的粮仓、商城、智库的总体特征。这种经济文化的累累硕果，反过来证明了泰伯开吴在中华民族共同体形成与发展上的战略地位。

三千多年前，泰伯南奔开发江南，这里已经积蓄了待开发的丰富潜能。环太湖的马家浜文化及其后续的崧泽文化、良渚文化，源远流长，遗存丰富。太湖中的吴县三山岛存在的旧石器时代晚期遗址，表明吴先民已生息繁衍逾万年。濒临长江的张家港地区，于近年发现了许多新石器时代的先民遗址，最早者距今七千年。阳澄湖畔的吴县草鞋山遗址堆积有十个文化层，完整地展示了此地的史前史演进。六千年前的第十文化层，透露吴先民已过着定居生活，居住在木结构的建筑里，使用釜、鼎等炊器和豆、钵等食器，从事亦渔亦农的生产，大量种植经人工栽培的粳稻，所谓"无猪不成家"，家畜饲养有猪、狗、水牛。从遗存的三块纺织品残片可知，当时已有相当水平的织造技术及图案设计。吴兴钱三漾遗址出土的绢片丝带，为五千多年前之物，表明吴地率先养育家蚕，其缫丝织丝技术，可谓遥遥领先于全国和世界。上海青浦县崧泽遗址出土的鼎、豆、壶陶器，与马家浜文化一脉相承，

器型、纹饰、彩绘颇具特色，如勾连纹豆、猪首形匜，都质朴得俏皮，陶器
鬶和料中有谷壳，还有家猪骨骼出土。

尤为值得注意的是良渚文化，其遗址上有工程巨大的礼仪祭祀坛台，出
土了玉琮、玉璧、玉钺之类的大量玉器，其中寺墩一座墓随葬玉琮、玉璧，
就多达五十七件。这令人感到，其已开始接近《周礼》之所谓"以玉作六
器，以礼天地四方。黄琮礼地，苍璧礼天"①，以及天圆地方、天人相通的
观念及礼仪的源头。吴越先民"玉文化"中蕴含的智慧和观念形式，对中
华民族的思想观念和礼仪制度，潜存着不应低估的影响，以及相互交融的可
能性。从太湖流域的马家浜文化、崧泽文化、良渚文化出土文物的分析中，
可以发现，句吴地区虽称蛮夷之地，但其稻作农业、礼仪观念、蚕丝文明，
都存在着不少可以同黄河文明沟通互补，甚至领先前行的潜力。泰伯奔荆
蛮，实际上走向一个潜力无限的广阔空间，中华民族在吴国以后两千余年的
后继中，开发出中国著名的粮仓、著名的商城，也开发出一个著名的智库，
从而形成了粮仓、商城、智库三位一体的吴文化的基本特征。

为什么说是粮仓呢？有一句众所皆知的话："苏湖熟，天下足。"宋人
范成大《吴郡志》说："谚曰：'天上天堂，地下苏杭。'又曰：'苏湖熟，
天下足。'湖固不逮苏，杭为会府，谚犹先苏后杭，说者疑之。白居易诗曰：
'雪川殊冷僻，茂苑太繁雄。惟有钱塘郡，闲忙正适中。'则在唐时，苏之
繁雄，固为浙右第一矣。"②白居易的诗，题为《初到郡斋寄钱湖州、李苏
州（聊取二郡一哂故有落句之戏)》，后四句亦作："雪溪殊冷僻，茂苑太繁
雄。唯此钱塘郡，闲忙恰得中。"雪溪又名雪川，即今浙江湖州苕溪下游，
溪水最后北流入太湖，雪川也就成了湖州的别名。茂苑是旧长洲县（今江苏
省苏州市）的别称，白居易《长洲曲》："茂苑绮罗佳丽地"，即指此。明人
郎瑛《七修类稿》对《吴郡志》的说法进行辩驳，又有所引申："谚曰：
'上说天堂，下说苏杭。'又曰：'苏湖熟，天下足。'解者以湖不逮于杭，
是矣。又解苏在杭前，乃因乐天之诗曰：'雪川殊冷僻，茂苑太繁雄。惟有
钱塘郡，闲忙正适中'之故。予以谚语因欲押韵，故先苏而后杭；解者以白

---

① 《周礼·春官·大宗伯》，《十三经注疏》，第762页。
② （宋）范成大：《吴郡志》卷五十，第669页。

诗证之，错矣。殊不思谚非唐时语也，杭在唐，尚僻在一隅未显，何可相并？苏自春秋以来，显显于吴、越；杭惟入宋以后，繁华最盛，则苏又不可及也，观苏杭旧闻旧事可知矣。若以钱粮论之，则苏十倍于杭，此又当知。"① 明人徐光启《农政全书》也为此言奋力置辩："议者曰：苏州地势低，与江水平，故曰平江，故称泽国。其地不可作田，必然之理也。今欲围筑硬岸，亦逆土之性耳。答曰：晋宋以降，仓廪所积，悉仰给于浙西水田之利，故曰：苏湖熟，天下足。若谓地势高下，不可作田，以为必然之理，此诚无用之论也。浙西之地，低于天下，而苏湖又低于浙西，淀山湖又低于苏州。此低之又低者也。彼中富户数千家，于中每岁种植菱芦，埋钉桩笆，委埋封土，围筑硬岸，岂非逆土之性？何为今日尽成膏腴之田？此明效之验，不可掩也。既是淀山最低之湖，经理尚可以为田，却说已成之田，不可作田。天下宁有是理也？"②

从这些辩词中可以了解，东晋南朝以后，中国的粮食赋税就开始依靠江南，尤其是苏湖一带。六千年前已有人类种植水稻的这块沃土，经过吴、越、楚易手经营，尤其是春申君带来楚文化，兴修水利，发展经济。西汉初，吴王刘濞成为七个诸侯王国中实力最强者。晋朝永嘉衣冠南渡，遂进一步与中原文化交流融合。如唐人刘知幾《史通》所云："异哉！晋氏之有天下也。自洛阳荡覆，衣冠南渡，江左侨立州县，不存桑梓。由是斗牛之野，郡有青、徐；吴、越之乡，州编冀、豫。欲使南北不乱，淄、渑可分，得乎？"③ 北方衣冠巨族的南迁，促进吴地的经济文化上了新台阶。六朝时期多言"三吴"，三国吴人韦昭有《三吴郡国志》，据范成大《吴郡志》引《郡国志》，"三吴"指吴郡、吴兴、义兴。又引唐人李吉甫《元和郡县图志》，以吴郡、吴兴、丹阳为"三吴"。还引郦道元《水经注》，"三吴"则包括吴郡、吴兴、会稽（西汉会稽郡治在吴县，因称"吴会"）。④ 在"三吴之说，世未有定论"中，有一点是相同的，都有吴郡、吴兴。隋开皇九年平

---

① （明）郎瑛《七修类稿》卷二十二"辩证类"，上海书店出版社 2001 年版，第 230 页。
② （明）徐光启：《农政全书》卷十三"水利"，清康熙贵州粮署刊本。
③ （唐）刘知幾：《史通通释》内篇卷五"邑里"第十九，上海古籍出版社 1978 年版，第 144 页。
④ （宋）范成大：《吴郡志》卷四十八，第 629 页。

陈，改吴郡为苏州。当时的苏州七县经济繁华，创出以占全国百分之一的田亩，承担百分之十一的赋和百分之二十五的京官俸米的历史纪录，那么虽然此地曾经易手于越、楚，但它还是以原本的古国名称统合周边。到了元朝，国家统购的粮食三分之一来自江浙一带。明朝，南粮是北粮的一倍。到清代，南方供粮是北方供粮的四倍，到乾隆盛世，南方（长江流域）供粮是北方（黄河流域）的十倍。清代无锡的米豆之市非常驰名。所以说，这是中国的大粮仓，并不为过。

六　工商繁华与人文荟萃

工商业的发展，在宋以后的吴地，也出现了影响全国的格局性变化。明人于慎行《谷山笔麈》说："华亭之富埒于分宜，吴门之富过于江陵，非尽取之多也。苏、松财赋之地，易为经营，江、楚旷莽之墟，止知积聚耳。"①比如陶瓷，北宋时期，主要产在河北的定窑、河南的汝窑，到元明清之后，移到了南方，如江西景德镇和宜兴。丝绸和茶叶也盛产于三吴，"苏绣"为全国四大名绣之一。发源于此地的昆曲，有"百戏之祖"美誉；苏州评弹，也被称为"中国最美的声音"，所谓"吴声清婉，若长江广流，绵绵徐游"；桃花坞木刻年画与天津杨柳青年画并称，有"南桃北杨"之说。吴门画派名家辈出，以沈周、文征明、唐寅、仇英为"四大家"。清人徐沁《明画录》称："能以笔墨之灵，开拓胸次，而与造物争奇者，莫如山水。当烟云灭没，泉石幽深，随所寓而发之，悠然会心，俱成天趣。非若体貌他物者，殚心毕智，以求形似，规规乎游方之内也。自唐以来，画学与禅宗并盛。山水一派，亦分为南北两宗。北宗首推李思训、昭道父子，流传为宋之赵干及伯驹、伯骕，下逮南宋之李唐、夏珪、马远，入明有庄瑾、李在、戴琎辈继之，至吴伟、张路、钟钦礼、汪肇、蒋嵩，而北宗抃矣。南宗推王摩诘为祖，传而为张藻、荆、关、董源、巨然、李成、范宽、郭忠恕、米氏父子、元四大家，明则沈周、唐寅、文征明辈。举凡以士气入雅者，皆归焉。此两

---

① （明）于慎行：《谷山笔麈》卷十一，中华书局1984年版，第128页。

宗之各分文派，亦犹禅门之临济、曹溪耳。"① 明代所谓"南宗画"，名家均出于吴门，可见非同凡响。由这些名牌产品和绝世技艺支撑的市场，坐落在苏州古城水巷和古典园林之间，渗透着文雅风流之趣味，久盛不衰。《吴门画舫录》说："吴门为东南一大都会，俗尚豪华。宾游络绎，宴客者多买棹虎邱。画舫笙歌，四时不绝。垂杨曲巷，绮阁深藏。银烛留髡，金觞劝客。"② 可见江南名城商业娱乐之一斑。

三吴滨海，其盛衰与船共济，与海外交通共命运。三国东吴孙权曾派使者赴南洋开展外贸活动，与北朝对峙之南朝由于有强劲的水师而得以偏安一隅。清人胡渭《禹贡锥指》说："唐人实用海运。开元二十七年以李适为幽州节度河北海运使（见《唐会要》）。杜甫诗云：'渔阳豪侠地，击鼓吹笙竽。云帆转辽海，粳稻来东吴。'又云：'幽、燕盛用武，供给亦劳哉。吴门持粟布，泛海凌蓬莱。'此元人海运之鼻祖也。元法用平底海船运粮，自江出海，北抵直沽，行一万三千余里。"③ 清人徐崧、张大纯《百城烟水》作了进一步解释："所谓'东吴'、'吴门'者，属太仓以循海道也。宋都汴，漕运分为四路而海运废。元都燕，去江南极远，而国用无不仰给于江南。至元十九年用伯颜言，初通海道，漕运抵直沽以达京城。二十八年立运粮万户府三，以南人朱清、张瑄、罗璧为之。初岁运四万余石，后累增三百余万石，春夏分二运。初自平江刘家港入海，至海门县界开洋，月余始抵成山，计其水程，自上海至杨村码头，凡一万三千三百五十里。最后千产殷明略者又开新道，从刘家港至崇明州三沙放洋，向东行入黑水大洋，取成山转西至刘家岛，又至登州沙门岛，于莱州大洋入界河，当舟行风信，有时则自浙西以至京师，不过旬日而已。……且暴风之作多在盛夏，今后率以正月以后开船，置篾篷以料角，定盘针以取向，一如番舶之制。……海运终元之世。明洪武二十年，海运粮七十万石给辽东军饷。永乐初，海运七十万石至北京，至十三年始罢。"④ 唐大和尚鉴真于天宝年间由此东渡，于日本奈良

---

① （清）徐沁：《明画录》卷二，读画斋丛书本。
② （清）西溪山人编《吴门画舫录》，清嘉庆丙寅红树山房刊本。
③ （清）胡渭：《禹贡锥指》卷六，上海古籍出版社2006年版，第195—196页。
④ （清）徐崧、张大纯：《百城烟水》卷八，江苏古籍出版社1999年版，第439页。

东大寺及唐招提寺，开创日本之律宗。明朝永乐年间的三宝太监郑和于苏州刘家港出发，率领"宝船"六十余艘，军士、水手二万余人，"七下西洋"，先后到达今越南、柬埔寨、泰国、印尼、马来西亚、斯里兰卡、伊朗、沙特阿拉伯、索马里、肯尼亚等三十余国和地区，以瓷器、丝绸换取香料、珍宝，开人类航海史上旷古未见之壮举。清人王鸣盛《十七史商榷》认为："杜子美《殿中杨监见示张旭草书图》诗云：'呜呼东吴精，逸气感清识。'又《醉歌行赠公安颜少府请顾入题壁》诗云：'君不见东吴顾文学。'又《后出塞》诗云：'云帆转辽海，粳稻来东吴。'又《绝句》云：'门泊东吴万里船。'又《哭台州郑司户苏少监》诗：'夜台当北斗，泉路著东吴。'此似泛指江东诸郡，不必专谓苏州为东吴。然《穆天子传》卷二：'太王亶父之始作西土，封其元子吴太伯于东吴。'唐人《乱后经吴闾门至望亭》诗：'东吴黎庶逐黄巾。'苏州为东吴明矣。近口昆山顾氏精于考据，每自署东吴，盖府治吴县、长洲、元和为东吴，则昆山、太仓为东吴不待言。宋龚明之作《中吴纪闻》，此特取《史记·项羽纪》'籍避仇吴中'，倒其文耳，非别有一称。"[①] 为了使视野更加扩展，采取句吴或三吴的称呼，也许更合适。海道开通，刺激了三吴工商经济的发展，上海开埠，迈开中国近代化进程的步伐；而无锡的纺织业、缫丝业、面粉业，发展迅速，成为中国近代民族工商业的摇篮。改革开放以后又创造了乡镇企业的"苏南模式"。应该说，近一百多年以来，三吴地区成了中国工商业开拓发展的一个强劲的发动机。

三吴地区，人文荟萃，人称"智库"。文徵明为吴郡故里之山川人文甚感骄傲："吾吴为东南望郡，而山川之秀，亦惟东南之望。其浑沦磅礴之气，钟而为人，形而为文章……举天下莫之与京。故天下之言人伦、物产、文章……必首吾吴；而言山川之秀，亦必以吴为胜。……所钟所发，有以杰出一时，而为天下之望。"[②] 其一，苏州风俗尚贤，其五百名贤祠中，季札排名第一，伍子胥排名第二，孔子弟子、有"道启东南"、"文开吴会"之称的"南方夫子"言偃（子游）排名第三，其后历两千余年而贤人辈出。

---

① （清）王鸣盛：《十七史商榷》卷四十五《晋书》三，丛书集成本。
② （明）文徵明：《记震泽钟灵寺庵西徐公》，《文徵明集》补辑卷十九，上海古籍出版社1987年版，第1263—1264页。

其二，吴地守牧多为贤达，注重兴学育才。宋代范成大《吴郡志》说："吴郡地重，旧矣，守郡者非名人不敢当。……此吴郡太守为古今贵重。"唐代韦应物、白居易、刘禹锡先后任苏州太守，又如范成大《思贤堂记》所说："吴郡治故有思贤亭，以祠韦、白、刘三太守。更兵烬久之，遂作新堂，名曰三贤"；仲并《三贤堂记》又称其"声名风采，炳乎其辉，一时盛事，他郡所无也。去之三四百岁，邦人怀慕之不衰，宜哉。"①

其三，吴地科甲文化或进士文化极盛。范成大《吴郡志》卷四称"吴郡自古为衣冠之薮。"明清两代苏州一府的进士、状元人数遥居全国之冠。据统计，明代89科会试中，共录取进士24866人，苏州占1075人，出了吴宽、毛澄、顾鼎臣、申时行、文震孟等状元。清代正、恩会试112科，114名状元中苏州占26名，同时出了会元13名、榜眼6名、探花12名、进士658名，居全国之冠。②

其四，吴地文人交流切磋风气极浓。由此培养的士人不乏全国视野、天下胸襟。如范仲淹的"先天下之忧而忧，后天下之乐而乐"，顾炎武的"天下兴亡，匹夫有责"，均增加了中国文化的风骨。苏州文人还有文雅风流的一面，可能这一面更带有南方文学的特质。唐人杜牧《润州二首》其一写道："句吴亭东千里秋，放歌曾作昔年游。青苔寺里无马迹，绿水桥边多酒楼。大抵南朝皆旷达，可怜东晋最风流。月明更想桓伊在，一笛闻吹出塞愁。"晋朝吴郡文人中，至为杰出者有陆机，他是吴郡华亭人，其祖父三国吴丞相陆逊封华亭侯于此，父为吴大司马陆抗。陆机被称誉为"天才绮练，文藻之美，独冠于时"③，具有吴地的灵秀。他最著名的著作是《文赋》，却受到后世的许多批评。明人谢榛说："陆机《文赋》曰：'诗缘情而绮靡，赋体物而浏亮。'夫'绮靡'重六朝之弊，'浏亮'非两汉之体。"④ 另一位明人胡应麟的意见大同小异："《文赋》云'诗缘情而绮靡'，六朝之诗所自

---

① （宋）范成大：《吴郡志》卷十"牧守"，凤凰出版社1999年版，第121—122页；卷六"官宇"引范成大《思贤堂记》及仲并《三贤堂记》，凤凰出版社1999年版，第61、60页。

② 邵忠、李瑾编：《吴中名贤传赞》后记，江苏古籍出版社1997年版，第1213页。

③ 《三国志·吴书·陆逊传》裴松之注，中华书局1982年版，第1360页。

④ （明）谢榛：《诗家直说》卷一，四库全书本。

出也，汉以前无有也；'赋体物而溜亮'，六朝之赋所自出也，汉以前无有也。"① 清人沈德潜也认为他的"诗缘情"说，违背了诗教："士衡旧推大家，然通赡自足，而绚采无力，遂开出排偶一家。降自齐、梁，专工队仗，边幅复狭，令阅者白日欲卧，未必非陆氏为之滥觞也。所撰《文赋》云：'诗缘情而绮靡。'言志章教，惟资涂泽，先失诗人之旨。"② 这种几乎众口一词的批评，恰好是《文赋》以并非处在经学中心的吴人，逼近文学的情感性特质的贡献。陆机这篇文论名作以骈体赋的美文方式，阐发了诗文书写的微妙的精神过程，在反拨"诗言志"的正统观念中提出具有创造性的"诗缘情"说，为中国"文学的自觉"提供了新的思想维度；在深入文学的情感世界和灵感状态时，又释放出"精骛八极，心游万仞"、"观古今于须臾，抚四海于一瞬"的自由空间；在裁章炼句中，甚讲究"游文章之林府，嘉丽藻之彬彬"，"思涉乐其必笑，方言哀而已叹"，"思风发于胸臆，言泉流于唇齿"的审美趣味。从而以句吴才俊的身份，为六朝文学那种"大抵南朝皆旷达，可怜东晋最风流"的潮流推波助澜。

其五，到了近代之后，三吴之地成为近代中国经济文化高度发达的地域，涌现了许多重要的经济学家、文学家和科学家。如苏州、余杭一带的章太炎、柳亚子、叶圣陶、费孝通；无锡的钱穆、钱伟长、钱钟书，都为近代中国的文学、学术、科学作出卓越的贡献。

总而言之，一旦启动两个巨大维度，一个是中华民族总体结构的空间维度，一个是中华民族共同体历史发展长时段的时间维度，我们对吴文化的特质、地位、潜力和贡献的考察，就会进入一个新的思想深度。泰伯开吴与武王灭商，成了三千年前崛起于岐山一隅的周族的两个伟大的创举。武王灭商，血流漂杵，以血的威武杀出了一条中国民族尊天敬德的礼乐制度的道路，提升了文明进程的文化含量。泰伯开吴始于政治中心位置的坚决辞让，却由于牵动了黄河文明和长江文明的对角线，引发了中华民族由北而南、由陆而海、由黍稷农业而稻作农业、由农业而工商近代文明的民族与时俱进的生命线。三吴地区在全中国所占面积，严格说来，不算很大，但是它是一块

---

① （明）胡应麟：《诗薮》外编二，中华书局1962年版，第146页。
② （清）沈德潜：《说诗晬语》卷上，收入丁福保辑《清诗话》，上海古籍出版社1978年版，第532页。

"肥肉"。它所提供的经济资源和文化资源，对于改善和提升中华民族共同体的素质的意义，非常值得注意。泰伯让德，竟然让出了中华民族如此巨大的发展空间，实在令"民无得而称焉"。

（2009 年 4 月讲演记录，2012 年 4 月修改）

民族文化编

中华民族文化发展与西南少数民族

小　引

　　研究中华民族的文学，需要具有大眼光、大视野、大胸襟。只要我们拥有这三个"大"，就会发现，我们现在正面临文学、文化观念变革的重大契机，处在建设具有大国气象的现代人文创新体系的关键时刻。这里有两个根本问题需要解决：一是中国与外国进行学术文化对话时，应该采取何种文化姿态；二是如何处理中国国内的汉民族与少数民族文学和文化的关系，不仅要解决少数民族文学文化在整个中华民族文化中至关重要的地位，而且要解决研究少数民族文学文化的学术在整个中华民族的学术总体结构中至关重要的地位。

　　谁不主张现代中国的文学学术应该在世界上发出自己的声音，建立我们拥有原创权的学理和话语呢？但是，要做到这一点，就必须重视，中华民族及其文学在世界上都是非常独特的千古不灭的生命机制，这种独特性是我们开展学术原创的重要源泉。众所周知，中华民族是一个复合性的民族，拥有两个民族学上的层次，一个是五十六个具体的民族，一个是这五十六个具体民族又融合成更高层次的中华民族这么一个总体民族。这个总体民族的文化以无比巨大的包容力，把五十六个民族都包容在一个有机的民族整体里面。这一点，就是在整个世界范围内，都会以其体大而族多，堪称无可伦比。这和我们民族共同体形成的历史，存在着深刻的关系。

　　笔者自 2001 年在一次国际性会议上提出"重绘中国文学地图"的命题，十年来坚持不懈地探讨这个命题的基本原理。于 2003 年，在剑桥大学首次就这个命题，做了专门的讲演；到 2006 年为中国中央部级领导干部"历史文化讲座"，系统地阐发这个命题的方法论要点。提出"文学地图"命题的基本宗旨，在于还中华民族文学一个完整的版图，将少数民族文学所体现的"边缘活力"引入文学史的主流写作。要达到这个宗旨，应该树立"五大意识"：中华民族文学版图的完整性意识；中华民族文学版图的原本性意识；中华民族文学构成的多样性意识；中华民族文学发展的生命性意识；在此基础上形成的中华民族大国文化的原创性意识。这里存在着一个关键，就是为占国土面积百分之六十的民族地域文学争取应有的尊严和地位。有必要通过持续不懈的努力，逐渐形成一种学术共识：研究中华民族文学文化而无力整合少数民族资源，乃是知识结构的不可不弥补的缺陷。因为研究少数民族文学文化与汉民族文学文化的关系，就是研究中华民族精神谱系的发生、发展、构成和变异的过程及其内在的动力机制。由于有数千年的历史因缘，离开少数民族，就讲不清楚汉族；离开汉族，同样也讲不清楚少数民族。它们之间已经是你中有我、我中有你，血肉相连，打断骨头连着筋。这种关系，是容不得忽视，更容不得阉割的。

正是由于漫长的历史造民族，民族造历史的过程中，中华民族共同体首先在形成方式和形成过程上，就跟西方民族存在着实质性的差别。西方的学者，包括当年的斯大林都认为，民族是在资本主义形成的过程中形成的，甚至现在西方的有些理论家还认为，民族是宗教改革以后，印刷术发展起来之后的"想象的共同体"。但是中华民族的形成，绝不是想象出来的，它是几千年经风雨，共患难，甚至不打不成交，逐渐形成你中有我、我中有你的复合形态的民族有机体。经过了上古三代到春秋战国的社会变动，众多部族、种族相互联盟和兼并，尤其是文化的创造、融合和认同，到了秦汉时代，就在华夏与四夷的互动融合中形成了我们的民族共同体的基础。当年中国社会科学院第二历史研究所的老所长范文澜先生，就不同意斯大林的那个观点，认为中国在秦汉时代就形成我们民族模样了。唐朝有一部甚至影响了日本、朝鲜、越南的法律书《唐律疏议》说："中华者，中国也。亲被王教，自属中国，衣冠威仪，习俗孝悌，居身礼义，故谓之中华。"中国近代著名学者章太炎在《中华民国解》一文中认为："中国云者，以中外别地域之远近也；中华云者，以华夷别文化之高下也。"① 这就是说中华民族的形成，首

---

① 章太炎：《中华民国解》，《章太炎全集》（四），上海人民出版社1985年版，第253页。

先成于"见贤思齐"式的文化认同，文化的涵盖力和凝聚力超过了种族的血缘隔离。血族灭绝，宗教战争，并非中国文化的常规。

在中国思想学术的现代转型中，"中华民族"作为一个现代民族国家名词的认定，经历了一个不断还原和渐次充实的过程。概念的提出，梁启超功不可没。梁启超1899年在《东籍月旦》中指出："日本人十年前，大率翻译西籍，袭用其体例名义，天野为之所著万国历史，其自序乃至谓东方民族。"① 借鉴了"东方民族"一词的思路，他1902年在《中国学术思想之变迁之大势》一文中说："上古时代，我中华民族之有四海思想者厥惟齐，故于其间产生两种观念焉，一曰国家观，二曰世界观。"② 梁启超最早使用"中华民族"一词，主要指的是汉民族。直到1905年，他写《历史上中国民族之观察》一文，"中华民族"一词被使用了七次，依然认为"今之中华民族，即普遍俗称所谓汉族者"，因为"我中国主族，即所谓炎黄遗族"③。

辛亥革命以后，孙中山在1912年提出了"五族共和"，以民族平等、团结和融合相号召。同年，革命派领袖黄兴、刘揆一等发起"中华民国民族大同会"，后又改称"中华民族大同会"，其"中华民族大同"的理想，包容了汉族、满族、蒙古族、回族、藏族等民族。不过，"五族共和"的说法，对中国云贵川一带丰富多彩的少数民族形态，尚缺乏应有的关注。

中华民族的原本生存和发展状态，是多部族和民族（包括一批古民族和今存的五十六个民族）在数千年间不断地以各种态势和形式交兵交和、交恶交欢、交手交心、交通交涉，上演了一幕幕惊天动地、悲欢离合的历史悲壮剧，从而衍生出灿烂辉煌、多姿多彩的审美文化创造，并最终形成了一个血肉相连、有机共生的伟大的民族共同体。多民族的碰撞具有二重性。从经济上、军事上和家庭生活上看，它是个灾难，因为战火无情，会造成生灵涂炭、家破人亡、流离失所；但是在文化问题上，它往往越碰撞越你中有我、我中有你。在多民族碰撞融合中，北方草原民族的南下，展示了中华民族天翻地覆的强劲的力量；西南少数民族的迁徙，则在保存民族文化多样性上发

---

① 梁启超：《东籍月旦》，《饮冰室合集》文集之四，中华书局1989年版。
② 梁启超：《中国学术思想之变迁之大势》，《饮冰室合集》专集之三十四，中华书局1989年版。
③ 梁启超：《历史上中国民族之观察》，《饮冰室合集》专集之四十一。

挥了独特的功能。

在这种独特的民族共同体形成和发展过程中，有三方面的文化动力学原理值得注意：一是黄河文明与长江文明的"太极推移"原理；二是由"太极推移"衍生的"太极眼"、"太极环"以及民族迁徙中的"剪刀开合"的原理；三是汉族的"中原凝聚力"与少数民族"边缘活力"共构的"内聚外活"，类乎儒学"内圣外王"的文化动力学结构的原理。这三方面的原理互拓互蕴，互动互补，综合为用，共同激活、更新、增厚着中华民族文化千古不磨的生命力。

一　黄河文明与长江文明的"太极推移"原理

中国思想史上有一个重要的本体论概念，就是"太极"。这个概念来源于《周易·系辞上》："易有太极，是生两仪，两仪生四象，四象生八卦。"孔颖达疏："太极谓天地未分之前，元气混而为一，即是太初、太一也。"①太极，就是"太一"，和老子所说的"一"相通："道生一，一生二，二生三，三生万物。"中国思想以"太极"为本体，极神秘，又极高明。因为它并非抽象的、凝止的理念，而在永恒的存在与非存在之中，蕴涵着动与静两种潜能，在看似静止的地方，却以"反者道之动"，自生动能，一分为二、又分为三，摩荡推移，化生出现象界的万事万物。在此"一、二、三、万"的摩荡推移中，"互为其根"，发芽成长，开花结果。

极有意味的是，这"太极推移"竟然也是中华民族生命力千古延续的基本原因。中华文明为何五千年不曾中断？过去的解释，一般强调儒学思想造成中国社会秩序的超稳定结构，或者儒、佛、道三教的交融互补。这不妨说是部分原因。但问题恐怕不会这么简单和轻松。在中世纪，北方的沙漠草原地方兴起了一个草原帝国。草原游牧民族驰骋在从兴安岭一直到欧洲的大草原上，作为逐水草而居、善于骑射的马背上的民族，它们就是上帝的鞭子，专门惩罚南边古老的农业文明。很多农耕民族在这个游牧民族的冲击下崩溃了，唯独中华文明根基依然牢固。难道是游牧民族的骑兵来了，你抱手

① 《周易·系辞上》，《十三经注疏》，中华书局1980年版，第82页。

鞠躬，宣称"有朋自远方来，不亦乐乎"，他就翻身下马，向你打躬作揖吗？关键的问题在于，中华民族的文化分布有两条江河，一条黄河、一条长江，这跟中华民族文化生命力有很密切的关系。有个黄河文明，又有个长江文明，中华民族的腹地就大了，多民族碰撞融合的回旋余地也大了。因为在冷兵器时代，农业文明靠一道伟大的城墙很难挡住精锐的骑兵，平时能挡得住，还可以在长城沿线开关贸易，但是草原帝国一旦统一漠北，大举南侵的时候是挡不住的。长城挡不住，能够挡住它的就是一向被称为"天堑"的滚滚长江。

北方民族不善于水战，北方的曹操带了号称八十万大军南下要消灭孙权的势力，到了荆州他就打败仗，因为不善于水战。金朝国王完颜亮，想趁着南宋立足未稳的时候，率领四十万大军饮马长江，过江消灭南宋，但是被一个叫虞允文的书生打败了。虞氏是南宋诗词名家张孝祥、杨万里、范成大的同科进士。他作为中书舍人到长江采石矶（现在南京附近的马鞍山）劳军，搜集了一些零零散散的船只，组成一个一万八千人的水上军队，就把完颜亮四十万大军的船队打败了。完颜亮一撤回，就被他的部下杀掉了。这就维持了南宋半壁江山的偏安局面，后来虞允文也当了南宋的宰相。

长江天堑作为一道地理鸿沟，发挥了巨大的文化功能。由于长江挡住北方的骑兵，入主中原的游牧民族滞留在黄河流域，总感觉住在巍峨的宫殿比起住帐篷舒服，仰慕中原衣冠文物，过两三代以后就中原化了。在中原易主的战乱中，黄河地区许多大家族就迁移到长江以南。比如说晋朝永嘉年间的衣冠南渡，河南谢氏家族、山东王氏家族就迁移到了南方，南宋的情形更甚，从而把江南的经济文化发展得比北方还要繁华。北方少数民族滞留在黄河地区，日渐中原化；北方汉人把中原文明带到南方，又浸染了百越文化。然后在隋唐统一的这类情形下，实现南北民族大融合。长江文明和黄河文明之间就这样形成太极推移，你推过来，我推过去。于是，在"分久必合，合久必分"，不断南北融合的历史进程中，中华民族越来越大，中华文明几千年不中断而与两条江河并流，并且拓展到关外、陇西、雪域、岭南、云贵山地，成为人类文明发展中的一大奇观。

真所谓"天地无言"，天地以地理限制了人类的行为方式和国家疆域的沿革，进而作用于人们的思维方式和想象方式。这就是中华民族共同体凭借黄河、长江两条江河，从而形成的"太极推移"的宏观动力学系统。德国的黑格尔讲过一句话："只有黄河、长江流过的那个中华帝国，是世界上唯一持久的国家。征服无从影响这样一个帝国。"[1] 他看到了居住在黄河、长江的中华民族的巨大生命力，但是他没有能力对这种生命力的原因做出还原性的解释。中华民族独特的民族构成形态和生命力形态，需要中国学者对之进行还原与通解。

二 "太极推移"原理的连锁反应及"太极眼"效应

发生在中华民族主要居住区的南北"太极推移"，形成巨大的冲击波，深刻地影响了处在主要居住区之侧翼的其他地理板块，以及居住在这些侧翼板块的各民族部族的生存状态和文学文化形态；反过来，这些侧翼板块在承受、吸纳和化解主要板块"太极推移"的冲击波的时候，又对这股冲击波进行反弹，从而也不同程度、有时又非常深刻地影响了主要板块民族生存和文化发展的难易程度、变动方式和最终走向。比如黄河、长江的上游就存在着一个高原文明：江河源文明。它处在两个或者多个文化板块的接合部，以其原始野性和强悍的血液，对中原文化构成了挑战和实质性的补充。它自身的文学也产生了异样的辉煌。

黄河文明很早就有了成熟的史学、儒学和诸子文化，属于早熟文明。人伦理性精神过早成熟，造成了神话传说和口传史诗过早地被历史化，或过早地被碎片化，巫风被过滤成祭祀礼仪。在黄河文明理性化的进程中，神话破碎了，呈现碎金状态，是片段性的、非情节化的神话，所以中原的史诗就很不发达。国门开放，发现西方讲文学史，从荷马的史诗讲起。中国人写文学史为了跟西方对应、接轨，就从早期的诗歌总集《诗经》里面选出了五首诗，《生民》、《公刘》、《绵》、《皇矣》、《大明》，说是"周朝的开国史诗"。但是这五首诗总共加起来才338行，还不及一首乐府歌词《孔雀东南飞》的长度，又如何与荷马史诗、印度史诗作比较？所以黑格尔说中国无史诗，就令人惭愧地觉得中国是一个"史诗的贫国"。然而，如果把中华民族的高原

---

① 黑格尔：《历史哲学》，上海书店出版社1999年版，第122页。

板块、草原板块加在一起，情形就发生了根本的转变。中国至今还存在着少数民族的活形态的三大史诗，《格萨尔王传》、《江格尔》、《玛纳斯》。《格萨尔王传》据说是 60 万行，有的学者说可能有 100 万行。60 万行以上是什么意思？世界上五大史诗的总和都没有一部《格萨尔》那么长的篇幅。世界上五大史诗最古老的是巴比伦的《吉尔伽美什》，3000 多行；影响最著的是荷马《伊利亚特》和《奥德赛》，一两万行。最长的是印度的史诗《罗摩衍那》、《摩诃婆罗多》，后者是 20 万行。因此 60 万行的《格萨尔王传》的长度，超过了世界上五大史诗的总和，而且中国南北少数民族不同长度的史诗或英雄叙事诗，有数以百计之多。

　　《格萨尔》属于江河源文明，属于长江黄河的源头所产生的一种文明形态。江河文明的特质是什么呢？它是高山文明，有高山崇高感，有原始性和神秘感。崇拜高山神湖，张扬尚武精神。同时，江河源地处在东亚文明、中亚文明、南亚文明的接合部，处在藏族文明、蒙古族文明的接合部，处在东西交通的要道丝绸之路一侧，这些就使它的文明形态带有混合性特征，蕴含着丰富复杂的多种多样的文化基因。《格萨尔》的想象空间雄伟壮阔，可以说，它是中华民族这千年中最具有高山旷野气息的超级史诗。其想象出入于天地人三界，驰骋于高山神湖。写英雄则自天而降，赛马夺魁，降妖伏魔；写魔王则"吃一百个人做早点，吃一百个男孩做午餐，吃一百个少女做晚餐"，胃口极大，贪欲无限，凶恶至极；写美人则如朝霞彩虹，如雪山月光，灿若太阳，美若莲花。这些想象方式都具有高原民族的崇高感和力度。就以描写美人为例，中原民族喻之杨柳腰、樱桃口，与此对比，就未免显得纤巧文弱了。霍尔王派出选美的乌鸦说格萨尔的爱妃珠牡，"她前进一步，价值百匹好骏马；她后退一步，价值百头好肥羊"，这也是游牧民族才有的比喻。汉族地区说是"价值连城"，说绝世佳人是"一顾倾人城，再顾倾人国"，这都是平原地区以城池作为攻守的基本依靠所产生的比喻。由于江河源文化板块具有相对的稳定性，这些千年沉积的灿烂辉煌的史诗形式，对中国文学的总体结构形成了重要的拓展和补充，使中国文化可以毫无愧色地说是"史诗的富国"。

　　既然讲"太极推移"，就有必要寻找"太极眼"何在。"太极眼"地位非常关键，乃是太极推移采取何种方式，以及推移的成败利钝的具有决定价值的重要因素。值得注意的是，在这种南北太极推移的过程中，偏于西部的巴蜀以及偏于东部的太湖流域，发挥了特殊的关键作用。显然，将巴蜀看做一个"太极眼"，当不会太离谱。历史一再地告诉我们，中华民族形成文化共同体以来的两千余年间，"分久必合，合久必分"，哪个实力强大的政治体拥有巴蜀，就很容易成为"大一统"的主导力量。秦始皇统一中国，很重要的原因就是他登基前半个世纪，秦人就占领了巴蜀。巴蜀经李冰父子修建都江堰的开发，使秦国的土地和国力增加了一倍。他们利用巴蜀这个财富源泉，支撑战争，收买列国重臣，势如破竹地兼并山东六国，统一天下。两汉以后出现了三国，晋朝统一全国也是首先拿下了蜀国。原先曹操与孙权打仗，曹操进攻孙权，曹操必败；孙权进攻曹操，孙权必败，因为一者长于陆战，一者长于水战。但是一旦拿下蜀国和襄阳，它已经过江了，而且雄踞长江上中游，建楼船，练水师，一旦东吴有变，就顺流而下，统一全国。隋朝结束南北朝的分裂局面，也是由于隋据有巴蜀。南朝梁代发生了侯景之乱，西魏乘机占领荆襄、巴蜀，北周取代西魏之后又灭北齐。此时的南朝陈只有三峡以东的江南地，因此隋文帝篡夺北周帝位，消灭陈叔宝也就水到渠成了。

　　如果不拿下巴蜀，而发兵于江面开阔的长江下游，由于那里靠近南方朝廷的心脏区域，必有猛将重兵把守，势必死守。北方骑兵贸然过江，无法扬长避短，反而以短击长，风险之大，可想而知。金与南宋对峙，金兵在西线遇到吴玠、吴璘的有效抵抗，一直未能进入巴蜀，这对南宋能够保持偏安局面起了重要的支撑作用。于是金兵就只能冒险从下游跨长江，金主完颜亮在采石矶对岸的和州屯兵四十万，结果被四川书生虞允文，收集一万八千人就打败了完颜亮不谙水战的二十倍之众，导致完颜亮被部下暗杀，保住了南宋半壁江山。13世纪蒙古帝国灭金之后，四十年才灭南宋。他们都到哪里去了呢？除了以秋风扫落叶之势西征，一直打到伏尔加河之外，在中国土地上的蒙古大军向西打破襄阳、成都，忽必烈从陇西穿越两千里山谷，乘羊皮囊下金沙江，袭破大理国。当时的蒙古骑兵被罗马教皇称为"上帝的鞭子"，但蒙哥汗亲率十万大军进攻重庆合川钓鱼城的时候，被飞丸击中而死，使钓鱼城成了影响世界历史进程的"上帝折鞭"的英雄城。蒙古军是在占领襄阳、巴蜀、大理，实际上已从上中游渡过长江之后，回师东南，从而以摧枯拉朽之势灭宋。这就是说，元朝统一中国，也是印证了先得巴蜀、后成统一的历史通则的。巴蜀在支撑和改变国家命脉、完成统一大业中，发挥了无以替代的作用，它的太极眼功能在打江山、在武力优势的转移中尤为明显。

另一个"太极眼"则主要发挥文化、智库和粮仓的功能。这个"太极眼"在太湖流域的吴越之地。泰伯从黄河上游到长江下游开拓吴国，在中华文明腹地的黄河与长江上画出了一条对角线，从而产生了两大文明系统的"对角线的文化效应"。这条对角线的历史文化意义非常伟大、深刻，在带动中华民族生生不息、壮大发展上，发挥了非常关键的作用。司马迁写《史记》三十世家，以《吴太伯世家》为第一篇，这很了不起，蕴涵着一种深刻的历史文化哲学。如果按照中原中心主义的正统观念，应该把《齐太公世家》放在第一，把《鲁周公世家》放在第二。但司马迁以《吴太伯世家》列在第一，把齐、鲁两个世家挤到第二、第三的位置。这就触及整个民族共同体如何发生、如何形成的本质问题。因为泰伯奔吴，是"华夏"变"蛮夷"。到了六百年后，吴通中原，又是"蛮夷"变"华夏"。这种双向对流，是中华民族共同体形成的一个缩影，互相发挥长处，互相给予智慧，互相产生一种碰撞力和亲和力。

其实，还在吴太伯以前三四千年，太湖流域就出现了马家浜文化、崧泽文化、良渚文化，成为原始稻作文明发源地。太伯开拓吴国以后，这里逐渐进入中国的核心版图，并且逐渐开发成中国的粮仓。所谓"苏湖熟，天下足"，中国后来的粮食赋税主要靠江南。元朝，国家征收的粮食三分之一产在江浙一带。明朝，南粮比北粮多一倍。到清代，南方供粮是北方供粮的四倍，在乾隆盛世，南方（长江流域）供粮是北方（黄河流域）的十倍。经济中心给文化的发展提供了优渥的物质支持。南宋以后，文化中心渐移江南。到了明代，据统计，南北考进士的卷子，南卷占55%，北卷占35%，中卷占10%。如果中卷（广西、云南、贵州、四川、安徽等地）也当南卷看，南卷就占65%，远大于北卷所占的35%。从明代洪武至万历年间的246年中，文魁（状元、榜眼、探花、会元）共244人，其中66个是江南一带的，占了四分之一。唐代的宰相是不能用南方人的。到了宋代以后，南方人的人数就上升了，以前主要是江西和福建人。到了明朝，宰辅189人中，南方籍占了三分之二，江南 35 人，浙江 32 人，占了三分之一。到了近代之后，长江三角洲成为近代中国经济文化最发达的地方。许多大经济学家、大文学家、大科学家都出在江南。这就告诉人们，太湖流域这个"太极眼"是以其经济和文化的优势，引导大局，辐射全国的。正如太极图中的"太极眼"一黑一白那样，中华民族太极推移中的"太极眼"也一阴一阳，一刚一柔，以不同的角色功能推动中华文明的"大一统"和繁荣富庶。所谓"对角线效应"，就是启动了江南与中原的互动，在太极推移中加入某种旋转的功能。

三　西南少数民族"剪刀形"迁徙路线的文化功能

由于太极推移的巨大冲击波，及太极眼的不可替代的旋转功能，极其容易吸引人们的关注，这就可能冷落了，或遮蔽了此外的一些文化板块的文化地位，及其对整个中华文明的重要贡献。这就使我们有必要对西南少数民族，进行专门的考察。中华民族共同体发展至今，总人口已经将近 14 亿。汉族人口最多，约占总人口的 94%。少数民族中人口最多的是壮族，约 1700 万。在一次国际会议上，一位荷兰学者问我，中国少数民族人口最多的有多少？我说，超过 1000 万。他大为惊讶，说他们一个国家的人口也就是这个数量。中国少数民族中人口在 100 万以上的，有壮、蒙古、回、藏、维吾尔、苗、土家、彝、布依、朝鲜、满、侗、瑶、白，这 14 个人口较多的少数民族中，竟有 8 个分布在中国西南地区。壮民族是百越部族的直系后裔，有人打个形象的比喻，壮族是粤人（广府人）的表亲，泰族人、老族人、傣族人、掸族人的堂兄弟。他们自称"布僚"Bouxraeuz（我们的人），属于俚、僚之部；包括中国西南地区及越南北部的壮族、布依族和岱—侬族，均统称为"僚人"。这些表亲、堂兄弟，实际上已经同汉族形成了基因重组、文化互渗、血肉相连的关系。由于贵州、云南、川西、湘西和广西这么一个多山、多峡谷的地理单元，处在中原两条江河"太极推移"的边缘地带，这里的山地峡谷中，就成为接纳中原移民和少数民族迁徙的文化走廊，是"太极推移"的冲击波和辐射能量的接纳地。

有一个事件也许是中华民族共同体的幸事：西南少数民族在中国正史

"二十四史"的第一史，也就是《史记》中就有了郑重的记载。《史记·西南夷列传》记载："西南夷君长以什数，夜郎最大；其西靡莫之属以什数，滇最大；自滇以北君长以什数，邛都最大；此皆魋结，耕田，有邑聚。其外西自同师以东，北至楪榆，名为嶲、昆明，皆编发，随畜迁徙，毋常处，毋君长，地方可数千里。自嶲以东北，君长以什数，徙、筰都最大；自筰以东北，君长以什数，冉駹最大。其俗或土著，或移徙，在蜀之西。"① 其后《后汉书·南蛮西南夷传》也记载："西南夷者，在蜀郡徼外。有夜郎国，东接交阯，西有滇国，北有邛都国，各立君长。其人皆椎结左衽，邑聚而居，能耕田。其外又有嶲、昆明诸落，西极同师，东北至叶榆……有莋都国，东北有冉駹国，或土著，或随畜迁徙。自冉駹东北有白马国，氐种是也。此三国亦有君长。"② 西南夷的部族名称繁多，"毋常处，毋君长"，说明它们还处在相当原始的发展阶段。

　　太史公所以用凝重的眼光关照西南夷，除了他和司马相如曾经负有抚定西南夷的使命之外，一个潜在的原因在于他看到了这块边远的土地和活动于其间的少数民族，对于整个中华民族具有特殊重要的意义。《史记·大宛列传》记载，张骞从西域归来以后向汉武帝报告说："臣在大夏时，见邛竹杖、蜀布。问曰：'安得此？'大夏国人曰：'吾贾人往市之身毒。'身毒在大夏东南可数千里。其俗土著，大与大夏同，而卑湿暑热云。其人民乘象以战，其国临大水焉。"③ 于是汉以求大夏道，始通滇国。《史记·西南夷列传》有与此呼应的记载："秦时常頞略通五尺道，诸此国颇置吏焉。十余岁，秦灭。及汉兴，皆弃此国而开蜀故徼。巴蜀民或窃出商贾，取其筰马、僰僮、牦牛，以此巴蜀殷富。"④ 之所以如此不厌其烦地引用史籍，原因在于这些材料为我们敞开了一片新的视野：西南夷不是一个静止的名词，而是一批活跃的族群，他们通过"五尺道"，也就是"茶马古道"，沟通了中国与南亚、东南亚、藏区和中亚，既开展了财宝的贸易，又输入了新的文化因

---

① 《史记》卷一百一十六《西南夷列传》，中华书局1982年版，第2991页。

② 《后汉书》卷八十六《南蛮西南夷列传》，中华书局1965年版，第2844页。

③ 《史记》卷一百二十三《大宛列传》，第3166页。

④ 《史记》卷一百一十六《西南夷列传》，第2993页。

素，为波澜壮阔的中华民族的发展打开了另一条文化和商贸的通道。

在西南少数民族中，彝族和苗族占有举足轻重的地位。彝族是古羌人南下，在漫长岁月中与西南土著部落不断融合而形成的民族。在六七千年前，居住在西北河湟地区的古羌人，开始向四面扩展和离散，其中南下的一支，两三千年后在西南地区形成"六夷"、"七羌"、"九氐"，这里的六、七、九等数字，意味着部族众多而尚未统合，包括史书所谓"越嶲夷"、"青羌"、"昆明"、"劳浸"、"靡莫"诸部族，在跟百濮、百越文化长期相处、融合中，形成彝族诸部。彝族的"彝"与西南夷的"夷"，音同而相通，因而1956年毛泽东在北京与彝族干部商议，将"夷"改为"彝"，意思是房子（彑）下面有"米"有"丝"，丰衣足食，兴旺发达，因此将"夷族"改为"彝族"。

与西部的彝族往南迁徙形成"剪刀式"迁徙路线的，是东部的苗族南迁。苗族的族源与黄帝时期的"九黎"，尧舜时期的"三苗"相关。大约五千年前黄河中下游的"九黎"部落，与黄帝部落发生战争，史称"涿鹿大战"。九黎首领蚩尤被黄帝与炎帝联合擒杀之后，它的余部退入长江中下游，形成"三苗"部族。其后，尧、舜、禹等华夏部族安抚和战败"三苗"部族，将其一部驱逐到"三危"，即今陕甘交界地带，又经过很长历史时段的迁徙，逐步进入川南、滇东北、黔西北，形成西部方言的苗族。中原和长江中下游的"三苗"后裔，除了部分融入华夏之外，其余在商周时期迁徙为"南蛮"。汉水中游的"荆楚蛮"，分化重组为楚族，其余迁入鄂、湘、黔、桂诸省山地边区，成为东中部方言的苗族。《苗族古歌》这部一万五千行的民间口传史诗，描述迁徙前后的情景："古时候我们祖先住在远方，在那宽阔富饶的平原，在那美丽的地方，故尤（'故'苗语即祖公，'尤'即蚩尤）他老人家，他有九万子孙，七万生在宽宽的平原，住在那美丽的地方……"（战乱后大迁徙）"沿着河水（都柳江）而上来，来到哪个寨子？来到肥沃的平地方，住在东方的天鹅坝……几年来发人满寨子，七万住在天鹅坝，养猪发展快得像老鼠，养鸭多得像河虾……他们建了一座大寨罗（祖庙），把寨罗立在坝子下，雕一个木像记老人，以备子孙莫忘老人相，纪念故尤千万年……"贵州苗族聚居地的"苗王庙"所供祭的祖神像就是"蚩尤"，将蚩尤与炎帝、黄帝并列为中华民族三大始祖，乃是破除华夏偏见，祛除遮蔽，将少数民族的始祖与华夏始祖平等对待的文化行为。

《苗族古歌》是在苗族祭祀家族祖先的"吃牯脏"大节和农历十月过苗年的隆重仪式上，由德高望重的老人、鬼师（巫师）或歌手在酒席上演唱的。宾主对坐，采用"盘歌"的形式问答，一唱就是几天几夜甚至十天半月。以雄壮苍凉的声调，演唱着从开天辟地到铸造日月，从万物繁衍到洪水滔天，从兄妹结婚到溯河西迁，内容包罗万象，展示了一个民族的族源记忆和神奇想象，以及古代社会制度和日常生产生活的遗迹，成为苗族古代神话的总汇和百科全书式的"民族经典"。它开篇的"开天辟地"①，据记录（本人略作文字整理），就在创世神话中别开生面。略述其大意如下：

　　太古洪荒之时，云雾生育了科啼和乐啼两只巨鸟，孵化出白色泥的天，黑色泥的地。一个好像大簸箕，一个好像大晒席，两相叠合，连针都插不进去。云雾还生下了一群开天辟地的巨人神。巨人巨兽前赴后继，各显神通，想将天地分开。东方的剖帕，举斧头猛力一砍，天地两分开。巨人往吾架起天锅，煮天煮地；巨人把公、样公，拍天捏地，使天伸地长。可是天还压着地，只能低头靠膝而坐。于是，长着八双手臂的府方，顶天踩地，天才高高升，地才低低降，风才来回吹，雨才飘洒落，树才往上长，人才挺腰杆。还有呢，老鹰飞来量天地；养优奋起造山川。又有许多神人，分头去疏导江河，平整山原，修筑江堤，填平大地，砌起斜坡，直到发现火种。于是，人类始祖姜央开始耕种田地，饲养家畜，生育后代。

　　但是，天地还有缺陷。苗族的先祖四公，也就是雄公、宝公、且公、当公，协力苦干，从东方运来金银，打造天柱，铸造日月。看见石头落入深潭，激起一轮浑圆好看的水圈，就按照水圈的样子，造出日月。再请工匠神，将日月挑到蓝天，他头顶太阳，肩扎月亮，袖子里掖着星星，腰杆上拴着银河。岂料走到滑脚坳，一个趔趄，日月滚落深

① 可参见燕宝整理《苗族古歌》，贵州民族出版社1993年版；田兵编选《苗族古歌》，贵州人民出版社1979年版等。

潭。巨人雄天拾起日月送上天，日月从天掉下了山。冷玉又来送日月，乌云却来阻道。好汉固牢挥巨斧，吓跑了乌云。好不容易来到天门，雷公却把门不开。一番辩论，雷公总算打开天门，让日月星辰各就各位。谁料十二对日月同时出，造成人间大旱热难当。神弓手友禄和好汉桑扎射下十一对日月，仅留下一个太阳和一个月亮在天上，轮流照临人间。从此日月光明，乾坤安泰，人间一派祥和。

这则创世神话既异想天开，又闪烁着生活的笑影，散发着人类童年的奇思与妙趣。它不是由一个主神，而是由群神创世，平整土地就花了不少力气，扛着日月上天的时候，还在滑脚坳失足摔了日月，真是"地无三尺平"的黔中少数民族的开天辟地的想象。但其中也隐含着中华民族神话的某些共性，如天地始于混沌，以及后羿射日的影子。更为值得注意的是，由于原在北方的"九黎"、"三苗"以及"七羌"、"九氐"等部族，是分别从东线，由东夷、武陵、湘西迁至云贵高原，以及从西线沿金沙江和横断山脉峡谷迁入云贵高原，它们携带的人文地理行李和文化基因，就难免千差万别。沿东线者，多有鸟图腾基因；沿西线者，则多见虎图腾基因。《苗族古歌》称巨鸟孵出天地，应是东线南迁的苗族所想象，前面提到的他们由平原、溯江流、到山寨的迁徙路线就印证了这一点。而彝族的神话史诗《梅葛》，叙述格滋天神杀虎，以虎骨撑天，以虎眼造日月之类，则暗示着这个民族由西线往南迁徙。最终，两条剪刀形的迁徙路线在滇黔山地汇合，滇黔山地一带就成了这把"剪刀"的转动之轴，发挥着"剪刀轴"的效应。

四 "剪刀轴"效应引起整个中华民族的惊奇

既然已经说明西南少数民族除了土著的百濮、百越部族之外，迁入的少数民族沿东、西两线南移，形成剪刀形的迁徙路线，那么我们就要进一步考察汇聚于滇黔山地的"剪刀轴"的文化功能。一方面，它是中原巫风祭祀仪式和古歌古词的保存者，并且将这种保存与自己的部族民族信仰文化，以及百濮百越之地的风俗混合起来；另一方面，它所积累的华夷之争和南北太极推移的巨大压力，在“剪刀轴”上重新寻找释放的途径，开通了向藏区、南亚、东南亚进行商品贸易和文化往来的“五尺道”、“茶马古道”一类向外开放的特殊形式。“五尺道”、“茶马古道”，就像从剪刀轴延伸出来的弯曲回环的“剪刀柄”。接纳、积蓄、创造、开放，西南少数民族文化的上连“剪刀刃”、下连“剪刀柄”的“剪刀轴”效应，是一种运动着的文化交叉开合效应，以其特殊形态呈现了边疆少数民族文化的“边缘活力”。

中华民族共同体中少数民族文明与汉族文明之间，在竞争中依存，在依存中竞争，西南少数民族的史诗往往写始祖生下十几个兄弟，意味着各个部族、民族间的“兄弟情结”。汉族与少数民族文化间存在着共生性、互化性和内在的有机性，共同构成一个互动互化的动力学的系统。分别言之，也就是中原文明领先发展，它所产生的凝聚力、辐射力，加上少数民族的“边缘的活力”，二者多姿多彩的合力，使中华文明生生不息、几千年发展下来都没有中断。唯有把握这种“内聚外活”的文化力学结构，才能在精微处梳理出中华文明及其文学发展的内在脉络。笔者曾在《中国古典文学图志》一书中特别强调过，文学史写上歌仙刘三姐，比大谈某些二三流的汉语诗人更有价值。因为她可以沟通汉族和南方少数民族、书面文学和口传文学之间的关系，从而展开文学史的丰富层面和文学总体结构的完整性。如此强调的旨趣，在于将民族间的“兄弟情结”和“边缘活力”，作为主流文学史写作的重要通则。

这种“边缘活力”，从文学方面来说，首先体现在口头传统上。由于“边缘活力”采取“剪刀开合”的方式，它的功能也就表现为“叠加+剪切+新制”。中国开天辟地的神话，最著名的是取代女娲补天神话的盘古神话。经过仔细的考察可以发现，它是由南方少数民族在与汉族毗邻地区迁徙和聚居，叠加了许多文化成分，以多种方式加以剪切，并与自己的族源想象相结合而新制成的。这个神话在汉族开发南方的时代，最早进入文献记载。三国时徐整的《三五历纪》，以及题为梁任昉撰的《述异记》记载，天地原本混沌得像一个鸡蛋，盘古生在其中，过了一万八千岁，天地开辟，阳清者（似蛋清乎）上升为天，阴浊者（似蛋黄乎）下降成地。盘古矗立其间，天每日增高一丈，地每日增厚一丈，盘古每日长高一丈，过了一万八千

年，天离地九万里。① 盘古垂死化身，头和四肢变成五岳，血液和眼泪变成
江河，眼睛变成日月，毛发变成草木；他嘘气成风雨，发声成雷霆，目光变
为闪电；睁眼成白天，闭目是晚上；开口为春夏，闭口为秋冬；高兴为晴
天，生气为阴天。中国神话的创世神，是以血肉之躯化为宇宙的，因而宇宙
也洋溢着生命。

那么，盘古神话起源何地？《述异记》交代，盘古神话或出于古说，或
盛行于吴楚之地，桂林建有盘古庙，南海则有盘古墓，南海中还有盘古国。
所谓"南海中盘古国"的后人，"皆以盘古为姓"，而以盘为姓，主要是属
于信奉盘瓠的瑶族。这些等于说，盘古神话源于南方百越民族。瑶族把盘古
视为民族始祖神，将盘古开天辟地的传说与本民族源起传说联系起来。南宋
当过桂林通判的周去非《岭外代答》说："瑶人每岁十月旦，举峒祭都贝大
王于其庙前，会男女之无夫家者，男女各群连袂而舞，谓之踏摇。"② 这就
是至今还流传于瑶族民间的农历十月十六日盘王的生日，祭祀盘王并唱盘王
歌、跳长鼓舞的民俗。据广西来宾县瑶族《盘王歌》清咸丰九年抄本及口
传材料的整理，瑶族《盘王图歌》云："大岭原是盘古骨，小岭原是盘古
身；两眼变成日和月，牙齿变作金和银；头发化作草和木，才有鸟兽出山
林；气化为风汗成雨，血成江河万年春。"这与《三五历纪》、《述异记》
关于盘古以血肉之躯化为宇宙万物的记载，如出一辙，可以相互参照。湖

---

① （唐）欧阳询：《艺文类聚》卷一"天部上"（本卷宋本缺，据明本补）引"徐整《三五历纪》
曰：天地混沌如鸡子，盘古生其中，万八千岁，天地开辟，阳清为天，阴浊为地，盘古在其中，一日九
变，神于天，圣于地，天日高一丈，地日厚一丈，盘古日长一丈，如此万八千岁，天数极高，地数极深，
盘古极长，后乃有三皇，数起于一，立于三，成于五，盛于七，处于九，故天去地九万里。"四库全书
本。"天地混沌如鸡子"之说，后为道教所引申。如宋代张君房《云笈七签》卷二"混元混洞开辟劫运
部"（涵芬楼翻明正统道藏本）所云："葛稚川言浑天之状，如鸡子卵中之黄。地乘天而中居，天乘气而
外运，三百六十五度四分度之一，半出地上，半绕地下。二十八舍半隐半见。此乃符上清之奥旨，契玄
象之明验矣。"又说："《太始经》云：昔二仪未分之时，号曰洪源。溟涬蒙鸿，如鸡子状，名曰混沌玄
黄。无光无象，无音无声，无宗无祖，幽幽冥冥。其中有精，其精甚真。弥纶无外，湛湛空成。于幽原
之中而生一气焉。化生之后九十九万亿九十九万岁，乃化生三气。各相去九十九万亿九十九万岁，共生
无上也；自无上生后九十九万亿九十九万岁，乃生中二气也，中三气也；中二气、中三气各相去九十九
万亿九十九万岁，三合成德，共成玄老也；自玄老生后九十九万亿九十九万岁，乃化生下三气也；下三
气各相去九十九万亿九十九万岁，三合成德，共成太上也。"

② 《岭外代答校注》卷十，中华书局 1999 年版，第 423 页。

南零陵地区瑶族流传的一首歌谣唱道："盘古开天又辟地，又制青山又造田，先赐瑶人十二姓，后赐百姓造朝堂。"十二姓的说法，蕴含着部族分支之间的"兄弟情结"。

这种族源神话的"兄弟情结"，在瑶族流传着的始祖传说中，体现得相当充分。传说云：古时高王入侵，平王出榜招贤，谁能斩下高王首级来献，就把公主许配他。龙犬盘瓠听到这个承诺，就摘下金榜，渡海来到高王身边。盘瓠取得高王的宠信后，趁高王醉酒，咬下高王的头献给平王，因此功勋娶了三公主为妻。盘瓠想变成人，就叫公主架起蒸笼，蒸他七天七夜。蒸到六天六夜，公主担心蒸死了丈夫，偷偷揭开盖子看，盘瓠果真变成人了，只因时辰不足，头上、腿上还有许多黑毛未脱落，只好用布带裹头缠腿。盘瓠被平王派到会稽山为王，号称"盘王"。盘王和三公主婚后生下六男六女，平王各赐一姓，成为瑶族最早的十二姓。至今瑶族还保留不食狗肉的习惯。

这则盘瓠族源传说，以蒸煮火候不足，头和腿上黑毛未脱净，解释少数民族用布带裹头缠腿的穿戴习俗；其余情节则与《后汉书·南蛮传》的记载大略相近。由于盘古、槃瓠音近，夏曾佑《中国古代史》认为：槃瓠被南蛮奉为其天地开辟之祖，而后华夏人误用以为己祖。其后闻一多、顾颉刚、杨宽、袁珂等学者均认从此说。近年来，壮学专家经过广泛的田野调查，证明盘古神话发祥于广西来宾，是壮族先民始创的族源传说。另外，湖南省沅陵，河南省桐柏及泌阳，贵州苗族，福建畲族，都有盘古神话遗迹和《盘王书》、《盘瓠歌》。这些材料蕴含着古老部族迁徙的痕迹，以及盘古神话传播变异的过程。福建畲族《盘瓠歌》，开头便是"盘古开天苦嗳嗳，无日无夜造成来。……盘古开天到如今，一重山界一重人"，再说到"当初皇帝高辛王，出朝游睇好山场"的盘瓠故事，把创世神与民族始祖联系起来。在瑶、壮、苗、畲民族民间传统观念中，盘瓠、盘古，既是祖源的象征，也是社会组织中的"王者"和部族的始祖。

值得注意的是，瑶族在"叠加＋剪切＋新制"的过程中，开发了自己的族源记忆资源。瑶族《盘王歌》[①] 讲述着一个经典的民族迁徙的故事：相

---

① 可参见李筱文《盘王歌》，广东人民出版社2006年版。

传在古老洪荒的年代，瑶民乘船漂洋过海，遇上狂风大浪。船在海中漂流了七七四十九天，眼看就要船毁人亡。于是在船头许下大愿，祈求始祖盘王保佑子孙平安。瞬即风平浪静，瑶人的船只平安靠岸。靠岸之日即农历十月十六日，正好是盘王的生日。上了岸的瑶民就砍来树干，制成木碓，把糯米蒸熟舂成糍粑。大家唱歌跳舞，庆祝瑶人的新生和盘王的生日，这就成了世代相传的"盘王节"。这种水上风浪的叙写，折射着古老部族是从湘江、资江、沅江和洞庭湖一线南迁的，它使开天辟地的创世神话和颠沛流离的族源神话浑然一体，并且沉积为庄严神圣的民俗节日。至此可以明白，盘古神话最初是南方少数民族将族源神话，提升为开辟神话，再反馈到汉族文献中；汉族文献剥除了族源部分，丰富了开辟部分，并且与中原的阴阳化生思想相融合，最终成为中华各民族共同认可的创世神话。盘古创世神话，启动于南方少数民族，完成于中原汉族，三国吴人徐整、南朝梁人任昉将之最早记入文献并非偶然，因为他们处在南方开发的两个关键时代。在这个时代，中国文化已经开始启动了西南少数民族的"剪刀轴"效应，南方和西南方古老部族释放出的文化信息，使中原汉族大感惊奇。其时志怪小说盛行，也是基于相似的原因。

五 "剪刀轴"对古老艺术形态的保存与改制

西南少数民族既然通过剪刀形的迁徙路线进入滇、黔、桂诸地，而剪刀形路线掠过的地域则是巫风极盛的楚国及与三星堆后裔有关的蜀国，那么这些迁徙的部族不可能不顺手捡拾一些楚、蜀之地的文化因素，叠加在自己的文化行李中。如果说楚、蜀之地毗邻中原，已经相当程度地接受了中原文化的辐射，那么西南少数民族接受的就是"第二度辐射"了。滇、黔、桂这块百濮、百越故地，接纳了许多由北方前来的部族，由于地理位置、建制沿革、民族习俗等诸多因素，在相当深的程度上受荆楚、巴蜀文化的影响。荆楚、巴蜀的文化虽有自身特点的创造，但它们很早就以自己的方式复制华夏文化。再加上后来中原文明与草原文明发生"太极推移"，大量的中原世族迁入，文化基因的构成也就混杂了华夏与蛮夷。这就导致西南少数民族通过荆楚和巴蜀的中介，在自成一个地理单元的条件下，将自己的定居地变成了保留古老华夏文化因子相当多的一个大窖藏。尤其是滇、黔一带，巨岭恶瘴，道路阻隔，实在是"天高皇帝远"，政治文化治理上颇有一点为中央王朝"鞭长莫及"之慨。因而它们从荆楚、巴蜀一带就便拈来的那点古老的华夏文化基因，在这个政治统制和干扰相对虚薄的地方，获得了一个天然储存地。凭借着多元文化结合部的优势，这里给我们留下很多有若银杏树那样的活形态的古老文化形式，贵州云南的傩文化，就是这种古老文化的"银杏树"。

中国的傩文化，大抵以巴蜀出三峡，沿长江向东南倾斜，于江西抚州、安徽池州诸地集结，在一条西北略高、东南略低的斜线上往南推移，为五花八门的傩戏的密集区，终在黔地酿出一壶最酽最酽的董酒或茅台。傩戏、傩祭、傩面具所构成的傩文化，在多元宗教（包括原始自然崇拜）、多种民俗和多种艺术相融合中，出现了形形色色的傩俗、傩仪、傩歌、傩舞、傩戏、傩技、傩艺，种类繁多，特点各异，琳琅满目。傩戏的主要特点，在于角色都戴木制假面，扮作鬼神歌舞，表演神的身世事迹。以观众、演员、剧目和演出场所来划分，傩戏可以分为民间傩、宫廷傩、军傩和寺院傩四个门类。民间傩，指壮、苗、侗、仡佬、土家等西南少数民族的傩戏；军傩则以安顺一带的地戏，以及关索戏为代表；傩祭的坛场带有浓厚的宗教性，以面具祀神，表演傩戏，傩面具被人称为"戴在脸上的历史"。苗、瑶、侗、壮、布依、仡佬、土家、水、彝、佤、白、哈尼、纳西、门巴、基诺、藏等民族都保存有傩祭的习俗。藏族聚居区大寺院的跳鬼，包括北京雍和宫的正月跳鬼，属于寺院傩的门类。比较而言，傩戏盛于黔，品类丰富，覆盖面最广，具有民族多、品种多、层次多、分布广、保存完整等特点。即以傩祭的坛场而言，据调查，20 世纪末，贵州德江县有傩堂戏 103 坛，道真仡佬苗族自治县有傩堂戏 46 坛，由此推断，贵州全省的傩堂戏当不下千坛，风气之盛，可见一斑。

那么，黔地的傩文化由何而来？我们只要将眼光转向它的北部周边，就会加深对这壶"酩酊的董酒和茅台"的接纳与创造功能的理解。贵州傩堂戏的开坛法事中，有这样的唱词："我祖原是湖南、湖北人，来到贵州显威严。"德江傩堂戏唱词中又提到"五姓之人"。据《后汉书·南蛮西南夷传》载：巴郡、南郡蛮，原本有五姓：巴氏、樊氏、覃氏、相氏、郑氏，皆出于武落钟离山。可见他们与巴蜀、荆楚的传承关系甚深。我们先看离黔地最近的湘西"五溪蛮"地区。辰州傩戏盛行于湖南怀化市沅陵县的七甲坪镇及周边地区，影响及于张家界、常德地区。这里的傩戏有傩堂正戏、小戏、大本戏之分。傩技表演上刀梯、过火槽、踩犁头。五溪蛮文化以神秘诡异的巫傩风气驰名已久。王逸《楚辞章句·九歌序》云："昔楚国南郡之邑，沅、湘之间，其俗信鬼而好祀。其祀，必作歌舞以乐诸神。"巫鬼古俗至今于沅陵、尤其是七甲坪镇犹存，有"傩戏"、"辰河戏"、"阳戏"、"傩祀"、"巫祀"。清朝乾隆十年（1745）《永顺县志》记载："永俗酬神，必延辰郡师巫唱演傩戏……至晚，演傩戏。敲锣击鼓，人各纸面一：有女装者，曰孟姜女；男扮者，曰范七郎。"清朝道光元年（1821）《辰溪县志》述及当时巫傩盛况："又有还傩愿者……至期备牲牢，延巫至家，具疏代祝。鸣金鼓，作法事，扮演《桃源洞神》、《梁山土地》及《孟姜女》剧。主人衣冠，随巫拜跪，或一日、三日、五日不等。其名有三清愿、朝天愿、云霄愿、白花愿之属。"毫无疑问，楚蛮文化当然会南注于黔地，因为它们的民族部族有许多相同、相通之处。

离滇、黔较远的安徽池州，已属吴头楚尾。池州傩流传于佛教圣地九华山麓方圆百余公里的贵池、石台和青阳，尤其集中于贵池的刘街、梅街、茅坦等乡镇几十个大姓家族，有"无傩不成村"的说法。"傩仪"、"傩舞"和"傩戏"盛行，每年例行"春祭"和"秋祭"，"春祭"在农历正月初七（人日）至十五日，"秋祭"在农历八月十五日，扮演的是既有戏剧情节和表演程式，又有角色行当的正戏。风格原始、古朴、粗犷，因而有"戏曲活化石"之誉。

江西抚州南丰县三溪乡石邮村的傩舞，是江西傩文化中的佼佼者，保留了原生态的"起傩"、"跳傩"、"搜傩"、"圆傩"一类古老仪式。石邮村中有傩神庙，世代敬奉傩事，每年按规跳傩，家家户户设有傩案。傩班从古至今始终由八人组成，辈分最长者主其事，称为"大伯"，其余称"二伯"到"八伯"。每逢正月初一至十六日表演，早出晚归，风雨无阻，平日却是禁止跳傩的。乐器只有一个鼓、一面锣，鼓槌用竹片削成，弯成弓形，以弓背击鼓。傩舞，又叫"大傩"、"跳傩"，俗称"跳鬼脸"，意在祭祀和驱鬼逐疫。抚州本是百越之地，百越及吴楚之风，都会成为东线南迁的西南少数民族沿途捡拾的文化因素，叠加在自己的文化行李中。

由西线南迁的西南少数民族，沿途沾染的主要是蜀地傩风。川北阆州一带的傩戏分为傩舞、傩戏、致吉祥词三种方式。表演形式有独舞、双人舞、群舞、锣鼓伴舞。舞蹈语言简洁明快，以手、脚、腰的动作，表达人物复杂的、有时是滑稽的内心世界和思想情感，气氛热烈，舞风夸张、粗犷、朴实。又兼容了川剧、川北灯戏、巴渝舞的表演特点，动作夸张，场面壮观。傩戏伴奏多用鼓、锣、钹等打击乐器，偶用唢呐吹奏。无论是演出剧目、程式、唱腔，还是面具、服饰、道具、乐器，都极是原始。傩戏的演出团体纯属于业余班社（队），由各宗族按房头摊派男丁担任演员，演技父子相传，世代沿袭，剧目唱腔互不交流，因而能够长久保持着古朴、粗犷、原始的风格，类乎"戏曲活化石"。南部傩戏吸纳了评书、川戏、民俗的精华，借鉴了木偶、京戏、川戏人物脸谱绘法，以跳神步法表演坛戏。四川傩坛，供奉"三圣"，即川主、土主、药王为坛神，称为"三圣坛"。"川主"，一般认为是"灌口神"或"灌口二郎"，即秦国蜀郡太守李冰父子。"药王"，是唐朝悬壶济世的名医孙思邈。"土主"，是主管田蚕、五谷，驱赶虫蝗、瘟疫的田土保护神，或说是璧山县鸡公岭的土地神。傩坛的神灵，既联系着历史，也沾染着泥土；时或彰显乡土情缘，时或流露民族身份。芦山花灯表演的"花鼻子"（丑角），扮相奇特，反穿的皮袄斜挎半边膀子。反穿皮袄是羌人的习俗，斜挎半边膀子是藏族的着装方式，唱词、念白却用了地道的汉语川音。诸多民族的文化因素于此"叠加"，相互交融成趣。芦山本是两三千年前青衣羌国的治所，秦灭蜀以后，与华夏民族杂居。每年农历八月十五日起，举办祭祀三国蜀汉名将姜维的"八月彩楼节"，家家户户几乎都请傩戏班子设坛作法事，为期十日。川人表演蜀将，自有一份乡土情缘。庆坛中又加演灯戏，娱神又可娱人，"灯坛两开"，煞是热闹。西南少数民族西线迁徙的一支，乃是古羌部族，随身带着部族故地的文化行李，何尝不是理所当然？西南少数民族西线、东线南迁的"剪刀形"迁徙路线，"剪切"下了如此丰富多彩的巫风神思、祭礼仪式、民间演艺，将它们汇聚于黔地，能不使文化盛筵上的这壶"董酒和茅台"变得酽而醇吗？

滋味酽醇的黔地傩文化，有一个非常特别之处，还在于汉人的迁入。且不说楚将庄蹻进入西南，建立古滇国，以及其后历代不乏汉族大姓迁入，并逐渐西南夷化。就说明朝洪武年间，派兵平定云贵。农民出身的朱元璋颇知国情，认为"养兵而不病于农者，莫如屯田"。为了防范"诸蛮"归顺和叛乱无常，朱元璋命令择地建筑城堡，沿着平坝、安顺一线，设置屯、堡、卫、所，在贵州设有 24 个卫、26 个守御千户所，其中安顺有 3 个卫、2 个守御千户所，史料上称呼卫所军士为"屯堡人"。"屯堡人"融合祭祀、操练、娱乐为一体，以"跳神戏"演习屯戍武艺，创造了军傩，从而将中原的民间傩与驻地民情、民俗结合，形成了以安顺为中心的贵州地戏。安顺地戏的表演者青巾蒙头，战裙腰围，额前戴着"五色相"（文将、武将、少将、老将、女将五种脸谱）的假面，手持刀枪剑戟，以带点弋阳老腔的余韵，演唱着七言、十言韵文，边说边唱交代剧情，表演着征战格斗，一派古朴刚健，雄浑粗犷。其中的装扮、表演、唱腔，体现了"屯堡人"原籍与黔中少数民族文化因素的剪切、叠加和新制。诚有若《续修安顺府志》①所言："跳神者首顶青巾，腰围战裙，额戴假面，手执刀矛，且唱且舞。"庄严且有趣的是，地戏面具已经具有神格和人格，由专门从事脸子雕刻的艺人制作。面具需要"开光"，先将脸子郑重地陈列在神龛上，杀一只大公鸡，取鸡血点在脸子上，然后由雕刻艺人念动开光词，赋予脸子以神性生命。所表演的三十来部大书，以封神榜神人、三国志英雄、瓦岗寨好汉和薛家将、杨家将、狄家将、岳家将为主角，全是金戈铁马的征战故事。地戏由安顺一带的屯堡人（汉族）扩展到周围的布依、仡佬、苗等民族。这种又称"跳神"的地戏，演出于乡村院坝，不用戏台。每年演出两次，在新春佳节期间断断续续演出约半个月，叫"玩新春"；农历七月中旬稻谷扬花之际，演出五天左右，称"跳米花神"。在民间娱乐、祈求丰年的同时，饰演中增加了许多青面獠牙的人物，以吓走鬼物，增浓驱邪逐祟的气氛。贵州地戏创自屯戍的汉人，成于多民族杂居的黔中。它渊源于原始文化，生长于民间文化，是一种由汉人与少数民族共同创造的辉煌而神秘的特种文化方式。西南少数民族聚居区域"剪刀轴"之地，古老的信仰和民俗犹存，使得这种"文化活化石"式的原始艺术获得了有利于保存的文化防腐剂，从而对人类文化的多样性作出引人注目的贡献。

---

①　贵州安顺市志编纂委员会：《续修安顺府志》卷十六"礼俗志"，巴蜀书社 2006 年版。

傩戏是从原始傩祭中蜕变出来的一种"似戏非戏，非戏亦戏"的超戏剧形式。上古文献记载"百兽率舞"，透露了早期人类模拟群兽舞蹈，以原始傩的方式驱逐疫鬼的宗教行为。这种"超戏剧形式"，原本是一种"前戏剧形式"，滥觞于史前，盛行于周代。《周礼·夏官司马》说："方相氏，掌：蒙熊皮，黄金四目，玄衣朱裳，执戈扬盾，帅百隶而时难，以索室驱疫。"① 宫廷特设的专职驱疫赶鬼的军官方相氏，作为宫廷傩礼的主角，头上蒙着熊皮，熊皮的头部安着四只金黄的眼睛，穿着黑衣红裙，双手分别拿着戈矛和盾牌，率领百名隶卒，在宫中逐个房间地搜索疫鬼，驱赶出宫。西周宫廷傩礼的仪式，威武而粗犷，不设戏场。《吕氏春秋·季冬纪》云："命有司大傩。"东汉高诱注："大傩，逐尽阴气为阳导也。今人腊岁前一日，击鼓驱疫，谓之逐除。其仪：选中黄门子弟年十岁以上，十二岁以下，百二十人为侲子。皆赤帻皂制，执大鼗。方相氏黄金四目，蒙熊皮，玄衣朱裳，执戈以恶鬼于禁中……因作方相氏与十二兽舞。欢呼，周遍前后省三过，持炬火，送疫出端门；门外骑骑传炬出宫，司马阙门门外五营骑士传火弃洛水中。"② 这已经将由周朝传到汉朝的宫廷傩礼，记述得相当详细了。

南北朝是中国历史上南北民族碰撞融合的一个大时代，所谓"文学的自觉"，与这种南北民族碰撞融合有着深刻的关系。在南北"太极推移"的过程中，中原一些大家族带着华夏文化行李南下，在接触原本是文采幽丽的楚文化和原始朴野的百越、百濮文化时，惊异于南方文化的山野清新和诡异奇特。一方面，他们将南方俗文化的怪异引入文学领域；另一方面他们在北方经籍文化中找出一些元素，与南方的民俗相结合。南方文化的开发，使中国文学的南北分野更加鲜明。所谓魏晋南北朝的"文学自觉"、"文学变迁"，若只从中原眼光考察，难免颇多局限，唯有考虑到汉族与南方少数民族文学的关系，才能把其中本质所在讲得透彻。南朝梁人顾野王《玉篇》解释经籍中"傩"字义，就融合了南方山野中魑魅魍魉的想象："傩，傩假借字，惊驱疫疠之鬼。"另一个南朝梁人宗懔《荆楚岁时记》更是深入楚地的民俗："十二月八日为腊日……谚言：腊鼓鸣，春草生。村人并系细腰鼓，戴

① 《周礼·夏官司马》，《十三经注疏》，第851页。
② 《吕氏春秋》卷十二"季冬纪"，中华书局1986年版，第114页。

胡公头，及作金刚力士以逐疫。"① 这种记述，说明傩文化已经走出宫廷，散落于南方民间。旧时黄历上绘有芒神、春牛图，清末《点石斋画报》上有"龟子报春"、"铜鼓驱疫"，虽说已经节日风俗化了，但仍可以窥见傩文化变异的某些痕迹。唯有南方似乎还保留一点高诱注中所说的"击鼓驱疫"的仪式。湖南新化地区至今仍存留有腊月"击鼓驱疫"之俗。广州地区则推迟到立春前后，"击鼓驱疫"，祈求平安。古傩仪式是宗教的野生子，戏剧的远祖宗，在历代发展中融合了宗教文化和民间艺术。这种古老仪式在中原文化理性发达的时候几成绝响，它却化身旅行，远播南国，深入西南少数民族地区，并在这里生根发芽，长成大树。

少数民族是天生的舞者、歌者、原始戏曲的表演者，以贵州为中心的广阔地带，包括贵州全省、云南东部、四川南部、重庆南部、湖北西南部、湖南西部和西南部、广西北部，至今依然是傩祭和傩戏流行的区域，傩戏保存最多、品种最全、特色最为显著。这个少数民族聚居区域中丰富多彩的傩戏群，大致可以归纳为三类：地戏，傩堂戏，变人戏。所谓"变人戏"，指的是彝族傩戏"撮泰吉"。"撮泰吉"是彝语，"撮"的意思是人，"泰"的意思是变化，"吉"的意思是游戏、玩耍，组合成词意谓"人类最初变成的时代"或"人类变化的戏"，简称"变人戏"。"撮泰吉"本是贵州乌蒙山深处一个叫裸戛的村寨的傩戏。每年正月初三至十五演出时，举行"扫火星"以驱逐火灾、瘟疫，祈求彝家平安幸福。演出程序包括祭祀祖先、民族迁徙、拓荒耕种、买卖牲畜、交媾繁殖后代，最后为全寨逐户扫除火星。"撮泰吉"的主角是称为"神鬼"的老祖宗化身，戴着一副凸额大鼻的面具，缠着尖顶的头饰，身穿黑衣，腰缠白布带，以罗圈腿步态行走，说话吸气发音含混不清，带有猿猴开始变成人的过渡性特征，充满着稚拙逗人的神秘感。尤有意味的是，演出队伍中有老爷爷"阿布摩"，据说已有1700岁，是智慧长者。他的配偶，老奶奶"阿达姆"，据说1500岁。苗族老人"麻洪摩"，据说1200岁，面部绘有直竖而偏斜的皱纹，胡须黑色。汉族老人"嘿布"，据说1000岁，面具为兔唇，两边画着竖向的白波浪线条的纹饰，表示年纪较轻。在一种超长寿的想象中，深山里的彝民将自己排行为老大，接近

---

① 宗懔：《荆楚岁时记》，丛书集成本，中华书局1991年版，第15页。

的苗民为老二，而似乎略为疏远的汉人为老三。这种想象方式似乎有点像周民族将自己的始祖后稷，想象成帝喾的元妃所生，而被周人取代的殷商民族的始祖，乃是帝喾的次妃所生，自尊中谈不上有何种恶意，倒是令人觉得天真到了有些邪门。如"撮泰吉"这样表现人类的起源，简直是傩文化中的绝唱，令人感受到西南山地深处，少数民族发出原始呼唤的震撼。这就难怪中国戏剧家协会主席曹禺惊叹：巫风傩俗所负载的文化现象，是我们民族的又一道"文化艺术长城"，随着研究的深入，"中国戏剧史或许将因此而改写"。

我们之所以大量采用傩戏这种民俗文化事例，原因在于它是出自人类本性的一种创造，证明了在任何情境中，人类都不会忘记他们拥有思想文化方式的创造权。在游牧文明与农业文明的"太极推移"中，西南少数民族以"剪刀形"的迁徙路线汇集到滇黔之地的"剪刀轴"上。他们在迁徙和汇集中，接纳了沿途和当地多种多样的文化元素，在地方民俗"防腐剂"中浸泡保鲜，又在现实生活中创造提升，从而产生了在其他地方难以产生的艺术奇观和诡异的绝唱。这就是中华民族文化发展中难能可贵的"边缘活力"。前面所述的安顺地戏、彝族"撮泰吉"都证明了这种文化活力的存在。就以湖南省新晃天井寨龙姓侗族人的傩戏"冬冬推"来说，它以盘古大王和飞山太公为傩神，以演出时在"冬冬"（鼓声）、"推"（一种中间有凸出的小锣声）的锣鼓声中跳跃表演而得名。演员的双脚始终合着"锣鼓点"，踩着三角形跳动。据说这是"牛身上的舞步"，牛头和两只前脚是一个三角形，牛尾和两只后脚又是一个三角形。如此"冬冬"加一"推"，"推"出来的是侗族农耕文化的别样神韵。它的剧目有《关公捉貂蝉》、《古城会》等以关公为主角的三国戏，又有源于本民族生产生活的《跳土地》、《癞子偷牛》、《老汉推车》。还有一出叫做《背盘古喊冤》的警世剧，从剧名就可知，本来是庄严的傩神的盘古大王，竟成了背着喊冤的道具了。这是何等吊诡的想象！其中有边缘义化的自由心态存焉。

话又说回来，我们当然不会忽视中原文化率先发展所产生的处于强势地位的凝聚力、辐射力和吸引力。"太极推移"需要一个圆形的"太极环"和隐而不露的"太极核"加以规范和约束，若不然，就可能导致能量的过度消耗和崩裂。但是也应该看到，强势文化一旦成为官方意识形态，它在冠冕堂皇的体系化的过程中，难免落入字正腔圆的八股调而僵化。在儒生读"五经"的时候，小民在读世界。读世界所产生的边缘活力，使这个文明储蓄了深厚的历久弥新、与时偕进的发展潜能。这就是中华民族文化发展的"内聚外活"的合力机制，从结构而言，有点类乎儒学的"内圣外王"。而西南少数民族这把以西南边远疆域为轴心，以迁徙、交流为交叉利刃的剪刀，在不断交错开合中产生了独具一格的边缘活力，为整个中华民族文化的发展储存着，又不断注入了那么原始又那么新鲜，那么奇幻又那么感人的文化基因。这一点，实在大有助于中华民族共同体"内聚外活"文化动力学结构的形成，大有助于我们的文学发展进一步保持着充盈的生命力。煌煌中华拥有西南少数民族，不能不说是一种天大的福分！

（2011 年 8 月—9 月初）

少数民族对中华民族文化的"三维推进"

一 问题的提出

研究少数民族文化问题应该逐渐形成一个大眼光、大视野，因为这里蕴含着文化、文学观念的革命契机。学术史已经进展到这么一个门槛，谁想参与现代大国学术形态的创立，就应该开展"双重的文化对话"：对外，进行中国文化与西方现代学术对话；对内，坚持汉民族与少数民族之间的文化对话。这就需要解决两个关键问题：一是少数民族"文化"在中华民族文化共同体中的重要地位问题，二是少数民族"文化研究"在整个中华民族文化学术研究中的地位问题。这就要求我们逐渐形成一种共识：研究中国文学与文化，必须突出深度的完整性，而缺乏调动少数民族文学与文化资源的能力，将是一种急需弥补的知识缺陷。

中国文学与文化的研究，既要强调它的多元性，又要强调它的完整性，这是因为我们的民族结构与西方国家的民族结构存在着根本性的区别。我们国家是复合性民族国家，五十六个民族在长期的共同交往、交涉、交融中，形成一个并非来自什么"想象"，而是凝结着历史血性的中华民族共同体。这个民族共同体的结构，好有一比，它像一把"顶天立地的巨伞"，具有五十六条伞骨，撑开来荫蔽八万里，造福亿万家；拢起来，则一柱擎天，独立干云，亘古不倒。这种独一无二的"巨伞形"民族结构下的民族资源以及升华出的学术生命力，在世界上具有高度的原创性，是我们本土经验和文化创新的最大优势之一。正是基于这么一种文化自觉，2001 年，笔者提出"重绘中国文学地图"的命题。这种多元民族共构的文化机制、结构、动力系统、基本原理、方法论问题，成为当代学术重要生长点和开拓点。这一学术创新空间，为我们呈现出与其他国家不同的文化资源与文化传承体系，因而也拥有自身文化原创性的底气和优势。

过去我们一直在学习西方学术，这对我们的文学、文化由古典到现代的学术转型，起到了重要的启迪作用。但是一百年了，我们应该融合本土根基和开放视野，形成属于自己的学术原创领地。所以笔者提出这一命题，旨在强调汉族与少数民族文学、文化的不可分割性，以及集合创造的强大力量。在中华民族的兄弟成员中，汉族、少数民族共同体的文化精神结构，相互之间融合成了这样一个"你中有我，我中有你"的复合形态，其中的精神动力、包括核心动力与边缘动力，都是以往探讨得还不够充分、深入和系统，但其中蕴含着无限潜力的"超级命题"。有学人要搞儒学复兴，他们有自己的苦心，也不妨论证和尝试，学术本来就有各种思路，尊重独立思考、百花齐放。需要认识到的是，中华民族的文化应该是"大国学"，既有汉族传统文化，也有少数民族的传统文化，既有孔子文化，也有诸子百家文化，既有官方主流化的传统文化，又有存在于民间的百花齐放的文化。中华民族文化底蕴这么深厚，应该尊重历史实际，充分发挥各种学术脉络的积极功能。这样我们就可以使文化九曲黄河、万里长江奔流不息，宏伟的文化长城不为任何狂风暴雨所摧垮，就是因为她的文化结构是多元一体的，既能海纳百川，又能血脉长存。

这种文学、文化观念更新的关键点，在于把边缘活力、少数民族文化的出彩之处纳入中国文学史研究和写作的主流之中，从而还原出中国文化完整的地理版图。我们应该为多民族地区的文化争回它们的尊严、地位和创造性价值。有必要再强调一次，我们应该逐渐形成一个共识：未能整合少数民族资源的中国文学史、中国文化史的研究，是存在严重缺陷的；研究汉族与少数民族文学、文化关系，就是在研究中华民族的精神谱系。这样，我们就要坚持中华民族文学版图的完整性、原本性、丰富性、生命性以及现代大国的博大精深的文化意识。

二　中华民族文化发展的动力系统

既然中华民族文化共同体是一种"巨伞形"的复合结构，那么它的动力系统具有何种特征，又如何启动？对于汉族文化、少数民族文化动力系统，笔者曾提出中原动力和边缘活力的互动问题。没有中原文化的凝聚力和辐射力，多元文化板块的碰撞，就可能元气耗散、四分五裂；反过来，没有边缘活力，中原的凝聚和辐射就会在单线运动中，自我停滞、萎缩和僵化。为了深入地把握中华民族文化共同体机制的发展动力，引入人文地理学的方法，就成了我们应该高度关注的大问题。

笔者当过中国社会科学院文学所所长，并且兼任少数民族文学所的所长，接触到大量少数民族文化的材料。比如关于《格萨尔》，我提出一个定位叫"江河源文明"，就是长江和黄河的源头文明。这种判断是从中华文明的整体性出发，加以定位的。一旦定位为"江河源文明"，就启示我们进一步思考：这是汉族、蒙古族、藏族的一个接合部，是中原、西域、印度文明的一个接合部，是丝绸之路的一侧的文明。这是高原文明，高原特有的原始性、宏伟性、魄力和想象的奇丽程度，都可以从文明的定位归类上获得深度解释。这些错综复杂、交织共生的文明单元和文明要素，都在互相吸收、互相调适、互相濡染、互相交融，活力因接触而生发，每一种文明现象、文明因素都处在跟其他文明现象、文明要素互动互补的体系中形成整体生命。这种"整体定位、位位互动"的学理体制可以调动很多知识资源。所谓"整体定位"，就是整体赋予局部以意义，局部给整体增加内涵。所谓"位位互动"，就是局部与局部之间，因为有整体性的潜在牵系，就形成了相互竞争、取长补短、见贤思齐的文化勾连，日益深刻地进入了一个"不打不成交"的过程，形成了一种"打断骨头连着筋"的血肉联系。

为什么中华文明五千年不曾中断？过去很多学者专门从概念上讲儒释道的价值和功能，但实际上的问题恐怕不能这么简单，这么空泛。很重要的一个原因是，我们除了黄河文明之外，还有一个长江文明，有这"两河文明"的相互推移和交融。在中世纪，北方崛起了一个草原帝国，其疆域从兴安岭一直到欧洲。在冷兵器时代，草原骑兵纵横驰骋，骁勇善战，摧毁了很多古老的农业民族。唯有中华民族还奇迹般地坚守着，百折不挠地发展着，就是因为黄河、长江这两条母亲河哺育着中华民族，保证了其生存屏障的丰富性，资源和人口的众多性，文化智慧的多彩性。

由于地理气候造成的游牧、旱地农业、稻耕农业等生产、生活方式的差异，古代中华民族冲突与融合主要表现为南北碰撞推移。当北方少数民族进犯中原，在平常的时候，长城是可以抵挡一下的。但是当北方少数民族真正强大到极点之后，长城挡不住了，什么东西挡住了它呢？是长江。中国出现过一而再、再而三的南北朝，试设想一下，如果我们没有长江这道"天堑"，中华文明就可能中断了。《南史·孔范传》说："长江天堑，古来限隔，虏军岂能飞度？"① 清朝顾祖禹《读史方舆纪要》专门就长江天堑的一点——镇江府发这样的议论："（镇江）府内控江、湖，北拒淮、泗，山川形胜，自昔用武处也。杜佑曰：京口因山为垒，缘江为境。建业之有京口，犹洛阳之有孟津。自孙吴以来，东南有事，必以京口为襟要。京口之防或疏，建业之危立至。六朝时，以京口为台城门户……锁钥不可不重也。……盖肘腋攸关。隋之亡陈，京口实为兵锋也。唐之中叶，以镇海为重镇，浙西安危，系于润州。宋南渡以后，常驻重军于此，以控江口。……陈亮曰：京口连冈三面，大江横陈于前，江旁极目千里，势如虎之出穴，昔人谓京口酒可饮，兵可用，而北府之兵，为天下雄。盖地势然也。……《江防考》：京口西接石头，东至大海，北距广陵，而金、焦、障其中流，实天设之险，繇京口抵石头，凡二百里，高冈逼岸，宛如长城，未易登犯，繇京口而东至孟渎，七十余里，或高峰横亘，或江泥沙淖，或洲渚错列。"②

正因为有了长江的阻隔，北方游牧民族入主中原之时，汉族的一些大家族迁移到长江流域，使得长江流域经济、文化快速发展。游牧民族滞留在中原，住在未央宫总比住在帐篷里舒服吧，所以他们入主中原后，不出两三代就浸染中原的汉族文明，就逐渐地被汉化或中原化了。这就形成了南北的"太极推移"，你推过来，我推过去，汉文化与游牧民族文化愈来愈深地变得"你中有我、我中有你"。于是每次南北对峙之后，跟着就出现了更高程度的南北融合。

中国大江大河东西流向的分布状态，左右着中华文明的存在方式，以及生活在这块土地上的人群的政治经济生存方式。值得注意的是，在"南北太极"推移的过程中，巴蜀是一个重要的"太极眼"。北方政权进军南下，是

---

① 《南史》卷七十七《孔范传》，中华书局 1975 年版。

② （清）顾祖禹：《读史方舆纪要》卷二十五，（台北）洪氏出版社 1981 年版。

避实击虚的，避开重兵把守的镇江府一带，而把兵锋指向相对疏于镇防的巴山蜀地。因此，中华民族在秦汉开拓大一统的格局后，两千多年"分久必合，合久必分"的生命过程中，往往谁得到巴蜀，谁就得到大一统，这一点为多次改朝换代、南北冲突融合所证明。秦始皇统一中国，很重要的原因就是秦人在他登基前半个世纪就占领了巴蜀。巴蜀的开发，使秦国的土地和国力增加了一倍。他们利用巴蜀这个财富源泉，支撑战争，收买列国重臣，势如破竹地兼并山东六国，统一天下。汉高祖击败不可一世的楚霸王，除了善于收罗、驾驭和使用杰出人才之外，依倚的也是关中的兵，巴蜀的饷。汉以后出现了三国，晋朝统一全国也是首先拿下了蜀国。原先曹操与孙权打仗，曹操进攻孙权，曹操必败，孙权进攻曹操，孙权必败，因为一者长于陆战，一者长于水战。但是一旦拿下蜀国和襄阳，就雄踞长江上中游，可以建楼船，练水师，一旦东吴有变，就顺流而下，统一全国。隋朝结束南北朝的分裂局面，也得益于隋据有巴蜀。南朝梁发生"侯景之乱"，西魏乘机占领荆襄、巴蜀，北周取代西魏之后又灭北齐。此时的南朝陈只有三峡以东、大江以南的土地，因此隋文帝篡夺北周帝位、消灭陈叔宝也就水到渠成了。宋太祖"陈桥兵变"，向南方用兵，也是乘乱进入长江中游，又消灭后蜀，才从长江上中游进攻下游，最后消灭南唐李后主的小朝廷。金与南宋对峙，金兵在西线遇到吴玠、吴璘的有效抵抗，一直未能进入巴蜀，这对南宋能够保持偏安局面起了重要的支撑作用。这样金兵只能直接从下游跨长江，而直接跨长江下游就吃败仗。金主完颜亮屯兵四十万，在采石矶对岸的和州，要跨长江灭南宋。有个四川书生叫虞允文，是跟张孝祥、范成大、杨万里同科的进士。他搜集零散的士兵和船只，以一万八千人就把金兵打败了。骄横的完颜亮属游牧民族领袖，不谙水战，撤兵途中又被部下暗杀了，这就保住了南宋半壁江山。元灭金之后，先占巴蜀，又灭大理国，四十年后才灭南宋。只要打下天高皇帝远的巴蜀，雄踞长江上中游，征伐下游就可水陆并进。

　　反观长江文明和黄河文明的"太极推移"，当会想起《易经》中的　句话："天行健，君子以自强不息。"这里讲的是生命的实践问题。紧张感，就是生命感。因为边缘活力，因为周围有四夷，汉族才有紧张感，有生命力。少数民族与汉族文化的融合、碰撞，是汉族文化的发展动力。另外，中原部族密集，竞争激烈，追求着、防备着"强中更有强中手"，竞争力和边缘活力同样刺激着中原文化的发展。

三　作为文化后花园的西南少数民族

中华文明在民族观上也有自己原创性的体系，在这一点上，是文化高于种族。种族之间的矛盾冲突，往往通过文化来涵盖，来消融。西方殖民者进入"新大陆"，对生存在那里的印第安等土著居民，是采取"种族灭绝"政策的。中国在辛亥革命时期虽然高呼"排满"，但民国一建立，孙中山提出"五族共和"——汉、满、蒙、藏、回。不过，这五族中，没有壮、苗、彝、傣等西南少数民族，尚没有对西南民族予以足够重视。20世纪40年代，文化人类学的方法引进来之后，西南少数民族才引起学界注意。

但是在中国文明进程中，从司马迁就开始注意到西南少数民族了。《史记·太史公自序》交代："（司马）迁仕为郎中，奉使西征巴、蜀以南，南略邛、筰、昆明，还报命。"又说："唐蒙使略通夜郎，而邛筰之君请为内臣受吏。作西南夷列传第五十六。"《史记·西南夷列传》说："西南夷君长以什数，夜郎最大；其西靡莫之属以什数，滇最大；自滇以北君长以什数，邛都最大：此皆魋结，耕田，有邑聚。其外西自同师以东，北至楪榆，名为嶲、昆明，皆编发，随畜迁徙，毋常处，毋君长，地方可数千里。"① 如此等等，记述西南少数民族的方国、方位、风俗、政治、经济。更重要的是，司马迁以自己奉使西南的体验，特别为边远的少数民族作传，这直接启动了正史写"四夷传"的传统，这在中华民族文化共同体形成史上是具有本质的意义。难道两千年前的太史公都有如此卓越的见解，作为现代的文学史家、文化学者反而要抛弃这个传统吗？

包括贵州、云南、川西、湘西、广西在内的西南中国，在地理上以山地高原，自成一个地理单元，是中华民族文化大后方、后花园，是太极推移冲击波的接纳体，是民族文化、语言、审美方式的仓库。在中国五十六个民族中，有三十多个少数民族生活在中国西南的云南、贵州、广西、四川等省区。所谓"文化后花园"，有储存文化活化石的功能。中原周边的少数民族

---

① 《史记》卷一百一十六《西南夷列传》，中华书局1982年版，第2991页。

在主体民族扩张和南北太极推移冲击波的作用下，携带着自身的文化行李和沿途拿来的文化成品，迁徙到大西南区域。由于这些地方远离王朝中心，山岭阻隔，这些古老的文化成品就沉积下来，与百越百濮的土著风俗相调适、相融合，形成了渊源极古、形态极异的文化遗存。作为少数民族的村社保护神的土主，千古流传，至今在云南彝族、白族民间依然盛行。明代倪辂《南诏野史·南诏古迹》记载："土主庙，蒙氏十一年建。"蒙氏十一年乃唐玄宗开元十年（722）。《徐霞客游记》多处记载云南少数民族地区的"土主庙"，如《滇游日记四》："过土主庙，入其中观菩提树。"清代刘献廷《广阳杂记》说："猓猓（罗罗，彝族的旧称）奉土主之神甚谨。其像三首六臂，项挂髑髅。有讼官不能决者，则令其誓于土主之前，甚则于神前热油锅百沸，置一钱于油中，两造以手入油拾其钱。直者略无损伤，屈者臂手糜烂。"[1] 这种土主形象和判案仪式，都带有浓郁的西南少数民族特征。清代徐珂《清稗类钞》记载，优昙钵罗花，"佛日盛开，异香芬馥"，"一在云南城（即省城也）土主庙，府志载：庙中优昙，一名娑罗树，高二十丈，枝叶丛茂。每岁四月，花开如莲，有十二瓣，闰岁则多一瓣。昔蒙氏乐诚魁时，有神僧菩提巴波自天竺至，以所携念珠分其一，手植之。自经兵燹，亦毁坏无迹，惟安宁曹溪寺一树存焉。"[2]

这种"土主"文化，与中原古老信仰，颇有渊源。土主乃是社神，又称后土，为烈山氏，或共工之子勾龙。如《全唐文》卷一百七十四载张鷟的文章说："社为土主，稷是谷神。侑以姬周之祖，配以烈山之子。"[3] 这一点是可以找到经典的根据的。《礼记·郊特牲》说："社祭土而主阴气也。"[4]《周礼注疏》贾公彦疏注"后土社神也"说："按《大宗伯》'王大封则先告后土'，注云：'后土，土神。'土神则社神也。按《孝经纬》云：'社者，五土之总神。'《郊特牲》云'社祭土而主阴气'，故名社为土神。勾龙生为后土之官，死则配社，故举配食人神以言社，其实告社神也。以其建邦国，

---

① 《广阳杂记》卷一，中华书局1957年版，第34页。

② 《清稗类钞》"植物类"，中华书局1986年版，第5809页。

③ 张鷟：《二月有事于太社，太常博士冯敬有大功表隐而不论，遂此行事，付法科罪》，《全唐文》卷一七四，中华书局1983年版，第1771页。

④ 《礼记集解》卷二五，中华书局2010年版，第684页。

土地之事，故先告后土。"①《史记·三王世家》褚先生曰："所谓'受此土'者，诸侯王始封者必受土于天子之社，归立之以为国社，以岁时祠之。……此之为主土。主土者，立社而奉之也。"② 这种源于土地崇拜的原始信仰，后来受了佛、道二教的浸染，增加了宗教内涵。北魏般若流支翻译的《正法念处经》卷五十五说："若王依法行，是护国土主。"民间术数对土主也颇有涉及，如明代无名氏《六壬大全》卷二说："为人君、土主、宰执（加岁）、将军、长者、父母、神佛、尼僧、矮子（作空）、瘸子（加卯酉）。为表奏（雀加寅）、举荐、福、德、爵、冤仇、咒诅。"但是，如傈傈信奉的"三首六臂，项挂髑髅"的土主，则是受到西南少数民族巫风的改造而产生某种威慑力量了。

应该强调一点，中华民族的复合结构虽然历经磨难，但是依然千古长存着不可摧毁的凝聚力。因而各民族间的民俗信仰，是相互渗透，以心比心，甚至心心相印的。这只要考察一下西南少数民族的诸葛亮崇拜，就可以明了。对西南少数民族的认知，司马迁《史记·西南夷列传》打开视野，开创传统；使西南少数民族融入中华民族共同体，诸葛亮平定和开发"南中"（蜀国的南中四郡，即越巂、益州、永昌、牂柯，指今四川南部、云南东北部和贵州西北部一带，统称"西南夷"），其功甚伟，西南少数民族感恩怀德，将他崇拜成了神。成都武侯祠有一副对联写得极为精彩："能攻心则反侧自消，从古知兵非好战；不审势即宽严皆误，后来治蜀要深思。"是清光绪二十八年（1902）代理四川盐茶道官职的赵藩所书。这里凝结着一个重要的历史事件：蜀汉后主建兴元年（223），益州郡（今云南晋宁）大姓雍闿，杀太守正昂，又缚送继任太守张裔到东吴，以换取孙权的支持。孙权即任命雍闿为永昌太守，互为声援。雍闿又诱永昌郡人孟获，使之煽动各族群众叛蜀。宋司马光《资治通鉴》记载："汉诸葛亮率众讨雍闿，参军马谡送之数十里。"马谡献策："夫用兵之道，攻心为上，攻城为下，心战为上，兵战为下，愿公服其心而已。"诸葛亮采纳其言。③《三国演义》第八十七回

---

① 《周礼注疏》卷二十五，北京大学出版社 1999 年版，第 674 页。
② 《史记》卷六十《三王世家》，第 2115 页。
③ 《资治通鉴》卷七十，中华书局 1956 年版，第 2222 页。

则写作："孔明叹曰：'幼常足知吾肺腑也！'"① 马谡之言来自孙膑的《兵法》，唐人赵蕤《长短经》卷九"兵权"说："《孙子》曰：攻心为上，攻城为下。何以明之？战国时有说齐王曰：凡伐国之道，攻心为上，攻城为下；心胜为上，兵胜为下。是故圣人之伐国攻敌也，务在先服其心。"② 宋代类书《太平御览》卷二百八十二说："齐孙膑谓齐王曰：'凡伐国之道，攻心为上，务先伏其心。'"但是更为关键的是诸葛亮以出自肺腑的竭诚，出神入化地实现了"攻心为上"的战略。这才有《三国志》裴松之注记载的"七擒孟获"之举。诸葛亮平定南中之后，委任本地头领巨室实行自治，孟获也当了御史中丞，尊重少数民族宗教信仰、风俗习惯。诸葛亮撤出军队，引进牛耕，开发南中经济，使少数民族"渐去山林，徙居平地，建城邑，务农桑"，从刀耕火种、狩猎为生，走向农业定居生活。诸葛亮还以图画表达"华夷一家"的理念，据晋朝常璩《华阳国志》记述"蜀之南中诸郡"说："其俗征巫鬼，好诅盟，投石结草，官常以盟诅要之。诸葛亮乃为夷作图谱，先画天地、日月、君长、城府；次画神龙，龙生夷，及牛、马、羊；后画部主吏乘马幡盖，巡行安恤；又画夷牵牛负酒、赍金宝诣之之象，以赐夷。夷甚重之，许致生口直。又与瑞锦、铁券，今皆存。每刺史、校尉至，赍以呈诣，动亦如之。"③ 画面上的"龙生夷"，表明诸葛亮真诚地邀请西南少数民族，以认同血脉的方式加入中华民族共同体。

诸葛亮一系列的政治军事经济举措，为蜀汉建立了一个可靠的后方，也使诸葛亮成为西南少数民族心目中的神灵。基诺族生活在云南省西双版纳地区，他们认同远祖是诸葛亮南征时遗留下来的守军。诸葛亮大军北归时，把他们留下镇守南方边陲，并留下茶籽，使他们的人种与茶种长存。滇黔茶农视茶为圣物，在采春茶季节，无论基诺族、哈尼族、景颇族、佤族、彝族、纳西族、壮族都举行祭茶仪式，祭拜的"茶祖"是诸葛亮（孔明）。景颇族中甚至将孔明当作"阿公阿祖"来崇拜。据传西方传教士利用景颇族崇拜诸葛亮的心理，比附"耶稣是孔明转世，信耶稣就是信孔明"；"诸葛老爹

① 《三国演义》，人民文学出版社1973年版，第716页。

② 周斌：《〈长短经〉校正与研究》，巴蜀书社2003年版，第565—566页。

③ 《华阳国志校补图注》卷四，上海古籍出版社1987年版，第247—248页。

在世很好，可是他的事情忙，不能来看你们。现在有一位耶稣，是诸葛老爹的兄弟，诸葛老爹派他来救你们。你们既信服诸葛老爹，就是要听他兄弟耶稣的道理"。佤族民间流传着"诸葛亮老爹"教他们祖先造房屋、编竹箩的故事。传说诸葛亮还帮助设计竹楼，建立学校，至今少数民族还感恩戴德地说，竹楼是仿照"孔明帽"建造。传说诸葛亮发明芦笙、铜鼓丰富少数民族的祭祀礼乐和娱乐生活。若不按时吹芦笙、打铜鼓，就不吉利。又有称为"孔明灯"的天灯，相传乃诸葛亮所发明，常用于节庆许愿祈福，又用来传递信息。英国科学技术史家李约瑟教授认为，公元1241年蒙古军队曾经在李格尼兹（Liegnitz）战役中使用过龙形天灯传递信号，被认为是热气球的始祖。"诸葛大名垂宇宙"，他的人格楷模和施政措施深刻地影响了中国人，尤其是西南少数民族的民心和民俗，为南方少数民族逐步融入中华民族共同体奠定了难能可贵的基础，堪称是抚定西南各民族的深得民心的第一人。

四　在刻骨铭心的民族记忆上开始原创

许多古老文化方式的口传和表演，说明西南少数民族地区具有文化储存库的功能。库存必须相对封闭，这种历史地理条件，在这一地区随处可见。由于少数民族地区歌舞巫风的风气浓厚，古老的种子活性犹具，时发新芽。这就造成了一种"新鲜的古老"的特殊文化方式和审美形态。《苗族古歌》是湘黔滇川地区，尤其是黔东南苗族聚居区联唱苗族神话与迁徙史的口传诗歌形式。古歌大体分为《开天辟地》、《蝴蝶妈妈》、《跋山涉水》、《运金运银》、《铸日造月》、《洪水滔天》、《打柱撑天》、《犁东耙西》、《十二个蛋》等十二个曲目，组合为四个部分：开天辟地歌、枫木歌、洪水滔天歌、跋山涉水歌，总长达一万五千余行。由于古歌还属于"活形态"，被称为"苗疆腹地"的黔东南苗族侗族自治州台江县，已收集到的苗族古歌有五大组，近六万行，近三十万字。古歌的内容讲述着从宇宙的诞生、人类和物种的起源、洪荒之世的滔天洪水，到苗族的大迁徙、苗族开始稻耕农业的社会组织和日常生产生活，是苗族神话和族源材料的总汇。古歌的演唱方式，大多在"鼓社祭"、婚丧仪式、节日亲友聚会等民俗场合中举行。巫师、歌手、老人借酒助兴，问答对歌，四邻八舍"八层人坐，十层人站"，围观喝彩，可以一唱就是几天几夜，甚至十天半月。如此原始的娱神娱人的对歌形式，设若没有山地村寨相对封闭的环境，是很难长久保存的。若在大都通衢，很易随风飘散。

古歌把人们的视野引向一个浩渺苍茫的神话空间：最先是云雾生科啼和乐啼两只巨鸟，它们孵化出天和地，同时又生下一群开天辟地的巨人神。"巨鸟生天地"的想象，意味着这可能是苗民远祖从鸟图腾盛行的东夷和楚地，沿着东线迁徙携带来的文化行李。这样生出来的天是白色泥，像个大簸箕；地是黑色泥，像张大晒席；天地叠合无间，连针都插不进去。于是，东方的剖帕"举斧猛一砍，天地两分开"。巨人往吾架起天锅，煮天煮地；巨人把公、样公，拍天捏地，使天伸地长。生有八双手臂的府方"来把天一顶，来把地一踩，天才升上去，地才降下来，风才来回吹，雨才降下来，树才往上长，人才地上住，再不弯腰杆"。这样天地的创造不是只有一个主神，而是一群巨人分工合作的结果。这反映了一个远途迁徙的民族必须依靠群策群力，才能开创新天地的"群体意志"。不仅如此，而且还要一群神人、飞鹰量天地，造山川，疏导江河，平整山原，修筑江堤，填平大地，砌起斜坡，发现火种，人类始祖姜央来到人间，开始耕种田地，饲养家畜，生育后代。所有的生存条件，都不是唾手可得，坐享现成，必须经过群体努力，才能拓展生存空间。

《苗族古歌》中有两处想象，给人印象极深，浑如天籁，沁人心脾。一是人类起源。《枫木歌》说：天上枫香树种，落地只生在苗寨鱼塘边，惨遭砍伐后，枫树心化为"蝴蝶妈妈"、枫树叶化成燕子、枫树疙瘩化成猫头鹰。蝴蝶妈妈与水沫成亲，生下"十二个蛋"，孵出人祖姜央，以及雷、龙、虎、蛇、水牛众兄弟。众兄弟争当主管天下的"大哥"，姜央以火攻取胜，驱使雷公上天、龙王下水、老虎归山，姜央在平地开田种庄稼。雷公不服，发洪水淹得人类只剩葫芦兄妹俩，唯有葫芦兄妹结成夫妻，"成亲造人烟"。苗族祭祖的"鼓社节"，要唱《枫木歌》，祀奉枫木为"妈妈树"，可见其图腾意识。这部歌词极其富有文化内涵：一是人和自然万物是兄弟，既是同母生，又么么水火不和，比试高低。二是龙、虎、蛇，可能是中原、西南、东南诸区域的部族图腾，他们纷争不休，都想当"大哥"，而苗族的人祖姜央胜利了，反映了苗族在生存权上的竞争。三是兄妹结婚，折射着氏族社会的群婚制。四是枫树生蝴蝶，蝴蝶是人类、兽类和神的共同母亲。树化蝴蝶，蝴蝶生人，如此故事简直有几分庄周式的神思，其美丽动人之处，堪与《红楼梦》西方灵河畔神瑛侍者浇灌绛珠仙草相比拟，而且多了几分原始气息，是一曲天地生人的绝妙的抒情诗。枫木生蝶，庄生梦蝶，梁祝化蝶，是中国三个最美丽的蝴蝶故事。以上所讲，乃是"枫木四义"。①

另一个令人感动之处，是它隐晦曲折地透露了苗民认同蚩尤为始祖。这是中国文化史上不得了的大事，蚩尤在中原眼光里是凶恶的化身，竟然与炎、黄并举，成为中国"人类三祖"。在阐释这一问题之前，首先考察一下蚩尤与枫木的关系，为苗族的枫木信仰提供发生学的根据。《山海经·大荒南经》说："有宋山者，有赤蛇，名曰育蛇。有木生山上，名曰枫木。枫木，蚩尤所弃其桎梏，是为枫木。"②注云即"今枫香树"也。南朝梁人任昉《述异记》也记载："黄帝杀蚩尤于黎丘之山，掷其械于大荒中，化为枫木之林。"③《梁书·武陵王纪传》中的君臣间的书信提到："自九黎侵轶，三苗寇扰……遂得斩长狄于驹门，挫蚩尤于枫木"④，使用的就是这个典故。源于怪异书的这个说法，是将枫木与蚩尤之死、他的精魂和血联系在一起的。苗族崇拜枫木，原本可能隐含着深刻的民族记忆。而在苗族迁徙曾经途经的楚地民俗中，枫木又与招魂相关，《楚辞·招魂》的结尾呼唤着："湛湛江水兮上有枫，目极千里兮伤春心。"⑤

在巫风民俗中，枫木还有神异功能，它能起死还魂，它能变化成人。旧题汉代东方朔《海内十洲记》说："聚窟洲……有狮子、辟邪、凿齿、天鹿、长牙铜头铁额之兽。洲上有大山，形似人鸟之象，因名之为人鸟山。山多大树，与枫木相类，而花叶香闻数百里，名为反魂树。扣其树，亦能自作声。声如群牛吼，闻之者皆心震神骇。伐其木根，置于玉釜中煮取汁，更微火煎如黑饧状，令可丸之，名曰惊精香，或名之为震灵丸，或名之为反生

---

① 参见《苗族古歌》，贵州民族出版社1993年版。
② 《山海经校注》，上海古籍出版社1980年版，第373页。
③ 《三农纪校释》卷十六"林属"引《述异记》，农业出版社1989年版，第489页。
④ 《梁书》卷五五《武陵王纪传》，中华书局1973年版，第827页。
⑤ 《楚辞章句疏证》，中华书局2007年版，第2104—2105页。

香，或名之为震檀香，或名之为人鸟精，或名之为却死香。一种六名，斯灵物也。香气闻数百里，死者在地，闻香气乃却活，不复亡也。以香薰死人，更加神验。"① 顺着这条思路，晋朝嵇含《南方草木状》卷中记载："枫人，五岭之间多枫木，岁久则生瘤瘿。一夕遇暴雷骤雨，其树赘暗长三五尺，谓之枫人。越巫取之作术，有通神之验。取之不以法，则能化去。"《太平御览》卷九百五十七引任昉《述异记》，描述了枫木化人的幻想："南中有枫子鬼，枫木之老者，为人形。亦呼为灵枫。"② 唐朝张鷟《朝野佥载》卷六又说："江东、江西山中多有枫木人，于枫树下生，似人形，长三四尺。夜雷雨即长与树齐，见人即缩依旧。曾有人合笠于首，明日看，笠子挂在树头上。旱时欲雨，以竹束其头，楔之即雨。人取以为式盘，即神验，枫木枣地是也。"③ 明朝谢肇淛《五杂俎》卷十说："五岭之间多枫木，岁久则生瘿瘤。一夕，遇暴雷骤雨，其赘长三五尺，谓之枫人。越巫取之作术有通神之验，此亦樟柳神之类也。　云：'取不以法，则能化去。'故曰：'老枫化为羽人。'政谓此耳。"④ 这些记述的地点是："五岭之间"，"越巫作术"，"南中"，"江东、江西山中"，"五岭之间"。可见枫木信仰虽然联系蚩尤在河北战争中的死亡，但枫木化生人类的幻想，却受到了江南、五岭百越之地的巫风的浸染。从河北到五岭，都是苗人长途迁徙所经过的地方。

对枫木的民间信仰，甚至引起理学宗师的注意，《二程遗书》卷十八"伊川先生语四"记录有这么一则程门讨论："或问：'宋齐丘《化书》云："有无情而化为有情者，有有情而化为无情者。无情而化为有情者，若枫树化为老人是也。有情而化为无情者，如望夫化为石是也。"此语如何？'曰：'莫无此理。枫木为老人，形如老人也，岂便变为老人？川中有蝉化为花，蚯蚓化为百合（如石蟹、石燕、石人之类有之），固有此理。'"⑤ 无情、有情互化，以及"枫树化人"、"望夫化石"的例证，均属于民间信仰和口头传承，与主流的或者官方的意识形态无关。明朝李时珍《本草纲目》第三

---

① 《海内十洲记》，四库全书本。
② 《太平御览》卷九五七，中华书局 1960 年版，第 4250 页。
③ 《朝野佥载》卷六，中华书局 1979 年版，第 166 页。
④ 《五杂组（俎）》，上海书店出版社 2009 年版，第 193 页。
⑤ 《二程遗书》卷十八，上海古籍出版社 2000 年版，第 248 页。

十四卷"木部"，也采录异闻："时珍曰：枫树枝弱善摇，故字从风。俗呼香枫。《金光明经》谓其香为须萨折罗婆香。……《说文解字》云：枫木，厚叶弱枝善摇。汉宫殿中多植之，至霜后叶丹可爱，故称枫宸。任昉《述异记》云：南中有枫子鬼，木之老者为人形，亦呼为灵枫，盖瘤瘿也。至今越巫有得之者，以雕刻鬼神，可致灵异。保升曰：王瓘《轩辕本纪》云：黄帝杀蚩尤于黎山之丘，掷其械于大荒之中，化为枫木之林。《尔雅》注云：其脂入地，千年为琥珀。……荀伯子《临川记》云：岭南枫木，岁久生瘤如人形，遇暴雷骤雨则暗长三、五尺，谓之枫人。《宋齐丘化书》云：老枫化为羽人。"[①] 如此多的枫树异闻，多来自民间口头传承。只不过口头传承中，枫木所化，多是老人，而《苗族古歌》则化为"蝴蝶妈妈"，折射出其中存在着母系氏族和自然崇拜的深刻因缘。

对于枫木与蚩尤之死的记忆、枫木与南方巫风思维的关联进行这番梳理之后，我们可以进一步考察《苗族古歌》与蚩尤族源的关系了。有一部取题为《蚩尤与苗族迁徙歌》的西部古歌说，古时苗族住在河北大平原，首领是格蚩尤老、格娄尤老，率领七姓能人建城修楼，训练部众，屡挫来犯之敌。国王施展美人计，夜袭、追击，格蚩尤老寡不敌众，牺牲在黄河岸边。三位老人（三苗？）子孙后代在长江也站不住脚，被追兵杀得伤亡惨重，跋山涉水，逃荒躲难到黔西北，过着放牧、打猎、开垦荒山荒坡的日子。这部关于始祖蚩尤的战争和迁徙的历史，是历代苗民刻骨铭心，穿越悠远的时空口耳相传、混合着血泪铸造出来的。

历史因其书写者的不同而翻转出不同的侧面。中原民族掌握着文字的话语权，因而将其曾经的劲敌蚩尤描写成凶暴残忍、青面獠牙。儒家重要的经典《尚书·吕刑》说："若古有训，蚩尤惟始作乱，延及于平民，罔不寇贼，鸱义奸宄，夺攘矫虔。苗民弗用灵，制以刑，惟作五虐之刑曰法。杀戮无辜，爰始淫为劓、刵、椓、黥。"周穆王上承文武成康的承平时代，反溯残暴刑法的来源，将之归咎于蚩尤创造的原始法制。《大戴礼记·用兵篇》记述孔子的话，则从贪婪小民犯上作乱的社会危害上，抨击蚩尤发动战争的非正义性："蚩尤庶人之贪者也，及利无义，不顾厥亲，以丧厥身。蚩尤惛

---

① 《本草纲目》卷三十四，四库全书本。

欲而无厌者也，何器之能作？蜂虿挟螫而生见害而校以卫厥身者也。人生有喜怒，故兵之作，与民皆生，圣人利用而弭之，乱人兴之丧厥身。"① 汲冢《竹书纪年》卷上又从黄帝圣德上，强调打败蚩尤，使"圣德光被"的历史必要性，如此说："（黄帝）母曰附宝，见大电绕北斗枢星，光照郊野，感而孕。二十五月而生帝于寿丘。弱而能言，龙颜，有圣德，劾百神朝而使之。应龙攻蚩尤，战虎、豹、熊、罴四兽之力。以女魃止淫雨。天下既定，圣德光被，群瑞毕臻。"《史记·五帝本纪》综合先秦各家文献，还原黄帝、蚩尤涿鹿之战的全过程："轩辕之时，神农氏世衰。诸侯相侵伐，暴虐百姓，而神农氏弗能征。于是轩辕乃习用干戈，以征不享，诸侯咸来宾从。而蚩尤最为暴，莫能伐。炎帝欲侵陵诸侯，诸侯咸归轩辕。轩辕乃修德振兵，治五气，蓺五种，抚万民，度四方，教熊罴貔貅䝙虎，以与炎帝战于阪泉之野。三战，然后得其志。蚩尤作乱，不用帝命。于是黄帝乃征师诸侯，与蚩尤战于涿鹿之野，遂禽杀蚩尤。而诸侯咸尊轩辕为天子，代神农氏，是为黄帝。"② 这些都是从中原正统主义的视境上，建构历史的行程。

蚩尤在涿鹿战死之后，中原文献逐渐将他定位成"战神"。《世本·作篇》说："蚩尤（以金）作五兵：戈、矛、戟、酋矛、夷矛。黄帝诛之涿鹿之野。"这从反面透露了蚩尤在最初的冶金技术上的贡献。《龙鱼河图》对蚩尤兄弟描绘得更为凶猛、更为逼真："蚩尤兄弟八十一人，并兽身人语，铜头铁额，食砂石子，造五兵仗刀戟大弩，威振天下。"③《述异记》也记载："有蚩尤神，俗云：人身牛蹄，四目六手。今冀州人提掘地得髑髅如铜铁者，即蚩尤之骨也。今有蚩尤齿，长二寸，坚不可碎。秦汉间说蚩尤氏耳鬓如剑戟，头有角，与轩辕斗，以角觝人，人不能向。"④《史记·封禅书》记载祭祀"八神"，其中"三曰兵主，祠蚩尤。蚩尤在东平陆监乡，齐之西境也"。⑤ 这已经进入王朝的祭祀体制。战神蚩尤的精魂简直上天入地，既进入天文，又进入民俗之中。《汉书·天文志》："蚩尤之旗，类彗而后曲，

① 《大戴礼记解诂》卷十一《用兵篇》，中华书局1983年版，第209—210页。

② 《史记》卷一《五帝本纪》，中华书局1982年版，第3页。

③ 《日下旧闻考》卷二引《龙鱼河图》，北京古籍出版社1983年版，第14页。

④ 《述异记》卷上，汉魏丛书本。

⑤ 《史记》卷二十八《封禅书》，中华书局1982年版，第1367页。

象旗。见则王者征伐四方。"① 从朝廷到民间，蚩尤战神的定位在中原作为民俗游戏逐渐流传。与蚩尤相联系的"角抵戏"，又称相扑，影响深远。《乐书》记载："蚩尤氏头有角，与黄帝斗，以角抵人。今冀州有乐名《蚩尤戏》，其民两两戴牛角而相抵。"② 梁代任昉《述异记》记述了这种游戏在南北朝时期的延续："今冀州有乐名'蚩尤戏'，其民两两三三，头戴牛角而相抵。汉造角觚，盖其遗制也。太原村落间，祭蚩尤神，不用牛头。今冀州有蚩尤川，即涿鹿之野。汉武时，太原有蚩尤神昼见，龟足蛇首；主疫，其俗遂立为祠。"清代章学诚《文史通义》内篇卷一说："匠祭鲁般，兵祭蚩尤"；内篇卷三又说："夫禹必祭鲧，尊所出也。兵祭蚩尤，宗创制也"。③ 蚩尤俨然成了兵器制造的行业神了。中原文化毕竟还是有很强的包容力，它在自身的文化结构中，将曾经是正统势力的劲敌的部族首领，置于略低一筹的战神的位置，甚至下降到民间的技艺祖师的位置。这就是儒学的"有秩序的结构"，或"价值的编码"。

　　蚩尤在苗族地区已经普遍地被指认为本族始祖，而且与《国语·楚语》、《吕氏春秋·荡兵》古注联系起来，勾勒了从"九黎"、"三苗"以降的部族延续线索。贵州关岭一带的《蚩尤神话》，讲述古时蚩尤氏苗族在黄河边上，建起八十一寨（似与古籍中"蚩尤兄弟八十一人"相呼应）。蚩尤剪除危害苗民的垂耳妖婆，妖婆的三个妖娃请来了赤龙公和黄龙公（或即"赤帝"和"黄帝"）复仇，蚩尤率领族人多次挫败赤、黄二龙公。赤、黄二龙公联合雷老五（即雷公），水淹苗兵，擒杀蚩尤，焚毁八十一寨，驱使苗族子民远走他乡。这则神话，将正义归于蚩尤，而对敌方加以妖魔化。湘西、黔东北苗族杀猪祭祀一位远古时代英勇善战的祖先"剖尤"，"剖"在苗语中意思是"公公"，他们祭祀的就是"尤公公"。榕江县"苗族天下独一庙"的苗王庙，供奉的苗王身长七尺，目光威武，赤足芒鞋，头缠包帕，衣服左衽，手执长竹烟杆。苗王庙前有巨大的芦笙坪，每逢盛大节日，苗民聚集坪上吹芦笙、祭苗王。曾有苗族老人演唱："古时候我们祖先住在远方，

① 《汉书》卷二十六《天文志》，中华书局 1962 年版，第 1293 页。
② 《乐书》卷一百八十六，四库全书本。
③ 《文史通义校注》，中华书局 1985 年版，第 103、318 页。

在那宽阔富饶的平原，在那美丽的地方，故尤（'故'即'公'，'尤'即'蚩尤'）他老人家，他有九万个子孙，七万住在宽宽的平原，在那美丽的东方……（后因战乱而西迁）沿着河水（柳江）而上来，来到哪个寨子？来到肥沃的平地方，住在东方的天鹅坝……这地方产量很高，出产五谷都满产，摘一把禾已满手，堆千把禾已满仓，舂十把禾得一斗。多年来发人满寨子，七万住在天鹅坝……他们建了一座大寨罗（苗语'祖庙'），把寨罗立在坝子的下边，雕个木像记老人，以备子孙莫忘老人相，纪念故尤千万年……"这可能是《苗族古歌》的片段，思念着被毁的古老远方的富饶家园，庆幸着千辛万苦寻找到的安居乐业之地。其中提到"建了一座大寨罗"，可能就是"苗王庙"即"蚩尤庙"的缘由。这些口头传统和民俗事例，用现代精神深入辨析，可以为中华文明敞开一片新鲜别致的文化视野。

综合以上的考察，少数民族对于中华民族文化有"三维推进"之功。少数民族在保持原有的文化遗产，创造新奇的文化方式上，其功甚伟。而且在文化的保存和创造中，输入了一个边缘民族独特的视野和原始又敏锐的眼光。没有这份保存，我们难以认识过早理性化的古老的华夏民族；没有这份创造，我们就不能全面地认识中华民族的博大和精彩；没有这份边缘的视野和眼光，我们对中华文明、文化、文学的把握，是带有封闭性的。少数民族对中华民族文化的这种"三维推进"，值得我们以极大的责任感加以深度的认识和发掘。总之，作为正在崛起的现代大国，我们应该建立一种包括少数民族文化在内的"大国学"。

（2011 年 8 月在贵阳讲演；2011 年 12 月在澳门修订）

中外论衡编

西学东渐四百年祭

——从利玛窦、四库全书到上海世博会

一　四百年祭之三维度

2010 年 5 月是意大利来华传教士利玛窦逝世四百周年，以利玛窦东来为标志，今年是西学东渐四百年祭。这是中华民族在严峻的挑战中磨练和提升文化生命力的四百年。这是中华民族在西方文明的碰撞中，虽然中间插入一个清朝康乾盛世，实际上在世界竞争中走了一条 W 形的曲线而逐渐衰落，终至全面复兴的四百年。历史将自己的意义写在举世瞩目的沧桑巨变中，历史不会忘记，中国是在上海世博会的灿烂阳光下进行这"西学东渐四百年祭"的。四百年一头连着利玛窦来华，一头连着上海世博会开幕，构筑起一座巨大的历史拱门，展示了中华民族艰难曲折又可歌可泣的历程，敞开了中华民族元气充沛又鹏程万里的天空。有意思的是，行程中间有一座碑，是出现在康乾盛世的《四库全书》。利玛窦遭遇《四库全书》，这一历史事件告诉人们，四百年变迁的一个关键是中西文化的对撞、互渗、选择和融合。

利玛窦的价值在哪里？在于他是这四百年之始携西学入华，进行中西文化对话的标志性的第一人。利玛窦 1582 年 8 月 7 日进入澳门，1610 年 5 月 11 日病逝于北京，万历皇帝御准葬于北京阜成门外二里沟坟地（今北京行政学院内）。碑铭是"耶稣会十利公之墓"，"利先生讳玛窦，号西泰，大西洋意大里亚国人。自幼入会真修。万历壬午年（万历十年，1582）航海首入中华行教，万历庚子年（万历二十八年，岁杪已是 1601）来都，万历庚戌年（万历三十八年，1610）卒。在世五十九年（1552—1610），在会四十

二年。"碑文采取汉文与拉丁文并列的方式，象征一位天主教传教士沟通中西文化的身份。

因此在今天澳门研讨会上探讨"利玛窦遭遇《四库全书》"，实际上是纪念以这位先驱者为标志的西学东渐四百年，反思中西文化碰撞融合四百年。四百年前，利玛窦在澳门两年（1582—1583），这被墓碑称为"航海首入中华"，然后在中国内地传教交友二十七年，传播基督教文化，学习儒家文化，剃发去髭，换上僧袍，又改穿儒服，愿当中国子民。1592 年利玛窦在南昌着手把《四书》译成拉丁文，并加注释。他由此熟悉中国传统文化、中国人的思维和行为方式，证明基督教与儒家有相通之处，盛赞孔子为"中国哲学家之中最有名"者，使其"同胞断言他远比所有德高望重的人更神圣"。正是遵从这么一条入乡问俗、调适传教的温和的文化路线，利玛窦在肇庆被称为"利秀才"，在南昌被称为"利举人"，在北京被称为"利进士"，他的中文修养渐趋精深，获得愈来愈多的体面的认同。他翻译"四书"早于王韬 1862 年在香港协助英华书院院长理雅各（Jameslegge）将四书五经译为英文 270 年，成为中西文化缔缘的先驱者。

澳门在 16、17 世纪是中西文化交流的"圣城"，由于葡萄牙国王握有天主教保教权的缘故而被视为"东方梵蒂冈"，是中国人看取西方希腊、希伯来文化，尤其是文艺复兴早期文化的一个有历史关键意义的窗口。钱钟书说："我常想，窗可以算是房屋的眼睛。"刘熙《释名》说："窗，聪也；于内窥外，为聪明也。"① 门是让人出进的，窗打通了大自然与人的隔膜，把风和太阳都引进来，窗可以说是天的进出口。窗口也可以放进小偷和情人。1582 年澳门窗口就放进了一个中西文化初恋期的情人利玛窦，为中国文化注入了一种异样的色彩。

在考察利玛窦与《四库全书》遭遇之前，有必要介绍一下他三百年后的一位澳门邻居，也就是清朝末年杰出的维新改良思想家郑观应。郑氏历尽商海风波之后，1884 年也就是利玛窦离开澳门进入中国内地 301 年后，以 32 岁盛年退居澳门郑家大屋（距离利玛窦学习中文的圣保罗学院一公里开外），思考中国的前途和拯救的方法，写成《盛世危言》。书中对利玛窦颇

---

① 刘熙：《释名·释宫室》，丛书集成本。

存好感，称说"明季利玛窦东来，徐光启舍宅为堂，有奏留其教之疏，实为华人入教之鼻祖。而明史称其清介，亦未因入教而受贬也"。这里提到利玛窦的搭档徐光启，是晚明松江府上海县人，60岁后"冠带闲居"故里，试验农业，著《农政全书》，身后归葬之地称徐家汇。他是得风气之先的上海文明的先驱者，徐氏之汇，汇向今日上海世博会所张扬的"理解、沟通、欢聚、合作"的精神理念。郑观应《盛世危言》从商业富国的理念出发，主张"设博览会以励百工"，是从民族振兴的角度倡导上海办世博会的第一人。

《盛世危言》专设《赛会》章，给中国人的脑筋增加一根世博会的历史和壮观的弦，它交代："溯赛会之事，创之者英京伦敦，继之者法京巴黎，嗣后迭相举赛，萃万国之精英，罗五洲之珍异……美人赛会于芝加哥，其气象规模尤极天下之大观，为古今所未有……此会拥九州万国之珍奇，备海澨山陬之物产，非此不足以扩识见，励才能，振工商，兴利赖。"写《赛会》之时，适逢1993年美国以"纪念哥伦布发现新大陆四百年"为主题，举办芝加哥世博会，盛况空前，其大道乐园启发了后来的迪斯尼乐园，爆米花、蓝带啤酒、麦片、口香糖刺激着饮食时尚。其时美国的GDP已超过英国居世界第一，面对一流大国的气象规模，郑观应心存忧患，反省"中国之商务衰矣，民力竭矣，国帑空矣"，进而警醒国人，"欲富华民，必兴商务；欲兴商务，必开会场；欲筹赛会之区，必自上海始"。以上海为中国率先举办世博会的最佳选址，是一个卓见，郑观应提示的世博会之弦，牵引着中国振兴的百年之梦。有意思的是，有美国学者名为"华志建"者，把1893年芝加哥世博会和2008年北京奥运会相比拟，认为那届世博会把世界的眼光聚焦到美国，而这届奥运会使美国人看中国的目光，就像当年欧洲人看美国崛起一样，既震惊又怀疑。这样的话用在上海世博会，不是更有可比性吗？

这样，我们就清理出思考"西学东渐400年祭"的三个维度：一是利玛窦—徐光启—上海；二是利玛窦—郑观应—世博会；另外一个维度就是利玛窦遭遇《四库全书》，由于祭典的主题是东西文化的碰撞融合，这第三个维度具有更深刻的文化内涵和历史教训，它将引领我们走进中国历史命运的深处。

二　把正史的眼光与皇帝的趣味一道反思

那么，历史是怎样记载利玛窦这个文化初恋情人的呢？收入《四库全书》史部正史类的《明史》，在《神宗本纪》中只记利玛窦一句话："（万历二十八年十二月）大西洋利玛窦进方物。"① 记载是记载了，但是与午门受俘、灾民为盗、群臣请罢矿税并列，并不特别打眼，反而有几分冷漠。冷漠的语言背后，却隐藏着这位传教士文化情人带来什么令人眼睛发亮的定情物（信物）和嫁妆。

1601 年 1 月 27 日，利玛窦以"大西洋陪臣"的身份，依靠澳门资助，进贡的方物有天主像、圣母像、天主经、《万国舆图》、大小自鸣钟、三棱镜、大西洋琴和玻璃镜等等。（顺便说一句，1915 年巴拿马世博会，晚清状元实业家张謇邀请苏绣圣手沈寿挥动神针，用 110 种颜色的丝线绣成《耶稣像》参赛，荣获金奖，实现了西方宗教与华夏工艺的精美结合。是利玛窦进方物，耶稣像入中国三百年后，带上中国色彩的西行。）万历皇帝在利玛窦进献的方物中，对自鸣钟尤为痴迷，在大内建筑钟楼保存，玩赏得不亦乐乎，还专门选派太监向传教士学习管理操作知识，多次诏请传教士入宫修理。皇帝好钟表，全然为了解闷猎奇，以消解他胖的发愁的寂寞，连皇太后要欣赏自鸣钟，也让太监弄松发条，留下来自己长久享用。痴迷到把"以孝治国"也丢在脑后了。利玛窦与自鸣钟简直有一种生死情缘，直到民国年间的上海，利玛窦还被供奉为钟表行业（还有客栈）的祖师爷，可见自鸣钟着实是个了不起的洋玩意儿，但皇帝老子却没有安排相关部门仔细考究它的精密原理，进而借鉴制造，只知享受文明，不思创造文明。至于世界地图，也只是复制分赠给皇子们，挂在墙上作为奇异的图画来欣赏。而对于世界地图蕴含着多少未知的可开发的领域，对于其他珍宝蕴含的光学原理和机械制造之利，王朝决策者蒙蒙然毫无用心。当万历皇帝只不过把这些"方物"当玩物的时候，潜在着的取法西方发展科技和工业的契机，在老大的帝国胖墩墩的嬉皮笑脸下无声无息地滑走了。耽逸乐而废国策，到头来造成大国沉

---

① 《明史》卷二十一《神宗本纪》，中华书局 1974 年版，第 282 页。

沦，实在足以令人发出千古一叹。

　　然而，利玛窦进贡的礼品所蕴含的科技价值，还是给中国知识界带来了深刻的精神震撼。这位传教士文化情人带来的贡物嫁妆中，最抢眼，最使中国士人精神震撼的是世界地图，《坤舆万国全图》。地图取名于《易传》"坤为大舆"，坤为地、为母，为人类驰骋发展的大车，隐喻大地孕育滋生万物。利玛窦所作《万国全图·总论》中说："地与海本是圆形，而合为一球，居天球之中，诚如鸡子，黄在青内。"① 它震撼着中国文化精英脑袋里根深蒂固的"天圆地方"的天地模式，使人们猛然惊异于世界之大，有五大洲，中国仅是万国之一，并不等于自己整天盘算着"治国平天下"的那个天下。地球的这边那边都可以站人，脚对脚，也不会甩出去，简直不可思议。利玛窦的地球中心说，属于托勒密系统，未能汲取哥白尼学说，但对中国传统的天下观已起了颠覆的作用。它将中国画在地图中央，左为欧洲、非洲，右为南北美洲，投合了中国人的中心意识，这种布局在中国地图学中沿用四百年。这种新的世界观给中国知识界敞开了一个无穷的未知空间，长久地刺激着人们的求知欲望，由地理视野转化为一种崭新的文化视野。

　　与《明史·神宗本纪》对利玛窦只讲一句话，意味着他对王朝政治无多大关系不同，《外国列传》中几乎把利玛窦等同于大西洋意大利，用了千余字，称述"意大里亚居大西洋中，自古不通中国。万历时，其国人利玛窦至京师。为《万国全图》，言天下有五大洲：第一曰亚细亚洲，中凡百余国，而中国居其一；第二曰欧罗巴洲，中凡七十余国，而意大里亚居其一；第三曰利未亚洲，亦百余国；第四曰亚墨利加洲，地更大，以境土相连分为南北二洲；最后得墨瓦腊泥加洲为第五，而域中大地尽矣。"② 这是可以动摇中国传统以本国为中心、环以四夷的天下观的。撰写《外国列传》者，是清朝康熙年间由博学弘儒科而成为翰林的浙江通儒毛奇龄，他对于利玛窦通过宦官"以其方物进献，自称大西洋人。礼部言《会典》止有西洋琐里国，无大西洋，其真伪不可知"，是不敢苟同的。毛奇龄认为，以为古书未载的就不存在，是最不通的，"六经"无"髭髯"二字，并不等于说中国人

---

① 利玛窦：《坤舆万国全图·总论》，《利玛窦中文著译集》，复旦大学出版社2007年版，第173页。

② 《明史》卷三百二十六《外国列传》，第8459页。

的胡子是汉朝以后才长出来的。因此他推断利玛窦"其说荒渺莫考，然其国人充斥中土，则其地固有不可诬也"。但《外国列传》不排除是经过史馆总裁官修改定稿，其中也有官方口吻的担忧："自利玛窦入中国后，其徒来益众……自利玛窦东来后中国复有天主之教公然夜聚晓散，一如白莲（教）。"不过编纂者多为东南文士，毕竟感染西学东渐的气息，行文还是采取分析态度，指出"其国人东来者，大都聪明特达之士，意专行教，不求禄利，其所著书，为华人所未道，故一时好异者，咸尚之。而士大夫如徐光启、李之藻辈首好其说，且为润色其文词，故其教骤兴，时著声中土"。其实，大地是否为球体，世界是否有五大洲，并非书斋里的推理问题，中国人应该迈开双脚，到世界五大洲去实地考察，去证实，去发现。当上海世博会迎来全球 240 多个参展国和国际组织，从而办成空前规模的世博会的时候，谁还会怀疑世界有五大洲，对于利玛窦的世界地图不再会怀疑其真伪，只会发现其粗疏了。

《明史》馆臣属于康熙、雍正朝的文士，在其视野中，利玛窦主要给中国带来两样大西洋异物，一是世界地图，打开中国人看世界的视境，但他们还感到"荒渺莫考"；二是带来天主教，虽然个人聪明特达，不求利禄，但其"公然夜聚晓散，一如白莲（教）"，担心造成对中国社会稳定和安全的危害。正史对于西洋天文、历算之学，还是欢迎的，如《明史·天文志》说："明神宗时，西洋人利玛窦等入中国，精于天文、历算之学，发微阐奥，运算制器，前此未尝有也。"① 正史对利玛窦的文化使命和文化行为的反映，蕴含着开放意识和儆诫意识的交织，这是西学东渐初期根柢深厚的中国正统文化系统的反应。但是，透过一层思考，这种过分自持的文化反应，无异于以管窥天，难以在科学技术领域掀起轩然大波。人家有巨浪，你却无大波，累之以日月，老祖宗的本钱也会吃光的。"荒渺莫考"的西洋科技和工业，距离 17 世纪的东方古国似乎太遥远了，只在有限的人群中呈露星星点点，又无国家意志的推助，难以激发整个民族的忧患意识和竞争意识。

---

① 《明史》卷二十五《天文志》，第 339 页。

三　《四库全书》之副册、另册

那么康熙、雍正以后再过半个世纪，到了18世纪的乾隆朝，情形又如何呢？利玛窦传播西方文化，即所谓基督教远征中国之行，引起的最集中的反应是遭遇160年后乾隆时期编纂的《四库全书》。《四库全书》是一批儒者、汉学家集体完成的乾隆钦定的国家工程，以乾嘉考据学的功力在其《总目提要》中展示了数千年博大精深的中国学术文化史。它是以中华帝国官方正统的文化眼光审视利玛窦的传教行为和携带的西洋文化的。它自有一种规范，是以一种内蕴的价值观，通过立体的、等级的目录学体系，以及对群书的分类定位，著录提要，存目或禁毁，来判别它们的正邪、优劣的文化价值等级。利玛窦的中文著译存世者在20种以上，收入《四库全书》有4种，未收而存目者6种。收录的4种为《乾坤体义》、《测量法义》、《圜容较义》、《几何原本》，收入子部算法类。存目6种为《辨学遗牍》、《二十五言》、《天主实义》、《畸人十篇》、《交友论》、《天学初函》，归入子部杂家类存目。如果说，《四库全书》也如《红楼梦》太虚幻境的册子之有正册、副册，再加上另册，那么从以上对利玛窦中文著作的处置来看，它们未入正册，而天文算法类书入了副册，传播教义类书则入了另册。这就是西学东渐初期中国文化的对话姿态和西方文化遭遇的命运。当你把别人的文化归档之时，你自身的文化前行的姿态和命运反过来也被归了档，"归档者反被归档"，这就是文化对话蕴含着的一种历史哲学。

在利玛窦使中西文化联姻的过程中，这位传教士碰上了一种前所未遇的古老而深厚的东方文明。他不可能像对某些所谓"蛮族"那样，面对文化空洞高傲地大肆传教，他面对的是一个丰足而儒雅的民族，必须使自己也变得儒雅而不鄙陋，必须调适自己的文化态度、传教方式和文化交流方式，才能在这个古老深厚的文化体制中获得受人尊重的身份。中国对他感到陌生，他对中国也感到陌生。他想对中国文化施以压力，中国文化也对他施以反压力，相互之间都有一个文化辨析、认知和选择对话方式的过程。有一种所谓"利玛窦判断"，他发现中国所存在的东方人文主义，特点在于宗教不发达，没有完备的神学，有的只有道德哲学。这使他对基督教东征之旅抱有信心，又对东方的道德信仰心存畏惧，内心充满复杂的矛盾。面对东方源远流长的文明传统，他不能显出简陋，于是搬出天文算法这类西学的优长所在，他甚至一再敦促罗马教会增派一些精于天文星相的教友来华，以备中国皇帝每年编修历法的咨询，以博取中国学者的青睐和折服。《四库全书》子部天文算法类收入利玛窦的四种书，是作为实用之学加以评价的。《四库总目·子部总叙》说："儒家之外有兵家，有法家，有农家，有医家，有天文算法，有术数，有艺术，有谱录，有杂家，有类书，有小说家，其别教则有释家，有道家。敍而次之，凡十四类。"① 天文算法类放在医家和术数之间，属于实用之学，但不是纲纪之学。西方的天文算法这类科技著作，被嵌镶在中国儒学的学术价值框架之中，受到了格式化的处置。这套框架是由四库全书总纂官纪昀具体设计的，带有北方学术宗师的典重的规范性。

这里从天文算法类中，选择利玛窦两部书的提要加以考察。其一是《乾坤体义》，属于自然哲学著作。上卷讨论地球和天体构造，以及地球和五星相互关系之原理；下卷列举几何题十八道，用来证明数学图形中间，圆形具有最大的包容性，比一切图形都完美。《四库全书总目提要》评述说："《乾坤体义》二卷，明利玛窦撰。利玛窦，西洋人，万历中航海至广东，是为西法入中国之始。利玛窦兼通中西之文，故凡所著书，皆华字华语，不烦译释。是书上卷，皆言天象，以人居寒暖为五带，与《周髀》七衡说略同。以七政恒星天为九重，与《楚辞·天问》同。以水火土气为四大元行，则与佛经同……至以日月地影三者定薄蚀，以七曜地体为比例倍数，日月星出入有映蒙，则皆前人所未发。其多方罕譬，亦复委曲详明。下卷皆言算术，以边线、面积、平圆、椭圆互相容较，亦足以补古方田少广之所未及。虽篇帙无多，而其言皆验诸实测，其法皆具得变通，可谓词简而义赅者，是以御制《数理精蕴》，多采其说而用之。当明季历法乖舛之余，郑世子载堉、邢云路诸人，虽力争其失，而所学不足以相胜。自徐光启等改用新法，乃渐由疏入密。至本朝而益为推阐，始尽精微，则是书固亦大辂之椎轮矣。"②

提要肯定了利玛窦天文算法的简明翔实，以及发前人所未发的新颖之

---

① 《四库全书总目提要》卷九十一《子部总叙》，中华书局 1965 年版，第 769 页。
② 《四库全书总目》卷一百六"子部"十六《乾坤体义》提要，第 894—895 页。

处，但这种肯定是有限度的，看不出有多少以西人为师的输诚之心。另一层意思，反而有些西学中源之意，从大概是汉代的天文算学典籍《周髀算经》，以及宗教文学类的著作中寻找科学的源头，折射了某种"西学东源说"的投影。这种投影在居于《四库总目》子部天文算法类榜首的《周髀算经》的提要中，表现得更为充分，其中提到《周髀》"其本文之广大精微者，皆足以存古法之意，开西法之源"，又说"明万历中，欧罗巴人入中国，始别立新法，号为精密。然其言地圆，即《周髀》所谓地法覆槃，滂沱四陨而下也。……西法出于《周髀》，此皆显证，特后来测验增修，愈推愈密耳。《明史·历志》谓尧时宅西居昧谷畴人，子弟散入遐方，因而传为西学者，固有由矣"。① 对于传统学术，固然不应数典忘祖，应看到它在古代曾经领先，但是更不能总像阿Q那样得意忘形地夸口"先前阔"，而矮化西方文艺复兴以后的科学技术的进展。尤其应该看到，世代沿袭的正统学术倚重人伦修养，排斥奇技淫巧，从学统和体制上未能自觉地把科学技术的发展置于国策的地位，于此时反而津津有味地编制尧时畴人传为西学的神话，不知取彼之长补己之短，不知改革为何物，实在令人感到可叹可悲。世界历史已经到了这么一个关头：前瞻奋进则强，恋旧苟安则危。四库馆臣博学的神经中明显地缺了这根弦。

其二是《几何原本》六卷，乃是欧几里得《原本》（Elements）的平面几何部分，利玛窦根据其师克拉维乌斯的拉丁文评注本翻译成中文，1608年刊行。《四库提要》说："利玛窦译，而徐光启所笔受也。……光启序称其穷方圆平直之情，尽规矩准绳之用，非虚语也。……此书为欧逻巴算学专书……以是弁冕西术不为过矣。"② 所谓弁冕，都是古代男子冠名，吉礼戴冕，通常礼服用弁，四库馆臣是把《几何原本》看成西方学术之冠的。徐光启（教名保罗）从一个谙熟"代圣贤立言"的八股文的进士，转而与利玛窦翻译科学名著，并把逐渐理解该书的精确性和可靠性当做享受的过程，其后又以这种科学思维写成《农政全书》60卷，这种"徐光启转换"在晚明社会具有独特的文化史和科学史意义。他强忍父丧之痛，与利玛窦

---

① 《四库全书总目》卷一百六"子部"十六《周髀算经》提要，第891—892页。
② 《四库全书总目》卷一百七"子部"十七《几何原本》提要，第907页。

反复辗转，求合原书之意，三易其稿，终成精品。他对此书的逻辑推理方法和科学实验精神甚为折服，在《几何原本杂议》中说："举世无一人不当学……能精此书者，无一事不可精；好学此书者，无一事不可学。"其推崇可谓备至，使这部书成了明末清初揣摩算学者的必读之书。

曹操《短歌行》感叹："对酒当歌，人生几何？"徐光启、利玛窦借用"几何"二字，重新命名"形学"，谐音英文 Geo，促使中国这门学科与西方接轨。梁启超在《中国近三百年学术史》中，盛赞"利、徐合译之《几何原本》，字字精金美玉，为千古不朽之作"，又称四库全书馆臣多嗜算学，"在科学中此学最为发达，经学大师差不多人人都带着研究"。其影响之大，刺激了后来的墨学，尤其是蕴含科学和逻辑思维的"墨辩之学"的复兴。只可惜当时的体制不能使科学研究与创造发明相结合，众多的聪明才智依然浪掷于以八股求利禄之中，因而无法打通中国的工业化进程。《四库全书》的价值系统只把天文算法类的《几何原本》等书作为一家之言置于副册，没有将之作为正册的独立的科学体系而置于国家文化的正统地位。不能只看你对这部书说了多少好话，更本质的要看你要把它放在整个社会文化体系的哪个位置，这就是我们考察问题的整体观。社会机制不能互动互融而出现文化脱层现象，乃是一个大国全面协调发展的大忌。

与四库馆臣咬文嚼字的思维方式不同，历届世博会致力于办成推动社会发展的"经济、科技、文化领域的奥林匹克盛会"。比如，一些世博会把"人类、自然、科技"、能源、水源、海洋，以及反复地以哥伦布发现新大陆为象征的"发现时代"为主题，它们的思维方式都是指向人类社会和科学技术的发展，以及可持续发展。就拿《几何原本》中赞不绝口的那个"圆"，在 1893 年美国芝加哥世博会上变成了菲力斯摩天轮，在 1958 年比利时布鲁塞尔世博会上变成了原子球建筑，在 1967 年加拿大蒙特利尔世博会上被富勒宣称宇宙建筑的形，必然是球体，而赋形建美国馆，这些都或多或少地对人类的思想和生活方式发生冲击或启示。这些奇思异想，为什么没有发生在那个时代或以前的中国呢？毫无疑问，中国是一个富有智慧的民族，但是智慧须用在开发的现代思维方式上。上海世博会上的中国馆，就以方形阶梯式的斗拱建筑，调动了地球环绕太阳自转的光线投射，在光影调动中赋予冬暖夏凉，简直称得上巧夺天工。从《四库提要》到上海世博会的设计，中国以开发的胸襟显现了思维方式从古典到现代的根本性转型。

四　如何处理国家尊严与开放姿态

文化对撞之流，总是一股混合型的浊流，鱼龙混杂，源流和因素多端，动机和效果各有追求。利玛窦携带的西方文化来自两个体系，一个是希伯来文化，为传教义之所据；另一个是古希腊体系，为传天文算法之所据。古老而深厚的中华文明似乎有一股历久弥坚的免疫系统，对传教士利玛窦的文化行李进行分析、排斥和选择，将文艺复兴重新激活了的古希腊以科学见长的文化系统，如《几何原本》之类，纳入钦定《四库全书》的副册，加以著录。而源自希伯来系统、经中世纪延续下来的传教著作则列入《四库》子部杂家类作为存目，受到四库馆臣的讥讽和抵制，在某种意义上作了另册处理。这大概就是西学东渐初期，中国正统文化的"非开放之开放"、"非理性之理性"的反应。

列入存目，是否有归入另册之嫌，还要略为辨析。《四库》著录和存目的分野，绝非只看学术标准，不看政治标准。比如元代散曲大家张可久（字小山），曾被明代曲家将之与乔吉比为"曲中李杜"。但《四库全书总目·凡例》说："张可久之《小山小令》，臣等初以相传旧本，姑为录存。并蒙皇上指示，命为屏斥。仰见大圣人敦崇风教，厘正典籍之至意。"因而将其从著录贬为"集部词曲类存目"。这里采用的是"敦崇风教"这种政治伦理标准。利玛窦的传教著作也不是因为质量标准，而是因为政治考量而归入子部杂家类存目的。

对于这种文化碰撞中的甜酸苦辣，利玛窦早有实感在先，他因而反对西班牙籍的耶稣会士桑彻斯所谓"劝化中国，只有一个好办法，就是借重武力"的强暴传教方式，而主张"交友传教"的方式。他建议："所有在这里的神父努力学习中国文化，把这作为一种很大程度上决定传教团存亡的事情看待。"明万历二十三年（1595）利玛窦在江西南昌，应万历皇帝的堂叔建安土的要求，辑译的西方哲学家的格言集《交友论》，语录一百则，也透露了利玛窦以交友方法传教的文化策略。时人冯应京（安徽泗州人，万历二十年进士）对此心领神会，为之作序云："西泰子间关八万里，东游于中国，为交友也。其悟交道也深，故其相求也切，相与也笃，而论交道独详。嗟夫，友之所系大矣哉！……爰有味乎其论，而益信东海西海，此心此理同也。"① 然而一二百年后的钦定《四库提要》却对此并不领情，认为"万历己亥利玛窦游南昌，与建安王论友道。因著是编，以献其言，不甚荒悖，然多为利害而言，醇驳参半"②。这些说法就未免有点儒者排斥异己的不靠谱的意味了。《交友论》说："吾友非他，即我之半，乃第二我也，故当视友如己焉"；"友之与我，虽有二身，二身之内，其心一而已。"③ 这些话都带有上帝造人，其心如一的信仰，至于"德志相似，其友始固"，也强调交友应该提倡志同道合，看不出有何等"多为利害而言"的迹象。不能因为他是传教士，就把他介绍的西方伦理哲学都废弃不顾，儒门不是也讲究"以文会友，以友辅仁"吗？《礼记》还说："独学而无友，则孤陋而寡闻。"偏执地批判交友之道，有可能关闭开放的心灵，这是不能不令人感到遗憾的。就拿世博会来说吧，它倡导的"理解、沟通、欢聚、合作"理念，高度重视交友之道，欢迎天下友朋，共办共享这个超越了国家、民族、宗教分隔的人类文明盛会。

在文明对话中，利玛窦传教的策略，本有援儒斥佛的苦心，他"小心谨慎，竭尽努力从中国历史和信仰中采纳可能同基督教真理一致的一切"，对中国人祭孔、祭祖的礼仪，也采取理解的态度，而集中力量抨击佛、道。徐光启称这种文化策略为"补儒易佛"。但四库馆臣对此并不认同。比如《二十五言》本是伦理箴言集，以二十五则短论宣说"禁欲与德行之高贵"，《四库提要》反而认为："明利玛窦撰。西洋人之入中国自利玛窦始，西洋教法传中国，亦自此二十五条始。大旨多剽窃释氏，而文词尤拙。盖西方之教，惟有佛书，欧罗巴人取其意而变幻之，犹未能甚离其本。厥后既入中国，习见儒书，则因缘假借以文其说，乃渐至蔓衍支离，不可究诘，自以为超出三教上矣。附存其目，庶可知彼教之初所见不过如是也。"④ 又评《辨

---

① 冯应京：《刻交友论序》，《利玛窦中文著译集》，第116页。
② 《四库全书总目提要》卷一百二十五"子部"三十五《交友论》提要，第1080页。
③ 利玛窦：《交友论》，《利玛窦中文著译集》，第107—108页。
④ 《四库全书总目》卷一百二十五"子部"三十五《交友论》提要，第1080页。

学遗牍》，谓："是编乃其与虞淳熙论释氏书，及辨莲池和尚《竹窗三笔》攻击天主之说也。利玛窦力排释氏，故学佛者起而相争。利玛窦反唇相诘，各持一悠谬荒唐之说，以较胜负于不可究诘之地。不知佛教可辟，非天主教所可辟；天主教可辟，又非佛教所可辟，均同浴而讥裸裎耳。"这里把天主教和佛教，都看做异端外道，通通排斥，以维护儒学的纯正性。其用语相当刻薄，觉得两种先后来华的宗教相互排斥，只不过是一同在澡堂子里洗澡，你笑人家裸体，岂不知你自己也光着屁股呢。

四库馆臣编书，既然有过编纂"儒藏"的动议，尊崇儒学，排斥异端，对于耶、佛二教的精蕴也就未及深入辨析。至于专门辩说和传播教义之书如《天主实义》，尽管它一再宣称非议佛、老而补充儒术，说"（佛、老）二氏之谓，曰无曰空，于天主理大相刺谬，其不可崇尚，明矣。夫儒之谓，曰有曰诚，虽未尽闻其释，固庶几乎"，但它以天主高出儒家一筹，倡言"今惟天主一教是从"，[①] 就难以得到四库馆臣的认可。《四库提要》指出，《天主实义》"释天主降生西土来由，大旨主于使人尊信天主，以行其教。知儒教之不可攻，则附会六经中上帝之说，以合于天主，而特攻释氏以求胜。然天堂地狱之说，与轮回之说相去无几。特小变释氏之说，而本原则一耳"[②]。这种评议，印证了利玛窦认为中国文化缺乏系统的宗教神学的判断；同时也显示了儒学的兼容性是有主体的兼容，是以我融彼，而不是以彼融我，其间的主宾结构是不能颠倒的。作为《天主实义》的姐妹篇的《畸人十篇》，几乎每篇都列出问难者的姓名、身份，包括吏部尚书李戴、礼部尚书冯琦、翰林院庶吉士徐光启、工部主事李之藻等人，济济多士，是天主教传教中土的颇为体面的阵容。书名来自《庄子·大宗师》托言孔子答子贡："畸人者，畸于人而侔于天。"畸人就是奇特的人，不随俗而超越礼教，"率其本性，与自然之理同"。书名就在依附儒学中渗入某种庄学的因素，透出几分反潮流的味道。《四库提要》说："（该书）设为问答以申彼教之说……其言宏肆博辨，颇足动听。大抵掇释氏生死无常、罪福不爽之说，而不取其轮回、戒杀、不娶之说，以附会于儒理，使人猝不可攻。较所作《天主实义》纯涉

---

① 利玛窦：《天主实义》，《利玛窦中文著译集》，第15—16页。
② 《四库全书总目》卷一百二十五"子部"三十五《天主实义》提要，第1080页。

支离荒诞者，立说较巧。以佛书比之，《天主实义》犹其礼忏，此则犹其谈禅。"① 虽然拟之为异类，毕竟也无过分讨伐，显示儒者以说理来淡化信仰的清明风度。在中国正统文化的压力下，虽然有若干文士认同利玛窦为"西极有道者，文玄谈更雄。非佛亦非老，飘然自儒风"②；但传教士之徒还是深感"在北京宫廷，余等形同奴隶，以效力基督，直被人视若人下人故也"③。

值得注意的是，子部杂家存目中，著录李之藻汇编的利玛窦总集性质的《天学初函》，囊括了上述的十种书，总计收书十九种。《四库提要》的评述涉及了当时中国士大夫的西学观："西学所长在于测算，其短则在于崇奉天主，以炫惑人心。所谓天地之大，以至蠕动之细，无一非天主所手造，悠谬姑不深辨。即欲人舍其父母而以天主为至亲，后其君长而以传天主之教者执国命，悖乱纲常，莫斯为甚，岂可行于中国者哉。……今择其器编十种，可资测算者，别著于录；其理编则惟录《职方外纪》，以广异闻，其余概从屏斥，以示放绝。并存之藻总编之目，以著左袒异端之罪焉。"④ 《四库全书》是以纲常名教的价值观，把利玛窦传播的天主教列入不可施行于中国的另册的。在 18 世纪康熙朝，曾经发生过天主教徒是尊重，还是禁止祭孔祀祖一类"中国礼仪"之争，引起康熙的盛怒和雍正的禁教，乾隆朝的四库馆臣写这则提要，也就不再考虑所谓"利玛窦规矩"曾经在祭孔祀祖上随乡入俗，因而使用了"概从屏斥，以示放绝"以及"左袒异端之罪"这样严厉的话。中国公民的礼俗应该由中国自主决定，这是国家尊严所在，不容别人强行干涉。但是由此而对外来文化因噎废食，把自己封闭起来，来一个闭关锁国，则可能损害国家命运了。在文化战略上，还是多一点历史理性和辩证法思维为好。

毫无疑问，利玛窦四百年祭，是长时段地反思文化，包括中西文化对话和中国文化命运的极好命题。这四百年分为两段，自利玛窦来华到乾隆钦定《四库全书》一百几十年，由《四库全书》至今日上海世博会二百余年。反

---

① 《四库全书总目》卷一百二十五"子部"三十五《畸人十篇》提要，第 1080 页。
② 《程氏墨苑》载汪廷讷《酬利玛窦赠言》，明万历中刻本。
③ 博斯曼：《杜德美的科学成就》，转引自［法］裴化行《利玛窦评传》，商务印书馆 1993 年版，第 443 页。
④ 《四库全书总目》卷一百三十四"子部"四十四《天学初函提要》，第 1136—1137 页。

思四百年，我们用了三个维度：利玛窦，《四库提要》，上海世博会。三维度的关系是，以世博会的新世纪高度为立足点，以《四库提要》为参照，以利玛窦为原由，看取中国文化的去、今、来。在开放进取的视野中，考察了经历严峻的挑战而更见光彩的中华民族的生命力。在这个长时段中，从万历的昏庸到乾隆的自信，从有识之士更新世界视野和钻研西方科学，到王朝体制妨碍科学通向实业之路，从官方政策维护国家尊严，又倒退到闭关锁国，到士人出现"徐光启式的转换"和更深刻程度的进取开拓，这四百年存在太多的文明探索和历史教训。正是在汲取历史教训和付出落后挨打的惨重代价之后，中国精神和中国智慧在压抑中爆发，在挫折中提升，不屈不挠地在戊戌变法、辛亥革命、五四运动、新中国成立和改革开放中迈出五大步，终于迎来了以 2008 年北京奥运会和 2010 年上海世博会为标志的一个现代大国的全面复兴。

　　四百年沧海桑田的巨变，当然是整个国家民族不朽的生命力的结晶，不能只限于翻看某个人的账本。利玛窦在本质上是一个传教士，他传播西方科学文化，只是为了推进传教而自我救助的一种文化策略。但是历史的新机似乎跟歪打正着往往有缘，利玛窦由此率先给中国人带来了世界上已开始文艺复兴的"陌生的另一半"的新鲜信息，这个信息是如此重要，如此令人震撼，使之成为介入中华文明发展的一盏遥远的雾中灯。灯光虽然裹在雾中，但还是值得回忆、回味和沉思。站在今日上海世博会的灿烂阳光下，回眸四百年的漫漫长途，难道不可以从中寻找到某种文化启示吗？

（2010 年 4—5 月三易其稿）

现代文学与文化东亚

引　言

近年来，中国社会科学院文学研究所除了研究西域文明之外，又有一批中青年学者倡导研究东域学，东域学的范围包括中国内地和台湾，以及日本、韩国、朝鲜，有时还包括蒙古国。西域学主要研究印度的佛学、中亚的伊斯兰文明，如何通过中国新疆地区的沙漠绿洲文明与中原汉族文明相融汇。东域学主要研究如何通过海路和陆路，使汉字典籍文化、儒学、佛学在东亚土地上流通、吸收和另创。近代以来又由于西方文明的强势侵入，造成新一轮的文明冲突与融通。

中、日、韩、朝这东亚四国，地缘相近，山水相依，两千多年来在一衣带水之间海陆兼进，频繁地进行文化、经济、政治上的往来，长期使用汉字和汉文传播的思想、宗教、文学，以及教育和选举体制、建筑艺术形式的资源分享，形成所谓"汉字文化圈"。近百年以来，欧美列强的远程介入，造成这里文化地图的割裂，出现"脱亚入欧"的文化另谋轨道，以及军国主义横行而导致兵戎相见的灾难。从20世纪中期以后，这块土地上又先后出现日本、韩国和中国的经济起飞的奇迹，近三十年的发展尤为举世瞩目，地缘经济交流的成就非常显著。但如何建构"东亚意识"，虽付出巨大努力，依然艰难重重。这些都在考验着东亚诸国的文化立场、胸怀、智慧和意志，有一条很长的曲折的道路要走。

人们愈来愈深刻地感到，东亚的博弈和交融，是一个"世纪性难题"。这里的历史和现实，存在着"文化东亚"、"经济东亚"及"政治东亚"的不同层面。在不同层面上各国推挽、纳斥、分合，存在的参数因时而异、因域而殊，却又存在着源远流长的历史地缘纽带。文化思考，应从这种丰富复杂的因缘和殊异的张力之间，探讨东亚文化和合体之形态。

东亚人种文化的交往，见于文字记载已有三千年。商周之际（公元前11世纪），"箕子去之朝鲜，教其民以礼义"，周"武王乃封箕子于朝鲜而不臣"[①]；周秦之际（公元前3世纪）大批移民潮涌向辽东、乐浪，秦始皇使徐福将童男女数千人入海求蓬莱神仙而不归。两晋南北朝时期（公元3—6世纪），朝鲜处在"三国时代"，其高句丽已输入《五经》、《史记》等中国文化典籍，并开始了佛像、佛经的传播；公元3世纪，朝鲜百济国王仁携《论语》、《千字文》入日本，日本皇太子拜王仁为师，跟他学习中国经典。早期中国文化的东播，是顺半岛而列岛，先朝鲜而后日本的。汉字的传入，朝鲜半岛南部的新罗学者于公元7世纪中叶，创制了用汉字之音、意，表达朝鲜语的"吏读法"；到了8世纪，日本利用汉字偏旁，结合日语发音，创造了"片假名"。后又仿汉字草体创制了"平假名"。文字的创造，是一个民族走向文明的里程碑。

隋唐时期（6—9世纪）东北亚三国的文化交往进入新的台阶。从唐贞观四年（630）至乾宁元年（894），日本前后派遣十九批"遣唐使"，每次少则百人，多达五百余人，除使臣、留学生外还有学问僧及医师、工匠。中国的文学艺术、思想宗教、政治法律、天文历法、建筑工艺，对日本社会产生广泛影响。人们不能不惊叹："日本中古的制度中，一向被认为是日本固有的，一翻开唐史，却发现有好多完全是模仿唐制的。"[②] 宋明时代（10—17世纪）包括朱子学和阳明学的理学系统和包括禅宗在内的儒、释、道三教融合，中国思想的辉煌精致，深刻地影响了朝鲜的高丽王朝和李朝，以及日本的幕府时代。日本从镰仓时代中叶接受禅与宋儒思想，到德川时代以朱子学为官学，其后又出现阳明学和朱子学的对立。也就是说，在7—17世纪的一千年间，中国"以儒治世、以道治身、以佛治心"的三教兼容的思想文化，以及教育、科举、职官、法令、文学、艺术、建筑、礼仪，在受到东

---

① 《汉书》卷二十八下《地理志》，中华书局1962年版，第1658页；《史记》卷三十八《宋微子世家》，中华书局1982年版，第1620页。

② ［日］木宫泰彦：《日中文化交流史》，商务印书馆1980年版，第163页。

亚诸国仰慕和尊重中，进行着文化的互动和创新，提升了整个东亚的文明水平，形成了人类文明史上独具光彩的"文化和合体"的"汉字文化圈"。17世纪中叶明清易代，朝鲜李朝本与关东满洲存在矛盾，而认同亡明，以保持中华文化的纯正而增加创新的独立性。日本也以保留唐风，而加强其"万世一系"的文化认证。"汉字文化圈"的凝聚力开始弱化。此后西方列强则以炮舰政策，在血迹淋漓中促使这个东亚"文化圈"自我爆裂，变得支离破碎了。

东亚的历史自此受到了粗暴的蹂躏，或数典忘祖地随意丑化，或编织神话而随意曲解。唯有树立文化良心、胸怀和信心，才能使东亚文化的和合体真实地认识自己，回到相互认同的原本。今天尤应着重关注的，就是近百余年东亚文化的艰难曲折之路，本文就是以笔者曾经从事的中国现代文学学科为中心点，来展开思考。下面分三个时段的关键点进行考察。

一　甲午战争到民国初年(1894—1916)

19世纪末20世纪初，是东亚"汉字文化圈"天崩地裂的大转折时期。1868年日本学习西方，开始了"明治维新"，政治体制全面更新，国力迅速崛起。逐渐强大起来的日本在思想文化和外交战略上，选择了"脱亚入欧"路径，在军国主义大得其势的时候，野心勃勃地想用所谓"大东亚共荣圈"取代原本的"汉字文化圈"。1894年甲午战争中，日本摧毁了清朝政府的北洋水师，并根据"马关条约"，占领中国的台湾省。十年后，又于1905年强迫朝鲜李氏王朝签订亡国的"乙巳条约"，吞并朝鲜半岛。历史出现了吊诡。东亚形势陷入对抗性的危机，扩张的野心与亡国的压力，迫使东亚各国采取不同的姿态、策略、途径，承受欺负者向施行欺负者学习，输入西学、新学，把救亡图存的意识注入思想启蒙和民族近代化进程。

地理愈接近，给人的震撼愈巨大。西方列强的炮舰虽然惊醒一批敏感的中国士大夫"睁开眼睛看世界"，但执掌核心权力的颟顸的满洲大员依然觉得是癣疥之疾，不足介怀。甲午海战，身边小国在几日之间，就使拥有35艘、约5万吨各类战舰，船舶吨位居世界海军第4位的国家重器北洋水师全军覆没，这种卧榻之旁的危机，足以震惊朝野。中国"戊戌变法"（1898）

是起因于这种民族危机对朝野的震动，由康有为联合各省 1300 余名学子"公车上书"而发动的。当时想学西方改革政、教、工、商，但更为邻近和痛切的示范，却是日本的"明治维新"。选取通过日本的途径，还有千余年中形成的"汉字文化圈"所提供的便利条件，由于中日文化、文字相近，学习日文较学习西方语言便捷易成。张之洞在 19 世纪末就发现："学西文者，效迟而用博，为少年未仕者计也；译西书者，功近而效速，为中年已仕者计也。若学东洋文，译东洋书，则速而又速者也。是故从洋师不如通洋文，译西书不如译东书。"① 到过日本并有翻译实践的梁启超，对此提供了更多的依据；"学日本语者一年可成，作日本文者半年可成，学日本文者数日小成，数月大成。余之所言者，学日本文以读日本书也。日本文汉字居十之七八，其专用假名，不用汉字者，惟脉络词及语助词等耳。其文法常以实字在句首，虚字在名末，通其例而颠倒读之。将其脉络词、语助词之通行者，标而出之，习视之而熟记之，则已可读书而无窒阂矣。余辑有《和文汉读法》一书，学者读之，直不费俄顷之脑力，而所得已无量矣。此非欺人之言，吾国人多有经验之者。然此为已通汉文之人言之耳。"②

出自这种原因，清朝于 1862 年成立京师同文馆，于甲午战争以后增设"东文馆"。梁启超在上海创立大同译书局，翻译方针为"以东文为主，而辅以西文"（《大同译书局叙例》）。自 1896 年唐宝锷等 13 人首批赴日留学开始，由于距日本较近、学习费用较低等因素，中国人赴日留学者日渐增多，至 1906 年达到高峰，是年留日学生达到 8600 人。至五四前，中国留日学生人数估计不少于 15000 人。留日学生大量出现，为从日文转译西书提供了重要的条件，因而从日文转译西方著作在 19、20 世纪之交形成热潮。此前中国已翻译过日本人的著作《琉球地理志》（1883）、《欧美各国政教日记》（1889）和《东洋史要》（1899）。曾任驻日使节的维新派人士黄遵宪，以对日本十几年的考察和研究，写成长达 50 万言的《日本国志》，于 1895 年出版，被"海内奉为瑰宝"，叹为"此奇作也，数百年鲜有为之者"。于

---

① 张之洞：《劝学篇》外篇《广译第五》，《张之洞全集》第 12 册，河北人民出版社 1998 年版，第 9745 页。

② 梁启超：《论学日本文之益》，《饮冰室合集》文集第 2 册，上海中华书局 1941 年版，第 81 页。

是大规模翻译日文书籍在 20 世纪初形成气候，波涛滚滚，数量一路攀升。据香港谭汝谦《中国译日本书综合目录》的统计和后人的补充，1896 年至 1911 年中国所译日本书在 1000 种之上，大大超过了同期所译西方诸国书籍的总和。[①] 又据顾燮光《译书经眼录》的统计：1901 年至 1904 年共出版译书 533 种，其中译日本书 321 种，占 60％；而译西方诸国的书籍依次为英国 55 种，占 10％；美国 32 种，占 6％；德国 25 种，占 4.7％；法国 15 种，占 3％；其他 81 种，占 15％。[②] 从更长远的观点看，留日学生的领先发展，不仅影响了中国近代文学，而且为五四新文学运动和 20 世纪 30 年代左翼文学运动提供了一批骨干。一百年来，中国翻译的日本文学译本达到 2000 余种。

　　翻译不仅是一种语言形式的转换，更本质的是一种文化方式的选择。政治危机深重的情境中的文学翻译，在很大程度上是一种政治选择，不可避免地带有浓重的政治功利色彩。中国翻译日本文学，是从翻译"政治小说"开始的。政治小说本是 19 世纪 70 年代日本民间争取民权和国权的浪潮中，由留学英国的学生翻译政治家的小说，并因政界人物受法国作家雨果的告诫"应该让你们的国民多读政治小说"，而于 19 世纪 80 年代在日本本土掀起写作政治小说的热潮。1898 年中国"戊戌变法"失败，梁启超坐日本大岛兵舰逃亡，借阅舰长用来消遣的《佳人奇遇》，随阅随译，并于该年底开始连载于《清议报》上。梁并在《清议报》创刊号上发表《译印政治小说序》加以鼓吹："在昔欧洲各国变更之始，其魁儒硕学，仕人志士，往往以其身之经历，及胸中所怀，政治之议论，一寄于小说。于是彼中缀学之子，黄塾之暇，手之口之，下而兵丁、而市侩、而农氓，靡不手之口之。往往每一书出，而全国之议论为之一变。彼英、美、德、法、奥、意、日本各国政界之日进，则政治小说为功最高焉。"[③] 对于日本政治小说的功能，他又作了进一步的介绍："于日本维新运动有大功者，小说亦其一端也。明治十五六年间，民权自由之声遍满国中。于是西洋小说中，言法国、罗马革命之事者，陆续译出。自是译泰西小说者日新月盛，翻译既盛，政治小说之著述亦渐

---

① 谭汝谦主编：《中国译日本书综合目录》，香港中文大学出版社 1980 年版。

② 顾燮光：《译书经眼录》，收入张静庐《中国近代出版史料二编》，中华书局 1957 年版。

③ 《清议报》第 1 册，1898 年 12 月 23 日。

起。如柴东海之《佳人奇遇》，末广铁肠之《花间莺》、《雪中梅》，藤田鸣
鹤之《文明东渐史》，矢野龙溪之《经国美谈》等。著书之人，皆一时之大
政治家。寄托书中之人物，以写自己之政见，故不得专以小说目之。而其浸
润于国民脑质，最有效力者，则《经国美谈》、《佳人奇遇》两书为最云。"①
这简直就是"政治小说救国论"了。

　　《佳人奇遇》写西班牙将军之女幽兰、爱尔兰独立运动的女志士红莲、
中国反清复明的志士鼎泰琏和日本留学生东海散士足迹遍于欧、美、亚、非
二十余国，大谈民族危亡、振兴国家的政治问题，向往美国独立建国的精
神。梁启超的这次翻译，足以作为他写作政治小说《新中国未来记》的动
因，他也是使书中的青年志士游历中国数省市和欧美各国，开口就演讲和辩
论立宪政治的。其后周宏业用章回体翻译矢野龙溪的《经国美谈》，叙述古
希腊一个叫"齐武"的小国（即底比斯）的兴亡史，宣扬改良政治、争取
国权民权的政治理想。这些政治小说的陆续推出，宣泄着晚清维新派极大的
政治热情。梁启超在《清议报一百册祝词并论报馆之责任及本报之经历》
一文中，热情洋溢地说："有政治小说《佳人奇遇》、《经国美谈》等，以稗
官之异才，写政界之大势，美人芳草，别有会心，铁血舌坛，几多健者。一
读击节，每移我情，千金国门，谁无同好？"② 政治小说传播着以"美人芳
草"方式寄托的政治理想，以及由"铁血舌坛"健者表达的豪侠气概，这
些都给当时的文化界以强烈的震撼。晚清好辩，晚清尚侠，一时风气与政治
小说趣味相投。日本讲武士道，朝鲜出安重根，中国拯危赴难的志士也不能
一味地温文尔雅了。

　　戊戌变法失败后，梁启超亡命日本，在横滨先后创办了《清议报》和
《新民丛报》，后者从第2号起，辟有小说栏，刊载了《十五小豪杰》、《新
罗马传奇》等编译作品，多是西方志士拯救国家民族的英雄传奇，开始张扬
晚清或"世纪初"的东亚风气。值得注意的是，不出九个月，梁启超又创
办专门的小说杂志《新小说》。开篇以其《论小说与群治之关系》代发刊

---

① 梁启超：《自由书·传播文明三利器》，《饮冰室合集》专集第2册，上海中华书局1941年版，第41—42页。

② 梁启超：《饮冰室合集》文集第3册，第55页。

词，高声疾呼："今日欲改良群治，必自小说界革命始；欲新民，必自新小说始"，从而将原本不登大雅之堂的小说推崇为"文学之最上乘"①。这是轩昂志士的小说谈，为此他还发表了自著政治小说《新中国未来记》，其"绪言"说："余欲著此书，五年于兹矣，顾不能成一字。况年来身兼数役，日无寸暇，更安能以余力及此？顾确信此类之书，于中国前途，大有裨助，夙夜志此不衰。既念欲俟全书卒业，始公诸世，恐更阅数年，杀青无日，不如限以报章，用自鞭策，得寸得尺，聊胜于无。《新小说》之出，其发愿专为此编也。"说得何其干脆而亟不可待。

　　《新小说》因梁启超的一篇政治小说而创刊，但它算不上专门的政治小说刊物，政治小说应是政治人物或政论之长者所作。倒是也有革命党人物接过这种"假小说言政"的文章方式，写起"政治小说"来。蔡元培《新年梦》在甲辰年（1904）正月初二至初十日连载于《俄事警闻》。小说记梦，梦在新年，希望一元复始，万象更新。小说主人公是自号"中国一民"的支那人（隐喻蔡氏之号"孑民"），他12岁只身离家，跑到工商口岸做工，又游历美、法、德国，进入德国高等工业学校，卒业后游历英吉利、意大利、瑞士等国，已是而立之年。其中的政治革命思想很是激烈，以影射手法，写一个"冒牌的管账人"（影射清政府）伪造印章，将货物盗卖给外人。众人愤而将其驱逐，废止其"老法子"，全国一心，议决国法，称心如意地办事。又打败列强海陆军，赎回租界，收复失地，"把从前叫做势力范围的统统消灭"。其中关注民族、民权、民生，甚至废除军队、法律，连人们姓名都用编号，没有君臣、父子、夫妇名目，以自然人，或无政府的状态瓦解了"三纲五常"。唯有一事，就是"立一个战胜自然会"，"把糜费在家里的力量充了公"，协力斗天，到异星球"殖民"。有意思的是，中国革命先驱者的富国强兵梦，不是为了称霸东亚、称霸全球，要讲"殖民"也是以科技造福人类，到异星球"殖民"。这是一种高尚的空想，博爱的浪漫。

　　陈天华作为革命宣传家而与邹容齐名，其政治小说《狮子吼》，于1905年初在《民报》上发表，1906年出版8回未完稿。"楔子"和开头二回，托言梦境，间杂神话，铺叙历史，以阐明"物竞天择，适者生存"的法则。

---

① 梁启超：《论小说与群治之关系》，1902年《新小说》第1号。

叙事人梦见来到一繁华都会，参加光复五十周年纪念会并在共和国图书馆中读到《光复纪事本末》，以倒叙引出后文，手法似乎仿效《石头记》，又似乎仿效《新中国未来记》。尽管笔墨芜杂，但"种族革命"、"政治革命"旨意鲜明，意在警醒东亚睡狮，振鬣怒吼，扑杀入主混沌国二百余年的"东北方野蛮人"，驱逐企图使混沌国亡国灭种的蚕食国、鲸吞国、狐媚国的豺狼虎豹。进入主要情节后，展示舟山岛上有个孙姓的民权村，始祖是明末抗清英雄，二百余年来，宛如独立国，村中有议事厅、警察局、工厂、医院、学堂等，俨然民主共和国缩影。学堂教习讲卢梭《民约论》和黄梨洲（宗羲）学问品行。学生孙念祖、狄必攘等游外洋学习政法，入内地暗结会党。连同当时留日学生、革命党人的拒俄大会，创办的《黄帝魂》、《浙江潮》等报刊，以至所谓"破迷报馆案"和《革命论》（影射即《苏报》案与邹容《革命军》）都见于行文之中。小说因陈天华感愤国事，蹈海自杀，遂成残卷。但行文挥洒热血，粗豪酣畅，"音锵锵而镗鞳"，以小说标准衡之，有思想压倒形象之嫌，却在鼓风煽火中激动人心。政治小说主打的是政治，而非文艺。

梁启超创办的《新小说》还有一项"发明"，就是在每一种小说名称前冠以类别名号。如政治小说《新中国未来记》、《回天倚谈》，历史小说《洪水祸》、《痛史》，社会小说《黄绣球》、《二十年目睹之怪现状》、《九命奇冤》，侦探小说《毒蛇圈》、《离魂病》，写情小说《电术奇谈》，科学小说《海底旅行》等。小说的门类变得丰富多彩，有助于拓宽小说的取材和思路，这也算是当时翻译日文小说和西洋小说的一个不应忽视的收获。当时人对此颇有感触，如认为"我国小说，虽列专家，然其门类太形狭隘"[①]；或认为"西洋小说分类甚细，中国则不然，仅可约举为英雄、儿女、鬼神三大派"[②]。由日文翻译和转译的文学作品，门类繁多。加上林纾翻译的欧美小说一百几十种，足以打破国人认为"欧美小说不及中土"的狭隘眼界，在晚清到民国初年那个时代，确实令人感受到"若谓梁任公文章有大电力，当谓林琴南译笔有真灵感"。然而，以政治、科学、冒险、侦探来区分小说类

---

① 《觚庵随笔》，《小说林》1907 年第 7 期。

② 《小说丛话》侠人语，《新小说》1905 年第 13 号。

型，触及的仅限于小说的题材和社会功能。也就是说，在民族危机和东亚杠杆的作用下，晚清是小说外延发展的时代，而不是内涵发展的时代。至于深入到小说内在的"人的发现"和审美神髓，就有待于五四新文学运动了。

中国文学从日本政治小说中吸取政治维新的冲动和思想，同时从朝鲜亡国的惨重教训中敲响了救亡图存的警钟。20世纪最初的十几年，中国长篇小说对朝鲜半岛的叙事主要有三个关注的焦点：（一）继续关注清朝中国与日本的战争，有《中东大战演义》（1900）、《中东和战本末纪略》（1902—1903）、《消闲演义》（1921）等；（二）关注朝鲜亡国的灾难处境和历史教训，有《朝鲜亡国演义》（1915）、《朝鲜痛史》（1915）、《日本灭高丽惨史》（1915—1916）、《绘图朝鲜亡国演义》（1920）等；（三）歌颂韩国志士安重根刺杀伊藤博文，以及其他韩国义士的壮举，有《醒世奇文英雄泪》（1910）、《爱国鸳鸯记》（1915）、《韩儿舍身记》（1915）、《亡国英雄之遗书》（1918）、《安重根外传》（1919）等。总体而言，这些作品对朝鲜的亡国处境和反抗壮举是采取同情、尊重和理解的态度。朝鲜王朝的亡国和日军帝国主义咄咄逼人的扩张，使最先觉醒的中国知识界深感民族危机迫在眉睫，留学德国的陈寅恪"惊闻千载箕子地，十年两度遭屠剖。兴亡今古郁孤怀，一放悲歌仰天吼"①，痛惜朝鲜的亡国，愤怒日本的鲸吞，抒发抑郁难遣的忧国情怀。流亡日本的梁启超也当即发表了《朝鲜亡国史略》，大声疾呼："有感于近两个月来日本在朝鲜之举动，欲详记之，以为吾国龟鉴。"②龟可卜吉凶，鉴（镜）能别美恶，其旨趣是要警醒中国人救亡图存的意识。从旅居西欧和东亚的这两位中国知识者的吟诗撰文的反应中，可以看出，民族危机已经使他们具有将东亚命运连成一体进行思考的意识了。

反映朝鲜亡国的作品在1915年出现高潮，折射着这一年的5月7日，已经掠取山东半岛权益的日本帝国向袁世凯政府发出签署"二十一条"的最后通牒，想把用条约吞并朝鲜的强盗逻辑在中国重演。《朝鲜亡国演义》等作品强烈地抨击朝鲜总理大臣李完用秘密签署日朝合并条约的为虎作伥的

---

①　陈寅恪：《庚戌柏林重九作·时闻日本合并朝鲜》，陈美延、陈流求编《陈寅恪诗集》，清华大学出版社1993年版，第1页。

②　梁启超：《朝鲜亡国史略》，《新民丛报》第53、54号，1904年9月24日、10月9日。

行为，是因为它觉察到一国覆亡的严重原因在于内部出现"蛀虫"，"总之朝鲜亡国，统那前后事实看来，一句包括，全送在卖国贼的手里。这个为了权利，捣乱一起，那个依了外势，捣乱一起，社鼠城狐，结党构祸"，"有了这榜样，后来人大可作个前车之鉴了"。它以李完用断送国家的行为作为镜子，照出来的是袁世凯签署"二十一条"的卖国者的嘴脸。

二　"五四"新文学运动时期（1917—1927）

1919 年中国"五四"运动的导火索是巴黎和会。中国在 1917 年对德国宣战，成为同盟国方面的参战国。但是在第一次世界大战结束后的巴黎和会上，中国以战胜国地位要求取消列强在中国的特权，归还山东的权利。英、法、美诸国却与日本妥协，拒绝中国的正义要求，决定把德国在山东的权益转让给日本。帝国主义列强合谋，以割中国之肉，饲日本之虎的办法，怂恿军国主义，肢解东亚。消息传来，北京各大学群情激愤，5 月 4 日三千多学生在天安门聚会，游行示威，呼吁"拒绝和约签字"，"外争国权，内惩国贼"，并把运动推向上海诸地，影响全国——史称"五四运动"。此前 3 月 1 日，朝鲜"民族自决"浪潮高涨，学生和各界人士走上街头，高呼"独立万岁"口号，惨遭日本操纵的宪兵警察的镇压，史称"三一独立运动"。朝鲜和中国先后爆发的爱国民众运动，在同声相应、同气相求中，也推动了东亚的思想文化的现代化进程。

"五四"运动充满爱国的激情，也充满文化的理性，二者是互为表里的。激情以示民族尊严的不可侮，理性以示思想启蒙的不容缓。曾有留学日本的经历的辛亥革命党人陈独秀创办的《新青年》杂志，倡导新思潮，邀请留美学生胡适发动文学革命，又集合留日学生鲁迅、周作人、钱玄同等人推进思想革命，倡导"人的文学"。1918 年 4 月 19 日周作人在北京大学文科研究所小说研究会讲演《日本近三十年小说之发达》，这份讲演稿曾经鲁迅批校。[①] 这份代表了周氏兄弟当时文学共识的讲演，一开头就以平等而尊

---

① 周作人撰、鲁迅批校《日本近三十年小说之发达》的手稿，内有鲁迅先生的许多校改文字，曾为唐弢先生藏珍。

重的态度谈论中日文化关系："我们平常对于日本文化，大抵先存一种意见，说他是'模仿'一来的。西洋也有人说，'日本文明是支那的女儿'。这话未始无因，却不尽确当。日本的文化，大约可说是'创造的模拟'。这名称似乎费解，英国人 Laurence Binyon 著的《亚细亚美术论》中有一节论日本美术的话，说得最好，可以抄来做个说明：'照一方面说，可以说日本凡事都从支那来；但照这样说，也就可说西洋各国，凡事都从犹太希腊罗马来。世界上民族，须得有极精微的创造力和感受性，才能有日本这样造就。他们的美术，就是竭力模仿支那作品的时候，也仍旧含有一种本来的情味。他们几百年来，从了支那的规律，却又能造出这许多有生气多独创的作品，就可以见他们具有特殊的本色同独一的柔性（Docility）。如有人说 Ingres 的画不过是模仿 Raphael 的，果然是浅薄的视察；现在倘说，日本的美术不过是模仿支那的，也就一样是浅薄的观察。'"① 讲演随之系统地梳理了日本明治维新以后的文学进程，其文学眼光已非专注于政治小说的梁启超所能比拟。此文发表在 1918 年 7 月《新青年》第 5 卷第 1 号，使知识界看到了"写实主义"提倡者坪内逍遥及其《小说神髓》，"人生的艺术派"二叶亭四迷及其《浮云》，"艺术的艺术派"尾崎红叶、幸田露伴的砚友社，主情的理想的文学北村透谷，自然主义文学国木田独步，"有余裕的文学"夏目漱石与"遣兴文学"森鸥外，"享乐主义文学"永井荷风、谷崎润一郎，以及白桦派的理想主义文学。在周氏兄弟眼中，日本"到了维新以后，西洋思想占了优势，文学也生了一个极大变化。明治四十五年中，差不多将欧洲文艺复兴以来的思想，逐层通过，一直到了现在，就已赶上了现代世界的思潮，在'生活的河'中，一同游泳"。眼中有文学流派，而流派出现在引进西洋潮流而生根的日本，这是"五四"文学观念的一大进步。

文学的因缘有时带点戏剧性。1918 年 5 月《新青年》第 4 卷第 5 号发表鲁迅的《狂人日记》，"小说"栏接下来的文章则是周作人的《读武者小路君〈一个青年的梦〉》，其实是介绍日本的一个多幕剧，编者不明底细就排在这里了，这不能不引起鲁迅的兴趣。五四时期翻译日本文学，以白桦派最早，鲁迅、周作人兄弟合译《现代日本小说集》收入了武者小路实笃、

---

① 周作人：《日本近三十年小说之发达》，1918 年 7 月《新青年》第 5 卷第 1 号。

有岛武郎、志贺直哉等白桦派作家为主的 15 家 30 篇小说。白桦派是 1910 年左右因自然主义文学运动逐渐衰落，从而代之而起的文学派别。代表作家武者小路实笃、志贺直哉、有岛武郎，创办了《白桦》杂志。日本近代文学上一般称之为"人道主义文学"，实质上遵循的是以自我为中心，追求个性解放的文学旨趣。武者小路倾倒于托尔斯泰，倡导新村主义，偏于空想的理想主义。曾有言曰："一减一是零。人生减爱会剩下什么？土地减去水分便简直像沙漠一般。"五四时期有人赠鲁迅一联，"魏晋文章，托尼思想"，其中的托尔斯泰思想，大半与日本白桦派有关。1914 年武者小路创作以反战为主题的剧本《一个青年的梦》。

鲁迅读完此剧，自称"很受些感动：觉得思想很透彻，信心很强固，声音也很真"。这部八万余字的四幕剧写一个青年梦中听战死者亡灵的哭诉和反战演讲，又观看象征列强的"俄大"、"英大"、"法大"、"德大"、"奥大"、"日大"登台鼓吹战争，"和平女神"又发表和平反战的演讲。从艺术上看，剧本是直露、天真而幼稚的。但鲁迅译完后反而得出"这剧本也很可以医许多中国旧思想的痼疾"的深刻见解，将之引向"国民性解剖"："全剧的宗旨，自序已经表明，是在反对战争，不必译者再说了。但我虑到几位读者，或以为日本是好战的国度，那国民才该熟读这书，中国又何须有此呢？我的私见，却很不然：中国人自己诚然不善于战争，却并没有诅咒战争；自己诚然不愿出战，却并未同情于不愿出战的他人；虽然想到自己，却并没有想到他人的自己。譬如现在论及日本并吞朝鲜的事，每每有'朝鲜本我藩属'这一类话，只要听这口气，也足够教人害怕了。"① 鲁迅批判的是在国内战争与邻国关系上国民心理的卑怯、麻木和虚妄自大的积弊。若要探讨"东亚意识"，反战是一个急迫的主题，同时在知彼知己的基础上，首先要反省自己，建立一个开放、刚健、负责任而有作为的自己。这就是鲁迅式的思路。

鲁迅提倡"拿来主义"，其心胸是开放的。值得注意的是，从"五四"到 20 世纪 30 年代，日本文学理论的翻译出现热潮，所译 270 余种日文作品

---

① 鲁迅：《一个青年的梦·译者序》及《译者序二》，《鲁迅全集》第十卷，人民文学出版社 1981 年版，第 192—196 页。

中，文论方面占 110 余种。其中影响最大的当是鲁迅对 1923 年关东大地震中遇难的日本京都第三高等学校教授厨川白村（1880—1923）遗稿《苦闷的象征》的翻译。鲁迅如此介绍此书："至于主旨，也极分明，用作者自己的话来说，就是'生命力受了压抑而生的苦闷懊恼乃是文艺的根柢，而其表现法乃是广义的象征主义'。但是'所谓象征主义者，决非单是前世纪末法兰西诗坛的一派所曾经标榜的主义，凡有一切文艺，古往今来，是无不在这样的意义上，用着象征主义的表现法的'。作者据伯格森一流的哲学，以进行不息的生命力为人类生活的根本，又从弗罗特一流的科学，寻出生命力的根柢来，即用以解释文艺——尤其是文学。然与旧说又小有不同，伯格森以未来为不可测，作者则以诗人为先知，弗罗特归生命力的根柢于性欲，作者则云即其力的突进和跳跃。这在目下同类的群书中，殆可以说，既异于科学家似的专断和哲学家似的玄虚，而且也并无一般文学论者的繁碎。作者自己就很有独创力的，于是此书也就成为一种创作，而对于文艺，即多有独到的见地和深切的会心。非有天马行空似的大精神即无大艺术的产生。但中国现在的精神又何其萎靡锢蔽呢？"[①] 厨川的文学观，究心于弗洛伊德学说，关注着文学与性、潜意识的关系。其文学批评既追逐欧美文学的新潮，又固执于日本伦理观念的现实，又兼因重病割去一足，性情是极热烈的，尝以为"若药弗瞑眩厥疾弗瘳"，因而矛盾纠结，铸成厨川氏内心苦闷的根源。

鲁迅译本，成为 20 世纪 20 年代最有影响的文学理论译本。促成广泛影响的，不仅在于鲁迅 1924 年 10 月将此书译文连载于《晨报副镌》，1924 年 12 月又由北京未名社作为"未名丛刊"之一出版了初版本（实际初版时间为 1925 年 3 月），而且在于鲁迅把它作为在北京大学、北平女子师范大学讲授文艺学的教材，推动了 20 世纪 20 年代中后期的"厨川热"。在"厨川热"中，厨川的主要著作如《近代文学十讲》、《出了象牙之塔》、《欧洲文学评论》、《文艺思潮论》、《欧洲文艺思想史》等，几乎全被译为中文。就以《苦闷的象征》而言，丰子恺 1925 年由商务印书馆出版译本。鲁迅说："我翻译的时候，听得丰子恺先生亦有译本，现则闻已付印，为'文学研究会丛书'之一……现在我所译的也已经付印，中国就有两种全译本了。"回

---

① 鲁迅：《苦闷的象征·引言》，《鲁迅全集》第十卷，第 232 页。

忆鲁迅当年的讲课情况，许钦文说："鲁迅先生在北京大学讲完了《中国小说史略》，就拿《苦闷的象征》来作讲义；一面翻译，一面讲授，选修的人很多，旁听的人更多；长长的大讲堂，经常挤得满满的，这在当时固然是难得的关于文学理论的功课，而且鲁迅先生，同讲《中国小说史略》一样，并非只是呆板解释文本，多方的带便说明写作的方法，也随时流露出些作小说的经验谈。"① 荆有麟又说："曾忆有一次，在北大讲《苦闷的象征》时，书中举了一个阿那托尔法郎斯所作的《泰绮思》的例，先生便将《泰绮思》的故事人物先叙述出来，然后再给以公正的批判，而后再回到讲义上举例的原因，时间虽然长些，而听的人，却像入了魔一般。"②

　　追踪着这些回忆，重现鲁迅当年讲课的风采，我们不妨看一看鲁迅晚年是怎样谈论《泰绮思》的：

　　　　文豪，究竟是有真实本领的，法郎士（Anatole France，1844—1924）做过一本《泰绮思》，中国已有两种译本了，其中就透露着这样的消息。他说有一个高僧在沙漠中修行，忽然想到亚历山大府的名妓泰绮思，是一个贻害世道人心的人物，他要感化她出家，救她本身，救被惑的青年们，也给自己积无量功德。事情还算顺手，泰绮思竟出家了，他恨恨地毁坏了她在俗时候的衣饰。但是，奇怪得很，这位高僧回到自己的独房里继续修行时，却再也静不下来了，见妖怪，见裸体的女人，他急遁，远行，然而仍然没有效。他自己是知道因为其实爱上了泰绮思，所以神魂颠倒了的，但一群愚民，却还是硬要当他圣僧，到处跟着他祈求，礼拜，拜得他"哑子吃黄连"——有苦说不出。他终于决计自白，跑回泰绮思那里去，叫道"我爱你！"然而泰绮思这时已经离死期不远，自说看见了天国，不久就断气了。③

　　据鲁迅的分析，《泰绮思》的构思运用了弗洛伊德（S. Freud）精神分

---

① 许钦文：《学习鲁迅先生》，上海文艺出版社1959年版，第68页。
② 荆有麟：《鲁迅先生教书时》，《鲁迅回忆》，上海杂志公司1947年版，第33—34页。
③ 鲁迅：《"京派"与"海派"》，《鲁迅全集》第六卷，第304页。

析的学说，正是弗洛伊德学说为厨川白村的"苦闷的象征"的文学本质论，提供了深层心理学的理想基础。鲁迅既可以从武者小路接纳托尔斯泰的人道主义，又可以从厨川白村接受弗洛伊德的深层心理分析，这就是鲁迅文化心胸的开放性和包容性。把"苦闷的象征"视同文学的本质，是 20 世纪 20 年代一股重要的学术流脉，尤其在那些留日学生和听过鲁迅讲课的青年学人身上。当时学子颇有点言必称"苦闷"之概。早在此书译为中文之前，郭沫若就在 1922 年《时事新报·学灯》上宣布："我郭沫若信奉的文学定义是'文学是苦闷的象征'。" 1923 年他又在《创造周报》上撰文表示："文艺本是苦闷的象征。无论是反射的或创造的，都是血与泪的文学，个人的苦闷，社会的苦闷，全人类的苦闷，都是血泪的源泉。"① 1926 年他又对有自传色彩的爱情诗集《瓶》作告白："《瓶》可以用'苦闷的象征'来解释。"② 郁达夫《文学概论》认为："象征是表现的材料，不纯粹便得不到纯粹的表现。这一种象征选择的苦闷，就是艺术家的苦闷。我们平常听说的艺术家的特性，大约也不外乎此了。"③ 更应提到的是，这种思想渗透到 20 世纪 20—30 年代的大学教育，当时编写的多种《文学概论》之类的书，在谈到文学的本质或起源时，都与"苦闷的象征"相联系。比如曾留学日本的田汉，或鲁迅的学生许钦文所写的《文学概论》，都在传播厨川白村的这个思想。当时东亚文化思潮的交流，心灵渠道不可谓不畅通。

然而，五四毕竟不同于晚清，这代文学者已经超越了晚清维新派关于民族与文学的思路。由于东亚各国的民族生存处境不同，五四文学者采取了双向的思路，一方面在思想上通过日本，吸收西方现代理论的成果；另一方面通过真实的或想象的"朝鲜故事"，从半岛的三千里江山中吸取民族血性的真诚。这是在东亚政治地图被暴力撕裂的情境中，以历史理性和民族大义的双重性，开拓出来的合理性思路。一些充满激情的作家的作品，如郭沫若的《牧羊哀话》、蒋光慈的《鸭绿江上》，莫不如此。郭沫若写于 1919 年二三

---

① 郭沫若：《暗无天日之世界》，《创造周报》第 7 号（1923 年 6 月）。

② 郁达夫：《〈瓶〉附记》转述，《郁达夫文集》第 5 卷，花城出版社、三联书店香港分店 1982 年版，第 237 页。

③ 郁达夫：《文学概论》，《郁达夫文集》第 5 卷，第 67 页。

月之间的小说《牧羊哀话》，描写朝鲜亡国之后，贵族子爵闵崇华不愿附逆，带领全家隐居金刚山麓，女儿闵佩荑与佣人之子尹子英因青梅竹马而相爱，子英的父亲和闵崇华后妻勾结日本人，企图杀害闵崇华邀功请赏，子英为救闵崇华，被自己的父亲所误杀。家破人亡的少女闵佩荑从此牧羊于群山之间，挥着鞭儿唱着忧伤的望郎归恋歌。小说开头展开了一个壮阔的东亚朝鲜半岛世界："金刚山万二千峰的山灵，早把我的魂魄，从海天万里之外，摄引到朝鲜来了。我到了朝鲜之后，住在这金刚山下一个小小的村落里面，村名叫做仙苍里。村上只有十来户人家，都是面海背山，半新不旧的茅屋。家家前面，有的是蒺藜围墙；更有花木桑松，时从墙头露见。村南村北，沿海一带，都是松林，只这村之近旁，有数亩农田，几园桑柘。菜花麦秀，把那农田数亩，早铺成金碧迷离。那东南边松树林中，有道小川，名叫赤壁江，汇集万二千峰的溪流，暮暮朝朝，带着哀怨的声音，被那狂暴的日本海潮吞吸而去。"在象征与写实的诗的语言中，喷射着诗的激情。

　　这篇作品的背景据郭沫若的外孙女、日本国士馆大学藤田梨那的考证，是 1918 年底至 1919 年初，朝鲜李太王的三子、英亲王李垠，被日本天皇敕许与日本皇族梨木宫方子结婚。按照当时朝鲜习俗，被订婚的女子如被解除婚约，一生不能结婚，而且兄弟姐妹也都被闭婚（不允许结婚），从而造成李垠少小无猜的订婚情侣闵甲完家破人亡，父亲和祖母痛急而死，她则流亡上海。[①] 在背景与虚构故事之间，英亲王李垠变成尹子英，闵甲完变成闵佩荑，也就是说真实人物在小说中，男方留其封爵（"英"），女方留其姓氏（"闵"），主人公的命运是男被日本或亲日势力夺去生命，女则悲苦流浪，或牧羊荒山，呈现了把人间爱情悲剧与国家沦亡进行连接的文学认知思路。郭沫若在《创造十年》中明确提及他的创作意图："转瞬便是一九一九年了。绵延了五年的世界大战告了终结，从正月起，巴黎正开着分赃的和平会议。因而'山东问题'又闹得尘嚣甚起起来。我的第二篇创作《牧羊哀话》便是在这个时候产生的。我只利用了我在一九一四年的除夕由北京乘京奉铁路渡日本时，途中经过朝鲜的一段经验，便借朝鲜为舞台，把排日的感情移

---

①　［日］藤田梨那：《关于郭沫若〈牧羊哀话〉的背景及创作意图之考察梗概》，《郭沫若学刊》2003 年第 1 期。

到了朝鲜人的心里。"① 1919 年巴黎和平会议所争执的"山东问题"的分赃
行为，是五四运动的触媒。郭沫若把握这个触媒，"借朝鲜为舞台，把排日
的感情移到朝鲜人的心里"写成这篇小说，是与五四运动相呼应的。借他人
之杯酒，浇自己之块垒，《牧羊哀话》与其说是在为亡国的朝鲜而哀，毋宁
说是为被帝国主义瓜分而面临亡国危险的祖国而哀，但在哀彼与哀己之间，
已经在东亚土地上寻找着患难与共的民族。"牧羊姑娘"成为郭沫若民族忧
患意识的意象表达，"借离合之情，写兴亡之感"。有意思的是，"牧羊"意
象的选择，也非朝鲜风物，传统朝鲜农牧生活并不养绵羊，由此可见心有块
垒欲借物象以抒之意图所向。1922 年 12 月 24 日郭沫若在小说后面作"附
志"说："这篇小说是 1918 年二三月间做的，在那年的《新中国》杂志第
七期上发表过。概念的描写，科白式的对话，随处都是；如今隔了五年来
看，当然是不能满足的。所幸其中的情节，还有令人难于割舍的地方，我把
字句标点的错落处加了一番改正之外，全盘面目一律仍旧，把她收在这
里——怪可怜的女孩儿哟，你久沦落风尘了。"《牧羊哀话》开创了新小说
写异域生活的先河，以浪漫抒情小说的形式，揭起鲜明的反帝旗帜，感兴起
于朝鲜半岛，写作成于日本列岛，发表见于中国报刊，成为东亚土地上民族
忧患和历史大义混同爆发的一个风标。

三　从革命文学到左翼文学时期(1928—1937)

中国现代文学以 1928 年作为分期的界线，实在有着足够的理由，因为
自此以后中国各种政治文化力量已在重新组合。由国共合作的大革命破裂，
国民党以"清党"名义大量清洗和杀戮左派人士，一批左派文学家从前线
撤出，到上海提倡革命文学。创造社在郭沫若、成仿吾等元老的带动下转换
方向，主张"无产阶级文学"；又有李初梨、冯乃超、朱镜我、彭康等留学
日本的少壮派，携带着他们在异国学到的马克思主义知识，主张创造社"断
然转换方向，改变立场，提倡无产阶级文学"，想通过批判鲁迅、茅盾、叶
圣陶、郁达夫等一代五四作家来打开新的文化局面。应该说，在东亚土地

---

① 郭沫若：《创造十年》，《沫若文集》第 7 卷，人民文学出版社 1958 年版，第 54 页。

上，日本文化思潮成了中国现代文学一步步地走向"左"倾的多节助推器。同时，从苏联归来的革命诗人蒋光慈和从战场退下来的钱杏邨、孟超、洪灵菲、戴平万等人，于1927年秋成立太阳社，提出文学"表现无产阶级的意识"的诉求。1929年前后，蒋光慈、楼适夷、冯宪章、任钧等人游历或留学日本，组织太阳社东京支部。由于国共合作破裂后中苏断交，以及上面所述人员流动的地理因缘，1928年中国革命文学的思想资源，在很大程度上直接来自日本，连苏联的文学政策和文学信息也往往是由日本中转过来的。1928年，郭沫若在《桌子的跳舞》一文中谈及中国新文坛的时候不无自豪地说："中国文坛大半是日本留学生建筑成的。"后期创造社的一位成员则坦言："中国的普罗艺术运动，与日本实有不可分离的关系。"①

留苏学生多从政，留日学生倾向于从文。俄国十月革命爆发不久，其影响逐渐传播到日本。留日学生是以日本为中介，接触苏俄思潮的。1921年10月日本左翼文学杂志《播种人》创刊，开始主张"第四阶级的文艺"。1924年，革命文学杂志《文艺战线》创刊，翌年成立"日本普罗列塔利亚文艺联盟"。左翼文学组织数经分裂重组，到1928年，集结成"全日本无产者艺术联盟"（简称"NAPE/纳普"），创刊《战旗》杂志。同年12月，纳普将原设于内部的文学、戏剧、美术等专门部门分出，成为日本左翼作家同盟、日本剧场同盟、日本美术家同盟、日本音乐家同盟、日本电影同盟五个独立团体，联盟改组为"全日本无产阶级艺术团体协议会"。"日本左翼作家同盟"于1929年2月召开创立大会，选出藤森成吉担任第一任委员长，藏原惟人、林房雄、中野重治等人担任常任委员。此时，日本劳工运动高涨，促使民众艺术论、民众诗派和劳工文学的产生，出现了两个文学旗手：写《蟹工船》的小林多喜二，写《没有太阳的街》的德永直。中国普罗文学无论思潮形态，干部来源，甚而组织形式，都受到日本纳普的影响。1934年"纳普"解散，至1937年7月"卢沟桥事变"，日本文学进入"战争与法西斯主义"统制时期。纳普存在其间，其主张摆动于文化主义和政治主义之间，于1931年前后达到顶点时，进一步强调"政治首位性"，推行"艺术运动的左翼过激派方针"。这些与中国左翼思潮都有内在的关联。

---

① 沈起予：《日本的普罗列塔利亚艺术怎么经过它的运动过程》，《日出旬刊》1928年第3—5期。

中国文学本来就有深厚的载道传统。受日本左翼文学的过激方针的刺激，晚清政治小说的文学认知维度，转换了一种形态重现于革命作家的意识形态之中。梁启超对政治小说作过这样的界定："政治小说者，著者欲借以吐露其所怀抱之政治思想也。其立论皆以中国为主，事实全由于幻想。"①在借小说"以吐露其所怀抱之政治思想"的维度中，普罗文学将国族想象转换为阶级想象。从苏俄归国的蒋光慈早期诗集《新梦》，收有"染着十月革命的赤色"的诗四十一首，率先介入阶级想象，他宣告："我愿勉力为东亚革命的歌者！"认为"革命文学是要认识现代的生活，而指示出一条改造社会的新路径"②。值得注意的是，蒋光慈将其强烈的阶级意识灌注到东亚意识之中，写成小说《鸭绿江上》。在莫斯科留学生宿舍的围炉夜话中，高丽贵族后裔的同学李孟汉，讲了他与也是贵族后裔的金云姑在亡国时的恋爱悲剧。金李二族在高丽是有名的贵族，自从日本将高丽吞并后，两家退隐于鸭绿江畔。江畔海滨也就常见孟汉、云姑两小无猜的快乐身影。二人感情日深之后，孟汉父母被日本当局迫害致死，孟汉为金家收留。但日本当局要斩草除根，迫使孟汉连夜逃难，漂泊异邦。云姑成长为高丽社会主义青年同盟妇女部书记，在一次工人集会上被捕，她在审判的法堂上，痛骂日本人的蛮暴，扬言自由高丽终有实现之日，终至屈死在监狱里。值得注意的是，蒋光慈并不一般地写朝鲜下层民众的反抗，而是超越"唯成分论"，叙写朝鲜李、金两个贵族巨姓子弟的爱情、流亡和牺牲，从而将政治斗争与民族命运关联起来。行文充满激情，让孟汉沉痛陈言："我们高丽自从被日本侵吞之后，高丽的人民，唉！可怜啊！终日在水深火热之中，终日在日本人几千斤重的压迫之下过生活。什么罪过不罪过，只要你不甘屈服，只要你不恭顺日本人，就是大罪过，就是要被杀头收监的。日本人视一条高丽人的性命好像是一只鸡的性命，要杀便杀，有罪过或无罪过是不问的。""我现在是一个亡命客，祖国我是不能回去的——倘若我回去被日本人捉住了，我的命是保不稳的。哎哟！我的好朋友！高丽若不独立，若不从日本帝国主义者的压迫下解放出来，我是永远无回高丽的希望的。我真想回去看一看

---

① 梁启超：《中国唯一之文学报〈新小说〉》，《新民丛报》1902 年第 14 号。
② 蒋光慈：《关于革命文学》，《太阳月刊》1928 年 2 月号。

我爱人的墓草，伏着她的墓哭一哭我心中的悲哀，并探望探望我祖国的可怜的，受苦的同胞；瞻览瞻览我那美丽的家园；但是我呀，我可不能够，我不能够！……"虽然文笔比较直露，激情澎湃，一泻无余，但这是东亚土地沉痛的呻吟。

1928 年从日本归国的那批革命青年，与蒋光慈略有区别，他们带回的不是诗歌小说，而是锋芒毕露的理论武器。李初梨成了运用新的理论武器的先锋派人物，他宣称无产阶级已成为中国革命的"支配阶级"，因此"革命文学，不要谁的主张，更不是谁的独断，由历史的内在的发展——连络，它应当而且必然是无产阶级文学"。它是"以无产阶级的阶级意识，产生出来的一种斗争的文学"，是机关枪、迫击炮，要"由艺术的武器，到武器的艺术"，"为完成他主体阶级的历史的使命"服务。① 政治意识形态成了他们解释文学的主要的甚至唯一的维度，战斗的火气非常猛烈。他们认为："革命文艺要成为无产阶级底文艺，也断不是因为描写了工农，为工农诉苦；就是因为它所反映的意识形态，是促进农工的解放为工农谋利益的意识形态。这种形态使群众一天天地明了统治阶级底罪恶，一天天组织化，革命化。"② 郭沫若为此发明了"留声机器"的说法，认为作家要充当意识形态的"留声机器"，推许"当一个留声机器——这是文艺青年们的最好的信条"。③ 他要求青年当一个"战取辩证法的唯物论"的"留声机器"，并且解释："我的'当一个留声机器'也正是'反映阶级的实践的意欲'。"④ 所谓"武器的艺术"，所谓"反映意识形态"，又所谓"反映阶级的实践的意欲"，这种在一衣带水的东亚邻国间直接转运的理论条条，在 20 世纪 20 年代后期迅速地点燃了中国文学的政治火气。

普罗作家强调文学对革命实践的直接的能动作用，因此，美国辛克莱的名言"文学是宣传"，被后期创造社、太阳社作家奉为至宝。辛克莱在《拜金艺术（艺术之经济学的研究）》一书中曾说："一切的艺术是宣传。"其中

---

① 李初梨：《怎样地建设革命文学》，1928 年 2 月《文化批判》第 2 号。

② 克兴：《小资产阶级文艺理论之谬误——评茅盾君底〈从牯岭到东京〉》，《创造月刊》1928 年第 2 卷第 5 期。

③ 麦克昂：《英雄树》，《创造月刊》1928 年第 1 卷第 8 期。

④ 麦克昂：《留声机器的回音》，1928 年 3 月《文化批判》第 3 号。

的相关部分被从日本归来的冯乃超译出，刊于 1928 年 2 月《文化批判》第2 号，并将这句话用大号字标出。外来的理论就是金科玉律吗？鲁迅对此持有异议，他在《文艺与革命》的通信中，首先提出一个"文学尺度"的命题："就耳目所及，只觉得各专家所用的尺度非常多，有英国美国尺，有德国尺，有俄国尺，有日本尺，自然又有中国尺，或者兼用各种尺。"这就要求人们在五花八门的"尺度"面前，采取科学的分析的态度，尊重文学自身的规律。鲁迅进一步说："美国的辛克来儿说：一切文艺是宣传。我们的革命的文学者曾经当作宝贝，用大字印出过；而严肃的批评家又说他是'浅薄的社会主义者'。……我以为当先求内容的充实和技巧的上达，不必忙于挂招牌。……一切文艺固是宣传，而一切宣传却并非全是文艺，这正如一切花皆有色（我将白也算作色），而凡颜色未必都是花一样。革命之所以于口号，标语，布告，电报，教科书……之外，要用文艺者，就因为它是文艺。"① 在红红火火的文学政治化热潮中，鲁迅的脑袋没有发热，不做在"宣传"之外又加了一个"留声机器"的火上添油的事情，而是将外来的命题加以转移，思辨文学与宣传的辩证关系，返回文学本质自身。20 世纪 20年代东亚跨国文化传播中有一个鲁迅，无疑增加了一个有思想深度的头脑。布鲁姆曾说过："早在阿奎那的经院拉丁文时代，'影响'（influence）这个词就带上了'具有凌驾他人的力量'的意义。"② 文学并不拒绝"影响"，但它要大有作为，就要超越"影响"，解除那种异在的"凌驾他人的力量"，在人生经历和生命感觉上还原自由创造的心灵空间，才可能产生杰出的作品来。在地缘相近的东亚诸国，要产生自己的杰作，更非相互搬用概念所能奏效。

鲁迅写小说时的文化接受机制是复合型的，或综合性的。他在五四时期既借鉴了俄国的果戈理、安特莱夫的作品，又熟知日本近代文学的流派和作家作品，但他并非亦步亦趋，照猫画虎，而是调动强有力的文化消化机制，将如此丰富复杂的外来因素，融合在自己对中国社会的深刻观察和对中国古代文史和小说的深厚修养之中。比如著名的《阿 Q 正传》那种盘盘曲曲、

① 鲁迅：《文艺与革命》，1928 年 4 月《语丝》周刊第 4 卷第 16 期。
② 布鲁姆：《影响的焦虑》，徐文博译，生活·读书·新知三联书店 1989 年版，第 27 页。

夹叙夹议的"蘑菇术"行文方式，除了得力于他对中国国民性研究深透和对文史杂学、稗官小说根底深厚之外，又何尝不与他深有领悟的俄国果戈理"含泪的笑"，日本夏目漱石机智洒脱的"低徊趣味"或"有余裕的文学"，"心有灵犀一点通"？鲁迅的"东亚学"，是经过深度消化吸收的"东亚学"。1921年鲁迅翻译了芥川龙之介的两篇小说：《鼻子》写古代一位和尚鼻子长得畸形，总受嘲笑，得到中国秘方搓揉缩短后，反被人看不惯，嘲笑更甚，终至治疗恢复长鼻子，才算如释重负。《罗生门》写一个被解雇的仆人在罗生门避雨，看见一位老妇在城墙上拔死尸头发，做假发出售，不听他的制止，反说"不这么干，就要饿死"。那仆人就抢劫老妇衣物，当起强盗来了。鲁迅评点这两篇小说，认为前者"内道场供奉禅智和尚的长鼻子，是日本的旧传说，作者只是给他换上了新装。篇中的谐味，虽不免有才气太露的地方，但和中国的所谓滑稽小说比较起来，也就十分雅淡了"①。对于后者则认为，"这一篇历史的小说（并不是历史小说），也算他的佳作，取古代的事实，注进新的生命去，便与现代人生出干系来"②。这是鲁迅对"芥川意义"的独特发现，估计芥川本人说不出，别人也说不出。这才是深有领悟，这才是"心有灵犀一点通"。芥川的作品一反日本"白桦派"自我肯定的乐天倾向，而从极端的怀疑主义出发，对"人性的自私"做出悲观的回答；有时又以谐谑手法，对现实报以冷笑与嘲弄。鲁迅从这种怀疑与嘲弄中，发现独特的意义，从而启动了从1922年开始写《故事新编》系列小说的心理契机。《故事新编·序言》说："其中也还是速写居多，不足称为'文学概论'之所谓小说。叙事有时也有一点旧书上的根据，有时却不过信口开河。而且因为自己的对于古人，不及对于今人的诚敬，所以仍不免时有油滑之处；不过并没有将古人写得更死，却也许暂时还有存在的余地的罢。"③ 这里所谓"不足称为'文学概论'之所谓小说"，就是不按西洋的、或日本从西洋贩运来的文学规则出牌，他称芥川的作品"并不是历史小说"，而是"历史的小说"，也是这个意思。所谓"油滑"，难道不可以看做

---

① 鲁迅：《〈鼻子〉译者附记》，《鲁迅全集》第十卷，第226页。
② 鲁迅：《〈罗生门〉译者附记》，《鲁迅全集》第十卷，第227页。
③ 鲁迅：《故事新编·序言》，《鲁迅全集》第二卷，人民文学出版社1981年版，第342页。

是鲁迅在古今杂糅的辛辣处，掺入一点芥川不同于滑稽小说的谐味；所谓"并没有把古人写得更死"，难道不可以联想到芥川"取古代的事实，注进新的生命去，便与现代人生出干系来"吗？

　　之所以在谈 1928 年热气腾腾的文学转向之时，重提鲁迅在五四时期的创作和日本文学翻译，就是因为那些以为只有他们才算"抓住时代"的左倾批评家，操着一种半生不熟的理论武器冲锋陷阵，其勇气固然可嘉，但不察中国国情和文学自身规律，在讨伐鲁迅等一批五四资深作家的时候，迫不及待地宣布"阿 Q 时代早已死去"，连同"《阿 Q 正传》的技巧也已死去"了。这种只有死去才能新生，而排斥并存融合创造式的新生的"文化批判"，使深知文学奥秘的鲁迅在小说创作上，发出了"写新的不能，写旧的又不愿"的长叹，这是值得我们深刻反思的。自此以后，鲁迅开始从日文译本中转译苏俄文艺理论、政策和文学作品，如卢那察尔斯基的《艺术论》，是从升曙梦的日译本转译；普列汉诺夫的《艺术论》，是从外村史郎的日译本转译；法捷耶夫的长篇小说《毁灭》，是由藏原惟人的日译本转译；连果戈理的长篇小说《死魂灵》，也是参考日译本。尤其是文艺理论的翻译涉及鲁迅思想的演变，他说："我有一件事要感谢创造社的，是他们'挤'我看了几种科学底文艺论，明白了先前的文学史家们说了一大堆，还是纠缠不清的疑问。并且因此译了一本蒲力汗诺夫的《艺术论》，以救正我——还因我而及于别人——的只信进化论的偏颇。"[1] 鲁迅不是说进化论不能信，而只是说"只信"进化论为偏颇，进而他又增加了科学的文艺论的新维度。同时他把翻译苏联的《文艺政策》（据外村史郎和藏原惟人辑译的日文本转译）等书，比喻为希腊神话中普罗米修斯（Prometheus）窃火给人间，"但我从别国里窃得火来，本意却在煮自己的肉"[2]。这种"煮自己的肉"，与《野草》中的"抉心自食，欲知其味"思路相通，都是通过"自我文化批判"，来清理和提升自己的文化思想。这与日本归来的革命青年打着手电筒，专照别人的"文化批判"，是处在不同的思想方法层面的。鲁迅的文艺学翻译有自身的特点，他不是直接转运日本从苏联那里转运来的理论，甘于当个

---

① 鲁迅：《三闲集·序言》，《鲁迅全集》第四卷，第 6 页。
② 鲁迅：《"硬译"与"文学的阶级性"》，《鲁迅全集》第四卷，第 209 页。

二手贩子；而是尽可能地接近理论原著，选取他信得过的日本理论家翻译的苏联著作，来进行翻译，然后又敢于和自己原本的思想进行对质，这种作风，就形成了鲁迅以译除蔽的翻译文化特征。

相比较而言，当时的革命文学家更多取法的是经过日本左翼理论家衍绎的"无产阶级文艺理论"，他们过分相信日本左翼理论家的言说符合苏俄原意。其实，苏联衍绎马克思，日本衍绎苏联，是否能够准确地尽其精髓，或者又在哪些地方变形走样，是需要加以辨析和论证的。但是，当时革命青年都来不及认真辨析，也缺乏深入辨析的能力，就挥舞起"武器的艺术"的棍棒了。这是追风赶潮的中国理论家某类人物的通病，至今病根未除。比如曾经留学日本的创造社成员方光焘翻译平林初之辅的《文学之社会学的研究》，传播的就是文学运动是阶级斗争的一个组成部分，无产阶级文学应该是无产阶级斗争的武器和工具。这种武器和工具论，对后来的中国革命文艺理论就产生过非常深刻的影响。青野季吉曾写过《自然成长和目的意识》的文章，把无产阶级文学区分为"自然成长"和强调"目的意识"的两个发展阶段。李初梨也以类似的题目，写了《自然生长性与目的意识性》的论文，强调"目的意识性"是辨别无产阶级文学与非无产阶级文学的标准。甚至与辛克莱的观点结合起来加以引申，认为"一切的文学，都是宣传。普遍地，而且不可逃避地宣传；有时无意识地，然而常时故意地是宣传。"[1] 这里用来一连串"一切"、"都是"、"普遍"、"不可逃避"一类绝对化的词语，斩钉截铁，似乎很有力度，实际上却将自己推入了毫无回旋余地的陷阱。

翻译是一种文化，借鉴也是一种文化。无论多么著名的外国理论家，都不能只有崇拜，只有追随，而没有分析，不讲超越。借鉴，应该被看做是一种文化对话的方式，首先自己需要站稳脚跟，其次要运用理性进行分析和选择。假若在进行文化对话之时，只觉得"如雷贯耳"，那么你的耳朵就离失聪的危险不远了。日本左翼文学理论家中，最为中国革命文学者熟知者，莫过于藏原惟人。藏原惟人 1925 年作为《都新闻》特派员留学苏联。次年回国，加入日本无产阶级文艺联盟。1928 年参加全日本无产者艺术联盟（纳

---

[1]　李初梨：《怎样地建设革命文学》，1928 年 2 月《文化批判》第 2 号。

普）。1929 年加入日本共产党，后任日本共产党中央委员、文化部长等职。
著有《现代日本文学和无产阶级》、《无产阶级艺术运动的新阶段》、《走向
无产阶级现实主义的道路》等书。蒋光慈 1929 年游历日本，与之交往频繁，
共同探讨"普罗文艺"。在日本左翼文艺理论中，藏原的著作不仅被译成中
文的最多，而且被鲁迅、冯雪峰、周扬、夏衍等左翼文学家多次引用。

就是这样一个人物，鲁迅称"藏原惟人是从俄文直接译过许多文艺理论
和小说的，于我个人就极有裨益"，但也没有放松对他的分析与选择。在不
同的场合上，他既谈论蒋光慈与藏原惟人交谈翻译①，又嘲讽"钱杏邨近来
又只在《拓荒者》上，搀着藏原惟人，一段一段的，在和茅盾扭结"②。这
指的是钱杏邨在 1930 年《拓荒者》第 1 期上发表的论文《中国新兴文学中
的几个具体问题》，反复引用藏原惟人的《再论普罗列塔利亚写实主义》、
《普罗列塔利亚艺术的内容与形式》等文，用以批评茅盾的《从牯岭到东
京》及其小说创作。但是，这里存在着生吞活剥地套用外来理论的做法，把
藏原惟人的"无产阶级现实主义"、"唯物辩证法的创作方法"这类似是而
非的文学观念也搬进来了。后期创造社的理论家还撷藏原惟人的话语，取对
文学与政治、文学与阶级、作家的世界观与创作等一系列问题作出解释，要
求作家"努力获得（无产）阶级意识"，"把握着唯物的辩证法的方法，明
白历史的必然的进展"，"克服自己的小资产阶级的根性"，作家的创作"要
以农工大众为我们的对象"③。这些文学命题的过度政治化解读，都在日后
的文学理论中打上深刻的烙印。同在东亚，但日本与中国的文学发展进程不
同。早期的幼稚生硬的纳普理论，在日本文学界未占主流，其后日本文学思
想又经过一浪接一浪的蜕变，许多沉积受到荡涤。中国左翼文学理论成为
正宗之后，长期缺乏认真而深刻的对来自苏联拉普、日本纳普理论的清
理，导致曾经对生命不无作用的"文化胆固醇"沉积过厚，就可能引发血
管硬化的一系列并发症了。这是我们在东亚文化互渗效应中，尚未完成的
补课任务。

---

① 鲁迅：《二心集·"硬译"与"文学的阶级性"》，《鲁迅全集》第四卷，第 215 页。
② 鲁迅：《二心集·我们要批评家》，《鲁迅全集》第四卷，第 246 页。
③ 成仿吾：《从文学革命到革命文学》，1928 年 2 月《创造月刊》第 9 期。

在此期间日本侵略军于 1931 年在沈阳策划"九一八事变",扶植清废帝溥仪建立伪"满洲国",支配数以百万计的朝鲜移民进入中国东北三省。1932 年 4 月韩国义士尹奉吉奉韩人爱国团团长金九的命令,在上海"虹口公园炸案"中炸死日军司令官白川义则大将。中国文学中的不少作品是把来自朝鲜半岛的义士和民众,当作命运与共的战友的。这类作品以东北作家群的萧军的长篇小说《八月的乡村》和舒群的短篇小说《没有祖国的孩子》,最为驰名。无名氏(原名卜乃夫)是写韩人题材小说最多的一人,留下三部长篇和八个短篇。无名氏的作品散发着唯美而神秘的传奇风味,给韩人题材的作品增添了一道奇异的色彩,闪烁得令人目眩。比如《北极风情画》(1943),一开头就渲染着一个长发披脸、面容惨厉的怪客,在中国腹地的华山顶峰,遥望北方,豺狼般哀吟着惨不忍闻的歌声。对酒夜谈中才知道,此人是 1932 年随中国抗日名将马占山的部队,撤退到西伯利亚托木斯克城的韩国上校林参谋。他在那荒寒的城镇中与波兰将军的遗女奥蕾利亚一见钟情,以狂热的赌徒的方式享受着炽热的爱情,倾诉着"在世界大战以前,世界上有两个最富有悲剧性的民族:一个是东方的韩国,一个是西方的波兰"。惺惺相惜的亡国之痛,使这一对异国情侣的炽热恋情,融进了酸苦而深刻的家国悲情。部队撤离,不许携带家眷,无法忍受离别的奥蕾利亚殉情自杀,遗书要他十年后登上高峰,北向高唱他们告别时的《别离曲》。华山顶峰的那一幕,就是他十年后的践约之举。

无名氏为收集创作资料,曾经访问过寓居重庆的大韩民国临时政府的首脑人物金九,为其参谋长李范奭代笔撰写《韩国的愤怒——青山里喋血实记》,并结为忘年之交。这部小说的基本内容就取材于李范奭跟随马占山部撤至苏联托木斯克留住时,与波兰少女杜妮亚的恋爱故事。它以华山雪峰作证,舒展着唯美而神秘的浓墨重彩,倾泻着对两个弱小民族的飘零子民尽管有着如烈火、如狂潮的情感,到底逃不脱无国可归、血泪情缘终成泡影的悲剧。这种悲剧具有两重性,在生离死别的爱情悲剧的深处,蕴藏着一个国破导致家亡的民族悲剧,它在狂怪的着墨中强化了对韩国流亡者的文学认知的情感力度。在朝鲜亡国的三十五年中,中国一直是朝鲜半岛爱国反日志士选择的后方,这种东亚情缘是两个民族交往的割不断的精神纽带。这也成为近百年来中国文学的朝鲜叙事的独特珍贵的资源。

　　在上述分析中，近代以来"文化东亚"与"政治东亚"的割裂与脱层，彰然在目。其割裂和脱层的程度，使其修复和弥合成为一个"世纪性难题"。从甲午战争、乙巳条约以来，尤其是第二次世界大战期间日本对东亚的侵略，半个世纪就将存在千年的古代东亚和合体打个粉碎，继之而来的冷战时期，美苏争霸又将东亚世界再次割裂。由此造成的"东亚后遗症"，几成痼疾，沉疴难起。近年反复博弈的中美关系、台湾问题、半岛南北问题、朝核问题、美日同盟问题，都是这种痼疾引发的症状。千年"汉字文化圈"的和合体在人类发展史上的辉煌，和合体百年破碎所造成的灾难，以及引发的离奇古怪的后遗症，给东亚各国之间造成的政治偏见、误解和不信任，实在是"东亚不堪，不堪东亚"，呜呼。但是，但是没有"哀哉"。因为东亚总是有希望的。君不见 20 世纪 60 年代日本经济起飞、70 年代亚洲"四小龙"（中国台湾和香港、韩国、新加坡）经济腾跃、80 年代以来中国经济持续高速增长，人们纷纷提出"亚洲价值观"、"儒家资本主义精神"一类解释模式。这种思维方式，是想把"经济东亚"与"文化东亚"结合起来。是否其中隐含着对"政治东亚"的指向呢？言人人殊，莫衷一是，留给人们去想象，去努力好了。

（2008 年秋在日本名古屋大学讲演稿，2012 年 5 月修改于澳门）

百年中国文学的朝鲜叙事[*]

　　文学是通过语言表述、形象呈现的结构形态，去对外在的和内在的世界进行审美把握和情感判断的。从文学认知上审视东亚各国的现实关系和未来命运，审视中国和朝鲜半岛极其紧密又极其曲折的历史因缘，具有非常特殊的深刻的意义。首先，这是一个认知角度的重要调整与深化。文学认知是从知识界精神现象的角度，而不是从一般的意识形态的观念角度来切入历史变动和人生形态的层面的。文学认知是审美的、情感的认知，它往往携带着日常生活的现实体验、文化情感的深切感受、人类道义的真诚申述和未来理想的执著追求，也就是说，它可以更内在地触及民心民意，触及东亚现代历史发展之认识和反思的精神史。其次，百年认知，就是要从比较长的历史时段中展示精神认识的复杂性、曲折性，以及从丰富的历史层面中清理出那些具有价值，或者值得从中汲取教训的精神脉络。

　　中国与朝鲜的文明借鉴和族群交往，从文字记载上起码已有三千年的历史。三千年前，殷商遗民箕子率领五千余众迁入朝鲜半岛北部，与居住在大同江流域的东夷人发生民族融合，"教以礼义田蚕，又制八条之教"[①]，形成了古朝鲜民族，建立了朝鲜半岛上第一个国家政权"箕子之国"[②]。汉武帝时建立了包括朝鲜半岛北部在内的辽东四郡，除了行使其军事行政管辖权外，汉文化在这里得到更为广泛的传播，至汉代，大同江流域的语言已经与

---

　　[*] 本文为中韩日三国学者合作课题"20世纪中国作家的对韩认识与叙事变迁研究"之中方论文之一。韩国教育部立项、韩国学术振兴财团资助。需特别强调的是，文中所涉"朝鲜"之概念，系对朝鲜半岛上国家概念的统指，含历史与现存国家的统称。本文为常彬、杨义合作写成。

　　① 《后汉书》卷八十五《东夷列传》，中华书局1965年版，第2817页。

　　② 苗威：《古朝鲜研究》，香港亚洲出版社2006年版，第101页。

辽东半岛、河北北部具有相同的特点。① 公元初至 7 世纪中叶，朝鲜半岛新罗、百济、高句丽三国鼎立，战乱不止，初唐王朝协助新罗政权统一了朝鲜半岛 （668），双方的交流愈加频繁。一部《全唐诗》，有关日本的诗是 19 位诗人 24 首，诗人中有李白、杜甫、王维、刘禹锡、贾岛等重量级人物。有关朝鲜的诗是 44 位诗人 49 首，有钱起、贾岛、刘禹锡、张籍等重量级诗人，② 人数的众和诗作的多，说明中朝交往的广泛性和密切性。无论是日本还是朝鲜对唐代文明都是采取尊重和学习的态度，而唐代知识界对朝鲜和日本都充满着新鲜的感受和友好的认识。这是古代东亚各国和平交往时期的正常认知之大概，它为东亚作为一个独特的文化圈和政治经济地理单元植下了绵长的根基。

然而最近一百年，东亚睦邻交往的根基受到了严峻的挑战，局势发生了天翻地覆的变动，由灾难惨烈到经济崛起，各国间的相互认知为这百年遗留的历史问题纠缠得错综复杂，使得东亚意识的整合，成为共识与冲突并存的文化难题，需要东亚各国付出巨大的真诚和智慧予以解决。从 19 世纪后期开始，西方列强向东扩张的帝国主义行为，使构成一个文化地理单元的东亚局势发生了急剧的动荡、破裂。日本帝国向西方学到政治制度、经济技术，也学到弱肉强食的丛林政策，从而使曾被唐代诗人咏唱为"浮天沧海远"、"隔水相思在"、"一船明月一船风"的东亚地图被列强撕裂得支离破碎。并且在世界反法西斯战争中导致美国和苏联把全球争霸的战场东移至尚未获得统一的朝鲜半岛和中国的土地海域之上。东亚这块土地在 20 世纪前期是灾难深重的地方，在 20 世纪后期又是创造经济奇迹的地方。

在民族国家的多事之秋，中国文学总是和自己的民族一道承担苦难，思考出路。这百年中国文学的叙事，采取的是一种开放性的视野，它在关注自己启蒙、救亡、独立和振兴的同时，也关注着对自己的命运发生过深刻影响的国际力量，而百年间始终没有离开中国文学关注视野的国家有苏联、日本、美国、朝鲜等国。中国文学对朝鲜民族国家的关注和认知具有特殊的文化情感和命运体悟。这种文学认知没有面对国际强权政治的恐惧感和愤怒

---

① （汉）扬雄《方言》中多处提到"北燕朝鲜洌水之间"属同一方言区。
② 杨义：《历史记忆与 21 世纪的东亚学》，《中国社会科学院院报》2005 年 9 月 15 日。

感，更长时间是具有一种唇亡齿寒、兴衰与共的认同感。但是由于百年的东亚地缘政治格局经历了千古未遇之巨变，这种内在的精神感受在百年的长时段中体现为四个历史阶段的表现形态：一是1894年甲午战争到1931年"九一八"事变，为中国文学从朝鲜亡国和国民反抗中，反省自身的危机四伏的生存和命运阶段，即以邻为鉴的阶段。二是1931年"九一八"事变中国东北沦陷后到1945年抗日战争胜利，为中国文学引朝鲜人民为共同抗敌、休戚与共的战友的阶段。三是1945年抗战胜利至1992年中韩建交，朝鲜半岛南北分别为美、苏托管，因而引发其国内矛盾在冷战时期的国际化的阶段，中国文学认知中则引北方为战友而使南方长期处于缺席状态的阶段。四是1992年中韩建交至今，由于双方的经济文化交流大规模增长，和平发展的伙伴意识增强，引起中国境内的"韩流"和韩国境内的华风的阶段，这种风气潮流至今还保持强劲的势头。这四个阶段的文学作品据初步统计，有4000多种（篇、部）。① 应该认识到，文学认知具有双构性，一方面它既反映了中国知识界的朝鲜观，另一方面它也借助对朝鲜的认识，反过来认识中国知识界的精神状态，即是说，"朝鲜观"可以反过来"观中国"，可以在双重折射中透视中国和朝鲜在文化精神上的同异分合和内在联系。

一　1894—1931年东亚地图的大撕裂期

1876年，锁国政策的朝鲜高宗王朝在日本武力胁迫下签署了《江华岛条约》，条约承认朝鲜为自主国家，享有对等经商之权利，但日本的根本用心是要把以宗主国自居的中国清朝势力赶出朝鲜。朝鲜在日本的支持下于1881年创立了新式军队别技军，装备精良待遇优宠，而旧军营则每况愈下乃至缺炊断粮，导致旧军人冲入皇宫杀害君臣的"壬午兵变"。中国清朝、日本均介入了对兵变的镇乱，日本从中渔利扩大了对朝鲜的控制，在朝扶植亲日势力，于1884年策划了由开化党发动的"甲申政变"，意在驱除中国清

---

　① 据朴宰雨、李腾渊、滕田梨那对晚清和民国书刊的调查，以及常彬对新中国成立后十余家主要报刊和北京几家图书馆相关资料的清理。

朝势力，建立亲日的君主立宪政权。朝鲜问题的中日之争由此愈演愈烈，终于导致了1894年的甲午战事，中国在大东沟海战中失败，日本乘势控制朝鲜王廷。1904年日俄开战，十几万日军占领朝鲜全境，1905年签订《乙巳保护条约》，规定朝鲜在军事上接受日本"保护"，外交归日本外务省掌管，1910年8月签署了《日韩合并条约》，朝鲜划入日本版图，使几乎与中国的明、清两朝相始终的朝鲜李氏王朝在经历27代519年之后亡国。在此期间，发生了1909年朝鲜志士安重根于哈尔滨火车站刺杀曾任日本总理大臣和首任朝鲜统监的伊藤博文这一震惊世界的事件。

　　中国文学除了早期反映甲午海战以及失平壤、哀朝鲜等大量诗文之外，到了20世纪最初十年的长篇叙事作品主要有三个关注的焦点：一是继续关注清朝中国与日本的战争，有《中东大战演义》①、《中东和战本末纪略》②、《消闲演义》③ 等；二是关注朝鲜亡国的灾难处境和历史教训，有《朝鲜亡国演义》④、《朝鲜痛史》⑤、《日本灭高丽惨史》⑥ 等；三是歌颂朝鲜义士的英雄壮举，有《醒世奇文英雄泪》⑦、《爱国鸳鸯记》⑧、《韩儿舍身记》⑨ 等。韩国学者李腾渊对此勘发较丰。总体而言，这些作品对朝鲜的亡国处境和反抗壮举是采取同情、尊重和理解的态度。

　　值得一提的是，中国知识界在敬佩安重根英雄壮举的同时，对伊藤博文的毙命，除了抚掌称庆，也从老大中国危机四伏却无此治国经纶之才的角度，惋惜其人。沈汝瑾《哀伊藤》（1909）"韩亡报仇有烈士，一弹可雪亡国耻。三韩抚掌群相哈，吾谓伊藤亦可哀。堂堂七尺管乐才，中国无此栋梁材。"⑩ 梁启超《秋风断藤曲》（1910）更是将危楼无人扶，强国梦破灭的无

---

① 洪子贰：《中东大战演义》（1900），阿英编《甲午中日战争文学集》，中华书局1958年版。

② 平情客演：《杭州白话报》（1902—1903）第1—31期。

③ 程道一：《消闲演义》，1921年《小公报》。

④ 《朝鲜亡国演义》，上海广文书局1915年版。

⑤ 倪轶池、藏病骸：《朝鲜痛史》，上海国华书局1915年版。

⑥ 胡瑞霖：《日本灭高丽惨史》，《中华全国商会联合会会报》1915年第7—12号，1916年第1、3号。

⑦ 鸡林冷血生：《醒世奇文英雄泪》，1910年。

⑧ 海沤：《爱国鸳鸯记》，1915年《民权素》第7册。

⑨ 泪人：《韩儿舍身记》，1915年《崇德公报》第1、3、4号。

⑩ 沈汝瑾：《哀伊藤》，《鸣坚白斋诗存》，文海出版社1973年版，第109页。

限慨叹，倾注于各为其国捐躯的安重根与伊藤博文："千秋恩怨谁能讼，两贤各有泰山重。……侧身西望泪如雨，空见危楼袖手人。"① 肯定"两贤各有泰山重"的报国精神，抒发无人拯救中国的无奈苦闷。

　　朝鲜王朝的亡国和日军帝国咄咄逼人的扩张，使最先觉醒的中国知识界深感民族危机迫在眉睫，留学德国的陈寅恪"惊闻千载箕子地，十年两度遭屠剖。……兴亡今古郁孤怀，一放悲歌仰天吼"②，痛惜朝鲜的亡国，愤怒日本的鲸吞，难遣抑郁的忧国情怀。流亡日本的梁启超也当即发表了《朝鲜亡国史略》，大声疾呼："有感于近两个月来日本在朝鲜之举动，欲详记之，以为吾国龟鉴。"③ 龟可卜吉凶，鉴（镜）能别美恶，其旨趣是要警醒中国人救亡图存的意识。反映朝鲜亡国的作品在 1915 年出现高潮，折射着这一年的 5 月 7 日，已经掠取山东半岛权益的日本帝国向袁世凯政府发出签署"二十一条"的最后通牒，企图用条约吞并朝鲜的强盗逻辑在中国重演。《朝鲜亡国演义》等作品强烈地抨击朝鲜总理大臣李完用秘密签署日韩合并条约的为虎作伥行为，是因为它觉察到一国覆亡的严重原因在于内部出现"蛀虫"，"总之朝鲜亡国，统那前后事实看来，一句包括，全送在卖国贼的手里，这个为了权利，捣乱一起，那个依了外势，捣乱一起，社鼠城狐，结党构祸"，"有了这榜样，后来人大可作个前车之鉴了"，④ 作品以李完用断送国家的行为作为镜子，照出来的是袁世凯签署"二十一条"的卖国者的嘴脸。

　　邻国的前车之鉴，以及 1919 年 3 月 1 日朝鲜反抗日本殖民统治的"三一"独立运动，成为中国社会反观自身的镜子，在中国知识界产生迅即反响：3 月 16 日《每周评论》报道了朝鲜独立运动并分析其发生原因；3 月 23 日《每周评论》发表了陈独秀《朝鲜独立运动之感想》："此次朝鲜独立运动，伟大、诚恳、悲壮，有明了正确的观点，用民意不用武力，开世界革命史的

---

① 梁启超：《秋风断藤曲》，《饮冰室合集》第五卷，中华书局 1988 午版，第 37 页。
② 陈寅恪：《庚戌柏林重九作——时闻日本合并朝鲜》（1910 年 10 月），陈美延编《陈寅恪诗集》，清华大学出版社 1993 年版，第 3 页。
③ 日本吞并朝鲜是年，梁启超作文《朝鲜亡国之原因》、《日本吞并朝鲜记》及《朝鲜哀词》五律二十四首，见丁文江编《梁启超年谱长编》，上海人民出版社 2009 年版，第 348 页。
④ 《朝鲜亡国演义》，上海广文书局 1915 年版，第 12 回第 36 页。

新纪元。我们对之有赞美、哀伤、兴奋、希望、惭愧、种种感想。"巴黎和
会上的山东问题，直接引爆了中国的五四运动，日本吞并朝鲜的前鉴，侵占
山东就是制造第二个朝鲜，野心在于图谋中国。5 月 4 日《北京学生界宣
言》呼吁："朝鲜之谋独立也，曰：'不独立，毋宁死'。夫至于国家存亡，
土地割裂，问题吃紧之时，而其民犹不能下一大决心，作最后之奋救者，则
是二十世纪之贱种，无可语于人类者矣";① 《青岛潮》愤书："青岛去，山
东失，全国将随之沦亡，四万万国民，被人作奴隶，一如朝鲜之前鉴，永久
不能恢复我自由,"② 《天津学生罢课宣言》指斥："埃及之亡，借款条约亡
之也。朝鲜之亡，奸人卖国亡之也。今我中国二者备矣，国已亡矣，所未亡
者民气而已。"③ 青年周恩来撰文："这次全国学生自动的事业，在世界上说
很不稀罕，但是在我们东亚，实在是不甚多见。日本的米骚风潮、朝鲜的独
立运动，这是受世界新思潮的波动，在亚洲历史上增加些自觉的事绩。"④
由此可见，朝鲜的"三一"运动成为中国不忘国耻、奋起救亡的五四学生
爱国运动的社会史和精神史原因之一，同处于反抗侵略的国际潮流之中。

朝鲜亡国的悲剧命运潜在地牵系着中国知识界的神经。"五四"新文学
运动以后的作品对朝鲜的认知，凝聚成为一种具有坚强的复仇报国意志的
"青年漂泊者"形象，他们家庭破碎，无国可归，却始终抱持着一颗反抗日
本侵略、追求国家民族独立的坚强决心。我们首先想到的是浪漫主义诗人郭
沫若写于 1919 年二三月间的小说《牧羊哀话》⑤，描写朝鲜亡国之后，贵族
闵崇华不愿附逆，带领全家隐居金刚山麓，女儿闵佩荑与佣人之子尹子英相
爱，子英的父亲和闵崇华后妻勾结日本人，企图杀害闵崇华邀功报赏，子英
为救闵崇华，被自己的父亲误杀。家破人亡的少女闵佩荑从此牧羊于群山之
间，唱着忧伤的望郎归恋歌。作品的背景据日本学者藤田梨那考证，是
1918 年底至 1919 年初，朝鲜李太王的三子、英亲王李垠，被日本天皇敕许
与日本皇族梨木宫方子结婚。按照当时朝鲜习俗，被拣择的女子如被解除婚

---

①　《五四爱国运动》，中国社会科学出版社 1979 年版，第 310 页。

②　同上书，第 211 页。

③　同上书，第 314 页。

④　《周恩来早期文集》，南开大学出版社 1993 年版，第 304 页。

⑤　郭沫若：《牧羊哀话》，1919 年 11 月《新中国》第一卷第 7 期。

约，一生不能结婚，兄弟姐妹也都被闭婚（不允许结婚），由此造成李垠少小无猜的订婚情侣闵甲完家破人亡。在历史与虚构之间，英亲王李垠变成尹子英，闵甲完变成闵佩荑，也就是说真实人物在小说中，男方留其封爵（英），女方留其姓氏（闵），主人公的命运是男被日本或亲日势力夺去（生命），女则悲苦流浪，呈现出把人间爱情悲剧与国家沦亡进行连接的文学认知思路。郭沫若提及其创作意图，因巴黎和会的刺激，"便借朝鲜为舞台，把排日的感情移到了朝鲜人的心里"①。借他人之杯酒，浇自己之块垒，《牧羊哀话》与其说是在为亡国的朝鲜而哀，毋宁说是被帝国主义瓜分而面临亡国危险的祖国而哀，"牧羊姑娘"成为郭沫若民族忧患意识的意象表达，借离合之情，写兴亡之感。有趣的是，"牧羊"意象的选择也非朝鲜风物，传统朝鲜农牧生活并不养羊，由此可见心有块垒欲借物象以抒之意图所向。

　　"三一"运动后，许多朝鲜志士逃亡到中国、苏联，乃至欧洲，继续从事抵抗活动。革命文学家蒋光慈《鸭绿江上》（1926）把这一亡国之痛嵌入弱小民族共同的家国命运之中。朝鲜贵族后裔李孟汉在莫斯科与中国青年、波斯青年围炉夜话。他们的身后，祖国正遭遇列强瓜分或已经沦亡——中国正受着英、日、俄、德的瓜分，朝鲜成为日本殖民地，波斯自 19 世纪以来就被俄、英、德所统治。雪夜的炉边，李孟汉控告"日本人的警察，帝国主义者的鹰犬，可以随时将某一个高丽人逮捕，或随便加上一个谋反的罪名，即刻就杀头或枪毙。……祖国的沦亡，同胞的受苦，爱人的屈死，这岂不是世界上最悲哀的事情"②的家国之痛，在三位异国青年心里引起强烈共鸣。弱小民族的命运互为鉴镜，哀朝鲜无疑是在《哀中国》（1924）："我的悲哀的中国！……旅顺大连不是中国人的土地么？可是久已做了外国人的军港；法国花园不是中国人的地方？可是不准穿中服的人们游逛。……东望望罢，那是被压迫的高丽；南望望罢，那是受欺凌的印度；哎哟！亡国之惨不堪重述啊！我忧中国将沦于万劫而不复。"③中国之现状于朝鲜，可谓百步之内，朝鲜的悲哀将成为中国的悲哀，以邻为镜的亡国之忧，成为晚清及五

① 郭沫若：《创造十年》，《郭沫若选集》第三卷，人民文学出版社 1997 年版。
② 蒋光慈：《鸭绿江上》，严加炎编《中国现代各流派小说选》第 2 册，第 8 页。
③ 蒋光慈：《哀中国》，《蒋光赤选集》，人民文学出版社 1960 年版，第 51—52 页。

四前后中国文学的重要反映。

如果说这位漂泊的朝鲜志士李孟汉还留下李氏王朝的皇族姓氏，那么另一位漂泊志士就只留下了他的身材和面容。台静农《我的邻居》（1928）以1923年东京大地震和震后发生的朴烈事件为背景，把"我"和"我"的邻居在回忆和想象中连接起来。"我"在一个寒冷的早晨"看见了一条关于日本的新闻，说有暴徒某，朝鲜人，谋炸皇宫，被警察擒住，已于某某日正法；该犯年二十余岁，身材短小，面微麻"。"我"立刻想到一年前住在隔壁的朝鲜青年，体貌特征与日本报纸所载无差。他眼光冷冷如闪电，"我"从中读出的是恐怖、愤恨、凄怆和复仇，"宛然是一只饥饿在腹中燃烧的鹰"[①]。据日本学者藤田梨那考证，此人是朝鲜无政府主义团体"不逞社"的中心人物朴烈。因不满日韩合并，1925年偷运炸弹企图暗杀日本天皇及皇太子，1926年被日本大审院判处死刑。作品中的这位朝鲜青年和几个重要事件（东京大地震、虐杀朝鲜人、谋炸皇宫）发生连接，俨然显现出一个近似朴烈的民族英雄形象。赋予朝鲜漂泊志士以翱翔苍穹、目光如电的饿鹰形象，蕴含着中国知识界真挚的景仰和期待之情。值得强调的是，留姓、留爵、留形，是中国新文学作家调动汉语言文字的语义学和修辞学的功能，对朝鲜形象进行有指向性认知的一种独特的叙事法，它把历史和想象、人物与政治事件，以审美的方式组合成一种似是而非、以非隐是的独特情境了。

二 1931年"九一八"事变到1945年抗战胜利阶段

当日本侵略者把战争由朝鲜推进到中国东北地区进而深入到中国腹地，中国文学也就顺理成章地把来自朝鲜的义士和民众引为命运与共的战友。"祖国"一词对于亡国者和面临亡国者具有同样沉重的分量，成为二者间割不断的精神线索。随着朝鲜流亡者和移民的遽增，[②] 不少朝鲜志士以不同方

---

① 台静农：《我的邻居》，《地之子》，未名社1928年版，第19页。

② 据统计，中国东北地区的朝鲜移民，1920年为46万，1930年为60余万，1940年为140万，1945年达216万。他们在1920—1940年间，创办了《民声报》及文学同人杂志《北乡》。

式与中国友人并肩作战，文学对朝鲜的认知已不是晚清和民国初年那样隔海借取龟鉴，采取面对完整的政治变动过程的宏大叙事，而是采取近距离的片断叙事和深化精神体验的心理叙事，描写自己身边的日常生活和战争行为中有血有肉的朝鲜平民与贵族、义士与奴才、军人与农夫。

这种文学认知方式，以崛起于 20 世纪 30 年代的东北作家群最得风气之先。作为东北作家群出现标志的萧军的《八月的乡村》（1935），在描写东北抗日军在旷野密林中与日本侵略者的浴血苦战时，就出现了美丽多情的朝鲜女游击队员英勇奋击的身姿。舒群《没有祖国的孩子》（1936），更是深刻地触及一个离开家乡、无国可归的朝鲜少年的心弦。这位名叫果里的朝鲜少年被苏联学生当面奚落"高丽人都像老鼠一样。如果不是，在世界上，怎么会没有了高丽的国家"①，刺痛心扉。行文中对一个遭受欺负的亡国民族充满同情，甚至比起那个把亡国当做鄙视对象的苏俄学生之傲慢，心存更多的好感。因而它层层剥离了笼罩在这位没有祖国的孩子身上被误解的表象（胆小怯懦），发掘出他敢于诛杀欺压自己的日本兵，敢于在再度流亡到中国海关时挺身而出、承认只有自己是高丽人而保护同伴的无畏品格。值得注意的是，作品对这个高丽少年羡慕有祖国的孩子的心理行为透视，同学校里降落中国国旗（"九一八"事变后）、换上一面从未见过的异样旗子（伪满国旗，1932 年初伪"满洲国"在日本扶持下成立），这些中华民族灾难史上的重大变动交织描写，表明作者是以自己充满忧患的祖国体验，推己及人地对半岛邻国在国籍问题上的庄严感表达了诚挚的同情和尊重。文学考察了侵略者灭亡别国的罪恶，祸及妇孺，在日常生活题材中升华出重大的政治意义。

由宏大叙事转向日常叙事，并非不重视重大的社会历史题材，而是选取了一个更为关注人的叙事角度，深化对人的生存状况和精神状况进行认知的深广度。郭沫若《鸡之归去来》（1934）写自己居家东京的生活琐事，家里喂养的母鸡失踪了，妻子的朋友"S 夫人疑是'朝鲜拐子'偷去的"，而"我"并不这么认为。几天后，母鸡又回来了，印证了"我"对朝鲜人的善意揣想。然而作者并未满足于此，他笔锋一转，写到朝鲜人在

---

① 《舒群小说选》，人民文学出版社 1985 年版，第 11 页。

东京大地震后为东京重建做出的巨大贡献："八九万人朝鲜工人在日晒雨淋中把东京恢复了，否，把'大东京'产生了"①，但所得到的"报酬"却是失业、虐杀和极度的贫困，以及"'朝鲜拐子'惯做偷鸡摸狗的事"、"朝鲜人杀人放火"的劣行指污，从日常生活叙事角度反映亡国奴的生存状况及艰难处境。巴金《发的故事》（1936）②以朝鲜抵抗战士金青丝变白发为切入口，写他亡国的忧恨、丧妻失子的苦痛，以及在"白杨林和积雪的山顶上"与日军殊死战斗的经历。"发"微之处灌透家国痛史，折射民族辛酸。舒群的《海的彼岸》③（1940）写朝鲜贵族之子暗杀日本将军而逃亡上海的重大事件，但并未落墨于这个暗杀事件是如何策划、如何施行的，而是展示"暗杀后"人的生活情态和精神情态。他在暴雨之夜，面对沉默的海，等待母亲来告别。他的六十岁高龄的寡母，思念着为反抗朝鲜亡国而献出的四个孩子，如今连哭都不敢出声地送别最后一个孩子，让他带着朝鲜民歌"阿里郎"流亡曲的悲哀情调隐没在海的彼岸。如此描写，把民族兴亡史的记忆植入人的神经，使国家之痛弥漫于伦理之情。同是写重大题材，李辉英的长篇《万宝山》（1933）④写"九一八"事变前夕，日本侵略势力已渗入东北地区，他们组织大批朝鲜移民到长春附近的万宝山开垦水田，引发民变，就派军警镇压，制造了震惊中外的万宝山事件。小说不是笼统地以国族判优劣，而是把笔锋伸向广泛的社会阶级关系层面，既揭示中国官警和流氓商人与日本警部的勾结，又展示了农民在家园遭到损害后的奋起反抗；既写到朝鲜承包商投靠日本势力，又点明了朝鲜移民对中国农民反抗斗争的支持，还交代了城里师范学生对农民反抗斗争的启蒙和组织活动。这种城乡、土地、家园和不同国族的错综复杂的反抗互动关系的展示，使重大题材的描写带有丰富的社会内涵，并使文学对朝鲜的认知中带上辩证法的眼光。

---

①　郭沫若：《鸡之归去来》，《郭沫若选集》第四卷，人民文学出版社 2004 年版，第 263 页。

②　巴金：《发的故事》，1936 年《作家》第一卷第 2 号。

③　舒群：《海的彼岸》，重庆烽火社 1940 年版。

④　李辉英：《万宝山》，上海湖风书局 1933 年版。

　　对于这个时期的朝鲜叙事，无名氏创作最丰，留下三部长篇，八个短篇，① 散发着唯美而神秘的传奇风味，给韩人题材作品增添了一抹奇异的色彩。《北极风情画》（1943）开篇就渲染一个长发披脸、面容惨厉的怪客，在华山顶峰遥望北方，豺狼般哀吟着惨不忍闻的歌声。对酒夜谈中才知道，此人是1932年随中国抗日名将马占山部撤退到西伯利亚托木斯克城的朝鲜上校林参谋。他在那荒寒的城镇中与波兰将军的遗女奥蕾利亚一见钟情，以狂热的赌徒的方式享受着炽热的爱情，倾诉着"在世界大战以前，世界上有两个最富有悲剧性的民族：一个是东方的韩国，一个是西方的波兰"②，惺惺相惜的亡国之痛，使这一对异国情侣的炽热恋情融进了酸苦而深刻的家国悲情。部队撤离，无法忍受离别痛苦的奥蕾利亚殉情自杀，遗书要他十年后登上高峰，北向高唱他们告别时的《别离曲》。华山顶峰的那一幕，就是他十年践约之举。它以华山雪峰作证，舒展着唯美而神秘的浓墨重彩，倾泻着弱小民族飘零了民尽管有着如烈火、如狂潮的情感，到底逃不脱无国可归、血泪情缘终成泡影的悲剧。这种悲剧具有两重性，在生离死别的爱情悲剧的深处，蕴藏着一个国破导致家亡的民族悲剧，它在狂怪的着墨中强化了对朝鲜流亡者的文学认知的情感力度。

　　无名氏将他的韩人抵抗题材的空间维度，由遭受日本铁蹄践踏的东亚推向广袤的西伯利亚和莫斯科的红星苏联，推向一战后刚刚复国新生的东欧波兰，推向到处"摇漾着'卍'字袖章"的德国柏林。空间的跨度既是漂泊者无以为家的失国之痛，也是被压迫民族共同遭遇的亡国危机，表现的是人类性家园丧失、魂无所依的深刻苦痛。《露西亚之恋》（1942）里朝鲜独立运动少校金漂泊的空间轨迹从中国东北到苏联托木斯克，经莫斯科、过波兰、到柏林，再转道回中国，漂来漂去，始终漂不回自己的祖国。这种失国的苦痛同样啃啮着另一个民族的飘零者。当咖啡馆里的少校金用俄语向老板介绍他刚从莫斯科来时，乐坛上的乐声顿时停住，二十多双充满斯拉夫血液的眼睛，汹涌着感情的波涛向他射来，金忍不住喊道：

---

　　① 长篇为：《野兽野兽野兽》、《北极风情画》、《金色的蛇夜》；短篇为：《骑士的哀怨》、《露西亚之恋》、《伽耶》、《狩》、《奔流》、《红魔》、《龙窟》、《幻》。韩国学者朴宰雨最早发掘无名氏韩人题材系列作品。

　　② 无名氏：《北国风情画》，上海文艺出版社2001年版，第78页。

"是的，我刚从'俄罗斯母亲'的怀抱里来，我刚从你们的祖国来，我从你们的祖国带来了最新的消息，我有义务把这消息传给你们！"①原来，这些为"祖国"这一字眼震得心灵发颤的乐师们是旧俄时代的哥萨克军人，在苏联十月革命中逃亡出来。回不去的祖国，泪眼回望里的祖国，是他们魂牵梦绕的所在。他们的痛苦除了负面性的政治失国，还有人类情感上共同需要的精神和身体的归宿感——祖先的土地和族群认同的家园，那就是祖国。于他们而言，王朝的飘零，也飘零了他们归家的路途。天涯飘蓬的痛苦，让少校金与他们心相通气相接。家国丧失的背后是人类归宿感的丧失，是人类苦难和痛苦的深度体验，尽管一个是弱小民族的复国抗争，一个是必然逝去的黑暗王朝，意识形态所承载的正负价值不同，然而人类情感的苦痛体验却是相通的。

　　无名氏韩人题材的世界性视线，总是关注弱小民族的抗争与复国，以此来鼓舞韩民族不亡的信念。沙皇统治下的波兰不许波兰人学波兰文字，但是波兰母亲仍在寒冷的冬夜偷偷地教孩子学习波兰字母②。无言的抵抗，坚韧的持守，不屈的信念，凝聚成民族巨大的力量，终于迎来了一战后复国的波兰。朝鲜志士金既感动又惭愧："华沙是一只刚从灰烬中再生的凤凰，在昂着骄傲的头，在摇舞着骄傲的尾巴，在向我责问：我们，曾遭三次瓜分悲运的民族而现在是再生了，你们这些'檀君'的子孙（指韩人）呢？"③波兰的失国与复国，照见的是朝鲜的现状，鞭策的是"檀君的子孙"，鼓舞的是朝鲜的未来。弱小民族反抗殖民统治，争取民族独立，是 20 世纪前半叶世界潮流之大趋势，中国文学与民族苦难共担待，与弱小民族同休戚，在表现中华民族御外侮求解放的同时，关切包括朝鲜在内的其他弱小民族的反抗斗争，以中华民族抗击侵略的大写身姿汇入世界反法西斯文学的行列。

---

　　①　无名氏：《露西亚之恋》，载《20 世纪中国短篇小说选集》第三卷，上海大学出版社 2001 年版，第 84 页。

　　②　无名氏：《北国风情画》，上海文艺出版社 2001 年版，第 78 页。

　　③　无名氏：《露西亚之恋》，载《20 世纪中国短篇小说选集》第三卷，上海大学出版社 2001 年版，第 80 页。

三　1945 年抗战胜利到 1992 年中韩建交阶段

第二次世界大战结束后的朝鲜半岛实行美苏南北托管，南北政权矛盾升级。1950 年 6 月 25 日朝鲜战争爆发，6 月 27 日美国第七舰队封锁中国台湾海峡，以美国为首的联合国军将战火烧到了鸭绿江边，轰炸了中国的边境城市，严重危及新中国安全，使东西方对立冷战局面中的半岛问题国际化。与此同时，蒋介石政权一再向美国政府请战，要求派兵加入联合国军，直接参与朝鲜战争，企图引发第三次世界大战，以此反攻大陆。在朝鲜半岛南北对峙、世界东西方对峙的战争危机中，正在准备医治战争创伤、恢复经济的新中国重新面临战争威胁，应金日成政权约请，中国政府于 1950 年 10 月派遣志愿军进入朝鲜半岛北部战场。三年战争中美国先后投入近二百万军队，相当于陆军 1/3、空军 1/5、海军 1/2 的兵力，最高司令官麦克阿瑟甚至主张用原子弹攻击中国本土。"朝鲜战争是美国在南韩和一些联合国成员的支持下，赢得了一场针对北韩的战争，输掉了另一场针对红色中国的战争。这两场战争的起因性质完全不同：北韩人公然进行侵略而被挫败；红色中国人努力保护其家园免遭潜在的入侵威胁而获得胜利。"① 虽是美国学者的一家之言，但也包含着一些值得深思的问题。

大量出现的反映这场战争的作品表明，中国知识界站在保卫自己家园的立场，歌颂志愿军的英雄主义，支持北朝鲜抗击美军武器优势来落墨的。他们对美国支持蒋介石在中国打内战的行为记忆犹新，从而对美军在北朝鲜狂轰滥炸的焦土战略充满愤慨，"今天打在朝鲜兄弟胸膛上的子弹，就是昨天打在中国人民胸膛上的子弹；今天炸死朝鲜婴儿的炸弹，就是昨天炸死中国婴儿的炸弹"②。许多作品就像当年描写"日本鬼子"一样，对美军进行酣畅淋漓的鬼化、丑化的漫画式渲染。戏说他们"不过是鼻子高一点，胡子多

---

① ［美］贝文·亚历山大：《朝鲜：我们第一次战败——美国人的反思》前言，中国社会科学出版社 2000 年版。
② 刘白羽：《对祖国宣誓、对世界和平宣誓》，《人民日报》1950 年 12 月 10 日。

一点，个子大一点，死了占地面宽一点！就凭这个他们就想侵略全世界呀?!"① 嘲讽美军打仗的时候惧风怕寒，铺着地毯，捧着火炉，撅着屁股，趴在土坑里，朝天放空枪。② 就连长相也是鬼样的："苍白的，垂着松塌塌的腮帮，闪着凶恶的眼光"，看见他就"像突然看见一条罪恶的毒蛇"。③ 而且，对美军和联合国成员军的描写，存在着一个阶级分层和种族差异的级差对待：对美国士兵进行鬼化（主要是白人士兵）；对美国军官不仅鬼化，还要极度丑化；对其他联合国军的描写较少，比较模糊，要有也是运用阶级分析手段，反映他们受美军压迫的阶级关系、受白人美军歧视的种族矛盾。

与对美军的丑化描写相对照，对南韩军的描写就相对淡化、粗疏化，甚至缺席化。即便有零星的描写，也从阶级分层角度取同情态度，表现南韩下层士兵生活的贫困，家庭的离散，从军的被迫，普遍的厌战，军官的欺压、美军对韩军的排斥等。路翎《战争，为了和平》描写南韩俘虏诉说自己家庭的离散、战争的痛苦：母亲在北方，他和姐姐在南方，他是"在战争开始的时候叫李承晚军队抓去的。我的姐姐死了，我很是痛苦，很早就要逃走，可是很害怕"④。在朝鲜半岛南北对峙的军事冲突中，"母亲在北方，我和姐姐在南方"，描述的不仅仅是家庭的离散，更是政治寓意的指向。这样的寓意指向，与韩国首都战争纪念馆广场上的雕像"兄弟之像"（兄在南方，弟在北方），有着表现手法相似但指向不同的、以长幼秩序来寓指政治地位的主从关系。一再重复的对美军丑化鬼化以及对南韩军淡化缺席化书写，中国文学把南韩军作为敌对力量中受压迫和值得同情的一方来表现，就如同描写受美军欺压的其他成员军、受白人欺侮的黑人士兵一样。由此形成一种双构性的叙事模式，说明中国知识界的战争文学认知虽然带有当时东西方对峙和阶级分析的思路，但总体上不是把朝鲜半岛的某方势力，而是着重地把美国军队当做主要对手的。正是在这种武器与意志的强强较量中，显示了新中国作为一种政治力量具有不容蔑视的分量，它应该成为世界政治对话中不可忽

---

① 陆柱国：《风雪东线》，人民文学出版社 1953 年版，第 43 页。
② 杨朔：《三千里江山》，人民文学出版社 1960 年版，第 58 页。
③ 刘白羽：《安玉姬》，《刘白羽小说选》，人民文学出版社 1979 年版，第 306、304 页。
④ 路翎：《战争，为了和平》，中国文联出版公司 1985 年版，第 482 页。

视的受到尊重和承认的平等的一员。

战争文学是高度政治化的文学，但它要写得深厚，就离不开对人类的复杂感情和人性的深刻层面作出独到的审美透视。虽然这个时期的许多作品散发着浓烈呛人的火药味，但一些富有探索性的作品还是闪耀着人性的光亮。白朗的《我要歌颂她们》（1951）①里七十多岁的阿妈妮把麦种做成馒头，送给中国伤员。杨朔的《平常的人》（1950）写"朝鲜老大娘把我拦住，她竖起两根指头凑到嘴边上咝了一声，又伸出手说什么"②，原来她为在她家养伤的中国士兵讨烟抽。陆柱国的《风雪东线》（1953）写中国军人在雪地里捡到一个孩子，母亲已经惨死，官兵们轮流抱孩子行军，亲吻孩子，"从粮食袋里掏出一小撮炒面放在小孩的嘴里"③。对人性进行更深入发掘的，是路翎《洼地上的"战役"》（1953），描写中国军人王应洪住进北朝鲜人家，按部队的惯例每天为之挑水劈柴扫院落。也许是这家的少女少见本地男人干家务的风俗吧，对他产生了"惊惶而甜蜜的感情"，并赠以绣花手帕，但部队纪律是不容许异国恋情的发生。在洼地上的战役中，王应洪为掩护战友而牺牲，"给那个姑娘，那个不可能实现的爱情带来一点抚慰，并且加上一种光荣"。④这种纪律中的爱情的无果之花，展示得圣洁美丽而带有崇高感。即便是面对战场上的敌人，这种人性思考也使路翎作品出现一些出格的笔墨。

《战士的心》（1953）写新兵张福林在阻击敌人撤退时与美国兵突然相遇，这位美国大兵没有被画成"鬼"模样，而是一位个头瘦长稚气未脱的十八九岁大男孩。显然，他被突然出现的拦截吓得不知所措，睁着惊惧恐怖的眼睛，紧张地盯着张福林的枪口，僵在了那里。而张福林也怔住了，他被敌人那双恐怖的眼睛所怔住，他盯着的是美国兵恐怖的眼神。他们如此近距离地面对面、枪口对枪口，谁都不知所措。可这是战场，是生死较量，是勇敢精神与意志力的抗衡，"瞬间"的结束，是张福林扳机的扣动，美国兵在

---

① 《人民日报》1951年6月30日。

② 《杨朔散文选》，人民文学出版社1978年版，第57页。

③ 陆柱国：《风雪东线》，人民文学出版社1953年版，第16页。

④ 路翎：《洼地上的"战役"》，《初雪》，宁夏人民出版社1981年版，第136页。

一声"绝望的嚎叫"中倒了下去。战争毁灭了这个大男孩的生命,他惊惧恐怖的眼神、绝望嚎叫地倒地,让人感到一种生命消失的痛惜——"谁叫你到朝鲜来的!"① 在战争法则和人性萌动的张力之间,张福林并没有把战争的责任归咎于那个美国大男孩,在射杀他的同时,没有畅快于结束这个敌手的生命,反而流露出一种复杂难言的心绪,一种对青春生命消失的几分惋惜和无奈。这种"永恒瞬间"的描写,留给人们许多回味,它不是"画神"、"画鬼",而是"画人"的文学叙事角度的调整,朦胧地透露出作者对战争的反思、对人性的思考。这篇小说在表现人性和对敌人形象的非丑化描写上,一定程度地站在了人类性和战争文化的高度来反思战争,在 20 世纪 50 年代的同类作品中是少见的。我们可以认为,对于这场深刻地影响了东亚政治格局的战争及其文学,很有在新的时代高度上作进一步反思的余地和必要。战争文学可以在战争年代发挥出它的政治宣传的价值,却又需要在和平年代检验它的审美文化的寿命。

中国作家的朝鲜叙事,一个有趣的现象值得重视:对北朝鲜军民的描写,多集中于对不同年龄和身份段的女性(母亲、嫂子、妻子/恋人、女儿)的日常生活叙事:苦难坚韧慈祥的阿妈妮(大娘)、沉重负荷下微笑的阿志妈妮(大嫂)、裙裾翩跹巧笑倩兮的年轻姑娘、向志愿军叔叔撒欢亲昵的少童幼女。而对北朝鲜男性的描写,除了偶然出现的老大爷形象,青壮年男性几乎消失于文本之外,即便有所涉及,也多以他们曾经参加中国革命战争的"老战友"身份定位,回叙峥嵘岁月里的中国经历,以及相逢朝鲜的战友情,由此表现中朝军人相互支持、并肩战斗的历史渊源和现实联系,彰显"中朝友谊鲜血凝成牢不可破"的意识形态寓意。与书写朝鲜妇女相比,朝鲜军人"老战友"的形象描写,就显得粗疏零碎、模糊不清,因面容扁平而难以给人完整的印象。虽不能说对朝鲜妇女形象的刻画达到了较高的艺术水准,塑造出了质地丰满的"圆形人物",但至少有长裙飘逸中的优美,歌舞徜徉里的忧伤,灾难临头时的坚强,勤苦劳作的素朴。其总体形象不算完整,甚至片段,但灵动流畅,"民族的,人民的苦难,总是最先来到妇女的心上"②,

---

① 路翎:《战士的心》,《初雪》,宁夏人民出版社 1981 年版,第 16 页。

② 路翎:《从歌声和鲜花想起的》,《初雪》,宁夏人民出版社 1981 年版,第 169 页。

形象的意义大于了概念的指称。在叙事关系上，朝鲜男女分别承载着中国作家不同的意义期待：朝鲜男性的"老战友"身份定位，承载着显在的意识形态叙事目的，而对朝鲜女性的关系描写，尽管不乏"军民鱼水情"的意识形态寓意，但其中却融入了大量的亲情叙事和与异性有关的青春叙事。

亲切的母亲叙事：阿妈妮犹如自己的亲娘，慈祥和蔼，无微不至，让离乡万里亲情缺位的中国军人备感母爱的关怀，自然产生情感置换和对象类比，潜意识中萌动着亲情渴望：生病的徐国忠被阿妈妮悉心照顾，似撒娇的孩子不肯休息，缠着阿妈妮絮叨"'妈妈，我告诉你，这一点也不假，你这个人，你的眼睛，你的脸上，'他把自己脸上的皮肤捏成了一条皱纹，'这一点一点都像我的母亲。'"①

温馨的嫂子叙事：阿志妈妮像家里的大嫂，房前屋后的辛勤劳作，以毋庸置疑的大嫂身份，不由分说地料理年轻上兵的日常生活："阿志妈妮才不理他呢，你嚷你的，她只管埋着头做她的，拦都拦不住。碰见阿志妈妮这样人，你对她有什么咒念呢。只要你一离眼，泡的衣服给搓了，要淘的米给淘了，叫你藏都藏不迭。"② 有趣的是，朝鲜大嫂的亲情表达既不似老大娘的慈祥细腻，也不似年轻姑娘的温婉含蓄，"蛮横"中带着几分风风火火的果断干练。

有节制的青春叙事：年轻的朝鲜姑娘是中国军人朦胧的爱情对象。十九岁的王德贵帮助朝鲜妇女撤离战区，他抱孩子笨拙的紧张神情引来同车妇女善意的笑声，可这些笑声他似乎都听不见，唯独敏感于"那头上包着花格子毛巾、浓眉毛的姑娘笑得最嘹亮，王德贵浑身热辣辣的"。紧张感还未消停，又传出了那个姑娘的笑声，"虽然笑得很轻，王德贵仍然一下子就听出来了。'又笑我么？'他想。"③ 作品始终以王德贵的心理感受为线索来反视姑娘视角中他的"可笑"与"笨拙"，这种感受正是青春期少男少女特有的心理特点，是一种萌动中的异性吸引，虽然不是爱情，但这种青春心态，极有可能成为爱情的前奏。这是写得较为成功的叙事，只是这样的作品当时并

---

① 路翎：《战争，为了和平》，中国文联出版公司1985年版，第454页。
② 杨朔：《三千里江山》，人民文学出版社1960年版，第109页。
③ 路翎：《初雪》，宁夏人民出版社1981年版，第3页。

不多见。

浓郁的父爱叙事：朝鲜幼女少童激起中国军人的父爱情愫，弥漫着浓浓的父女/子亲情。老团长"伸出手去把小姑娘举了起来，放在膝上，用力地亲她的面孔。小姑娘凉爽的面孔使他心里觉得很激动，于是又亲她，发出响声和笑声来"①。班长朱德福"抱过一个朝鲜孩子，带着他行军一个礼拜"，从这个孩子身上，他想到了自己的孩子和死去的女人，"对他的女人、孩子，他有深深的遗憾的感情。他觉得，在遥远的过去的那苦难的生活里，他没有能够爱他们。但现在，他的心里却出现了顽强的慈爱，好像这才懂得做一个父亲是怎么回事，忍不住要一再地谈起他的已经十五岁的、会劳动的、上了小学的儿子"②。父爱的唤醒与父爱的成长，朝鲜孩子镜子般地照见并激发了这些冰火浴血中父兄们或深沉或朦胧的父爱柔情，他乡的孩子幻化成梦乡中的亲子之乐。

我们发现，文本中俯拾皆是的亲情叙事存在着一个镜像反射的共同模式，寓含着中国军人对这种"亲人"关系的想象认定。朝鲜大娘、大嫂、姑娘、女童与中国军人构成镜像关系，照见中国军人的亲情缺位、亲缘期待和角色定位。我是谁，在何处，何种角色？潜在自我需要获得确认。身处异域的游子心态，转战千里的浴血硝烟、亲情远隔的乡愁在情感缺失的置换中很容易将这些温柔善良、苦难坚韧、活泼可爱的朝鲜女性，当做自己的母亲、嫂子、妻子、恋人、孩子的对象投射而进行亲情幻想，透射着叙事主体游子情结的家园认同、亲情渴望的潜在心理机制。于是，朝鲜妇女成为中国军人想象亲情、建构自我的镜像投射。

四　1992 年中韩建立外交关系以来的历史阶段

这个时段讲的是今天，还处在现在进行时态。中韩两国经济、政治、文化交流频繁，战略伙伴关系得以确认，中国已成为韩国的第一大贸易伙伴，韩国已成为中国第三大贸易伙伴，经商、留学、探亲、旅游的人员日益增

---

① 路翎：《战争，为了和平》，中国文联出版公司 1985 年版，第 313 页。
② 路翎：《你的永远忠实的同志》，《初雪》，宁夏人民出版社 1981 年版，第 83 页。

多，这就使得相互间获得一个新的国际定位和历史认识的契机。这个时期中国人对韩国的认识已不限于纯粹的文学形式，它不可避免地带上了经济和信息全球化与区域化的时代特点。应该看到，知识分子的精神认知，不仅包含精英知识层的认知，而且拓展到大众文化层。自此，对韩国的认识更多地得自电视、电影、光碟，甚至得自服饰、饮食、足球、围棋、商业营销和媒体传播。这些对日常生活的渗透可谓无孔不入，从中所产生的印象和体验，比起纯粹的文学认知更加直接、生动和丰富多彩。

　　1999 年 11 月 19 日《北京青年报》载文《东风也有东渐时》，称这股来自韩国的文化涌动或文化时尚为"韩流"，这一称谓逐渐成为报刊和网络媒体的常用语。"韩流"的特殊意义在于它开拓了一个新的民间的空间、青年的空间、社会文化和精神的空间。这是相互认识的深入化和普遍化。这是一个文化穿透政治并推进政治的很好案例。这一称谓最早是针对韩国的流行音乐，1998 年 H. O. T 专辑的发行和其后来华演出，1999 年"酷龙"组合《摆脱城市》的演出，都迎合了中国那些有点叛逆、喜欢标新立异、渴望被关注的大男孩的青春期心理。相对而言，影视作品也许具有更广泛的传播优势，使这股"韩流"现象不致昙花一现。1993 年中国中央电视台首播韩国电视剧《嫉妒》；1997 年又播放《爱情是什么》，讲述了保守家庭和开放家庭的联姻故事，触动了曾经接受过"家为国之本"的主张的中国人心弦。其后韩国电视剧的不断引进，成为一些电视台提高收视率的手段，诸如《我的野蛮女友》、《澡堂老板家的男人》、《看了又看》、《黄手帕》、《明成皇后》等电视剧都反复热播，其题材从都市爱情剧、家庭剧扩展到历史剧，其受众也从青年男女扩展到上了年岁的女性。喜欢早睡早起的女性观众甚至改变了自己的生活习惯，追踪着韩国电视剧长至数十集、一二百集的吊人胃口的线索。韩国明星如安在旭、裴勇俊、金喜善、全智贤，成为中国时髦男女的偶像，飘散为街谈巷议的话题，飘散为美容美发美衣的时尚，甚至连高中生的英语试题中也出现过"以 100—200 个字用英语记述安在旭"[①] 的题目，飘散的尘埃已时髦地落入教育空间。

---

　　① 郑成宏：《"华风"与"韩流"的和合——全球化背景下对建构东亚文化共同体的思考》，载韩国现代中国研究会编《韩中言语文化研究》第 7 辑，首尔，2004 年 9 月。

　　"韩流"现象打开了中国人认识韩国的从来没有过的局面。它为这种认识开拓了一个新的民间空间、青年空间、社会大众文化的空间。这成了一个文化穿透政治，并推进政治的极好案例。在"韩流"涌动中，中国知识界开始反思：是什么原因从韩国电视剧中伸出一只无形的手，拨弄着中国观众的文化心弦？首先被人们指认出来的是东亚文化圈中几千年沉积下来的文化认同感。韩国电视剧善于细腻地把握日常琐事，在非常生活化、人性化的情调中，展示着诸如孝敬老人、长幼有序、兄弟友爱等传统伦理美德，以及婆媳关系、异性情缘等人际生存情境，这就足以唤起曾经同受儒家文化润溉的中国观众似曾相识，或难免失落的生活经验和精神体验的记忆。在韩国电视剧中，看到了我们过去或现在的若即若离的背影。这比起美国好莱坞电影一味张扬它的自由人权理念和自我中心价值观来，也许少了一种"他者"的震撼和刺激，却给追求和谐美满的中国人带来更多"似我"的亲切和温馨。更何况这类电视剧把东方美德与现代时尚相交融，以幽默化解说教，用色彩消除陈腐，令人接受传统美德熏陶而不觉讨厌，反而增强几分文化自信心。

　　朝鲜半岛曾在很长的历史时期与中国共享儒家文化而作出独特的创新，一千二百多年前的中唐诗人钱起在《送陆珽侍御使新罗》诗中写道："衣冠周柱史，才学我乡人。受命辞云陛，倾城送使臣。去程沧海月，归思上林春。始觉儒风远，殊方礼乐新。"他用一个"远"字形容中朝儒学的共享，用一个"新"字赞扬朝鲜半岛新罗王朝的独特创新。但是细品其间滋味，究竟还有中原文明对异域文化的"华夷之辨"的优越感。在"韩流"涌动之际，这种"华夷之辨"的心理障碍全然消解。在韩国历史剧《大长今》热播之际，人们深感到它所描写的16世纪朝鲜中宗朝的这位宫女勤奋励志、刻苦学艺，在逆境中永不放弃，成长为厨艺非凡的最高尚宫和医术高超的正三品御医，对爱情能够纯情圣洁，对败下阵的对手又能以德报怨。它从平民性的立场，把东方儒家文化传统中的人性人情之美演绎得荡气回肠，又把它融入中韩两国相通相润的礼仪、书法、医术之中，让人于体验历史中获得精神的提升。相对于中国某些影视剧张扬陋俗、亵渎自己以期得到洋奖项的青睐，或在圣明天子的面前大叩响头，以奴才心理来阐释历史，其文化价值观的倾斜久已令人感慨多端了。中国知识界不仅可以透过"韩流"认识韩国，而且应该比照"韩流"认识自己，启示我们如何在平凡中发现人格魅力，如何向世界讲述自己的"中国故事"。

在中韩建交之后，"韩流"乍起甚至未起之际，中国文学就与热热闹闹的"韩流"不同，开始用一双明净的眼光透过几十年的历史风云，考察朝鲜独立运动与中国的血肉相连的因缘。由中国人来标示"韩流"，实际上是韩流和华风（中国风）的互动。这就是浙江嘉兴女作家夏辇生也起名"韩流"三部曲的长篇《船月》、《虎步流亡》和《回归天堂》①，其中《虎步流亡》是纪实作品，可以印证这三部曲写作的历史原因和情感动力。夏辇生由于姐夫是韩国人，姐夫的父亲曾是大韩民国临时政府主席金九的侍卫官，伯父是金九的保健医生，如此复杂的涉外关系，夏辇生的父母在"文化大革命"中被诬为"特务"，受尽磨难。改革开放以后，曾任韩国交通部长的金信要到嘉兴寻访他的父亲，也就是韩国独立运动领袖金九的旧踪。时任《嘉兴日报》记者的夏辇生受姐夫之托，陪同寻访。她打捞历史，打捞到一方面是一批前仆后继、以身许国的韩国仁人志士；另一方面是一些平凡善良和默默无闻的普通中国人民。他们偶尔相遇、相识、进而相互理解以至相濡以沫。在她用心去聆听历史回音的时候，她把"感动"作为创作的"能源"，把写作这三部曲作为"不容拒绝的缘分"。纪实文学《回归天堂》记述朝鲜义士尹奉吉按照金九指示，制造上海"虹口公园炸案"（1932）炸死日军总司令白川大将的壮举。长篇小说《船月》处于创作的中心位置，主要描写金九在虹口炸案后为躲避日本军警悬赏60万大洋的追捕，在中国同盟会元老褚辅成举家舍命相助下，隐居嘉兴，并以57岁的异国英雄的身世，获得20岁的中国摇船姑娘朱爱宝的淳朴爱情，②如作者所云："朱爱宝——这个普通的嘉兴船娘，曾经以其淳朴忠厚的情怀，给金九先生一个漂泊而又安全的'家'"，"这个无怨无悔的女人，选择的是无须表达的奉献。"③

船娘朱爱宝"无须表达的奉献"，被作者以无从抗拒的心灵感动，借助天边月和水上船的表里空明融合着现实与超现实的意象世界，表达得富有诗

---

① 夏辇生：《船月》、《虎步流亡》、《回归天堂》，分别由人民文学出版社1999年、1999年、2002年出版。《船月》译为韩文，获韩国政府奖。

② 有关朱爱宝与金九结情的史料记述，参见金九自传《白凡逸志》，宣德五译，重庆出版社2006年版。

③ 夏辇生：《船月》后记，人民文学出版社1999年版。

情画意，令人荡气回肠。作品的扉页题辞就点明它在中韩两国近代史上的意义："（小说）讲述了中国船娘与韩国国父的传奇故事，展示了战争洗礼与恩怨情仇的真实历史。"它以中国船娘去感受和认知韩国国父，这就自然而然地把异国英雄导入中国民间社会，使之在中国民间的道义支持中获得保存自己、继续抗日复国事业的物质上和精神上的资源。在金九到来之前，朱爱宝已存在着被挑水夫哑巴子和厨师阿贵追求的隐性三角关系。船娘对金九产生好感，是由于她看到落难中的金九还为周围的人排忧解困，他的义士朋友尹奉吉（1932 年上海"虹口公园炸案"事主）、李奉昌（同年东京"谋炸天皇案"事主）都以"奉"字为名，都有一颗"为国家、为民族、无私无畏彻底奉献的心"。她相信的是"好人帮好人，是天经地义的事"这么一种在中国民间再平凡不过的伦理，并以此作为她萌生爱情的心理逻辑起点。勤劳朴实的挑水夫哑巴子爱船娘，连船娘为他做的鞋都舍不得穿着去挑水，发觉船娘爱金九之后，却为掩护金九而献身。厨师阿贵因嫉妒而告密，导致哑巴子牺牲，却为洗罪而毒杀一堆日寇，以自缢来明志。如此种种，无不证明了中国民间的良心在维护韩国英雄的安全。或如作者引用过的孙中山的话：中国与朝鲜"本系兄弟之邦，素有悠远的历史关系。辅车相倚，唇齿相依，不可须臾分离"[①]。

《船月》最有创造性的叙事方式，是在每章前面附上一则《漂在水上的日记》，形成一种和弦式叙事。其实，这是一个女性作家以其细腻的心灵感受，透过不会书写、"无须表达"的船娘的心灵，去感受缘分和宿命，感受船、月和爱情。小说"引言"说："这是谁也看不见、听不到、读不着的日记。日记是用一个船娘手中的橹写在水中的。这水随着大运河的流淌，流淌……至今，已整整流淌了半个多世纪。"但是这看不见、听不到、读不着的日记，却在书后的"作者补述"中自称读到了："由于特殊的因缘，我作为一名记者，自始至终参与了这段尘封往事的寻踪"；"偶尔有一天，我在三塔湾月光如银的水面上，读到了一个船娘漂在水上的日记，于是，就打捞起这么一个深埋在已逝岁月中的故事"[②]。这和弦式的"日记"，成为联系着

---

① 闵石麟：《中国护法政府访问记》，《韩国魂》，第 103—104 页。
② 夏辇生：《船月》引言，人民文学出版社 1999 年版。

船娘的民俗信仰和现实缘分的"精神起居注"。民俗信仰联系着道教：小时候算命鸟为她叼出一张印有船与月的纸牌，算命小神仙说"小姑娘有萍水相逢之命"。民俗信仰又联系着佛教：金九在寺庙里为船娘抽得一张佛签，判作"缘定前生"。小说在阐释这个"缘"字的意义时，借人物的谈论超越了宿命观，朱爱宝脱口而出："我跟你有缘！"金九搂紧了她颤抖的肩膀，眼中的泪水在急速地汇集，他无限感慨地自语着："缘啊……缘……国与国，乃缘；人与人，乃缘；心与心，乃缘……一切皆缘，而一切皆无缘！这，就是我金九至今还苦行在人间的缘故啊！"① 对于缘分的理解，朱爱宝是直观的、朴素的，但金九却不然。虽然他早已为朱爱宝质朴的真情所打动，却不能给她一个正面的答复。这不仅是因为两人年龄的悬殊，更重要的是金九肩负着拯救祖国的重任，为了祖国，他已经忍受了丧妻失子的痛苦，不忍再连累别的女人。避难中的他不仅要隐名埋姓，还要保护其他的朝鲜志士。所以他考虑的缘，不只是人与人的缘，还有国与国的缘；不只是善缘，也还有恶缘；国与国的缘也不只是朝鲜与中国的善缘，在当时的东亚局势中，朝鲜、中国正与日本交着迫在眉睫的恶缘。这就使缘分观念超越了宿命论而升华为人际的心灵相知，又从人际的心灵相知升华为国际的休戚与共，终因国难当头、英雄漂泊，又在缘中体验到无缘的富有悲剧意味的人生哲学和历史哲学。"一切皆缘，而一切皆无缘！"这就为金九、朱爱宝的结缘与缘散埋下了国破家难的悲剧性伏笔。这部荡漾着历史哲学、民间道义和船月诗情的小说，把文学对朝鲜的认知推向一个穿透历史、牵连血性的深度，它把有关民族英雄的宏大叙事化作男女缘分的诗情体验，成为中国文学对朝鲜百年认知的总结性文本。

历史透过文学折射着人的心灵，文学在打捞历史也打捞心灵。20 世纪及其略前略后的这一百余年中国文学对朝鲜的叙事和认知，实际上是中国知识界精神史在朝鲜问题上的投射和返照。朝鲜故事中有中国人的心迹。观朝鲜，就是反观中国，警醒自身；叙写朝鲜，也潜在地叙写自我，邻国的镜子折射着中国的故事。百年的文学认知跨越了艰险、崎岖、转折，经历了以朝鲜的亡国为镜鉴，反省中国现状；引朝鲜人民为共同抗敌的战友；在东西方

① 夏辇生：《船月》，人民文学出版社 1999 年版，第 368 页。

冷战、南北朝鲜分裂的局面下，引北方为战友使南方处于缺席状态；在"华风"与"韩流"的互动中，把文学对韩国的认知推向一个穿透历史、牵连血性的深度等四个阶段，展示了认知过程的远、近、偏、正各个侧面，终在峰回路转中豁然开朗，远者可探文化渊源，近者可知人间血性，偏者可供历史反思，正者可开拓共同发展的前程。百年认知的四个阶段存在着不同的精神认知方式，无论远、近、偏、正，都汇集为建构东亚意识的精神资源。此类远、近、偏、正的种种认知处于深厚的文化资源和复杂的历史纠葛之间，一方面是与长期文明创造和传播结缘的儒家文化圈的认同感，一方面是东亚以外的世界霸权侵入所带来的破坏性，使每一个东亚国家在走向现代化过程中必须作出理智的、慎重的选择。全球化并不排斥区域性，而且全球化必须在区域性中才能实现其充满活力的复合形态。由于文化地理上一衣带水，或唇齿相依的深刻因缘，这里存在的不是要不要打交道的问题，而是如何打交道的问题；不是要不要在全球化趋势中建构东亚意识的问题，而是如何整合出一种真诚不欺的、共赢共进的、协同发展的东亚意识的问题。百年的文学认知说明我离不开你，你离不开我，关键在于我们要有一种高瞻远瞩的大智慧，你我携手，优势互补，共同创造出一个辉煌又更辉煌的睦邻友好的东亚。

2005 年 11 月 25 日初稿

2009 年 5 月 4 日修改

2009 年 10 月 4 日再次修改

2009 年 12 月 23 日第三次修改

现代人文地理编

京派和海派的文化因缘及审美形态

一　现代文学文体建设时期的流派

　　文学是历史文化的一种生命形态，每个时期都有它每个时期作为一种生命的发育阶段和关注的焦点。从 1917 年开始的新文化运动，它首先关心的是文学革命，用白话文代替文言文，经过十年左右的激昂奋发的开辟性的工作，到了 20 年代末、30 年代前期，它开始更多地注意自己已经是新文学的自身，关注自己的文体建设。今天要讲的京派和海派（主要指上海现代派），在很大程度上是两种不同的文体建设的流派。

　　所谓京派和海派，都没有成立一个稳固的社团，它们的流派特征主要表现在文体特征，以及在以文会友过程中因趣味相投而形成的群体意识上，京派的成员主要是五四时期的文学社团——文学研究会，语丝社和现代评论社滞留在北京的部分成员，比如周作人、俞平伯、废名（冯文炳）、杨振声、凌叔华、沈从文，以及一批后起之秀如林徽因、萧乾、芦焚（师陀）、何其芳、李广田、卞之琳，以及理论批评家朱光潜、梁宗岱、李健吾（刘西渭）。鲁迅在 1929 年 7 月《致章廷谦（川岛）》的信中已敏锐地感觉到这种流派的分化重组：

　　　　青岛大学已开。文科主任杨振声，此君近来似已联络周启明（周作人）之流矣。陈源（西滢）亦已往青岛大学、还有肖景深、沈从文、易家钺之流云。①

---

　　①　鲁迅：《致章廷谦（川岛）》（1929 年 7 月 21 日），《鲁迅全集》第十一卷，人民文学出版社1981 年版，第 678 页。

沈从文作为流派中人，在 20 世纪 40 年代这样回忆道：

> 然而在北方，在所谓死沉沉的大城里，却慢慢生长了一群有实力有生气的作家。曹禺、芦焚、卞之琳、萧乾、林徽因、何其芳、李广田……是这个时期中陆续为人所熟习的，而熟习的不仅是姓名，却熟习他们用个谦虚态度产生的优秀作品！……提及这个扶育工作时，《大公报》对文艺副刊的理想；朱光潜、闻一多、郑振铎、叶公超、朱自清诸先生主持大学文学系的态度，巴金、章靳以主持大型刊物的态度，共同作成的贡献是不可忘的。①

京派组合的方式虽然很多：比如朱光潜在北平的家里按时举行的"读诗会"，在梁思成夫人林徽因在北平东总布胡同的"太太客厅"的文人聚会，以及萧乾主持《大公报·文艺副刊》时，每月一次在北平中山公园来今雨轩的约稿会。但是从沈从文上述的话来看，他最重视的是两条：一是报刊的理想的态度，包括《大公报·文艺副刊》，以及《骆驼草》《文学月刊》、《水星》和朱光潜主编的《文学杂志》。二是大学的风气。这些人多是清华大学、北京大学、燕京大学中文系、外文系或哲学系的师生。在某种意义上，他们是学院派，对中外古今的文学能超越具体派别采取宽容的态度，选择他们指认为精华的东西加以融合，把浪漫激情消融在古典法则中，于写实之处焕发出抒情的神韵，讲究文风的浑融、和谐和节制。

海派的情形更为复杂。它是洋场派，却有不同的发展阶段和不同的文化品位。清末废科举之后，一批苏州、常州、扬州的落魄才子在上海洋场写鸳鸯蝴蝶派小说，被称为"老海派"。40 年代张爱玲、徐讦、无名氏以洋场男女或爱情传奇为题材，写了许多新颖圆熟，或充满现代主义的浮躁的作品。就是 30 年代的海派，也有张资平为代表的平庸的三角恋爱小说，以及施蛰存为代表的现代主义探索性文学之分，其间的文化品位的差异，几乎不可同日而语。今天着重讲施蛰存、戴望舒、刘呐鸥、穆时英、杜衡、叶灵凤等人

---

① 沈从文：《从现实学习（二）》，《沈从文全集》卷十三，北岳文艺出版社 2002 年版，第 385—386 页。

组成的现代派。这个流派从文学发展史的角度来看，是上承前期创造社的。因为 20 年代前期，郁达夫写的《银灰色的死》、《青烟》等小说，引英国 19 世纪末的黄面志 The Yellow Book 和日本的佐藤春夫为同调，已带有现代主义色彩了。郭沫若的《残春》、《叶罗提之墓》都有弗洛伊德精神分析学的味道。陶晶孙的《木犀》、《音乐会小曲》，滕固的《壁画》和叶灵凤的《鸠绿媚》等小说，说是采取"新浪漫主义"手法，实际是前现代主义作品。叶灵凤在创造社一些元老作家左倾之后，与穆时英合编《文艺画报》，加盟进入 30 年代上海的现代派。

上海现代派是一个青年人的流派，它是一批青年人追踪外国先锋文学思潮而产生的，带有鲜明的探索性和试验性。施蛰存、戴望舒、杜衡是杭州之江大学"兰社"的成员，1926 年 3 月合编小旬刊《璎珞》，每本定价三分钱。三位编者被称为"文坛三剑客"。1928 年 9 月，台湾作家刘呐鸥，由日本来到上海，同时也把日本当时的先锋文学新感觉派的影响带到了上海。他与当时在复旦大学法文班读书的施蛰存、戴望舒同办《无轨列车》半月刊。还把日本新感觉派作家横光利一、片冈铁兵等人的作品译为"现代日本小说集"《色情文学》，在他们几个合办的水沫书店出版。《无轨列车》被查禁后，1929 年 9 月施蛰存主编《新文艺》月刊，创刊号上发表了他用弗洛伊德精神分析学说写成的历史小说《鸠摩罗什》。戴望舒、刘呐鸥的译作也在这里发表，更值得注意的是发表了穆时英的《咱们的世界》、《黑旋风》等小说，这些作品写下层人物桀骜不驯的性格，被时人称为"普罗小说中的白眉"。1932 年 5 月，施蛰存主编大型文学月刊《现代》，其后又有杜衡参与编辑，叶灵凤作装帧设计。创刊号首篇是穆时英的《公墓》，这标志着穆时英转变创作方向，他后来被称为"新感觉派小说的圣手"，就是从这篇小说开始的。

这里有一点应该说明，外间常称这个流派为新感觉派，这种称呼对于刘呐鸥、穆时英是合适的，但对于包括施蛰存、戴望舒在内的整个流派就显得帽小头大，施蛰存在 1933 年曾经有一段反批评，说："因为（楼）适夷先生在《文艺新闻》上发表的夸张的批评，直到今天，使我还顶着一个新感觉主义者的头衔，我想，这是不十分确实的。我虽然不明白西洋或日本的新感觉主义是什么样的东西，但我知道我的小说不过是应用了一些 Freudism

（弗洛伊德主义）的心理小说而已。"①

二　文学流派的地域文化母体

一个流派感受周围世界的特殊角度、特殊方式，是受它周围的文化气氛所影响、所制约的。京派和海派的产生与这种地域文化因缘有深刻的关系，文学和文化在这一点上形成了它的整体生命形态，割裂文学和文化的内在联系，就像把一株禾苗拔回实验室来做隔绝性分析一样，很容易割裂它的生命过程。中国地域辽阔，内蕴的子文化系统非常丰富复杂，向来有"百里而异习，千里而殊俗"的特征。列代史书的"地理志"除了记录地名的沿革之外，最重要的篇幅是记录各地的民俗民风。可以说，中国古地理学，在很大程度上是一种人文地理学，因此在古代目录学中，地理书是附属于经史子集四部的史部的。

然而，中国古代和近现代文化的分野，具有不同的形态。古中国东隔于海、西阻于山，疆域和文化的发展基本上是从南、北两翼展开的，北方兼融了"胡人"文化，南方兼融了"蛮人"文化，形成了北方文化沉实而强悍，南方文化温柔而富于幻想，北方是黄土地文化，南方是绿水文化，从诗与骚两个传统发展下来，到明清时代又有绘画的"南北分宗说"。当然南北文化是有分有合，不能完全一刀切，但合中有分，有其不应抹煞的地域特征。晚清以来，这种南北分宗的情形发生了根本性的变异，出现了东、西的分野，中华文化作为一个整体，承受着声势浩大、咄咄逼人的西洋文化的撞击。东南沿海得风气之先，逐渐地汲取西方工商文明；西部相对闭塞，对外来文明的接纳相对滞缓。这种文化发展的不平衡性和地域性，深刻影响了京派作家与海派作家观察世界的眼光，在相当程度上，一者是"乡土中国"的眼光，一者是"洋场中国"的眼光。眼光不同，你看我、我看你，难免就会有不顺眼的地方，这就是在两个流派发展成熟的时候，发生于1933—1934年的京海派之争。

这场争论不同程度地触及北京文化，尤其是上海文化的特征，触及两个

---

① 施蛰存：《我的创作生活之历程》，《施蛰存七十年文选》，上海文艺出版社1996年版，第57页。

城市不同的文化空气对两个文学流派的不同的养育和刺激作用。他们在表演着一场别具一格的 20 世纪 30 年代的中国"双城记"。上海自 1842 年清政府在英国战舰的大炮下签订屈辱的《江宁（南京）条约》，辟为五口通商的主要口岸之后，英、法、美诸国利用所谓《土地章程》，巧取豪夺地圈出"租界"，先后占地万余亩，形成"国中之国"。西方殖民者在发展工商金融洋行的同时，也使那里的教育、新闻出版和娱乐事业出现畸形的繁荣。外国教会开办医院、中学，以及圣约翰书院等大学。1850 年，英人办《北华捷报》，其后改名《字林西报》，与英国驻沪领事馆关系密切，逐渐成为"英国官报"，出版时间长达 102 年，为上海寿命最长的报纸。1868 年又有林乐知、李提摩太等知名传教士办《中国教会新报》，后改名为《万国公报》，戊戌变法前后许多官僚直至光绪皇帝都订阅它，影响极大。由英人主办的《申报》也在 1872 年发行，但主笔的经理是中国人。80 年代以后，印刷技术机械化，原来用牛来拖动的印刷机，改为蒸汽机推动，进一步刺激了新闻出版业。墨海书馆由王韬任编辑，翻译西方科技书籍，如《格致西学提要》、《重学》、《几何原理》、《光论》等。国际性的同文书会于 1887 年成立，后改名广学会，标榜"输入最近知识，振起国民精神，广布基督恩纶"。四十年间出书两千余种，编译出版物近三亿七千万页。其中李提摩太译的《泰西新史揽要》初版发行达三万册。到了 1897 年商务印书馆也创办了。与此同时，畸形的消费事业也膨胀起来，跑马场三易其所，愈来愈兴旺，除游艇俱乐部、抛球场、网球场之外，赌场、妓院、烟馆也生意兴隆。旧上海的文化不是以平等的身份，而是以屈辱的身份最早接受西方近代文明的，它带有明显的开放性，但开放性中又掺杂畸形，在瓦解中国古老文明规范时也割裂人们的灵魂。

北京是明清帝都，传统文化气氛极其浓厚。结构对称、方正、典重的宫殿街衢，四合院式的规整严实的平民建筑，使它弥漫着典雅、规范、浑融的古典主义气氛。这种文化环境形成了以文明中心自居的心理稳定感，如老舍《离婚》中评点北京人的心理："世界的中心是北平"，"除了北平人都是乡下老。天津、汉口、上海，连巴黎、伦敦，都算在内，通通是乡下"。其实在洋风吹拂的上海人眼中，北京也许是城市中的土包子。北京向来是以主体文化的博大精深，而不是以其先锋性，取得其尊贵的地位的。中央机构设置和科举取士制度，使这里会集了众多国家级的学者文人。康熙年间，万斯同入京主修《明史》，讲学都门。乾隆年间修《四库全书》，纪昀、戴震、姚鼐、王念孙参与其事。随着四方文士云集，书籍聚于京师，琉璃厂书肆发展到数十家。北京又是《红楼梦》和《镜花缘》的故乡，文学写作也处于高档次上。北京的新式学堂以京师大学堂（即后来的北京大学）为最早，是1898年维新运动保留下的一项"新政"。清末民初又出现了北京师范大学、京师法政大学堂，以及美国国会以退还庚子赔款方式创办的清华学校（后来发展为清华大学）。20年代前后，外国教会办起了燕京大学和辅仁大学。北京的大学之盛是与上海的洋行之盛形成鲜明对照的。至于报业这个信息流通迅速的事业，在北京的起步比上海几乎晚了半个世纪。明清时代北京有《京报》，那是专门抄录上谕、奏折的，算不得近代报刊。1872年外国教会出版《中西闻见录》月刊，但三年后就迁到上海改名《格致汇编》出版了。戊戌变法前夕，康有为办过一份《中外纪闻》，不久停刊。北京的近代报业是20世纪初才成为"业"（行业）。1901年日本人办《顺天时报》，其后由日本使馆接办。1916年又出现了《晨报》。直到新文化运动时期，陈独秀把《新青年》迁至北京出版，其后才陆续出现了《每周评论》、《新潮》、《少年中国》、《现代评论》、《语丝》等报刊，形成巨大的声势。至于娱乐场所，除了平民的茶馆、庙会和天桥杂艺场之外，文人学士逛琉璃厂，是和上海人在跑马场上孤注一掷形成对照的。

北京文化和上海文化的巨大反差，它们在中西文化撞击时采取的不同姿态、方式和速度，以及由此所提供的人文地理学和地域文化学的信息，深刻地影响了北京和上海的文学艺术形态。换言之，京、海两地的不同文化形态，成了京派和海派的母体。

三　京派和海派名称的起源

30年代京海之争，吸引了文学界对中国两个主要城市的文化类型之探讨的浓郁兴趣。一些最精彩的意见已经超出了流派辨析的范围，而深入到对地域文化模式或社会文化相的把握。鲁迅说：

北京是明清的帝都，上海乃各国的租界，帝都多官，租界多商，所以文人之在京者近官，没海者近商，近官者在使官得名，近商者在使商获利，而自己也赖以糊口。要而言之，不过"京派"是官的帮闲，"海派"则是商的帮忙而已。但从官得食者其情状隐，对外尚能傲然，从商得食者其情状显，到处难于掩饰，于是忘其所以者，遂据以有清浊之分。而官之鄙商，固亦中国旧习，就更使"海派"在"京派"的眼中跌落了。①

鲁迅是从大一统的官文化受西风东渐时的商文化所打破的角度立论，虽然其嘲讽过于冷峭和尖刻，但其从刨根究底的深刻性上触及中国文化的转型，以及转型中出现的价值系统中的清浊雅俗之辨。这对于深入把握京派和海派的文化类型，具有深刻的启迪作用。曹聚仁的意见则更多地把握京、海二派的文化情调："京派不妨说是古典的，海派也不妨说是浪漫的；京派如大家闺秀，海派则如摩登女郎"，"若大家闺秀可以嘲笑摩登女郎卖弄风骚，则摩登女郎也可反唇讥笑大家闺秀为时代落伍，梅博士若嘲笑刘大师卖野人头，刘大师也必斥梅博士不懂文艺复兴"。② 曹说比鲁迅少了一点现性深度，却在现象把握中闪烁着悟性的光彩。

"海派"和"京派"术语的起源，是在中西文化碰撞中对某种文化现象的理性把握。其要点是海派最先吸收和适应洋场的工商文化，发展到一定程度，便形成对以北京为中心的正统文化的挑战和威胁，然而工商潮流对于文化具有先锋性和危机性的双重作用，最初人们称海派，也许是指"海上画派"。俞剑华《中国绘画史》称："同治光绪之间，时局益坏，画风日漓，画家多蛰居上海，卖画自给，以生计所迫，不得不稍投时好，以博润资，画品遂不免日流于俗浊，或柔媚华丽，或剑拔弩张，渐有海派之目。"③ 如任伯年、吴昌硕、刘海粟等海上书家，逐渐加大革新画风的力度，钱慧安则发

---

① 鲁迅：《花边文学，"京派"与"海派"》，《鲁迅全集》第五卷，人民文学出版社1981年版，第432页。
② 曹聚仁：《笔端》，生活·读书·新知三联书店2010年版，第131—132页。
③ 俞剑华：《中国绘画史》，上海书店出版社1984年版，第196页。

展年画，以投市民趣味。然而京海二派真正形成对比性流派壁垒，则与京剧艺术在近代的变迁史有直接联系。京剧最早分出京派、海派，这在杜衡和沈从文的论争中已涉及了。

清代乾隆年间，宫廷戏班叫做"南府"。因为它的地点在紫禁城西华门以南，原是康熙赠给额驸、吴三桂儿子吴应熊的府第，吴三桂叛清后，改为宫廷专用演戏的机关。乾隆南巡时，带回不少南方伶人，南府学戏处学生多达五百多人。1790 年为乾隆八十寿辰，安徽名艺人高朗亭率领徽班"三庆班"入京，为京剧发祥史上一大事件。其后又有四喜、和春、春台三个徽班来京，合称"四大徽班"，成为京师剧坛极盛一时的主力。它们排斥或融合了昆曲、京腔、秦腔、又汲取了湖北西皮调（楚调），创造了京剧"新声"。道光年间，宫廷戏班改名升平署，名列"同光名伶十三绝"的谭鑫培、杨小楼等人都是升平署戏班教习。光绪十七年（1891）建德和园大剧台于颐和园，这是当时国内最大的戏楼，慈禧曾选民间艺人来此演戏，即所谓"伺候戏"。升平署内的主要演员则是太监，大太监张兰德（小德张）在升平署唱戏，才艺双绝，为慈禧赏识，由剧班总提调升到总管太监位置。我们今天称受过正规教育的人为"科班出身"，典故也来自京剧。光绪三十一年（1904）北京的民间戏校叫做"科班"，比如前后办了四十多年的"喜连城"（后改名"富连成"）科班，实行家长式师徒关系，能学到一些功底较深的"绝活"。京剧在兼融了多元的艺术要素中建立了自己的艺术规范，又在宫廷表演和科班培训中提高了这种艺术规范，从而逐渐形成了式样、色彩和图案都有严格区分的脸谱服装（"行头"），以及象征化、程式化的表演艺术手段。京剧的正统派是以唱腔作派上声情并茂，火候适中、家法严谨、规范圆融而见其根柢功力的，尽管人才辈出之际有所革新，使艺术更加丰富、传神、精致完美，却又在不同程度上未能脱离贵族古典主义的情调。

京剧本来就姓"京"，它何以还有个京派，是由海派衬托出来的。清朝同治年间，新兴商埠上海的丹桂茶园就邀请"京二簧"的艺人南来演出。这时它还是保持着正统派的尊贵身份的。但是到了八国联军攻陷北京之后，情形就发生了变化。一批演"伺候戏"的名角脱离宫廷，到上海滩谋生。在上海滩谋生和在皇城谋生不同，它面临的是两种文化观念和价值体系。这里的艺术不是以博得皇帝太后或王公贵族的赏识，而是以提高票房价值为贵，这就把一种带贵族古典主义情调的艺术形式推到了商品经济的潮流中。海派京剧不再拘泥于传统的"四功五法"，而采取开放的心态随乡入俗，致力于破格和创新。它注重以曲折的情节，丰富的趣味和强烈的娱乐性去吸引各阶层的观众。在破格和创新中，它借鉴了"文明戏"和外国歌剧的某些表演方法，甚至有的艺人用吴语演唱，掺杂一些苏州民歌小调，逗笑逗乐、浅白通俗。为了悦众牟利，它重视舞台布景，把象征性布景改作西洋话剧那种写实性布景。恶性海派甚至以噱头、彩头、马戏和幻术充斥舞台，竟至真刀真枪真牛上台、真水满台，过火地猎取声色刺激。从海派京剧这种变异的趋势来看，它追求时髦大于追求典雅的文化品位。正是在这一点上出现了杜衡所叹息的京剧之海派声誉不佳的情形。

但是海派是以新鲜或时髦的表演手段冲击京剧固有的程式，也为辛亥革命前后的京剧改良提供了某些契机和思路。对这番改良作出过重要贡献的是所谓"海派伶圣"汪笑侬（1858—1918）。他是满族旗人，原名德克金，曾捐任河南太康知县，因触怒豪绅，被参革职遂以伶为隐。他用戏曲进行通俗宣传，编新剧，创新声，由于被著名的京剧老生汪桂芬所轻蔑，戏取了"汪笑侬"的艺名。1898 年在上海丹桂、春仙茶园演戏。听闻戊戌政变六君子蒙难，谭嗣同临危仰天长吟："我自横刀向天笑，去留肝胆两昆仑！"他也慨叹道："他自仰天而笑，我却长歌当哭！"1904 年陈去病、柳亚子主编《二十世纪大舞台》月刊，"以改革恶俗，开通民智，提倡民族主义，唤起国家思想，为唯一之目的"（该刊《招股启示》）。该刊第一期第一页以显著位置刊登标示着"中国第一戏剧改良家汪笑侬"的照片，以及他自题肖像诗："手挽颓风大改良，靡音曼调变洋洋。化身千万倘如愿，一处歌台一老汪。"他一生创作、改编的剧目有三十多种，当时同盟会的报纸《中国日报》载文说："名伶汪笑侬所演《党人碑》、《瓜种兰因》、《桃花扇》等剧，使阅者惊心动魄，视听为之一变，不徒声伎之工，传诵一时已也。近复组集同志，刊行优界杂志一种……其中精神高尚，词藻精工，歌曲弹词，自成格调，读之令我国家民族之思想，悠然兴发，不能自己。"汪笑侬给京剧注入政治内容而贴近时代，而且他还汲取文明戏的一些表现方法，把七字句、十字句的唱词格式，改为十几、二十字的长句，做了许多革新的尝试。海派京剧的大胆革新，使来沪演出的一代京剧大师梅兰芳拓展了眼界，给他的表演方式的革新以极大的刺激。而且"民国以来演戏者不能不趋迎时尚，凡所新编者，无不采取外汇演法"①。这就是杜衡所说的"海派的平剧直接或间接的影响正统的平剧了"②。

四　上海现代派的先锋性情结

20 世纪 30 年代新文学界京派和海派的分野，与晚清到民国初年京剧界的正统派和海派的分野是没有直接的渊源关系的。因为五四新文化运动已经把京剧当做旧艺术，挤出新文学作家的视野之外了。陈独秀 1919 年 1 月在《新青年》上发表《本志罪案之答辩书》，招认《新青年》的九大罪状，包括破坏孔教、破坏国粹、破坏旧艺术、破坏旧文学等等，其中的"破坏旧艺术（中国戏）"，在相当范围内就是指京剧。胡适和傅斯年在肯定京剧作为俗剧在中国戏剧史上有革新趋向的同时，指责它的脸谱、嗓子、台步、武把子、唱工、锣鼓、马鞭子、跑龙套等等，都是早先的幼稚时代的"遗形物"，因此"总可以据以断定美术的戏剧，戏剧的美术，在中国现在，尚且是没有产生"③。因此在这些先驱者心目中，是要用西洋话剧来推倒京剧的。从五四新文化运动到 20 年代，新文学界内容也有争论，比如文学研究会和创造社的争论都在上海，语丝社和现代评论社的争论都在北京，尚未出现以北京文化和上海文化为地域文化立足点的文学论争。不过如果以 1921 年作为分界，此前的新文化运动的中心在北京，也就在传统文化的心脏发起了新文化对旧文化的总攻击。1921 年以后，上海成了与北京同样重要的新文学运动的中心，以文学研究会创造社为代表，它在引进西方文学流派的先锋性上已超过了北京。在这类对比中，北京和上海的地域文化性格的不同，已经颇有点呼之欲出的味道了。

---

① 周志辅：《北皮黄戏前途之推测》，转引自苏移《京剧二百年概观》，北京燕山出版社 1989 年版，第 213 页。

② 苏汶：《文人在上海》，载 1933 年 12 月 1 日《现代》第 4 卷第 2 期，转引自吴福辉《都市漩流中的海派小说·导言》，复旦大学出版社 2009 年版。

③ 参看胡适《文学进化观念与戏剧改良》，载《胡适文集》册二，北京大学出版社 1998 年版；傅斯年《戏剧改良各方面观》，载《傅斯年全集》卷一，湖南教育出版社 2003 年版。

　　新文学中京派和海派的出现，表明了经过五四新文学运动以来十余年的激昂凌厉的冲锋陷阵，新文学作家已经在社会转折而渐趋稳定的时候，开始了新的重整甲胄的自省。他们重新调整汲收外来文学和对待传统文化的心态，此时的北京文化和上海文化自然也比晚清和民国初年有所变迁，但它们由历史遗传下来的特殊素质，也潜在地参与了两地作家对中外古今文化的理性的和审美的选择，并且相当微妙地左右了他们心理选择中的偏斜度。上海文化的洋化程度较深，他们的选择明显地带有先锋性。首先，是通过刘呐鸥介绍日本新感觉派、戴望舒介绍法国现代派，鼓起了先锋性文化选择的变异。刘呐鸥翻译"现代日本小说集"《色情文化》时，写出这样的《译者题记》："在这时期里能够把现在日本的时代色彩描给我们看的也只有新感觉派一派的作品。这儿所选的片冈（铁兵）、横光（利一）、池谷（信三郎）等三人都是这一派的健将。他们都是描写着现代日本资本主义社会的腐烂期的不健全的生活，而在作品中表露着这些对于明日的社会，将来的新途径的暗示。"[1]

　　正是由于他把新感觉派的色彩当做时代色彩，他率先探索了一种充满声色和速率的非常洋化的城市小说。时人评论他唯一的创作小说集《都市风景线》："呐鸥先生是一位敏感的都市人，操着他的特殊的手腕，他把这飞机、电影、JAZZ（爵士乐）、摩天楼、色情、长型汽车的高速度大量生产的现代生活，下着锐利的解剖刀。在他的作品中，我们显然地看出了这不健全的、糜烂的、罪恶的资产阶级的生活的剪影和那即刻要抬起头来的新的力量的暗示。"[2]

　　戴望舒从早年翻译英国颓废派诗人道生和法国浪漫派诗人雨果，一直穷追不舍，在旅法期间，喜欢法国后期象征派诗人古尔蒙、福尔、亚默，欣赏保尔·福尔"像生活一样，像大自然的种种形态一样……迷人的诗境"，陶醉于古尔蒙诗中"绝端的微妙——心灵的微妙与感觉的微妙"。对于参加过达达运动，此时正在爱与梦中探索人的内心深处感情的超现实主义诗人艾吕雅，对于"把手放在蜡烛的火焰上去证实自己还活着的梦游病者诗人"许拜维艾尔，他都非常心折。他曾经翻译过法国作家 Raymond Radignef（1903—

---

① 《〈色情文化〉译者题记》，《刘呐鸥小说全编》，学林出版社 1997 年版，第 211 页。
② 《新文艺》第 2 卷 1 号广告栏。

1923）的一篇心理小说，寄回上海《现代》杂志上发表，施蛰存对此作了
专门的介绍：

> 　　关于译作，《陶尔逸伯爵的舞会》的作者雷蒙·拉第该，也已有望
> 舒先生将法国现代文坛之怪杰高克多的介绍文译出了。但关于这部著
> 作，似乎该再有说明一两句的必要。这部书实在是法国现代心理小说的
> 最高峰，一九二四年法国文学史上的奇迹，作者是一个神童，在十九岁
> 时完成了这样深刻泼辣的"大人"的心理小说。在这一部书出版之后，
> 以前所有的心理小说，引一句某批评家的话来说，就立刻都变成了"大
> 人写的孩子的小说"了。①

　　这段话很有意思，也很值得重视，它透露了上海现代派的两个审美心理
情结：追寻心理小说，以及追寻写心理小说的怪杰。

　　施蛰存谈及自己的中外文化接纳和选择时，则这样表述道："我的一生
开了四扇窗子。第一扇是文学创作，第二扇是外国文学翻译，另外则是中国
古典文学与碑版文物研究两扇窗子。"② 这就有必要追究一下他的窗子开向
何方？施蛰存的外国文学翻译中对他的小说创作影响至深的，是他曾经花费
十余年心血搜集翻译的奥地利作家施尼茨勒（1862—1931）。这位作家在欧
洲文坛上有弗洛伊德的"双影人"之称，施蛰存翻译了他的长篇小说《多
情的寡妇》、《薄命的戴丽莎》、《爱尔赛之死》，合编为《妇心三部曲》。他
称施尼茨勒写性爱"并不是描写这一种事实或说行为，他大都是在注重性心
理的分析"，他将弗洛伊德主义的理论"实证在文艺上，使欧洲文艺因此而
特辟一个新的蹊径，以致后来甚至在英国会产生了劳伦斯和乔也斯这样的分
析心理大家，都是应该归功于他的"③。需要补充的是，日本新感觉派横光
利一等人也受过乔伊斯的影响，这样上海现代派在弗洛伊德→施尼茨勒→乔
伊斯→横光利一的审美传递系列中，找到了一条并没有脱节的精神线索。

---

① 《现代》第三卷第一号"社中谈座"。
② 葛昆元：《"我一生开了四扇窗子"》，《书讯报》1985 年 11 月 5 日。
③ 《译者序》，《薄命的戴丽莎》，中华书局 1940 年版，第 4 页。

施蛰存与刘呐鸥、穆时英有所不同的地方，是他还有一扇开向传统文化的精神窗口。他少年时代学作旧体诗，取法黄山谷、陈三立，"神似江西（诗派）"，"从《散原精舍诗》、《海藏楼诗》一直追上去读《豫章集》、《东坡集》和《刘南集》"。尔后转读唐诗，"《李义山集》、《温飞卿集》、《杜甫集》、《李长吉集》，一时聚集在我的书亭里，这不得不使以前费了工夫圈点的宋诗让位了。在这些唐人诗中，尤其是那部两色套印的，桃色虎皮纸封面，黄绫包角的《李长吉集》使我爱不忍释。"① 对传统文化的广泛涉猎和修养，不仅使施蛰存早年的小说集《上之灯》带有江南水乡的优雅婉妙的抒情气息，甚至带有晚唐诗的某些意境，为海派作家小说集中最近京派风格者；而且使他日后的心理小说集《梅雨之夕》、《将军的头》能够运笔流丽，做到怪而不乱，玄而不晦，对李贺诗集的爱不释手，甚至"摹仿了许多李长吉的险句怪句"，又养育着他心中的怪异情结。蒲松龄《聊斋自志》说："披萝带荔，二闾氏感而为骚；牛鬼蛇神，长爪郎吟而成癖。"他是引屈原和李贺作为自己的精神原型的。施蛰存心理小说中一些带有"聊斋风"的作品，当与他早年嗜读李贺诗所留下的审美心理情结不无关系。

五　京派文化选择中"既平民的，又贵族的"命题

作为新文化运动后的京派，它已摆脱了晚清时期的封闭性和贵族性，而是开放的平民的文学了。然而由于地域文化的潜在作用，它选择中外文化的角度和层面与海派是颇相径庭的，它选择的重点不是外来文学流派的先锋性，而是某种超越时代性的"精美"或"精华"的部分。他们是艺术世界口味讲究的"美食家"。他们的先驱者早就提出了文艺"既是平民，又是贵族的"命题，认为"只就文艺上说，贵族的与平民的精神，都是人的表现，不能指定谁是谁非，正如规律的普遍的古典精神与自由的特殊的传奇精神，虽似相反而实并存，没有消灭的时候"。"文艺当以平民的精神为基调，再加以贵族的洗礼，这才能够造成真正的人的文学。② 这种贵族的与平民的双

---

① 《我的创作生活之历程》，《施蛰存七十年文选》，第51—52页。
② 周作人：《自己的园地·贵族的和平民的》，河北教育出版社2002年版，第14—16页。

重审美的品格的结合点就是学院派，它所追求的是清雅高贵的文学作风。

深刻地影响了京派的文学方向和文学视野的重要理论家，是周作人和朱光潜。周作人重史，朱光潜重论，他们共同架起了京派文学的纵横二轴，因此他们理论的系统性和深厚程度是远胜于海派的。周作人在五四新文学运动中揭起"人的文学"的旗帜，其后转向追求地方文学和个性文学，要求在文学世界中建立"自己的园地"，提倡文学批评的"宽容原则"。在20—30年代他疏离政治，把趣味转向神话学和民俗学，这对京派文学趣味都起了引导作用。1931年他曾在《新学生》杂志"著作家生活之页"发表答问："1. 我志愿的学术希腊神话学；2. 我今年拟着手的著译希腊神话；3. 我最爱好的著作文化人类与民俗学著作。"1932年他又发表了《中国新文学的源流》的讲演，认为文学"从宗教脱出之后"，即有言志派和载道派，"这两种潮流的起伏，便造成了中国的文学史"。他尤其推崇晚明的公安派和竟陵派为代表的新文学运动，认为经过了清代的反动，由对这反动的反动，又产生了五四新文学运动，"胡适之的'八不主义'，也即是复活了明末公安派的'独抒性灵，不拘格套'和'信腕信口，皆成律度'的主张，只不过又加多了西洋的科学哲学各方面的思想"。谈到以他为代表的小品文流派时，他又说："中国新散文的源流我看是公安派与英国小品文两者所合成，而现在中国情形又似乎正是明季的样子，手拿不动竹竿的文人只好避难到艺术世界里去。"① 这样周作人便以他特种的"源流论"重新解释了文学史，解释了新文学运动以来的文学发展。他梳理出一条由晚明公安、竟陵派→五四"八不主义"→京派散文的历史脉络，从而为京派文学确立了文学史的根据。他这种"源流论"影响极大，直弄得一时，"书架上不摆部把公安竟陵派的东西，书架好像就没有面子；文章里不说到公安竟陵，文章好像就不够精彩，嘴巴边不吐出袁中郎金圣叹的名字，不谈点小品散文之类，嘴巴好像就无法吐属风流。文坛上这个时髦的风气……是从知堂老人开头的，时间是在中华民国二十一年三四月间。原来在那个时候，知堂老人周作人先生应辅仁大学之约，讲演《中国新文学的源流》。"②

---

① 周作人：《燕知草·跋》，《燕知草》，河北教育出版社1994年版，第143页。
② 陈子展：《不要再上知堂老人的当》，《新语林》第二期。

朱光潜是一位学养深厚的西方美学史学者和文艺理论家，他所阐述的审美直觉说、移情说和距离说，都从审美心理学上为京派文学铺设了理论基石。他把周作人等人以相对零散的说理随笔和小品文培养出来的京派趣味加以理论的升华和系统化，并且与西方近代文论接轨。比如他由审美距离说推导出文学以"静穆"为最高境界。他自问自答"古希腊人何以把和平静穆看作诗的极境，把诗神亚波罗摆在蔚蓝的山巅，俯瞰众生扰攘，而眉宇间却常如作甜蜜梦，不露一丝被扰动的神色？"由这种神话原型的象征，他体悟到："这里所谓'静穆'（Serenity）自然只是一种最高理想，不是一般诗里所能找得到的。古希腊——尤其是古希腊的造型艺术——常使我们觉到这种'静穆'的风味。'静穆'是一种豁然大悟，得到皈依的心情。它好比低眉默想的观音大士，超一切忧喜，同时你也可说它泯化一切忧喜。这种在中国诗里不多见。屈原阮籍李白杜甫都不免有些像金刚怒目，愤愤不平的样子。陶潜浑身是'静穆'，所以他伟大。"[①]

这里有两点值得注意：一是朱光潜的审美距离说及其推崇的静穆境界，是和京派疏离时代政治风潮，如周作人钻进苦雨斋研究古希腊神话和民俗学，沈从文回归湘西边地描绘民俗"活化石"，创作出冲淡自然的小品文和"真""梦"交融的诗化小说，是互为表里，有着理论上和审美心理上的契合点的。二是他投向文学世界的眼光是双视角的，既取西方理论，又不忘中国趣味，从诗神亚波罗谈到观音大士，从古希腊造型艺术谈到陶渊明。这同海派作家宁可脱离中国传统趣味，也要紧追弗洛伊德和日本新感觉派的单向审美眼光的远程投射，是迥异其趣的。朱光潜对他双视角的眼光曾有这样的描述："我从许多哲人和诗人方面借得一副眼睛看世界，有时能学屈原杜甫的执著，有时能学庄周列御寇的徜徉凌虚，莎士比亚教会我在悲痛中见出庄严，莫里哀教会我在乖讹丑陋中见出隽妙，陶潜和华兹华司引我到自然的胜境，近代小说家引我到人心的曲径幽室。我能感伤也能冷静，能认真也能超脱。能应俗随时，也能潜藏非尘世的丘壑。文艺的珍贵的雨露浸润到我的灵

---

① 《说"曲终人不见，江上数峰青"——讲答夏丐尊先生》，《朱光潜全集》卷八，安徽教育出版社 1993 年版，第 396 页。

至深处，我是一个再造过的人，创造主就是我自己。"①

在周作人、朱光潜架设的史和论的价值系统纵横两坐标中，在他们所启示的中西交融的超越性的文学视野里，富有感悟力的诗论家梁宗岱，充满才情的印象派批评家刘西渭（李健吾），以及文章写得浏亮潇洒的沈从文和萧乾，都在京派理论批评中相当出色地表现了自我。在法国研究西方文学的梁宗岱曾把《陶潜诗选》译为法文，使他以诗名饮誉巴黎文艺界，成为巴黎大学不少女学生的崇拜对象，罗曼·罗兰也称该书使"我发觉中国的心灵和法国两派之一（那拉丁法国的）许多酷肖之点。这简直使我不能不相信或种人类学上的元素的神秘的血统关系——亚洲没有一个别的民族和我们的民族显出这样的姻戚关系"②。

略加清理不难看出，京派作家在陶潜到晚唐李商隐，再到晚明公安派的身上，建立起自己的文学史精神系统，同时又以开放的眼光扫视着古希腊神话，英国的莎士比亚、哈代、曼斯菲尔德，俄国的屠格涅夫和契诃夫。他们不是饥不择食地追随西方文学的先锋派，而是宽容和从容地从中寻找贴合自己个性的东西，尤其是其中被他们视为精华的东西。他们追求的是文学的内在质量，而不甚顾及其时代先锋性。这种文化选择的态度也得到京派作家在创作过程中的证实和认同。比如在京派中开田园诗小说风气的作家废名（冯文炳）就说过："我最后躲起来写小说乃很像古代陶潜、李商隐写诗"；"就表现的手法说，我分明地受了中国诗词的影响，我写小说同唐人写绝句一样，绝句二十个字，或二十八个字，成功一首诗，我的一篇小说，篇幅当然长得多，实是用写绝句的方法写的，不肯浪费语言。"谈及外国文学的影响，他又说："我记得我当时很爱契诃夫的短篇小说，我的这些小说，尤其是《毛儿爸爸》，是读了契诃夫写的俄国生活因而写我对中国生活的观察。""在艺术上我吸收了外国文学的一些长处，又变化了中国古典文学的诗，那是很显然的。就《桥》与《莫须有先生传》说，英国的哈代，艾略特，尤其是莎士比亚，都是我的老师，西班牙的伟大小说《堂·吉诃德先生》我也呼吸了它的空气。总括一句，我从外国文学学会了写小说，我爱好美丽的

---

① 　朱光潜：《从我怎样学国文说起》，《朱光潜全集》卷三，安徽教育出版社 1987 年版，第 450 页。

② 　梁宗岱：《忆罗曼·罗兰》，《梁宗岱批评文集》，珠海出版社 1998 年版，第 157 页。

祖国的语言，这算是我的经验。"① 用古典文学的高雅趣味，对西方文学的开放意识进行醇化的处理，这就是京派作家的学院派文学品格，或者说平民化和贵族化这两极中和的品格。

六　"乡下人"和"敏感的都市人"文化角色体认和文体追求

与京派作家追求的"贵族的和平民的"文学品位双构性相对应的，是京派小说家以高品位文人而自居为"乡下人"。这种文化角色自居，涉及他们对人类生命价值的体认、他们的伦理价值标准，以及他们的写作态度。沈从文说：

> 我是个乡下人，走到任何一处照例都带了一把尺，一把秤，和普通社会总是不合。一切来到我命运中的事事物物，我有我自己的尺寸和分量，来证实生命的价值和意义。我用不着你们名叫"社会"为制定的那个东西，我讨厌一般标准。尤其是伪"思想家"为扭曲压扁人性而定下的庸俗乡愿标准。②

首先，沈从文从古都高等学府教习的身份蝉蜕为"乡下人"，意味着他携带小说笔墨退回到回忆深处的乡土题材，以自我生命的童年，面对人类未被扭曲蠹蚀的自然人性，从中体验和证实生活的价值和意义，他说"我只想造希腊小庙。选山地作基础，用坚硬石头堆砌它，精致，结实，匀称，形体虽小而不纤巧，是我理想的建筑。这神庙供奉的是'人性'。"——这种对创作宗旨的阐释，意义在此。同时，他说《边城》"要表现的本是一种'人生形式'，一种'优美、健康、自然，而又不悖乎人性的人生形式'。"——这种对自己代表作主题的阐释，意义也在此。因此他又自我界定为"对政治无信仰对生命极关心的乡下人"③。

---

① 《废名小说选·序》，人民文学出版社1957年版。
② 《水云》，《沈从文全集》卷十二，北岳文艺出版社2002年版，第94页。
③ 同上书，第127页。

其次，"乡下人"文化角色的自居，又意味着京派小说家的道德价值标准是属于"乡土中国"的。沈从文说："请你试从我的作品里找出两个短篇对照看看，从《柏子》同《八骏图》看看，就可明白对于道德的态度，城市与乡村的好恶，知识分子与抹布阶级的爱憎，一个乡下人之所以为乡下人，如何显明具体反映在作品里。"① 这里提到的两篇小说，一者写湘西跑码头的水手与河街小楼的相好女人，"如牛一般粗野"的性遇合；一者写在青岛海滨作暑期讲演的八位教授以花样翻新的恋爱哲学压抑着和扭曲着性欲望。两相对比，以原始野性嘲讽了文明病，反映了作家以边地民性作为制高点对城乡文化进行道德观照。

再次，"乡下人"文化角色自居，也是一种诚实坚韧的写作态度的写照。沈从文为萧乾的第一个小说集《篱下集》作"题记"说："至于他的为人，他们的创作态度呢，我认为只有一个'乡下人'，才能那么生气勃勃勇敢结实。我希望他永远是乡下人，不要相信天才，狂妄造作，急于自见，应当养成担负失败的忍耐，在忍耐中产生他更完全的作品。"②

与京派作家以"乡下人"文化角色自居形成对比，海派作家的文化角色是"敏感的都市人"，这是施蛰存主编的《新文艺》月刊广告栏为刘呐鸥以及他的小说集《都市风景线》所作的角色认定。这里包含着两重意思：其一，对时代生活的带流派印记的感觉。这一点施蛰存与刘呐鸥相通，介绍《都市风景线》的广告在所谓"现代生活"的前面，有一个冗长的定语："飞机、电影、JAZZ（爵士乐）、摩天楼、色情、长型汽车的高速度大量生产"。人们甚至可以推猜这则广告词是施蛰存写的，不然也可以说是刘呐鸥传染给施蛰存的。因为施蛰存也有这类解释："所谓现代生活，这里包含着各式各样独特的形态：汇集着大船舶的港湾，轰响着噪音的工场，深入地下的破坑，奏着JAZZ乐的舞场，摩天楼的百货店，飞机的空中战，广大的赛马场……甚至连自然景物也与前代的不同了。这种生活所给我们的诗人的感情，难道会与上代诗人们从他们的生活中所得到的感情相同的吗？"③ 进一

---

① 《习作选集代序》，《沈从文全集》卷九，第4页。
② 《萧乾小说集题记》，《沈从文全集》卷十六，第325—326页。
③ 《又问于本刊中的诗》，《现代》第4卷第1期。

步深究，可以说这种以现代都市（在中国只有洋场）的感觉充当整个世界的感觉的方式，是上海现代派开始产生时就带有的胎记。距此五年前，也就是1928年10月刘呐鸥在把《无轨列车》半月刊的这一期几乎变成法国作家保尔·穆杭（Paul Moranol）专号时，就翻译出这种论调：穆杭"最初的作品中人物，克拉丽丝、德尔芬、奥鲁尔这三个非实在的年青的女人很实在地在我们的脸前发现之后，就在伦敦的奔放的，淫逸的，超国境式的空气里活动着，使我们马上了解了这酒馆和跳舞场和飞机的现代是什么一个时代"①。于是在京派作家展示山川秀色和乡土民俗的时候，海派作家展示了楼房、汽车、霓虹灯、夜总会以及洋场声色景观。

　　其二，敏感不仅在于现代生活形态，而且在于现代主义技巧形态。上海现代派是以艺术技巧的鲜辣著称的，自己追求着刺激性的技巧，又以技巧刺激世人。刘呐鸥早就有"技巧至上主义者"之称，他翻译的《保尔·穆杭论》就称赞"穆杭在文学上的努力得到的是文章的新法，话术的新形式，新调子，外国趣味文学的改革，风俗研究的更新，和最后他那特别使人会哭、又会微笑的方法"；"他这新方法怎样把它简单地说明出来呢？影戏流的闪光法，感情分析上的综合的秩序法，对于所欲表现的对象不从正面直攻而取远攻，略辞法，讽示法，分离法，列举法。"② 对于新描写技巧的目迷五色的文体自觉，乃是上海现代派审美心理的一个情结所在。施蛰存一再宣称"想在创作上独自去走一条新的路径"③，也是这种情结的表露，他说："自从《鸠摩罗什》在《新文艺》月刊上发表以来，朋友们都鼓励我多写些这一类的小说，而我自己也努力着想在这一方面开辟一条创作的新蹊径。"④又说："《夜叉》……发表之后，自己重读一遍，勇气顿生，我还以为我能够从绝路中挣扎出生路来的。……读者或许也会看得出我从《魔道》写到《凶宅》，实在是已经写到魔道里去了。"⑤ 无论是"蹊径"，还是"绝路中挣扎出生路"和"魔道"，讲的都是新技巧的试验。他对穆时英的注意，

① 刘呐鸥译《保尔·穆杭论》，《无轨列车》第4期。
② 同上。
③ 《我的创作生活之历程》，《施蛰存七十年文选》，第56页。
④ 《将军的头·自序》，《施蛰存七十年文选》，第804页。
⑤ 《梅雨之夕·自跋》，《施蛰存七十年文选》，第807页。

也在于这一点，《现代》二卷 1 号"社中日记"称赞穆氏《上海的狐步舞》："据我个人的私见看来，就论技巧，论语法，也已经是一篇很可看看的东西了。"穆时英大概是感到这种称赞是深得吾心的，他在《南北极·改订本题记》中说："当时写的时候是抱着一种试验及锻炼自己的技巧的目的写的——对于自己所写的是什么东西，我并不知道，也没想知道过，我所关心的只是'应该怎么写'的问题"。① 他在《公墓·自序》中，还专门回应了施蛰存的称赞："《上海的狐步舞》是作长篇《中国一九三一》时的一个片断，只是一种技巧上的试验和锻炼……我还得在这儿提一句，这只是《中国一九三一》的技巧的试验。"② 海派的先锋性技巧试验也为京派所注意，且不甚以为然，沈从文在《论穆时英》一文中说他"技巧过量，自然转入邪僻"，"所长在创新句，新腔，新境，短处在做作，时时见出装模作样的做作"，"适宜于写画报上作品，写装饰杂志作品，写妇女、电影、游戏刊物作品"。③ 从这种不无嘲讽的评价中，也约略可体味到，在技巧问题上，海派重鲜辣，京派重浑融了。

海派文体试验重在现代都市声色感觉，重在性心理的发掘，施蛰存甚至把这种性心理发掘由现代都市，推广到古代高僧、绿林好汉和边塞名将身上，揭示他们的灵魂隐秘，甚至把他们都市化了。《将军的头》引杜甫《戏作花乡歌》的句子"成都猛将有花卿，学语小儿知姓名"，作为序诗。但杜诗是颂扬边将的勇猛剽悍的，施作则把这种勇猛剽悍引出战事之外，引向性心理。花惊定打败成都叛军，名震巴蜀之后，朝廷又命他讨伐犯边的吐蕃。他的祖父是吐蕃入唐的武士，看到汉人士兵贪爱财货、骚扰民间，他鄙视汉兵的时候反而神往吐蕃武士正直、骁勇的精神了。他以军法诛杀一位持刀闯入边地姑娘房中的汉兵，自己却也为姑娘的美丽感到细胞也在震动，第一次感到恋爱的苦痛和美味。作品在种族的冲突、军法和潜意识的冲突中，加强了性心理描写的力度。最后，这位"迷罔于爱恋的将军"，在战场上"已完

① 穆时英：《南北极·改订本题记》，《穆时英全集》第一卷，北京十月文艺出版社 2008 年版，第 97 页。

② 穆时英：《公墓·自序》，《穆时英全集》第一卷，第 234 页。

③ 沈从文：《论穆时英》，《大公报·文艺》1935 年 9 月 9 日。

全忘记了种族的观念"，"忘记了从前的武勇的名誉，忘记了自己的纪律，甚至忘记了现在是正在进行战争"，他被吐蕃将领砍下首级，同时也砍下了吐蕃将领的首级。他浑身是血，驰马到溪边会那位姑娘，姑娘笑他"无头鬼还想做人么？"他倒地而死，吐蕃将领的头露出笑容，而达虞将军的头却流泪了。这里写了一幕以头颅作为代价的性爱，一点性爱的真诚竟能超越生死的界限。笔者在《中国现代小说史》第二卷中谈到这篇小说，认为："结尾这个阴森而奇丽的场面，是性爱心理和意志的审美升华，它令人想起那位'以乳为目，以脐为口'，尚不改初衷的古代神话人物刑天，自然这个无头将军是具有弗洛伊德学派味道的刑天了。"[1]

七　京、海派审美追求的两极性对比

对两个流派进行对比的最有效的方法，是顺着它们的文化和审美思路找到其终极点。那么京派重乡土民俗、海派重洋场声色，它们的文化审美思路的终极点何在？在笔者看来，乃在于京派使自然人性带上浪漫情调的神性，海派使现代都市性意识蒙上死亡阴影。它们一者要把人的灵魂引进天堂，一者要把人的灵魂推入地狱。

穆时英《上海的狐步舞》开头是一句名言："上海，造在地狱上面的天堂！"他1932年5月作为《现代》杂志创刊号打头文章的《公墓》，既是他本人创作转向的一个信号，也是上海现代派树起的一个旗号，但已带有某种不祥之兆。施蛰存在创刊号编辑座谈中特意推荐穆时英："自从他的处女创作集《南北极》出版了之后，对于创作有了更进一层的修养，他将自本期所刊载的《公墓》为始，在同一作风下，创造他一永久的文学生命，这是值得为读者报告的。"这篇小说写两个少年男女在墓地里邂逅相爱，一度离别，那位少女已长眠在她母亲的墓旁。那男子早已感受到爱着一个肺病姑娘是痛苦的："如果她死了，我要把她葬在紫丁香坟里，弹着 Mandoiln，唱着萧邦的流浪曲，伴着她，像现在伴着母亲那么地。"可以说，这是一曲用洋乐器、洋音调弹唱出来的洋场墓地上的林黛玉《葬花吟》。

---

①　杨义：《中国现代小说史》第二卷，人民文学出版社1986年版，第672—673页。

穆时英另一篇小说《夜》，也是把洋场享乐主义性爱和死亡意识，或生命的绝望感联系在一起的，那位孤独、寂寞的水手到舞场买醉买刺激，怀着化石似的心境和情绪的真空。他恭维一位和他搭话、递烟、跳舞的姑娘："我爱憔悴的脸色，给许多人吻过的嘴唇，黑色的眼珠子，疲倦的神情……"他带她去开旅馆，次晨把钱放在她枕边，她叹息道："记着我的名字吧，我叫茵蒂。"① 茵蒂乃"烟蒂"的谐音，它给人以尼古丁的刺激，却燃耗着自己的生命，如今已到了烟残灰冷的边缘，难免为人吸过即弃之的命运。"烟蒂"作为一个意象，象征着现代都市畸形人对生命的倏忽感和绝望感。

当海派作家把他的人物带进洋场舞会，在爵士乐和探戈舞中寻找现代人性，从而寻找到晃动着死亡阴影的魔窟的时候，京派作家则把他的人物带向远村边城，在山歌声或跳傩的野猪皮鼓声中寻找自然人性，从而把他的人物从神国引回人国，在人性中掺和着神性。这就是沈从文以他的《边城》、《龙朱》、《山鬼》、《神巫之爱》等一系列作品，向文坛展示的真幻交织的苗族诗情。《神巫之爱》展示了这样的场面：那位被视为"神之子"的神巫，威仪如神，温和如鹿，超拔如鹤，他在烛光火把和野猪皮鼓声中唱起娱神歌曲，跳起优美迷人的舞蹈。苗寨中五十位年轻美貌的女子轮流跪在他的脚前，诉说："我并无别的野心，我只愿求神让我作你的妻，就是一夜也好。"全给神巫瞠目一喝就退下去了。这似乎是巫风中的初夜权的遗留，却又以人神阻隔的方式留下一点原始的纯洁，最后来了一个赤足披发的十六岁少女，只把如宝石做成的双眼瞅定神巫，一言不发，抚摩一下神巫的脚背就自动退下了，这里写了一种比轮番的求告更能震撼人心的"沉默"。宝石般的眼光使神巫目眩神摇，他向仆人表示：他愿做人的仆，不愿再做神的仆了。其后就是他思念和寻找这双宝石般的眼睛，在族长宅院居留时，发现一位相貌相似的如玉如雪的白衣少女，神巫竟没有胆量去触摸这女人的衣裙，任其消失在帷幕背后了，此人是族长寡居的哑巴媳妇，作品没有让神巫立即把握到那双宝石般的眼睛，而让他一睹"翩若惊鸿，婉若游龙"的幻影，咀嚼着自己内心的惆怅。后来神巫的仆人打听到跳舞仪式上出现的那位少女，乃是族长媳妇的妹妹，住在两里路外的碉楼里，姊妹都是哑巴，"她的舌生在眼睛

---

① 《夜》，《穆时英全集》第一卷，第326—330 页。

上"。神巫于雨夜探访碉楼，越窗入室，点灯照看帐幔之内，并头睡在里面的是姊妹两人，神巫疑心今夜的事完全是梦。这种一梦双影的写法，是运笔空灵而韵味深沉的。整篇小说把人们引进一个巫风浓郁的世界，但它赞颂的不是神性，而是人性战胜了神性。然而这种战胜的过程又闪烁着庄严、强烈、幽秘的声响和光色，从而在人性中又渗透着神性意味了。当上海现代派让人们目眩于洋场的霓虹灯的时候，京派又让人们耳闻了遥远的山寨的巫歌锣鼓，它们分别展示了多么辽阔的时空和多么绚丽的光色，使我们深切地体验到中国社会文化发展的不平衡性和现代文学形态的丰富性。

（1992 年于台北中研院中国文哲所的讲演稿，首刊于台北《中国文哲通讯》1994 年 4 月。）

沈从文"凤凰情结"及小说之人文地理特质

一　凤凰情结的地理因缘

用国际学术研讨会的形式，在沈从文的故乡凤凰县城举行他的百年祭，是一件值得祝贺、值得参与，也值得深刻地进行精神追踪和文化思考的事情。因为这样的百年祭，已经成为一种象征，它以特殊的空间和时间的形态，触及到沈从文的文学创作的根，触及到他的文学的价值认知、文化特质和审美神韵。沈从文在地下有知，将带着他温厚慈祥的智者微笑，和世界上最美丽的小城之———凤凰的水光山色，一道来给我们的"百年祭"学术研讨会增加新的声音、新的颜色、新的气味，就像他当年用湘西的水光山色、风土人情给中国新文学增加新的声音、新的颜色、新的气味一样。

十五年前，我在从事《中国现代小说史》第二卷的研究和写作的时候，曾经系统地阅读过沈从文的作品，也曾经致函沈先生，询及他与古代文学、外国文学的关系，询及他的乡土因缘和与 20 世纪二三十年代文坛的因缘。但是我没有凌宇先生、金介甫先生直接聆听沈先生教诲的幸运，虽然我和沈先生同在中国社会科学院工作。回函是由张兆和师母写的，那时候沈先生已抱病卧床，不能执笔了。不知什么原因，我总觉得卧病的沈先生在神游他梦魂萦绕的凤凰故里，就像我看过的一幅长沙陈家大山战国楚墓出土的《人物龙凤帛画》那样，骑着那只昂首高鸣、展翅扬足的鸾凤，去探访凤凰故里的山水和人物。因此，我在《中国现代小说史》的沈从文专节中写下这么一句话："这是一个始终以'对政治无信仰，对生命极关心的乡下人'自居的作家，他以'人类'的眼光悠然神往地观照本族类的童年，兴味多在远离时代漩涡的汉苗杂居边远山区带有中古遗风的人情世态，为这种'自然民族'写了一部充满浪漫情调的诗化的'民族志'。"① 这就是我今天要着重谈论的沈从文的"凤凰情结"。

凤凰情结以沈从文的汉苗杂居的凤凰故里为核心，为根基。它包含着两重意义：一是地理上的凤凰的放大，放大到湘西的民风民俗、山川风物；二是精神文化上的凤凰的放大，放大到楚文化的图腾崇拜、精神信仰。这种既是地理的又是精神的"凤凰情结"，构成了沈从文文学世界非常内在的文化特质和文化基因。

《清史稿·地理志》记述湖南"凤凰直隶厅：（繁，难。镇筸总兵、辰沅永靖道驻。明为五寨、筸子坪二长官司，隶保靖宣慰使司。康熙四十三年，改流官置通判，辰沅靖道金事徙驻。雍正四年改凤凰营。）……东北距省治一千五十里。……（南：南华山。西：凤凰山，上有凤凰营，又有凤凰营司巡检……沱江自贵州铜仁入，迤东北流，乌巢江自北来注之。东过厅治北，又东北入于泸溪，是为武水最南源也。）"② 凤凰县城西的群山中，有山峰形状如鸟，昂首展尾，被取了个吉祥的名字——凤凰山。正如《凤凰厅志》所说："凤凰之名因山受。"县城建有凤凰阁，与玉皇祠、大成殿、马王庙并称为名胜。沈从文 1982 年重返湘西时，身着对襟上衣和布鞋，笑容可掬，手抱锦鸡留影，也可看做是他的"凤凰情结"的象征。

"人之初"是人的性情的根本所在。童年的人生教育和生命体验是带有原生的，它对一个作家的审美选择，存在着永志难忘的精神维系的潜在力量。沈从文在其作品中一再提到他童年爱逃学，似乎逃学给他的人生留下了最初的深刻的印痕。他把装有《论语》、《诗经》、《幼学琼林》的书篮藏在土地庙的神龛里，在凤凰城里像野孩子，或者苗语所说的"代狗"那样，看人下棋、打拳、相骂，看人做香烛、绞绳子、织竹席，看老人磨针、学徒做伞，看染坊的苗人站在石碾上摇摆压布，甚至看屠户肉案上"新鲜猪肉砍碎时尚在跳动不止"。这都是在"五官并用"，以天真的好奇心在观察自然万物的变化运动、人间颜色的形成以及形形色色生命的跃动，给自己的赤了之心涂上最初的底色，直至他少年从军，以上士司书的身份游荡于沅水流域

---

① 杨义：《中国现代小说史》第二卷，人民文学出版社 1988 年版，第 605—606 页。
② 《清史稿》卷六十八《地理志》，中华书局 1998 年版，第 612 页。

十三个县的时候。当然他也读过《史记》、《汉书》，读过《大陆月报》连载的《天方夜谭》，读过林琴南翻译的不少小说，还读过《新潮》、《改造》、《创造周刊》等新文化刊物。这都为他积累了可观的古今中外、杂然并陈的知识。但是，使这些驳杂的知识重新获得生命，重新整合成他的文学世界的血肉灵魂的，还是他在沅水流域十三县读到的那部"人生的大书"。他对此一往情深："我们家乡所在的地方，一个学习历史的人会知道，那是'五溪蛮'所在的地方。这地方直到如今，也仍然为都会中生长的人看不上眼的。假若一种近于野兽纯厚的个性就是一种原始民族精力的储蓄，我们永远不大聪明，拙于打算，永远缺少一个都市人的兴味同观念，我们也正不必以生长到这个朴野边僻地方为羞辱。"

所谓"五溪蛮"，最早见于南北朝宋人范晔的《后汉书·马援列传》。南朝梁人沈约《宋书·夷蛮列传》说："荆、雍州蛮，盘瓠之后也。分建种落，布在诸郡县。……居武陵者有雄溪、樠溪、辰溪、酉溪、舞溪，谓之五溪蛮。"① 唐代杜佑《通典》对五溪所指，则另有说法："盘瓠种。……所居皆深山重阻，人迹罕至。长沙、黔中五溪蛮皆是也。（一辰溪，二酉溪，三巫溪，四武溪，五沅溪。）"② 后世著述，多从《通典》，如元人马端临《文献通考》说："黔州古蛮夷之国，春秋、战国皆楚地。秦惠王欲楚黔中地，以武关地易之，即此是也，通谓之五溪（五溪谓酉、辰、巫、武、沅等五溪也。古老相传云，楚子灭巴，巴子兄弟五人，流入黔中，各为一溪之长。一说云，五溪蛮皆槃瓠子孙，自为统长，非巴子也）。秦属黔中郡。汉属武陵郡。"③ 所谓"盘瓠种"就是在我国南方到处建盘古庙，以神犬（盘瓠）为图腾的、以苗族、瑶族为代表的少数民族；"巴子兄弟"，是土家族。在此少数民族聚居之地，存在着许多原始民俗，唐人张鷟《朝野佥载》卷二记载："五溪蛮父母死，于村外阁其尸，三年而葬。打鼓路歌，亲属饮宴舞戏一月余日。尽产为棺，余临江高山半肋凿龛以葬之。自山上悬索下枢；弥高

---

① 《宋书》卷九十七《夷蛮列传》，中华书局1974年版，第2396页。
② （唐）杜佑：《通典》卷一百八十七"边防"三，中华书局1988年版。
③ （元）马端临：《文献通考》卷三百十九"舆地考"五，商务印书馆1936年版。

者以为至孝，即终身不复祀祭。初遭丧，三年不食盐。"① 元代周致中《异域志》卷下，几乎照抄《朝野佥载》："五溪蛮即洞蛮。遇父母死，行鼓踏歌，饮宴一月，尽产为惇，临江高山凿龛以葬，三年不食盐。"② 这种"文抄公"行为，说明古代中原士人对湘西少数民族风俗所知有限，史地典籍记述"五溪蛮"，则偏重于东汉马援以降对其叛乱的征讨。沈从文的贡献在于其小说散文，以清新浏亮的文字和朴野到带点神秘感的情调，展示了武陵五溪流域的少数民族边民的接近自然的生活和人性之美。作为带有少数民族基因的作家，他不是以猎奇的态度或鄙视的视角，外在地看取此处的人生，而是内在地以热烈的带浪漫激情的自恋，诉说着生我养我的这片土地上的山泉、磨坊、汉子、少女、老人和狗的血性的纯真，从而将浪漫激情消融在古典风格的牧歌情调之中。

沈从文"边地边民文化自恋"，表明着他是湘西凤凰城之子。他以赤子之心坦然宣称，他的文学创作采取"乡下人"的价值态度，其中不可排除地蕴含有五溪蛮，即湘西苗族等少数民族的基因。他的《边城》写西水上游的茶峒，《长河》写辰水流域的吕家坪，还有众多的小说散文写沅水流域的大小水码头和吊脚楼（都属于五溪蛮居住的地域），写这些地域的人生方式和历史的"常"与"变"。在沈从文故乡凤凰城，沱江傍城而过，临河构筑的一幢幢吊脚楼，楼的一翼以河岸为支撑点，另一翼以长长的木柱悬在水面，依街傍水，随弯就势，凌空耸立，宛若空中楼阁。《旧唐书》记载："土气多瘴疠，山有毒草及沙虱、蝮蛇。人并楼居，登梯而上。号为'干栏'。男子左衽露发徒跣；妇人横布两幅，穿中而贯其首，名为'通裙'。"③ 这种登梯而上的号为"干栏"的楼屋，大概就是吊脚楼。唐人元稹《酬乐天得微之诗知通州事因成四首》其二云："平地才应一顷余，阁栏都大似巢居。（元注：巴人多在山坡架木为居，自号阁栏头也。）入衙官吏声疑鸟，下峡舟船腹似鱼。市井无钱论尺丈，田畴付火罢耘锄。此中愁杀须甘分，惟惜平生旧著书。（元注：努力安心过三考，已曾愁杀李尚书。又予病甚，将

---

① （唐）张鷟：《朝野佥载》卷二，中华书局 1979 年版，第 40 页。

② （元）周致中：《异域志》卷下，丛书集成本。

③ 《旧唐书》卷一百九十七《南蛮西南蛮列传》，中华书局 1975 年版，第 5277 页。

平生所为文题云：'异日送白二十二郎也。'）"① 巴人为今土家族祖先，"阁栏头"通称干栏，乃是吊脚楼。土家族、苗族以及壮族、布依族、侗族、水族的这种独特建筑，多为九柱落地，横梁对穿，楼台悬空，飞檐上翘，于绕楼曲廊上悬挂着一排空中廊柱，屹立于山水之上。这种拥抱自然，诗意栖居的建筑形式，令元稹联想到初民之"巢居"，由此可以推测吊脚楼的起源。

因此，正如那首唱红大江南北的"小背篓，圆溜溜，笑声中妈妈把我背下了吊脚楼……"的质朴甜美的湘西民歌所展现的，吊脚楼成了湘西世界的独特而亮丽的风景。徜徉于凤凰县城沱江两岸，眺望着那些高低错落地屹立在历史长河中的吊脚楼，令人仿佛回到了沈从文的《边城》世界中，翠翠凭栏临水看龙舟赛，美甲一乡、有"岳云"诨名的青年水手在沱江中逞能"抢鸭子"，那水花、那笑声都洒到翠翠秀美娴静的梦一般的心田中了。沈从文晚年两度返乡，总要到沱江边造访吊脚楼河街，踏入吊脚楼人家，拉拉家常，他是要寻找边城吊脚楼的梦吗？美国的福克纳研究专家 H. R. 斯通贝克曾经为沈从文写下过这样的诗句：沈从文让"我分享了那静悄悄的秘密知识，那是在地球上几乎失传的"，"从那丛山中奔流而下的小溪边上，在一个比游鱼出没还深的梦里，她（翠翠）永远等待着我过渡，就在边城那边"。可以说，没有五溪蛮或苗、汉、土家族杂居的湘西世界的那份神奇的秘密，就没有文学史上独树一帜、独具魅力的小说家沈从文。

二 "龙朱同乡"的生命意识

那么，从凤凰城扩大到整个湘西五溪，沈从文给中国现代文学的发展，奉献了哪些无以代替的诗性智慧呢？我觉得，他的贡献起码可以概括为三项：一是那种几近化外之地的质朴正直的人性之美；二是充满生命灵气的天人合一的审美思维方式；三是明澈浏亮、流转随意的水一般委婉多姿的诗化和散文化的小说体式。

沈从文在散文《湘西·凤凰》中说过，凤凰人勇敢、团结、民性刚直，浪漫情绪和宗教情绪结合而成游侠精神。这一点成为他批评近代都市人的虚

---

① 《元稹集编年笺注》，杨军笺注，三秦出版社 2002 年版，第 645 页。

伪、庸懦、委琐，以及被阉割了的民族衰老了的习性的精神支撑点。他那部自称"把文学当成个人抒写"的《阿丽思中国游记》在嘲讽一切富人专有的"道德仁义"和"面子重于一切"之后，还专门安排阿丽思到"大人小孩都吃辣椒，还有许多奇怪风俗"的乡下，赞扬起"苗中之王与苗子的谦虚直率，待人全无诡诈"。这种赞扬在《龙朱》中达到极致，它在一种半神话、半人间的气氛中，把白耳族苗人族长的儿子龙朱写成"兽中之狮"，跳月唱歌的圣手。《苗族竹枝词》唱道："歌声遥起乱山中，男女樵苏唱和同。只是鸾凤求匹偶，自由婚姻最开通。"苗族青年男女跳花跳月、唱歌求偶，当以"三月三"、"四月八"为最盛。三月三到约定的歌场，对歌、赛歌、跳舞，物色情侣。清人魏祝亭《荆南苗俗记》记载："俗以'三月三放野'，又名'跳月'。未婚者，悉盛服往野外，环山箕踞坐，男女各成列，更番歌。截竹为筒吹以和，音动山谷，女先唱以诱马郎。马郎，苗未婚号也。歌毕，男以次赓和。词极谑，殊有音节，听之亦沨沨移人。女心许者，会马郎歌中意以赓之。讴未毕，男逐歌且行以就女，相距二尺许即止。女曰'歹阿里'人，男以其姓氏里居告，苗称人及己，皆曰：'歹阿里'。汉言'何处'也。女起曳其臂，促膝坐。顷之，歌又作。迭相唱和，极往复循环之妙，大抵道'异日彼此不相弃'意也。抵暮，男负女去。诘旦，偕妻诣丈家。其聘贽以妍媸为赢缩，凡三等，均有定额，贫亦必取盈焉。"① 清人徐珂《清稗类钞》卷三十八"婚姻类"对于"辰州苗之婚姻，俗以三月三放野，曰跳月"，也收录类似的记载。这在礼教森严的旧中国社会，无疑是一股山野清风，对沈从文小说滋润极深。

四月八，是佛诞节。《五灯会元》说："释迦牟尼佛……姓刹利，父净饭天，母大清净妙位。……《普曜经》云：'佛初生刹利王家，放大智光明，照十方世界。地涌金莲华，自然捧双足。东西及南北，各行于七步。分手指天地，作师子吼声。上下及四维，无能尊我者。'即周昭王二十四年甲寅岁四月八日也。"② 晋朝宗懔《荆楚岁时记》说："四月八日，诸寺设斋，

---

① （清）魏祝亭：《荆南苗俗记》，《旧小说》本。
② （宋）普济：《五灯会元》卷一，中华书局1984年版，第3页。

以五色香水浴佛，共作龙华会。"① 荆楚地区以五色香水浴佛，中原地区却以糖水浴佛。宋代周密《武林旧事》记载："四月八日为佛诞日，诸寺院各有浴佛会，僧尼辈竞以小盆贮铜像，浸以糖水，覆以花棚，铙钹交迎，遍往邸第富室，以小杓浇灌，以求施利。是日西湖作放生会，舟楫甚盛，略如春时小舟，竞买龟鱼螺蚌放生。"② 孟元老《东京梦华录》则说："四月八日佛生日，十大禅院各有浴佛斋会，煎香药糖水相遗，名曰'浴佛水'。"③ 这种风俗也流行于少数民族地区。宋代叶隆礼《契丹国志》记载："四月八日，京府及诸州，各用木雕悉达太子一尊，城上舁行，放僧尼、道士、庶民行城一日为乐。"④ 各地此日的风俗仪式颇多差异，清代的《日下旧闻考》记京都："风俗以四月八日共庆佛生，凡水之滨山之下，不远百里，预馈供粮，号为义食。"⑤ 清代的《茶余客话》引祝睦《方舆胜览》记徽州："五通庙在徽州婺源县，乃兄弟五人，本姓萧。每四月八日，人争祭之。"⑥ 这又变成道教的节日了。清初屈大均《广东新语》记海南岛："琼人重龙船。四月八日，雕木为龙置于庙，唱龙歌迎之，而投白鸡水中以洗龙。五月之朔至四日，乃以次迎龙。主人先为龙歌，包以绣帕置龙前，其歌辞不可见，止歌末一字可见。诸客度韵凑歌，能中帕中歌字多者，得酬物多。其谚曰：'未斗龙船，先斗龙歌。欲求钱帛，中字须多。'"⑦ 湘西苗族的四月八，青年男女齐聚跳花沟（或跳花冲、跳花坪），跳花跳月，对歌言情，昼夜狂欢。⑧

沈从文小说若深入这类歌舞民俗，当会色彩更加浓艳。但他更感兴趣的是人，《龙朱》将苗族男女的求爱仪式，写成中秋节月下歌舞盛事，就带点苗、汉文化相交融的特点了。龙朱成了沈从文的人生和小说中极其重要的名字，不仅他为自己的长子起了此名，而且在《月下小景》和《凤子》中，提到龙朱传说，或自称"龙朱同乡"。龙朱已经和沈从文的苗汉杂居的凤凰

---

① （晋）宗懔：《荆楚岁时记》，丛书集成本，中华书局1911年版，第10页。
② （宋）周密：《武林旧事》卷三，山东友谊出版社2001年版，第49页。
③ （宋）孟元老：《东京梦华录注》卷八，中华书局1982年版，第202页。
④ （宋）叶隆礼：《契丹国志》卷二十七，齐鲁书社2000年版，第191页。
⑤ （清）朱彝尊、于敏中：《日下旧闻考》卷一百三十一，北京古籍出版社1983年版，第2114页。
⑥ （清）阮葵生：《茶余客话》卷四引祝睦《方舆胜览》，中华书局1959年版，第114页。
⑦ （清）屈大均：《广东新语》卷十八"舟语"，中华书局1985年版，第489页。
⑧ 《凤凰县民族志》，中国城市出版社1997年版，第117—118页。

故里紧密地联系在一起了。

湘西苗、土家、汉族杂居之地的"天人合一"的生命体验，使沈从文的文学写作散发着山川万象的灵气，使他混合着古典情调、浪漫激情和写实笔致的作品，荡漾着诗的意境。他在《水云》中说："无物不'神'。"在《美与爱》中又说："美无所不在，凡属造形，如用泛神情感去接近，即无不可见出其精巧处和完整处。生命之最高意义，即此种'神在生命中'的认识。"这与《庄子·知北游》所谓"天地有大美而不言"，是默然相契合的。沈从文信仰生命，同时又把生命信仰泛化，把人的生命移植给自然山水和飞禽走兽。《媚金·豹子·与那羊》描写凤凰族美貌而有品德的男子豹子，想寻找一只洁白的羊，去换取白脸苗族最美的少女媚金的贞女之血，因误了幽会之期，导致双双在山洞殉情。这个故事是沈从文在离凤凰城不远的黄罗寨，听祖父一辈人说的。它让媚金临终唱出爱情的圣歌："水是各处可流的，火是各处可烧的，月亮是各处可照的，爱情是各处可到的。"这种水、火、月亮、爱情的超逻辑联想，在生命信息的传递中追求着永恒的价值。沈从文自称是"龙朱同乡"，又称豹子是凤凰族，这都折射了他的心中存在着"凤凰情结"。

《牛》这篇小说中，"神在生命中"的体验也很典型。那头被大牛伯打瘸了腿的小牛，竟然做着"一只牛所能做的最光荣的梦"，或者梦见自己拖着三具犁飞跑，或者梦见自己角上缠着红布，主人穿着新衣。这种审美想象联系着少数民族的原始思维，《凤凰县民族志》说："苗族视牛若宝，认为牛亦通人性，商量卖牛，只能用隐语暗示，不能让小孩知道，免得小孩在牛的面前乱说，让牛伤心落泪，或出现意外事情。"又说："小牛出生满三年即可开教。教牛要有'虎'（或虎月、或虎日、或虎时），有些讲究的人家认为要有'三虎'最好。有'虎'牛耕田才有虎劲，'虎'越多劲就越大。小牛开教的头一天，要选在天将破晓之时，此时正是虎时。开教时主人牵着牛站在堂屋，牛头朝大门口。教牛师傅手端清水，念咒数句，念毕朝牛背喷三口水，牛便站着不动，再套上犁，然后让牛背着空犁在堂屋朝门口走三趟，朝神龛走三趟。这一仪式完成后，解卸犁，再到田里正式开教，以后每天早晨可由主人调教。出门调教小牛，忌路上遇见小孩和妇女、忌高声说话，苗语叫'毫刀斩'，汉语意译是'忌他人知道'。开教时忌他人围观，以免小牛惊骇，乱蹦乱跳，搞坏性子。"① 在这种调教中，人与牛融为一体了。

由于潜存着万物通人性的思维方式，沈从文小说中常用动物来形容人的体魄和性情。《会明》中形容军队厨子会明在魁梧的身体中有一颗平庸的心："他一面发育到使人见来生出近于对神鬼的敬畏，一面却天真如小狗，忠厚驯良如母牛。"《边城》中写河水是"豆绿色"，"溪面一片烟"，黄狗向城里的锣鼓声发出狂吠，而"翠翠在风日里长养着，把皮肤变得黑黑的，触目为青山绿水，一对眸子清明如水晶。自然既长养她且教育她，为人天真活泼，处处俨然如一只小兽物。人又那么乖，如山头黄麂一样，从不想到残忍事情，从不发愁，从不动气。"这种小狗、母牛、黄麂与人的性情的比喻，在天真无邪的幽默感和灵秀感中，使人与自然和谐共处，融洽无间了。

三　楚文化的现代认同

沈从文"凤凰情结"在精神文化上的另一层含义，就是对楚文化的认同。他在《虚烛·长庚》中说："我正感觉楚人血液给我一种命定的悲剧性。"他在《湘行散记》中，描写乘小船上溯沅水的见闻，引述了屈原"乘船上沅"，"朝发枉渚兮，夕宿辰阳"的旅程，认为屈原写的"沅有芷兮澧有兰"，大概是指出产香花香草的沅州，以及生长芷草等兰科植物的白燕溪等地方，并且指出："若没有这种地方，屈原便再疯一点，据我想来他文章未必就写得那么美丽。"他在中篇小说《凤子》中，借人物之口说：湘西的敬神谢神仪式"是诗和戏剧音乐的源泉，也是它的本身。声音颜色光影的交错，织就一片云锦，神就存在于全体。……我现在才明白为什么两千年前中国产生一个屈原，写出那么一些美丽神奇的诗歌，原来他不过是一个来到这地方的风景记录人罢了。屈原虽死了两千年，《九歌》的本事还依然如故。若有人好事，我相信还可从这口古井中，汲取新鲜透明的泉水！"所谓"古井新泉"说，乃是沈从文汲取《楚辞》和楚文化的基本思路和基本命题。

沈从文的小说比起废名作品中陶渊明式的闲适冲淡来，多了几分屈原

---

① 《凤凰县民族志》，第72—76页。

《九歌》式的凄艳幽渺，其源盖出自他与楚文化的深刻的精神联系。

楚族和苗族的先民，曾长期共同生活在荆蛮、三苗的地域之内。楚国筚路蓝缕，拓地千里的时候，曾征服和开发了湘江、沅水流域，深入苗、瑶、土家族先民聚居的五溪蛮地区。《太平御览》说："南蛮……《诗》曰：'蠢尔蛮荆，大邦为仇。'至楚武王时，蛮与罗子共败楚师，杀其将屈瑕。……楚师既振，遂属于楚。及吴起相悼王，南并蛮、越，遂有洞庭、苍梧。秦昭王使白起伐楚，略取蛮夷，始置黔中郡。"① 《宋史·蛮夷列传》又记载："西南溪峒诸蛮皆盘瓠种，唐虞为要服。周世，其众弥盛，宣王命方叔伐之。楚庄既霸，遂服于楚。秦昭使白起伐楚，略取蛮夷，置黔中郡，汉改为武陵。"② 因此楚与五溪蛮早就异流同归，形成文化上相互影响、渗透和交融的特质。在作为贬谪到沅湘地区的楚臣屈原身上，更是如此。比如东汉王逸的《楚辞章句》就说："《九歌》者，屈原之所作也。昔楚国南郢之邑，沅湘之间，其俗信鬼而好祠。其祠，必作歌乐鼓舞，以乐诸神，屈原放逐，窜伏其域，怀忧苦毒，愁思沸郁，出见俗人祭祀之礼，歌舞之乐，其词鄙陋。因为作《九歌》之曲。上陈事神之敬，下见己之冤结，托之以风谏。故其文意不同，章句杂错而广异义焉。"③ 在此巫风极盛之地，生存着苗族、土家族的先民，苗族的巫风也曾盛行，有"三十六堂神，七十二堂鬼"的说法，土家族也有信巫鬼、酬傩神的遗风。

沈从文的中篇小说《神巫之爱》就是把湘沅巫风、民间娱乐和男女真挚爱情相交织的风俗传奇。他让神巫看到赤足披发的白衣女郎，用宝石般的双眼向他传情的时候，顿时感到不愿做神的仆而愿做人的仆了："我如今从你的眼中望见天堂了，就即刻入地狱也死而无怨。"这部作品从巫风中发掘出真诚的人性，已对古楚文化进行现代性的改造了。

楚人是崇拜凤凰图腾的。《楚辞》中，凤出现 24 次，与龙出现 24 次相当。湖北江陵望山 1 号墓出土"虎座凤架鼓"，两凤昂首蠢立，冠上系鼓，脚踩双虎。凤是楚人的图腾，虎是巴人的图腾，象征着楚人对巴人的征服。

---

① 《太平御览》卷七百八十五"四夷部"六（南蛮一），四库全书本。
② 《宋史》卷四百九十三《蛮夷列传·西南溪峒诸蛮上》，中华书局 1977 年版，第 14171—14172 页。
③ （汉）王逸注《楚辞章句》卷二，四部丛刊本。

江陵马山 1 号墓出土"凤龙虎纹绣罗禅衣",刺绣纹样上一凤腾跃,以脚踢龙,以翅击虎,构成绝妙的丹凤降龙伏虎图,显示楚人北拒中原、西征巴人的姿态。同墓还出土"三头凤"的丝织品图案,凤鸟三首共一体,想象极为奇特神秘。楚人对凤凰的崇拜,也影响到湘西的沅水、澧水流域。湖南桃源楚墓出土的铜戈尊,腰部两侧铸有对称的高浮雕凤鸟纹;湖南临澧九里楚墓出土的漆盒,彩绘龙凤纹;长沙等地出土的一些周代青铜器,也有凤鸟徽记。沈从文小说中,凤凰的影子也值得注意:它可是一个族名,如《媚金·豹子·与那羊》中的男子,属于凤凰族;它也可以是少女的名字,如《贵生》中的金凤,以及《凤子》中的同名女子。尤其是后者,使城里来的工程师感到"山寨的女人是热情有毒的",从她身上看到"一个放光的灵魂"。

话题还得回到沈从文的"凤凰情结"。在楚人心目中,似乎凤是高于龙的。前面提到的长沙楚墓的《人物龙凤帛画》,那只凤就显得趾高气扬,体积也是龙的几倍。沈从文对此似乎也是灵犀相通。他在 20 世纪 50 年代转向研究出土文物和古代服饰之后,曾写过一本《龙凤艺术》,认为龙凤"在历史发展中似同实异",龙代表封建权威,凤则日益亲近人民群众。他从历史传说谈到民间习俗,黄帝鼎湖丹成,乘龙升天,群臣也攀龙髯升天。萧史吹箫引凤,和弄玉一同跨凤上天,"同是升天神话传说,前者和封建政治结合,后者却是个动人的爱情故事"。他又用民俗来印证这一点,南方各地小县城,都有龙王庙,龙王成了封建神权政治的象征,"乱用龙的图案易犯罪,乡村平民女子的鞋带或围裙上却可以凭你想象绣凤双飞或凤穿牡丹,谁也不敢管。至于赠给情人的手帕和包兜,为表示爱情幸福,绣凤穿花更加常见"。这是一种混合着文化人类学和文学艺术体验的"抒情考古学"。沈从文从龙凤艺术的对比研究中,体验到与他前期的小说创作一脉相承的平民主义思想。

从以上分析中可以看到,沈从文的"凤凰情结",包括苗、汉、土家族杂居的湘西情结,以及荆蛮、三苗相通的楚文化情结。这种情结深刻地影响了他的文学创作的价值取向、想象天地和审美形态,沉积成他的文学创作的文化特质和文化基因。应该强调的是,沈从文对这种文化基因和特质的传承,是开放性的传承,而不是封闭性的传承,传承中有着非常深刻的内在的现代性的点化。他的根基在于眷恋湘西,他的成功在于走出湘西。美国金介甫先生曾经从沈从文作品中统计出，他曾经读过契诃夫、屠格涅夫、福楼拜、莫泊桑，直到王尔德、乔伊斯、詹姆斯等一大批作家的作品。这些作品的综合影响，点醒了他作为一个新文学家去表现湘西生活的灵感和才能。也可以说，如果沈从文在二十岁时不走出湘西，并融入曾是新文学发祥地的北京，也就不可能有作为文学家的沈从文。

在《从文小说习作选·代序》中，有一段话很值得深思："这世界上或有想在沙基或水面上建造崇楼杰阁的人，那可不是我。我只想造希腊小庙。选山地作基础，用坚硬石头堆砌它。精致、结实、匀称，形体虽小而不纤巧，是我理想的建筑。这神庙供奉的是'人性'。"希腊小庙隐喻着他对外国文学现代性精神和形式的借鉴，但基础还选在生我养我的山地上，使用的材料还是山地出产的坚硬的石头。这就是说，外来影响也在改变着沈从文的文学创作的文化特质，使他的文学创作的文化基因成为具有现代性的复合型。但是这种特质和基因的变异，是再生性的，而不是原生性的。外来影响的作用，主要在于唤醒和释放出他的文学创作的潜力，并赋予它某种精神和形式的启迪，而不是代替他的文学潜力的积累和发挥，更不是消解他的文学创作的文化特质和文化基因。沈从文的杰出在于他能从外国文学的影响中找出一种可能性，并自觉地发挥了他的"凤凰情结"的优势，从而创造出一个属于沈从文的、别人无法代替的审美形式和审美世界。"凤凰情结"将与沈从文的作品永存。这是我要奉献给在凤凰城举行的沈从文百年祭的一句话。

（2002 年初稿；2012 年 4 月修改）

文学翻译与百年中国精神谱系

一　文学翻译的双向性文化对话

醉心文学的人，无人不读翻译。然而经过近世百余年的文学翻译大潮，所译文学作品已逾万种之后，我们还要思索着和质问着何为翻译文学，翻译文学何为，考量着翻译文学的身份、特质、形态、遭遇，及其在现代中国文化转型重建中的结构性功能。

历史使我们无法不从现代文化的全局思考问题，使我们应该无可回避地承认：20世纪中国翻译文学，是20世纪中国总体文学的一个独特的组成部分。它是外来文学，但它已获得在中国生存的身份，是生存于中国文化土壤上的外来文学，具有混合型或混血型的双重文化基因。历史就是这样充满着内含真理的悖谬，它既是外国的，又是中国的，我们无可逃避地必须在这两极合构的复杂张力中，求解中国翻译文学的真义。人生存在这个世界中，必须放开眼光看世界，那种闭目塞听的自闭症，是违背人作为社会的本质的。翻译是中国人看世界的一双眼睛，同时又随着翻译借得一双异样的眼睛看中国。在这种意义上说，翻译在现代社会，是与人的本质相联系的，是与百年中国精神文化谱系相联系的。

话说到这个地步，我们当会理解，这股历百年而不衰的翻译文学的流脉，对于现代中国文化的转型重建，是不可或缺的。20世纪中国文学的开放性和现代性，以翻译作为其重要标志，又以翻译作为其由外而内的启发性动力。翻译借助于异域文化的外因，又内渗而转化为自身文化的内因，它作为一个标志，拓展了人们的世界视野，激发了人们的精神活力，从而形成了别具一格的文化精神启示的资源。精神上的拿来和物质上的购来不一样，译一本书和买一辆外国产的汽车不一样，它具有更为长效和细密的内渗性，使你很难分清这是外因或是内因在启动思想、情感、志趣的发条。当然不应低估中国社会和文化的势态和需求对文学创作和文学翻译的制导作用，但从另一个方面说，翻译文学又提供了一种新的观世眼光和审美方式，催化着中国文学从传统的情态中脱胎而出，走向世界化和现代化。这种制导作用和催化作用，是互动互补，形成合力机制的。从这种意义上说，没有翻译，何来中国现代文学的发生和形成现在的模样，何来中国现代精神文化谱系的博大、雄浑、充满变数，又洋溢着创新的活力。

因此，既然卷帙浩繁的《大藏经》被作为重要的文化文献资源，用以研究晋唐以下的中国思想、文化和文学，那么也就没有理由不把近百余年以来的翻译文学作为重要的文化资源，用以研究 20 世纪中国现代文学的发生学和发展形态，用以研究翻译文学与创作文学共同建构的多层性和互动性的文化时空。文学史因翻译文学的介入而变得博大纷繁，从而具有文化论衡的精神史的性质。基于这种认识，我们集合了一批现代文学专家，兼及少数的比较文学专家，从中国文学发展的内在文化需求和思想精神史的互动、互渗、互斥、互化的角度，去认识和研究 20 世纪中国的翻译文学史。文学史与翻译学结缘，是可以兼得现代文学专家熟悉原始报刊、丛书中创译互映的精神特征，以及比较文学专家熟悉域外思潮流派和思想方法的跨文化视野的。兼双长可以在切磋中求进，在质疑中求达，拓展翻译文学史的内在对话空间。

在进入这个牵动着一部审美文化史和精神文化史的对话空间，牵动着百年精神文化谱系演进的历程之前，有必要对"翻译"一词做一番语源和语义的分析。《说文解字·言部》："译，传四夷之语者。"① 所谓传，就像传车驿马一样把某种语言当成使者而转送。这是译的本来之义，如《礼记·王制》所说："五方之民，言语不通，嗜欲不同。达其志，通其欲，东方曰寄，南方曰象，西方曰狄鞮，北方曰译。"孔颖达疏曰："通传北方语官，谓之曰译者。译，陈也，谓陈说外内之言。"② 这四方译官的异名，蕴含着

---

① 许慎撰，段玉裁注：《说文解字注》；上海古籍出版社 1981 年版，第 101—102 页。

② 《十三经注疏》，中华书局 1980 年版，第 1338 页。

对翻译之事的不同侧面的理解，或者理解为传达、传播（"寄"）；或者理解为转达中的相似性（"象"），或者理解为转达后意义相知通晓（郑玄注："辋之言知也"）。这些用语把翻译看做一个传播过程，牵涉到对信息源的忠实程度，以及传播后的明晓程度。同时还应注意到，由于"译"字声"罢"，从而导致的引申和假借之义，一者为"释"，如《潜夫论·考绩》所云："圣人为天口，贤者为圣译"；另者为"择"，如清人朱骏声《说文通训定声·豫部》所示："译，假借为择"。这就为翻译在文化传播之外，引申出文化阐释和文化选择的意义。这多重的语义对于我们理解翻译文学的本质，以及它如何渗入我们的精神文化谱系，都至关重要。

翻译一词的语义多重性，提醒我们在研究翻译文学史的时候，不能只停留在翻译的技艺性层面，而应该高度关注这种以翻译为手段的文学精神方式的内核。也就是说，要重视翻译文学之道，从而超越对文学翻译之技的拘泥。道是根本的，技只不过是道的体现、外化和完成。这种道技之辨和道技内外相应、相辅相成之思，乃是我们研究翻译文学史的思维方式的神髓所在。对此，考察一下钱钟书在研究中国近代第一个重要的文学翻译家林纾时，从另一角度分析翻译的语源语义之所见，也是很有趣味的。钱氏认为：

> 汉代文字学者许慎有一节关于翻译的训诂，义蕴颇为丰富。《说文解字》卷六《口》部第二十六字："囮，译也。从'口'，'化'声。率鸟者系生鸟以来之，名曰'囮'，读若'讹'。"南唐以来，小学家都申说"译"就是"传四夷及鸟兽之语"，好比"鸟媒"对"禽鸟"的引"诱"，"囮"、"讹"、"化"和"囮"是同一个字。"译"、"诱"、"媒"、"讹"、"化"这些一脉通连、彼此呼应的意义，组成了研究诗歌语言的人所谓"虚涵数意"（polysemy, manifoldmeaning），把翻译能起的作用（"诱"）、难以避免的毛病（"讹"）、所向往的最高境界（"化"），仿佛一一透示出来了。文学翻译的最高理想可以说是"化"。把作品从一国文字转变为另一国文字，既能不因语文习惯的差异而露出生硬牵强的痕迹，又能完全保存原作的风味，那就算得入于"化境"。①

---

① 钱钟书：《林纾的翻译》，《七缀集》修订本，上海古籍出版社 1985 年版，第 79 页。

如此丰富的意义指涉，根本不可能局限在翻译技巧的层面，既然"虚涵数意"，就会在数意的错综组合中形成对话性的文化空间。"诱"既可以解释成翻译之后吸引读者，又可以解释为翻译之前诱导译者。比如林纾中年丧偶，牢愁寡欢，受留法归国人士劝说"子可破岑寂，吾亦得以介绍一名著于中国"的引诱，不顾桐城古文不宜小说伎俩的禁忌，合译小仲马的《巴黎茶花女遗事》。而当时读者又把这场巴黎爱情悲剧比附为"西洋《红楼梦》"，受其引诱而出现"中国人见所未见，不胫走万本"的狂热。这两番诱导都牵系着中西文化的异同。对于翻译中难以避免的"讹"，钱钟书《通感》一文中另有妙说：庞特"看到日文（就是汉文）'闻'字从'耳'，混鼻子于耳朵，把'闻香'解为'听香'（listening to incense），而大加赞赏。近来一位学者驳斥了他的穿凿附会，指出'闻香'的'闻'字正是鼻子的嗅觉"。不过，钱氏认为，"他那个误解也不失为所谓'好运气的错误'（a happy mistake），因为'听香'这个词儿碰巧在中国诗文里少说也有六百多年来历，而现代口语常把嗅觉不灵敏称为鼻子是'聋'的"[①]，如此说来又与他的通感论相通了。

西方学术界从文化研究的框架来考察翻译文学的时候，往往联系到一则意大利谚语"Traduttore，traditore"（翻译即叛逆）。这样他们就有可能把钱钟书之所谓"讹"与"化"的界限打破。比如法国学者罗贝尔·埃斯卡皮就认为："如果大家愿意接受翻译总是一种创造的叛逆这一说法的话，那么，翻译这个带刺激性的问题也许能获得解决。"并且认为，"创造性叛逆是文学的关键"，可以给原作注入新的生命。[②] 叛逆当然非常痛快，但是由于东西方文化的悬殊，中国学者和翻译家在文学翻译中，更强调使异质的陌生的原作视域，与译家本有的熟悉的文化视域相融合，于不可能处创造高明的可能，这才是他们之所谓化境。由此，金岳霖提出与"译意"对举的"译味"的问题，用以处理哲学或文学的不同类型的翻译。他认为译诗要讲究王国维

---

① 钱钟书：《通感》，《七缀集》修订本，第 74—75 页。

② 罗贝尔·埃斯卡皮：《文学社会学》，王美化、于沛译，安徽文艺出版社 1987 年版。又同一作者 "'Creative Treason' as a Key to Literature" in Journal of Comparative and General Literature, 1961, 10, pp. 16—21。

说的意境，因此翻译过程中多涉及重新创作，也就注重译味。① 翻译家傅雷则提出了文学翻译中的"形似"和"神似"的命题，他明白地表示："愚对译事看法实甚简单：重神似不重形似。"② 甚至连巴尔扎克的小说 *La Cousine Bette*（《表妹贝德》）、*Le Père Coriot*（《高里奥老爹》），他也揣摩全书的雅俗情调，译成《贝姨》、《高老头》以传其中妙趣。传神云云，又谈何容易！傅雷这样谈及其中甘苦："中国人的思想方式和西方人的距离多么远。他们喜欢抽象，长于分析；我们喜欢具体，长于综合。要不在精神上彻底融化，光是硬生生的照字面搬过来，不但原文完全丧失了美感，连意义都晦涩难解，叫读者莫名其妙。"③ 在傅雷看来，"理想的译文仿佛是原作者的中文写作"，不能刻舟求剑、削足适履，以造成两败俱伤。他又引申说："我并不说原文句法绝对可以不管，在最大限度内我们是要保持原文句法的，但无论如何要叫人觉得尽管句法新奇仍不失为中文。这一点当然不是容易做得到的，而且要译者的 taste 极高才有这种判断力。"④ taste 一词的使用，又使他的形神之辨与金岳霖的"译味"说相互沟通了。文学翻译，实际上是两种文化的双向对话和双向理解，既是对原文的文化意味的理解，也是对译入语的文化意味的理解，化境是追求二者的融合。

二　翻译姿态与民族国家的政治文化姿态

对翻译意义的全面解读，势必带来翻译姿态的深刻变化。翻译姿态的问题，是 20 世纪中国翻译文学的关键问题，它牵涉着民族国家的政治姿态和文化姿态，牵涉我们对自身的精神文化如何演进的设计和处理姿态。一旦人们认定某种外国文学为师友，为同调，或者强调翻译过程中对原文忠实理解而后再创造，在再创造中深化对原文的忠实理解，那么他们对翻译的价值和功能的观察角度，就可能发生显在的或潜在的转移。翻译由此

① 金岳霖：《知识论》第 15 章，商务印书馆 1983 年版。此书写成于 1948 年。

② 傅雷：《致罗新璋》，《傅雷全集》第 20 卷，辽宁教育出版社 2002 年版，第 306 页。

③ 傅雷：《翻译经验点滴》，《傅雷全集》第 17 卷，第 226 页。

④ 傅雷：《致林以亮》，转引自陈福康《中国译学理论史稿》，上海外语教育出版社 2005 年版，第 392 页。

成了一种重要的文化行为。从而在现代中国的文化转型中扮演不可低估的重要角色。梁启超于 1897 年在《论译书》一文中，把欧洲和俄、日诸国的强盛归功于翻译，倡言"处今日之天下，则必以译书为强国第一义"①。这令人联想到汉代文献《韩诗外传》卷五关于翻译的早期记载："（周）成王之时……有越裳氏重九译而至，献白雉于周公。道路悠远，山川幽深，恐使人之未达也，故重译而来。周公曰：吾何以见赐也？译曰：'吾受命国之黄发曰：久矣，天不迅风疾雨也，海不波溢也，三年于兹矣。意者中国殆有圣人，盍往朝之。于是来也。'"② 越裳氏乃古处南海的部族，在这种朝贡体制中采取仰慕中国圣人的翻译（甚至九译）的文化姿态。在 19、20 世纪之际自觉落后挨打而发愤图强的情境中的翻译姿态与之自是不同，甚至以根本性的翻转来寻找中国文化的发展之机。新的翻译姿态中弥漫着忧患意识和启蒙意识。

鲁迅写于 1907 年的这一段话，也许对于我们深入理解 20 世纪把翻译作为重要的文化行为，发挥其在现代中国文化转型重建中的重要角色作用这么一种文化姿态，甚有助益：

> 明哲之士必洞达世界之大势，权衡校量，去其偏颇，得其神明，施之国中，翕合无间。外之既不后于世界之思潮，内之仍弗失固有之血脉，取今复古，别立新宗，人生意义，致之深邃，则国人之自觉至，个性张，沙聚之邦，由是转为人国。人国既建，乃始雄厉无前，屹然独见于天下，更何有于肤浅凡庸之事物哉？③

这段话所表述的文化姿态，自然也涵盖翻译。只不过它的文化姿态是多维度的，综合性的。其间既有比较性的维度（权衡校量），选择性的维度（去偏颇而取神明），还强调了适合性的维度（施之国中，翕合无间）。后者

---

① 梁启超：《论译书》，收入《饮冰室合集·文集》卷一，中华书局 1989 年版。
② 此说也见于（汉）刘向《说苑》卷十八，文字有出入。《说苑校证》，中华书局 1987 年版，第 457—458 页。
③ 鲁迅：《文化偏至论》，《鲁迅全集》第一卷，人民文学出版社 1981 年版，第 56 页。

是非常基本的，绝不可漠然处之的。据说古希腊哲人苏格拉底认为，适应是与美相关的第一和基本的自然规律，其后的希腊人正是遵从这条适应律，开始在科学和艺术中超过其他民族。① 应该认识到，长期的严重的文化不适症，是一个民族国家的大患。在申述文化适合性的时候，青年鲁迅强调两个原则，一是开放性原则，"外之不后于世界之思潮"；二是自主性原则，"内之弗失固有之血脉"。而且这两个原则不是静态的，相互间机械性割裂的，而是动态的，进行有机性融合的。动态的有机融合过程体现在以"人"为本，以人生意义深化和个性自觉为出发点的取、复、立等文化行为之中。取就是"拿来"，重要的方法是翻译，以翻译拿来的成效看它是否切合中国文化的需求，是否能与中国文化"翕合无间"。它不是只以拿来的资源为宗，也不是只以固有的资源为宗，而是以拿来者改造固有者，以固有者消化拿来者，创造出一种刚健新鲜的别具活力的文化新宗。

归根到底，这是一种整体的综合的文化方略，一种对自身精神文化谱系之演进的宏观规划。它规定了一部文学翻译史是外来思潮、文化与本土血脉的对话史。别求新声于异邦，无非是为了在世界视野中开创新宗于本土。但在具体的翻译史行程中，先驱者采取何种文化姿态对待外来文学和本土血脉，则出现了许多变通的策略。在许多时候，他们往往是采取批判性的思维方式来开通风气的。在五四新文化运动的高潮中，胡适推崇"西洋文学方法的完备，因为西洋文学真有许多可给我们做模范的好处，所以我说：我们如果真要研究文学的方法，不可不赶紧翻译西洋文学名著做我们的模范"。他采取的是扬西贬中的两极对立的思维模式，在他心目中，"中国文学的方法实在不完备，不够做我们的模范"，与之相反，"西洋的文学方法，比我们的文学，实在完备得多，高明得多，不可不取例"②。与这种"西洋文学模范论"的文化姿态互为表里的，是他的"翻译救荒论"。1928 年他反省道："中国人能读西洋文学书，已近六十年了；然后著译出的，至今还不满二百种。其中绝大部分，不出于能直接读西洋书之人，乃出于不通外国文的林琴南；真是绝可怪诧的事！"因此他主张："努力多译一些世界名著，给国人

① ［英］威廉·荷加斯：《美的分析》，广西师范大学出版社中译本 2002 年版，第 16 页。

② 胡适：《建设的文学革命论》，1918 年 4 月《新青年》第 4 卷第 4 号。

造点救荒的粮食！"① 这里连用感叹句，可见其心情之迫切。模范论和救荒论相辅相成，给外国文学加速翻译提供了合理性的根据，从而也给发动期的新文学提供了思潮、文体、表现方法诸方面的催生的资源。

新文学发动期是以西学为"新"的，这就为翻译文学作为一种启新的资源，参与新文学的思潮进程和文体创设打开了合理性的大门。这也使得胡适的模范论和救荒论，其道不孤。沈雁冰（茅盾）就把文学翻译视为当时最关系新文学前途的事业，他在1921年主持《小说月报》的改革，《改革宣言》首列"谋更新而扩充之，将于译述西洋名家小说而外，兼介绍世界文学界潮流之趋向，讨论中国文学革新之方法"②。在这份20世纪20年代的文学核心刊物改革一年后，沈雁冰又发表评述文章认为，"一定要采用"西洋文学技术，在这一点上，"当今之时，翻译的重要实不亚于创作"。这种看法是与胡适的"西洋文学模范论"相呼应的，不过与胡适强调翻译文学名著的情结略有不同，沈雁冰对翻译的要求更强调引进思潮，提升精神。他说："我觉得翻译文学作品和创作一般地重要，而在尚未有成熟的'人的文学'之邦像现在的我国，翻译尤为重要；否则，将以何者疗救灵魂的贫乏，修补人性的缺陷呢？"③ 这种言论是紧贴着五四时期"人的文学"的主题词的，因而在文学思潮和新杰作的翻译上强调"切要"和"系统"，他在1920年写道："西洋新文学杰作，译成华文的，不到百分之几，所以我们现在应选最要紧最切用的先译……又因为中国尚没有华文的详明西洋文学思潮史，所以在切要两字之外，更要注意一个系统字。"④ 这种选择性的翻译，当可参与中国新文学风气的引领，参与新文学潮流和形态的发展，成为新文学发展的重要一翼。循着这条思路，沈雁冰（茅盾）本人后来积极地推动激进的文学思潮一往无前的发展，直到1954年8月为中国作家协会第一届全国文学翻译工作会议作总报告，还依稀延伸着这条思路：

---

① 胡适：《论翻译——与曾孟朴先生书》，《胡适文集》（3），人民文学出版社1998年版，第222—223页。

② 沈雁冰：《〈小说月报〉改革宣言》，1921年1月《小说月报》第12卷第1号。

③ 记者（沈雁冰）：《一年来的感想与明年的计划》，1921年12月《小说月报》第12卷第12号。

④ 沈雁冰：《对于系统的经济的介绍西洋文学底意见》，《时事新报·学灯》1920年2月4日。

从古代到现代，从东方到西方，从荷马的史诗到苏联最新的文学成果，从印度的《摩诃婆罗多》、《罗摩衍那》到今天的法国的阿拉贡，美国的法斯特，一切世界文学的最高成就和优秀作品，它的数量是无限浩瀚的，它的内容是无限丰富的，而这一切，都为今天中国人民所需要，都必须成为我国人民文化生活中不可缺少的精神食粮，必须成为培养和灌溉我们正在创造中的社会主义文学艺术的养料。[1]

这里的精神食粮和艺术养料，似乎与胡适的表述相去不远，但它在现代取向中强调苏联最新成果和法、美有倾向性的作家，也就在其系统性中以"切要"的选择，切入当时中国文学的现实脉络。每一个有精神追求的时代，都按照自己的取向和方式去理解和选择世界文学。20世纪的中国文学就是在翻译文学经典性和现实切要性的理解张力的伴奏中，追求自己的形态，完成自己的宿命。

三 双语境挪移的嫁接型的创造性

文学翻译的文化姿态，决定着对翻译功能的认知。翻译文学的创造性，异于文学创作的原创性而带有再生性的特征。翻译是一种有目的性的文化行为，它往往在寻找文化对应物或心灵共鸣物。因此与其说它在一味地游离原文所在的文化语境，不如说它执意深入原文所在的文化语境，通过深入而产生一种不隔膜的移植，移植到一种新的语言文化语境。从这种意义而言，翻译文学的创造性是双语境挪移的嫁接型的创造性。嫁接携带着原文的基因，而在译入语国度的水土气候和文学根茎上获得新的生命，获得进入其精神文化谱系的资格。

由于对文学翻译创造性的特殊形态及其功能的理解有异，在20世纪20年代引发了一场关于"处女与媒婆"的争论。先是郭沫若在1921年1月15日在《时事新报·学灯》上，发表了他致该栏编辑李石岑的信，给国内翻译界掷来

---

[1] 《为发展文学翻译事业和提高翻译质量而奋斗——一九五四年八月十九日在全国文学翻译工作会议上的报告》，《茅盾选集》第五卷，四川人民出版社1982年版，第410页。

一枚"炸弹"："我觉得国内人士只注重媒婆，而不注重处子；只注重翻译，而不注重产生。一般在文艺界徂徕的文人大概只夸示些邻家底桃李来逞逞口上的风光，总不想从自家庭园中开些花果来使人玩味。……翻译事业于我国青黄不接的现代颇有急切之必要，虽身居海外，亦略能审识。不过只能作为一种附属的事业，总不宜使其凌越创造、研究之上，而狂振其暴威。……除了翻书之外，不提倡自由创造，实际研究，只不过多造些鹦鹉名士出来罢了！不说对于全人类莫有甚么贡献，我怕便对于我国也不会有甚么贡献。总之，处女应当尊重，媒婆应当稍加遏抑。"媒婆旧属三姑六婆之流，五四思潮又崇尚自由婚姻，摒弃"父母之命，媒妁之言"。如此称呼翻译，虽也涉及翻译的某些特征，却到底不能算做雅号。其讥讽口气虽是痛快，却与五四时期仰视西洋文学的文化姿态，甚不协调。

　　因此，明确主张通过翻译介绍，为新文学第一步建立根基的郑振铎，写出一篇《处女与媒婆》的"杂谭"，引发了文学研究会与创造社关于文学翻译功能论争的热点话题。郑振铎认为："他们把翻译的功用看差了。处女的应当尊重，是毫无疑义的。不过视翻译的东西为媒婆，却未免把翻译看得太轻了。翻译的性质，固然有些像媒婆。但翻译的大功用却不在此。……就文学的本身看，一种文学作品产生了，介绍来了，不仅是文学的花园，又开了一朵花；乃是人类的最高精神，又多一个慰藉与交通的光明的道路了。……所以翻译一个文学作品，就如同创造了一个文学作品一样；它们对于人们的最高精神的作用是一样的。"①

　　郑氏当时是主张"文学的统一观"，从而超越文学上的古与今、中与外的界限的。因此在他看来，翻译是超越的利器，从而高度评价其功能："翻译家的功绩的伟大决不下于创作家。他是人类的最高精神与情绪的交通者。……威克立夫（Wyclif）的《圣经》译本，是'英国散文之父'（Fatherof English Prose）；路德（Luther）的《圣经》译本也是德国一切文学的基础。由此可知翻译家是如何的重要了。"② 如此重要的，甚至可以作为文学发展之基础的功能角色，怎么能够以卖嘴撮合的卑贱人视之呢？可以设想，翻译媒

---

　　① 郑振铎：《处女与媒婆》，1921 年 6 月 10 日《时事新报·文学旬刊》第 4 号。
　　② 郑振铎：《俄国文学史中的翻译家》，1921 年 7 月《改造》杂志第 3 卷第 11 期。

婆这个幽灵依然在刺激着郑振铎的灵魂，两年后他发表了《翻译与创作》一文，终于想出一个较恰当的比喻，把"媒婆"改写为"奶娘"：

> 翻译者在一国的文学史变化更急骤的时代，常是一个最需要的人。虽然翻译的事业不仅仅是做什么"媒婆"，但是翻译者的工作的重却更进一步而有类于"奶娘"。……我们如果要使我们的创作丰富而有力，决不是闭了门去读《西游记》、《红楼梦》以及诸家诗文集，或是一张开眼睛，看见社会的一幕，便急急的捉入纸上所能得到的；至少须于幽暗的中国文学的陋室里，开了几扇明窗，引进户外的日光和清气和一切美丽的景色；这种开窗的工作便是翻译者所努力做去的！①

"奶娘"虽不是生身母亲，却是幼小生命的乳汁供给者、抚育教育者和亲情赋予者，谊同半母，《元典章》就把乳母列为"八母"之一。创设这个比喻，表明郑氏对翻译文学给予中国新文学的哺育，是心存感恩的。在翻译文学的功能上，触及了它能敞开精神文化的窗户，接纳外来清新空气和风景阳光，增加新文学前进的力度和审美多样性的功能；触及了它对新文学进行启蒙、培育、引导和拓展精神文化谱系的空间的功能。这实际上是新文学拓荒者眼中的翻译文学，他以移植新种、嫁接新枝，作为拓荒初始工作的重要一环。

对翻译文学之功能的理解，除了猎奇、救荒、模范、食粮、媒婆、奶娘之类的说法之外，鲁迅的"盗火说"值得重视，尤其适逢左翼文学勃兴，文学以批判的品格参与社会进程的时候。鲁迅弃医从文，本是认识到文学"第一要著"的功能可以改变国民的精神，因而"别求新声于异邦"②，并把翻译纳入其新生的文艺运动的。即便后来身处左翼文学的漩涡中，他也认为，介绍外国思潮，翻译世界名作，可以打通"运输精神的粮食的航路"，打破文化上由聋致哑的封闭局面。并且宣布"甘为泥土的作者和译者的奋斗，是已经到了万不可缓的时候了，这就是竭力运输些切实的精神的粮食，

---

① 郑振铎：《翻译与创作》，1923 年 7 月 2 日《文学旬刊》第 78 期。
② 鲁迅：《呐喊·自序》；《坟·摩罗诗力说》，《鲁迅全集》第一卷，第 417、65 页。

放在青年们的周围，一面将那些聋哑的制造者送回黑洞和朱门里面去"①。把文学译介当做"运输精神粮食的航道"，似乎也是一种"翻译食粮说"，却需要抗衡文化上聋哑制造者的刁难和压制，可见其中隐含着翻译选择的政治学。有什么样的政治学，就开通什么样的"航道"，而且"航道"上并非风平浪静，存在着急流险滩。由此可知，文学翻译并不仅仅是从一种语言形式到另一种语言形式的转换，转换的背后存在着社会文化的参数和意识形态的航标。

在鲁迅看来，翻译有助于拓展中国新文学的思想能力和表现能力，可以去聋哑而发新声。因此他主张"直译"，有时是按板规逐句甚至逐字地译，有限度地采用一些外文句式，"这样的译本，不但在输入新的内容，也在输入新的表现法"②。这种译法招致了 1930 年前后一些论敌关于"硬译近于死译"的抨击。鲁迅在起而还击中，提出了他的"翻译盗火说"。他写道：

> 人往往以神话中的 Prometheus（普罗米修斯）比革命者，以为窃火给人，虽遭天帝之虐待不悔，其博大坚忍正相同。但我从别国里窃得火来，本意却在煮自己的肉的，以为倘能味道较好，庶几在咬嚼者那一面也得到较多的好处，我也不枉费了身躯……

> 但我自信并无故意的曲译，打着我所不佩服的批评家的伤处了的时候我就一笑，打着我的伤处了的时候我就忍疼，却决不肯有所增减，这也是始终"硬译"的一个原因。自然，世间总会有较好的翻译者，能够译成既不曲，也不"硬"或"死"的文章的，那时我的译本当然就被淘汰，我就只要来填这从"无有"到"较好"的空间罢了。

希腊神话中的普罗米修斯盗取天火，传与人类，赋予如同蝼蚁一般的人类以理智，却被主神宙斯禁锢于高加索山崖，遣恶鹰啄食其肝脏，白昼啄食殆尽，夜晚平复如初，日复一日，不堪其苦，向被视为造福人类的文化英雄

---

① 鲁迅：《准风月谈·由聋而哑》，《鲁迅全集》第五卷，第 278 页。
② 鲁迅：《二心集·关于翻译的通信》，《鲁迅全集》第四卷，第 382—383 页。

和受难者。鲁迅早年介绍"立意在反抗，指归在动作"的摩罗诗派，即列举了英国诗人雪莱的《解放了的普罗米修斯》，述其梗概为"假普洛美迢为人类之精神，以爱与正义自由故，不恤艰苦，力抗压制主者傀毕多（Jupiter，罗马神话中的主神朱庇特，相当于宙斯），窃火贻人，受絷于山顶，猛鸷日啄其肉，而终不降。傀毕多为之辟易；普洛美迢乃眷女子珂希亚，获其爱而毕。珂希亚者，理想也。"[①]鲁迅在二十年后重提这位神话人物，以之自许，把翻译革命文学理论和作品喻为窃取天火以赠人类，散发着坚忍的文化英雄的悲剧气质。他又给这则现代文化神话赋予新意"煮自己的肉"，不是隔岸观火，而是把火化做自己的生命形式，与左翼文学思潮一道经历水深火热的进程。而且他把自己和自己的翻译一同当做文化史上的"中间物"，只要来填补从"无有"到"较好"的空间，寄希望于未来的较高阶段和较高层次的发展。鲁迅并没有把他的"直译"看做止于至善的，而是看做差强人意的初善的文化中间物。他在初善中经历着自煮其肉的精神痛苦。这样来看待和体验翻译文学，实际上就把它作为自己的生命历程和国家民族的文化历程的一部分了。

四　左右为难的翻译标准

翻译文学的本质、文化姿态和社会功能，制约着翻译标准的选择和确立。反而言之，翻译标准是翻译文学的本质、文化姿态和社会功能的外化、规范化及可操作化，它引导着译者在心目中定格译文成什么样。样子是按标准设定的，但是设定者自身，又有更深一层的设定者。既然文学翻译是利用原有的根株进行嫁接性或移植性的创造，那么它必然要在两个语言文化体系之间进行适应性和可能性的对话。在技术层面上，翻译是语言方式的转移，但语言方式的深处有根深蒂固或千丝万缕的文化方式存焉。它既牵涉着对原文的文化语境的理解，又牵涉着对译入语国度的文化语境的归趋。翻译实际是这二者之间左右为难地折冲樽俎之间的辛苦谈判。谈判是需要规则的，相互间寻找对应，参证异同，揣摩互利，发现尽量大的契合点，充分利用创造

---

① 鲁迅：《坟·摩罗诗力说》，《鲁迅全集》第一卷，第84页。

的有限性和有效性。

在这百年的翻译标准或规则中，影响最著者是严复在 1898 年出版的《天演论》中提出的"信、达、雅"三原则。《天演论·译例言》中说：

> 译事三难：信、达、雅。求其信，已大难矣。顾信矣不达，虽译犹不译也，则达尚焉。……
>
> ……此在译者将全文神理融会于心，则下笔抒词，自善互备。至原文词理本深，难于共喻，则当前后引衬，以显其意。凡此经营，皆以为达，为达即所以为信也。
>
> 《易》曰：修辞立诚。子曰：辞达而已。又曰：言之无文，行之不远。三者乃文章正轨，亦即为译事楷模。故信、达而外，求其尔雅。①

三原则是有序贯通，相互为用的。信是对原文及原文的文化语境的理解、尊重及诚实的传达。达是在原文的诚实传达中，调动译入语上的造诣，以及驾驭、驱遣词的能力，从而使原文的转译为另一文化语境中的读者所理解。雅讲的是译文风格，本应包含对原文风格的妥帖适应，又包含着对译入语国度美学体制的调适，但在严复那里更讲究对士大夫读者趣味相投的文章品位。因而这样的翻译，或严复所谓全文神理融会于心之后的"达旨"，乃是两个语言文化系统的对话、权衡和谈判而无疑。

至于信、达、雅三原则的学理根据，严复的《译例言》明白交代，是综合了儒家经典中《易》和《论语》中的说法而为"译事楷模"。它在据经说事中，建立自身的权威感，以及与传统精神文化谱系的联系。而钱钟书则从佛经翻译，或混合释、老、儒的言论中为之探源。《管锥编》说："支谦《法句经序》：'仆初嫌其为词不雅。维只难曰："佛言依其义不用饰，取其法不以严，其传经者，令易晓勿失厥义，是则为善。"座中咸曰：老氏称"美言不信，信言不美"；……今传梵义，实宜径达。是以自偈受译人口，因顺本旨，不加文饰。'……严复译《天演论》弁例所标：'译事三难：信、达、雅'，三字皆已见此。译事之信，当包达、雅；达正以尽信，而雅为饰

---

① 严复：《天演论·译例言》，上海商务印书馆 1931 年"严译名著丛刊"本。

达。依义旨以传，而能如风格以出，斯之谓信。……译文达而不信者有之矣，未有不达而能信者也。"① 钱钟书的引语在照录《老子》的话之后，省略了"仲尼亦云：'书不尽言，言不尽意。'明圣人意，深邃无极"等语句，可见支谦原文零散地涉及雅、信、达三字时，是混用佛、老、儒三学中语作为根据的。尤为本质的是，支谦文章中这三个字分别出自多人之口，论辩之间，错杂出之，而严复将之有序组合，简明突出地列于一代翻译名著的卷首，作为"译事楷模"的关键词，因而其原创的价值是无可置疑的。

信、达、雅三原则对于翻译学诸多层面的难题，具有不容忽视的概括力和普遍意义，因而不仅可以在传统评论中找到它们的某些踪影，而且可以在外国译论中窥见它们的某种音容。比如郑振铎于 1921 年就介绍过翻译学家泰特勒（Alexander Fraser Tytler，1747—1814）在 1790 年出版的《论翻译的原则》，对其翻译三原则尤为称赏。这三原则是："一、译文必须能完全传达出原作的意思。二、著作的风格与态度必须与原作的性质是一样。三、译文必须含有原文中所有的流利。"② 这三原则之一可对应于"信"，之二可对应于"雅"，之三可对应于"达"，虽然它们之间深锐的程度和多义解释的可能程度有所出入。在找不到可靠材料证明它们之间存在影响关系的情形下，倒应该承认，在翻译标准的衡定方面，中外存在着可以沟通的学理。

严复的达旨型的翻译及其信、达、雅三原则的成功，可以从蔡元培《五十年来中国之哲学》中的这些话获得印证："五十年来，介绍西洋哲学的，要推侯官严复为一。……他译的最早，而且在社会上最具影响的，是赫胥黎的《天演论》。自此书出后，'物竞'、'争存'、'优胜劣败'等词，成为人人的口头禅。"③ 严复以"一名之立，旬月踟蹰"的苦心锤炼出来的译文关键词，广为传播，深入人心，以致安徽绩溪的胡洪骍因由"物竞天择，适者生存"一语，更名为"适"，字"适之"，成为五四新文学运动中一个响亮的名字。鲁迅在南京矿路学堂读书时，"一有闲空，就照例地吃侉饼，花生米，辣椒，看《天演论》"；感叹"哦！原来世界上竟还有一个赫胥黎坐在

---

① 钱钟书：《管锥编》第三册，中华书局 1986 年版，第 1101 页。
② 郑振铎：《译文学书的三个问题》，1921 年 3 月《小说月报》第 12 卷第 3 期。
③ 蔡元培：《五十年来中国之哲学》，刊《申报》50 周年纪念刊《最近之五十年》（1923 年出版）。

书房里那么想，而且想得那么新鲜？一口气读下去，'物竞''天择'出来了，苏格拉第，柏拉图也出来了，斯多噶也出来了"。① 一部译著为中国两三代人的维新、革命、启蒙提供了哲学思想的基础，这简直是一种奇迹。信、达、雅三原则凭借着这种奇迹，成为 20 世纪中国翻译界谈论不已的话题。推崇的话自然不少，比如郁达夫于 1924 年说过："信、达、雅的三字，是翻译界的金科玉律，尽人皆知。"② 二十年后，周作人还在重温"信、达、雅之梦"，他认为："翻译当然应该用白话文，但是用文言却更容易讨好。自从严几道发表宣言以来，信、达、雅三者为译书不刊的典则……正当的翻译的分数似应这样的打法，即是信五分，达三分，雅二分。假如真是为书而翻译，则信、达最为重要，自然最好用白话文，可以委曲也很辛苦的传达本来的意味，只是似乎总缺少点雅。"这是提倡过白话文，又对各体文言文浸染极深的人所说的话，因此他认为要想"为自己而翻译"，雅就特别重要，"惟有文言才能达到目的，不，极容易的可以达到目的"。③ 这是一位暮气已深的老人重温青灯时代的梦，他提倡了一条思路，令人了解在晚清的文化语境中，严复那种"与晚周诸子相上下"的文字，如何使有旧学根柢的人因其音调铿锵，摇头晃脑地读之而不自觉其头晕。严复实际上把译著嫁接在中国子部之书上，走的是"新子部"的路子。因而相当有效地丰富了和履行了当时中国的精神文化谱系。

五　文学翻译是多维的文化现象

然而五四以后，对于这种新子部的达旨译法已大为不满。新潮健将傅斯年说："严几道先生译的书中，《天演论》和《法意》最糟。假使赫胥黎和孟德斯鸠晚死几年，学会了中文，看看他原书的译文，定要在法庭起诉；不然，也要登报辩明。这都因为严先生不曾对作者负责任。他只对于自己负责

---

① 鲁迅：《朝花夕拾·琐记》，《鲁迅全集》第二卷，第 296 页。
② 郁达夫：《读了珰生的译诗而论及于翻译》，《晨报副镌》1924 年 6 月 29 日。
③ 周作人：《谈翻译》，1994 年 1 月《中国留日同学会季刊》第 7 号。

任。他只对自己的名声地位负责任。"① 这显示了比鲁迅、周作人年轻十几岁，五四时期才二十岁出头的先锋人物的锐气。为了抗衡和救正严复、林纾式达旨的译述方式，五四人物提倡"直译"，以保存更多的原文结构、表现手法和语言方式。直译的潜在对立面是严、林，从正面表述直译的，有刘半农于 1921 年 3 月 20 日致周作人的长函：

> 我们的基本方法，自然是直译。因是直译，所以我们不但要译出它的意思，还要尽力的把原文中的语言的方式保留着；又因为直译（Lite-raltranslation）并不就是字译（Transliteration），所以一方面还要顾着译文中能否文从字顺，能否合于语言的自然。……到了文艺作品里，就发生一个重要问题：情感。情感之于文艺，其位置不下于（有时竟超过）意义，我们万不能忽视。但情感上种种不同的变化，是人类所共有的；而语言的方式，却是各不相同的。……因此在甲种语言中，用什么方式或用什么些字所表达的某种情感，换到乙种语言中，如能照它直译固然很好，如其不能，便把它的方式改换，或增损，或变改些字，也未尝不可；因为在这等"两者不可得兼"之处，我们应当斟酌轻重：苟其能达得出它的真实的情感，便在别方面牺牲些，许还补偿得过。②

在论述直译法的时候用了"我们"，因而是包括 20 世纪 20 年代的鲁迅、周作人在内的。周作人 1925 年为译文集《陀螺》作序，就明确宣布主张"直译"，而反对"胡译"和"死译"："我的翻译向来用直译法……因为我觉得没有更好的方法。但是直译也有条件，便是必须达意，尽汉语的能力所能及的范围内，保存原文的风格，表现原语的意义，换一句话就是信与达。近来似乎不免有人误会了直译的意思，以为只要一字一字地将原文换面汉语，就是直译。譬如英文的 Lyingonhisback 一句，不译作'仰卧着'而译为'卧着在他的背上'，那便是欲求信而反不词了。据我的意见，'仰卧着'是直译，也可以说即意译；将它略去不译，或译作'坦腹高卧'以至'卧北窗

---

① 傅斯年：《译书感言》，1919 年 3 月《新潮》第 3 期。
② 刘半农：《关于译诗的一点意见》，《半农杂文二集》，上海良友图书印刷公司 1935 年版。

下自以为羲皇上人'，是'胡译'；'卧着在他背上'这一派乃是死译了。"①实际上，这里已说明了有限度的直译是与意译相通的，而非截然对立的；与之对立的乃是无限度的直译和意译，其极端化就是死译和胡译。但是人们不去深究其间的限度和可能性，遂使直译与意译成为争论不休的话题，很多时候成为挑剔对方"死译"式或"胡译"式的个别误译案例的意气之争。

诚然，力争超越这种直译、意译之争者，也颇有人在。其中一人就是曾经自作对联"两脚踏东西文化，一心评宇宙文章"的林语堂。林氏有《论翻译》长文，提出翻译三标准："第一是忠实标准，第二是通顺标准，第三是美的标准。"这简直是严复信、达、雅"译事三难"的白话版，而以"美的标准"取代"雅"，也显得更为通达。长文又把忠实的程度分为四等：直译、死译、意译、胡译。死译为直译走向极端所致，胡译为意译走向极端所致，这些说法与周作人相似，大概是《语丝》时期感染所致。林氏具有超越性的创造，在于主张以句为主体的"句译法"，不取以字为主的"字译法"，他认为："句译家对丁字义是当活的看，是认一句为结构有组织的东西，是有集中的句义为全句的命脉；一句中的字义是互相连贯结合而成一新的'总意义'（Gasomtvorstellung），此总意义须由活看字义和字的联贯上得来。"他又从心理学上对此作出解释，认为"寻常作文之心理必以句为本位，译文若求通顺亦必以句译为本位。寻常作文之心理程序，必是分析的而非组合的，先有总意义而后分裂为一句之各部，非先有零碎之辞字，由此辞字而后组成一句之总意义；译文若求达通顺之目的，亦必以句义为先，字义为后。此所谓句之分析说（源于温德氏 Wundt），很容易由各人经验证明"。他还揭示，达意在句，传神存字，提出了"字神说"："'神气'是什么？就是一字之逻辑意义以外所夹带的情感上之色彩，即一字之暗示力。凡字必有神彩（即'传神达意'），……语言之用处实不只所以表示意象，亦所以互通情感；不但只求一意之明达，亦必求使读者有动于中。"②

林语堂的"句译法"和"字神说"，在微观翻译学中是相当出彩的见解，四十年后的20世纪70年代还甚得香港翻译家林以亮的推崇。林以亮还

---

① 周作人：《陀螺·序》，上海北新书店1925年版，收入新潮社文艺丛书。
② 林语堂：《论翻译》，《语言学论丛》，上海开明书店1933年版，第331、337、335页。

以"译者和原作者达到心灵契合"来贯穿林语堂的翻译三标准，认为："这种契合超越了空间和时间上的限制，打破种族上和文化上的樊笼。在译者而言，得到的是一种创造上的满足；在读者而言，得到的则是一种新奇的美感经验。"① 二林的理论在微观翻译学上，追求和谐的文化对话，而非张扬反叛的文化碰撞，这和中国哲学中的中和原理一脉相通。

在中国，翻译重"信"，而且在 20 世纪百年间不断地争辩和寻找着各种途径，力求在合理的程度上接近这个"信"的时候，西方的翻译理论随着文化思潮的推涌，已经发生了根本性的转变和颠覆。新起的翻译理论更强调"变"，在很大程度上弃信趋变。解构主义思想家德里达认为，即使最忠实原作的翻译也是无限地远离原著、无限地区别于原著，因为翻译在一种新的躯体、新的文化中，打开了文本的崭新历史。基于这种理念，"我们就不得不用'变形'（transformation）概念来代替翻译概念：即一种语言和另一种语言，一个文本与另一个文本之间有规则的变形。"② 而且 20 世纪 70 年代中期出现的西方翻译研究学派，把学术出发点不是建立在研究译文如何达到"等值"，而是相反，建立在研究译文如何及为何偏离原文。而决定翻译准则的主要因素，一是包括专家、批评家在内的专业人士，控制翻译与主流话语的协调及其诗学问题；二是"赞助人"，包括政党、团体、出版商等，主要控制翻译的意识形态面貌。

对于上述西方翻译理论的转向，赵稀方在他的翻译史中做了更详细的介绍，并溯源到本雅明 1921 年在《翻译的任务》一文中，强调原作的意念是"自发的、原始的"，而翻译的意念却是"衍生的、观念的"，因而翻译中"信"的原则是不可企及的，相当遥远的。他认为几十年来中国翻译界的种种争论不涉及这些理论转向，令人有"不知魏晋"之感。而在翻译理论上信守"原著中心主义"，则已过时。例外的是香港学者张南峰于 1995 年发表《走出死胡同，建立翻译学》，介绍了西文翻译研究学派的理论，主张从过分强调忠于原文，转向强调深刻地影响译文面貌的目标文化、翻译动机、译文用途、译文读者等因素。应该说，西文翻译理论的新进展或新转向的介绍

① 林以亮：《翻译的理论与实践》，《林以亮论翻译》，台湾志文出版社 1974 年版。
② 德里达：《符号学与文学学》，《一种疯狂守护着思想》，上海人民出版社 1997 年版，第 70 页。

和考察，对于我们深入地认识 20 世纪翻译文学史的本质，认识文学翻译是通过什么样的方式渗入了，并且丰富着和更新着百年中国文化精神谱系，是具有重要的意义的。我们的翻译文学史把翻译文学作为中国文学的独特的一部分，而且把它作为多维的文化现象进行考察，也与西文翻译理论的这种转向存在着不谋而合之处。尚须补充说明一点，翻译毕竟是翻译，它的"变形"是"有约束的变形"，它的"创造"是"有限度的创造"。正如没有变形、没有创造，就不成其为翻译一样，没有约束、没有限度也不能成其为翻译，这是一个问题的两个方面。我们既不宜拒"变"守"信"，也不宜弃"信"趋"变"，而应该变中有信，信中有变，变与信双修，出以辩证法的思维，充满利用和合理调节变与信之间的张力，直趋翻译文学的双重性或复合性的本质，这大概也是我们的翻译文学史研究的旨趣之一。

六　"我们"对"他们"的选择性接纳和轮班

对于文学翻译的本质、姿态、功能和标准的探讨和阐释，当然属于翻译学的基本问题之列。但是，20 世纪中国的翻译家十九均非抽象的理论思辨者和体系建构者，他们多是翻译实践家，他们对翻译观念和学理的思考，基本上是实践的升华、思潮的反应和经验的总结，或者是在西文理论的参照下进行思考的。中国人重史，对于他们而言，本质存在于历史之中，不朽的要义是使个体的生命进入历史的行程。

那么，文学翻译在 20 世纪中国的历史行程中做了什么？这是我们的文学翻译史在清理和结算百年总账时，需要深入衡量和认定的问题。文学翻译作为历史实践中的文化行为，通常存在着选择性、接纳性和轮班性。文学的"我们"对于外国文学的"他们"，不可能不分轻重缓急地全数翻译。我们需要什么，看见了什么，追求着什么，都是翻译成为实践的关键所在。"我们"选择了"他们"，并借重"他们"成为"我们"的一部分。但是选择也好，接纳也好，它们既然要以生命形态进入历史过程，就必然要接受丰富、具体、不断变动的历史进程的制约。文化、政治、制度、权力，包括现实的思潮、流动的时尚和传统的诗学，都从各种不同的层面、角度和力度，参与对文学翻译中的选择和接纳的制约，形成了翻译制约的合力机制。不过，这个合力机制并非总是处在平衡状态，反而应该说，不平衡态才是它的常态。时尚、思潮、意识形态、政治、制度在现代历史中，都是在社会矛盾的消长中不断变动、革新和转型，合力机制的运行曲线也每有升降波折。翻译文学的焦点、热点、范式、格局也由此出现变动，有时使人发出"三十年河东，三十年河西"的感慨。这就是翻译文学选择和接纳的轮班性，使我们的翻译文学史有分章分卷对之进行跟踪描述的必要。懂得这一点，才懂得20世纪翻译文学的品性。

百余年间的翻译文学的所作所为，大体从五个方面触及中国文学历史进程的命脉，进入我们的精神文化谱系。这五个方面是：开拓视野；标举潮流；援引同调；扩充文类；新创热点。从而给中国文学的现代化转型和发展，输入了茫茫九派、澎湃涌进的精神和智慧之流。首先，看开拓视野。近世以来的中国文学之有世界的或全球的视野，是离不开翻译的。中国人"天圆地方"、自居天下之中的世界图式，在16、17世纪之际意大利传教士利玛窦来华刻印《山海舆地全图》，并为万历朝廷复制为巨幅《坤舆万国全图》，开始出现了根本改观的可能。19世纪前中叶，林则徐组织译编英人的《世界地理大全》为《四洲志》，又托付魏源扩充撰述为《海国图志》，也是率先从地理学上打开中国人的世界视野。由于世界文化存在多元性，国力有强弱，发展有快慢，竞存有安危，世界图式中的空间距离也就转化为发愤图强、急起直追的时间距离。但是这个敞开了的巨大的世界空间，在相当长的历史时段里尚未得到文学性的或审美精神的充实。19世纪的大半时间里，文学方面只有传教士附带翻译的《伊索寓言》、《圣经》故事、个别宗教文学和其他零碎作品。规模性的文学翻译，已是19世纪最后几年以降的事情了。林纾的价值，在于使人认识到西洋也存在着与中国文史经典一样生动感人的文学名著。在他翻译180部文学作品的二十年间，中国的翻译文学作品已逾2000种了。据统计，《中国现代文学总书目》辑录1917—1949年的13500余种文学书籍中，翻译书目有3894种。

世界空间的敞开，可以解放创造能力。翻译文学空间的充实，可以涵养创造的底气。20世纪30年代出现外国文学名著译丛出版的热潮，90年代出现外国杰出作家和诺贝尔文学奖得主的文集、全集出版的热潮，都为文学繁荣和文学巨著的产生注入丰沛的元气和魄力。回头看30年代翻译文学，它在开拓视野上涉及多层面的文化问题。一是翻译文学的独立刊物的出现，这就是鲁迅于 1934 年与茅盾、黎烈文创办《译文》月刊，旨在给有志人士提供"他山之古"，创刊号《前记》说："原料没有限制：从最古以至最近。门类也没有固定：小说、戏剧、诗、论文、随笔，都要来一点。直接从原文译，或间接重译：本来觉得都行。只有一个条件：全是'译文'。"① 该刊多用外国插画，图文相映。二是大型丛书的编译，如郑振铎于 1935 年创办《世界文库》，第一年以期刊形式印行 12 册，第二年出版单行本 15 种。文库《编例》说："世界的文学名著，从埃及、希伯莱、印度、中国、希腊、罗马，到现代的欧美、日本，凡第一流的作品都将被包罗在内；预计至少将有二百种以上。"其抱负和气魄之大，使当时人们期待这套期刊兼丛书的项目，"有伟大名著的翻译，有孤本秘笈的新刊，是文学知识的渊源，是世界文化的总汇"。但由于战争爆发和其他限制，只出了中国古典文学名著 69 种，外国文学名著 73 种。三是出版社把文学名著译丛纳入市场机制，上海生活书店出版上述的《译文》和《世界文库》，商务印书馆出版"世界文学名著丛书" 154 种，文化生活出版社"译文丛书"编至 63 种，启明书局"世界文学名著"丛书编至 78 种。四是专门机构和基金的赞助和引导，胡适主持的中华教育文化基金编译委员会，动用美国庚子赔款支持文学名著翻译，包括支持梁实秋翻译莎士比亚、张谷若翻译哈代、袁家骅翻译康拉德、李健吾译福楼拜、卞之琳翻译纪德、罗念生翻译古希腊悲剧。这四方面的力量和机制，成了支撑文学名著翻译事业的四根支柱，并进而支撑了整个文学的世界视野的敞开。

其次，文学翻译从标举潮流的角度触及文学历史进程的命脉。文学翻译在晚清时期是英国文学领先的，1921 年以后俄罗斯文学升温。1938 年以后苏、美文学翻译为大宗，并按苏（俄）、美、英、法的顺序，这几国在此后二十年间占去翻译文学的 70% 以上。在 1949 年以后的十几年间，仅苏俄文学译品就占了半壁江山。这反映了文学翻译在引导着向左转的潮流，在一段时间内甚至有"一边倒"的倾向。然而改革开放以后的 80 年代，尼采、弗洛伊德、萨特等人的异样思想猛然重回和进入知识界的头脑。尤其是萨特和

---

① 编者：《前记》，1934 年 9 月 16 日《译文》创刊号。

存在主义，他的存在先于本质，自由选择生活道路的信念，甚至他拒绝诺贝尔文学奖，他说过的"没有人有能力强迫你说什么，哪怕这个人是戴高乐"，直到他与女哲学家波伏娃契约式婚姻，互留自由空间，各可拥有情人等等，都强烈地刺激着知识界在"文化大革命"中荒芜和孤寂的神经。随着他的理论、小说、戏剧的译介，他的存在主义为中国的现代主义文学嵌入一块思想基石。苏、俄文学的译介，时或回归"红色经典"，开始大读"白银时代"，无非是炫惑于俄国十月革命前的象征主义、未来主义、阿克梅派诸流纷涌的文学状态，又由此追求文学写作的个人化和多元化，追求文学格局的开放性、多元性和现代性，这些都是触及新时期以来中国文学历史进程的命脉的。

再次，在外国文学，包括西方列强文学中的异端，尤其是弱小民族文学中援引同调，也牵系着贫弱受欺、发愤图强的中国文学历史进程的命脉。民族忧愤久积，易生寻找文学对应物加以发泄和表达的渴望。林纾翻译美国斯土活（H. B. Stowe，今译斯托夫人）的《汤姆叔叔的小屋》为《黑奴吁天录》，虽无他所译的《巴黎茶花女遗事》的巴黎红颜薄命，揭露的是美国南部农奴主虐待黑奴，以及黑奴逃亡的苦世界，却引起各界人士纷纷撰文赋诗，搬演成戏剧，以发泄民族受欺、美洲华工受辱的积愤，连林纾也在跋语中说："吾书虽俚浅，亦足为振作志气，爱国保种之一助。"① 对于英国拜伦长篇叙事诗《唐·璜》中的两节《哀希腊》，曾有梁启超、马君武、苏曼殊、胡适四度用不同的诗体翻译，梁启超称其为"英国近世第一诗家……不特文学家也，实为一大豪侠者。当希腊独立军之起，慨然投役以助之"。② 鲁迅也把拜伦列为自己推崇的摩罗诗人之冠。究其原因，鲁迅的回忆极能说明当时青年志士的文化心理：

> 有人说 G. Byron（拜伦）的诗多为青年所爱读，我觉得这话很有几分真。就自己而论，也还记得怎样读了他的诗而心神俱旺；尤其是看见他那花布裹头，去助希腊独立时候的肖像。……

---

① 林纾：《黑奴吁天录·跋》，1901 年武林魏氏藏板《黑奴吁天录》。
② 梁启超：《英国大文豪摆伦画传》，1902 年 12 月《新小说》第 2 号。

其实，那时 Byron 之所以比较的为中国人所知，还有别一原因，就是他的助希腊独立。时当清的末年，在一部分中国青年的心中，革命思潮正盛，凡有叫喊复仇和反抗的，便都容易惹起感应。那时我所记得的人，还有波兰的复仇诗人 Adan Mickiewicz（密茨凯维支）；匈牙利的爱国诗人 Petòfi Sándor（裴多菲）；飞猎滨（菲律宾）的文人而为西班牙所杀的厘沙路（J. Rizal）——他的祖父还是中国人，中国也曾译过他的绝命诗。①

在这里，西方列强的反叛者与弱小民族的爱国者、反抗者的心灵是相通的。这种同调相引、心灵感应，可以是政治性的，也可以是文化性的。1949年以后的十几年间，中国已译出包括墨西哥、危地马拉、哥伦比亚、巴西、阿根廷、智利等国的四十多位作家的作品，连诺贝尔奖得主、智利诗人聂鲁达的诗集，以及危地马拉作家阿斯图里亚斯的小说集也有译本。但那时更多考虑的是他们属于亚、非、拉朋友，更多考虑的是世界政治格局的需要。20世纪80年代成为翻译热点的拉丁美洲魔幻现实主义文学，则深入到中国文学现实发展的某种命脉。围绕着马尔克斯的长篇《百年孤独》和博尔赫斯小说而讨论的，是文学的本土化和全球化的命题，是如何在自己的寻根文学接上本土文化的根脉的同时，把传统的独特性转化为文学的先锋性。不少作家实在被"拉美文学爆炸"的世界回响，震得神经发颤，不得不换一条思路考量中国文学之路了。由此可知，无论侧重政治，或侧重文化，翻译文学进入中国现代精神文化谱系的途径，是曲直互异、丰富多彩的。

七　文学翻译与现代文类

其实，文类的扩充，也牵动着中国文学的现代进程的格局和命脉。现代文学移植了西方诗歌、小说、散文、戏剧的文类四分法和下属的诸多文体分支，这些文类文体与中国固有的文类文体颇有出入和参差，需要以译品为样本，在不断尝试和探索中与中国文化经验和趣味相融合。比如小说在中国久

---

① 鲁迅：《坟·杂忆》，《鲁迅全集》第一卷，第220—221页。

已有之,鲁迅对唐传奇的意境和《儒林外史》的讽刺艺术独有心得,但他谈到自己创作时说:"大约所仰仗的全在先前看过的百来篇外国作品和一点医学上的知识,此外的准备,一点也没有。"① 周作人是现代散文大家,虽然他曾说过:"我常这样想,现代的散文在新文学中受外国的影响最少,这与其说是文学革命的,还不如说是文艺复兴的产物";但他还是强调:"中国新散文的源流,我看是公安派与英国的小品文两者所合成"。② 这种见解可以他 1921 年发表在《晨报》副刊的《美文》为证,那时候他曾经说:"这种美文似乎在英语国民里最为发达,如中国所熟知的爱迭生,兰姆,欧文,霍桑诸人都做有很好的美文,近时高尔斯威西,吉欣,契斯透顿也是美文的好手。"新文学只有写得一手好美文,才能在取代文言文上提供语文形式的证据。

中国现代文学的文类,最早取得实绩的是小说和散文,最深受到震荡的是诗歌和戏剧。1928 年洪深把那种从西洋传入的以日常化的对话为基本艺术手段的新剧种,命名为"话剧"。其实早在二十年前,即 1907 年,我国留日学生组织编演《茶花女》、《黑奴吁天录》,就可以看做中国人编演"欧洲式话剧"的发轫。1918 年《新青年》出版"易卜生号",罗家伦、胡适翻译挪威易卜生的《娜拉》(*A Doll's House*,玩偶之家),即掀起了问题剧的浪潮。在 20 世纪 30 年代标志着中国话剧走向成熟的曹禺,非常反感某些海外学者说他的剧作"抄袭"洋人,但他坦然承认心折斯坦尼斯拉夫斯基的《我的艺术生活》,承认在南开中学演戏,深受易卜生的社会问题剧的影响。他主张广泛涉猎外国多种多样的流派,从莎士比亚到奥尼尔以及象征主义、未来主义、表现主义,对于契诃夫,则称赞"他的剧作有些散文化,但却又是诗的,是一种独到的写法"。他认为只有具备深厚的中国文化修养和中国戏曲根基,才能消化西洋话剧形式。③ 从这些意见中,可以看出翻译文学如何逐层渗入剧作家的心灵,从而推动中国新兴话剧文类的成

① 鲁迅:《南腔北调集·我怎么做起小说来》,《鲁迅全集》第四卷,第 512 页。
② 周作人:《现代散文导论(上)》,《中国新文学大系导论集》,上海良友复兴图书印刷公司 1940 年版,第 188—190 页。
③ 田本相、刘一军编《苦闷的灵魂——曹禺访谈录》,江苏教育出版社 2001 年版,第 11—87 页。

熟和风格的变化。

新诗在诗质、诗式上的探讨，出入于译诗、古诗和民歌的张力之间，收获甚丰，却也迷惘难休。在自由体和新格律体的纠缠中，倒是从欧洲移植的十四行诗（Sonnet，又译为商籁体）一脉不绝，可以作为翻译文学扩充现代文类的一个案例。这种源于意法交界的普罗旺地区的民间诗体，在意大利文艺复兴中崛起，广泛流传于欧洲各国，而以英伦称盛。胡适留美、闻一多求学清华之时，即已注意到。但它广泛地影响新诗界，则是闻一多于1928年《新月》创刊号上发表所译《白朗宁夫人的情诗》21首，并译Sonnet为商籁体之后。新月派提倡新格律诗，因而商籁体广受青睐，在他们主办的《诗刊》上陆续发表了孙大雨、饶孟侃、李唯健、陈梦家、林徽因、徐志摩、方玮德、朱湘等人的十四行诗。新月书店出版了陈梦家编的《新月诗选》，内含若干十四行诗，又出版了李唯健长达千行的十四行组诗《祈祷》。梁实秋认为，十四行诗的"单纯性"宜于抒情，"以十四行去写一刹那的情绪，是正好长短合度的"，有利于"深浓之情感注入一完整之范畴而成为一艺术品"。① 1940年，冯至翻译里尔克十四行诗，并创作了《十四行集》。诗集最后一首写道："从一片泛滥无形的水里/取水人取来椭圆的一瓶/这点水就得到一个定形"。他由此为自己的"思"和"想"安排好一种审美方式，把十四行诗作为承载思想情感的"椭圆的瓶"，为他的诗的沉思竖起一块路碑。这种诗体在20世纪40年代中后期穆旦等所谓"九叶诗人"手中延伸，在80年代屠岸、杨滉、林子、雁翼等人手中复归，在台湾纪弦、余光中、席慕容、痖弦、杨牧等人手中回响，出现了一个数十年间数百位诗人写下数千首十四行诗的不大不小的奇观。

最后，讲一讲翻译文学如何创造热点而牵动文学进程的命脉。时尚文学的翻译与媒体广告宣传，制造着热点。热点可能有种种，第一种是内在地渗入于文学创作；第二种对创作渗入不深，反而在社会上、市场上占尽风光；第三种更常见，占尽社会和市场的风光之后刺激着文学创作的风气。侦探小说本是舶来品，1896年《时务报》译介了英国柯南·道尔的几篇福尔摩斯侦探案之后，侦探小说就逐渐改造和取代传统的公案小说。因为侦探小说是

---

① 梁实秋：《谈十四行诗》，《偏见集》，上海正中书局1934年版，第272页。

西方社会以法律保护私有财产，诉讼又讲究实证的文化脉络中产生的文体，与尊崇长官意志、为民作主的公案小说存在根本差别，在判案程序由衙门作风转向民间智慧的时候，给人以新鲜的刺激。有若侦探小说翻译家周桂笙所说："盖吾国刑律讼狱，大异泰西各国，侦探小说实未尝梦见。……至若泰西各国，最尊人权，涉讼者例得请人为辩护，故苟非证据确凿，不能妄入人罪，此侦探学之作用所由广也。"① 这种小说文体新而文情奇，恐怖的案情、离奇的故事和机智的侦破，使它迅速地走进市场和市民，并在 1907 年前后形成热潮。据阿英《晚清小说史》推算："当时译家，与侦探小说不发出关系的，到后来简直可以说是没有，如果当时翻译小说有千种，翻译侦探要占五百部以上。"到 1916 年上海中华书局出版了《福尔摩斯侦探案全集》12 册 44 案，1925 年大东书局续出《福尔摩斯新探案》4 册 9 案，世界书局还不满足，又用白话重译，于 1927 年出版了《福尔摩斯探案大全集》。在十年出头的时间里如此轮番轰炸式出版一种小说的全集，实属罕见。热点中出现气旋，大东书局于 1925 年又大造声势，出版了法国作家玛丽瑟·勒白朗的反侦探小说《亚森罗苹奇案》，内含长篇 10 种，短篇 18 种，全 4 册。这种反拨行为的另一种表现形态，就是吴趼人 1906 年搜集古代传说和近代笔记，编集《中国侦探案》，引发在其后三十年间编集《清朝奇案大观》、《民国奇案大观》、《古今奇案汇编》的走势。但是侦探小说翻译热更直接的效应，还是刺激通俗文学写作，包括程小青的《霍桑探案》、孙了红的《鲁平奇案》、陆淡安的《李飞探案》，连日后成为新文学的讽刺奇才、当时还是中学生的张天翼，也以张无诤的笔名写了《徐常云新探案》。

非常有趣的是，曾经产生过莎士比亚、拜伦、狄更斯、萧伯纳，深刻地影响过中国现代文学写作的英国，竟然在 19—20 世纪之交、20—21 世纪之交，两度以位居销售排行榜首列的畅销文学，搅动了中国的出版和读书市场。1978—2002 年，《福尔摩斯探案全集》又编译或重译为多个版本，《东方快车上的谋杀案》、《尼罗河上的惨案》和 007 系列小说，也借助影视媒体的强势，掀起热潮。尤其是一个靠福利度日的单身妈妈罗琳的《哈里·波特》少年魔幻系列，依凭着美国式的世界品牌包装术，在全球销售逾亿的同

---

① 周桂笙：《歇洛克复生探案弁言》，1904 年《新民丛报》第 3 年第 7 号。

时，在中国不知制造了多少"哈迷"。

更为内在地切入最近三十年中国文学历史进程之命脉的，是对西方现代主义和后现代主义文学混融莫辨而渐知奥秘的翻译。早在 20 世纪 80 年代前期，随着诗人徐迟发表《现代派和"现代化"》，袁可嘉等人编译《外国现代派作品》，文学界爆发了关于现代派问题的推重、质疑和争论，发表论文不下 500 篇。自从 20 世纪 30 年代出现新感觉派，40 年代所谓"九叶派"融合现代主义以后，现代派文学跃过了三十余年的断层，走到了供世人评头品足的前台。不过，真正引起作家心灵亢奋和震荡的，除了前述的拉美魔幻现实主义和萨特的存在主义之外，还应算到奥地利的卡夫卡，美国的福克纳，以及爱尔兰的乔伊斯。卡夫卡以诡异的变形，发出灵魂被困于"城堡"的生命绝叫，令　些不入格套的作家惊悚于他那种尼采、柏格森哲学式的人间体验。福克纳使人体验到真正的美国现代主义，以其繁复的结构、蜿蜒的长句和字斟句酌的词汇，呈现了有别于简洁利落的海明威风的另一极端。他以十九部长篇和七十个短篇的绝大多数，叙述着他的"约克纳帕塔法县世系"，与拉丁美洲马尔克斯的《百年孤独》发生交互效应，启发着一批作家喋喋不休地讲述起故乡家庭系列及其百年沧桑。乔伊斯和福克纳都擅长意识流手法，但他的《尤利西斯》却把百年乡镇转换为一昼夜的都市，又以匪夷所思的反英雄情调使篇章内容与荷马史诗《奥德赛》若有所平行对应，从而散发着"天书"式的隐喻，使之成为现代主义的极品。20 世纪 90 年代前中期，翻译界先后推出萧乾、文洁若夫妇及金隄的两种《尤利西斯》全译本，它既向中国作家们展示了现代主义能够达到何种的艺术高度，又向西方世界证明了改革开放的中国在接受西方文学上拥有何种博大的胸襟。

翻译文学既然从上述五个方面触及和进入中国文学历史进程的命脉，那么它必然以自己的身份和方式，广泛地关联着中国思想和精神文化的存在状态和演进轨迹。这就使我们有必要在翻译文学史的研究中，强化中国现代思想史和精神文化史的意识。因为翻译文学史关联着"他们"和"我们"，是"他们"的文化资源进入"我们"的精神文化谱系，使"我们"的谱系产生了丰富、激活、改造、融合和重建等复杂的运动状态。这里存在着一个关键：是什么东西触发和启动这种关联和进入的行程的？关键所在，是"我们"在自身处境中产生的文化需求，以及这种内在需求带来的契机和机制。

"需求—契机—机制"的形成，离不开"我们"的传统、现状、制度和意识形态。由此形成的文化机制左右着"我们"在何时对何国选择何种文学作为翻译的资源，并采取何种姿态、标准去发挥翻译文学的功能。这样写成的翻译文学史当然是中国文学史和文化史的一个有机的组成部分，从中不仅可以认识翻译文学的来龙去脉，而且在更根本的意义上，认识"我们"自身以及自身的精神文化谱系。

（2007 年 7—8 月）

后　记

　　这部论集是我投入精力和心血甚多的一本书，从思路的启动，文章的陆续发表，到最终修改汇集，历时十余年。从 1998 年我出任中国社会科学院文学研究所、少数民族文学研究所所长起，我所面对的就不仅是中国文学贯通古今的资源，而且接触了大量的全国各地域、各民族的文学、文化材料，于是就提出了"大文学观"的命题予以整合。为了使大文学观不至于凌虚蹈空，而回到脚踏实地，达至血肉丰盈、神采焕发，就必然要进行一番文学地理学的探索。

　　这十余年，是我学术上的紧要关头。十年并非短，孔子就是以十年为关节点，描述其生命境界的，有所谓"五十而知天命，六十而耳顺，七十而从心所欲不逾矩"的说头。元人杨显之《临江驿潇湘秋夜雨》杂剧中，让它的主角一上场就说："受十年苦苦孜孜，博一任欢欢喜喜。"明初赵撝谦，于洪武年间征修《正韵》，罢归后，出任琼山教谕，赋诗云："文字声音叹久讹，十年辛苦事研磨。谁云沈约知音甚，未许扬雄识字多。鲁鱼从今堪辨析，鼎鼐由昔费摩挲。总怜朋旧微锺子，归卧云山看薜萝。"也就是说，十年辛苦换来的，也许是欢欢喜喜，也许是冷冷清清。置欢喜、冷清于度外，经过十余年的探索，我对中华民族文化共同体中的文学生存状态、发展动力、创新机制、审美形式，尤其是它们在文学地理学维度上的呈现形态，有了更多、更深入的了解，逐渐形成一系列的理论命题。这些理论命题起码有十项：

　　（一）在展示率先发展的中原文化的凝聚力、辐射力的同时，强调边远地区的少数民族文化的"边缘活力"。而且描述了汉族文化对少数民族文化的影响"由上而下"、少数民族文化对汉族文化的影响"由下而上"的旋涡型轨迹，由此揭示了中华民族见贤思齐、有容乃大的"总体文化哲学"。

（二）在解释南北文化融合时，揭示黄河文明与长江文明之间的"太极推移"的结构性动力系统，由此揭示中华文明数千年不曾中断而生生不息的生命力奥秘。在长期的"太极推移"中，中华民族兼容了游牧文明与农业文明，包括旱地农业和稻耕农业，以复合型的文明形态，经受住各种风雨考验，磨炼了自己应对危机、重新振兴的生命韧度和能力，形成各民族间"你中有我，我中有你"的文化亲和与血肉深情的"民族间文化哲学"。

（三）在探讨黄河文明与长江文明"太极推移"的过程中，揭示巴蜀和三吴是两个功能有别的"太极眼"。进而探究了巴蜀在秦汉以后"天下大势，分久必合，合久必分"中的关键作用，即"谁得巴蜀，谁得一统"；探究了"太伯开吴"在华夏入蛮夷、蛮夷归华夏的文化共同体形成形态，及其牵动黄河文明与长江文明之对角线的历史文化效应。

（四）华夏文明的发育而挤压西羌、三苗分别从西线或东线向南迁徙，使云贵、湘西、川西发生文化"剪刀轴"效应，并延伸出茶马古道一类"剪刀把"，这些都对当地民族的文化、文学状态产生深刻的影响。"太极眼"、"剪刀轴"的说法，都是以总体文明观察具体文明，揭示地域板块在文明整体中地位与功能的结果。

（五）将英雄史诗《格萨（斯）尔》定位为"江河源文明"，既有高原文明的原始性和崇高感，又存在于东亚文明、中亚文明、南亚文明的接合部，藏族文明、蒙古族文明的接合部，带有混杂性、流动性、融合性的特征。由此提出公元前那一千年世界上最伟大的史诗是荷马史诗，公元后第一个千年世界上最伟大的史诗是印度史诗，公元后第二个千年世界上最伟大的史诗是以《格萨尔》、《江格尔》、《玛纳斯》为代表的中国史诗。在史诗类型学上，谓荷马史诗是海洋城邦史诗，印度史诗是热带森林史诗，中国史诗则有高原史诗、草原史诗、山地史诗等丰富形态。

（六）与研究中国新疆与中亚的西域学相对应，探讨了对中国东北、沿海、台湾以及朝鲜半岛、日本列岛文化联系进行研究的"东域学"。主要研究通过海路和陆路，使汉字典籍文化、儒学、佛学在东亚土地上流通、吸收和另创。东域学包括"文化东亚"、"经济东亚"、"政治东亚"等层面，探究所谓"汉字文化圈"所经历的近百年艰难曲折的发展道路。

（七）提倡海洋区域文化研究。设立"南中国海历史文化研究"重大项目，以近四五百年澳门、香港、广东、广西、海南、台湾、福建、上海、江浙的文化、文学为中心，揭示西学东渐催化中国近代化进程。哥伦布发现新大陆，葡萄牙、荷兰、英国探险家、商人、传教士也发现一个老大陆，引起全球文化的碰撞、汲取、巨变。世界史只讲新大陆的发现，潜伏着欧美文化中心主义的价值观，随着东亚崛起，南中国海研究所接触的问题将成为世界史的重要问题，其价值的重要性可以跟哥伦布发现新大陆并驾齐驱。

（八）开展对主要经典和主要作家的文学地理学个案研究。在黄河文明、长江文明碰撞融合的文化背景中，超越中原文化中心立场，关注出土文物文献，展示《诗经》、《楚辞》文学地理维度，对《楚辞》一些关键篇章及《文选》著录的宋玉赋的著作权和著作年代，进行深度考证。在黄河文明、长江文明大背景上，加入西域胡地文明，展开对李白、杜甫的诗歌特质和文化基因的独辟蹊径的解读。

（九）激沽、深化和拓展对中国文化之根本的先秦诸子学的研究，将人文地理学、先秦姓氏制度的方法，置于与文献学、简帛学、史源学、历史编年学、文化人类学同等重要的地位，对先秦诸子及其相关文献进行生命分析和历史还原，廓清和破解两千年来学术史上遮蔽了的、或没有认真解决的许多千古之谜。据《老子还原》、《庄子还原》、《墨子还原》、《韩非子还原》四书的统计，其中着手解决的千古之谜就有三十八个。对诸子学术发生过程的透视，发现"诸子出于王官"之说，即《汉书·艺文志》所谓"儒家者流，盖出于司徒之官"，"道家者流，盖出于史官"，"阴阳家者流，盖出于羲和之官"之类，并不能成立。诸子面对有限的文献传统及浩瀚的民间口头传统，虽然对王官之学有所汲取，但更为本质的是诸子引入民间资源，包括黄帝、尧舜禹传说，民间风俗信仰一类资源，打破王官之学的一统局面，使"道术将为天下裂"，从而打开了中国思想自由原创的大时代。对诸子的此项重要贡献的发现，与文学地理学有着深刻的内在关系。

（十）这些命题汇总起来，就指向"重绘中国文学（或文化）地图"的总命题，它要求古今贯通、汉族少数民族贯通、地理区域贯通、陆地海洋贯通、雅俗诸文化层面贯通、文史哲诸学科贯通。这六个"贯通"引导出三个学术方法的原理：在文学研究通常使用的时间维度上，强化空间维度；在原本关注核心动力基础上，强化"边缘活力"；在坚持文献坚实的前提下，强化对自身文明和审美的深度解释能力。

本书分为总论编、地域文化编、民族文化编、中外论衡编、现代人文地理编五个部分，收录十六篇文字，目的在于从各个角度展示作者对文学地理学的本质、内涵和方法的思考，并且以文学地理学方法对上述十项命题进行探讨。正如一位友人所说，文学文献学与文学地理学，是研究文学、文化的缺一不可的一双眼睛，缺了一个，就成了"独眼龙"。宋人王禹偁《五代史阙文》如此记述骁勇盖世的李克用："武皇眇一目，世谓之'独眼龙'。性喜杀，左右小有过失，必置于死。初讳眇，人无敢犯者。尝令写真，画工即为捻箭之状，微瞑一目。图成而进，武皇大悦，赐与甚厚。"我们大可不必做李克用之徒，忌讳或粉饰"眇一目"的缺陷，而应该擦亮双眼。有两只眼睛、十项命题，才能把文化典籍当做生命的痕迹来解读，真切地追问：你是谁，为何将著作写成这个样子？我们应该改变人文学者不如破案警察的状态，看到一只脚印，只知道用尺子量量它的长短、位置，把材料当做死材料，还自以为最讲"实证"；重要的是增强对文献的透视力和解释力，从一个脚印上分析出作案者的高矮、胖瘦、年龄、步姿，甚至参同其他痕迹，破解其作案的动机。人文学术，以探寻文化生命为基本。文化经典的生命分析，是对研究者能力的挑战和实现。一旦具有这种生命分析的能力，看似枯燥的研究，就转化为享受智慧盛宴的乐事。

对文学地理学方法的应用，还有一个"隔与不隔"的境界区分。文学地理学并不是只给文学者填上籍贯和生平轨迹，对之进行排队、归堆，其余还是套用思想性、艺术性，现实主义、浪漫主义的简单框套强作图解。这样写成的著作，令人感到难免有些隔膜，似乎只是把文学史按照人物籍贯，肢解成八大块，肢解的结果失去了生命的神采。文学地理学的根本，在于使文学接上"地气"，考察土地的气息，包括山灵水怪，气象民风，由此产生的原始信仰，以及民族家族代复一代的文化承传和流动等等，对文学者的精神渗透、滋育和植入文化基因。古代文献讨论"地气"者甚多，涉及到以"地气"生人文。《周礼·考工记》曰："橘逾淮而北为枳，鸲鹆不逾济，貉逾汶则死，此地气然也。"这涉及地气制约着物种分布和变异。《淮南子·主术训》说："天气为魂，地气为魄……太一之精，通于天道。"这就把地气的讨论，引向天道的哲学思考。顺着这两条路线，唐人张九龄《感遇》

诗，将地气对物种的影响，引申到人心的体验："江南有丹橘，经冬犹绿林。岂伊地气暖，自有岁寒心。"唐人符载《锺陵东湖亭记》则在天地人的三才结构中，体验地气与生命的关系："天气郁则两曜不明，地气塞则万物不生，人气壅则百神不灵。"其余地气之说，以不同方式指向人性和习尚，如宋人刘子翚《栽果》诗如此写橘："南北由来地气偏，凌寒松柏但苍然。跕淮种橘今为枳，岂比中人性易迁。"清初王夫之《读通鉴论》卷二说："天气殊而生质异，地气殊而习尚异。"晚清陈衍（石遗）为郑孝胥（苏堪）《海藏楼诗》作序，则将地气与诗相关联："大抵作诗亦随地气，山川秀蕴，则触处成吟。"如此富于跨越性的命题，使得文学地理学成为一个综合性、交叉性很强的学科分支，需要以"人地关系"理论进行多学科的融会贯通。这其中，只有增强寻找和破解由"地气"植入的文化基因的敏感，才能接触文学文献生命的秘密。

　　文学地理的研究维度，早已存在。关键在于不要以贴标签为能事，而要激活其内在的生命，以之增强我们对自身文化及其内在精神的解释能力。经过长期的探索和考究，就可以发现，文学地理学方法的介入，不仅使文学、文化研究增加新的材料，拓展新的视野，而且注入了新的智慧，展开了新的哲学境界。

2012 年 10 月 1 日